U0723787

二〇二一—二〇三五年國家古籍工作規劃重點出版項目

國家古籍整理出版專項經費資助項目

教育部全國高等院校古籍整理研究工作委員會直接資助重大項目

中華經解叢書
清經解 詩經編
整理本
董恩林 主編

鳳凰出版社

毛詩稽古編

（上册）

（清）陳啓源 著
劉真倫 岳珍 點校

圖書在版編目（CIP）數據

毛詩稽古編 / 劉真倫，岳珍點校. -- 南京 : 鳳凰出版社，2024. 8. --（中華經解叢書 : 清經解 : 整理本 / 董恩林主編）. -- ISBN 978-7-5506-4105-1

Ⅰ. I207.222

中國國家版本館CIP數據核字第2025KF7414號

書　　名	毛詩稽古編
著　　者	(清)陳啓源 著　劉真倫　岳　珍 點校
責任編輯	汪允普
裝幀設計	姜　嵩
責任監製	程明嬌
出版發行	鳳凰出版社(原江蘇古籍出版社) 發行部電話025-83223462
出版社地址	江蘇省南京市中央路165號,郵編:210009
照　　排	南京展望文化發展有限公司
印　　刷	蘇州市越洋印刷有限公司 江蘇省蘇州市吴中區南官渡路20號,郵編:215104
開　　本	890毫米×1240毫米　1/32
印　　張	24.5
字　　數	470千字
版　　次	2024年8月第1版
印　　次	2024年8月第1次印刷
標準書號	ISBN 978-7-5506-4105-1
定　　價	198.00圓(全二册)

(本書凡印裝錯誤可向承印廠調换,電話:0512-68180638)

《清經解》點校整理工作編委會

清經解（整理本）前言

《清經解》點校整理本，經過本所研究團隊十多年的努力，終於將要與讀者見面了。按照慣例，我作爲項目主編，有責任把相關整理情況寫出來，弁於卷首，以便讀者在閱讀和使用這個整理本時，對其「身世」有所瞭解與把握。

一

經學是中華優秀傳統文化的核心與主體部分，歷來處於古典學術與文獻分類之首。而清人集歷代經學大成，涌現出諸如顧炎武、毛奇齡、胡渭、萬斯大、閻若璩、江永、惠棟、秦蕙田、江聲、王鳴盛、戴震、錢大昕、段玉裁、邵晉涵、汪中、王念孫、孔廣森、孫星衍、凌廷堪、焦循、張惠言、阮元、胡承珙、陳立、王引之、胡培翬、郝懿行、劉文淇、劉寶楠、孫詒讓，等等，一大批著名經學家。他們秉持實事求是、無徵不信的理念，皓首窮經，前赴後繼，對十三經（《周易》《尚書》《詩經》《周禮》《儀禮》《禮記》《春秋左傳》《春秋公羊傳》《春秋穀梁傳》《論語》《孝經》《爾雅》《孟子》）進行了全方位的研究與整理，撰著了系統的新注新疏，〔二〕同時對《國語》《大戴禮記》等與十三經密切相關的先秦其他典籍也作了深入探討，取得了不朽的學術成就。據不完全統計，有清一代經學著作達五千多種，可謂經師輩出，碩果累累。

正因爲如此，晚清以來，便不斷有人對清代經學成就與經學家加以總結與表彰。其著於文者，從朱彝尊《經義考》、江藩《國朝漢學師承記》、桂文燦《經學博采録》、章太炎《訄書·清儒》、劉師培《清儒得失論》等，到梁啓超與錢穆的同名《中國近三百年學術史》、支偉成《清代樸學大師列傳》等，不一而足，均着眼於人物與學派的成就總結。另一方面，徐乾學、阮元、王先謙等清

〔二〕中華書局於一九八二年開始陸續出版《十三經清人注疏》點校本，包括李道平《周易集解纂疏》、孫星衍《尚書今古文注疏》、皮錫瑞《今文尚書考證》、王先謙《尚書孔傳參正》、馬瑞辰《毛詩傳箋通釋》、王先謙《詩三家義集疏》、孫詒讓《周禮正義》、朱彬《禮記訓纂》、孫希旦《禮記集解》、黄以周《禮書通故》、孔廣森《大戴禮記補注》、王聘珍《大戴禮記解詁》、洪亮吉《春秋左傳詁》、陳立《公羊義疏》、廖平《穀梁古義疏》、鍾文烝《春秋穀梁經傳補注》、劉寶楠《論語正義》、焦循《孟子正義》、皮錫瑞《孝經鄭注疏》、郝懿行《爾雅義疏》、邵晉涵《爾雅正義》。一九九八年又出版了《清人注疏十三經》影印本，包括惠棟《周易述》（附江藩、李林松《周易述補》）、孫星衍《尚書今古文注疏》、馬瑞辰《毛詩傳箋通釋》、孫詒讓《周禮正義》、胡培翬《儀禮正義》、朱彬《禮記訓纂》、洪亮吉《春秋左傳詁》、陳立《公羊義疏》、鍾文烝《春秋穀梁經傳補注》、劉寶楠《論語正義》、焦循《孟子正義》、皮錫瑞《孝經鄭注疏》、郝懿行《爾雅義疏》、王引之《經義述聞》等。

代學者，則專注於經解文獻即學者們對「十三經」的訓解成果的集成與彙纂。徐乾學編成《通志堂經解》，收唐宋元明經解著述一百四十餘種，將清以前的經解文獻精萃彙於一編。阮元編成《皇清經解》一千四百卷，收經解一百八十三種；王先謙編成《皇清經解續編》一千四百三十卷，收經解二百零九種，清中前期主要經解成果亦搜羅殆盡。其他中小型經解叢書，諸如陸奎勳輯《陸堂經學叢書》、吴志忠輯《璜川吴氏經學叢書》、鍾謙鈞輯《古經解彙函》、錢儀吉輯《經苑》、袁鈞輯《鄭氏佚書》、朱記榮輯《孫谿朱氏經學叢書》、孫堂輯《漢魏二十一家易注》、李輔耀輯《讀禮叢鈔》、上海珍藝書局輯《四書古注群義彙解》、王德瑛輯《今古文孝經彙刻》，等等，在在皆是，不勝枚舉。

二

《皇清經解》爲阮元主持編纂，其刊刻背景不可不知。阮元（一七六四—一八四九），字伯元，號芸臺、雷塘庵主、揅經老人、怡性老人，江蘇儀徵人。乾隆五十四年（一七八九）進士，歷官户、禮、兵、工等部侍郎，浙江、河南、江西、廣東巡撫，兩湖、兩廣、雲貴總督，太子少保、體仁閣大學士，卒謚文達，是清代既貴且壽，身兼封疆大吏、學問大家的傳奇人物。而他的學問之路，也極具個性：一是生平獎掖篤學之士不遺餘力，培育學子日日在心，每到一地主政，即建書院、立學舍，聘飽學之士教莘莘學子，如在杭州建詁經精舍、設寧海安瀾書院，在廣州建學海堂書院等，誠爲教育大家；二是始終孜孜於經學研究與經學成果的融會綜貫，先後編纂《經籍籑詁》一百零六卷、《十三經注疏校勘記》二百四十八卷、《十三經經郛》百餘卷、《皇清經解》一千四百卷等，這些都是大型類書、叢書，編纂曠日持久，耗費巨大，而嘉惠學林則如陽光雨露，滋潤萬物，不可言表。

具體到阮元編纂《皇清經解》的動機與前後經過等，學者多有揭櫫，尤以虞萬里先生《正續清經解編纂考》爲詳盡。〔一〕嘉慶三年（一七九八），阮元責成臧在東等，鈔撮唐以前群經訓詁，按韻彙纂，成《經籍籑詁》一書，爲經學研讀者提供了一部非常實用的訓詁資料工具書。八年，阮元開始命門人陳壽祺等，利用修《經籍籑詁》的資料，於九經傳注之外，廣搜古說，輯《十三經經郛》。「經郛」之名，取意於揚雄《法言·問神》「天地之爲萬物郭，五經之爲衆説郛」，其宗旨在「薈萃經說，本末兼賅，源流具備，闡許、鄭之閎眇，補孔、賈之闕遺」，而搜輯範圍則「上自周秦，下訖隋唐，網羅衆家，理大物博，漢魏以前之籍，搜采尤勤，凡涉經義，不遺一字」。陳氏秉承師意，爲定《經郛條例》，其大端有十：一曰探原本，二曰鈎微言，三曰綜大義，四曰存古禮，五曰

〔一〕虞著載其《榆枋齋學術論集》，江蘇古籍出版社，二〇〇一年。另可參閱陳東輝《〈皇清經解〉輯刻始末暨得失評騭》（《古籍整理研究學刊》一九九七年第五期）等。

存漢學，六曰證傳注，七曰通互詮，八曰辨剿説，九曰正謬解，十曰廣異文。〔一〕經陳壽祺、凌曙等人搜輯，至十六年大致編成，百餘卷。但阮元感覺采擇未周，是以未刻，輯稿後來逐漸散失。《通志堂經解》彙編清以前歷代經解著作，《經籍纂詁》與《經郛》則將清以前經師微言、古學異文、字詞訓詁等資料萃而存之，由是阮元生出廣搜本朝經學著作，纂輯《清經解》的念頭，其序江藩《漢學師承記》云：「元又嘗思國朝諸儒説經之書甚多，以及文集説部，皆有可采，竊欲析縷分條，加以翦截，引繫於群經各章句之下。譬如休寧戴氏解《尚書》『光被四表』爲『横被』，則繫之《堯典》；寶應劉氏解《論語》『哀而不傷』即《詩》『惟以不永傷』之『傷』，則繫之《論語·八佾篇》而互見《周南》。如此勒成一書，名曰《大清經解》。徒以學力日荒，政事無暇，而能總此事，審是非，定去取者，海内學友惟江君與顧君千里二三人。他年各家所著之書，或不盡傳，奥義單辭，淪替可惜，若之何哉！」〔二〕可見阮氏意想中的《清經解》原本是想將經學專著、文集與筆記等所有文獻中的經解文字分繫於群經章句之下。道光五年（一八二五），阮元命其門生嚴杰在學海堂開始輯刻《皇清經解》，至九年九月全書輯刻完畢，凡一千四百卷，分裝三十函，是爲學海堂本。

〔一〕陳壽祺《經郛條例》，《左海文集》卷一，《皇清經解》卷一千二百五十三。

〔二〕江藩《國朝漢學師承記》卷首，中華書局，一九八三年，第一—二頁。

《皇清經解》的實際主持纂修者嚴杰(一七六四—一八四三),字厚民,號鷗盟,浙江餘杭人,因寄居錢塘,又稱錢塘人。嚴杰初爲諸生,阮元督學浙江,聘其助修《經籍籑詁》。阮氏升浙江巡撫,於杭州創辦詁經精舍,嚴杰入舍就讀,遂與阮元爲師生之誼。阮元輯《十三經注疏校勘記》時,嚴氏分任《左傳》《孝經》注疏校勘。嘉慶十五年(一八一〇),阮元離浙還朝,嚴杰於次年受聘赴京,課督阮元女阮安一年餘。後阮氏與江都張氏聯姻,嚴杰又成爲阮安未婚夫張熙之師。阮元《題嚴厚民杰書福樓圖》詩云:「嚴子精校讎,館我日最長。校經校《文選》,十目始一行。」首有小序「厚民湛深經籍,校勘精詳」云云。〔一〕嘉慶二十五年(一八二〇)春,學海堂初開,嚴杰也於此時陪伴張熙來粤完婚,遂留於粤中阮元督署。道光四年(一八二四)冬,學海堂新舍建成。翌年八月,嚴杰即受阮元之命,集阮氏藏書於堂中,别擇比勘,輯刻《皇清經解》。可見嚴杰既以校勘精審爲阮氏所器重,且兼有學生、門客之誼,故阮元委以重任。

作爲經學叢書,《皇清經解》的纂修體例既不同於《通志堂經解》,又有别於《四庫全書》,而是以作者爲綱,按年輩先後,依人著録,或選其專著,或輯其文集、筆記,上起清初,下訖阮元所處時代,依次彙集了顧炎武、閻若璩、胡渭、萬斯大、陳啓源、毛奇齡、惠周惕、姜宸英、臧琳、馮

〔一〕詳見《揅經室續集》卷六,《國學基本叢書》本。

景、蔣廷錫、惠士奇、王懋竑、江永、吴廷華、秦蕙田、全祖望、杭世駿、齊召南、沈彤、惠棟、莊存與、盧文弨、江聲、王鳴盛、錢大昕、翟灝、盛百二、孫志祖、任大椿、邵晉涵、程瑶田、金榜、戴震、段玉裁、王念孫、孔廣森、錢塘、李惇、武億、孫星衍、胡匡衷、淩廷堪、劉台拱、汪中、阮元、張敦仁、焦循、江藩、臧庸、梁玉繩、王引之、張惠言、陳壽祺、許宗彦、郝懿行、馬宗璉、劉逢禄、胡培翬、趙坦、洪震煊、劉履恂、崔應榴、方觀旭、陳懋齡、宋翔鳳、李黼平、淩曙、阮福、朱彬、劉玉麐、王崧、嚴杰等七十三位學者的一百八十三種著作。其中，閻若璩《四書釋地》一卷、《四書釋地續》一卷、《四書釋地又續》一卷、《四書釋地三續》一卷算四種書，阮元《十三經注疏校勘記》算十三種書，錢大昕《十駕齋養新録》三卷、《十駕齋養新餘録》一卷算兩種書，孫志祖《讀書脞録》二卷、《讀書脞録續編》二卷算兩種書，嚴杰《經義叢鈔》三十卷算一人一書。這套叢書彙集了阮元所處時代之前清人主要經解著作，是對乾嘉經學的一次全面總結。

關於《皇清經解》作者、卷數、種數等統計歷來語焉不詳，説法不一。原因之一，《皇清經解》編者對作者著作的種數計算没有嚴格標準，如齊召南《尚書注疏考證》《禮記注疏考證》《春秋左傳注疏考證》《春秋公羊傳注疏考證》《春秋穀梁傳注疏考證》五種只算作《注疏考證》一種，而閻若璩、錢大昕、孫志祖等人的經著及續編則各算一書。原因之二，《經義叢鈔》三十卷，是嚴杰鈔輯多人多種著作組成的，過去統計《皇清經解》的子目和作者總數時，往往當作嚴杰一人作品對待，這實際上是很不嚴謹、很不準確的。《經義叢鈔》所收著作可分三種情況：一是個人專著，如顧棟高《春秋大事表》十卷，洪頤煊《禮經宫室答問》二卷、《孔子三朝記》二卷、《讀書叢録》三卷，共四種；二是單篇經義散論，共收入王昶等十三人的文章三十九篇，另有佚名經論《圜丘解》《禘祫考》《明堂解》三篇，共四十二篇；三是兩種論文集，《詁經精舍文集》六卷，收入汪家禧等四十五人的單篇論文一百四十八篇，《學海堂文集》三卷，收入張杓等十人的單篇論文十四篇。

三

《皇清經解》成書後，書版庋藏於學海堂側邊的文瀾閣，阮元制訂了「藏版章程」九條，對書版的存放、印刷及保養修補等作了嚴格規定。逮至咸豐七年（一八五七）九月，英軍攻粤，文瀾閣遭炮擊，原存書版毁失過半。咸豐十年（一八六〇），兩廣總督勞崇光等人捐資，聘請鄭獻甫、譚瑩、陳澧、孔廣鏞四人爲總校，補刻數百卷，並增刻了馮登府著作七種八卷，即《國朝石經考異》《漢石經考異》《魏石經考異》《唐石經考異》《蜀石經考異》《北宋石經考異》各一卷，《三家詩異文疏證》二卷。總計收書一百九十種、一千四百零八卷，此即「咸豐庚申補刊本」，書口皆有

「庚申補刊」四字。同治九年（一八七〇），廣東巡撫李福泰刊其同里山東濟寧許鴻磐《尚書劄記》四卷，附諸《皇清經解》之後，爲卷千四百零九至千四百十二，卷千四百十二後有「粵東省城龍藏街萃文堂刊」刊記，書口有「庚午續刊」四字，但書前目録未補入許書，是爲「庚午續刊本」。

是後上海點石齋、上海書局於清光緒十一年（一八八五）、十三年（一八八七）、十七年（一八九一），先後出版庚申補刊《皇清經解》的石印本。〔一〕但其目録，按書編號，包括馮登府《石經考異》《三家詩異文疏》二種在内，列書一百八十種，反比學海堂本《皇清經解》收書一百八十三種之數爲少，致後人枉生疑異。這是由於石印本將閻若璩《四書釋地》《續》《又續》《三續》、錢大昕《十駕齋養新録》《餘録》、孫志祖《讀書脞録》《續編》各只算作一書所致。此後，續有船山書局本《皇清經解依經分訂》、袖海山房本《皇清經解分經彙纂》、鴻寶齋本《皇清經解分經彙編》、古香閣本《皇清經解》等翻刻、分類改編之作，足見《皇清經解》編成後的社會影響巨大。

一九八八年，上海書店據庚申補刊本影印出版，分七册，並補許鴻磐《尚書劄記》四卷。二〇〇五年鳳凰出版社又據上海書局光緒十三年《皇清經解》石印本，與蜚英館本《皇清經解續編》一起放大影印出版，名《清經解　清經解續編》。新世紀以來，山東大學劉曉東、杜澤遜二位

〔一〕關於《皇清經解》版本情況，虞萬里《正續清經解編纂考》述之甚詳，讀者可參考。

學者又先後編纂了《清經解三編》《清經解四編》，分别收經解六十五、五十種，齊魯書社遂於二〇一六年將之與《皇清經解》《皇清經解續編》合爲《清經解全編》，共收清人經解著作五百餘種，是爲目前最全的清代經解叢書。

基於《皇清經解》刊刻流傳的上述情况，本次整理采用咸豐十年「庚申補刊」本爲工作底本，各經解分别根據實際情况采用其最早或最善版本爲校本，作一次性校勘。曾有專家建議收入「庚午續刊」的許鴻磐《尚書劄記》四卷，但我們考慮到底本的一致性問題，最終没有收入該書。

四

關於《皇清經解》的價值，前賢時彦多有論述，特别是虞萬里先生從經義、語言學、名物考釋、天文地理、文集筆記等幾個方面，對《皇清經解》所收經解著作的價值作了深入細緻的分析。[一]陳祖武先生也宏觀地指出了《皇清經解》的三大意義：首先，《皇清經解》彙聚清代前期的主要經學成就，從古籍整理的角度，做了一次成功的總結；其次，《皇清經解》的纂修，爲一

〔一〕虞萬里《正續清經解編纂考》。

種實事求是的良好學風作了示範，對於一時知識界，潛移默化，影響深遠；最後，《皇清經解》集清儒經學精萃於一書，對於優秀學術文化成果的保存和傳播，用力勤而功勞巨。〔一〕

兹據整理過程所得認識與體會，對《皇清經解》的價值，謹補數語如下。第一，通過編纂《皇清經解》，首次對阮元之前的清代經解著作進行了全面清理，摸清了家底，爲以後的經學研究指明了方嚮。如桂文燦的《經學博采録》、王先謙的《續經解》正是受到阮元的啓發而作；又清代經學家相互間由於不通信息而重複研究者不少，如柳興恩曾著《穀梁春秋大義述》三十卷，陳澧也曾撰作《穀梁箋》及條例，久而未竟，見柳氏書，遂放棄所作；又如劉寶楠、梅植之、劉文淇、柳興恩、陳立等人相約「各治一經」分撰新疏的佳話，正是通過阮元組編《皇清經解》才發現《春秋》三傳與《論語》等經尚無新疏。第二，《皇清經解》所收清人經解著作有少數已成絶版，殊爲珍貴。如凌曙《禮説》、趙坦《春秋異文箋》《寶甓齋劄記》《寶甓齋文集》、劉玉麐《甓齋遺稿》、崔應榴《吾亦廬稿》、劉逢禄《發墨守評》《箴膏肓評》《穀梁廢疾申何》等，如今只有經解本傳世；另如李惇《群經識小》、方觀旭《論語偶記》、段玉裁《儀禮漢讀考》、汪中《經義知新記》、張敦仁《撫本禮記鄭注考異》、王崧《説緯》等經著藉助《皇清經解》彙編才得以首次版刻；再如嚴杰

〔一〕陳祖武《〈皇清經解〉與古籍整理》，載《傳統文化與現代化》一九九三年第六期。

《經義叢鈔》中相當一部分文章如今也别無他本可尋。第三，經過校勘，我們發現《皇清經解》的校勘精細，質量可靠，總體上比校本爲佳，本次整理校記不多，原因之一即由於此，如程瑶田《通藝録》被收入《皇清經解》的多種經解著作、盧文弨《鍾山劄記》《龍城劄記》等，底本與校本幾無差異，可見經解本校勘之精；又如汪中《經義知新記》，經解本經過王念孫校勘，可以説是目前最佳版本。第四，阮元編纂《皇清經解》收入了部分筆記和文集中的經解文獻，初步揭示了經義筆記與文集在經學研究中的重要意義，爲後人揭示了重要的資料門徑。如本人目前作爲首席專家主持的國家社科基金重大招標項目「清人文集『經義』整理與研究」，正是從《皇清經解》和先師張舜徽《清人文集别録》《清人筆記條辨》中得到啓發而設計的。

對於《皇清經解》的不足，前賢也早有總結。如清末徐時棟曾指出《皇清經解》有十二個方面的缺陷，認爲其中最大的欠缺在於次序未當，因而建議重組，將各文分别繫於《易》、《書》、《詩》、《周禮》、《儀禮》、《禮記》、《大戴禮記》、三《禮》、《春秋》、《孝經》、《論語》、《孟子》、四書、《爾雅》、群經、筆記、文集、小學訓詁、小學字書、小學韻書、天文算法等二十一類之下。〔一〕先師張舜

〔一〕見徐氏《烟嶼樓文集》卷三十六《分類重編學海堂經解贊》二十一首并序。《清代詩文集彙編》，上海古籍出版社，二〇一〇年，第六五六册，第四五四頁。

徽稱徐氏此論得其癥結，實爲後來依經分訂者開示新徑，擁彗先驅。〔一〕勞崇光補刊時亦有微詞。〔二〕從後人角度審視前賢著述，肯定會産生這樣那樣的不滿意之處，這是自然規律。我們認爲，對於《皇清經解》，更重要的是，人們在研讀與利用這套叢書時應該注意一些什麼問題。我們應該知道，《皇清經解》的最大特點在於它不是一套嚴格意義上的叢書，而是兼有類書的一些成分，這是由阮元原本是想編纂一套《大清經解》類書的動機而在當時條件下又不可能實現的背景決定的。從阮元到嚴杰，大概當時所有參與者都清楚不可能按照阮元的初衷來編纂這部大書，但又必須體現阮元彙纂清人經義成果的設想。於是，一方面以彙編清代中前期經解專著爲主而成叢書形式，卻儘量删削其中大量無關直接解經的序跋與附録，儘量摒棄一切無關直接解經釋義的部分，涉卷則删卷，涉篇則删篇，涉條則删條，涉段落文字則删段落文字。如徐時棟所指責不收閻若璩《尚書古文疏證》、姜炳璋《讀左補義》、余蕭客《古經解鈎沈》、江永《古韻標準》等精博之書，可以説均不符阮元「經解」之義。閻氏之書乃考證《古文尚書》之僞；姜氏之書，《四庫全書總目》斥爲「殊非注經之體」；余氏之書輯古經解而非清人經解；江氏之書泛

〔一〕見張舜徽《清人文集别録》卷十八，華中師範大學出版社，二〇〇四年，第四五七頁。
〔二〕勞崇光《皇清經解補刻後序》，《皇清經解》庚申補刊本卷首。

論古韻而非如顧炎武《易音》《詩本音》專解《周易》《詩經》之音。另一方面又兼收清人文集與筆記中的重要經義文章，但文集與筆記中的經義文章，或一篇或數條，零金碎玉，顯然不能像最初所設想的那樣「引繫於群經各章句之下」，必須保留原文集與筆記書名以引繫其文章，這也是叢書體例所要求的。從而形成了書名仍舊而卷數與内容大爲縮水的問題。這種情況的文集與筆記有：顧炎武《日知録》原書三十二卷，經解本節爲二卷；閻若璩《潛邱劄記》原書六卷，經解本節爲二卷；毛奇齡《經問》十八卷《補》三卷，經解本《經問》節爲十四卷、《補》節爲一卷；姜宸英《湛園劄記》原書四卷，經解本節爲一卷；臧琳《經義雜記》原書三十卷，經解本節爲十卷；馮景《解春集》原書十六卷，經解本節爲二卷；王懋竑《白田草堂存稿》原書八卷，經解本節爲一卷；全祖望《經史問答》原書十卷，經解本節其《經問》爲七卷；杭世駿《質疑》原書二卷，經解本節爲一卷；沈彤《果堂集》原書十二卷，經解本節爲一卷；盧文弨《鍾山劄記》原書四卷、《龍城劄記》原書三卷，經解本分别節爲一卷；錢大昕《十駕齋養新録》原書二十卷、《餘録》三卷，經解本分别節爲三卷、一卷；錢氏《潛研堂文集》原書五十卷，經解本節爲六卷；孫志祖《讀書脞録》原書七卷、《續編》四卷，經解本分别節爲二卷；戴震《東原集》原書十三卷，經解本節爲二卷；段玉裁《經韻樓集》原書十二卷，經解本節爲六卷；王念孫《讀書雜誌》原書八十卷、《餘編》二卷，經解本節爲二卷；孫星衍《問字堂集》原書六卷，經解本節爲一卷；劉台拱《劉氏遺書》原收書九種十卷，經解本收其《論語駢枝》一書一卷而名不變；凌廷堪《校禮堂文集》原書三十六卷，經解本節爲一卷；汪中《述學》原書六卷，經解本節爲二卷；阮元《疇人傳》原書四十六卷，經解本節爲九卷；阮元《揅經室集》原有六十四卷以上，經解本節爲七卷；臧庸《拜經日記》《拜經文集》原書分别有十二卷、五卷，經解本分别節爲八卷、一卷；梁玉繩《瞥記》原書七卷，經解本節爲一卷；王引之《經義述聞》原書三十二卷，經解本節爲二十八卷；陳壽祺《左海文集》原書十卷，經解本節爲二卷；許宗彦《鑑止水齋集》原書二十卷，經解本節爲二卷；胡培翬《研六室雜著》一卷乃摘自其《研六室文鈔》（十卷）中的經學部分，由經解本編纂者另起書名；趙坦《保甓齋文録》六卷，經解本易名爲《寶甓齋文集》一卷；阮元《詁經精舍文集》原有七集，經解本取其第一集十四卷中的六卷；洪頤煊《讀書叢録》原書二十四卷，經解本節爲三卷；阮元《學海堂文集》原有四集，經解本取其初集十六卷中的三卷；王崧《説緯》原書六卷，經解本節爲一卷；馮登府《三家詩異文疏證》原書六卷、《補遺》三卷，經解本僅録二卷。

不僅文集、筆記是這樣，經解專著中也偶有這種情况，如顧炎武《音論》原書三卷十五篇，經解本節爲一卷九篇；任大椿《弁服釋例》原書九卷，經解本删其《表》一卷；段玉裁《詩經小學》原書三十卷，經解本取臧庸删節本《詩經小學録》四卷；翟灝《四書考異》原書七十二卷，經解本删其《總考》

三十六卷; 顧棟高《春秋大事表》原書五十卷,經解本删其表,僅録其叙及卷末考證議論散篇,節爲十卷; 秦蕙田《觀象授時》原書二十卷,經解本節爲十四卷; 惠棟《周易述》原書二十三卷,經解本删其末資料性質的兩卷而爲二十一卷; 阮元《積古齋鐘鼎彝器款識》原書十卷,經解本節選二卷; 等等,這裏不能盡舉。當然,大部分經解專著都保留了原貌,像上述删節情況只是少數。

還有一類經解,表面看經解本與原書卷數一致,但經解本内容有删節,或删條,或删篇,或删文字,如李惇《群經識小》、錢塘《溉亭述古録》、陳壽祺《左海經辨》、劉履恂《秋槎雜記》、萬斯大《學禮質疑》及程瑶田十幾種考證《小記》等等,上述抽取原書部分篇卷的經解專著、文集與筆記中,也有很多篇章條目被再加删除的情況。當然,也偶有經解本比原書卷數增多的,如惠周惕《詩説》原本三卷,經解本增入其《答薛孝穆書》一篇、《答吴超志書》兩篇文章,爲《詩説附録》一卷; 沈彤《周官禄田考》卷二之末所附徐大椿序爲原本所無,書末所附沈彤《後記》三篇,而原本僅有其一。

還有表面看經解本與原書卷數不一,實則是因爲經解本作了合併或分析,如程瑶田《考工創物小記》原書八卷,經解本將其每兩卷併一卷,合爲四卷,僅抽删了兩篇無關經義的「記」體文字; 陳懋齡《經書算學天文考》原書二卷,經解本合爲一卷; 孫星衍《尚書今古文注疏》原書三十卷,其中《堯典》《洪範》《顧命》《吕刑》《書序》各分卷上下、《臯陶謨》《禹貢》各分卷上中下,經解本則將各篇卷上中下各析爲一卷,便多出了九卷; 沈彤《儀禮小疏》原書七卷,經解本析其附録《左右異尚考》另爲一卷；洪頤煊《孔子三朝記》原書七卷，嚴杰《經義叢鈔》將之合爲二卷，内容並未減少；洪震煊《夏小正疏義》原書六卷，包括正文四卷、《釋音》一卷、《異字記》一卷，經解本則將《釋音》《異字記》統附於正文四卷之末。此外，《皇清經解》所收經解，删除了大多數序跋、識語、附録之類。其删除之徹底，可舉一例以證：程瑶田《儀禮喪服文足徵記》保留了阮元之叙，卻删除了卷前程氏所云「吾於《喪服》末章『長殤、中殤降一等』四句，知其確是經文，而鄭君誤以爲傳，故觸處難通，不得不改經文以從其説。今余拈出，則文從字順，全篇一貫」等百餘字提綱挈領的識語，這也是很可惜的。

在上述删減情況中，有兩類頗爲極端，值得注意。一是删減如同改編，與原書相差甚遠。如經解本中阮福的《孝經義疏》實際是阮福《孝經義疏補》十卷的節選本，僅一卷，不僅篇幅比原書大爲縮水，書名被改，且經解選輯者只是將《孝經義疏補》「補」的部分中有關解釋《孝經》各章經文大義的内容擇要摘出，組合成書，而删除了大多數訓釋字詞名物與校勘異同的文字，至於其所釋之「經」「注」「疏」原文及序文，也一字不留，致使疏義文字無所依附，上下文順序淆亂，讀之不知所指，如墜霧中，故經解本所謂阮福《孝經義疏》實無可用之處，宜以《孝經義疏補》原書爲準。二是經解本編輯者在删減中擅自改動原作者的考證與觀點，如李惇《群經識小》，經解本不僅删掉了道光六年本中王念孫《序》及阮元《孝臣李先生傳》、李培紫道光五年《群經識小凡例》等，内容較原刻本也有不少改動，如「澤中有火」條，道光六年本後半段作：「或謂日出海中，乃其象。案：海在地中，日行黄道，相距遼遠，其説不可據。」經解本改作：「陳沛舟曰『日出海中』，較諸説尤爲可據，自昏而明，亦與革義相近。」改動前後，看法明顯不同。當然，這兩類極端情況只是少數，瑕不掩瑜。

總之，《皇清經解》所收各書，一半以上經過了删除卷、篇、條、段落、序跋、附録與文字的加工，既未收全阮元之前清人所有經解專著或個人全部經解著作，所收經解多半也非原書原貌。雖然爲叢書之型，實則具類書之實，我們應該緊扣阮元彙輯「經解」「經義」的初衷來理解，切不可以純粹叢書規則論之，也不必求全責備。

五

二〇〇九年，承蒙教育部全國高等院校古籍整理研究工作委員會領導與專家評審組的信任，筆者領銜申報的「《皇清經解》點校整理」被立爲「重大項目」給予資助，到現在已過去了十四年。十四年來，我們華中師範大學歷史文獻學研究所全體研究人員，包括一部分碩博士研究生，參與了這個項目，同時還組織了華中科技大學文學院、湖北大學歷史系與古籍所及幾所省外高校老師協助整理。首先，爲發揮整理研究人員的專業所長和專班負責作用，也爲了便於讀者分類研讀，我們從一開始就確立了分類整理、分編出版的原則，將《皇清經解》按照原目編號，然後按照《周易》、《尚書》、《詩經》、三《禮》、《春秋》三傳、《四書》《孝經》、小學、群經總義分爲八大類，每類設專人負責。下一步是製定《點校條例》，包括「基本原則」「標點細則」「校勘細則」三個部分，達四十三條之多，並組織撰寫了「標點樣稿」「校勘樣稿」「點校説明樣稿」，製定了詳細的工作方案。做完這些步驟之後，再全面鋪開八大類的點校整理工作。設想不可謂不周全，規則不可謂不完整，組織不可謂不嚴密。但所有參與者，專業教師必須在完成教學、指導碩博士研究生、撰寫學術論文等各種繁瑣日常工作之後，碩博士生則要在完成各種課程及名目繁多的組織活動和諸多論文寫作之後，纔能在「業餘」時間來展開這項點校工作，「挑燈夜戰」，即使所内專職研究人員也没有任何教學任務與科研論文數的減免，這不能不給點校質量摻進水分，留下「傷疤」，大概這也是目前部分已出版的古籍整理點校成果不盡如人意的癥結所在。其次，《皇清經解》算上雙行小注，總字數在二千萬以上，標點一遍，校勘一遍，校對清樣一遍，等於至少有六千萬字的工作量，如此大型的古籍整理點校，所遇到的各種標點疑難、校勘困惑、做事敷衍、經費拮据等等，一言難盡。所以，作爲主編，我既無法苛求參與者盡心盡意，保證其點校稿完美無誤，也没有時間與精力對所有點校稿逐字審閲（只做到了每種抽審、部分詳審），更没有經費聘請項目外的專家審稿，質量把關全壓在各點校者肩上。故對於整理本在所難免的訛誤與缺憾，只能在此祈求讀者海涵、專家指正，以待日後修訂。

本項目啓動前後，得到了全國高等院校古籍整理研究工作委員會及其秘書處安平秋主任、楊忠秘書長、曹亦冰副秘書長、盧偉主任等領導的悉心指導與關懷，得到了本校社科處與歷史文化學院的大力支持； 也曾諮詢《皇清經解》研究專家虞萬里先生，得到他的指點； 鳳凰出版社原社長兼總編輯姜小青先生、鳳凰出版社原編輯室主任王華寶先生均給予了本項目諸多幫助； 以汪允普先生爲首的責任編校人員，不辭勞苦，認真編輯，極大地保證了書稿質量； 在此一并致以衷心感謝！ 另外，本項目在點校過程中，參考了部分已出版的經解標點本，也要在此向所有標點整理者致以誠摯的謝意！

華中師範大學　董恩林

二〇二三年十月五稿

清經解（整理本）凡例

一、本次整理，以《皇清經解》咸豐十年（庚申）補刊本爲工作底本。

二、本次整理，將原《皇清經解》庚申補刊本所收一百九十種書分周易、尚書、詩經、三禮、春秋三傳、四書孝經、小學、群經總義八大類，分類點校。但書種的分别與庚申補刊本稍有不同，即將齊召南原算作一書的《尚書注疏考證》《禮記注疏考證》《春秋左傳注疏考證》《春秋公羊傳注疏考證》《春秋穀梁傳注疏考證》拆開，分作五種，各歸入相關五經，而將閻若璩《四書釋地》《續》《又續》《三續》、錢大昕《十駕齋養新録》《餘録》、孫志祖《讀書脞録》《續編》原分别作爲四種書、二種書的，各回歸爲一種書。又將嚴杰《經義叢鈔》三十卷中能够獨立成書的顧棟高《春秋大事表》十卷、洪頤煊《禮經宫室答問》二卷、《孔子三朝記》二卷、《讀書叢録》三卷、阮元《詁經精舍文集》六卷、《學海堂文集》三卷各自析出，歸入八大類相關部分，而將其四卷經論雜文，作爲一書，名之曰《經義散論》，歸入「群經總義」類。這樣合併拆分後恰好仍然是一百九十種書。

三、原《皇清經解》本多無目録，本次整理，爲方便讀者檢尋，除極少數無法編目外，儘量爲之編製目録。

四、清人經解著述，多不分段。本次整理，爲便於讀者理解，對長篇經解文字，儘量根據文意，適當分段。

五、本次整理，對底本古今字、異體字、通假字等，一般不作改動； 如要改動，則要求一書前後統一。

六、本次整理，對常見避諱字，如「元」（玄）之類改字避諱、「丘」（丘）之類缺筆避諱，及清代新産生的避諱字，如「貞觀」寫成「正觀」、「弘治」寫成「宏治」等，均徑改不出校； 稀見避諱字，則出校説明。

七、本次整理，對「己」「已」「巳」、「祇」「祗」、「戊」「戍」之類易混字，又如「劉知幾」寫成「劉知己」、「百衲」寫成「百納」等偶誤之類，均據上下文意，徑改不出校。

八、古人引文較爲隨意，掐頭去尾、斷章取義等情況不少，故本次整理，對引號使用僅作三點原則規定： 一是總體上要求核對引文，謹慎施加引號； 二是凡一段引文前後無他人語者不加引號； 三是儘量避免使用三重引號。 對引號具體用法不作硬性規定，一書前後統一即可。

九、清人常對估計讀者難以辨識的特殊句子，自加一小「句」字表示此處應當斷句爲讀。

本次整理對此類情況施加標點後，即將「句」字删去，亦不出校。

十、本次標點整理，遵循國家規定的標點符號用法及古籍整理標點通例，但不使用破折號、省略號、着重號、專名號、間隔號等。對特殊書名號作如下處理：（一）一書多篇名相連者，連用書名號，中間不用頓號斷開。如「禮記王制月令曾子問」，標點爲「《禮記·王制》《月令》《曾子問》」。（二）《春秋》及其三傳某公某年的標點，一律作「《春秋》某公某年」、「《左傳》某公某年」，餘類推；另如「左氏某公某年傳」，則標爲「《左氏》某公某年傳」，餘類推。（三）凡書籍簡稱加書名號，如《毛詩》《論》《孟》《説文》等；凡書名與作者相連者，如「班書」（指班固《漢書》）、「謝沈書」（指謝沈《後漢書》），則標「班《書》」「謝沈《書》」；凡書名與篇名相連者，如「漢表」（指《漢書》諸表）、「隋志」（指《隋書·經籍志》），則標爲《漢表》《隋志》。（四）凡泛稱的「經」「注」「疏」「傳」「箋」等，以及特指的「毛傳」「鄭注」「鄭箋」「孔疏」「釋文」「正義」「音義」等常見注疏名稱，一般不加書名號；但「釋文」「正義」「音義」單獨使用時原則上需加書名號，以免與同義語詞互生歧異。

十一、本次整理，以《皇清經解》所收各書之原書較早或較好的一種版本作爲校本，與底本進行版本對校，主要校勘文字詳略、異同兩方面，不作多版本參校與考辨。校勘遵循目前通行原則，即底本誤而校本不誤者，酌情改正或不改，均出校説明；底本不誤而校本誤者則不論。

十二、本次整理，對於《皇清經解》編者所删文字，尊重原意，一律不補，亦不出校説明，只在《點校説明》中略作交代。

十三、本次整理，每種經解撰寫一篇簡明扼要的《點校説明》，内容有三：一是作者簡介，二是該書主要内容及經解本對原書的删减情况，三是該書版本及校本源流情况。

十四、《皇清經解》所收各書，目前已有少量出版了標點本，本次整理擇要吸收了這些整理成果，也改正了其中一些錯誤，並在《點校説明》中作出交代。在此，向所有點校整理成果的作者敬致謝忱。

華中師範大學歷史文獻學研究所《清經解》點校整理編委會

二〇二一年二月在原《清經解點校條例》基礎上删訂而成

目録

點校説明

《毛詩稽古編》三十卷，陳啓源著。

陳啓源（？—一六八九），字長發，吴江人，諸生，不喜交往，唯嗜讀書。與同里朱鶴齡善，朱氏撰《詩經通義》二十卷，就之商榷，啓源深服其博洽，乃自撰《毛詩稽古編》。此外尚有《尚書辨略》二卷、《讀書偶筆》二卷、《存耕堂稿》四卷等傳世。《清史稿·儒林一》有傳。

《毛詩稽古編》始作於康熙十三年甲寅（一六七四），終成於二十六年丁卯（一六八七），凡閲十四載，三易稿乃定。其訓詁一準《爾雅》，篇義一準《小序》，而詮釋經旨一準毛傳而以鄭箋佐之，其名物則多以陸璣疏爲主；題曰「毛詩」，明所宗也；曰「稽古編」，明爲唐以前專門之學也。前二十四卷依次解經，而不載經文，但標篇目；次爲《總詁》五卷，分舉要、考異、正字、辨物、數典、稽疑六目；末爲《附録》一卷，統論風雅頌之旨。其間堅持漢學，不容一語之出入，引據賅博，疏證詳明，皆有本之談。

《毛詩稽古編》，另有清抄本、《四庫全書》本、嘉慶十八年（一八一三）刻本、嘉慶二十年（一八一五）重刻本等多種版本傳世。陳氏原稿用篆體書寫，趙嘉稷以下多種抄本皆篆體、楷體兼用。《四庫全書》本及經解本則全部改爲楷書。本次整理以影《文淵閣四庫全書》本（簡稱庫本）、國圖藏張敦仁所校清抄本（簡稱張校本）對校，少量陳氏引書確實有誤且直接影響文義者，酌情取原書訂正。

劉真倫

毛詩稽古編　叙例

先儒釋經惟求合古，後儒釋經多取更新。漢《詩》有《魯故》、《韓故》、《齊后氏》《孫氏故》、《毛故訓傳》，《書》有大、小夏侯《解故》。故者，古也。合於古，所以合於經也。後儒厭故喜新，作聰明以亂之，棄雅訓而登俗詮，援叔世以證先古，爲説彌巧，與經益離，源也惑之。竊不自揆，欲參伍衆説，尋流溯源，推求古經本旨，以挽其弊。而諸經注疏，惟《毛詩叙傳》最古，擬首從事焉。適長孺朱子以所著《毛詩通義》示余，共商榷其疑。因鋭意搜討，加以辨證，得一義輒札記之，積久得如干條，彙輯成帙，名曰《毛詩稽古編》云爾。原古人釋經，多由師授，不專據經本。況《詩》得於諷誦，非竹帛所書確有畫一。諸儒傳寫，師讀各分，經文亦互異，故字與義有不必相符者。非得師授，豈能辨其孰是哉？今師授雖絶，而傳義尚存，尋釋傳義以考經文，其異同猶可正也。此當稽古者一也。又古今文義差殊，若胡越之不同聲矣。毛、鄭字訓，率宗《爾雅》。於今似爲驚俗，在古實屬恒詮，不可易也。用古義以入今文，固難説時人之目。彊古經以就今義，亦豈合古人之心乎？ 夫積字而有句，積字句而有篇章，字訓既譌，篇旨或因以舛，非小失也。此當稽古者二也。 又三代迄今，垂二千餘載，雕樸刓方，匪一日之積。 時世屢更，風俗迥異。古聖賢行事，因乎時耳，宜於古者未必宜於今。 然據今人習俗，併謂古人無其事，亦非通論也。惟立身於古世以論斷古人，斯《詩》之性情得矣。 此當稽古者三也。 又若弁冕車旂之制，鼏鼎俎豆之儀，朝會燕饗之規，禘祫郊丘之議，焚書而後，典禮無憑，聚訟以還，是非莫定。 此皆難臆決者。至於山川陵谷屢易其形，草木禽魚不恒厥性，祇可即古以言古，不可移古以就今。其地名物類間有相同，非俚俗之流傳，即文人之附致。 縱或偶符於古，豈必可證於經？ 存其信而闕其疑，勿以今之似亂古之真，竊謂有一得焉。

古今爲《詩》學者無慮數十家，其説燦乎備矣。 今日論《詩》，不必師心以逞，惟當擇善而從。故斯編止參酌舊詁，不創立新解。 《集傳》、《大全》，今日經生尚之，而注疏亦立於國學，故所辨證此二書爲多。 其魏晉六朝諸家之説，則《正義》所引用也； 其宋元諸家之説，則《集傳》所未取，《大全》所編輯也； 故辨證亦及焉。 若近儒所著，亦互有得失，但世鮮尊信，無庸置喙焉爾。

折衷衆説，必引據古書，擇其義優者以決所從，不敢憑臆爲斷。 其引據之書必明著於編，俾可展卷取驗，示傳信也。 其限於見聞，局於心知，疑而未定者，謹闕所不知，不敢妄論。 引據之書，以經傳爲主，而兩漢諸儒文語次之，以漢世近古也； 魏晉六朝及唐又次之，以去古稍遠也；宋元迄今去古益遠，又多鑿空之論、譌託之書，非所取信，然其援據詳明，議論典確，鄙見賴以觸發者，亦百有一二焉。

前人謬誤，已經他書指摘者概不贅及。其指摘有未盡，則曲暢之，必先云「某說如此」，不敢攘人之美也。若指摘未當，則加駁難。

長孺《通義》駁正群言，最爲允當，頗亦采録鄙說。余之述是編，以補《通義》之未備也。但讀書論古，不必立異，亦不可苟同。故持說間有與《通義》殊者，各從所信也。其同者不復覼縷。若所見雖同而說有更進，亦不憚詞費。正欲兩書相輔而行耳。

凡有辯難，必述原說以引其端。習見者略述之，希見者詳述之，其所援據亦然。至引述諸儒，或以名，或以字，或以氏，或以書。偶因文便，非義例所存。

此編之例，有誤則辯，無則置之。或一語而頻及，或連章而闕如，非同訓釋家句櫛字比也。故止題篇什，不載經文。

辯證諸條，各隨本詩爲次，釐爲二十四卷。其有義統全經，詞連數什，則別爲五卷置諸後，名曰《總詁》。復類分之爲《舉要》，爲《考異》，爲《正字》，爲《辨物》，爲《數典》，爲《稽疑》，凡六門焉。

《總詁》之後，又斷以《附録》一卷。凡經注譌脱已列《稽疑》而辯析未詳者，傳箋釋文字義故實須加考證者，辯證詩義因而旁及他典者，論斷已明尚有餘意未盡者，後儒之説未甚著聞而其誤須辨者，豎義稍越常聞恐人河漢其言者，三家詩説可爲博聞之助者，皆彙入焉。其前後仍以經爲次。

字體譌陋，於今極矣。有俗體之譌，如鰲、澄、挼、拯、飲、囈、覔、匜等。有借用之譌，如叩、俟、專、移、沽、篤等。有妄減之譌，如韓、雪、雷、衛、薛、戟等。有妄增之譌，如菽、燼、寂、熟、栖、烹等。有分一字爲二字而譌者，如瀾與漣，鼐與鎡，臚與膚等。有合數字爲一字而譌者，如消、宵、省皆作省，佮、詥、匌皆作合，复、復、复皆作復，匃、桒、昒皆作忽，鞹、秩、戴皆作秩等。有因形近而譌者，如憂、憂，叚、假，孝、孝等。有因音近而譌者，如鋌、錠，飫、饇，但、袒等。與借用似同而實異。此類不勝屈指，取彼俗書，準諸古義，大半皆譌。繕寫斯編，本欲悉加釐定，一遵《説文》，又恐太驚俗目，俾覽者芒然，必至廢書而歎。今止於點畫間斟酌雅俗，略正其一二，務令時目一覽便識。其稍晦者，注於本字下。每卷止注首一字，再見者不復注。至經文字體，則別詳《總詁·正字門》。

毛詩稽古編　卷一

吴江陳處士啓源著

國風

十五國次第，先儒多有論説，惟孔仲達、程正叔差長，要於删《詩》本意未必合也。以今《國風》較之吴季札所聞，止《豳》、《秦》二風是聖心更定，餘皆國史之舊。源謂國史次第原無取義，夫子述而不作，各仍其舊文，獨更置《豳》、《秦》以示意爾。殿《豳》以近《雅》，先儒之説允矣。至抑《秦》於《魏》、《唐》之後，其義猶缺。然竊嘗思之：唐即晉也，春秋諸國，齊、晉、秦、楚爲大。楚雄南裔，秦起西戎，惟齊、晉更霸，有功王室。齊霸僅桓公一身，晉自文公以後世爲盟主。晉失霸，天下無復宗周。春秋之不遽爲戰國，晉之力也。夫子先《唐》於《秦》，殆以存周室與？又案：十五國除周、召王豳，天子畿内，邶、鄘、魏、鄶先亡外，餘爲國者七耳。其衛、鄭、齊、陳、曹五國皆服於晉，雖先晉無嫌也。獨秦倔彊西垂，與晉世爲讎敵，如復先之，則疑於二霸矣。故抑秦所以尊晉也，尊晉所以尊王也。

周南正風

關雎

《集傳》釋《關雎》，舍毛、鄭而取匡衡，《通義》辨之當矣。案：伊川著《新解》一卷。解《關雎敘》云：「關雎之義，樂得淑女爲后妃而配君子。配惟后妃可稱，何别求淑女爲配？」程以淑女即后妃，與衡意同。朱子從匡，亦從程也。然論古人文義，正不如伊川言。《兔罝》篇云「公侯好仇」，是武夫可配公侯也。《假樂》篇云「率由群匹」，是群臣可配王也。《書·召誥》云「讎民百君子」，是君子可配民也。孔傳之解如此，今解非是。豈嬪御輩不可稱配耶？又：以淑女爲后妃，僅宜於首章耳。次章「寤寐思服，輾轉反側」，指文王則妨於義，不指文王又無可指，其説難通矣。嚴《緝》宋嚴粲，著《詩緝》。以好逑爲后妃，而釋荇菜仍爲賦體，釋求友樂仍指嬪御，則左右流之爲求荇菜，寤寐求之不得爲求淑女，何語意之不相應乎？又《大全》載朱子之説，言此妾媵爲之，故能形容寤寐反側之事。是直謂文王思淑女至卧不安席也，殆與《月出》、《澤陂》相去無幾，尚得謂性之正乎？況文王未昏，不應先有妾媵。因又爲之説曰：「此乃大王王季舊宮人作。」亦見《大全》。夫文王寤寐間事，舊宮人何由知？尤礙於理矣。

王鴡之鳥，解者不一。《詩》《爾雅疏》皆載郭氏璞、陸氏璣、揚雄、許慎二氏三說。郭云：「雕類，今江東謂之鶚。」陸云：「如鴟，深目，目上骨露。幽州人謂之鷲。」揚、許云：「白鷢似鷹，尾上白。」嚴《緝》獨取郭義，謂「鶚鳥不再匹，立則異處，是有别也」。徐鉉、陸佃皆云：「鶚性好峙，每立不移處，所謂鶚立。」義取諸此。據此，則鶚之爲鳥，有慎固幽深傳語。之象，最合興義，當是也。若夫鷲，亦名雕，與鶚同類而别鳥。白鷢尾白，鶚之别種。三說相去不遠，郭獨得其正矣。鄭樵《通志》以爲「梟類，尾有一點白」，〔一〕是因白鷢尾白而傅會也。朱子祖其義，又詢諸淮人，遂釋之曰：「狀類梟鷙，今江淮間有之。」然白鷢似鷹不似梟，江淮之鳥未可以證。《周南近世名物疏》馮復京著。駁之，良是。

雎，《爾雅》、《說文》皆作鴡，從鳥，且聲，七余切，音近趨。陟砠、叔苴、溱沮音同，皆清母也。今人多讀如「菹醢」之「菹」，蓋承《正韻》「子余切」之誤。又「雎」字與「睢」字異。睢從目，隹聲，許規切，仰目也。又息追切，水名。

毛傳：「鴡鳩，摯而有别。」箋申其意，以爲摯之言至。疏又申之，云「雌雄情意至厚而能有

〔一〕「志」，原作「記」，作者避父諱改，參見趙嘉稷序。今回改。下仿此。

別，以興后妃説樂君子情深，猶能不淫其色」。傳爲「摯」字，實取「至」義。箋、疏皆善述傳義矣。蓋「至」與「別」義正相反，合之方見后妃之德。若作「鷙」解，文義偏枯矣。《集傳》云「情意深至」，亦箋、疏之意也。歐陽修《本義》云：「不取其摯，但取其別。」錢氏《詩詁》亦譏箋義爲非，皆未喻傳意。案：鵙乃雕類，定是鷙鳥，古字摯、鷙亦通用。但詩人取義，在「至」不在「鷙」耳。

窈窕，毛云：「幽閑也。」又云：「是幽閑貞專之善女。」明是指德而言，非謂所處之宫也。箋、疏釋爲「深宫」而謂毛意亦然，誤矣。且毛傳「淑女」皆就未得時言，安得先在深宫？《韓詩》薛君漢《章句》云：「窈窕，貞專貌。」見《文選》李善注。正與毛同意。

逑，本訓斂聚。《關雎》「好逑」，《釋文》云：「逑，本亦作仇。」又《禮記》及《漢書注》、《文選注》引此詩皆作「仇」，則「仇」字爲正矣。又案：《周南》兩言「好仇」，《大雅》言「仇方」，毛皆訓「匹」，鄭皆訓「怨耦」。《小雅》之「手仇」，毛亦訓「匹」，毛義長矣。《爾雅》云：「仇，合也。」又云：「仇，匹也。」此兩訓正爲《詩》設也。怨耦之解見《左傳》，《説文》亦引《虞書》云：「怨匹曰逑。」蓋亦古義，然非所以釋《詩》。鄭泥「怨耦」之訓，謂《關雎》「好逑」是「和好衆妾之怨者」，不亦迂乎！

《關雎》二、三章，毛皆以未得時言，故求是未得而求友樂，則預計初得時事也。鄭皆以已得時言，故求是追溯其初，而友之、樂之，正言助祭時也。如毛意，則琴瑟鐘鼓爲淑女而設；如鄭意，則爲神而設。毛義勝矣。琴瑟喻其和平，鐘鼓象其美大，正形容友樂之情耳。若爲神而設，與友樂何預哉？孫毓主毛，良有見。

荇、蓴相類，實二草也。蓴葉圜，荇稍鋭而長。字本作莕，荇乃重文。《爾雅》「莕，接余，其葉苻」是也。《説文》作「莕，萎餘」，夏有華，或黄或白，實大如棠梨，中有細子。《草木疏》吴陸璣著。言此菜可按酒，而蘇頌《圖經》宋仁宗時《本草》。謂「今人不食，醫方鮮用」，意古今物性不同乎？又《唐本草》蘇恭等修。及《埤雅》宋陸佃著。皆以爲荇即凫葵，恐誤。《周禮·醢人》注、《魯頌》毛傳並云：「茆，凫葵。」《説文》及《廣雅》魏張揖著。之説亦同。茆乃蓴也，豈荇乎？

「左右流之。」「左右」音「佐佑」，助也，嬪御助后妃求之也。《集傳》訓爲「無方」，則於芼義難通矣。朱子以「芼」爲「熟而薦之」也。熟而薦之，於禮當有常所，安得云「無方」乎？案：《檀弓》「左右就養無方」，又云「左右就養有方」。「無方」、「有方」，皆可言左右矣。又案：「佐佑」，俗字也。助義本作「左右」，其左右手字本作「ナ又」。今用「左右」爲ナ又手字，而別作「佐佑」字以當助義，非古也。《詩》無「佑」字，而「佐」字見《六月》、《下武》、《韓奕》三詩，餘則手義、助義俱溷用左右字。蓋衛包改經，字有改之未盡者，故雅俗互見也。後儒徒守俗訓，遂多誤解。

「流」訓「求」，《爾雅》、毛傳同，古字義本如此。朱《傳》釋爲「順流而取之」，則經文爲不詞矣。況「流」既爲「取」，則侵「采」義，故訓「采」爲「取而擇之」。「采」既爲「擇」，則又侵「芼」義，故訓「芼」爲「熟而薦之」。三字訓殆相因而易。

古注字訓必有本，不敢用臆説。如「輾轉反側」，箋云：「卧而不周曰輾。」疏引《書》傳「帝猶反側晨興」，見「反側既爲一，輾轉亦爲一，俱爲卧而不周」。又《澤陂》詩「輾轉伏枕」，伏枕是身伏而不周，輾轉與連，文義定相同。又《何人斯》箋以「輾轉」釋「反側」，愈知四字義同。蓋此四字兩見《詩》，《關雎》兼言之，《澤陂》、《何人斯》各言之。疏以詩證詩，析四字爲二義，見其大同小異，不甚分别也。張揖《廣雅》云：「展轉，反側也。」殆取《何人斯》箋而倒其文。要之，四字義本同矣。朱《傳》始析之曰：「輾者轉之半，轉者輾之周。反者輾之過，側者轉之留。」語甚新美，然不知何本。又《釋文》云：「輾，本亦作展，吕忱從車、展。」則「輾」字殆始於《字林》。《説文》有「展」字，無「輾」字。《玉篇》展、輾二字皆訓轉，無二義。《澤陂》「輾」字，《釋文》亦云：「本又作展。」是知車旁皆後人加也。近世趙凡夫著《説文長箋》。言「輾」字是「報」字所改，恐不然。報，轢也，尼展切。與「輾」字音義俱不同。

傳以「芼」爲「擇」，與《爾雅》異義。《爾雅》云：「芼，搴也。」孫炎注云：「皆擇菜也。」某氏云：「搴，猶拔也。」郭璞云：「拔，取菜也。」某、郭專釋《雅》文，孫則旁顧《詩》傳，然以「擇」釋「搴」，於義離矣。孔疏引其文，又申之曰「拔菜而擇之」，蓋欲通兩義爲一。但「拔」與「擇」原各一事，合之終屬武斷，非確解也。源謂《詩》、《雅》兩「芼」字，文同而義異。毛就《詩》釋《詩》，不必援《雅》爲據矣。案：《詩》「芼」字亦作「覒」。《説文》云：「覒，擇也。」《玉篇》亦云「擇也」，引《詩》「左右覒之」。古字多借用，「芼」乃「覒」之借耳。毛云「擇」者，本訓「覒」，不訓「芼」。孫據毛以釋《雅》，孔據《雅》以合毛，皆過也。又案：「覒」字，《説文》讀如苗，徐莫袍切，皆平聲。《玉篇》莫到切，則去聲。《詩》釋文同《玉篇》。

《禮》惟羹用芼，所謂鉶羹之芼也。后夫人助祭，薦菹不設羹，故箋云「后妃供荇菜之菹」，而傳亦訓「芼」爲「擇」。宋董氏名逌，著《廣川詩故》。云「熟而薦之曰芼」，則直是羹矣。菹生釀之，不用熟也。《集傳》以荇菜爲興，故從董説亦無害。但王后采荇，夫人采蘩，大夫妻采蘋藻，皆實事也。《召南》爲賦，而《周南》爲興，恐非詩旨。

葛覃

《葛覃叙》述后妃在父母家事，朱子《辯説》譏之，因又謂「未嫁時自當服勤女功，不足稱述」。此恐非確論。豪家女子生長富貴，尚不知絺綌爲何事，況大姒大邦之子哉？餘辯見《通義》。

「服之無斁。」箋云：「服，整也。」謂整治絺綌，是未成布時也。今解爲服之於身，是既成衣時也。由箋説見后妃之勤，由今説見后妃之儉，義俱通。但后妃之儉於下章「澣濯」見之，則此章專言勤優矣。

「害澣害否。」毛以爲問詞，鄭以爲無所偏否，皆當澣之。竊謂毛説勝也。上以污、澣對言，此以澣、否對言，意各有當。如鄭説，則詞復矣。孔疏右鄭，以爲有問詞而無總結，殆非文勢，故不從傳。

殊不知澣濯細事，不敢自專，必詢師氏，正見其尊敬師傅。詩人設爲商度之詞以形容后妃之心耳，何必有答詞方見其爲問哉？毛云私服宜澣、公服宜否，自論澣、否之常，非代詩人答也。疏語未當。

卷耳

今以《卷耳》詩爲后妃思念君子，恐不然。婦人思夫之詩，如《伯兮》、《葛生》、《采緑》諸作見於變風、變雅，所以閔王道之衰，征役不息，室家怨曠，刺時也，義不繫於思者也。若如今説，則《卷耳》當爲商紂刺詩，不得爲《周南》正風矣。況民家婦女思念其夫，形諸怨歎，不足異也。后妃身爲小君，母儀一國，且年已五六十，《無逸》「文王受命於中身」，孔傳云：「即位時年四十七。」案：征役當在即位之後，后妃年應相若。乃作兒女子態，自道其傷離惜别之情，發爲咏歌，傳播臣民之口，不已媟乎！至於登高極目，縱酒娱懷，雖是托諸空言，終有傷於雅道。《汝墳》、《殷其靁》兩詩閔其君子，猶能勉之以正，勸之以義，故列於正風。曾后妃而反不若哉？

卷耳，即今藥草中之蒼耳子也。異名最多，曰苓耳，見《爾雅》及毛傳。曰葹，見《離騷》。曰葈耳，見《廣雅》。曰胡葈，見《神農本草經》及《草木疏》。曰耳璫草，曰白胡荽，息遺切。曰爵耳，皆見《草木疏》。曰羊負菜，見《博物記》。曰棠枲，見《爾雅》郭注。陶隱居云：「傖人皆食之，謂之常思菜。」常思者，其常枲之譌乎？殷敬順唐人。《列子》釋文引《蒼頡篇》云「葈思上聲。耳一名蒼耳」，《埤雅》引《荆楚記》亦同，卷耳之即爲蒼耳信矣。其華葉性味頗見於陸疏、郭注，惟陸云「蔓生」、郭云「叢生」爲異。宋《圖經》謂陸、郭所言皆與今蒼耳相類，其郭言叢生尤得之。今《集傳》亦從郭。

張子厚、呂和叔皆謂采卷耳以備酒醴之用，見《讀詩記》。此見下章「金罍」、「兕觥」語，故爲此說也。案《本草》，蒼耳並無釀酒之用，惟崔寔《月令》有「伏後爲麴」之說，張、呂豈本此乎？今造神麴亦用蒼耳汁，然神麴惟入藥，不以釀也。《月令》之麴殆斯類。況此詩取憂爲興，義在不盈，不在卷耳。故傳云：「憂者之興也。」酒醴之說，未必詩旨。

《詩》有三「周行」，鄭皆釋爲「周之列位」。《卷耳》之「周行」，則《左傳》、《荀子》、毛傳義皆同，其說古矣，非妄也。宋呂大鈞改訓爲「周之道路」，呂東萊《讀詩記》取之，徒見下三章皆咏使臣，故謂此二句亦言賢人君子不當令之遠行從役耳。然《小敘》「求賢審官」指此二句言，「知臣下之勤勞」指下三章言。四章分爲兩意，既諷君子當爲官擇人，又勸其於賢勞者致恩禮焉。文義相承，自應如此。

砠、䃊、岨三字實同一字。今本《詩》及《爾雅》皆作「砠」，《釋文》作「䃊」，《說文》引《詩》作「岨」。《爾雅》云：「石戴土謂之崔嵬，土戴石爲砠。」而毛傳反之，疏以爲傳寫之誤。今案：《說文》、《釋名》、《玉篇》、《廣韻》之釋「岨」皆與毛同，而「崔嵬」無訓。惟《玉篇》砠、岨二字並載，「岨」解同毛，「砠」解同《爾雅》，則兩存其說焉。劉、名熙，著《釋名》。許皆漢人，時毛學未盛，而二書之釋「岨」皆合於傳，則傳寫之誤當在《爾雅》。若屺、岵，則定是傳誤。

樛木

《釋文》云：「樛，馬融、《韓詩》本並作朻。」《爾雅》云：「木下句曰朻。」案《説文》云：「下句曰樛，从木翏力救切。聲。」「朻，高木也，从木丩居由切。聲。」則二字義别。詩興逮下，當以樛爲正。又樛木下垂，喬木上竦，正相反。而《周南》詩俱托興焉：一美逮下之仁，一喻立身之潔。義各有當爾。

「樂只君子。」鄭訓只爲是，云「樂其君子」。孔氏申之，以爲樂是君子，言「以禮義施於君子使得享其樂也」。吕《記》、嚴《緝》皆云：「樂哉君子，語氣雖别而大義則同。」案《説文》：「只，語已詞。从口，象氣下引。」則以哉字代之，亦可通也。又「只」讀如「止」，俗讀如「質」者非是。《玉篇》「之移」、「之爾」二切。《韻會》云：「惟有此二切。」

螽斯

《螽斯叙》云「言若螽斯不妒忌」，箋、疏讀爲一句。故朱子譏之，謂以不妒忌歸之螽斯，乃叙者之誤。《通義》謂此叙當於「言若螽斯」絶句，連上文讀，而以「不妒忌」屬下文，文義最穩。得之矣。然群處和集便是螽斯不妒忌之驗，〔一〕即如舊讀，義自通。

〔一〕「處」，原脱，據庫本、張校本補。

《螽斯》篇，毛不言興，而鄭以興釋之。其答張逸云：「此實興也，文義可解，故不言。」此善會毛意也。今以爲比，恐不然。又此詩每上二句言螽斯，下二句言后妃。「爾」者，爾后妃也。振振、繩繩、蟄蟄，正謂子孫之賢。毛分釋三義，甚優。而《韓詩外傳》引此亦云「賢母使子賢也」，意與毛同矣。今以爲螽斯之多子，殊少義趣。

桃夭　兔罝　芣苢

《周南》首八篇《叙》皆言后妃，而文王之德自見。至《江漢》、《汝墳》二詩化行南國，則云「文王之化」。義各有攸當也。晦翁譏之，以爲「一以后妃爲主，不復知有文王。至於化行國中，三分天下，皆以爲后妃所致，則是禮樂征伐皆出婦人之手，文王徒擁虚器爲寄生之君也」。以上皆《辯説》語。吁！《叙》之言安有是哉？歬俗作前。五篇《叙》止言后妃一身不及梱俗作閫。外，求賢審官者，以勸君子耳，非自爲之也。《桃夭》、《兔罝》、《芣苢》三《叙》則及國中矣。然宜室家、樂有子，皆婦人事也。賢才衆多，與《關雎》憂在進賢，理亦相通也。且此三詩《叙》，一云「所致」，一云「化」，一云「美」。孔疏釋之云：「三者義通，總是美化所致耳。」是《叙》止言化，不言政也。化者，德修於身而聞者興起。後世匹婦庶女孝義感人，尚能厚人倫、美風俗，況以國母之尊，可謂必無其理哉？若晦翁所云，禮樂征伐者政也，《叙》無是言也。至后妃之賢是文王刑于所致，美后妃正所以美文王，舉此以見彼，足矣。如必篇篇並舉而言之，古人文字安得蕪冗如此。

桃夭

《説文》「枖」、「媄」二字並引此詩，是《詩》「夭」字亦作「枖」，又作「媄」也。今考其義，當以「枖」爲正。枖，《説文》以爲木少盛貌。毛亦以夭夭爲桃之少壯，義本合，故《釋文》獨引焉。夭本於兆切，屈也。今《詩》借用耳。媄訓爲女子笑貌，當出三家詩。

《桃夭》三章三言「宜」，本一義也。毛傳於末章云「一家之人盡以爲宜」，則上二章宜字義亦應爾。首章傳乃云：「宜以有室家，無踰時者。」不如末章義優矣。康成反據前解以易後傳，殊失去取之當。

兔罝

《兔罝》是賦體，毛、鄭皆不以爲興也。歐陽《本義》專以興言之，又譏《叙》曰：「如《叙》文則周南舉國皆賢，無君子小人之別。此以詞害意。説《詩》者泥《叙》語，遂謂兔罝野人皆有才德可用，此又近誣。」吁！過矣。文王舉賢不遺微賤，得士於兔罝中，自有此理。度外之事，後世大略之主猶能行之，何云近誣？《叙》云「莫不好德，賢人衆多」，極形王化之盛耳。言衆多，不言皆賢也，何謂害意？且好德，人之常性。歐反以有君子無小人爲妄，是何言乎？案：元儒金履祥引《墨子》「文王舉閎夭、大顛於罝網之中而授之政，西土服」，因言「兔罝體貌肅敬，此閎夭、大顛所以爲賢，而文王舉之也。臼季之取冀缺，林宗之取茅容皆然，況文王乎？此言敬德之可貴，故取士者恒以之也」。善會《詩義》矣。或疑《墨子》之言不見經典，未可據。信夫古人軼事，經史所不載而幸存於諸子百家之言以傳後世者多矣，可悉指爲誣乎？縱使出於傅會，要必當時説此詩者原有得賢於《兔罝》之解，故以閎夭、大顛實之也。又漢賈山云：「文王時芻蕘、采薪之人皆得盡其力。」芻蕘、采薪，非兔罝之流乎？山之言亦本是詩矣，可見毛、鄭以前釋《兔罝》詩者皆作是解，非一家之私説也。《集傳》以詩語上下相應，故判爲興。然仍謂是興中之賦，而云「兔罝之人才有可用」，則亦不以歐説爲然。

芣苢

《爾雅》别芣苢之名馬舄、車前，併芣苢而三焉。《本草》又名當道，根葉及子皆入藥，而葉又可茹。見陸璣《疏》及王旻《山居録》。其實主令人有子。見陶氏《别録》。《周南》婦人當采其實矣。《韓詩》既云：「直曰車前，瞿曰芣苢。」生子兩旁謂瞿。又云：「芣苢，澤寫也。」車前、澤寫，豈一草乎？又以爲惡臭之草，今此二草未見其惡臭也。

漢廣

《漢廣叙》云：「德廣所及也。」前三詩化及國中，此詩方及南國，故云「廣」。與「漢廣」字偶同耳，非謂漢廣爲德廣也。《辯説》譏之，無乃苛乎？

「南有喬木。」毛云：「喬，上竦也。」《集傳》取《鄭風》蘇注蘇轍著《詩解集傳》。釋之曰：「上竦無枝曰喬。」案：《爾雅·釋木》凡五言喬。一云「句如羽喬」，一云「上句曰喬」。句者言樹枝之卷曲，非無枝也。一云「如木楸曰喬」，注：「楸樹性上竦。」一云「槐棘醜喬」，注：「枝葉皆翹涑。」楸、槐、棘三者皆非無枝之木也。一云「小枝上繚爲喬」，此又明言有枝矣。《爾雅》五言「喬」，並無無枝之説。蘇氏云云，不知何據。或曰：《爾雅》「小枝上繚爲喬」下云「無枝爲檄」，兩文連，遂誤以彼釋此耳。噫！鹵莽一至此耶？

「休息」作「休思」，《釋文》非之，而正義以爲然。據傳先釋「思，詞」後言「漢上」爲證，其説良是。但陸云：「古本皆作休息，本或作思，以意改耳。」孔云：「未見有本作思者，故不敢改。」獨《集傳》以爲《韓詩》作「思」，豈據《外傳》之文乎？唐初《韓詩》内、外傳及《章句》俱在，陸、孔所見本較多，何反無作「思」者？今《外傳》之作「思」，當亦後人以意改耳。

孔疏釋「游女」之義云：「《内則》：『女子居内，深宫固門，閽寺守之。』此貴家之女也。庶人之女執筐行饁，不得在室，故有出游之事。」此解甚平正。《集傳》則云：「江漢之俗，其女好游，漢、魏以後猶然，如《大隄曲》可見。」噫！誤矣。女子無故出游，不過冶容誨淫耳，非美俗也。被文王之化者尚有此乎？《大隄曲》作於劉宋時，六朝綺靡之習，豈成周盛時所宜見？風俗隨時而變，自周迄宋，千五六百年，安得相同？況大隄所咏乃狹邪倡女，引彼證此，尤爲不類。

「江之永矣。」永，《説文》作「羕」。案《爾雅》：「羕，長也。」郭注云：「羕，所未聞。」不引此詩。《文選·登樓賦》「川既漾而濟深」，李善注引《韓詩》云：「江之漾矣，不可方思。」薛君云：「漾，長也。」則《韓詩》自作「漾」矣。《説文》「羕」字、「永」字皆引此詩。東漢時三家詩具存，意

「羕」字在《齊》《魯詩》乎？

方，《説文》云：「併船也。象兩舟省，總頭形。」案：《爾雅》「大夫方舟」是也。方字訓釋雖多，而此其本義。後世復出「汸」字以當併船之方，俗也。《漢廣》「不可方思」，《谷風》「方之舟之」，毛、鄭訓「方」爲「泭」。《釋文》云：「小筏曰泭。」《爾雅》云「舫泭」，又云「庶人乘泭」，是也。此雖非併船，而不離舟義，乃假借之有因者。《韻會》釋「方」字，歷舉諸解，獨不及「泭」義，疏矣。

「之子于歸，言秣其馬。」箋、疏解此，本謂「於是子出嫁之時，我願秣其馬乘之，以致禮餼，示欲其適己」。文似迂，意則正也。永叔解之曰「之子出游而歸，我願秣其馬，猶古人言雖爲執鞭，所欣慕焉」者是也。朱《傳》説之深，意亦同。歐文較順，而意稍媟焉。唐人《香匳詩》曰：「自憐輸廐吏，餘暖在香韉。」此即歐、朱意也。孰謂《周南》正風乃艷情之濫觴哉？嚴坦叔釋此云：「此女出嫁，人將有秣馬以禮親迎之者，豈可以非禮犯。」意本箋，然青出於藍矣。

汝墳

《爾雅》「汝爲墳」，郭注引《詩·汝墳》證之。宋董逌據此謂《詩》「墳」字當作「濆」，晉世《詩》本猶爲「濆」也。此謬矣。觀毛傳訓「墳」爲「大防」，則漢世已作「墳」，從土旁矣。與今本正同。不應晉世偏從水。

「燬」字，《爾雅》、毛傳、《説文》皆訓「火」，《韓詩》薛君《章句》訓「烈火」。《説文》「燬」又作

「娓」，音義亦同。獨朱《傳》訓爲「焚」，未詳字訓所出。「父母孔邇」者，勸其君子當勤勞王事，無貽父母憂。《叙》所謂「勉之以正」也。箋、疏及《列女傳》俱作此解。《集傳》從張氏説，以父母斥文王，義亦可通，但不如古注主勸勉君子義尤長，且合《叙》。

麟趾

《麟趾》取興，不過謂公子之信厚如麟耳。《集傳》以麟興文王后妃，以趾興公子，不大分析乎？至易「信厚」爲「仁厚」，於義無礙。然毛傳之「信而應禮」，較有本矣。

《麟趾》傳云：「公姓，公同姓。公族，公同祖。」孔疏申之，以爲同姓是五服之外，同祖是五服之内，與《杕杜》傳以同姓爲同祖異。彼對同父，此對同族也。又引襄十二年《左傳》「同姓於宗廟，同宗於祖廟，同族於禰廟」，同姓是諸姬，同宗是凡蔣、邢、茅、胙、祭皆於五服之外分親疏，同族是五服之内，以證毛義，明且確矣。《集傳》取王氏安石之説曰：「公姓，公孫也。」稱子爲姓，古有之矣。見《左傳》昭四年。稱孫爲姓，未之前聞。王又自申之曰：「孫，傳姓者也。」此語亦不可解，豈以春秋時公子之孫輒氏其祖之字與？然此公子之孫非公孫也，又傳氏非傳姓也。

皇清經解卷六十終

嘉應張嘉洪舊校
番禺高學瀛新校

毛詩稽古編　卷二

吴江陳處士啓源著

召南正風

鵲巢

《鵲巢》之鳩，鳲鳩也。毛云「秸鞠」，《爾雅》同，注云：「今之布穀。」鄭言其有均壹之德，故《詩》以喻夫人。《埤雅》申之，言「均是母道，壹是妻道」，義尤允矣。永叔獨爲異説，謂别有拙鳥，處鵲空巢，今謂之鳩。至所謂布穀，與鳩絶異。案：此説非是。鵲生子輒飛去，其巢任他鳥居之，豈布穀獨不可居乎？布穀之爲鳩，載在經傳，歷有明據。若拙鳥者，不咏於《詩》，不著於《爾雅》，又不在《左傳》五鳩之列。其昌鳩名，特俚俗之妄稱耳。《召南》詩人安知宋世有拙鳥亦名鳩乎？且未聞言婦德者徒取其拙也。宋人説《詩》多從歐、《集傳》，又衍爲「專静純一」四字，亦知以拙爲美德，於義難通也。夫「專静純一」止當鄭箋之「壹」耳，尚漏其「均」義，因均義尤遠於拙，難於牽合也。不知天下性拙之人儘有躁動反覆者，豈必皆專静純一哉？

采蘩

《采蘩》之蘩，皤蒿也。《漢廣》之蔞，蔞蒿也。《鹿鳴》之苹，藾音賴。蒿也。凡三蒿矣。郭氏《爾雅注》、陸氏《草木疏》所言皆然。《本草》白蒿即皤蒿。入本經上品，又名蓬蒿。孟詵《食療》白蒿之外別著蔞蒿，陸佃《埤雅》亦並釋此二蒿，未嘗合爲一也。宋蘇頌《圖經》謂古以白蒿爲菹，今人但食蔞蒿。則已疑蔞之即蘩，然未敢決言之。近世李時珍《本草綱目》始言白蒿有水陸二種，而以苹爲陸生，蔞爲水生，似屬有據。今録其説云：「白蒿有水陸二種，《爾雅》通謂之蘩。曰蘩皤蒿者，即今陸生艾非冰臺之艾。蒿也，辛薰不美。曰蘩由胡者，即今水生蔞蒿也，辛香而美。曰蘩之醜秋爲蒿者，通指水陸二種。曰藾曰蕭曰萩，皆老蒿之通名。」《本草》所用，蓋取水生者。《詩·鹿鳴》之苹，即陸生皤蒿，鹿食九種解毒之草，此其一也。《詩》「子以采蘩」、《左傳》「蘋蘩薀藻之菜」，並指水生白蒿言。蔞蒿生陂澤中，二月發苗，葉似嫩艾而岐細，面青背白，其莖或赤或白，其根白脆。采其根莖，生熟菹曝皆可食，蓋嘉蔬也。景差《大招》云「吳酸蒿蔞不霑薄」，謂吳人善調酸鹹，瀹蔞蒿以爲齏，其味不濃不薄而甘美也。案：李詮釋蔞蒿性狀，可補《漢廣》詩疏之未及。又《采蘩》詩疏以「蘩」是陸草，解「沼沚」爲「水旁」、「澗中」爲「曲内」，頗費回護。況王后薦荇，大夫妻薦蘋藻，皆水草，不應夫人獨異。《左傳》「蘋蘩薀藻」皆指爲澗谿沼沚之毛，不應雜一陸草於其中。陶隱居云：「白蒿生於川澤，二月采。」生於川澤，正與《詩》「沼沚」、「澗中」相合，不必作「水旁」、「曲内」解矣。其説良是。但謂與蔞一草，未知果否耳。至以陸生者爲苹，案《草木疏》蘩色白而苹色青，白蘩至秋始可食，而苹始生即可食。色性不同，定別草也。《豳風》「采蘩祁祁」，其陸生之蘩與？蘩以生蠶，蠶性惡濕，未必用水草耳。

古以祀與戎爲大事。《春秋》書「有事」，書「有大事」，皆言祭也。《詩》「公侯之事」，傳以爲祭祀，而以下章之宮爲廟，意亦同。《左傳》云「蘋蘩薀藻」可薦鬼神，正指《采蘩》、《采蘋》二詩言。則毛公執蘩助祭之説不可易矣。或見《七月》詩「采蘩祁祁」語，遂謂夫人親蠶故采之，直兒童之見也。《集傳》載其説，既屬蛇足。近世僞爲《申公詩説》者又從而傅會之，可嗤矣。

「夙夜在公。」箋、疏以「夜」爲祭前之夕視濯溉，「夙」謂祭日之晨視饎爨。還歸則祭畢而歸，燕寢皆非正祭時，故服被不服副。此定説也。宋曹氏謂詩作於商時，與周禮異，故服次以祭。斯特縣想之談耳。然吕《記》、朱《傳》皆從之。

草蟲

箋以「見止」爲同牢之時，以「覯止」爲初昏之夕，因引《易》「覯精」語證之。後儒多笑其鑿。然古詩簡貴，不應一事而重複言之。鄭分爲兩義，亦非無見。

《集傳》釋《召南·采薇》不依古注，曰：「薇似蕨而差大，有芒而味苦，山間人謂之迷蕨。胡氏曰：疑即莊子所謂迷陽。」今案：胡氏寅之言曰：「荊楚間有草，叢生修條，四時發穎，春夏之交，華亦蕃麗。條之腴者大如巨擘，食之甘美，野人呼爲迷蕨。疑莊子所謂迷陽即此蕨也。」噫！彼特以迷、薇二字聲音相近，又此詩蕨、薇連章，《四月》詩亦蕨、薇同句，誤謂二草是一類。而迷蕨之名偶相符合，遂傅會爲此說耳。夫古今方俗，語不相通，野人語音尤多不正，豈可爲據？況薇與蕨各一草，不得用薇爲蕨名。胡語謬甚。又胡氏所記華葉條幹與今山中蕨草大不相類，以爲似蕨，尤不確也。莊子曰：「迷陽迷陽，無傷吾行。郤曲郤曲，無傷吾足。」解者多矣，未有以迷陽爲草名者。惟羅勉道循本有迷蕨之解，要是後儒鑿空妄說，不可以爲信也。迷陽既爲薇草，郤曲又何草耶？

《說文》：「薇，菜也，似藿。」陸疏云：「薇，草莖，葉似小豆，蔓生，味亦似小豆藿。」嚴《緝》引項氏云：「薇，即今之野豌於桓切。豆葉，蜀人謂之巢菜，東坡改名曰元修菜。」巢元修，東坡故人，嗜此菜，故以名之。項說正與許、陸同矣。案《爾雅》「薇垂水」，邢昺謂《本草》有二薇：「生平原川谷似柳葉者白薇也，生水旁似萍者薇也。《詩・采薇》是山菜，非垂水。」今考《本草》，白薇入本經中品，名春草。《別録》名薇草，又名白幕。云：「生平原川谷，三月三日采根陰乾。」蘇頌云：「莖葉俱青，頗類柳葉。六七月開紅華，八九月結實。其根黄白色，類牛膝而短小。」邢昺以《詩・采薇》爲此草矣。至巢菜之薇，陳藏器唐人。載在《本草拾遺》，云「生水旁，似萍」，則正《爾雅》之垂水也。孔氏正義全引陸疏，是直以《詩》之薇爲垂水，意與邢異。源謂垂水生水旁，不生水中，谿澗潢潦皆山間水，薇生其旁，無害爲山菜。況叔重釋薇似藿，乃其本義。陸璣疏《詩》亦同。二子去古未遠，說必有據。孔氏從之當矣，邢語非是。又案：巢菜有大小二種。小巢名薇，即垂水。大巢名蕘搖，《爾雅》「柱夫搖車」是也。說見《本草拾遺》。

采蘋

《采蘋》篇，毛、鄭皆訓以爲教成之祭。其合於經文者有三焉：蘋藻二菜與《禮記・昏義》同，一也；「宗室牖下」與教之宗室之文同，二也；不稱婦而稱季女，三也。王肅釋此詩是大夫妻助祭於夫氏之事，故謂蘋藻爲菹，牖下爲奥。孔疏駁之，而朱《傳》從之。

蘋、萍二草，朱《傳》誤合爲一。華谷論其有大小之分，當矣。但其譏《爾雅》郭注云「誤以小萍爲大蘋」，則非郭之誤，而孔疏引郭之誤也。今案：《爾雅》先云「萍蓱」，注：「水中浮萍，江東人謂之薸。」繼云「其大者蘋」，注：「《詩》於以采蘋。」是郭注「水中浮萍」二語乃釋「萍蓱」，非釋「蘋」也，於「蘋」字直引《詩》證之耳。孔氏引《爾雅》，合兩文爲一而繫郭注於下，又刪去其引《詩》之語，竟似以「萍」釋「蘋」矣。嚴《緝》不譏孔而譏郭，豈未睹《爾雅》原文耶？疏謬殊甚。嚴又據《唐本草》，謂水萍有三：大曰蘋，中曰荇，小曰萍。亦非通論。蘋、萍之爲同類而分大小，因有《爾雅》之文耳。荇之列於萍，乃蘇恭之說，前此未之聞也。且蓴亦似荇，何不併列之爲四蘋乎？荇、蓴與蘋三草相似，李氏《綱目》辨之甚詳：葉徑一二寸有一缺而形圓如馬蹄者蓴也，葉似蕁而稍鋭長者荇也，華竝有黄白二色、四葉合成一葉如田字形者蘋也。夏秋間開小華白色，又稱白蘋。

毛以藻爲聚藻，正陸璣所謂「葉如蓬蒿，莖大如釵股」者也。又名薀，薀藻之菜見《左傳》。李氏《本草》注云：「葉細如絲，及魚鰓狀節節相生，即水薀是也。又一種名馬藻，即《爾雅》之莙牛藻。郭云：似藻，葉大，江東呼爲馬藻。」陸疏所謂「葉如雞蘇，莖大如箸」者即此，非《采蘋》詩之藻。

「宗室牖下。」毛以爲室中，鄭以爲户外。義雖不同，皆不以爲奥也。故孔疏駁王肅云：「經典未有以奥爲牖下者。」案：奥乃深隱之名，牖下乃通明之處，肅合爲一，名實相違矣。

甘棠

先儒釋《甘棠》爲召公述職，不欲重煩百姓，聽斷於棠下。《韓詩》及《史記》、《説苑》所言皆與鄭箋同。宋劉元城安世譏之，謂此乃墨子之道，當是召伯在時，偶焉憩息於此耳。源謂巡行時適值農桑無暇，故就樹下而決訟，理容有之，原不以此爲常也。若偶焉憩息，則巡行多矣，所憩息非一處，思德者何偏愛一棠哉？

毛傳云：「蔽芾，小貌。」吕《記》引宋范氏云：「盛也。」兩義相反。案《説文》「蔽」字注云：「蔽蔽，小草也。」《易·豐卦》釋文引《子夏傳》云：「芾，小也。」《爾雅·釋言》亦云：「芾，小也。」

然則蔽、芾皆爲小義。《詩》合此二字爲文，其當訓小無疑。毛義不易矣。又「芾」字本作「市」，《玉篇》云：「蔽市，小貌。」此又祖毛説。又案：甘棠即杜也，見《爾雅》。謂之杜梨，郭注。亦名棠梨。陸疏。《唐風》兩「杕杜」皆咏其特生，一言枝葉稀疏，一言陰涼寡薄，俱與小義近。晉孫楚《杕杜賦》云：「華葉疏悴，靡休蔭之茂榮。」今棠梨實非大樹，與《賦》語正合，何得言盛？

《爾雅》云：「杜，甘棠。」又云：「杜，赤棠。白者棠。」舍人注云：「白者名棠，赤者爲杜，爲甘棠。」《召南·甘棠》、《唐風》及《小雅》『杕杜』皆赤棠也。」毛傳亦云：「甘棠，杜也。」然則甘棠乃赤棠，又名杜，無可疑矣。《草木疏》云：「甘棠，今棠梨，赤棠也，與白棠同耳。但子有赤白美惡。白棠子白而滑美，甘棠是也。赤棠子澀而酢，俗語曰『澀如杜』是也。」既以某棠爲赤棠，又以爲白棠，前後語相反，必有誤也。《爾雅》邢疏及陸氏《埤雅》皆全引之而不置辯，惟孔氏《詩》疏專引舍人注，得之矣。

《召》之「甘棠」，《秦》之「樹檖」，皆野梨也。甘棠即杜也，樹似梨而小，子霜後可食。《韻會》云：「牡曰棠，牝曰杜。」《齊民要術》云：「梨核每顆十餘粒，種之，惟一二子生梨，餘皆生杜。」然接梨者必用之。檖名赤羅，又名山梨，又名楊檖，名鹿梨，名鼠梨，實大如杏，可食。案：棠、杜、梨，三者同類而小異耳。甘棠名棠梨，又名杜梨，實兼三種木名矣。後世海棠乃别種。鄭樵以爲即甘棠，誤甚。海棠來自海外，古世未有風人，安得見之哉？

茇，《説文》訓「草根」。而「废」字訓「舍」，引《詩》「召伯所废」。今《詩》皆作「茇」，毛云「草舍也」。孔疏引《周禮》「茇舍」注「草止」釋之。「废」云「舍」，「茇」云「草舍」，義稍別而同歸矣。又《左傳》「反首拔舍」僖十五年。杜注云：「拔草舍止。」殆因茇、拔文異，故不直云「草止」乎？三書各一，字義實相通。此《詩》則當以「废」字爲正。

《集傳》釋《甘棠》篇，以爲「勿敗則非特勿伐，勿拜則非特勿敗」，此用唐人施士丏彌兖切。之説也。施解「勿拜」，謂小低詘其枝如人之拜。此特臆説耳。嘗以字義考之，則異是。案首章之「伐」，毛訓「擊」，《説文》訓亦同。次章之「敗」，毛無傳，而《説文》訓「毁」。末章之「拜」，本作「扒」。扒音拜，拔也。見《廣韻》。鄭箋「拜」亦訓「拔」。可見今《詩》「拜」字乃「扒」字之借，非跪拜義也。施取借用之字而妄爲傅會，陋矣！夫毁之則甚於擊，拔之則又甚於毁，三章文義殆由輕而重。《集傳》正與相反。

行露

《行露》以喻犯禮，本興體。《集傳》判爲賦，是言畏露之霑濕，故不敢淫奔也。女子不願淫奔，誰能彊之？須以露爲詞邪？又曰：「自述己意，作此詩以絶其人。」一似始與之私，繼則悔而絶之者。此可謂之貞女乎？下章雀鼠之訟，殆彊委禽焉而未遂耳。若怨其不奔而遽與之訟，恐無此理。「室家不足。」非幣不足也，箋所謂「媒妁之言不和而彊委六禮」者也。疏申其意至明，當矣。

《韓詩外傳》以爲既許嫁，因禮不備而不行，是争聘財也。聘財不足，始諾而終悔之，被文王之化者當如是乎？《集傳》云：「家，謂媒聘。不足，謂求爲室家之禮初未嘗備。」夫不行媒聘，突然興訟，何必召公之賢方能決斯獄哉！

羔羊

《麟趾叙》云：「信厚如麟趾之時。」《羔羊叙》云：「節儉正直，德如羔羊。」《騶虞叙》云：「仁如騶虞。」三叙皆言「如」，語同而義異。《麟趾》言「如」，如致麟之時也。《騶虞》言「如」，如騶虞之獸也。《羔羊》言「如」，如服羔裘之人也。鄭箋云：「卿大夫競相切化，皆如此羔羊之人。」正斯義矣。疏申箋意，以爲人德如羔羊，又引《宗伯》職注、《士相見禮》注、《公羊》何休注，以證羔羊之德。殆不然。此詩之「羔羊」，以爲裘耳，豈若麟與騶虞取義於兩物乎？況所云群不失類、跪而受乳、死義生禮，經文無此意也。與節儉正直語非甚合也。疏失《叙》意，併失箋意矣。案：羔裘，大夫居朝之服，孔疏有辯。所謂服羔裘之人也。德不可爲大夫，雖服羔裘，而非其人矣。《召南》大夫德稱其服，故曰如羔羊之人。

《後漢·循吏傳》注引《韓詩·羔羊》篇薛君《章句》云：「素喻潔白，絲喻詘柔。紽，數名也。《詩》人賢仕爲大夫者，其德能稱，有潔白之性，詘柔之行，進退有度數也。」此解素絲最有義味，可以補毛、鄭之未及。

毛以「委蛇」爲行可從迹。《韓詩》云：「公正貌。」兩意正相成矣。惟其公正無私，故舉動光明，始終如一，可蹤迹仿效。即《叙》所謂「正直」也。鄭訓爲「委曲自得」，不及傳之優。至以退食爲減膳，自公爲順於事，文義尤迂。

殷其靁

傳文簡貴，亦有詳人所略者。如《殷其靁》傳云：「靁出地，奮，震驚百里。山出雲，雨，以潤天下，一興耳。」詞煩不殺者，靁爲號令之象，遠行從政以此，故須詳之耳。然則詩人托興，豈漫然哉？乃謂全不取義，吾未敢信。

雨靁殷殷然，震雷虺虺然，旱靁隆隆然。三種靁聲皆見《詩》，惟殷殷之靁有和豫之義，震動之象。王者政教號令動物而使之和，類此矣。故《詩》以興遠行從政，而傳以豫、震兩卦義釋之。

「何斯違斯。」毛云：「何此君子也。斯，此。違，去也。」鄭云：「何乎此君子，適居此，復去此也。」疏申之云：「傳『何此君子』解『何』字，非經中之『斯』，故復訓『斯』爲『此』。箋『何乎此君子』亦非經中之『斯』，『適居此』乃『何斯』之『此』，『復去此』乃『違斯』之『此』也。」孔特以毛之「斯此」在違去之前，鄭又多「適居此」一語，故作是解也。愚則以爲毛、鄭「何此君子」皆經中之「斯」。毛之「斯此」總釋兩「斯」字，鄭之「適居」、「復去」合釋「違」義，而兩「此」字止當經「違斯」之二「斯」字。如此則經文明順，且合傳、箋矣。《集傳》得之。

摽有梅

《摽梅》詩，女之求男汲汲矣。箋、疏皆謂詩人代述其情，良是也。後世閨情艷體出文人墨士筆，正與此相類。朱子以爲女子所自言，閨中處女何其顔厚乃爾耶？案：《大全》、《或問》此詩爲女子自作，恐不得爲正風。朱子曰：「自作亦無害，里巷之詩如此，已不失正矣。」又言：「晉魏間怨父母詩、唐人怨兄嫂詩，雖鄙俚可惡，自是人情。」吁！此言豈可爲訓？《桃夭》、《摽梅》二詩體正相同。一以桃之盛喻及時，一以梅之落喻過時，皆興也。今一以爲興，一以爲賦，吾所不解。

小星

《小星》詩以小星喻妾媵，三五喻夫人，此毛、鄭説也。補傳非之，謂三心五柳非一時所見，柳有八星不得言五，夫人一而已，不得以三五爲喻。嚴氏信其説，遂謂三五參昴即是小星，總爲衆妾之喻。此謬矣。三五，經不言何星，謂之小星猶可。參三星俱大，昴七星其一最大，謂之小星可乎？且詩是托興，非據一時所見而言。心見於三月，柳見於正月，何妨竝取爲喻？牽牛與天畢相去百餘度，《大東》詩同咏之，不必一時竝見也。又星體離合，天官家各有師授，古今多不相同。柳雖八星，然疏引《元命苞》以爲五星矣。不僅柳也，即如下章之參，古以爲三星，《考工記》數伐而爲六星，丹元子不數伐而數左右肩股爲七星。昴，今爲七星，《元命苞》以爲六星，亦不能相同。又如營室二星，《考工記》併東壁於室，而爲四星。河鼓左右旗，班《書》以爲各九星，則共十八星，孫炎僅總爲十二星。又如牽牛、河鼓，《爾雅》合爲一星，《天官書》別爲兩星，皆是也。又天上經星，古今時有增損。以隋丹元子《步天歌》較之，今日天象，如閣道本六星，今則八；文昌本六星，今則七。皆增於其舊。臼本四星，杵本三星，今則臼三而杵一，皆損於其舊。此等未易悉數。甚有古有而今無，如折威、農丈人之類，豈可執一而論哉？況詩托興於星，但以小大爲喻耳，多寡非所計也。必欲以三喻三，以五喻五，不已固乎？至《集傳》取兩「在」字兩「與」字相呼應爲興，此全不取義之説也。有辯見《總詁》。

「寔命不同。」毛云：「寔，是也。」觀《書》「是能容之」，戴《記》引《書》「是」作「寔」。《春秋》桓六年「寔來」，《公羊傳》云「是來」。可見毛義允當。朱《傳》以爲「與實同」，恐非詩旨。案《説文》：「寔，止也。」「實，富也。」今寔音殖，入十三職韻。實讀如石，入四質韻。二字音義各别，自杜注「寔來」訓「寔」爲「實」，後儒相沿，溷爲一字。朱《傳》殆仍其誤。

江有汜

《江有汜》三章，汜爲水決復入，渚爲小洲，皆泛偁也，非水名也。惟末章之沱是水名，見《禹貢》及《爾雅》，江之別也。故《小叙》獨云「江沱之間」，謂二水間之國耳。朱《傳》改爲「汜水之旁」，汜豈水名乎？文義乖矣。水亦有名汜者，然在成皋，不近江也。

「江有汜。」董氏引石經及《説文》，云「汜」皆作「洍」。以爲古作「洍」，後譌爲「汜」。案：《説文》「汜」、「洍」二字皆引此詩，音義亦同。徐鉉等謂「洍」乃「汜」之或體。然則「汜」字古已有之，非後之譌也。董語非是。

《江有汜叙》不言夫人而言嫡，故孔疏申之以爲大夫、士之妻。朱《傳》云「嫡被后妃夫人之化」，亦此意。被夫人化，必非夫人矣。但言媵待年於國，則前後語不相顧。大夫不越境逆女，其媵當待年於家，不應以國別也。春秋時齊高固昏於魯，見宣五年。此衰周之失禮，文王之世安得有之？至待年之誤，《通義》駁之允當。

野有死麕

「吉士誘之。」毛、鄭皆以「誘」爲「道」。《儀禮》有「誘射」之文，謂以禮道之，古字義本如此也。歐陽誤解爲「挑誘」，東萊駁之云：「詩方惡無禮，豈有爲此污行而名吉士者？」斯言當矣。嚴《緝》反從歐，何其悖哉！

「吉士誘之。」言士之宜以禮來也。「有女如玉。」比女德之貞潔鄭云：如玉者，取其堅而潔白。不可犯也。詞遜而意嚴矣。朱《傳》「誘」字無訓，以下所述或説推之，當同歐解矣。又謂如玉是美其色，則此二章詩直是稱述艷情，夸美冶容之語，安在其惡無禮？又烏得爲正風哉？至所引或説出於潘叔恭。其以麕鹿爲誘者，謂以不備之禮爲侵陵之具。夫不論理之當否而論物之厚薄，是特争聘財而已矣。

「林有樸樕。」毛傳云：「樸樕，小木。」孔疏引《爾雅》「樸樕，心」及孫炎、某氏注，以爲即此木。錢氏《詩詁》譏之，謂小木通呼樸樕，非木名也。又《爾雅》是「樕樸」，與「樸樕」不同。某氏注以爲可作柱，則非必小木。可知《韻會》載其説，此似之而實非也。疏引《爾雅》作「樸樕，心」，定是古本原作「樸樕」，後人誤倒其文，不得疑爲兩木也。又郭氏、某氏注皆言「樸樕」即「槲樕」。案：「槲樕」與櫟相類，華葉似栗，亦有斗，〔一〕如橡子而短小。有二種：小者叢生，大者高丈餘，名大葉櫟。然則毛傳言其小者，而某氏注則指其大者與？錢以爲小木之稱，謬矣。《本草綱目》云：「槲葉摇動，有觳觫之態，故名槲樕也。樸樕者，婆娑之貌。其樹偃蹇，其枝芃芃故也。」俗呼衣服不整者爲樸樕，以此理或然。

純有六音：緇、淳、屯、音豚。囤、準、振是也。「白茅純束」之「純」，兼屯、囤二音，訓皆爲包束之義。本徒本反，讀如屯，則鄭意也。故沈重音徒尊反。

「無使尨也吠。」《説文》云：「尨，犬之多毛者。从犬彡音衫。聲。」今惟監本注疏作「尨」，與

〔一〕「斗」，庫本作「實」。

《説文》合。呂《記》、朱《傳》皆作「厖」，非是。厖訓大石，見《説文》，與「尨」異字。

何彼襛矣

襛左從衣不從禾，石經、監本注疏及《説文》皆同。今《集傳》俗本多誤從禾。

雝，從隹邕聲。雝渠，鳥也，亦同脊令。《詩》「肅雝」、「西雝」、「廱雝」皆非本義，乃借也。西雝謂辟廱，當作廱。廱雝是雝塞義，當作邕。邕者，水邕成池，與塞義近矣。今作壅，乃俗字也。惟肅雝爲雝和義，無本字可歸，當終於借。又雝，隸作雍，破巛爲二，破邑爲乡，邑之作乡，猶鄉之左旁也。隹則如故。雝、雍本一字，今分爲兩：鳥名獨用雝，而雍則訓和，亦俗也。其鳴雁和鸞，鳳皇之聲，有取於和，亦當借雝。

以文王爲平王，猶商稱玄王、稱武王，周稱寧王、稱汾王，不必以謚舉也。昧者不察，欲以《春秋》王姬歸齊事實《何彼襛矣》詩，陋矣。朱《傳》本依古注，又附或説於後，可謂蛇足。夫經云「齊侯之子」，此父在之稱也。《春秋》書「王姬歸於齊」，一在莊元年，則齊襄之五年也；一在莊十一年，則齊桓之三年也。王姬下嫁時二公久已爲君，豈有身爲齊侯而顧目爲齊侯之子者耶？爲此説者太闇於文義矣。《集傳》又云「齊侯即襄公諸兒」，其誤尤甚。襄公、桓公皆僖公子，就如或説，齊侯亦當指僖公，何得云襄公耶？元劉瑾申之曰：「《集傳》疑齊侯爲襄公，則齊侯之子指桓公小白也。」是竟以桓公小白爲襄公子矣。不顧後人齒冷耶？

又案：平王之崩在隱公三年，爲辛酉歲。太子泄父早死，立其子林，是爲桓王。王姬果爲平王之孫，必泄父之女、林之妹也。鄭樵以王姬爲桓王女，竟忘桓之以孫繼祖矣。其歸齊襄者於莊之元年，爲戊子歲，去平王之崩已二十八年。太子之死又在其前，則計王姬之年當三十左右。其歸齊桓者於莊之十一年，爲戊戌歲，王姬當四十左右。周雖衰，尚爲共主，何至女嫁不售，遲期乃爾？況三四十歲老女比之桃李之華，安得此過情之譽耶？宋章俊卿名如愚，著《山堂考索》。泥其說，遂以此篇爲刺詩，言王姬有容色之盛而無肅雝之德，且譏《叙》黑白倒置。斯尤謬說。「曷不」與「何彼」相應，皆正詞，非反詞也，文義顯然。且正風安得有刺詩乎？

釣必以絲緍，猶嫁娶必以禮，此毛、鄭之說也。朱《傳》以絲合而爲緍，喻男女合而爲婚，則「其釣維何」語成贅矣。又緍，《說文》從糸，昏聲。《韻會》云：本作緍，今文作緡。今詩皆作「緡」，惟吕《記》作「緍」。《大雅》「言緍之絲」同。

騶虞

「壹發五豝。」傳云：「虞人翼五豝，以待公之發。」孔疏申之，以爲五豝而止，壹發不忍盡殺，仁心之至。朱《傳》易其說，用漢賦「中必疊雙」語釋之，是誇善射也，勸多殺也。《通義》駁其說允矣。況「中必疊雙」語出班孟堅《西都賦》。作賦者之意非以爲美談也，意在頌美東都，故先抑西都以爲下篇地耳。曾是東漢人所譏者，而反爲召南人所美邪？

《詩》「彼茁者蓬」，又「首如飛蓬」，蓬乃陸草，非水草也。《爾雅》「齧彫蓬薦黍蓬」，郭云：「別蓬種類。」邢疏以《月令》藜莠、蓬蒿並興。及《詩》語證之，則斷非水草矣。《本草綱目》引《爾雅》孫炎此非晉孫叔然。正義云：「彫蓬，即茭米，古人以爲五飲之一者。鄭樵《通志》云：彫蓬即米茭，可作飯食，故謂之齧。其黍蓬即茭之不結實者，惟堪作薦，故謂之薦。楊慎《卮言》云：蓬有水陸二種：彫蓬乃水蓬，彫菰是也。黍蓬乃旱蓬，青科是也。青科結實如黍，羌人食之，今松州有焉。」鄭因「齧」字、「薦」字而傅會，楊又因「彫」字、「黍」字而傅會，皆祖乎孫者也。此「孫炎」正邢昺所謂「俗間孫炎，淺近俗儒」耳。二子乃惑於其說，亦未之思矣。案：蓬之名見古書史甚多，云轉蓬、孤蓬、飛蓬，竝無言其水產者。陸氏《埤雅》謂葭是澤草，蓬是陸草，《詩》兼舉之以見庶類之蕃殖。斯語得之。

皇清經解卷六十一終

嘉應張嘉洪舊校

番禺高學瀛新校

毛詩稽古編　卷三

吴江陳處士啓源著

邶鄘衛

謂康叔初封即兼有邶、鄘、衛，此《漢書·地理志》之説，而服虔從之者也。《漢書》云：周既滅殷，分其畿内爲三國，邶、鄘、衛是也，謂之三監。三監叛，周公誅之，盡以其地封康叔，號曰孟侯。謂康叔止有衛，子孫并彼二國，此鄭氏《詩譜》之説，而孔氏正義述之者也。孔謂殷畿千里，衛盡有之，是反過於周公，國大非制，故以鄭《譜》爲長。似矣。然殷自帝甲以後，國勢寖弱，大抵如東周之世耳。畿封之廣，必非武丁宅殷之舊。又重以帝辛之暴，土荒民散，境壤益削。即如黎爲畿内國，周得戡之，至紂滅時，豈猶是邦畿千里乎？又三亳皆商之故都，而去朝歌稍遠。商未亡時，所謂邦畿千里者，定應併數之，如東西周通畿之制。武王立三監，固未嘗以畀之也。西亳偃師在孟津之南，武王觀兵於孟津，又大會諸侯於此，然後北行伐紂，則偃師已非商有。南亳穀孰及北亳蒙即宋地也，武王克殷，初下車即以封微子，亦不在三監域内。況殷之畿内諸侯非大無道者，不應概從誅滅改建他君，則三監所統不過近郊遠郊及邦甸以内地耳。康叔兼而有之，安得方千里乎？且非直此也，古人建國，原計户口爲定。成王作洛之後，殷頑民盡徙下都。封伯禽，又以殷民六族賜之。留處故土者殆無幾。《書叙》云：「成王既伐管叔，以殷餘民封康叔於衛。」《地理志》云：「遷邶、鄘之民於洛邑，故邶、鄘、衛三國相與同風。」合《叙》、《志》之言觀之，可見封康叔時民得留者多在衛，其邶、鄘兩國已成曠土，縱欲建他侯，勢亦不能，因併以畀康叔耳。《漢書·功臣表》言初定封，户口什才二三。大侯不過萬家，小侯五六百户。逮文景，四五世間，流民既歸，户口亦息。列侯大者至三四萬户，小國自倍。事正與此相類。厥後生齒漸蕃，稍稍移居彼地，邶、鄘舊壤漸致殷庶，雖其地比於他國爲大，然受自先王，不容無故裁削，則二國之終爲衛有宜也。采風之時，仍各存舊名以記風土之異，理或當然，未必以此寓褒貶也。孔子謂齊景公曰：「昔康叔封衛，統三監之地命爲衛侯。」見《孔叢子》。夫統三監，則邶、鄘、衛兼有之矣。孔氏《書傳》亦云：「以三監之民，國康叔爲衛侯。」意皆與《地理志》同也。又季札聞歌邶、鄘、衛而知康叔、武公之德。若康叔無邶、鄘、衛，則其德化何由遍及三國乎？鄭《譜》謂紂城北爲邶，南爲鄘，東爲衛。楚丘與漕二地皆見《鄘風》，在河南，足徵衛地在河南者，故鄘地也。祝鮀論武王之封康叔曰：「自武父以南，及圃田之北境。」見《左傳》定四年。武父不可考，桓十二年與鄭伯盟於武父，是鄭地，非此武父。圃田則豫州之澤藪也，後爲鄭有。鄭在衛西南，圃田之北當與鄘接壤，而康叔初封以此爲境，則以鮀之言合之鄭《譜》，

《鄘風》不又康叔兼有三國之明證乎？

《漢書·地理志》云：「邶以封紂子武庚，鄘管叔尹之，衛蔡叔尹之，以監殷，謂之三監。」康成《詩譜》不用其説，謂武王伐紂，以其京師封武庚爲殷後，三分其地，置三監，使管叔、蔡叔、霍叔尹而教之。孔疏申其故，以爲「三監是管、蔡、霍，武庚不在三監之中。《漢志》三監有武庚無霍叔，則管、蔡所監亦不足據信。故鄭不指言之」。斯言良是。然源謂《漢志》非誤，但述之未詳耳。宋章氏《山堂考索》論武王之封武庚，知其必叛，故立三監，使治其國而納其貢税，一如舜之封象。此雖臆説，而事勢或有。然殷既三分，三叔當分治之。《漢志》既言管、蔡監衛、鄘，則霍叔監邶，不言可知。又與武庚同國，故略而弗著。非謂武庚亦一監也。《史記正義》引《帝王世紀》，以爲管叔監衛，蔡叔監鄘，霍叔監邶。此言管、蔡所監雖與《漢志》異，而言霍之監邶，足補《漢志》之未及也。《周書·作雒解》，孔晁注云：「霍叔相禄父。」言「相」則必立於其朝，其監邶信矣。蓋二叔監之於外以戢其羽翼，霍叔監之於内以定其腹心，當日制殷方略想應如此。厥後周公誅三監，霍叔罪獨輕者，良以謀叛之事，武庚主之，霍叔與之同居，意雖不欲，勢難立異，非若二叔在外可以進退惟我也。原設監之意，本使之制殷。但武庚故君之子，又據舊都，臣民所心附。觀其甚間周室，俾骨肉相讎，易於反掌，爲人必多智數。霍叔才非其敵，墮其術中，遂反爲所制耳。故《周書·多士》止數管、蔡、商、奄爲四國，《破斧》詩「四國」，毛亦以爲管、蔡、商、奄，皆不及霍。則霍叔與武庚同在邶，固無可疑者。而管、蔡所監，二説必有一是矣。

宋胡仁仲宏謂封康叔是武王時事，此無稽之談也。向讀《康誥》，已辯之而未盡，今觀《邶鄘衛譜》，因復論之。案《酒誥》首云：「明大命於妹邦。」妹邦，紂都也。《譜》云：「武王伐紂，以其京師封紂子武庚。」《水經注》亦云：「武王封武庚於朝歌。」則武庚未亡，時據舊都即妹邦。如故，即安得以封康叔使之明大命於其地哉？《酒誥》又以殷獻臣及諸臣百工囑付康叔，《左傳》亦云：「分康叔以殷民七族。」使武庚尚在，則殷之臣工巨室尚以武庚爲君，何得以分康叔而煩其劼毖哉？况武王三分殷地以置三監，何地更容康叔？若康叔復厠其間，是四監矣，《書》、《史》何止言三監也？且衛地在武王世，據《漢志》則蔡叔尹之，據《世紀》則管叔監之，不應又封康叔，此皆説之必不可通者。源謂成王既黜殷遷頑民於洛邑，遷之未盡者則以授康叔，使爲之君而教之。《書叙》謂以殷餘民封康叔者，此實録也。《孔叢子》記孔子之言曰：「周公以成王之命作《康誥》。」正與《書叙》合。後儒不信孔子而信胡氏，豈不悖哉！

又案：宋王存《九域志》言大名府古觀扈國，亦商之舊都，武王立武庚於此。傅氏亦言封武庚不於朝歌。《一統志》祖其説。此妄也。殷世屢遷，契至湯八遷，湯至盤庚五遷，盤庚至後又五遷。其地不可悉考。謂大名是殷舊都已無確據，又言武庚封此，則與班《書》、鄭《譜》、酈《注》皆不合，尤不可信也。至謂大名即古觀扈，更爲舛謬。觀乃夏五觀國，杜預謂即頓丘衛縣。晉頓丘郡，今之開州，與大名猶近。扈乃夏之有扈，商爲崇侯國，文王滅之作酆邑焉，即今陝西西安府鄠縣。兩國一在冀，一在雍，隔遠數千里，存乃溷爲一地，何謬如之！

邶變風

柏舟

《邶風·柏舟》，朱子據《列女傳》指爲婦人之詩。今觀《列女傳》所記與衛事全不合，不知朱子何以取之。彼以此詩乃衛宣公夫人自誓所作。夫人齊女，嫁於衛，至城門而衛君死。保母曰：「可以還矣。」女不聽，入持三年喪。喪畢，弟立請與同庖，不聽。衛君使人訴於齊兄弟，齊兄弟皆欲與君，使人告女。女終不聽，作此詩。其說如此。夫衛自康叔迄君角計三十七君，其稱宣公者止莊公子晉耳。宣夫人始則夷姜，烝父妾也；繼則宣姜，奪子婦也；二姜之外不聞別娶於齊。宣公卒後，但聞宣姜鶉鵲之醜，不聞更有守義之姜也。繼立者宣公子朔，非弟也。《列女傳》之說，或云出自《魯詩》，胡一桂云：此《魯詩》說。王氏《玉海》亦以劉向楚元王之後，元王與申公俱受《詩》於浮丘伯，故向之説皆《魯詩》。言《列女傳》既以《柏舟》爲宣姜作，及上疏成帝，又引愠於群小。語而申之曰：「小人成群，誠足愠也。」仍與《毛詩》同意。則向之説不必皆本《魯詩》矣。未知果否。要其妄爲此説者必因《鄘風・柏舟》是共姜自誓之詩，故譌造此事以配之，〔一〕以宣公當共伯，以宣公弟當共伯弟武公也。鑿空傅會，莫甚於此。朱子則信之，而反移以詆《叙》，何以服人乎？又朱子雖引《列女傳》爲證，然不全用其説，而疑爲莊姜詩，蓋亦心知其非，特欲借之以助己排《叙》耳。獨怪後世耳食之徒因朱子揣度未定之語，竟據爲典故，遂實指此詩爲莊姜作。有張學龍及朱善者執此以立論，言之鑿鑿。然緝《大全》者又録其語於書以示後學，譌以仍譌，妄以生妄，經學之陋至此，可勝歎哉！

「耿耿不寐。」毛云：「耿耿，猶儆儆也。」凡重語皆貌狀之辭，多離於本訓，故與《説文》「耳著頰」之訓異也。《廣雅》云：「耿耿，警警不安也。」正疏明毛義。朱《傳》從錢氏訓爲「小明」，蓋欲同「耿」於「熲」也。誠爲臆説。

朱子以《柏舟》詩詞氣卑弱柔順，斷其爲婦人詩，正因誤認美刺諸篇皆其人自道也，此亦説《詩》之一蔽也。至謂群小爲衆妾，尤無典據。呼妾爲小，古人安得有此稱謂乎？

《邶風》兩言「日居月諸」。《柏舟》毛無傳，《日月》傳云：「日乎月乎。」蓋以「居」、「諸」爲語詞也。《柏舟》疏引《檀弓》「何居」、《左傳》「忽諸」證二字爲語助，則此「居」字宜讀爲「姬」，而《釋

〔一〕「譌」，庫本作「爲」。

文》弗及，非陸氏之疏即後世傳寫之譌脱也。《示兒編》宋孫奕著。謂「諸」可訓「於」，引《孟子》、《左傳》爲證。「於」可訓「居」，引《韻釋》爲證。《詩》言日月皆有所在，未嘗失其軌度，獨仁人不遇，莊姜不見答，所以自傷也。案：「諸」爲「於」，「於」爲「居」，亦見《玉篇》、《廣韻》，孫語良然。但合之下文，則《日月》篇猶可通，《柏舟》篇不相接矣。且毛義自優，不必更易。

朱子以《柏舟》爲婦人詩，胡一桂又舉末句「不能奮飛」婦人無可去之義爲證。不知孔疏言「同姓之臣不忍去國」，義尤允當，且與次章「亦有兄弟」意又相應也。疏云：此仁人，君之同姓，故以兄弟之道責君。況胡謂婦人無去義，則戴嬀、宋桓夫人非耶？

緑衣

《緑衣》首章以表裏喻微顯，次章以上下喻尊卑。兩義各分，無淺深也。朱《傳》云：「黄者自裏轉而爲裳，失所益甚。」吾不得其解。

「我思古人，俾無訧兮。」程子以爲反己之詞，取義精矣。然論作詩者之意，則思古以責莊公，較爲平正。後篇「逝不」、「古處」亦此意。

「凄其以風。」嚴《緝》以爲「凄」當作「凄」，妻旁二點從仌，寒也。案：「凄」字《説文》、《玉篇》俱不載，乃俗字也。嚴誤矣。凄，雲雨起也。詩字當以從水爲正，今本皆作「凄」。

凄、泮、洌三字皆不見《説文》。《玉篇》獨有「洌」字，則「洌」字較古矣。故《下泉》孔疏辯

「洌」字當從仌。至「凄」字、「泮」字，《唐韻》雖載之，然《緑衣》之「凄其」，《匏有苦葉》之「未泮」，經文皆從水，不從仌也。蓋《唐韻》成於開元，衛包與孫愐同時，猶未及據其書以易經字矣。案《韻會》「凄」字注云：「通作凄。」引《詩》「凄其以風」。「泮」字注云：「通作泮。」引《詩》「迨冰未泮」。其注「凄」字雖述嚴《緝》之言，然仍以爲《詩》作「凄」。則是宋時經文，此兩字皆從水。近世諸本亦然，惟監本注疏「泮」作「泮」，定是鏤板時粟監之彊解事者妄改之也。可見較讎之任至重，須擇識字人。

燕燕

「仲氏任只。」「任」字，毛訓大。《釋文》入林反。鄭訓以恩相親信，《釋文》而鴆反。朱《傳》義從鄭而音從毛，殊欠撿點。

《衛》詩兩言「塞淵」。《邶》「其心塞淵」，傳云：「塞，瘞也。」鄭無箋，意同毛矣。《鄘》「秉心塞淵」，箋云：「塞，充實也。」毛無傳，以《邶》傳例之，意未必同鄭也。孔疏於二詩皆以塞爲誠實，豈謂瘞與充實同義乎？案《釋詁》：「瘞，微也。」《釋言》：「瘞，幽也。」《説文》：「瘞，幽薶也。」幽微之義與充實不同，孔氏一之，誤矣。又案《邶》傳「瘞」字，崔集注本作「實」，孔謂塞實乃俗本，是明知實非毛義矣，而申傳用之，不解其故。又案《書》「温恭允塞」，疏引《詩》毛傳訓塞爲實，是又據崔本爲正。兩疏俱出孔氏，而彼此互異，豈各因舊文耶？又案：《説文》有「瘱」

字，云「静也」。静與幽微義近，《雅》傳「瘞」字當是「瘱」之借。

「先君之思，以勗寡人。」言戴嬀以思先君之故，故臨行時猶勸勉我也。此孔疏申鄭之説。意如此足矣。楊氏名時，著《詩辯疑》一卷。謂詩勉莊姜當思先君，求深而反淺，不如古注也。又朱子初説以此爲求教之詞，言當念先君而有以勉己，亦非是。詩皆別後追述語，「瞻望弗及」，嬀已行矣，安得復求教乎？今《集傳》用楊説，而輯《大全》者引孔疏分注其下，竟莫識其意之不同，尤爲可笑。

日月

《日月》篇叙言莊姜遭州吁之難，傷己不見答於先君以至困窮。東萊發明之，以爲夫人見薄則冢嗣之位望亦輕，此國本所以傾摇也。莊姜不見答，則桓公之位何能有定乎？此義當矣。朱子《辯説》以爲莊公在時所作，蓋「寧不我顧」猶有望之之意，又言「德音無良」非所宜施於前人。不知古注「寧」本訓「曾」，言曾不顧念我，並無望之之意。「德音無良」言無善恩意之聲語於我，與上二章「古處」、「相好」同一語例，總是不見答之意耳，何妨於身後言之？其以「我顧」爲願望之詞，「德音」爲莊公之名譽，即朱子臆創之説，可據以駁《叙》乎？

《日月》篇兩「逝」字，《唐·有杕之杜》篇兩「噬」字，毛傳皆訓「逮」，《爾雅》作「遾」，亦云「逮也」，文異而義同。「噬肯適我」，《韓詩》「噬」作「逝」，而訓及義亦同，毛字訓相傳不謬矣。《集傳》以爲發語詞，不知何本。

《日月》詩四章，每章皆言「胡能有定」，作詩本意在此一語矣。完之見弒由於莊公之不定其位，位之不定由於莊姜之不見答，禍端所始，故反覆言之。鄭箋以爲「定完」，得其旨矣。朱《傳》解爲莊公之心意未定。夫莊公之心惟知嬖州吁母而已，何嘗無定乎？

「德音無良。」倒語也。正言之當云「無良德音」耳，與「古處」、「相好」皆指莊公之待己而言。古人多倒裝文法，《崧高》篇「謝于誠歸」亦此類。《集傳》云：「德音，美其詞。無良，醜其實。」殊欠明劃。

終風

朱子辯《終風叙》，以爲有夫婦之情，無母子之意。愚未見其然也。州吁弒君虐民，好亂樂禍，狂暴之惡，誠宜有之。今篇中取喻非一，曰「終風」曰「暴」，曰「霾」，曰「曀」，曰「陰」，曰「靁」。其昏惑亂常，狂易失心之態，難與一朝居矣。莊公雖非令德之君，或未至此。且朱子所謂有夫婦之情者，蓋指篇中「中心是悼」、「悠悠我思」及「寤言」、「願言」諸語耳。然悼其無禮，思其不來，婦固可施之於夫，母獨不可施之於子乎？此姑就時解論之，其實詩意不如此。辯見後條。

說《終風》詩者謂莊姜不忘州吁，見侮慢則悼之，莫往來則思之，甚至憂而不寐，望其思我。母子之情卷卷不已，所以爲温柔敦厚也。此言非是。州吁弒君篡國，阻兵安忍，是衛之賊也。衛人未嘗以之爲君，莊姜安得以之爲子？況其謔浪笑敖，侮慢其嫡母，正定姜所謂「暴妾使余」

者。彼不以母道事莊姜，莊姜安得以子道畜之？母子之情絶之久矣，何自致其卷卷乎？故凡經文言「悼」、言「思」、言「願」，鄭云：願，思也。皆非指州吁也。然則何所指？曰：《叙》不云乎，「莊姜傷己也」。傷己者，傷己之不能正州吁耳。正之維何？曰：聲其弒逆之罪，告於國人而誅之則甚正。然非婦人所能及已，故受其侮笑，不敢怒也，悼之已耳。至「莫往莫來」，若可幸矣。然國家之禍至此，豈能解於思乎？此首章、次章之意也。下章又言其憂悼之情至不能寐，且念不得伸如行而躓，心之痛切如割而傷，毛訓「懷」爲「傷」。皆承上二章言也。然則莊姜所憤者亂賊之横行，所悲者宗社之多禍，而已安得反結歡於篡弒之人，欲與叙母子之情哉？果爾，則夫子不録其詩矣。

莊姜子桓公而惡州吁。吁素驕，不平於中久矣。一旦行篡弒之事，自以爲國君，遂敖睨其嫡母，笑之謔之，以快夙昔之憤。小人情態，諒有之也。又案《釋詁》云：「謔浪笑敖，戲謔也。」蓋古人本有此語，故《爾雅》釋之。邶詩人采用成語，亦如後世文人摭故典以助詞藻也。宋儒執此疑《釋詁》非周公作，固矣。

「惠然肯來。」箋云：「肯，可也。有順心則可來，不欲見其戲謔。」此説當矣。州吁安得有順心時乎？言「可來」，正欲其不來也，拒之之詞，非望之之詞也。《左傳》隱四年。言州吁有寵而好兵，公弗禁，莊姜惡之。則莊姜之惡州吁久矣，豈有躬爲弒逆，人神共憤，而反加親愛，望其肯來者乎？案：肯，《說文》云：「骨肉間肎肎著也。從肉，冎省。一曰：骨無肉也。苦等切。古文作肎。」《玉篇》云：「《詩》『惠然肎來』，可也。今作肯。」

「願言則嚏。」《釋文》「嚏」作「疐」。案：作「疐」是也。毛傳云：「疐，跲也。」毛不破字，若有口旁，不應訓跲矣，是毛公傳《詩》時本作「疐」也。鄭箋云：「疐，讀爲不敢嚏咳之嚏。」若本來有口旁，鄭何須破字乎？是鄭氏箋《詩》時猶作「疐」也。自鄭有「道我」之解，後儒喜其纖巧，近俗多從其說。然陸本作「疐」，是唐世經文尚未盡改，其徑用「嚏」文，不知始於何時矣。余謂傳義得之毛訓，「疐」爲「跲」，「疐」當爲竹利反，與《狼跋》篇「疐尾」之「疐」同是礙而不行之義，言徒思之不能行之也，誅除篡賊原非婦人事也。下章「願言則懷」，毛云：「懷，傷也。」蓋言思及此則傷心也。二語皆自道其思，非謂州吁思我。鄭以「俗人道我」釋之，穿鑿之見耳。又崔靈恩梁人。《集注》載毛傳「疐，跲也」，「跲」作「㰦」。崔云：「㰦，今俗人云欠欠㰦㰦是也。人體倦則欠，意倦則㰦，音丘據反。」《玉篇》云：「㰦，欠張口也。」余謂人多思之極輒至困倦，崔義亦優矣。

擊鼓

《擊鼓》篇「契闊」本訓勤苦，毛、鄭同。言死生勤苦相與共之也。下章「闊兮」訓乖闊，「洵呼縣反。毛云：「遠也。」《釋文》云：「《韓詩》作夐夐，亦遠也。」「兮」訓疏遠。此「闊」字與下「洵」義同，而與上「契闊」義異，言乖闊而不能相活，疏遠而不得信伸同。其意也。上章言昔日相約如此，下章言不遂所約爲可歎也。今以「契闊」爲隔遠，已屬臆説矣；又以「闊兮」承「契闊」，「洵讀荀，訓信，依鄭氏解。兮」承「偕老」，彊加分配，不成文義。東萊釋此二章悉遵毛傳，最得之。

「洵」字從毛義，宜音呼縣反。或與下「信」字不協，當音荀，訓信。不知此二音古本相通。《説文》「絢」字諧旬聲，旬字音眩，諧勻省聲，旬或作眴，亦諧旬聲，皆是也。洵與信，古韻本協耳。陸德明謂古人韻緩不煩改字，近世趙凡夫言《説文》之讀若與諧聲多有甚遠於今者，正可藉以考古音。斯皆至論。

凱風

詩人美刺多代爲其人之言，故有似刺而實美、似美而實刺者。不獨三百篇也，後世騷賦及樂府猶然。《凱風》美孝子，止述其自責之詞。夫自責而不怨親，母感其意而不嫁，正孝之實也。美之者，道其實而已矣。若謂七子自作，是暴揚其親之過，何得云孝？況人子自責，惟有涕泣引咎，豈暇弄文墨、誇詞藻耶？

《凱風》首二章皆興也。《集傳》分首章爲比，次章爲興，太鑿矣。劉瑾以有應、無應釋之，豈《詩》本旨乎？《小雅・谷風》《青蠅》亦然。

「睍睆黄鳥，載好其音。」傳云：「睍睆，好貌。」是興其色也。故箋、疏以睍睆喻孝子顔貌之和，以好音喻孝子詞氣之順，而引《論語》「色難」、《内則》「下氣怡聲」證之。説《詩》如此，方可令人興觀群怨。《集傳》以「睍睆」爲聲，闕其一義矣。嚴坦叔、王雪山駁之，良是。

「睆」本作「晥」，從日旁。《玉篇》云：「明星也。」字三見《詩》而皆從目。《凱風》「睍睆黄鳥」，毛云：「好貌。」《杕杜》「有睆其實」，毛云：「實貌。」《大東》「睆彼牽牛」，毛云：「明星貌。」各隨文釋之，故不同，要皆貌也，非聲也。《禮記》「華而睆」，《釋文》云：「明也。」意亦同。《詩》傳、《玉篇》獨取《大東》傳語，此殆「晥」之本義乎？字旁從日，或因此。其「睆」字乃「睅」之重文。《説文》云：「大目也。从目，旱聲。或从完。户版反。」非此三詩之「睆」。

雄雉

《雄雉》首二章之興，毛、鄭釋之皆以喻宣公媚説婦人之態。後儒以其取義鄙淺，故易其説然。案：雉不遠飛，崇不過丈，修不過三丈，故築墻者以高一丈長三丈爲一雉。曾子固指爲行役之喻，既非其倫。又雉飛甚疾，決起而横刺數步即竄入林草間，陸農師謂「雉飛若矢，一往而墮」是也。朱子訓「泄泄」爲飛之緩，而以舒緩自得反興行役之苦，亦非善於體物者也。余謂《雄雉》及《匏有苦葉》同是刺淫之詩，而皆以雉爲喻，一曰「雄雉」，一曰「求牡」，明著其雄雌，分喻君與夫人，語若相應，作者之意未必不如毛、鄭解也。又詩人托興鳥獸，惟此詩言「雄雉」，《南山》言「雄狐」，皆以刺淫，外此無專目爲雄者，尤足證雄雉是指斥宣公之詞。

匏有苦葉

《匏有苦葉》首章以匏與濟興禮之不可越，又以濟之深淺喻禮各有宜。次章以濟與雉興夫人之犯禮。取興於物者凡三，而八語之中一言「匏」，再言「雉」，五言「濟」，錯舉以便文耳。要之語語爲刺淫。托興非於假象之中，又客主相形也。朱子謂以「匏」與「濟」，又以「濟」與「雉」，然後以雉比淫亂之人。古人文義平直，恐不作此謬巧。

「濟盈不濡軌。」古注：「軌，從車凡，音犯。」朱《傳》「從車九，龜美反」，取協韻也。案《禮記·少儀》「祭左右軌」，范注引《周禮·大馭》「祭兩軹祭軌」云：「軌與軹於車同謂轊頭。」孔疏申之，謂注以軌當大馭之軹，以范當大馭之軌。軹是轂末，軌是軾前。似軹亦可名軌矣。其《匏有苦葉》詩疏則引《中庸》及《匠人》注以證軌爲車轍之名。又引《説文》及《考工記》注以證軹亦名轊不名軌，而謂《少儀》「軌」字乃「軹」字之誤。然則軹之名軌是鄭意，而孔不從也。《名物疏》引羅中行語，謂軾前、轂末二處皆水可濡，孔仲達不知軹亦名軌，乃謂《少儀》字誤。朱子不知軌爲軹，遂以車轍釋之。轍迹特車行之見於地者，豈可濡乎？羅蓋以詩字是「軌」非「軓」，且是轂末之軌，非車轍之軌也。源謂孔義優而韻遠，朱韻協而義乖，羅則義韻俱通，似矣。但孔氏《詩》疏辯據精博，則軹之亦可名軌，恐鄭之臆説耳。況軹之名軌，孔自明知之，而特駁其誤。羅以爲不知，尤非也。軾前之解本於毛傳，不必紛更。

以飛雌而求走牡，大怪事也。宣公之與夷姜，人倫大惡，故詩用爲喻，其托興非泛然矣。古注本不謬，歐陽氏乃謂雌雄、牝牡，飛走之通稱，而引雄狐、牝雞證之，殊失詩意。

谷風

「德音無良。」「德音莫違。」此二「德音」，謂夫婦間晤語之言也。《集傳》於《日月》既以德音爲莊公之聲譽矣，於《谷風》則解爲美譽，曰「不可以色衰而棄其德音之善」，是又以爲婦人之聲譽矣。夫女子之名不出於閫，焉用聲譽乎？案：「德音」屢見《詩》，或指名譽，或指號令，或指語言，各有攸當。嚴《緝》辯之甚詳。

葑、菲二菜，孔仲達合《詩》、《爾雅》、《坊記》注及《方言》、《草木疏》之言，而總斷之云：葑也，須也，取毛傳及孫炎《爾雅注》。蕪菁也，取陸《疏》及《方言》。蔓菁也，取《坊記》注。葑蓯也，則孫炎《爾雅注》，郭璞則去葑蓯而取蕵蕪。蕘也，取《方言》。芥也，取陸《疏》及《方言》。七者一物也。菲也，芴也，取毛傳及《爾雅》。蒠菜也，取陸《疏》、郭注，《爾雅》以爲別草。土瓜也，取郭注，此非藈姑之土瓜。宿菜也，取陸《疏》。五者一物也。其狀似葍而非葍也，故鄭箋云「葍類」。孔語亦明劃矣，但合之今世，終不能確指爲何菜，豈非古今物産有不同與？以《本草》考之，葑猶可識，而菲則難稽矣。葑，《本草》名蕪菁，又名九英菘，又名諸葛菜，入別録上品。與蘆菔同條而非蘆菔，隱居已辯之矣。王伯厚《補注急就章》亦云：「蕪菁根葉及子是菘類，與蘆菔全別。」李氏《綱目》云：「蕪菁，芥屬也。根長而白，味辛苦而短，莖粗葉大而厚闊。夏開黄華，四出如芥子，亦似芥子而紫赤色。蘆菔根葉華子都别，非一類也。蕪菁，六月種者根大而葉蠹，八月種者葉美而根小，惟七月初種者根葉俱良。擬賣者純種九英，九英根大而味短，削净爲菹甚佳。今燕京人以瓶醃藏，謂之閉瓮菜。」案：如李言，則俗呼大根菜者，乃是物矣。自北土來者根甚大，南方植之根漸小，蓋地氣不同如此。菲不載《本草》，不知今爲何菜。陸《疏》言其莖粗葉厚，而景純釋「蒠菜」云：「生下濕地，似蕪菁，華紫赤色。」則與葑殆同類而小别，故風人竝舉之與？

《爾雅》有五荼，其三見《詩》：「誰謂荼苦」、「采荼薪樗」、「堇荼如飴」。《爾雅》之荼，苦菜也。「有女如荼」、「予所捋荼」，《爾雅》之蔈音標。荂音吁。荼也。「以薅荼蓼」，《爾雅》之蒤委葉也。凡三草矣。《谷風》朱《傳》釋「荼」爲「苦菜」，又繼之曰「蓼屬」，詳見《良耜》。是合兩荼爲一物，竟不思苦菜與委葉皆名爲荼，名同而物異，《爾雅》有明文也。夫苦菜之名見於《爾雅》、《月令》及《周書·時訓解》，《詩》之咏之者尤不一而足。而《内則》用爲濡豚之包，《儀禮》用爲羊羹之芼，則養親薦賓亦資其味，豈可充以穢草乎？朱子之爲此説者，止因《良耜》詩「荼」、「蓼」竝言，又閩人偁「辣荼」爲可證耳。夫荼爲陸穢，蓼爲水穢，此委葉之荼也。若苦菜即此荼，則與蓼一物而分水陸，其形色性味亦必相似。今考之傳記所言，乃大不然。苦菜生於寒秋，經冬歷春，得夏乃成，此《易通卦驗玄圖》語，《桐君藥録》亦云「冬不枯」。蓼則春生而秋痿，今借萎。一異也。苦菜以四月秀，見《月令》及《時訓》，韓保昇亦云：「春華夏實，至秋復生，華而不實。」蓼則華於秋，二異也。苦菜葉似苣，斷之有白汁，見《易通卦驗玄圖》、《顔氏家訓》及《唐本草》皆引之。《本草綱目》亦云：「莖中空而脆，折之有白汁。」蓼葉狹小無白汁，三異也。苦菜華黄似野菊，見《本草衍義》。蓼華成穗而長，色紅白，亦有黄白者，名木蓼，然不似菊也，四異也。苦菜味苦，見《本草》。蓼味辛，五異也。苦菜一華，結子一叢，形如同蒿子，蓼子大如胡麻，赤黑而纖俗作尖。扁，皆見《本草綱目》。六異也。然則二草之相去遠矣，何得溷爲一物？況有《爾雅》正典不信，而取證於百千載後蠻方土語，不亦迂乎？

苦菜，苣屬也。《合璧事類》云：「苣有數種，色白者爲白苣，色紫者爲紫苣，味苦者爲苦苣。」苦菜即苦苣也，家栽者謂之苦苣，野生者謂之苦蕒。宋洪邁《續筆》云苦蕒俗名苦苣，然則實一物也。苣，《説文》作「藘」，云：「菜也，似蘇者。彊魚切。」《玉篇》云：「苣，苦蕒菜也。」《廣韻》云：「蕒，莫蟹切，吴人呼苦藘。」皆是物也。又案：《本草》本經名荼，别録名游冬，《廣雅》同。《嘉祐本草》名苦苣，李氏《綱目》名苦蕒，云：「野苣，頻折之則味甘滑，反勝於家植者。」

薺，徂禮切。泚，千禮切。二字同韻而異母，薺從母，泚清母也。「其甘如薺」，《集傳》：「薺音泚。」恐誤。「匍匐救之」，匍本蒲北切。《集傳》音蒲卜切。北入職韻，卜入屋韻，截然兩音而朱子一之，亦誤。今吴人土語呼北爲卜，豈俗人傳寫之誤耶？

薺，毛、鄭皆無訓釋。呂《記》引《本草》云：「薺，味甘，人取其葉作葅及羹，亦佳。」案：此即《爾雅》之蒫，才何切。薺實也。郭注云：「薺子味甘。」邢疏亦引《本草》及《谷風》詩證之，東萊之解《詩》本此。《繁露》云：「薺以冬美。」晉夏侯湛、齊卞伯玉皆有《薺賦》，指此草也。《爾雅》又云「菥蓂音覓。大薺」，又云「蕇音典。葶藶」，即《月令》靡草。二種皆薺類，而味不及。

案薺草，陶貞白《名醫别録》列於上品，入菜部。陶云：「薺類甚多，此是今人所食者。葉作菹羹，亦佳。《詩》『誰謂荼苦，其甘如薺』是也。」《本草綱目》云：「薺有大小數種。小薺莖匾味美，其最細小者名沙薺也。大薺科葉皆大，而味不及，其莖葉有毛者名析蓂。大薺味不佳，竝以冬至後生，苗二三月起，莖五六寸，開細白華，結莢如小萍而有三角，莢内細子如葶藶子。其子名蒫，四月收之。師曠云『歲欲甘甘草先生』指此。釋家取其莖作挑燈杖，可辟蚊蛾，謂之護生草。」《爾雅》又有「苨菧音底。」，苨，注云「薺苨」，何氏古義以釋此《詩》之薺，誤矣。薺苨根似人蓡，俗借參。葉似桔梗，俗呼爲甜桔梗。二草原一類，而甘苦殊也。《神農本經》合桔梗、薺苨爲一物，陶氏《别録》始分之。陶又云：「魏文帝言薺苨亂人蓡，即此。」

《詩》紀土風，而《邶·谷風》言「涇渭」，鄭謂絶去所經見，蓋秦人女嫁爲邶人婦也。《禮》惟大夫不越境逆女，而《士昏禮》有異邦贈送之文，則士庶人得外娶矣。疏申箋意甚明。或謂涇濁渭清，世共聞知，不必咏其所見，義亦通。然不如箋、疏之允當。

《谷風》弟五章三言「育」，鄭作兩解。「昔育」訓幼稚，「育鞫」、「既育」訓長老，字同而義反。

又共在一章，後儒所以易其說也。然古世字少，一字而兩用，容有之耳。《集傳》訓「育」爲生，則既生既育，義複矣。生謂財業，育爲長老，古注本分二義。《集傳》止云「既遂其生」，則經文「既育」亦不已贅乎？

《急就篇》云：「老菁蘘汝羊切。荷冬日藏。」師古注云：「秋種蔓菁，至冬則老而成就。又收蘘荷，一名蓴苴，莖葉似薑根，香脆可爲菹。李時珍曰：「有二種：白者入藥，赤者堪啗。」竝蓄藏之以禦冬也。」宋懍《荊楚歲時記》云：「醃藏蘘荷，以備冬儲。」又以治蠱。案：《詩》言「旨蓄」，殆斯類矣。蓄，丑六、許六二反，亦作蓄、蓄、稸，《廣韻》云：「冬菜也。」

式微　旄丘

二詩皆黎臣作也。然《式微》勸其君歸，《旄丘》責衛伯之不救，旨各不同者，意狄人破黎之後必是棄而不守，黎侯若能自振，則遺民猶有存也，歸而生聚之、教誨之，尚可復興，此《式微》勸歸之意也。然此時狄雖去而國已破，且日懼狄之再至也，必得賢方伯資以車甲，送之返國，爲之戍守，如齊桓之於邢、衛，方可轉危爲安，此《旄丘》之詩所以望衛之深而責之至也。始則勉其君，繼則望其鄰，然終莫之從，亦可愍矣。夫子録其詩，示後世以自彊之道、恤鄰之誼也。厥後百餘年，晉人數赤狄潞氏罪，言其奪黎氏地，遂滅狄而立黎侯，是黎未嘗亡也。豈黎君流寓日久，雖無衛援，而仍自歸其國與？則《式微》一詩有以激之矣。

旄丘

《旄丘》末章，惟毛傳之解萬不可易。毛以鶹離之鳥少好長醜，喻衛臣不知救患恤鄰，苟安旦夕，始雖愉樂，終必衰微，徒有褎然尊盛之服飾而德不能稱。其說如此。余因思衛不救黎而狄患終及衛，非獨天道好還也。衛宣時君荒臣惰，百度廢弛，其勢必趨於亂亡。黎臣見微知著，故以鶹離喻之。夫子録其詩，示戒深矣。鄭謂衛臣初許迎復黎侯，既而背之，似鶹離之始美終惡，所見已私，不如毛也。至王氏解鶹離瑣尾爲黎人羇旅之狀，尤無義趣。況鶹離之爲鳥名，經傳歷有明證，安石以臆見易之，可乎？

「褎如充耳。」毛傳訓褎爲盛服，充耳爲盛飾，言大夫服飾雖盛而不能稱也。鄭箋忽有「耳聾」、「多笑」之說，言諸臣顔色褎然如塞耳無聞知。《釋文》因訓褎爲笑貌。毛說平正而無奇，鄭說纖巧而可喜，宜宋儒之從鄭也。今案：褎字從衣，訓爲盛服。漢武帝策賢良云「子大夫褎然爲舉首」，見《董仲舒傳》。服虔注云：「褎然，盛服貌。」正祖此詩義。其云「多笑」者，康成之妄說耳。充耳即瑱施於冕服，故爲盛飾。又《詩》言充耳，不一而足。《淇澳》、《著》、《都人士》皆有之，竝無取聾義者。《淇澳》篇以充耳爲美，此詩以充耳爲刺。盛飾均也，而稱與不稱分焉，美惡不嫌同詞。《君子偕老》篇「玉之瑱也」，即此充耳。舉盛飾以見其不稱，與此詩義亦同。

褎，似救切，從衣，采聲，袂也。《唐風》「羔裘豹褎」是也。借爲盛飾貌，又借爲枝長，皆余救切。《旄丘》「褎如充耳」，毛云：「盛飾。」《生民》「實種實褎」，毛云：「長也。」均非「褎」字本訓，故音亦異焉。今衣袂之「褎」俗作褏、袖，而褎之爲袂反屬創聞矣。又案《説文》「采」即「穗」之或體，云：「禾成秀也，人之所收。從爪禾，徐醉切。」然則《旄丘》之「褎」從衣取義，《生民》之「褎」從采取義，雖假借，實有因也。

簡兮

《簡兮》「簡」字，毛訓大，鄭訓擇，而擇義較優。朱《傳》簡易不恭之説本於横渠，恐未當也。「簡兮簡兮，方將萬舞」，言簡擇衆工充萬舞之。數語本明順，若云「不恭不恭，方將萬舞」，成何語乎？況朱子以此詩爲碩人自言也，不恭之態出於他人評論猶可，若自言其然，則是明知之而故爲之，又誇之以爲美，此乃庸妄人耳，何得爲賢？《大全》録輔廣語云：「既自以爲簡易，又自以爲碩人，便見其不恭。」是又分簡易、不恭而二之，破壞其師説矣。又云：「當明顯之處公然爲此，不以爲辱，亦不恭之意。」此尤屬兒童之見。舞必在賓祭時，自當爲衆目所睹，安得擇一暗室中而舞耶？古人十三舞勺，成童舞象，人學必習舞。凡舞人皆國子也，舞何足爲辱而畏人見耶？孔疏云：「諸侯四佾，此《公羊傳》之説。舞者爲四列。此人居前列上頭者，所以教國子弟也。」語甚明當。《集傳》易其説，而與「日中」句同訓之，曰「當明顯之處」，已屬含糊矣。輔從而發明其旨，尤令人齒冷也。

《簡兮》首章，如毛説則爲舞者三方：四方山川之舞也，日中教國子弟之舞也，公庭宗廟之舞也。鄭以「方將」爲「方且」，缺四方一舞，説小異而俱通。惟《萬》舞本兼干羽，傳不可易。鄭襲《公羊》之誤，專指爲干舞。東萊駁之允當。

泉水

「毖彼泉水。」毖乃泌之借也。《説文》引《詩》作「泌」，得之。《文選·魏都賦》「泉毖涌而自浪」注，吕延濟曰：「毖，泌也。」李善曰：「毖與泌同。」二臣通毖、泌爲一字，正本於《説文》之引《詩》。但《説文》「泌」字注云：「俠流也。」李注引之云「水駛字亦作駛，疾也，疏吏切。流也」，與今本不同。案《説文》「俠」訓俜，「俜」訓使，俱不切水流義。「俠」字當是「駛」字之譌。「吏」、「夾」字形相近，馬旁草書又易溷，人因而致誤耳。李注所引當得其正。近世趙凡夫以爲「俠」當作「㕒」，或作「陜」，殆未見李注。㕒，廦也。廦，反也。陜，隘也。豈若駛疾之明當乎？又「駛流夾」見内典，此釋經者采用《説文》語耳。

首章「諸姬」，《集傳》既以爲姪娣矣。次章「諸姑」、「伯姊」，又云「即諸姬」。然則姑即姪、姊即娣乎？何前後之自相戾也。〔一〕

「泲」、「禰」、「干」、「言」，皆指自所嫁國至衛所經之地。「出宿」、「飲餞」，同是懸擬之詞。毛、鄭之解本平王也。王氏以「泲」、「禰」爲衛地，「干」、「言」爲所適國地，特見下文「女子有行」

〔一〕「後」，原闕，據庫本補。

言出嫁事，「還車言邁」言歸寧事，欲令語意相接耳。但「出宿」、「飲餞」語本一例，彊分爲兩釋，不已鑿乎？況次章首一語先言「歸寧」，下四語又言歸寧之意，正因有行以來遠父母兄弟日久，故思歸衛與姑姊相見，文義未嘗不順也。又曹氏引《漢·地理志》東郡臨邑有泲廟，謂東郡是衛地，以證王氏之説。華谷甚信之，此亦非也。泲水經流豫、兖二州之境，所歷國多矣，何必臨邑泲廟方得名泲哉？況《禮》「既飲餞即行舍於郊」，是謂出宿大國之郊，去國都不過十里。宣公時尚都朝歌，爲今河南衛輝府淇縣。漢臨邑縣，今屬山東濟南府。相去甚遠，非出宿之地。

還歸於衛。《釋文》云：「還音旋。此字例同音，更不重出。」蓋《詩》中「還」字皆應讀「旋」，《釋文》不及盡加音反，故獨著之於此。《集傳》此詩竝無分説，而以後「還」字亦無音反，疏矣。俗人不知，遂概讀如字。

「不瑕有害。」「瑕」字，毛訓「遠」，言至衛亦非遠而有害也。王肅述之，以爲不遠禮義，稍迂。鄭訓「過」，言非有過差也。張氏釋之以爲不大有害則遠過，二義俱可通，而文義亦明順。《集傳》訓爲「何」，則當云「不何有害」，經文爲不詞矣。又《詩》中「瑕」字及「遐」字，《集傳》概訓爲「何」，以爲古音相近，可以通用。考其所本，蓋因《表記》引《隰桑》詩「遐不謂矣」，鄭注以「何」釋「遐」，故襲用之併及「瑕」字耳。然同是康成之説也，於箋《詩》則厭棄之如土苴，於注《記》則遵奉之如玉律，誠不知其何故。

《爾雅·釋水》「歸異出同流肥」，郭注引《泉水》毛傳釋之，《詩》「我思肥泉」，毛云「所出同所歸異爲肥」是也。劉熙《釋名》推其故，以爲同出時所浸潤少，所歸各枝散而多似肥者也。惟犍爲舍人反是曰：「水異出流行合同曰肥。」《列子》釋文亦云：「水所出異爲肥。」與劉、郭異意，如此則《爾雅》「歸」字成虛設，殆不然。而酈道元《水經注》以衛之肥泉實異出同歸，疑舍人之言爲是。云：「泉水有二源，皆出朝歌城北，右水南流東詘，左水東流南詘，合爲馬溝水。又東與美溝水合，又東南注於淇水爲肥泉。是異出同歸也。」其援據似不謬矣。然源謂川谷流變，古今多有不同。河、濟經流尚非禹績之故道，況其小者乎？酈所據者，元魏時之肥泉耳，未必《邶風》之舊也。舍人之説既不合《爾雅》文義，而毛、鄭諸家之解當有師授，不可盡以爲非。且天下之水異源者甚多，濟水、漢水皆二源，沁水、潁水皆三源，何不盡得肥名也？至自分而合，則凡水皆然，不足爲異。肥泉若異出同歸，亦適得水之常耳，《爾雅》何獨别而識之乎？

北門

「室人交遍讁我。」鄭箋云：「在室之人更迭來責我。」是室人者泛指家中人，父母兄弟皆是也。朱《傳》以爲「室人無以自安」，亦未偏有所指。《大全》録范氏之言，引《周南》婦人能閔君子以相比况，則此詩「室人」專目其婦矣。案《列子·周穆王》篇記鄭人蕉鹿事，以室人與夫對稱，則謂婦爲室人，古已有之。但詩言「交遍」，則鄭解爲勝。

「王事敦我。」毛云：「敦厚也。」則應如字。鄭云：「猶投擲（本作擿。）也。」則應都回反。《釋文》甚明，朱《傳》從鄭解矣。復云「協都回反」，豈欲正讀如字乎？

北風

《邶》有《北風》，猶《魏》之有《碩鼠》也。避虐與避貪，人情皆然，不待賢者而後能也。程子謂《北風》詩乃君子見幾而作。夫北風雨雪，害將及身，當此而去，亦不得爲見幾矣。又《叙》以此詩爲刺虐，而《辯説》非之，言衛以淫亂亡國，不聞威虐之事。《集傳》又以烏狐爲不祥之物，則《通義》駁之當矣。

静女

詩人説静女之德，皆與宣姜相反。「城隅」，高峻之節也；「彤管」，法度之器也；「歸荑」，有始有終之義也，是謂貞静而有德。宣姜以伋妻而受公要，是無節矣。譖殺伋、壽，與盜同謀，是陷君於不法矣。始播醜於新臺，終貽羞於中冓，是無始無終矣。故詩極稱女德，而《叙》反言夫人無德。《叙》所言者，作詩之意，非詩之詞也。横渠、東萊皆從《叙》説，《集傳》獨祖歐陽《本義》，指爲淫奔期會之詩。夫淫女而以「静」名之，可乎哉？

《静女》詩「彤管」，毛傳以爲女史記事所執，而宋儒疑之。李氏謂鍼有管，樂器亦有管，古未有筆，不稱管也。《解頤新語》亦謂筆始於秦，古以刀爲筆，不用毫毛，安得有管？此皆謬説。夫筆之由來古矣，《爾雅》云：「不律謂之筆。」《曲禮》云：「史載筆。」《莊子》云：「宋元君將畫圖，衆史舐筆和墨。」《太公陰謀》載武王《筆銘》云：「毫毛茂茂。」此皆三代文典也，已著有筆名，可謂古無筆乎？可謂古筆用刀不用毫毛乎？筆不始於秦明矣。又董仲舒《答牛亨問》曰：「蒙恬所造，即秦筆耳。以枯木爲管，鹿毛爲柱，羊毛爲被，所謂蒼毫，非兔毫竹管也。」又問：「彤管何也？」答曰：「彤者赤漆耳。史官載事，故以彤管，用赤心記事也。」夫有筆之理，與書俱生。具《尚書中候》云：〔一〕「龜負圖，周公援筆寫之。」其來尚矣。案：董仲舒《答牛亨問》，漢短書名也。《論衡》云：二尺四寸，聖人文語。漢事未見於經，謂之尺籍短書。張華《博物志》、崔豹《古今注》皆載其語。仲舒去古未遠，所聞必有據。又武帝時《毛詩》未行，而仲舒之論《彤管》與訓詁傳相合，不足爲確證乎？至謂恬造秦筆，非今筆，而《古今注》又言秦吞六國，滅前代之美，故蒙恬得稱於時。此皆管俗借篇。論也。《集傳》云：「彤管未詳何物。」殆惑於後儒之說。又案：董謂兔毫竹管非秦筆，而韓愈《毛穎傳》托言其先吐而生，且封爲管城子。文人謾戲，非經考據，不足置辯也。

皇清經解卷六十二終

嘉應張嘉洪舊校
番禺高學瀛新校

〔一〕「具」，疑衍，庫本無。

毛詩稽古編　卷四

吴江陳處士啓源著

鄘變風

柏舟

「實維我特。」毛以「特」爲「匹」。朱子謂「特」爲孤特之義，而得爲匹者，古人多反語，故《小雅》「新特」亦用此詩毛義釋之。然毛傳以「新特」爲外婚，鄭申之爲特來無媵之女，與匹義反矣。案：「我特」，《韓詩》作「我直」，云「相當值也」。見《釋文》。兩家字異而義同，意毛傳《詩》時，字亦作「直」乎？不然，則師授如此也。不得爲《小雅》「新特」例矣。

墻有薺

茨者，以茅蓋屋也。薋者，草多貌。薺者，蒺藜也。「墻茨」、「楚茨」皆應作「薺」，今《詩》及《爾雅》皆作「茨」，借也。惟《説文》引《詩》作「墻有薺」，《玉藻》注引《詩》作「楚薺」，得字形之正。《離騷》王逸注引《詩》作「楚楚者薋」，亦借也。《漢書》師古注謂「采薺」薺字「禮經或作薋，又作茨」，則此三字古今通用。案：蒺藜有二種：子有三角刺人者杜蒺藜也，子大如脂麻狀如羊腎者白蒺藜也。出同州沙苑牧馬處杜蒺藜，布地蔓生，或生墻上，有小黄華。《詩》「墻有薺」指此。

君子偕老

「副笄六珈。」孔氏引《追師》注云：「副之言覆，所以覆首。」蓋副、覆音同也。《詩》釋文：「副，芳富反。」《説文》：「富，方副反。」二字皆入宥韻。今人讀如「赴」，乃俗音也。《玉篇》引《周禮》作「䯱」，云：「或作副，匹育、匹宥二切。」《廣韻》敷救切，皆無「赴」讀。黄公紹《韻會》收副、富二字於七遇，誤矣。《正韻》亦仍其誤。黄又謂《説文》「富，福務切」，今徐氏、《韻譜》竝不然。又案《説文》：「副，判也，芳迫切。籀作疈。」《生民》釋文引《字林》云：「匹亦反。」然則「副」本入聲，《生民》「坼副」乃本訓也。覆首義當以「䯱」爲正。

䯱笄，傳云：「笄，衡笄也。」衡笄本《周禮·天官·追師》文，傳引其成語耳，非合衡笄爲一物也。衡垂於當耳，笄横於頭上。彼注云：「王后之衡笄皆以玉爲之，惟祭服有衡垂於副之兩旁當耳，其下以紞縣瑱笄卷髮者。」是衡與笄本二物也。孔疏引之乃云「惟祭服有衡笄垂於副之兩旁」云云，於「衡」下增一「笄」字，而不引「笄卷髮」之文，是以釋「衡」者釋「笄」矣。呂《記》、朱

《傳》皆仍其誤，而嚴《緝》尤失之。曰：「笄者婦人之首飾，惟后夫人之副其笄謂之衡笄。」是竟以衡爲笄名也。又曰：「毛以衡笄爲一物，鄭注《追師》以衡笄爲二物，疏溷毛、鄭爲一説。」不知毛公連引衡笄所以見笄之爲玉，非合二物爲一也。鄭注《追師》既以衡笄爲二物，而箋《詩》「副笄」仍不易傳，亦知毛意與己不合也。疏之誤在引釋衡文而不引釋笄文耳，嚴誤認毛意而謂與鄭異説，其誤更甚於孔矣。又案：《大雅》「追琢其章」，疏引《追師》注「衡」下無「笄」字，安知此疏非傳寫者之誤乎？

「象服翟衣。」毛傳謂以象骨及羽爲衣服之飾，而孔疏不从，以爲象骨飾服，經傳無文。又衣裳隨身卷舒，非可羽飾。蓋右鄭也。鄭謂象服即翟衣，象鳥羽而畫之也。然古籍散亡，制度不見於經傳者多矣，安知象飾之服，毛非有據乎？至以羽飾衣，春秋時尚有之，楚王秦復陶、翠被，杜注謂「秦所遺羽衣」及「以翠羽飾衭」，見《左傳》昭十三年。不聞其礙於卷舒也。又案《説文》釋「褘」爲「畫衣」，「褕」爲「翟羽飾衣」。陸農師謂《周禮》一翟曰「翟而褘衣」、「變翟曰衣」，當是褘衣畫雉，褕翟闕翟皆用羽飾，以證《説文》。其語良是。

「鬒髮如雲。」毛訓鬒爲「黑髮」，服虔《左傳》注訓「美髮」，《説文》訓「稠髮」，《玉篇》訓同《説文》，皆專指髮言也。朱《傳》竟訓爲黑，因此詩與髮連文，不可重言髮耳。然物之黑者甚多，可皆目爲鬒乎？又案：鬒本作㐱，鬒乃重文。

晳、晢二字，音形及義訓俱別。晳從白析，木旁。聲音析，人色白也。《詩》「揚且之晳」，毛訓白晳。《左傳》「澤門之晳」，與黔對。聖門曾點、楚公子黑肱、鄭公孫黑皆字子晳，各與名反是也，俱取白晳之義。晢從日折，手旁。聲音折，又音制，明也。字又作晣，又與哲、悊通用。《詩》「明星晣晣」，毛云：「猶煌煌。」《庭燎》「晣晣」，毛云：「明也。」《易》「明辨晢」，孔疏釋爲「智」，《書》「明作晢」，孔傳訓「照了」是也。俱取明智之義。故《書》「明作晢」，《史記》作「明作智」，《漢書》作「明作悊」，云：「悊，知也。」近世陳第《古音略》因《鄘風》「晢」字與揥、帝協句，遂音「晢」爲「制」，又引《易》「明辨晢」爲旁證，誤矣。此詩稱宣姜美色，故言其眉上揚，廣面，色白晳，與明智義何涉哉？《鄘風》之晳、大有之晢，截然兩字，焉可同也？然其誤實始於《集傳》。《集傳》協韻率祖吳棫《韻補》。吳音「晢」爲「征例反」，而引《易》「明辨晢」證之，竝不引此詩也。朱子不辨晳、晢是兩字，而溷用征例反爲晳音，陳遂襲其誤耳。吾友楊令若知此失，直欲改「晳」爲「晢」以就韻，此亦不然。明智之稱，可施於性行，不可施於顏面也。源謂古無入聲，今北土猶然。亦未有四聲之別，若轉「晳」作去聲，則當讀息例反，與揥、帝自協，何必改字乎？

「是紲袢也。」毛云：「當暑袢延之服。」孔氏申之，以爲展衣而以絺爲裏者，所以紲去袢延蒸熱之氣也。紲袢，音薛煩。然則二字皆借用。以意推之，紲當是「渫」除去也，私列切。之借，袢當是「煩」之借耳。王安石見《説文》「袢」字博幔反，與「絆」同音，遂妄爲之説曰：「暑服而加絏袢，所以自斂飭也。」彼以絏乃羈絏，袢乃袢繫，必是纏絡於暑服之外者。不知《説文》袢訓無色，竝不與絆同義。絏又作褻，亦非羈絏義。安得彊爲傅會乎？又案：「絆」字，叔重讀若普。《詩》釋文「附袁反」。其「博幔反」乃徐鉉音，非古也。朱子過信安石，故音「絆」而協「煩」。夫煩是本音，何勞協哉？

桑中

朱子以《桑中》詩爲淫者自作，與東萊争論不啻千餘言。識者多是吕，《通義》已載其説矣。至《小叙》所云「政散民流而不可止」，語偶與《樂記》同，非謂桑中即桑間也。朱子因此語，遂全引《樂記》文證此詩即桑間。殊不知《樂記》既言鄭、衛，又言桑間、濮上，明係兩事。若桑濮即桑中，則桑中乃衛詩之一篇，言鄭、衛而桑濮在其中矣，何煩竝言之邪？《樂記》又言「亂世之音怨以怒」而係之鄭、衛，言「亡國之音哀以思」而係之桑間、濮上，則此二音之倫節與作此二音之時世迥不相同也。朱子引《樂記》以爲證，而全不辨其文義，豈後儒耳目竟可塗哉？案：《樂記》注謂桑間即濮上地名，其音乃紂所作。《周禮·大司樂》「禁其淫聲、過聲、兇聲、慢聲」注云：「淫聲，若鄭、衛。兇聲，亡國之聲，若桑間、濮上。」疏亦解桑濮爲紂樂。則桑濮之非衛詩，歷有明證矣。

《通典》謂「鄘國，古或作庸，本庸姓之國，即孟庸之所自出」。以鄘國姓庸，不知何所據。古未有以姓名其國者，恐非也。荀、曹、滕皆古姓，而春秋時荀、曹、滕國則皆姬姓，未嘗以姓爲國名也。當時必自有庸姓，偶與鄘國名同耳。況孟庸若果鄘國女，不應見《鄘風》。《衛風》言「庶姜」，《鄭風》言「孟姜」，不及姬姓女。《陳風》言「淑姬」，言「齊姜」「宋子」，不及嬀姓女。古人男女辨姓，雖托之詩歌亦不苟也。《通典》又云：「衛州新鄉縣西南三十二里有鄘城，即鄘國。」斯言或然。衛州，今衛輝府。縣在府西南五十里。

鶉之奔奔

《埤雅》釋《鶉之奔奔》詩云：「我以爲兄。兄，女兄也。曰兄者，娣刺宣姜之詞。我以爲君。君，女君也。曰君者，妾刺宣姜之詞。」此解最優。《叙》云「刺宣姜」，不云刺頑，毛以「兄」爲「君之兄」，不如陸之合《叙》矣。

《爾雅》「鶉鶉」，郭璞以爲鵪屬。案：鵪亦名鶡，亦名鶴，即鴽也。《爾雅》云「鴽，牟母」者，是此二鳥雖相似而非一類。鴽是田鼠所化，春化鴽，秋復化爲田鼠。見《夏小正》及《月令》。故夏有冬無。鶉自卵生，或從蛙化生，見《列子》及《本草》。或從海魚化生，見《本草》引《交州記》。故四時常有之。郭以鶉爲鵪屬，非即鵪也。又晉僮謡「鶉之賁賁」與《詩》語雖同，然彼鶉乃南方七宿合成朱鳥之形，與《鄘詩》之鶉異。

定之方中

「椅梓楸榎。」亦作「檟」。《說文》解爲一木，蓋大類而小别也。今案：《爾雅》楸小葉曰榎，大而皵音鵲。楸，老而皮粗皵者爲楸。小而皵榎。小而皮粗皵者爲榎。此楸、榎之别也。陸璣《疏》：「楸之疏理白色而生子者爲梓，梓實桐皮曰椅。」此椅、梓之别也。故毛傳以椅爲梓屬，實二木矣。然《爾雅》「椅梓」，郭璞以爲即楸，合之陸語，則椅、梓其又楸屬乎？《齊民要術》賈思勰著。以白色有角者爲梓，名角楸，又名子楸。黄色無子者爲柳楸，又名荆黄楸。是又以子之有無爲楸、梓之别。

梓似桐而葉小，華紫，百木之王也。陶隱居謂梓有三種，蓋指椅及楸併梓而三焉。理赤者爲楸，文美者爲椅，而檟即楸之小者。外又有鼠梓，亦名虎梓，《草木疏》名爲苦楸，枝葉木理皆如楸。《小雅·北山》有楰，毛云「鼠梓」是也。郭璞《爾雅注》云：「楰，楸屬。」《玉篇》云：「楰，鼠梓，似山楸而黑。」與毛同。

漆，元作「桼」，象形，如水滴而下。其從水者，乃漆沮之漆，水名也。今通用漆。

「望楚與堂，景山與京。」毛云：「景山，大山。」鄭云：「望楚丘而觀其旁邑及其丘山。」皆以景爲大義。朱《傳》訓景爲測，景與望字相對，恐未然。上章作宫室，故測景以正其方位，揆之以日是也。此章追本欲遷之初，升高望遠，觀其形勢。未及作宫室也，測景何爲？况此句言山與京，是測之於山乎？抑測之於京乎？下句「降」字正與上「升」字應，則此兩句皆升虛事也。八尺之臬須即其地而樹之，不應身在漕虛之上而遥測楚丘之山與京也。文義尤難通矣。

「匪直也人。」言文公愛民務農如此，非直庸庸之人也。故下文又美其德，而因及馬耳。朱《傳》曰：「非獨人之操心誠實而淵深也，其畜馬已至三千之衆。」則是君德之美止以「匪直」二字帶言之，而專侈言多馬，恐失輕重之權。

古者國馬足以行軍，公馬足以稱賦。見《楚語》。國馬，君家之馬，牧之閑廄。公馬，田賦所出，散在民間。國馬，邦國六閑爲馬一千二百九十六。公馬，大國千乘爲馬四千。《衛》詩「騋牝三千」，此國馬也。《左傳》閔二年。文公元年革車三十乘，季年乃三百乘，此公馬也。國馬三千已逾六閑之數，故毛傳釋《詩》，分騋牝爲二，明牡馬亦在其中。若專指牝馬，則牡馬又在三千之外，比於天子之十有二閑馬三千四百五十六匹。或反過之。箋、疏申傳意，信而有徵矣。《集傳》曰「馬七尺而牝者已有三千之衆」，豈誤以騋牝爲公馬乎？然三百乘僅得馬千二百，仍不合三千之數，胡弗之思也？又案：文公國馬已過侯國之常，而公馬尚未半大國之賦，多寡相縣若此之甚者，則有故矣。《左傳》言革車三百乘，非爲馬言也，特藉以識田疇之墾闢、户口之殷蕃耳。古者兵車出於田賦，《司馬法》百井爲成，每成出車一乘，三百乘則三萬井，當得民二十四萬户、田二千七百萬畝，包氏之説與此異，辯見《魯頌》。衛之殷富可知。文公元年止三十乘，在位二十五年遂十倍於其初，足徵其賢矣。況畜牧之事，責在校人耳。游牝騰駒有法，可以速致蕃庶。至於招流散，辟草萊，行之當有次第，非人君宵旰憂勤，躬親勞來，且積有歲年，豈易奏績乎？宜乎難易之不同也。嚴《緝》謂「三百乘計馬一千二百，正合六閑之數」，是合國馬、公馬爲一也，謬甚矣。嚴又謂「革車不用牝馬，今併牝馬數之，故爲三千」。亦不然。《書·費誓》云「馬牛其風」，《左傳》云「城濮之戰，晉中軍風於中澤」。僖二十八年。風，謂牝牡相誘也。魯、晉皆當戰時而言風，是軍中有牝馬矣。不以駕革車，將焉用之？若輜車，則駕牛矣。又《列女傳》趙津女言湯伐夏，左驂牝驪，右驂牝龍，遂放桀。武王伐商，左驂牝騏，右驂牝驥，遂克紂。此又革車駕牝之明證。

蝃蝀

「蝃蝀在東」，暮虹也。「朝隮於西」，朝虹也。莫虹截雨，朝虹行雨，屢驗皆然，雖兒童婦女皆知之也。鄭箋云：「朝有升氣於西方，終其朝則雨，氣應自然。」蓋漢世晴雨之候與今無異矣。朱《傳》獨曰：「方雨虹見，則終朝而止。」張敬夫亦曰：「蝃蝀則雨止，無東西之分驗之久矣。」夫自漢至今幾二千年，天氣如故也。宋之末造於今未五百年，乃獨相反，誠爲難信。

相鼠

鼠乃貪惡之物，故《詩》以喻無禮儀之人。言鼠則僅有皮，人而無儀，則亦如鼠，非以皮喻儀也。箋、疏甚明，後儒多誤解，惟嚴《緝》得之。今人多以儀爲儀容，不知古之言儀，其義廣矣。觀《左傳》襄三十一年。衛北宮文子語，可見《詩》亦屢言儀。云「人而無儀」，又云「其儀一兮」、「樂且有儀」、「抑抑威儀」、「敬慎威儀」，皆非僅指儀容也。毛傳云「無禮儀」者，謂爲闇昧之行。反而觀之，則所謂儀可知矣。

「人而無止。」毛云：「止，所止息也。」鄭云：「止，容止也。」毛訓優矣。人所止息自有定則，無止則淫僻之行無所不爲，故可刺也。豈僅在容止間哉？

竿旄

九旗竿首皆注旄建旌，〔一〕而《鄘》之《竿旄敘》言「臣子好善」，則卿大夫所建也。故毛以爲「旃」，鄭以爲「旃」與「物」，皆目卿大夫言。《周禮·司常》：孤卿建旃，大夫建物。孔謂平居則建旃，出軍則建旟。《大司馬》「百官載旟」注：百官，卿大夫也。此言出軍所建。《司常》「州里建旟」，則平居所建。次章「竿旟」與首章「竿旄」、末章「竿旌」，乃一人所建也。三章皆云「在浚」，是專論一人之事。蓋衛臣食邑於浚，當國之郊，而下邑曰「都」、「城」，即都之城，一地而異其文耳。鄭解「竿旄」，兼言「旃」、「物」，旃則卿，物則大夫也。又以「竿旟」爲州里所建，而云「州長之屬」。侯國之州長，士也，其

〔一〕「九」，疑當作「凡」，參見庫本。

屬則士以下兼之，所指非一人。豈以《叙》言「臣子多好善」，故廣言之與？然於「在浚」之文則有礙矣。夫專美一人亦可概其餘，毛説爲允。惟「素絲良馬」，則鄭義長。

總紕於此，成文於彼，以況御馬治民，此善喻也。但《簡兮》篇以美碩人之德，其説猶長。《竿旄》篇以當賢者善道之言，則迂矣。鄭指竿旄言，較平正。

「素絲祝之。」鄭箋云：「祝，當作『屬』。」此改「祝」爲「屬」，非以「屬」訓「祝」也。然劉熙《釋名》云：「祝，屬也。」則祝亦可訓屬。朱《傳》釋此字，殆祖劉。

載馳

《衛詩》三十九篇，惟許夫人之《載馳》乃其自作。今誦其詞，清婉而深至，誠女子之能言者也。中三章專責許人不能救衛，無以慰己之心，首尾則及歸唁之意，立言可謂有體矣。蓋父母殁不得歸寧，〔一〕婦人之禮也。救患恤災，亦鄰國之誼也。宋與許皆衛昏姻之國，戴公之廬漕，宋桓公與有力焉。許曾不出一旅以助之，而徒責夫人以婦道，雖知其力不及，然能無愴於心乎？故首章言大夫告難，見欲歸之故也。二、三章再言「視爾不臧」，正責其不救衛也。四章以采蝱療疾爲喻，言當救之義也。許不能救，則衛必求救

〔一〕「母」，庫本作「兄」。

於他國，故欲歸唁而問之，末章「控於大邦」是也。苦語真情，出之楚楚，千載下如親見之矣。

「載馳」、「歸唁」，夫人意中事也。義不得歸唁，亦夫人意中事也。故曰「馳」、「驅」，曰「驅馬」，皆意中欲其如此而言之也。曰「既不我嘉」，曰「許人尤之」，又意中料其必如此而言之也。其實夫人未嘗出，大夫未嘗追，如《泉水》詩之飲餞出宿，皆想當然爾，非真有是事也。《叙》云：「夫人閔衛之亡，傷許之小，力不能救，欲歸唁其兄又義不得。」詩意只如此。朱《傳》取詩中所言皆指爲實事，謂歸唁是已行而未至，而「涉丘」、「行野」則歸途自述其情。吾不知夫人將出時告之於許君乎？抑不告乎？許之臣民知之乎？抑不知之乎？如知之則應阻之於未出之先，不應追之於既出之後。如不知，則以小君之尊，適千里之遠，焉有倉皇就道舉朝莫覺之理？且此時許君安在，乃坐視夫人之出默無一言，直待其行至半途始遣大夫往追之乎？孟子曰：「説詩者不以詞害意。」觀此詩而益信。

䗉，《爾雅》、《説文》皆作「莔」，今藥草貝母也。陸氏《詩疏》、郭氏《爾雅注》言其物色各不同。陸云「葉如栝樓而細」，郭云「白華葉似韭」，蘇頌《圖經》論之，以爲此有數種。今貝母葉隨苗出似蕎麥，七月開華，碧緑色，與陸《疏》相類。郭注云云，今罕見之。案：唐本注言「葉似大蒜」，正與郭注「似韭」同。則此種唐世猶有之矣。

衛變風

淇澳

「瞻彼淇澳。」《釋文》引《草木疏》云：「淇澳，二水名。」而以毛公「隈隩」爲誤。今陸《疏》竝無此文，意今本脱落乎？案張華《博物志》以爲有澳水流入於淇，而《水經注》疑之，且辯此水即《詩》「泉源」之水。余因思「泉源」即「泉水」，《詩》所謂「亦流於淇」者也。兩水相入，必有隈曲之處，奥乃隈曲之稱。詩人指泉水入淇之處爲淇奥，後人因《詩》之言，遂名泉水爲澳水，張、陸二家之説有自來也。但陸據此而反以毛傳「奥隈」爲誤，則孔氏非之當矣。

「緑竹猗猗。」緑爲王芻，竹爲萹(匹善切。)竹。(《爾雅》作「萹蓄」。《韓詩》及《説文》皆作「萹筑」。)《詩》、《雅》注疏皆同，乃二草也。惟陸《疏》以爲一草，言其莖葉似竹，青緑色，高數尺。孔疏駁其非，引《小雅·采緑》證之，謂緑與竹定是别草，得之矣。自《集傳》解爲緑色之竹，後儒不敢有異議，而前説俱廢。夫武帝斬淇園之竹，寇恂伐竹淇川，漢史誠有之。然唐以前諸儒豈皆未見《漢書》者哉？又《水經注》亦引漢武、寇恂故事而辯之曰：「今通望淇川，並無此物，惟王芻萹竹，(注作「編竹」。)不異毛興。」此善長得於目驗，當不誤矣。

案：萹蓄，吴普《本草》名扁辨，又名扁蔓。節間有粉，多生道旁，方士呼爲粉節草、道旁草。入本經下品。李氏《綱目》云：「葉似落帚而不尖，〔一〕弱莖，引蔓促節。三月開紅華，〔二〕結細子。」

緑，即《本草》之藎草，入本經下品。《説文》謂之莀草，云：「可以染黄。」《漢書》「諸侯盭綬」，晉灼云：「盭草似艾，可染黄，因以名綬。」皆謂此「盭」本作「綟」，與「莀」同，郎計反。《小雅》「采緑」與「采藍」竝稱，以其皆染草也。陶氏《别録》云：「藎草生青衣川谷，九十月采，可以染作金色。」顔師古注《急就篇》亦云。《唐本草》注云：〔三〕「葉似竹而細薄，莖亦圓小，煮以染黄，色極鮮好。俗名菉蓐草。」

《爾雅》：「骨謂之切，象謂之磋，玉謂之琢，石謂之磨。」毛公之傳《詩》亦然。是切、磋、琢、磨四者各爲治器之名，非有淺深也。紫陽釋之，以爲磋精於切，磨密於琢，斯殆彊經文以就己説。

《詩》言瑟者三，一見《衛風》，兩見《大雅》。《集傳》於《旱麓》二瑟皆易傳、箋，自以「縝密」、「茂密」釋之。獨《淇澳》「瑟兮」猶遵毛傳「矜莊」之訓。然戴《記》引《詩》，復改訓爲「嚴密」，於是

〔一〕「尖」，庫本作「纖」。
〔二〕「紅華」，庫本作「細紅花」。
〔三〕「草」，原闕，據庫本補。

三「瑟」字皆得「密」義矣。字訓須有徵據。「瑟」之爲「密」出於程正叔，殆臆説也。

傳云：「僩，寬大也。」《韓詩》云：「僩，美貌。」《説文》云：「僩，武貌。」三解各異。《集傳》曰「嚴毅」，《章句》曰「武毅」，皆從《説文》。案《荀子》云：「陋者俄且僩也。」僩與陋反，正是寬大義。毛爲荀弟子，字訓有本矣。唐楊倞其亮切。注引《方言》「晉魏間謂猛爲僩」證之，非荀意也。又案：今本《方言》「僩」作「撊」，二字殆相通。《左傳》昭十八年。「撊然授兵登陴」，注：「忿貌。」武、猛、忿三義相近。但《詩》美武公之德，無取於武猛，當從寬大義爲長。

「會弁如星。」鄭云：「弁縫之中，飾之以玉，皪皪而處，狀似星也。」不云「皪皪似星」而云「皪皪而處」，則經言如星，特象其布置之疏落，非取象於星光也。朱《傳》以爲「如星之明」，則稍異。武公雖大國之君，安得飾弁者皆夜光之璧哉？又《釋文》云：「皪，本又作『礫』。」案：皪訓白貌，礫訓小石，皆非明義。

「箓筑如簀。」毛云：「簀，積也。」《韓詩》「緑薵如蕢」，蕢，積也。薛君云：「緑薵盛如積也。」簀、蕢字異，訓積則同。平子《東京賦》「芳草如積」，正用斯語。〔一〕伊川解爲「密比如簀」，而朱《傳》從之。晦翁甚愛《韓詩》義，此獨棄而不用，豈惡其同毛與？

〔一〕「正」，原作「在」，據庫本改。

考槃

《考槃》箋云「誓不忘君之惡」，誠害於理。而《小叙》以爲「刺莊公」，則不誤也。朱子非之，云：「詩未有見棄於君之意。」不知君不棄賢，賢者何爲而隱？孔子曰：「吾於《考槃》，見遁世之士而無悶於世。」見《孔叢子》。遁世無悶，豈有道時所爲或？果如此，是乃邦有道而貧且賤者，君子方以爲耻，焉得録其詩？

「考槃在澗。」《釋文》云：「澗，《韓詩》作干，云：墝埆之處。」《文選》注引《韓詩》曰：「地下而黄曰干。」二注雖不同，然《韓詩》有《内傳》，有《故》，有《説》，有《章句》，容有兩釋也。董氏謂「在阿」，《韓詩》作「在干」，是首、次二章皆作「在干」也。《詩》無此體。

「碩人之軸。」毛云：「軸，進也。」《釋文》、正義皆讀「軸」爲「迪」，以合進義。然毛不破字，殆未必然也。毛之傳《詩》本於師授，豈容臆度哉？上章「薖」字本訓「草」，而毛以爲「寬大」，於義尤遠。必欲爲之説，又當破「薖」爲何字乎？源謂軸以持輪，車得之始可以進，毛之訓「進」或以此。蘇氏釋「軸」爲「盤桓不行」，與毛義正相反，乃臆説也。況進是進德之義，以美碩人較優。

碩人

蝤蠐非蠐螬也。蝤蠐一名蝎，《爾雅》「蝤蠐蝎」是也。一名蛣蝠，一名桑蠹，《爾雅》「蝎蛣蝠」及「蝎桑蠹」是也。身長足短，生腐木中，穿木如錐，至春雨後化爲天牛。蠐螬一名蟦蠐，《爾雅》「蟦螃蟮」是也。生糞土中，以背行，身短足長，如足大指。從夏入秋，化腹育，又化爲蟬。郭氏《爾雅注》已分爲二物。陶貞白與蘇恭以爲一蟲，誤也。陳藏器《拾遺》辨之當矣。

盼，從目分聲，匹莧切，目黑白分也。眄，從目丏彌兖切。聲，莫甸切，目偏合也，一曰邪視也。肹，從目兮聲，胡計切，恨視貌。三字音形義俱各别，今人多亂之。《碩人》詩「美目盼兮」，盼字從目從分，《説文》、《玉篇》引《詩》及石經皆同。今諸本俱誤作「肹」，監本注疏亦誤，此不可不急正也。案：《廣韻》「肹」字收入霽、諫兩韻：一五計切，訓恨視；一匹莧切，訓美目。則誤之來久矣。《正韻》於霽韻既收「肹」字，訓恨視。於諫韻又兼收「盼」、「肹」二字，而訓「盼」爲顧爲視，是誤以「眄」爲「盼」也。又以《詩》「美目」及《孟子》「盼肹」證「盼」字是誤合「盼」、「肹」於一「肹」也。三字之溷亂，於斯極矣。

「施罛濊濊。」《説文》作「施罟濊濊」。《爾雅》「魚罟謂之罛」，則「罛」、「罟」本一義也。濊濊，毛云「施之水中」，《韓詩》云「流貌」，《釋文》引《説文》云「凝流也」，與韓義相反。近世楊用修云「水平則流凝」，引唐詩「江平不肯流」、「水深難急流」二語證之，可謂辨矣。然今本《説文》云「礙流」，不云「凝流」也。案：《詩》「濊濊」本連「施罛」爲句，是言罛，非言水也，「凝流」得之。《釋文》又引馬融云：「大魚罔目，大豁豁也。」則專指罛言。朱《傳》云：「罛，入水聲。」本傳語而增入聲義。

氓

里巷猥事足爲勸戒者，文人墨士往往歌述爲詩以示後世，如《陌上桑》、《雉朝飛》、《秋胡妻》、《焦仲卿妻》、《木蘭詩》之類，皆非其人自作也，特代爲其人之言耳。國風美刺諸篇大率此類。《集傳》概指爲其人自作，決無是理也。《大全》載輔廣之言，謂「《谷風》與《氓》二詩，其文詞叙次，雖工文之士不能及。然其行一賢一否，信乎有言者不必有德也。」噫！俚語云：「癡人前不可説夢。」廣之謂矣！

耽，耳大垂也。湛，本宅減反。没也。皆非樂義。其訓樂者當作「媅」，《説文》云：「樂也。」又作「醓」，《説文》云：「樂酒也。」又作「妉」，《爾雅》云：「樂也。」《漢・五行志》借用「沈」，云：「荒沈於酒。」此四字皆不見《詩》，《詩》獨借「耽」、「湛」兩字爲樂義，但樂同而美惡不同。《鹿鳴》之「湛」，君臣之樂也。《常棣》之「湛」，兄弟之樂也。《賓之初筵》之「湛」，祭而受福之樂也。雖樂無傷也。《氓》詩之「耽」在男女，《抑》詩之「湛」在飲酒，則皆爲刺。然獨《氓》詩之「耽」，鄭釋爲「非禮之樂」者，蓋女而耽士，尤失其正，異於諸湛矣。《常棣》，《韓詩》云：「湛，樂之甚也。」兄弟之樂，何妨於甚乎？又「耽」字，從耳冘音淫。聲，古讀如沈，今丁南反。俗或作「躭」，非是。

《氓》詩言「總角之宴」，則婦遇氓時尚幼也。又言「老使我怨」，則氓棄婦時婦已老矣。必非三年便棄也。其言「三歲食貧」及「三歲爲婦」，止自初爲夫婦時耳。意氓本窶人，賴此婦車遷之賄及夙興夜寐之勤勞，三歲之後漸致豐裕。及老而棄之，故怨之深也。然風俗薄惡如此，豈獨泯之罪與？

「信誓旦旦。」毛云「信誓旦旦然」，不解「旦旦」之義，故鄭以「懇惻款誠」述之。案：旦旦，《說文》作「𢘓𢘓」。「𢘓」即「怛」之或體，注云「憯也」，此與鄭意正同。《廣韻》云：「𢘓，傷也。」亦即憯意。《詩》「旦旦」義當以此爲正。《玉篇》云：「𢘓，忒也，爽也。」則因《爾雅》而爲之說。然《爾雅》云：「晏晏、旦旦，悔爽忒也。」是推釋詩人言此之意，非旦旦正訓也。又朱《傳》訓「旦旦」爲「明」，蓋即「有如皦日」之義，本與毛、鄭不同。《韻會》反謂此是毛義，失之矣。

竹竿

《泉水》、《竹竿》，皆衛女思歸之詩也，而有異焉。《泉水》思歸而已，《竹竿》之思歸由於不見答也，故二詩取興皆以淇、泉二水，而意不同。婦人之適異國，猶小水之入大水也。「毖彼泉水，亦流於淇」，嫁者之常也。若「在左」、「在右」，兩不相入，豈其常乎？故以爲不見答之喻也。至釣者意在得魚，猶嫁者意在得禮。舟楫得水而後行，猶男女得禮而相配。首尾二興，又爲不見答之反喻。此皆傳義，非後儒之穿鑿也。今概指爲賦體，徒以詞而已矣。

「珮玉之儺。」毛云「儺行有節度」，《說文》云「儺行有節也」，因引此《詩》。嚴《緝》取錢氏「柔緩」之訓，而解爲「要身婀儺」，真屬謬說。

芄蘭

宋沈括言：「芄蘭莢垂枝間，如解結錐，故以爲興。韘亦當似葉，但不復見耳。」近世《本草綱目》祖其説，言芄蘭實尖如錐，葉後曲如張弓指彄。據此，則韘是決，非沓矣。但詩人托興，本喻人君當柔順温良，信任大臣，豈專爲觿、韘二物取象乎？況首章言「支」不言「莢」也，毛、鄭義優，沈説纖巧甚矣。案：芄蘭，陸《疏》名蘿摩，《本草》名白環藤、斫合子，其實名雀瓢。三月生苗，蔓延。葉長而鋭，根及莖葉斷之皆有白乳。六七月有華，紫白色。實長二三寸，中有白絨，可作褥，輕煖。又陶隱居言其葉生啗煮食俱可，與枸杞葉同功。諺云：「去家千里，勿食蘿摩枸杞。」以其補精彊陰也。

「童子佩韘。」毛以「韘」爲「決」，鄭以「韘」爲「沓」，《説文》訓「韘」，與毛意同。朱《傳》兩存毛、鄭之説，陳氏《禮書》非毛、許而是鄭，馮氏《名物疏》非鄭而是毛、許。案《射禮》：右巨指著決以鉤弦，食指、中指、無名指著沓以放弦。決用棘及骨及象爲之，亦名玦，亦名抉。沓用朱韋爲之，亦名極，《大射禮》云「朱極三」是也。三者，中三指各一也。極取其中於指，沓取其沓於指也。韘之爲決、爲沓，《禮》皆無明文，而毛説較古，又有許説相輔，當得其真。許云：「韘，射決也。所以鉤弦，以象骨韋系著於右巨指。从韋枼聲。或从弓作弽。」

《叙》以《芄蘭》爲「刺惠公」，而朱子不信。夫惠公譖殺二兄，違距王命，其狠抗不遜可知。

《敘》云「驕而無禮」，正相合也。且即位時方十五六歲，宜有童子之稱，又何疑乎？然則爲此詩者，殆左公子洩、右公子職之徒與？

河廣

嚴華谷謂《河廣》詩作於衛未遷之時，是不然。衛未遷時，宋桓公尚在，《敘》不應稱「襄公母」矣。況襄公未立，尚可至衛，安知母子終不相見？詩猶可無作也。嚴特以「渡河」爲疑耳。然孔疏謂「假有渡者之詞，非言渡河嚮宋」，義儘可通也。至朱《傳》先云「衛在河北，宋在河南」矣，後又云「襄公即位，夫人思之」，豈未知襄公時衛已在河南邪？

伯兮

箋謂《伯兮》詩正指桓五年衛、陳、蔡三國從王伐鄭事。朱子以爲無明文可考，不知詩中「爲王前驅」、「自伯之東」二語則其確證。孔疏謂「三國會兵京師，始從王前驅而東行伐鄭。鄭在京師之東，非在衛東也。」其言甚明。

《說文》：「殳，以杸殊人也。《禮》：殳以積竹，八觚，長丈二尺，建於兵車，旅賁以先驅。」徐鉉謂「積竹者，削去白，取其青合之，取其有力」，是殳用竹也。案：殳之圍，大處至二尺四寸，小處亦不減五寸，不能純用竹青，意必以木爲心而傅積竹於外。故《考工記》「廬人爲殳」，廬人實攻木之工矣。崔豹《古今注》云：「棨戟乃殳之遺象，用木以赤油韜之。」此據後世之制而言。雖非古殳，要必相仿髴也。又案：殳，本作「杸」，通作「殳」。或云：杸、殳，古今字。

毛傳云：「諼草令人忘憂。」孔疏申其意，以爲諼非草名，引《爾雅·釋訓》及孫氏注以證之。然據傳文義，明是以諼爲草名。《釋訓》：「蕿、諼，忘也。」郭注云：「義見《伯兮》、《考槃》詩。」又明是《伯兮》字作「蕿」，《考槃》字作「諼」矣。若非草名，則釋「諼」足矣，何必兼釋「蕿」乎？又《說文》引《詩》作「藼草」，云：「令人忘憂草也。或作蕿，或作萱。」《韓詩》亦作「萱草」，薛君云：「萱草，忘憂也。」則以「諼」爲草名。先儒之說皆然，孔安得獨爲異乎？至朱《傳》以合歡當之，乃襲鄭樵之誤。《本草》合歡在木部，非草也。稽叔夜《養生論》：「合歡蠲忿，萱草忘憂。」《通義》駁之，甚當。

有狐

「有狐綏綏。」毛傳以「綏綏」爲「匹行貌」，朱《傳》以爲「獨行求匹貌」，字訓相反，取興則同。案：朱《傳》此說，特見《齊·南山》鄭箋「求匹」之訓，因移以釋《衛》詩耳。然《南山》之「綏綏」，毛義實勝鄭矣。又案：「綏綏」元作「夊夊」，《說文》云「行遲曳夊夊」也。《玉篇》云：「行遲貌。《詩》『雄狐夊夊』，今作『綏』。」

《有狐》首章，朱《傳》曰「在梁則可以裳矣」，次章曰「在厲則可以帶矣」，卒章曰「濟乎水則可以服矣」。初不解其意，既而思之，始知因次章「厲」、「帶」二字生情也。《爾雅》云：「由帶以上爲厲。」故朱《傳》訓「厲」，不遵毛傳，直訓爲「深水可涉處」。既以在厲爲方涉，則在側當是既涉，故直曰「濟乎水」。而上章「在梁」爲未涉時，不言可知矣。且厲爲由帶以上，是方涉時可以束帶，故未涉而可以裳，既涉而可以服，亦遂隨文彊配之。殊不知《爾雅》「由帶以上」特以記水之淺深耳，非謂因涉而束帶也。況經云「在側」，何由見其既濟乎？而《爾雅》又云「以衣涉水曰厲」，則在厲獨不可衣乎？

《有狐》次章，毛云：「厲，深可厲之旁。」毛蓋舉水以見岸也。厲本涉水之名，非岸名也。然厲必深水，其旁之岸亦名曰厲。王氏曰：「岸近危曰厲。」此善得毛意。深水之旁，岸近乎危矣。

木瓜

木瓜之圜而小、味酸澀者爲木桃，其大而黄、蔕間無重蔕《埤雅》謂之鼻，云：「是脱華處俗呼爲咮，其著華處乃臍也。」者爲木李。木桃又名樝子，《靈公炮炙論》謂之和圜子。木李又名榠莫零切。樝。陶隱居云：「山陰多木瓜，[一]人以爲良果。又有榠樝，大而黄。又有樝子，小而澀。《禮記》云：『樝，梨鑚之。』古亦以此爲果，今則不然。」鄭玄不識，以爲『梨之不臧者』。」是已木桃下於木瓜，

[一]「陰」，原作「隱」，據庫本和《本草綱目》改。

木李又下於木桃。二者之外又有榲烏没切。桲，蒲没切。生於北土，蓋榠樝之類，與林檎相似而異物。三者皆與木瓜同類，但木瓜得木之正氣，故貴之。又有山樝者，味似樝子，故亦名樝。《唐本草》謂之赤瓜子，宋《圖經外類》謂之棠毬子，即《爾雅》之朹音求檕音計梅也。雖有樝名，而類自别。

皇清經解卷六十三終

漢軍樊封舊校
番禺高學瀛新校

毛詩稽古編　卷五

吴江陳處士啓源著

王變風

黍離

《集傳》曰：「黍苗似蘆，高丈餘。穗黑色，實圓重。」案：此乃今之蘆粟，辨詳《總詁》。非黍也。陶貞白已有「黍苗似蘆粒亦大」之語，晦庵殆祖其説乎？今北土自有黍，其苗似茅，高可二尺餘，一莖數穗，穗散垂，實細而長，黄色，性黏，用以釀酒，俗亦呼黍子。此乃黍矣。黍之不黏者爲稷，顔師古《急就篇注》言：「黍似穄而黏。」穄即稷也。黍、稷莖葉穗粒皆同，而性有黏、疏之異，俗通呼黍子。

稷、穄、穄，子例切。一穀而三名，音之轉也。又「日中星鳥，可以種稷」。《禮記疏》引《考靈曜》。一歲所最先，故《月令》謂之首種粟。乃粱類，非稷也。《爾雅》「粢稷」注云：「今江東呼粟爲粢。」疏云：「據此則粢、稷、粟是一物，而《本草》稷米在下品，别有粟米在中品，又似二物。先儒甚疑焉。」案：此乃郭之誤也。陶隱居曰：「凡粱米皆是粟類。」此得之。又案：粢，本作「齋」，俗從米作粢，且用爲齍盛之齍，謬甚。粢乃餈之重文，音茨，《說文》云：「稻餅也。」《廣韻》云：「飯餅也。俗以九日食餈餻。」即此。

「行邁靡靡。」靡字，《釋文》無音反，據文義當讀上聲。《玉篇》：「𢕟，迷彼反。𢕟𢕟，猶遲遲也。今作『靡』。」案：此《詩》毛傳「靡靡」訓「遲遲」，義同，當亦音同。

君子於役

《敘》以《君子於役》爲寮友相思之作。朱子非之，改爲「室家念其君子」。夫大夫行役不歸，室家固當繫念，豈寮友之情獨應置之膜外邪？至於行役過多，自是王者之失，何必以無考爲譏周之盛也？有四牡皇華之詩以勞使臣，今王者不念而寮友念之，其得失俱可知矣。又謂《君子陽陽》亦前篇婦人作，傅會至此，殆以經學爲兒戲。

「羊牛下來。」《集傳》曰：「日夕則羊先歸而牛次之。」此祖《埤雅》之說也。《埤雅》云：「羊畏露早歸，故先於牛。」是已然。《集傳》次章經文作「牛羊」，與注疏異，當是傳寫之誤。

君子陽陽

《君子陽陽》、《中谷有蓷》、《兔爰》三詩，《敘》皆云「閔周」。今觀其詞所云「仳離」、「啜泣」、「百罹」、「百憂」，其爲可閔無疑。至相招祿仕，陽陽自得，似難與彼二詩同論。而概以爲「閔周」，叙《詩》者其知本乎？善人隱居下位，則當國者皆小人。内之徒足以病民，外之必至於召寇。政荒民散，納侮興戎，皆由此作。見幾之士作詩以紀之，詞雖樂，情實悲矣。《叙》云「閔周」，旨哉！

「右招我由房。」毛云：「房中之樂。」孔氏申之，以爲天子路寢如明堂，有五室，無左右房，小寢則有之。然天子小寢皆係於路寢，此房中之樂當於路寢之下、小寢之内作之。章氏昜。謂房非房中之房，〔一〕是顧命之東房、西房，蓋作之於路寢也。又謂《儀禮》「房中弦歌《周南》、《召南》」，不合樂。此詩云「執簧」、「執翿」，則樂舞既備，不應作於房中。其意以孔説爲非矣。今案：鄭答張逸以爲《顧命》之東西房乃鎬京宫室，尚仍諸侯之制，故有之。則章謂房在路寢而引《顧命》，非確證也。至房中之樂「弦歌《周南》、《召南》之詩而不用鐘磬之節」，見《燕禮記》注。然但指后夫人侍御於君子，女史諷誦之耳。若燕饗時樂工奏之，則不然矣。《鄉飲酒禮》云「乃合樂」，《周南》、《召南》注云：「合樂，謂歌樂與衆聲俱作。」疏云：「謂堂上有鼓瑟，堂下有磬合奏。」此詩《燕禮》云：「遂歌鄉樂。」《周南》、《召南》疏云：「《鄉飲》云合樂，此歌鄉樂，亦與衆聲俱作。」疏又云：「既名房中之樂，用鐘鼓奏之者，諸侯卿大夫之燕饗亦得用之，故用鐘

〔一〕「章」，或作「張」，下文同。參見庫本、張校本。

鼓。婦人用之，乃不用鐘鼓。」又《周禮·磬師》「教燕樂縵樂之鐘磬」，注云：「燕樂，房中之樂，所謂陰聲也。」二者皆教其鐘磬，則章謂凡奏二南俱不合樂，亦誤矣。安在「執簧」、「執翿」非房中樂哉？

陶，本音桃，再成丘也，《禹貢》「陶丘」是也。又窑也，《綿》詩「陶復陶穴」是也。「君子陶陶」，和樂貌，當音遥。「駟介陶陶」，驅馳貌，當音導。此兩「陶陶」，《集傳》皆無音反，俗儒遂誤讀如字。

揚之水

《詩》以「揚之水」名篇者三，毛、鄭皆訓「激揚」，宋儒易以「悠揚」之解。一急一緩，義相背馳。案《小爾雅》：「揚，翥舉也。」《説文》：「揚，飛舉也。」皆與「激揚」義近。《禹貢》「揚州」之得名，亦因水性激揚。今江淮二水激揚乎？悠揚乎？此明驗也。又「悠揚」二字不見古書史，惟後代詞曲中頗有之，豈可據以釋經哉？至「彼其之子」本指鄉里之處者，鄭箋云。《集傳》謂戍人自目其室家，殆未必然也。欲挈妻子以從軍，又以不得偕行而怨，恐非人情。

《揚之水》，《集傳》譏平王之「忘親逆理」，當矣。至謂周制凡有討伐皆用諸侯之師，王師止衛王室，不以出征。此未知出何典也。考之《周禮》：大合軍以救無辜、伐有罪，及戰，巡陳眂事而賞罰，有功則獻愷，不功則奉主車，此大司馬之職也。宜於社，造於祖，立軍社，大祝之事也。抱天時，與大師同車，大史之事也。執同律以聽軍聲，大師之事也。正治其徒役輂輦，鄉師之事也。合卒伍，簡兵器，族師、縣師之事也。皆言出征時也。又偏兩卒伍之名，蒐苗獮狩之法，其爲制度甚詳。若徒使安居飽食，安用此紛紛者爲？周世紀載闊略，其用兵之事誠難悉知。至成王踐奄伐東夷，穆王征犬戎，共王滅密，宣王伐魯，皆王師親征之明證，見於《書叙》與《外傳》，可信也。周公之東征，宣王之南征、北伐，則又見於《詩》者也。誰謂天子之六師不用以征伐乎？果如《集傳》所云，王室有難則征兵自衛，侯國有故則僅責其自相救援，畿內不出一旅以勤之，非徒無以服諸侯之心，抑亦自弱其兵矣。《揚之水》怨其上，因出師不以義耳。假令爲復讎討賊之舉，民將荷戈赴敵恐後，誰敢怨哉？《小雅》之《六月》、《采芑》，《大雅》之《江漢》、《常武》，率師者皆王臣也，執兵者皆王旅也。〔一〕彼不怨，而此怨何爲也？

中谷有蓷

毛傳云：「蓷，鵻也。」《爾雅》云：萑、蓷、萑、鵻，皆音追。萑與雚異。萑從草隹音追。聲，益母草也。雚從艸瞿音貫。省聲，〔二〕音丸，薍五患切。也，俗省作萑。與益母之「萑」溷，不可不辨。

〔一〕「王」，原作「主」，據上文及庫本改。
〔二〕「瞿」，原作「藋」，據庫本改。

益母草又名茺音充。蔚，陸《疏》、郭《注》皆言其方莖白華。然益母華有紫、白二種，李時珍謂白華者即《爾雅》之萑蓷，紫華者即《爾雅》之蓷吐回切。牛蘈音頹。也。蘈、蓷音同，是一草，但華色異耳。又陳藏器《拾遺》有蔪音暫。菜，莖葉性味與益母同而白華，亦即《爾雅》之萑矣。

「暵其乾矣。」毛傳云：「暵，菸央居切。貌。陸草生谷中，傷於水。」鄭箋云：「鵻之傷於水，始則溼，中則脩，久則乾。」孔疏云：「水之浸草，先溼後乾。今詩立文先乾後溼，喻君子於己有厚薄，從其甚而本之也。」呂《記》、朱《傳》祖伊川之説，皆訓「暵」爲「燥」，以爲草待陰潤而生，暵則乾矣。次則脩長者亦暵之，又次則生於溼者亦暵之，與注、疏正相反。案：注、疏解似迂。然「暵」字《説文》原作「灘」，注云：「水濡而乾也。《詩》曰：灘其乾矣。」其「暵」字注云：「乾也。」引《易》「莫暵於離」，竝不引此詩。可見漢時經文本作「灘」字，毛、鄭義與《説文》合，皆訓「灘」，非訓「暵」也。徐邈音漢，則晉世已作「暵」字。孔仲達作《正義》時，經文則「暵」，而注義則「灘」，須剖析其異同。乃竟無一字置辯，徒將「暵」、「菸」二字依回牽合。後儒不究其故，因别爲之解耳。又案：灘，俗從隹作「灘」，它安反。今用爲水灘義，假借也。菸，音於，鬱也，殘也。殘，於爲反，病也。

兔爰

《集傳》謂作《兔爰》詩者「猶及見西周之盛，故云我生之初，天下尚無事」。朱子不信《叙》，其爲此言宜也。案：《叙》以此爲桓王詩，其曰「王師傷敗」，指繻葛之戰也。繻葛之戰在桓王十三年，距西周六十四年，平王在位五十一年。距宣王之崩七十五年。幽王在位十一年。幽王雖西周，不得云盛時。如朱子之言，則作詩者必生於宣王時，又能追憶其盛，已非童幼無知。計其作詩時，應八九十歲尚從征役，無是理也。東萊遵用《叙》説，而《詩記》録其語，殆未之思與？

訛，俗字也。本作「吪」，從口化聲，動也。《詩》「尚寐無訛」、「或寢或訛」是也。又化也，《詩》「四國是訛」「式訛爾心」、《書》「平秩南訛」是也。譌，從言爲聲，譌言也。《詩》「民之譌言」是也。是吪、訛義同而分雅俗，譌則别爲一字。今《詩》概作「訛」，乃傳寫之誤。《正韻》并吪、訛、譌爲一字，謬甚矣。

葛藟

《葛藟》詩，箋、疏本謂葛藟得河潤而生長，興己不受王恩，葛藟之不如。宋胡氏旦反其説，以爲葛藟宜生丘陵，不宜生水畔，以喻己之失所。又引他詩咏葛藟語，爲葛性喜燥惡濕之證。然所引諸詩，惟《旄丘》誠屬高阜耳。若「樛木」、「條枚」、「蒙楚」，止言其附木而生，不言所附之木必在山不近水也。至《葛覃》篇言「中谷」，「谷」者，《爾雅》以爲水注谿之名，其近水更甚於河滸。《詩》言「萋萋」、「莫莫」，反足爲葛性好水之一證。又此詩亦言「綿綿」，綿綿不絶，安見其生不得地哉？

「謂他人父」，言王無父恩也。「謂他人母」，言王無母恩也。元后作民父母，況九族之親乎？名雖父母，情則他人，親親之道微矣，所以爲刺也。《集傳》謂流民失所，彊求親附於人，謂之父母。於文似順，於義實疏。

采葛

《詩》言「采」多矣。或言采之地，則以地取義也，「沬鄉」、「新田」之類是也。或言采之時，則以時取義也，《蘩》之「春日」、《薇》之「剛止」、「柔止」之類是也。或言采之事，則以事取義也，「不盈頃筐」、「不盈一匊」之類是也。《采葛》之詩言采之外無他詞焉，則義在葛、蕭、艾三草矣。故傳云：「葛爲絺綌，蕭供祭祀，艾以療疾。」又云采葛「事小」。傳文至簡，兹獨詳焉，良以興義攸存，不容略爾。箋申其意，以首章爲小事使出，次章爲大事使出，末章爲急事使出，亦非穿鑿之見也。東萊非之，太過。

大車

「毳衣如菼。」《詩》以草色比衣也。傳云：「菼，鵻也。」又以鳥色比草。「毳衣如璊」，《詩》以玉色比衣也。《説文》云：「禾之赤苗謂之虋，玉色如之。」蓋虋、璊同音也。又以禾色比玉，皆轉相況譬以明之，此古人體物之妙也。案：鄭謂「鵻色青」，正義引《爾雅》郭注云「在青白之間」，則淺青矣。毛云：「璊，赬也。」沈括《筆談》云「璊色在黄朱之間」，則淺朱矣。又案《爾雅》

「再入謂之赬」，注以爲「淺赤」。又「諸侯赤芾」，而《斯干》傳謂「諸侯黄朱」，是黄朱乃赤也。據此二文，則赤淺於朱，赬又淺於赤。然細分則異，概舉則通。《説文》云：「赬，赤色也。」亦以赬、赤爲一矣。

《大車》詩「毳衣」，毛、鄭皆釋爲毳冕之服。大夫出封五命，此毛説。疏云出使封畿之外，即加命爲五。或子男入爲大夫，此鄭説。皆得服毳冕。但毳冕之服，子男以朝聘天子及助祭，非服以聽訟。又《説文》引《詩》，「菼」作「緂」，音同菼。云：「帛騅色。」「璊」作「⿰毛㒼」，音同璊。云：「以毳爲罽。」居例反，亦作「⿰糸罽」。故《埤雅》據此爲説，謂毳衣别是一服，非毳冕。李彭山、馮嗣宗亦謂毳冕之服以絲爲之，毳衣以毛布爲之，名同實異。此似之而實不然也。毛布者，褐也。《左傳》云「褐之父」，《孟子》云「褐夫」，《老子》云「被褐」，皆以爲賤服，大夫安得服之？又據《説文》「⿰毛㒼」字之訓，則「⿰毛㒼」即毛布矣。既謂毳衣爲毛布之衣，而又曰如毛布，有此文義乎？則毳衣之爲毳冕服，不可易也。毛謂服毳冕以決訟，當本於師説，或古制爾耳。康成好以《禮》釋《詩》，而不易此傳，必有見也。且大夫爵命之數，言其車服而可知。作詩者應藉以指目其人，縱非服以聽訟，於義自通矣。

丘中有麻

《説文》無「劉」字，有「鎦」字，徐鍇以爲「鎦」即「劉」，當是也。通作「留」，周大夫采地，因氏焉。子國、子嗟以父子而世賢，皆著名於東周。不知誰之裔，且受邑在何王之世也。羅泌宋人。以爲堯長子考監明之後，是不然。留乃東周畿内邑，緱氏縣有劉聚者是。堯之後在夏世已有劉累，其來舊矣，不以周邑氏也。厥後八十餘年，而留邑復爲王季子采地，是爲劉康公。豈子嗟之遭放逐，併失其爵邑乎？

留子賢而放逐，周人思之，指丘中麻麥，以見惠政猶存，因望其來而復立於朝，故《叙》云「國人思之」，明是舉國之公心，詩人代述之耳。鄭以丘中爲留子隱居之地，來爲獨來見己，則是朋友相思之作。其美之或出於私好，未足見留子之賢。毛義較正大矣。

《采葛》，懼讒也。《丘中有麻》，思賢也。《集傳》因《大車》一篇厠其間，遂概指爲淫詩，果何據乎？懼讒者不知主名，則亦已矣。獨惜子國、子嗟賢而被放，已爲生不逢辰。幸而遺澤在人，風詩顯其姓氏，不意二千載後復横被淫狡之名，反不如《采葛》詩人姓氏湮没之愈也。二留有知，應攢眉於九原矣。

鄭變風

《鄭詩譜》引《國語》史伯之言曰：「鄢蔽補丹，依疇歷華，皆君之土也。」又曰：「右洛左濟，前華後河。」疏引韋昭注云：「華，華國。今《國語》『疇』作『⿰目柔』。」音柔，和田也。兩「華」字及韋注華國皆作「莘」。壽、睬音義俱近，或屬通用。《史記》注引亦作「睬」。至華、莘音義各別，因字形相似，遂致互異，兩書必有一誤矣。案：《史記·鄭世家》注虞翻、司馬禎引《國語》皆作「歷華」，與《詩譜》同。《水經注》引「華君之土也」以證華城，謂《史記》秦拔魏華陽即此。又云：司馬彪注謂華陽亭名，嵇叔夜傳《廣陵散》於此。虞，三國人，酈元，魏人，司馬，唐人，所見《國語》皆作「華」，則《詩譜》不誤矣。又案：宋庠《國語補音》歷華無音反，獨標前莘字音所巾反。《玉海》引《詩譜》及《水經注》皆作「華」，引《國語》「前華後河」作「莘」。意《國語》兩「華」字，宋世尚一「華」一「莘」，後則俱變爲「莘」，其誤固有漸乎？要之，「前華」、「前莘」猶屬兩可，「歷華」之是「華」非「莘」，斷無可疑也。又案：歷華在八邑內，又云「皆君之土」，則鄭邑也。前華與河濟洛竝列，則鄭境所距，非鄭地也。兩華定是兩地，韋注所云「華國」本指前華之華，《水經注》引「歷華」而繫以韋注，是誤合兩華爲一，疏矣。又案：《玉海》引《郡縣記》「故莘城在汴州陳留縣東北三十五里古莘國」以證《國語》之「前莘後河」，《一統記》開封府鄭州有莘城，云即十邑併號鄶爲十邑。中之莘。此皆後人之傳會。

朱子《辯説》謂孔子「鄭聲淫」一語可斷盡《鄭風》二十一篇，此誤矣。夫子言「鄭聲淫」耳，曷嘗言「鄭詩淫」乎？聲者，樂音也，非詩詞也。淫者，過也，非專指男女之欲也。古之言淫多矣，於星言淫，於雨言淫，於水言淫，於刑言淫，於游觀、田獵言淫，皆言過其常度耳。樂之五音十二律，長短高下皆有節焉。鄭聲靡曼幼眇，無中正和平之致，使聞之者導欲增悲，沈溺而忘返，故曰淫也。朱子以「鄭聲」爲「鄭風」，以淫過之淫爲男女淫欲之淫，遂舉《鄭風》二十一篇盡目爲淫奔者所作，幸免者惟《緇衣》、《大叔于田》、《清人》、《羔裘》、《女曰雞鳴》五篇而已。其餘雖思君子如《風雨》，刺學校廢如《子衿》，亦排衆論而指爲淫女之詞。夫孔子删《詩》以垂世立訓，何反廣收淫詞艷語傳示來學乎？陶靖節《閑情賦》，昭明歎爲白璧微瑕，故不入《文選》，豈孔子之見反出昭明下哉？

朱子於《鄭》詩既悉判爲淫詞矣，然以爲未甚也，必斷爲淫者所自言。又以爲未甚也，必斷爲女説男之言。輔廣、劉瑾之徒和之如出一口，後學沈於其説，以爲春秋時真有此等女子自道其淫樂之情，毫無羞愧，竟不知作詩者本來面目矣。今取《山有扶蘇》、《遵大路》、《褰裳》諸篇以朱子之解解之，其淫陋鄙媟，雖近世市井頑童所唱《掛枝詞》、《打棗歌》不是過焉。吾不知何物女子具如此顔甲，如此口角，肆爲淫縱之詞，而聖人反有取焉，著之於經，俾後儒誦習也。然則《詩》其誨淫之書哉？

緇衣

吕《記》、朱《傳》皆以《緇衣》篇爲周人作，非也。周人作之，當入《王風》矣。好賢自屬周人，鄭人述而爲此詩耳。改衣授粲，盛稱王朝禮遇之隆、寵任之至，以見德足以堪，此與《淇奥》「充耳」、「重較」意正相反。又案：鄭、衛二武皆賢諸侯，一相幽無救於亡，一相平無補於弱，不知當年相業何在？記載闊略，蔑由稽考，論世者不無憾焉。

將仲子

左氏好惡與聖人同，其傳《春秋》，持論平恕。如隱元年鄭伯克段，《傳》云：「譏失教也。」詞簡而義確矣。《將仲子詩叙》亦言莊公不勝其母以害其弟，小不忍以致大亂，意與左氏合。欲定莊公罪者，當以《傳》、《叙》之言爲正。《公》、《穀》二傳謂《春秋》甚鄭伯、大鄭伯之惡。宋人喜爲苛論，取二傳之説文致鍛鍊，以爲莊公有意養成弟惡，陷之於死。夫公、穀二子未嘗見國史段實出奔，誤以爲殺，彼特據傳聞以爲縣斷耳，豈能定當日之情事哉？今觀兩《叔于田》詩，段所長止在飲酒、田獵、馳馬、暴虎，直一獃竪子耳。莊公機險百倍於段，心固未嘗忌之。祇以母所鍾愛，遠嫌避譏，不加抑制，詩所云「畏父母」、「畏兄弟」、「畏人之多言」是也，致段弗克令終。莊公不得無罪焉。若以爲有意殺弟，恐未必然也。嚴《緝》言《將仲子》首《叙》必經聖人之筆，故意與左氏合，良不謬矣。《集傳》從鄭樵之説，以此詩爲淫詞。又謂兩《叔于田》無刺莊公意，殆淺之乎？言詩也至引或説，言國君貴弟，不得出居閭巷，疑《叔于田》亦男女相説之詞。夫止因一「巷」字而誤讀其全篇，得毋以文害與。〔一〕

〔一〕「害」下，疑脱「辭」字。參見庫本、張校本。

叔于田

兩《叔于田》，玩其詞，皆美大叔，而《叙》云「刺莊公」。噫！此詩之不可無叙也。段之美，飲酒耳，搏獸耳，射御足力耳，美之乃以譏之也。然段之以此爲能，莊公之過也，左氏所謂「譏失教」也。微《叙》，則詩之意將以詞害矣。

叔段善飲酒，工服馬，而得仁武美好之名，猶稱宣姜爲邦媛，皇父爲孔聖云爾。是君子微文之刺，非小人虚譽之詞。嚴《緝》謂京城私黨諛説之稱爲美仁，猶河朔之人謂安史爲聖，過矣。鄭師一出，京人皆叛，段何嘗有私黨哉？

大叔于田

「火烈具舉。」毛、鄭訓「烈」爲「列」，謂「列人持火」，蓋宵田用以照也，《爾雅·釋天》「宵田爲獠」是也。《集傳》祖陳氏之説，訓「烈」爲「熾盛」，謂以火田也。《釋天》又云「火田爲狩」、《周禮》亦云「蒐田用火弊」是也。二説俱可通，但經云「具舉」、「具揚」，則列人持火近之。又末章云「火烈具阜」，烈爲熾盛，阜又爲盛，不應詞複如此。

清人

《清人》詩「重英」、「重喬」，解者不一。説「英」云「絲纏」，「喬」云「縣羽」，孔疏之説也。英以朱羽爲矛飾，矛上句曰喬以縣英者，朱《傳》之説也。案：重英，毛傳云：「矛有英飾。」箋申之云：「各有畫飾。」是毛、鄭意直謂施采畫於矛矜巨巾反，又作「穫桊」。耳，非謂以他物爲飾也。故孔氏「絲纏」之説見《閟宫》篇，而此詩不及，彼疏亦不質言之，而但爲疑詞，是絲纏本無的據也。至重喬之爲縣羽，姑通箋意而已，孔不以爲然也。傳云：「重喬，絫荷也。」孔申之云：「喬，高也。」《釋詁》文。五兵建於車上，二矛最高，而復有等級，酋矛常有四尺，夷矛三尋。八尺曰尋，倍尋曰常。謂之「重高」。傳解「重高」爲「絫荷」者，荷，揭也，謂二矛刃有高下，重絫而相荷揭。此解當矣。朱羽之説始於王氏之謬用鄭箋，而朱《傳》因之。然鄭箋云：「喬，矛矜矛柄近上及室矛之銎孔。題，識也。所以縣毛羽。」此訓「喬」也，非訓「英」也。又孔疏辯之云：「經傳不言矛有毛羽。鄭以時事言之，猶今之鵝毛矟。」然則「縣羽」乃漢制，未必周制也。《集傳》以朱羽解英，以縣英解喬，是合英、喬爲一事，而以漢制爲周制矣。至「矛上句曰喬」，古無此字訓也。近世馮嗣宗復京云：「蓋緣《爾雅》『木上句曰喬』之語類推而知之。」噫！《釋木》之文可藉以釋器乎？源謂重英、重喬均當以毛傳爲正。箋云「畫飾」，疏云「重高」，俱善述毛意者也。兵車六建之中，二矛最出其上，人舉目即見之，故指以爲言。首章言其采畫之飾，次章言其負揭之形耳。

「駟介陶陶。」毛云：「陶陶，馳驅貌。」董氏釋爲「樂而自適」，《集傳》從之。夫駟馬被甲，久不得歸，何自適之有哉？果樂而自適，不當潰散矣。又「陶」字如毛訓，當徒報反。如董釋，當音遥。皆不與本音同。《集傳》無音而有協，不知欲從何讀。

羔裘

陳古刺今，《詩》之常也。《辯説》之譏《羔裘叙》，過矣。且云：「《叙》以變風不宜有美，故言刺。」夫《淇奥》、《緇衣》、《車鄰》、《駟鐵》諸篇皆變風，《叙》何嘗不言美乎？至釋爲「美其大夫」，而欲以子皮、子産當之，不知《詩》止於陳靈，鄭二子之去《詩》世已五六十年矣。襄二十九年魯人爲季札歌《鄭·羔裘》，《詩》久編入周樂。是年子皮始當國，子産之爲政又在其後，魯何由先有其詩也？昭十六年鄭六卿餞韓宣子，子産賦《鄭》之《羔裘》，不應取人譽己之詩歌以誇客也。朱子説《詩》，無乃未論其世乎？近世僞爲《申公詩説》者以此詩爲子皮既卒，子産思之而追賦。傅會至此，知有《集傳》而已矣。

《鄭·羔裘》三章，每章次句毛、鄭皆指大夫不言裘，故以「三英」爲「三德」。程子改訓爲「英飾」，與上二章不類矣。《集傳》概以裘釋之，於首章云：「直，順也。侯，美也。毛順而美。」既言「如濡」，又言「順美」，不已復乎？於次章云：「豹甚武而有力。」則又舍裘而美豹矣。亦自覺其迂也，繼之曰：「服其所飾之裘者如之。」是仍指其人耳，何必多此詰詘乎？嚴《緝》從古注，得之。

遵大路

《鄭》之《遵大路》，猶《衛》之《考槃》也。二武皆有賢名，二莊不能繼其業，哲人知幾，引身而去，不有君子，其能國乎？ 厥後州吁篡，公子五争，〔一〕二國之亂若出一轍矣。 秦康公棄其賢臣，穆公之業隊墜焉。 觀《晨風》、《權輿》二詩，知秦之不復東征也。

「無我魗兮。」魗字毛訓棄，音讎。 鄭訓惡，音醜。《説文》作「㪁」，云：「棄也，从攴䨼聲。市流切。」音義皆同毛。《集傳》市由反，又云：「與醜同。」殊少畫一。

女曰雞鳴

《女曰雞鳴》，刺不説德也。 首二章士弋鳬雁，女則宜之，以爲燕賓之用，皆陳古説德事也。 歐陽氏以勤生解之。 夫勤生者小民之細行耳，以此爲賢，將白圭、猗頓輩皆可升堂入室耶？ 況夫婦相燕樂而不及賓客，則與説德何關？ 夙寤晨興，止自謀口腹之需，斯乃飲食之人，與留色者相去無幾，併不得謂之勤生，惡得謂之賢？ 始信古注之義長也。 惟二、三章五「子」字，箋、疏皆指賓客，與首章差殊爲未當。 今案：「子」字應是女目士之言，「與子宜之」，女爲士宜之也。「與子偕老」，承飲酒言，則所燕之賓與士相親愛老而不衰也。 若末章，則《集傳》當矣。

「襍佩以贈之。」傳云：「珩璜琚瑀衝牙之類。」「珮玉瓊琚。」傳云：「佩有琚瑀，所以納間。」孔疏引《説文》、《列女傳》、《玉藻注》、《玉府注》，合諸説以推詳佩制。 大約珩上横，兩璜下

〔一〕「厥後」句，庫本作「厥後州吁篡弒，五公子争立」。

垂，衡牙在兩璜中央衡突前後，琚瑀則納於衆玉與珩之間。《玉藻疏》所言亦略相同，而不及琚瑀。皆未若賈公彥《玉府疏》言之詳也。《玉府注》云：「《詩》傳曰：珮玉有蔥衡，衡即珩也。《大戴禮·保傅》篇作雙衡，《漢書》顔師古注、魚豢《魏略》及《三禮圖》、《韻會》皆從之。下有雙璜，衡牙衡牙即衡牙。蠙玭同玭，步因切。珠，以納其間。疏云《詩》傳，謂《韓詩》。衡，横也，謂蔥玉爲横梁，下以組縣於衡之兩頭。兩組之末皆有半璧曰璜，半璧曰璜，乃《逸禮記》文，見《周禮·大宗伯》注。故曰雙璜。又以一組縣於衡之中央，於末著衡牙，使前後觸璜，故曰衡牙。案：《毛詩》傳別有琚瑀，其琚瑀所置當於縣衡牙組之中央，又以二組穿琚瑀之内角，衺係衡之兩頭，組末繫於璜蠙蚌也。珠出於蚌，故曰蠙珠。納其間者組繩有五，皆穿珠於其間，故曰以納其間。賈疏之言佩制較明於孔矣。朱子《集傳》、錢氏《詩詁》皆祖其説，而朱《傳》之言琚瑀稍異。朱謂珩上横下，垂三組貫以蠙珠，旁兩組下係璜，而琚在中間。中一組下繫衡牙，而瑀在中間。又以珠貫上繫珩兩耑，下繫於兩璜中，則交貫於瑀。錢謂雙璜上繫於珩，又有組以左右交牽之。兩組相交之處以物居其間，交納而拘捍之，故謂之琚。賈誼《新書》云：「珮玉捍珠，以納其間。」錢語本此。或以大珠，或雜用瑀石。蓋朱以琚瑀皆爲佩名，琚在旁組之中，瑀在中組之中。錢以琚爲佩名，瑀乃石之可爲琚者，非佩名也。又惟中組之中有琚瑀，旁組之中不別繫玉。二説各異，黄氏《韻會》兩存之，不言其孰是。源案：中組有琚，瑀專爲拘捍兩衺組之用，不應旁組亦置之。故賈疏元言琚瑀所置在衡牙組中央，不言兩璜之組中有繫玉。」又毛傳云：「琚，珮玉名。」孔疏引《説文》云：「琚，珮玉名。今本《説文》云：「瓊琚，《詩》曰：報之以瓊琚。」與疏所引不同。瑀，石次玉也。」《玉篇》、《廣韻》瑀注皆與《説文》同。然則瑀是美石名，非珮玉名，不得與琚各爲佩中之一物。《詩詁》之説良是。

又案《大戴禮·保傅》篇云：「玭珠以納其間，琚瑀以雜之。」盧辯注云：「總曰玭珠，而赤者曰琚，白者曰瑀。或曰：瑀，美玉。琚，石次玉。」《三禮圖》宋聶崇義。云：「蒼珠爲瑀。」朱《傳》云：「玉長博而方曰琚，大珠曰瑀。」説琚、瑀各不同。案：毛、許近古，當以《詩》傳及《説文》爲正。

佩，《説文》云：「大帶佩也。从人从凡从巾，佩必有巾，巾謂之飾。」徐云：「會意也。」俗别作珮字。」遂以从人者爲服用之稱，从玉者名其器，非是。然「珮」字已見《玉篇》，云：「本作佩，或从玉。」則誤之來久矣。

有女同車　山有扶蘇　蘀兮　狡童　褰裳　揚之水

《鄭》詩二十一篇，其六篇皆爲忽而作。計忽兩爲君：其始以桓十一年五月立，是年九月奔衛；其繼以桓十五年六月歸，至十七年冬遇弑。前後在位不及三載，事至微矣。而國人閔之刺之惓惓無已者，豈非以其世子當立而不克令終，故獨加憐惜與？案：忽六詩，孔氏以《有女同車》、《褰裳》二篇爲作於前立時，以《山有扶蘇》、《蘀兮》、《狡童》、《揚之水》四篇爲作於後立時。今合之鄭事，殆不謬也。忽之立而即出奔也，因宋人之執祭仲也，釁起於外也。使結齊昏有大援，或當時有賢方伯起而正之，則鄭突不能恃宋以竊國矣。故《有女》之刺辭昏，《褰裳》之思見正，皆汲汲於外援也。忽之歸而復見弑也，因惡高渠彌而不能去也，禍生於内也。使忽能用賢去姦，斷制威福，權臣不得擅命，與忠臣良士共圖國政，則臣下之逆節無自萌矣。故《山有扶蘇》諸篇刺其遠君子、近小人、主弱臣專、孤立無輔之事，所憂在内也。然則前立二詩其作於忽之既奔，後立四詩其作於忽之未弑乎？既奔故多惋惜之情，未弑故多憂危之語，詩人忠愛之思，千載如見矣。

有女同車

舜，凡卉也，而屢見於經。《詩》「顏如舜華」，喻其色也。《月令》「仲夏木堇榮」，紀其時也。《爾雅》別二名曰椴，音段。曰櫬，音親。其華有赤、白，單葉、千葉之殊。或云：白曰椴，赤曰櫬也。種之異者名扶桑，言華有光艷照日，如東海扶桑樹也。又名佛桑，音轉也。亦有赤、白、黄三種。赤者尤貴，名朱槿。嵇含《草木狀》云：「朱槿一名赤槿，其華深紅色，大如蜀葵。」

山有扶蘇

扶蘇、橋松皆木也，宜於山。荷華、游龍皆草也，宜於隰。反喻昭公用人，賢不肖易位，高下失宜，山隰之不如也。傳義本平正明簡，康成不用其説，分首章之興爲用臣之失所，次章之興爲養臣之失所，鑿矣。後儒争出新説以勝之，總不如傳義之當也。原鄭易傳之意，止爲扶蘇小木不應喻君子，荷華佳植不應喻小人耳。殊不知詩人托興，正不如此拘也。王雎鷙鳥而興后妃，狼貪獸而興周公，雉耿介之鳥而興衛君及夫人，兔絲良藥、麥嘉穀而興淫亂之事。儗人於倫，未可以律古詩。

子都、子充指君子，狂且、狡童指小人，鄭説是也。毛以狂狡目昭公，失之矣。詩以用舍失當對言，正《叙》所謂「所美非美」也，何得竝列昭公哉？但首章「子都」、「狂且」，鄭以美好姸媸爲君子、小人之喻。次章「子充」訓「忠良」，「狡童」訓「有貌無實」，則正言之。兩章一喻一正，文義差殊，亦未盡善。今案：前篇「洵美且都」，「都」與「美」別，訓爲閑習於禮。傳云：「都，閑也。」箋云：「閑習婦禮。」此篇「都」字義亦當同。然則子都乃閑習禮法之君子，狂且乃愚妄無知之小人，亦是正言而非喻語，與次章一例也。又「充」爲充實，是真誠之義。「狡」爲狡獪，是變詐之義。二者正相反，君子小人之別也。然鄭以「狡」爲「狡好」，故訓爲「有貌無實」，與子充誠僞相對，義亦可通矣。孫毓申箋云：此「狡」，狡好之狡。下《狡童》篇疏亦訓「狡」爲「狡好」。《齊・還》篇箋云：「昌，佼好貌。」《釋文》云：「佼，本又作姣。」《陳・月出》篇「佼人」，《釋文》亦云。蓋佼、狡、姣三字古通爲美好義。亦作「妖」，《白華》箋「妖大之人」，《釋文》云：「妖，本又作『姣』。」

「山有橋松。」鄭讀爲「槁松」，釋爲枯槁之義，明是破字。然不云「當作『槁』」，豈鄭所見本元作「槁」與？

游龍，傳云：「紅草也。」陸元恪以爲即馬蓼，據陶隱居《別録》，則紅與馬蓼兩草也。云：「馬蓼生下濕地，莖斑，葉大有黑點。方士呼爲墨記草。亦有兩三種，其最大者名蘢薣，即水葒也。」

又云：「葒生水旁，如馬蓼而甚長大，五月采實。《詩》稱游龍。郭璞云：即蘢古也。」蘇頌《圖經》以陶爲是。案：水葒，華淺紅，成穗，子如酸棗仁而小，炊炒初爪切熬也。可食。亦蓼屬也。《蜀本草》言：「蓼有七種。」水葒又在七種之外乎？

蘀兮

「叔兮伯兮，倡子和女。」傳以爲君責臣之詞，言倡者當是子，和者當是女也。箋以爲群臣相謂之詞，言女倡矣，則我將和之也。如箋意，則「倡」字當略斷「子和女」三字連讀。然傳義勝矣。鄭之君臣不相倡和，應舉倡和之常理以正之也。康成之意，徒以叔伯乃兄弟之稱，當是群臣自相謂耳。案：《左傳》魯隱公謂公子彄爲叔父，見五年。鄭厲公謂原繁爲伯父，莊十四年。晉景公謂荀林父爲伯氏，宣十五年。安在叔伯之稱君不可施於臣乎？

狡童

晦翁意主排《叙》，故曲護鄭忽。見《辯説》。不知《詩》之刺忽，非惡而刺之，乃憫而刺之也。憂之至「不能餐」、「不能息」，忠愛惓惓甚矣，何嘗疾之如寇讎乎？《辯説》云。至「狡童」之稱，箕子曾以目紂，亦不自《鄭風》始。

「維子之故，使我不能餐。」朱《傳》釋之曰：「子雖見絶，未至於使我不能餐。」以「雖」代「維」，又横增入「未至」字，與詩意正相反。

朱子爲《鄭風》傳，滿紙皆淫媟之談耳。《狡童》、《褰裳》二篇摹畫蕩婦口角尤鄙穢無度。此正士所不忍出諸口，不知大儒何以形諸筆也。每展卷至此，輒欲掩目。

褰裳

鄭主芣騩宋庠《國語補音》曰：「芣騩，音浮隗，山名，在密縣。騩，又音愧。」而食溱洧。溱洧，鄭之名川也。三月上巳，士女祓除於此，又勝地也。毛傳止云「水名」，箋疏亦未詳其源委。今案：溱，《説文》作「潧」，云：「潧水出鄭國。《詩》曰：潧與洧。」其溱水出桂陽，非鄭水。又云：「洧水出潁川陽城山，東北入潁。」《漢·地理志》洧水亦同。《水經》云：「潧水出鄭縣西北平地。」注云：「潧水出鄶城北西雞絡塢下，東南流逕賈復城西，又左合濨水，又南左會承雲山水，又東南歷下田川逕鄶城西，謂之柳泉水。史伯所云『食溱洧』即此。又南縣流奔壑崩注丈餘，其下積水成潭，廣四十許步，淵深難測。又南注於洧，《詩》『溱與洧』是也。世謂之鄶水。」《水經》又云：「洧水出河南密縣西南馬嶺山，又東過其縣南，又東過鄭縣南，又東南過長社北，又東過新汲縣東北，又東北過茅城邑東北，又東過習陽城西折入於潁。」《水經》言洧水發源，與《説文》、《漢志》異。酈《注》謂陽城山乃馬嶺之統名，殆其然與？斯二水者，洧大而潧小，洧又逕鄭城中，由西北入而出其城南。《左傳》襄元年晋伐鄭入其郛，敗其徒兵於洧上。昭十九年鄭大水，龍鬥於時門之外洧淵。皆鄭縣南之洧也。其成十七年晋以諸侯伐鄭，自戲童至於曲洧，則新汲縣之洧也。杜注云：「今新汲縣治曲洧，城臨洧水。」至溱、洧合流，桑《經》以爲在鄭縣，酈《注》非之，以爲在密縣南。辯證良不謬。然《溱洧》之篇言士女祓除，不應遠離都會。而竝舉二水者，意以洧水中已兼有溱水，故併目之與？至下文專言「洧外」，則鄭城洧水獨流，信矣。《一統志》云：「溱水至新鄭縣與洧水合。」此與桑《經》同。

朱子《辯説》於《丰》、《揚之水》、《出其東門》三篇皆云《叙》誤，而不言其誤之故。於《褰裳》則以爲《叙》之失本於子太叔、韓宣子語，而不著其何以失。於《野有蔓草》則有東萊語以當之。然東萊之譏後《叙》不譏首《叙》也。蓋此數篇者心欲非之而不得其詞矣。至辯《風雨》，以爲詩詞輕佻狎暱。辯《子衿》，以爲詞意儇薄。夫《詩》之音節似此二篇者多矣，可盡目爲淫奔乎？至《揚之水》欲指爲淫詞，而詩之文義難通也，則訓兄弟爲昏姻，此尤可笑。豈作詩者乃不昏不嫁專事野合者哉？至辯《溱洧》以爲鄭俗淫亂，是風聲氣習流傳已久，不爲兵革不息、男女相棄而後然，此特據《漢·地理志》鄭地「山居谷汲男女亟聚會」語耳。夫《叙》不可信，班固之書何以必可信乎？《叙》以淫風大行歸於亂離之故，使爲民上者知教養不可一日缺，斯誠有裨治道之言。縱令其事未確，猶當信之，況師傳有自乎。嚴華谷云：「鄭、衛多淫詩，衛由上之化，鄭由時之亂也。《漢書》以爲風土之習使然，則教化爲虚言，而二《南》之義誣矣。」噫！此篤論也。

丰

傳云：「丰，豐滿也。」篆作𡴀，《説文》：「草盛丰丰也。从生，上下達。」豐滿，正盛之意耳。逢、蚌等字皆從此。其契、耕等字自從丯。丯讀如介，與丰異。

東門之墠

墠平易踐，孤峻難登，行上之栗易攀，室中之藏難覯。以興昏姻之際，得禮則易，不得禮則難。毛義本通也。鄭以爲女欲奔男之詞，遂爲朱《傳》之濫觴矣。

風雨

傳以「瀟瀟」爲「暴疾」，則甚於「淒淒」矣。云：「膠膠，猶喈喈。」則無所加焉。世之亂也日甚一日，君子行己之道，祇得其常而已。以世亂而稍貶，非君子也。以世亂而加峻，是有心於矯俗，亦非君子也。故《叙》云：「不改其度焉。」魏盧欽稱徐邈曰：「往者毛孝先、崔季珪等用事，貴清素之士，於時皆變易車服以求名，而徐公不改其常，故人以爲通。比來天下奢靡，轉相仿效，而徐公雅尚自若，不與俗同。故前日之通，乃今日之介也。是世人無常，而徐公有常也。」噫！兹爲不改其度與？

子衿

「青青子衿。」毛傳云：「青衿，青領也。」「衿」字，石經作「䘳」。《釋文》云：「衿，本又作『襟』。」嚴《緝》謂衿、襟二字音義俱同，非也。案《爾雅·釋器》「衣眥謂之襟」，注云：「交領也。」又云：「衿謂之袸。」音賤。注云：「小帶也。」《說文》止有「䘳」字，注云：「交衽也。」然則衿、襟、衿三字各一義，《詩》當以「襟」字爲正。衿、衿特通用耳。《顔氏家訓》云：「古者衺領下連於衿，故謂之衿。」不知《詩》字多通用，不必彊爲之説也。《説文》又有「紟」字，〔一〕云：「衣系也。籀文作縊。」則「衿」字亦可作「紟」、「縊」。

嗣音，當以毛義爲正。云：「嗣，習也。古者教以詩樂，誦之歌之，弦之舞之。」孔氏引《王制》「四術」、「四教」，《文王世子》「春誦」、「夏弦」證之，當矣。此詩本刺學校廢，當責其學業之不習。若以音問爲言，則朋友相思之常語，非《序》意也。

揚之水

《狡童》、《揚之水》，其一人一時之作乎？忽有兄弟而不可據，同心者僅二人耳。而讒間又入之，此所以終於孤危也。「維予與女，無信人言」，慮之深、言之苦矣。不與我言，不與我食，則廷女者已售其欺，雖有忠臣良士，奈忽何？

出其東門

荼，傳云「英荼」，箋云「茅秀」，語異而物同，其取義又異。傳取其白，箋取其輕也。朱子以茅華輕白可愛喻女色之美，説又異於毛、鄭，而實本《漢書》注。《漢·郊祀歌》云：「顔如荼。」

〔一〕「紟」，原作「衿」，據上下文及《説文解字》改。

注應劭云：「荼，野菅白華也。言奇麗白如荼也。」師古云：「言美女顔貌如茅荼之柔也。」《集傳》本此。然古人托喻，義各有歸，正不必援彼釋此。其毛、鄭二説，則孔氏右鄭，得之。

「匪我思存。」毛以「存」爲「存救」，則「思」應如字讀。鄭箋以爲「思之所存」，則「思」應讀爲去聲。毛義在存，鄭義在思也。下章「匪我思且」，《釋文》云：「且，音徂。《爾雅》云：存也。舊子徐反。」合之上章，則音徂者毛義，子徐切者鄭義也。陸不分毛、鄭而别後反爲舊，未知舊指誰家。

野有蔓草

《叙》云「思遇時」，殆謂處亂而思治云爾。「零露漙兮」，望澤之喻也。「有美一人」，目君之稱也。玩傳文，亦無男女慕説之意。東萊疑後《叙》是講師所益，其信然乎。《左傳》鄭子太叔之於趙孟，襄二十七年。子齹昨何切。之於韓宣子，昭十一年。皆賦此詩，未必盡斷章矣。

溱洧

《溱洧》士女「秉蕑」，《集傳》以爲上巳祓除，祖《韓詩》注也。毛傳無明文，然所云「涣涣，春水盛也」，今本無「春水」二字。則亦以爲春時矣。鄭云「仲春冰釋，水涣涣然」，又云「男女感春氣竝出，托采芬香之草而爲淫泆之行」。言「仲春」則非上巳，言「托采香草」則非祓除矣。竊謂鄭俗雖淫，不應無故士女駢集。《韓詩》之説爲長。

古香草名，後人借以名他草，相沿既久，遂執今卉以實古名，此不可不辨也。古人最重蘭，《左傳》言其有國香，孔子以爲是王者之香，《離騷》咏之尤多，而兩見於《詩》。《國風》如《鄭·溱洧》《陳·澤陂》之「蕑」，毛公皆以爲蘭是也。《神農本草》列於上品，謂之水香。陶氏《別録》名蘭澤草。出都梁山，又名都梁香。須女子種之，又名女蘭。女子小兒喜佩之，又名孩兒菊。《本草綱目》以爲即今省頭草，云：「唐瑶《經驗方》言夏月置髮中，〔一〕合髮不䐈，之力切，黏也。故名。」其説良是。然今之省頭草氣不甚佳，人亦莫珍。而古人顧重之如彼，此物性有變更耳。宋寇宗奭《衍義》、元朱震亨《補遺》皆以今之蘭華其葉如麥門冬者當古之蘭草，失之矣。吕氏《讀詩紀》曰：「蕑，即今之蘭。」誤亦同。

蘭草與澤蘭同類而小別，俱生水旁，紫莖、素枝、赤節、緑葉。其莖圜節長葉無芒者爲蘭草，莖微方節短葉有芒者爲澤蘭。《炮炙論》劉宋雷斆著。云：「大澤蘭即蘭草也，小澤蘭即澤蘭也。嫩時可佩。」八九月有華，赤白色，成穗。又有生山中者名山蘭，與二蘭而三焉。其曰蕙者，今之笭蘦或誤作「零陵」。香是也。後人以葉長似茅，華黄緑色，或一莖一華，或一莖數華者，彊名爲蘭蕙，蓋誤始於黄山谷。然朱晦庵《離騷辨證》、陳正敏《遁齋閑覽》、熊太古《冀越集記》、陳止齋

〔一〕「瑶」，原作「寶」，據庫本、張校本改。參見《本草綱目》卷一上「歷代諸家本草」。

《盜蘭說》、方虛谷《訂蘭說》皆已辨之矣。

傳云：「勺藥，香草。」疏引陸璣云：「今藥草勺藥無香氣，非是也，未審今何草。」東萊謂香不必在柯葉，故以藥草之勺藥當之。朱《傳》、嚴《緝》皆從其說。然古人以香草爲佩，亦以贈詒，往往取其柯葉之香，華不與焉。蓋佩欲其久，柯葉之香，雖殘不歇，華則否矣。況上巳祓除時，安得有勺藥華乎？《集傳》以爲三月開華，殆據閩中風土，非所以解鄭詩也。又王砅音厲。《素問注》引《月令》「靁始發聲」下有「勺藥榮」，是仲春第五候，恐亦非今之勺藥，豈與《鄭》「勺藥」一草乎？

宋董氏因《韓詩》「離草」語，遂疑勺藥是江離。雖屬臆見，然江離香草，見《離騷》，亦蘭之類也。《別録》云：「蘼《爾雅》、《說文》竝作「蘪」。蕪，一名江離，芎藭苗也。」陶隱居云：「葉似蛇牀而香，騷人取以爲譬。」則士女相贈，容或以之。案：《本草注》言：「未結根者爲蘼蕪，既結根者爲芎藭。大葉似芹者爲江離，細葉似蛇牀者爲蘼蕪。」是三草同類而稍別也。又案：勺藥之名兩見《山海經》。《北山經》云：「繡山草多勺藥、芎藭。」《中山經》云：「洞庭之山，草多葌、蘼蕪、勺藥、芎藭。」夫蘼蕪、芎藭本與江離同類。而經與勺藥竝稱，董以勺藥爲江離，或非誤。

皇清經解卷六十四終

漢軍樊封舊校

南海潘繼李新校

毛詩稽古編 卷六

吴江陳處士啓源著

齊變風

《齊詩譜》言懿王烹哀公，變風始作。孔疏申之，謂《公羊傳》及《世家》但言周烹哀公，不言何王，惟徐廣以爲夷王。然哀公烹後立弟胡公，胡公於夷王時被弑，其立必非夷王時。夷王之前有孝王，孝王無失德，受譖烹人定是暗主。《本紀》稱「懿王之立，王室遂衰」，明是懿王受譖矣。且言「懿王時詩人作刺」，或指《雞鳴》而言。胡公歷懿、孝而夷，一君當三王。謚法「保民耆艾曰胡」，知胡公歷年久矣，益明烹哀公非夷王也。孔此言當矣。案《汲冢紀年》：「夷王三年，王致諸侯，烹齊哀公於鼎。」徐廣應本此爲説。然《紀年》之書，非先儒所取信也。又案：《書·顧命》齊侯吕伋逆子釗。《左傳》楚子言吕伋事康王，昭十二年。則齊丁公伋與周康王同時也。康王後歷昭、穆、共至懿凡五王，丁公後歷乙公、癸公及哀僅四君，較其世次，以哀值懿，猶爲疏也，不應更後矣。又《史記·三代年表》亦以哀公當共王世，胡公當懿王世，此皆證據之顯然者，不僅如孔氏所云也。鄭《譜》應不誤。又案：《禮記》疏亦出孔手，而《檀弓》「比及五世」，疏言夷王烹哀公，與《詩》疏異。意彼有舊文，因而未改耶？

雞鳴

《雞鳴》次章，《集傳》曰「此再告」，末章曰「此三告」，可謂不參活句矣。一告不起待再告，再告又不起待三告，夫人誠賢也，君之怠惰不已甚乎？夫詩人陳古刺今，設爲此警戒之詞耳。首章舉君夫人可以起之時，傳云：「雞鳴而夫人作，朝盈而君作。」次章舉君夫人可以朝之時，傳云：「東方明則夫人纚笄而朝，朝已昌盛，則君聽朝。」《玉藻》云：「君日出而視朝。」以爲立言之次第，非真有兩度語也。末章又自言警戒之故，與上二章亦一時語，非兩度促之不起，至蟲飛時又促之也。

古人飛走之物皆可名蟲，《大戴禮·易本命》篇稱羽蟲、毛蟲、介蟲、鱗蟲、倮蟲是也。蟲亦可名鳥，《夏小正》丹鳥、白鳥指螢與蚊蚋是也。《雞鳴》之「蟲飛」、《桑柔》之「飛蟲」，孔疏皆以爲「羽蟲」，理或然矣。羽蟲晨飛，其梟雁之屬乎？群臣早朝者或且翱翔而弋之，君與夫人豈能貪同夢也？合《鄭》、《齊》兩《雞鳴》觀之，可定古人夙興之節。

還

《還》篇之「肩」，《七月》之「豜」，二字形異而音義同。然《齊》傳云：「獸三歲曰肩。」《豳》傳云：「豕三歲曰豜。」則似微有別矣。《夏官》注先鄭引《豳》詩亦作「獻肩於公」，而云「四歲曰肩」，與《詩》傳戾，故後鄭不從。其云「一歲曰豵，三歲曰特」，則合於《騶虞》、《伐檀》、《七月》毛義焉。

宁　東方之日　東方未明

《宁叙》云「刺時」，《東方之日叙》云「刺衰」，《東方未明叙》云「刺無節」，皆不斥言所刺之君。孫毓以爲自哀至襄，其間八世，未審刺何公。孔疏以此三詩在《還》詩後，定是刺哀公，且言「子夏作《叙》時當知齊君號謚，何得闕其所刺？此特舉上以明下耳」。源謂孫説良是也。孔子删《詩》，去作詩時世，近者百餘年，《詩》止於陳靈公。靈公之弒在宣十年壬戌，至哀十一年丁巳孔子反魯删《詩》，凡百十五年。子夏作《詩叙》，又在其後。遠乃六七百年，如《商頌》則千年矣，典文放失必多，美刺所指固無容悉知，叙者存其信、闕其疑，故時君號謚或著或略，不獨《齊》三詩然矣。如以爲舉上明下，則《魏風》七篇、《檜風》七篇，《叙》皆不斥言何君，何嘗有上篇可明乎？《補傳》言《詩叙》亦考其人於史。魏、檜亡已久，并其史而亡之，故聖人不能知其詩爲何世，而太史公亦不能爲世家，信夫。

宁

充耳，瑱也。君以玉、臣以石爲之，《詩》「瓊華」、「瓊瑩」、「瓊英」是也。縣瑱以紞，都感切。織雜綵綫爲之，君五色，臣三色，即今條繩，《詩》「素青黄」是也。此鄭義也。毛以素爲象瑱，青黄爲玉瑱，瓊華等爲佩。外又有纊者，所以縛瑱而屬於紞，以黄綿爲之。《漢書》「黈天口切。纊充耳」，黈，黄綿也。《宁》詩弗及焉。《集傳》曰：「充耳，以纊縣瑱，所謂紞也。」是誤以紞爲充耳，又誤以纊爲紞矣。

東方之日

日月，君臣之象也。東方，明盛之時也。援古刺今之詞耳。此傳義。鄭以東方爲明而未融，取義甚迂。

東方未明

「未明」、「未晞」，皆言早也。末章云「不夙則莫」，則有時失之晚矣。詩互文以相備也。故《叙》云「刺無節」，蓋太早、太晚兼有之。不然，與《雞鳴》之警、《庭燎》之問何殊而以爲刺哉？「不能辰夜。」傳云：「辰，時也。」疏云：「不能時節，此夜之漏刻也。」柳木柔脆不可爲藩，狂夫無守不能察漏。」《叙》謂挈壺氏不能掌其職，正指此。朱《傳》改經文「辰」字爲「晨」，云「晨夜之辨甚明而不能知」，誤耶？抑有意耶？

挈壺之法，孔疏據《周禮》注，謂每氣分爲二箭，周歲二十四氣爲四十八箭，率七日彊半而易一箭焉。此漢法也。其定刻，孔氏謂浮箭壺内，以出刻爲度；賈氏謂漏水壺内，以没刻爲度。《周禮》疏云：「箭各百刻，水淹一刻則爲一刻也。」陳氏謂浮没不同，大概則一，信然矣。案：唐制銅烏引水而下注，浮箭而上登。則孔氏浮箭之説亦據唐制而言。

南山

「冠緌雙止。」《說文》云：「緌，系冠纓也。」《內則》注云：「緌，纓之飾也。」疏云：「結纓頷下以固冠結之餘者，散而下垂謂之緌。」《集傳》訓爲「冠上飾」，襲《禮》注而未明。

盧令

「其人美且鬈。」毛云：「鬈，好貌。」鄭破字爲「權」，云：「勇壯也。」疏申鄭意，謂「好與美是一，故易之。」不知「美」是「美德」，首章傳甚明。「好」指「儀容」，與「美」異義，何嘗一乎？此詩《敘》云「陳古以風」，故三章皆以美德爲主，而仁則又有其政也，鬈則又有其容也，偲則又有其才也。容貌與才技雖非美仁之比，然詩人頌君往往及之，《終南》之「顏如渥丹」、《駟鐵》之「舍拔則獲」皆是矣。《集傳》訓「鬈」爲「鬚髮好」，訓「偲」爲「多鬚」，而引《左傳》「於思」宣二年。語爲證，則兩章意複矣。況「鬈」義本《說文》耳，《說文》云「鬈好貌」，不云「鬚」也。《左傳》杜注云：「於思，多鬢貌。」《釋文》、正義載賈逵注云：「白頭貌。」皆不云鬚也。且合「於思」二字爲義，非偏釋一「思」字也。又案《說文》云：「偲，彊力也。」引此詩與毛傳稍異，而義亦通。

敝笱

《敝笱》篇，《敘》以爲「惡魯桓微弱」，是也。朱《傳》以爲「刺莊公」，失之矣。案：女子之歸有三：於歸也，歸寧也，大歸也，舍是無言歸者。文姜如齊始於桓末年耳，時僖公已卒，不得言歸寧；又非見出，不得云大歸；則詩言「齊子歸止」，定指於歸無疑。然於歸時文姜淫行未著也，末年如齊，桓即斃於彭生之手，詩何得責其防閑而以爲刺哉？蓋嘗考之矣，魯桓弑君自立，惟恐諸侯見討，急結婚於齊以固其位，故不由媒介，自會齊侯於嬴以成婚文姜。又僖公愛女，於其嫁也，親送於讙，則嫁時扈從之盛與文姜之驕逸難制可知。桓既恃齊以自安，勢不得不畏内，養成驕婦之惡，已非一朝，特於晚年發之耳。然則笱之敝也，不敝於彭生乘公之日，而敝於子翬逆女之年矣。詩人探見禍本，故不於如齊刺之，而於歸魯刺之，旨深哉！《集傳》以歸爲歸齊，既失考證，義味亦短。

嚴《緝》謂「鰥與魴鱮又名鱅魚，又名鰱魚。同稱，非甚大之魚，衛人所釣，偶得其盈車者耳。」事見《孔叢子》，正義引之。斯語良然。然案《本草》：「鰥魚體似鯇而腹平，頭似鯇華板切。而口大，頰似鮎音黏。而色黄，鱗似鱒慈損切。而稍細。大者三四十斤。又性果敢，善吞啗，故又名鰄音感。魚，又名鮨音啗魚。鰄者敢也，鮨者啗也。」則定非敝笱所制矣。

載驅

「齊子豈弟。」鄭箋「豈弟」作「闓圛」，音開亦。訓爲「開明」，本《洪範·稽疑》之文，卜兆有五曰圛，古文作悌，賈逵以今文較之，定爲圛。合《爾雅·釋言》之義，云：「愷悌，發也。」郭注引此詩。不妄也。況此詩四章，「發夕」、「開明」，文義相協；「翺翔」、「游敖」，字義相協。篇法當爾矣。又「發夕」，毛云「自夕發至旦」，謂乘夜而行也，解甚明易。朱《傳》訓「夕」爲「宿」，恐未安。

猗嗟

《猗嗟》詩言「揚」者三。首章「抑若揚兮」，此一揚，顙之別名也。毛訓「廣揚」，猶易云「廣顙」爾。「抑若」者，美之之詞也。毛云「抑，美色」，是也。首章「美目揚兮」，言目揚俱美。毛云「好目揚眉」，著揚之爲眉也。末章「清揚婉兮」，清指目，揚指眉。毛云：「婉，好眉目。」總上「清揚」言也。此二揚皆眉也。案《鄘風》疏云：「目爲清，眉爲揚。因謂目之上下皆曰清，眉之上下皆曰揚。」此詩三揚，一爲顙，二爲眉。顙即眉上，故得揚稱，三揚實一義矣。《集傳》首「揚」字連「抑」爲義，次揚字訓爲「目之動」，惟末章揚字指爲「眉之美」。一字而彊分三義焉。《爾雅·釋訓》云：「猗嗟名兮，目上爲名。」毛公釋《詩》亦同，蓋古訓相傳如此。案：「名」字亦作「顯」，《玉篇》云：「顯，莫丁切，眉目間也。《詩》：猗嗟顯兮。」然則今《詩》「名」字乃是「顯」字之通用，與名字本訓不相涉矣。朱子恐其驚俗，改爲「威儀技藝之可名」。

魏變風

十五國之魏，鄭《譜》以爲與周同姓者，因《左傳》襄二十九年。晉叔齊語云：「虞虢焦滑霍揚韓魏，皆姬姓。」故知之。其爲何人之後，則莫得而詳也。《大全》載劉瑾語曰：「先儒以魏所封爲文王子畢公高之後。」此真贅説矣。富辰歷數文昭十六國，僖二十四年《左傳》文。有畢無魏也。《史記·魏世家》言武王封畢公高於畢，後絶封爲庶人，或在中國，或在夷狄，不言封魏也。畢在長安縣西北，見《左傳》杜注。魏在河東，截然兩國也。成康時畢公以三公爲東方伯，又受保釐之命，《書·顧命》《康王之誥》《畢命》諸篇紀其事皆稱畢公，則不改封於魏可知也。其苗裔畢萬仕晉獻公以爲車右，與伐魏而滅之，因食采焉。後分晉，遂爲七國之魏，事又具《左傳》及《史記》也。此二書與《尚書》皆非僻書也，瑾曾未寓目乎？乃妄以七國之魏爲十五國之魏，不畏後人撫掌乎？又謂先儒言之，不知是何等先儒而不學至此？修《大全》者又録其語於書，可謂無識矣。近世俗下書有《魯詩世學》者，言畢公始封爲畢伯，成王進爲魏侯。又言晉滅魏，畢萬降晉爲大夫，復封於魏。此特村學究因瑾語而傅會，其謬妄本不足辯，聊紀於此，以見《大全》之詒誤後學不淺也。

周詹桓伯曰：「我自夏以后稷，魏、駘、芮、岐、畢，吾西土也。」《左傳》昭九年。則夏世已有魏國，其來舊矣。鄭《譜》云：「周以封同姓。」豈滅彼而封此，如成王之於唐叔與？

疏謂《魏風》七篇，前五篇刺儉，後二篇刺貪。其事相反，故鄭於左方中分爲二君。此未必然也。悋嗇之人往往好利無厭，安在儉不中禮者必不貪乎？況《陟岵叙》云：「國數侵削，役於大國。」《十畝之間叙》云：「國削，小民無所容。」此二篇未嘗刺儉也。魏之世次無考，其爲一君詩與數君詩，正未可縣定耳。

葛屨

「摻摻女手。」毛云：「摻摻，猶纖纖。」然「摻」，《説文》作「攕」，所咸切。《釋文》同。惟徐邈息廉反。則讀如衫。纖，《説文》息廉切，《釋文》同。則讀如銛。二字音稍别，今人概讀爲銛音，惟嚴《緝》辨之。

「好人」，傳云：「好女手之人。」故「服之」是女手整治之也。「左辟」，女至門之儀也。「象揥」，亦女飾也。《集傳》以「好人」爲「大人」，因謂「象揥」是「貴者之飾」，恐未必有據。象揥兩見《詩》：一爲宣姜之飾，一爲縫裳女之佩，皆指婦人耳。《鄘風》傳云：「揥，所以揥髮。」疏申之云：「以象骨搔首，因以爲飾。」嚴《緝》以爲若今之篦，未知然否。案：《西京雜記》言武帝宫人搔頭皆用玉，後世詩詞亦有玉搔頭之語。搔頭，正揥髮之義，豈揥之遺制與？「揥」字又作「楴」，《廣韻》云：「楴枝，整髮釵也。」《集傳》謂大人佩揥，是丈夫而釵矣。

汾沮洳

「言采其藚。」毛傳：「藚，水蕮音昔。也。」孔疏引郭璞《爾雅》注，又引陸璣《草木疏》，不爲置辯，亦疏忽矣。案：《爾雅》「藚牛脣」，郭注云：「《毛詩》傳曰水蕮也。如續斷，寸寸有節，拔之可復。」不用陸璣「澤蕮」之説。《爾雅》别有「蕍蕮」，郭注云：「今澤蕮。」蓋明以陸《疏》爲非也。孔疏兼存郭、陸之言，呂《記》、朱《傳》亦因之，惟嚴《緝》引曹氏語辯之甚悉，以爲「藚」非「澤蕮」，其說當矣。

園有桃

朱子《辯說》於《園有桃叙》獨取其「國小而迫，日以侵削」二語，其餘皆以爲非是。謂魏之侵削專因國小，不由於無德教也。信如斯言，則德教之有無無關於國之興亡，而小國不必自彊，大國不妨自恣矣。豈可爲訓乎？然《集傳》云：「詩人憂其國小而無政。」夫無政正無德教之謂也，譏《叙》而仍襲其意，叙者有知，恐未必心服也。又辯《伐檀》非刺貪，《碩鼠》非刺君。然非貪鄙在位，君子何至甘心困窮？非君好重斂，有司何敢貪殘不顧？持論如此，豈爲知本哉？

《詩》言「棘」多矣，除《楚薺》、《青蠅》二詩外，餘皆小棗也。然惟《魏》「園有棘」毛有傳。案：《爾雅》「樲，酸棗」，郭注云：「樹小實酢。」即此棗矣。《神農經》列於上品，亦名山棗，出滑臺者佳，故以氏其縣焉。

陟岵

「多草木岵，無草木峐。」屺同。此《爾雅》文也。毛傳反之，疏以爲傳寫之誤。案：王肅，述毛者也，其注「屺岵」亦依《爾雅》。《釋文》云。又《釋名》、《說文》、《玉篇》、《廣韻》釋「屺岵」皆與《爾雅》同，則誤在毛傳無疑。又案：《卷耳》之「崔嵬」與「岨」及此詩「屺岵」，朱子俱用毛說，殆姑仍傳文之舊耳，非真見傳是而《爾雅》非也。劉瑾乃謂《爾雅》之書後出，故不用，恐非朱意。毛傳得自河間獻王。獻王，景帝子，事武帝。而孝文之世《爾雅》已置博士，見《孟子題辭》。終軍辯「豹文鼮鼠」亦在武帝時，《爾雅》何嘗後出乎？

十畝之間

《小叙》云：「言其國削小，民無所依。」《辯説》譏其無理，以爲「國削則其民隨之，《叙》文無理。」然孔疏已有説矣：「古者侵其地則虜其民，此得地狹民稠者，以民有畏寇而内入故也。」此言良是。晉取陽樊而出其民，狄滅衛而男女渡河者七百人，民皆不隨乎地，非獨魏然矣。

魏國，漢之河北縣也。今平陸縣，屬解州。《水經注》言：「其城南西三面皆距河，僅二十餘里，北去首山十餘里。處河山之間，土地迫隘，故著《十畝》之詩。」案：酈語殆非《詩》意。魏之褊小由逼近彊鄰，屢見侵奪，以致日蹙耳，非地勢使然也。若魏君能廣其德教，開拓其彊宇，則逾河越山皆得而有之，豈以此爲限哉？

伐檀

《伐檀》首三句，毛傳以「河清」興明君。詩意當如此。河以濁顯，而此詩三章皆言其清，取義必在是。若指隱居之地，則言河足矣，何必取濁水而加以清名？董氏曰：「河雖濁，而在河之干者則清。」不知詩言「河干」，止謂置檀於此耳。至言「清且漣」，則統舉河水，不專指河干也。詩咏河多矣，並無言河水清者，獨此詩三言之，豈無意乎？

《集傳》釋《伐檀》詩，判爲賦體，謂「用力伐檀，本爲車以行陸。今河水清漣無所用，雖欲自食其力而不可得」。此語吾所不解也。「不素餐」者，謂不爲其事則不食耳，非謂爲其事而仍不食也。明知車無所用，何苦伐木爲之？既欲自食其力，不應作此拙計。以爲興體，猶曰托言耳。以爲賦體，是乃實事矣。天下有此愚而不情之君子哉？至「不稼不穡」四句以刺貪，言本甚明捷，彊釋爲「美君子」，詞費而意晦矣。

鄭箋云：「貈子曰貆。」義本《爾雅》。《説文》云：「貆，貉之類。」兩説不同，而《雅》義較古矣。又劉楨《詩義問》云：「貉子曰貊。貊形狀與貉異。」案：貉、貊本一字，本作「貉」，今作「貊」，音陌。北方豸種也。其訓獸名者本作「貈」，今借用「貉」。安得分爲兩獸名？劉説非也。近世李時珍《本草》反謂《爾雅》「貈子貆貆」乃「貊」之譌，此誤信劉説矣。況《伐檀》箋引《爾雅》語，正釋詩「貆」字，安得譌哉？李又云：「貆與貛同，今狗貛也。」彼見《埤雅》言貛、貉同穴，而《説文》以貆爲貉類，故爲此説耳。不知貛乃野豕，亦見《説文》。貆，胡官切。貛，呼官切。二字音形各别，豈一獸乎？貛即《爾雅》之貒音湍，注云：「豚也，一名貛。」耳，非貆也。又案：貆，《釋文》云：「音桓，徐、郭音晅，《爾雅》釋文音丸。」

「胡取禾三百億兮。」「億」本作「意」，滿也，又十萬之名也。三百億、百億、千億、萬億皆同此字。字從啻，從心。啻，快也，從言從中。意加人爲億，安也。三字皆於力切。今億、意二字皆作「億」，此隸楷之變。

唐變風

《大全》載劉瑾語，謂「君子欲絶武公於晉，故不稱晉而稱唐。晉詩名唐，見武公滅宗國之罪。魏風首晉，又見獻公滅同姓之惡」。噫！瑾所謂君子者何人耶？季札觀樂時，《詩》未經删定也，然已先歌《魏》後歌《唐》，則晉之稱唐，唐之繼魏，非仲尼筆也。以一字寓褒貶，《春秋》教也，非《詩》教也。即使唐繼魏、晉稱唐定自仲尼之筆，亦未必如瑾所謂，況魯樂工所歌已爾耶？又唐之名昉於帝堯，而爲晉之本號未嘗劣於晉也，仲尼欲絶武公，何獨靳一晉名，而於唐則無所惜邪？《蟋蟀叙》論稱唐之故，以爲有堯之遺風。詳見下條。吴季子聞歌《唐》，亦歎其思深憂遠，有陶唐之遺民。見《左傳》襄二十二年。二語不謀而合，可見古義不誣也。是稱晉爲唐，乃以美之。瑾以爲刺，何其悖耶？至於《魏風》七篇，《唐風》十二篇，其爲獻、武二公詩，僅《無衣》已下四篇耳，安得兩風之次第名稱專爲二公而定耶？瑾何弗之思也！

蟋蟀

《蟋蟀》刺僖，《叙》説必有本。朱子譏爲「以謚得之」，殆深文耳。《叙》云「及時」，指每章前四句，云「以禮自娱樂」，指後四句，與經文正相合。朱子謂其「相反」，不可解也。《叙》又云：「此晉也而謂之唐，本其風俗，憂深思遠，儉而用禮，有堯之遺風。」此統舉唐風而言，不專目一詩，與「刺僖」全無涉，特附見《蟋蟀叙》耳。文句顯然，非難知也。朱子漫不加察，合「刺僖」爲一事而譏之，讀書亦大鹵莽矣。且其詞曰：「風俗之變，常由儉入奢，而變之漸，必由上及下。今謂君之儉反過於初，而民之俗猶知用禮，恐無是理。」據此語，是俗之既奢者必不能復儉矣，愚未敢信也。古人國奢示儉，國儉示禮，奢儉何常，惟上之化耳。唐民儉而用禮，堯之遺風也。僖公始爲非禮之儉，然俗染未深，故猶知用禮。且以規切其上，事理正合如此，又何疑焉？

漢傅毅《舞賦》云：「哀蟋蟀之局促。」《古詩》云：「蟋蟀傷局促。」局促之義，正與《叙》「儉不中禮」同。哀之傷之，即《叙》所謂閔之也。傅毅，明帝時人。《古詩》亦名《雜詩》，《玉臺新詠》以爲枚乘作。乘，景帝時人。《文選》十九首，昭明列於蘇、李前，則亦以爲西京時人作也。此時毛學未行，而《詩》説已如此，《叙》義有本可知矣。朱《傳》以爲「民俗勤儉」，夫勤儉美德也，何可云「局促」哉？

「職思其居。」傳云：「職，主也。」《十月之交》篇云「職競由人」，《左傳》鄭子駟引《逸詩》云

「職競作羅」，襄八年。晉范宣子責戎云「言語漏洩，則職汝之由」，襄十四年。職皆訓主。主者，言主當如此，非實字也。「職思其居」，謂主思其所居之事。義在「居」，不在「職」也，語本渾成。《集傳》既訓職爲主，復云「顧念其職之所居」，則又似爲職任之義，自相戾矣。歐陽氏解「職思其外」云：「不廢其職事而更思其外。」亦以職爲實字，故句法多破碎。《大全》輔氏曰：「職思其居，謂所居之職也。其外，謂所職之外也。其憂謂思之極而至於憂也。」此述朱而愈失之。夫經云「思其憂」，不云「思而憂」也。「思其憂」者，思其可憂之事，憂即其所思也。「思而憂」，憂又在思外也，文義不啻徑庭。況上章「思其居」、「思其外」，語本一例。若亦改其字爲「而」字，豈成文理乎？誤不僅在「職」矣。

《爾雅》云：「瞿瞿、休休，儉也。」蓋儉是有節制，而休休爲恬靜之義。良士之心恬靜而不囂浮，所以爲儉也。毛傳云：「休休，樂道之心。」樂道則無欲，亦儉意也，與「瞿瞿」、「蹶蹶」皆形容良士之心耳。輔廣以「休休」爲「瞿瞿」、「蹶蹶」之效，誤矣。

山有樞

「隰有榆。」朱《傳》曰：「榆，白枌也。」此襲《說文》而誤也。《爾雅·釋木》云：「榆白，枌。」孫炎云：「榆之白者名枌。」《東門之枌》，毛傳云：「枌，白榆也。」解正相合。《釋木》此文當以「榆白」爲句，「枌」爲句耳。《說文》用《釋木》成語，而不加分析，故詒誤於《集傳》。然《集傳》於此詩曰「榆，白枌也」，於《東門之枌》曰「枌，白榆也」，枌既白於榆，榆安得又白於枌乎？蓋亦弗之思矣。嚴《緝》辯此甚當。但謂是陸璣之誤，則《草木疏》竝無此語，豈誤記許爲陸乎？

「山有栲。」疏引俗諺云：「櫄樗栲漆，相似如一。」案：栲，山樗也。樗，臭櫄也。櫄乃杶之或體，《書》作「杶」，《禹貢》「杶榦栝柏」是也。《左傳》作「楯」，襄十八年平陰之役，「孟莊子斬雍門之楯以爲公琴」是也。俗書爲「椿」。椿本別一木，即《莊子》所云八千歲爲春秋者。又名橓，今俗誤寫「櫄」爲「椿」，假而不歸久矣。橓，式閏切。椿、樗、栲三木同類而微分。《本草綱目》云：「椿，皮細，肌實而赤，嫩葉香甘可茹。樗，皮粗，肌虛而白，其葉臭。栲生山中，亦虛大，爪之如腐朽。」陸元恪亦云：「山樗與下田樗無異，葉似差狹耳。」然陸又謂「山樗不名栲。栲葉如櫟，可爲車輻，或謂之栲櫟」。此特據方俗語耳。栲之爲山樗，《爾雅》、毛傳、《説文》皆同，不誤也。又案：《説文》「栲」作「⿰木尻」，云：「从木尻苦力切。聲，苦浩切。」陸疏云：「許慎栲讀爲⿰木臭。」則徐鉉此切非許意矣。《詩》「栲」字協「杻」，陸語應不謬。

揚之水

《唐風·揚之水》，謂涑音栗。水也。《水經注》云：「涑水自左邑城西注，水流急濬，輕津無緩，故詩人以爲急揚之水。水側，狐突遇申生處。」觀此益信揚水是激揚非悠揚矣。左邑，即曲沃也，秦改名焉。

《說文》無「皓」字，而《玉篇》有之，與皜、皞同字，皆爲白色義。《唐風》「白石皓皓」，《釋文》「胡老切」，《玉篇》、《廣韻》音亦同。《廣韻》又云：「四顥，今作皓。」是與「顥」又同字。《韻會》以「皓」爲「果老切」，不知何本。

廣尺深尺爲𡿨，廣二尋深二仞爲巜，𡿨即甽字，巜即澮字。《書》「濬甽澮距川」，言深𡿨巜之水會爲巛也。《揚之水》「白石粼粼」從巜不從巛。《說文》：「粼，水生厓石間粼粼也。从巜粦聲。」《玉篇》、《廣韻》皆同。今《詩》本惟石經及呂《記》、嚴《緝》作「粼」，嚴辯之甚悉。餘本皆從巛，監本注疏亦誤。

椒聊

《椒聊》毛傳但言「兩手曰匊」，不言升匊之大小。宋董氏引崔《集注》以爲匊大於升，云：「古升上徑一寸，下徑六分，深八分。」陳氏、呂氏亦言「二升曰匊」。案：《周禮·考工·陶人》疏引《小爾雅》云：「匊，二升。二匊爲豆，豆四升。」今《小爾雅》云：「兩手謂之匊。」宋咸注云：「匊，半升。」與賈疏所引不同。陳、呂之說應本於此。又《考工記》「㮚人」疏云：「粟米算法：方一尺，深一尺六寸二分，容一石。縱橫十截破之，一方有十六寸二分，容一升。百六十二寸容一斗，千六百二十寸容一石。」據此，容一升之量，立方一寸。積方分者千，十得萬，六得六千，爲一萬六千分。平方一寸，積方分者百二則倍之，得二百分。《律呂新書》云：「合龠爲合，兩龠也。積一千六百二十分。十合爲升，二十龠也，積一萬六千二百分。」正合十六寸二分容一升之數。所言相符，當不謬也。若據董引《集注》之言，以立方之法計之，則容升之數僅得積方五百二十二分有奇，不能及一龠，多寡相縣，殆不然矣。又案：近世算術以長尺廣尺深二尺五寸爲古斛法，是每石積方二千五百寸，每斗積方二百五十寸，每升積方二十五寸也。方寸者二十五爲方，分者二萬五千，較賈疏所引粟米算法，每升多八千二百分。此雖云古斛法，特視今稍古爾。若三代嘉量之制，則賈疏近之。

綢繆

毛以「三星」爲參宿，舉昏姻之正期以刺時。鄭以爲心宿，歷舉其失時以爲刺。蓋毛以季秋至孟春爲昏期之正，鄭則專以仲春爲昏期也。毛義不易矣。近儒李氏有辯，是毛而非鄭，援據典確。三星斷宜指參，華谷從毛得之。呂《記》主鄭而兼毛，朱《傳》則專主鄭矣。又此詩本刺昏姻失時，而朱《傳》反以爲既得昏姻「夫婦相語」，尤非詩意。「如此良人何」，明是欲見而不得見，無可奈何之詞也，安在其「喜而自慶」乎哉？朱子之爲此解者，殆因越人《擁楫歌》用此詩「今夕何夕」句爲嘉美之談耳。殊不知引《詩》斷章，不必如本。孔疏辯之，理自長矣。

心三星正似連珠，雖小黝然，不可謂鼎立。鼎足而立者，如織女、胃宿之形差似之耳。《大全》載劉瑾語曰：「心宿之形，三星鼎立。」此瞽人之道黑白耳。

《鄭》之《野有蔓草》、《唐》之《綢繆》，皆言「邂逅」，而兩傳釋之，義各不同。《鄭》傳云「不期而會」，《唐》傳云「解説之貌」，意當日經文必有不同矣。《鄭》釋文云：「逅，本亦作遘。」《唐》釋文云：「邂，本亦作解。逅，本亦作覯。」此字形互異，略可見者也。案：《説文》「不期而會」，是邂逅本訓。鄭詩正當此義矣。唐詩「見此邂逅」，指昏姻言。昏姻之禮，必相約而後成，豈可言「不期而會」？宜毛公之别爲釋也。傳「解説」，《釋文》音「蠏」，悦其義。則箋、疏俱無發明。竊以上下章傳義推之，「良人」爲美室，「粲者」爲三女，皆夫目婦之稱。則此章義應相類，解緩而和説，豈指初昏之狀與？《釋文》又載《韓詩》云：「邂覯，不固之貌。」雖與毛義殊，亦足證此「邂逅」與鄭詩别矣。

《綢繆》、《杕杜》、《羔裘》三詩，《叙》不言刺何君。疏以其在《椒聊》、《鴇羽》之間，概判爲昭公詩。殆非也。《鴇羽叙》云「刺時」，竝不云刺昭公。又言「昭公之後大亂五世」，明是亂後始作。《鴇羽》非昭公詩，則《綢繆》諸篇可知矣。昭公之立，《左傳》雖云「晉始亂」，見昭二年。然在位僅七年，迨潘父弑之，亂斯甚爾。昭公時未至大亂，致民間昏姻失時、父母莫養也。成師乃昭公親叔父，昭公又以曲沃封之，不得爲薄其宗族也。昭之後，歷孝、鄂、哀、小子緡五君而後併於曲沃，《綢繆》以下四詩當作於最後一二君之世。此時晉亂已久，容有昏姻失時、父母莫養者。而曲沃已在晉君五服之外，則所謂同父同姓，自目其君之近屬而言，義固無不通也。孔疏誤解

《叙》意矣。

杕杜

「獨行瞏瞏。」「瞏」字，從目袁聲。《説文》云：「目驚視也。」引此詩。今詩皆作「睘」，俗人傳寫妄減其筆畫耳。又毛云：「瞏瞏，無所依也。」無依之人多傍徨驚顧，與《説文》語雖異，義實相通矣。

「嗟行之人，胡不比焉？人無兄弟，胡不佽焉？」兩「胡不」非望詞，乃決詞也。言他人決不輔助我，正見其不如同父也。東萊釋此詩，謂「他人如可恃，則行路之人胡不來相親比？凡人無兄弟者，胡不外求佽助？」《逸齊補傳》解此亦與呂同，斯説得之矣。若甫言他人不如，忽又望其相助，不害於文義乎？鄭以爲求助於異姓之臣，朱以爲求助於行路之人，意異而誤同。惟毛無傳，意當如呂。

羔裘

傳云：「居居，懷惡不相親比之貌。究究，猶居居。」是二語一意也。疏引《爾雅》李巡、孫炎注，以「居居」爲「不狎習之惡」，「究究」爲「窮極人之惡」，因衍其意云：「懷惡而不與民相親，是不狎習也；用民力而不憂其困，是窮極人也。」説「究究」與傳異，而義實勝。《祈招》詩云：「形民之力而無醉飽之心。」斯與「窮極人」者異矣。

鴇羽

《鴇羽叙》云：「昭公之後，大亂五世。」鄭箋以昭公、孝侯、鄂侯、哀侯、小子侯爲五世，此非也。《叙》既云「昭公之後」，自不應併數昭矣。朱子初説不數昭而數緡，最得之。緡在位二十八年，視前數君獨久，其時豈得無亂？又滅緡之後，曲沃武公始繼晉而作《無衣》之詩，不容言晉亂者反闕緡而不數也。

鴇音保，從鳥𠤏聲。𠤏，博抱切，相次也。從匕从十，俗本寫作七十者誤。

黍稷與粱秫苗葉相似，而穗與粒不同。黍與稷、粱與秫穗粒各相似，而性之黏疏不同。稷之黏者爲黍，一莖數穗而散垂，其粒長。粱之黏者爲秫，一莖一穗而堅壯，其粒圜。稷粱以爲飯，黍秫以爲酒，猶秔與稬奴亂切。也。又古以粟爲穀之總名，自漢以後始以名粱之細粒而短芒者。今北土皆食之，呼爲小米。

無衣

《叙》云：「美晉武公也。」疏云：「其臣之意美之耳。」蓋武公本無可美，美之者特其臣之意，此孔氏之善讀《叙》也。朱子弗究斯旨，謂是叙者以爲美，從而譏之，亦已固矣。至「豈曰」云云，猶豈敢愛之、豈無他人云爾，此詩人句調之常也。稱天子爲子猶勝於爾汝，亦詩人稱謂之常也。況此乃大夫見請命之事因而咏述之，非即以此詩上之天子求其錫命也。謂爲「倨慢無禮」，無乃兒童之見與？

有杕之杜

武公以莊十六年命爲晉侯，至十七年卒，其兼有宗國僅一年耳。《有杕之杜》其即繼《無衣》而作乎？武公以不義得國，賢者耻立其朝，譬猶特生之杜，人罕托足。雖内致其誠，外盡其禮，猶恐不足枉君子之駕，況不求乎？故云「噬肯適我」，望君子之來而惟恐其不來也。「中心好之，曷飲食之」，求賢之道當如此矣。

葛生

《葛生》篇，嚴坦叔定爲悼亡之作，而以次章之「塋域」及末二章之「于居」、「于室」證之，此非也。「蘞蔓于域」，傳雖以爲「塋域」，然與上章之「于野」及葛蒙之棘楚一例語耳，不必目其夫所葬也。「于居」、「于室」猶《大車》篇之「同穴」，不必死後方可言也。況次章之「于域」固可爲死亡之證，而三章之「錦衾」，獨不可爲生存之證耶？

采苓

《采苓》三章皆兩言「人之爲言」。「爲」字，《釋文》有平、去兩讀，而以「本或作僞」爲非。案：「爲言」，毛無傳，鄭云「爲人爲善言以稱薦之」，據此文義，「爲人」之「爲」當去音，「爲善言」之「爲」當平音。則經文「爲」字平、去二音俱通也，宜《釋文》之兩讀矣。孔疏申毛、鄭，俱從定本作「僞」義，於經文雖可通，然非鄭意也。竊謂經文「爲言」與「舍旃」一譽一毁，相對成文，則讀于僞反義優矣。疏云「王肅諸本皆作『爲言』」，但未知王作何解耳。

《采苓》刺獻公，逸齊《補傳》以驪姬譖申生事證之，謂工讒者「始以甘言投之，譬則苓，苓味美也。繼以苦言動之，譬則苦，苦味惡也。終則甘苦之言竝進，譬則葑，葑味上美而下惡也。驪姬始請使申生居曲沃，此甘言也。繼夜半而泣言申生將行彊於君，此苦言也。又請君老而授之政，乃其釋君，此甘苦竝進也」。案獻公信讒之失，莫大於殺申生一事。用以實此詩，頗優於理。其説三興義，亦曲而中。

皇清經解卷六十五終

漢軍樊封舊校
南海潘繼李新校

毛詩稽古編 卷七

吴江陳處士啓源著

秦變風

車鄰

《車鄰叙》云：「秦仲始大。」《駟驖叙》云：「襄公始命。」始大，國始大。始命，命爲諸侯也。是秦仲尚未爲諸侯而得備寺人之官者。疏謂「附庸」，雖未爵命，自君其國，猶若諸侯，故得有之似矣。然非直此也。王朝公卿大夫士，《禮記》謂之内諸侯，《孟子》亦云「大夫視伯」。秦仲爲宣王大夫，自當備次國之制，非復附庸之舊。其有車馬、侍御、禮樂無疑也。況詩以創見故美之，則前此雖君其國，未必有寺人矣，疏語殆未盡然。又朱子《辯説》以《車鄰》非秦仲詩，劉瑾從而和之，謂「大夫不得有寺人，此詩疑作於襄公之後」。亦誤。

閽寺守門，古制也。欲見國君者俾之傳告，不過使令賤役耳。《車鄰》疏引《燕禮》及《左傳》爲證，見傳命是其常職。然則「寺人之令」《詩》非以爲刺也。嚴《緝》謂三代侍御、僕從罔非正人，今秦用寺人爲失。夫侍御、僕從豈給使令賤役者邪？楊用修因其語遂極論之，又牽合繆公學箸人事，以爲後世刑餘，爲周召法律，爲詩書皆始於此，故聖人録《車鄰》以冠《秦風》。議論雖美，然非《詩》本旨。

「寺人之令。」毛云：「寺人，内小臣也。」疏申之云：「寺人，是在内細小之臣，非謂寺人即是内小臣之官也。」蓋《周禮・天官》所屬内小臣與寺人各一官，故辨之耳。此詩朱《傳》襲用毛傳語，《大全》亦引孔疏注於下，而節其語曰：「寺人是在内細小之臣，即今内小臣之官也。」吁！謬矣。裁去「非謂寺人」四字，是引疏而反其意也。又横改「是」爲「今」，夫孔氏所謂「今」，豈非「唐」乎？《唐書・百官志》未嘗有内小臣之官也。〔一〕先儒之語經其剪裁，便致不通，可哂已。

駟驖

「公之媚子。」毛、鄭釋之，謂能以道媚於上下，使君臣和合。疏申之，謂如《卷阿》吉士「媚於天子」、「媚於庶人」，又如文王四友「有疏附」，皆能和合他人使相親愛，不僅己能愛人而已。其曰「子」者，王肅以爲卿大夫之稱也。案：斯言得之。《集傳》訓爲「所親愛之人」，蓋以秦廷未

〔一〕「志」，原作「記」，據庫本改。

必有大賢如孔疏所稱耳。然襄公復世仇、興祖業，始列於諸侯，亦嬴之雋也。其臣雖不及疏附、吉士之賢，要豈無一二智略之士，可以宣道德意和輯衆心者，與之圖謀國事哉？至嚴《緝》以便嬖當之，其舛尤甚。以嬖臣從獵而著之於詩，是刺也，非美也。況《詩》篇「媚」字多爲美稱，惟《書》言「側媚」，乃以側爲媚。故孔傳釋爲諂諛之人，惡其側，非惡其媚也。嚴氏此解不惟昧於詩理，且闇於字義矣。

「載獫歇驕。」載，始也。始，試習之也。後儒謂以輶車載犬，其説始於《文選》張銑注。五臣多謬誤，不足信也。犬馬皆畜，犬本以能走見長，何反用馬力載之乎？《集傳》又引韓愈《畫記》爲據，後世事恐難以證古。嚴《緝》引《補傳》，謂歇驕非犬名，以車載犬，所以歇其驕逸。《爾雅》改「歇驕」從犬，以合毛氏耳。此尤爲妄説。《爾雅》釋《詩》、《書》字，音義同而形異者甚多，獨此二字因毛而改乎？其釋《詩》亦間與毛異，何此二字必欲合毛乎？況「歇其驕逸」，亦不成文理。

小戎

戎世爲秦患，而襄公時周有驪山之禍，戎患尤劇，《小戎叙》所謂「西戎方彊，征伐不休」是也。幽王亡於襄公之七年，秦救周有功，十二年伐戎至岐而卒。此數年中皆征戎之時矣。襄公奉天子命，乘國人好義之鋭心，終身不能平戎。方張之寇，信難以力碎也。子文公始敗戎，收周餘民而有之，至七世孫穆公，用内史廖之計取其謀臣由余，益國十二，遂霸西戎，自此戎弱而秦彊矣。然襄公以義興師，民心樂戰，故子孫得收其成功耳。《小戎》一詩，實秦業興盛之本。

《爾雅・釋畜》有二「馵」：「一膝上皆白惟馵，一左足白馵。」孔氏詩疏引郭注云：「馬膝上皆白爲惟馵，後左脚白者直名馵。」今郭注無此二語，蓋傳寫逸之。《小戎》詩「駕我騏馵」，毛云「左足白曰馵」，則郭所謂「直名馵」者也。案：馵從馬，二其足，之戍切。《埤雅》云：「以躁故二絆其足。」《易・震卦》「爲馵足」是也。又：「馵，馬一歲也。从馬，一絆其足。讀如弦。徐云：户關切。」又：「馵，絆馬也，从馬，口音圍，同也。象回帀之形。其足。讀如輒。徐云：陟立切。」《左傳》「韓厥執馽馬前。」成二年。此三字皆以絆馬爲義，而稍不同，音形亦别。《説文》辯之甚明。又案：今《左傳》「馽」作「縶」，杜注：「縶，馬絆也。」蓋「縶」即「馽」之重文。

弓有韔有閉，皆見《小戎》。閉以竹爲之，韔以韋爲之。閉狀如弓約於弓裏，既約之則又納之韔中。「韔」字亦作「鬯」，《鄭風》「抑鬯弓忌」是也。又名「櫜」，見《彤弓》、《時邁》二詩。又名「韣」，「授以弓韣」，見《月令》。又名「鞬」，又名「弢」，「右屬櫜鞬」、「伏弢嘔血」皆見《左傳》。一僖二十四年，一哀二年。弢，亦作「韜」。

毛云：「閉，紲也。」《考工記》「弓人」注引此詩作「⿰韋必」，《儀禮・士喪禮》《既夕禮》二注引此詩皆作「柲」。又云：「柲，古文作柴。」然則閉、⿰韋必、柲、柴四字，文異而義同。

縢，《釋文》云：「直登切。」案「縢」字，《説文》、《玉篇》、《廣韻》皆徒登反，與縢同音。如《釋文》切則宜讀如澂，俗作「澄」。吕《記》從之。

「載寢載興。」箋云：「閔君子寢興之勞。」《集傳》云：「思之深而起居不寧。」鄭指君子言，朱指念君子者言，義皆可通。但上二章「温其如玉」、「温其在邑」，皆言君子，不應此章獨異，則箋義優矣。

蒹葭

雍，戎狄之墟也，周、秦皆興焉。公劉以下諸君變戎狄而爲周，襄公以下諸君復變周而爲戎狄。一用禮，一不用禮之故也。自襄公不用周禮以成風俗，秦遂終於爲秦，下迄漢、唐、宋，終不能復文武之舊，襄公實爲罪首矣。此時周之遺民猶及見西京文物，驟見襄公之棄禮，故異而刺之。久則胥化而爲秦，安之如故矣。夫子録《蒹葭》詩，著千古世道升降之大關也。但周之用禮，詳見《豳風》、二《雅》、《周頌》諸詩。秦之棄禮，僅《蒹葭》一篇及之。又全篇托興，語意深遠，必得《叙》而始明。此讀詩所以貴論世，而論世之不可無《叙》也。朱子不信《叙》説，故終不得此詩之解。

終南

「有條有梅。」傳云：「條，稻音叨。也。」《爾雅》「稻山榎」，音賈。注云：「今之山楸。」是一木而異名也。楸、榎本一木，但楸葉大、榎葉小略異耳，故生於山者名亦互通也。陸《疏》謂山楸亦如下田楸，其釋「北山有楰」又謂楰爲山楸之異者。然則楸、條、楰三者，亦同類而稍别與？

傳又云：「梅，柟也。」柟字俗作「楠」，木生南方，似豫章，其樹直上，童童如幢，蓋高十餘丈，大者數十圍，氣甚芬芳，爲梁棟器物皆佳，良材也。此非似杏實之梅，有辯見《總詁》。

「黻衣繡裳。」《集傳》用孔氏《書》傳釋之曰：「黻之狀亞兩己相戾。」案：「己」字誤，吾友楊令若旭云：「當作弓不成字，無音可讀，非『戊己』之『己』。」斯言當矣。又案：「亞」字亦誤，當作「亞」，古弗字，因謂之黻，見《漢書·韋賢傳》師古注，又見顧野王《玉篇》。則此字上下兩畫，當中斷文作「亞」，與「亞夫」亞字異。

黄鳥

「臨其穴，惴惴其栗。」言秦人哀此三良，爲之悼栗也。箋語甚明。朱《傳》謂觀「臨穴惴栗之言，是康公生納之於壙」，罪有所歸，恐非是。《史記·秦本紀》正義引應邵云：「穆公與群臣飲酒酣，公曰：生共此樂，死共此哀。於是奄息、仲行、鍼虎許諾。及公薨，皆從死。」竊意此三人者定是然諾不苟、俠烈輕生之士，何至臨穴惴栗，待人迫而納之壙邪？但康公不特爲禁止聽其自殺，則亦不能無罪。要之，康公與三良迫於君父之亂命，不能以義決從違，雖有罪，當從末減。若穆公要人從死，乃昏君暴主之所爲，應爲首惡也。《左傳》文六年。及《詩叙》專罪穆公，信是定論。班固《叙傳》稱田横義過《黄鳥》，劉德以爲《黄鳥》之詩罪穆公要人從死，亦得之矣。

晨風

穆公雖不爲盟主，然置晉、救荆、霸西戎，亦嬴之雋也。而得士力爲多，如由余、百里奚、蹇叔、公子縶、公孫枝之徒，謀臣濟濟然。傳謂賢人歸之，駃疾如晨風之入北林，信有之已。康公嗣立，秦業遂衰，終春秋見擯於中國。士會之歸也，繞朝謂之曰：「子無謂秦無人。」見文十三年《左傳》。可見康公棄賢，有人而不用也。卒爲晉所紿，詒笑於諸侯，非自取之乎？《叙》云「忘穆公之業，棄其賢臣」，非無稽之談也。朱子以爲婦人思夫之詩。夫君子之稱，豈獨妻可目其夫哉？

駮、駁，音同而形異，義亦異。《秦風》「隰有六駮」，《爾雅》：「駮如馬，倨牙，食虎豹。」字從交。《豳風》「皇駁其馬」，《爾雅》「駵白駁」，字從爻。兩字並見《説文》，駮註同《雅》，駁注云：「馬色不純。」亦與駵白相雜義同。《易》「乾爲駁馬」，王廙云「駁馬能食虎豹，取其至健」，則《秦》之「駮」也。此毛傳義。宋衷云：「天有五行之色，故爲駁馬。」則《秦》、《豳》二字俱通。《秦》梓榆此陸《疏》義。青白駁犖，《豳》駁馬赤白，皆雜色也。《易》疏獨取王義，則字當作「駮」。

無衣

《無衣》詩，《叙》以爲刺其君好戰，朱子以爲民自述其好戰，兩意相反。夫樂生惡死，人之常情。在爲君者務廣土地，不恤民命，則好戰或有之耳。謂民自好戰，豈其情哉？秦俗雖勇悍，要自商君變法之後，利於首虜之獲，始以好戰成風。春秋世未必然也。其時兵與晉遇，殆九敗而一勝耳，秦民果勇乎，怯乎？樂鬥乎，不樂鬥乎？此實事之可考者也。朱子又詆《小叙》以爲與詩情不相協。夫不論世，何自知詩情哉？

「與子同澤。」鄭箋以「澤」爲褻衣，《釋文》與正義皆引《説文》云：「絝也。」劉熙《釋名》以爲「裁足覆胸背」，又名「鄗襢」，又名「羞襢」，則非絝矣。劉、許皆漢人，未知孰是。又「絝」訓「脛衣」，今之韈也。古人上衣下裳，不用今之絝。

《無衣》篇，《集傳》極稱雍州土厚水深，其民重厚質直，周用之易以爲仁義，秦用之易以成富彊，後世建國者宜定都焉。噫！晦翁此言乃趙宋一代之習見，非萬世之通論也。藝祖嘗欲都關中而不果，後漸致削弱，故宋世謀國者長以爲憾，率交口稱羡關中，推爲奧區神皋。殊不知古帝王之興，各因利乘便、相度時宜以建立都邑，豈容執一乎？况此特論其形勢耳，非論其土俗也。若民性貞淫厚薄，未嘗盡由地氣。堯舜之仁義不下於文武，元之彊暴不減於秦，皆非以雍興也。俗有淳澆，力有彊弱，惟上所化耳。如必恃地氣爲之，則禮樂刑政反在所後矣。

渭陽

《叙》云「康公念母」，孔疏申之，以爲秦姬生存之時，欲使文公反國。康公見舅得反，憶母宿心，故念之。斯言善於論世矣。秦穆初心本欲置重耳，惑於公子縶之謀，故先置夷吾以罔利於晉。事詳見《晉語》。然二公子之仁不仁，秦人共知之。穆姬惓惓於宗國，縶之謀非姬之願也。況夷吾反國之後首棄姊言，又背施閉糴以召鄰釁。及身執於秦，姬復死争以釋之。姬見夷吾之不仁，必益思重耳之仁。登臺履薪之時，康公與焉，母之宿心，知之深矣。今重耳反國，得如母願，而母顧弗及見，回憶往事，自應愴然。故詩本送舅之詞，而《敘》云「念母」，旨哉！孔氏申之，深中當時情事。

宋廣漢張氏謂：「《渭陽》念母，康公之良心。然不能自克於令狐之役，怨欲害之也。」呂《記》、朱《傳》皆録其説，然而誤矣。令狐之役非修怨也，非貪利也，爲納雍也。秦之納雍，晉逆之也。初逆之，後距之，晉則無信，非秦之罪矣。源又謂康公此舉正其念母之心爲之。母之欲置文公，以其仁也。雍好善而長，文公愛之而宦諸秦。誠立之，必能繼文之烈。晉又以無君而逆之，安得不納？納雍者是穆公置重耳之初心，非公子縶置夷吾之譎計也。康公乃以爲是足以慰母於地下矣，故於其入也，猶監於吕郤之難而多與之徒衛，其慮之也周矣，豈料晉之變計哉？故余謂令狐之役，益見康公念母之心。且此舉若成，則秦晉和好當復如初，不至有河曲之師矣。

權輿

箋云：「屋，具也。渠渠，猶勤勤。禮食大具，其意勤勤然。」疏云：「屋，具。《釋言》文。」

案：今本《爾雅》「屋」作「握」，邢昺云：「李本作『幄』。」屋、握、幄三字必有一是。而「屋具」與箋義合，當以爲正矣。始則大具，今則無餘，文義相應，斯解爲長。《集傳》祖王肅以「屋」爲「屋宇」，楊用修譏之，良是。或云：夏屋即食俎，猶《閟宫》詩云「大房也」，亦可通。然箋義出《爾雅》，較有本。

陳 變風

《詩譜》謂大姬好巫覡歌舞，民俗化之。《地理志》亦謂大姬婦人尊貴，好祭祀用巫，故俗好巫鬼。其説略同，皆言陳俗之不美，自大姬始也。竊怪文王后妃之德化及南國夫人大夫妻與漢濱之游女。大姬，親孫女，獨不率教，乃行事淫巫，開陳地數百年敝習。況傳稱「胡公不淫」，見《左傳》昭八年。斯亦足表正其封内。民顧不從君而從夫人，皆理之難曉者。朱子喜闢漢儒，然此説獨信用之。

朱子於《陳風》十詩，惟取《株林》一《叙》，餘皆辨以爲非。其本屬有據而疑爲無據者，《宛丘》、《衡門》、《墓門》三詩也。《首叙》出自採風之官，所指時世，定有實據，安有以謚號彊配而欺後代之理？幽公之游蕩，僖公之愿而不思自立，他典闕之，猶幸存於《詩叙》，可資後儒之見聞，何忍棄之？陳佗之惡見於《左傳》，隱七年，桓五年。《墓門》之刺，固其所宜，尤非無證也。其本非淫亂之詩而斷爲淫詩者，《東門之沱》、《防有鵲巢》二詩也。昏亂之君，忠言不入，惟賢妃與之共處閨房，燕笑之語或可漸化其心，此忠臣愛國者不得已之思也。《衛》之《靜女》、《齊》之《雞鳴》、

《小雅》之《車舝》皆此意。朱子以爲男女聚會之作，淺之乎言《詩》矣。同一憂也，君信讒而憂者正也，男女有私而憂或間之非其正矣。朱子舍正而取邪，與夫子「一言以蔽」之旨何其不相類與？其本是刺淫之詩而指爲淫人之自述者，《東門之枌》、《東門之楊》、《月出》、《澤陂》四詩也。天下雖至無耻之人，發其淫私之事則赧然面赤，決無將己身淫汚之行編爲詩歌以示人者。即後世《玉臺》、《香奩》之咏，及近今淫詞艷曲，皆是文人墨士寓興而爲之，未有淫者之自述也。朱子何弗思乎？况《東門之枌》云「不績其麻，市也婆娑」，言其棄女工而不事疾之之甚也。《澤陂》云「寤寐無爲，涕泗滂沱」，言其更無他事惟知戀色而已，鄙之之甚也。譏刺之意已顯然於言中，豈淫者自道語邪？

宛丘

毛公之傳《詩》，李巡、孫炎之注《爾雅》，皆以宛丘爲「四方高、中央下」，獨郭璞反之，謂「中央隆高」。曰「宛丘」，因《爾雅》「宛中宛丘」上文有「水潦所止泥丘」，下文有「丘上有丘宛丘」。若以爲「中央下」，則與「泥丘」相似，而與「丘上有丘」不合矣。其改爲之説，非無理也。孔疏是毛，終不如郭之當。又案《水經注》云：「宛丘在陳城南道東。」王隱云：「漸欲平，今不知所在矣。」據此，則宛丘之形難以目驗，而知宜先儒之各執一説也。又宛丘歲久遂爲平地，斯乃丘之小者，故《爾雅》言「天下有名丘五，其三在河南」，而郭氏以爲宛營諸丘碌碌，未足當之。益信酈語之不謬矣。《玉海·詩地理考》載《輿地廣記》歐陽忞著。謂宛丘地形正符丘上有丘之語。元魏時已失丘所在，忞宋人，何由見之？殆屬傅會。

東門之枌

「穀旦於差。」差，音釵，訓擇。箋謂「擇善地而游」，下文「南方」，原氏女家是也。今以爲「差擇善旦」，未若箋之當。陰晴未可預期，豈容人擇邪？

衡門

「泌之洋洋，可以樂饑。」傳云：「泌，泉水也。洋洋，廣大也。樂饑，可以樂道忘饑。」「廣大」正目「泉水」言耳。蓋波流壯闊，至寂寞也。然可以樂道忘饑，與上衡門雖陋而可遊息，兩喻本一意。孔疏申毛，乃以泉水涓流漸至廣大，喻人君進德亦積小成大。則樂饑語意迂迴，況首章二興文義參差，恐非傳意。又「樂饑」，鄭本作「𤻲」，療同。義更明捷。

東門之池

「可與晤歌。」毛訓「晤」爲「遇」，鄭訓爲「對」，孔氏通之，謂《釋言》云：「遇，偶也。」則遇亦對偶之義，是毛、鄭義本相同也。朱《傳》釋爲解晤之意，亦通。但「對」字雖平實而趣味較永矣。況以詩語觀之，「可與」二字已具有解晤意，不必複出。

郭氏注《爾雅》以「菅」爲「茅屬」，陸氏《草木疏》以「菅」爲「似茅」，則菅、茅乃各一草。觀

《小雅·白華》詩菅、茅竝言，又以菅喻申后，茅喻褒姒，其説良是。《陳風》「可以漚菅」，孔疏既引郭、陸之説，又引《白華》箋「已漚名菅」之語，而繼之曰「未漚但名茅」，是誤合菅、茅爲一，又不悟其與郭、陸意異，疏矣。夫「已漚名菅」，對「未漚名野菅」言耳，豈茅之謂哉？然《白華》次章箋云：「白雲下露，養彼可以爲菅之茅。」則合菅、茅爲一實自鄭始。

「可以漚菅。」《集傳》云：「菅葉似茅而滑澤，莖有白粉。」此用陸《疏》語。然陸云：「根下五寸，中有白粉。」不云「莖」。案：《説文》：「莖，枝柱也。」枝生於莖，故曰枝柱。「根，木株也。」徐曰：「入土曰根，在土上曰株。」然則根與莖別矣，況根下五寸乎？

東門之楊

此詩與《鄭》之《丰》皆親迎而不至者也。朱《傳》則以爲始有私約，既而不從。夫衣錦褧衣，庶人嫁服也。「昏以爲期」，親迎之候也。詩有明證，何云私約哉？

墓門

陳佗之惡師傅，猶楚商臣之有潘崇乎？崇教商臣弒君，卒享其富貴。佗以逆誅，傅相必不能獨免。崇特幸耳，其蒙惡聲於後世則均。

「歌以訊之。」《釋文》云：「訊，又作誶，音信，徐息悴反。」案：徐音與上「萃」協，良是。陳第《古音考》引王逸《離騷注》引《詩》「誶子不顧」。及《雨無正》詩瘁、訊協韻。證之，益信而有徵矣。

防有鵲巢

「誰侜子美。」侜與譸義同，故《爾雅》云：「侜，張誑也。」本釋《書》「譸張爲幻」，而毛公即用以釋此詩。又《説文》云：「侜，有廱蔽也。譸，詶也。」則「侜」爲正，「譸」乃借矣。濮一之謂侜從舟，有裝載增加之意，見《大全》。穿鑿杜撰，最爲可笑。舟、壽皆聲也。侜取舟之載，譸之壽又焉取乎？

貝母名蝱，葒草名游龍，梓榆名駮馬，綬草名旨鷊，皆見《詩》。蕨名鼈，萑名鵻，亦見《詩傳》，此植物而以禽虫得名者也。案：鷊，《爾雅》作「虉」，《説文》作「鷏」。

月出

《月出》詩窈糾、懮受、天紹，皆舒遲之態。指佼人言，言其行步舒遲，有此姿致也。《集傳》以狀思者之情，殆未然。況三語皆兩字連綿，共爲一義。《集傳》窈、糾二字分爲兩釋，尤屬臆見。

株林

首章上二句「胡爲乎」是問辭，下二句「匪」字是諱辭，各二句爲一意。「適株林」即是「從夏南」，非以株林目其母，夏南目其子也。疏云：「婦人夫死從子，故主夏南。」言之是已。朱《傳》曰：「君胡爲乎株林乎？曰：從夏南耳。然則非適株林也，特以從夏南故耳。」夫夏南本在株林，既從夏南矣，尚以爲非適株林乎？文義殊有礙。

澤陂

《陳》、《鄭》二風言「蕳」，毛竝訓爲「蘭」。鄭箋「秉蕳」宗毛，而「蒲蕳」則從《韓詩》破「蕳」爲「蓮」。疏申其故，以爲荷者其莖，蓮者其實，菡萏其華，三章連咏一物，不應次章別據他草。又蘭爲陸草，不產澤中，似矣。但蘭雖陸草，亦生水旁，何妨於澤陂咏之？至三章同物，徒取文義完整耳，古人手筆不必以此法拘也。當以傳義爲正。

檜變風

羔裘

《羔裘叙》云：「大夫以道去其君也。」凡去君之禮，待放於郊，得玦乃去。此詩應作於待放未絶之時，故三章皆言「豈不爾思」，可見古去國之臣不忍忘君如此。春秋而下，斯風邈矣。《集傳》用《叙》說，却遺「去國」義。

「狐裘以朝。」鄭以爲「黄衣狐裘」，是也。古狐裘有三：一錦衣狐白裘，天子之朝，君臣同服之。若檜君服以朝，是僭也。失不僅好潔。一狐青裘，大夫士之服，非君服也。且人功粗惡，好潔者必不服之。一黄衣狐裘，息民之祭服之，即此詩之狐裘也。故箋云：「以朝服燕，以祭服朝。」祭，謂息民之祭。孔申鄭義甚明。蘇氏改訓「狐白」，謬矣。

素冠

素冠，毛以爲「練冠」，鄭以爲「祥冠」。吕《記》從毛，朱《傳》從鄭。孔申鄭易傳之意凡三：布不當名素，一也。「刺不能三年」，當先思其遠，不當思其近，二也。「不能三年」，當謂三年將終，少月日耳，若全不見練冠，是期即釋服違禮之甚，《叙》不應止云「刺不能三年」，故王肅、孫毓皆以箋爲長，三也。源謂夷、厲之世去文、武尚未遠，禮教猶存，喪禮尤所最重。時人習於禮法，見有三年中略少月日者即異而刺之，以爲「不能三年」，孔語良是也。後世二三百年當春秋世，尚有禫而不忘哀如孟獻子者，齊衰而問疾如蟜固之於季武子者，而魯人朝祥暮歌則子路笑之，成人聞子羔爲宰則爲兄衰，即宰我短喪之問，亦僅言之耳，非實行之也，安得西周時即有易三年爲期者乎？朱子从鄭，得之矣。但次章「素衣」又襲毛傳。素冠則素衣之語，《名物疏》辨之良是。

隰有萇楚

「知」訓爲「匹」，惟見於《萇楚》詩。匹，謂妃匹也。詩本疾君之淫恣，又首章之「知」與二三章之「家」、「室」，當一義耳。《爾雅·釋詁》「知匹」語殆專爲此詩注脚，故康成用之。宋儒以其驚俗，仍解爲知識義。

匪風

毛傳解《匪風》首章，與漢王吉《上昌邑王書》語合。吉治《韓詩》者，而義同毛，則非一家之私説矣。朱子喜用《韓詩》，茲獨以其同毛而易之。

周道，周之治道也。傳、箋義同。朱子見《叙》言「思周道」，故改作道路解。

鄭箋謂夷、厲時檜之變風始作，《匪風》篇其作於厲王世乎？周自文、武以來，專以優柔寬簡爲治，此所謂周道也。厲變爲嚴急，監謗、專利，民焦然不安生矣。群小逢迎其意，更舊章、制法則，見刺於《板》、《蕩》諸詩。《六月叙》言「小雅盡廢」，正指是時也。而《國語》亦云：「厲始革典則，政煩而民散。」可知故《匪風》詩人思得一西仕於周者，告以周之舊政令，使以烹魚之法爲治民之道也。毛傳云：「烹魚煩則碎，治民煩則散，知烹魚則知治民矣。」老氏亦曰：「治大國若烹小鮮。」意正相同。聃爲周柱史，得窺周室藏書，述所聞以立言，斯言正周道也乎。毛公師授最遠，傳語亦有自來矣。又案：《書》言「帝德寬簡」，《易》言「至德易簡」，自古治術率用斯道，不獨周也。《詩》寓其説於烹魚，詞近而意遠矣。然惟毛公窺見斯旨，而箋疏俱無發明。至宋儒談《詩》略於興義，烹魚之説遂莫顧而問焉。

曹變風

蜉蝣

《蜉蝣》，興也。三章止各首句言蜉蝣耳。朱《傳》判爲比體，通篇皆指蜉蝣言，遂爲憂蜉蝣之不能久存，欲其於我歸處。夫蜉蝣一蟲耳，可共處乎？況與人何親而愛念之至此乎？雖是託言，亦恐礙理。

「蜉蝣掘閱。」鄭云掘地解閱，謂其始生時也。孔疏申之，作「鮮閱」，云：「掘地而出，形容鮮閱也。」又云：「定本作『解閱』，謂開解而容閱。」鮮、解字形相類，必有一誤。然二義俱通，故竝存之也。《埤雅》云：「掘土使開閱也。」亦依定本。案：《本草綱目》云：「蜣蜋、蜉蝣、腹育、天牛，皆蠐螬螙蝎所化。」蠐螬生糞土中，而蜉蝣掘地而出，其蠐螬所化與？又《埤雅》引《管子》曰：「掘閱得玉。」今《管子》書竝無此語。惟《山權數》篇云：「北郭有掘闕而得龜者。」房玄齡注云：「掘，穿也，穿地至泉曰闕。掘，求勿反。闕，求月反。」豈「掘闕得玉」別見他篇，而近本逸之乎？

三代時棉種未入中國，凡所謂布皆麻也。吉凶俱用之，止以精粗爲辯。而吉服則染以玄黄之色，惟深衣不染。又與大祥同用十五升之布，但鍛濯灰治之純音準，緣也。之以采，則與祥服異焉。《詩》云「麻衣如雪」，謂深衣也。如雪者，鍛濯灰治之功也。諸侯、大夫、士、庶人皆服焉。諸侯朝夕深衣，故《曹風》以咏昭公。首章言其衣裳之整飾，次章言其衣裳之衆傳云：「采采，衆多也。」多，卒章言其朝夕變易衣服以見其奢也。朱《傳》解此三句，即指蜉蝣言。夫蜉蝣而曰衣裳，是目其羽翼耳。首句言羽言翼，次句復言衣裳，不已復乎？泛以衣裳借言猶可也，確指爲麻衣，愈不得以蜉蝣當之矣。況蜉蝣黄黑色，此《爾雅》郭注，而《集傳》遵用之者也。黄黑色而云「如雪」，可乎？

候人

祋，《説文》云：「殳也，从殳ネ聲。或説：城郭市里，高縣羊皮，有不當入而欲入者，暫下以驚牛馬曰祋。故从ネ。《詩》曰：何戈與祋。」《詩》「祋」與「戈」竝，何定是殳。而叔重引之，文連羊皮，不知證殳乎？證羊皮乎？又《説文》：「杸，軍中士所持殳也。音殳。」毛晃有毛氏《韻增》。以爲《詩》「祋」字乃「杸」之誤。觀《説文》引《詩》，則東漢時已作「祋」矣。又杸、芾不協韻，毛説非也。

升氣曰隮，《周禮》「眡祲掌十煇，九曰隮」是也。《詩》兩言朝隮。《蝃蝀》之「朝隮」，虹也，爲將雨之徵。《候人》之「朝隮」，雲也，爲小雨之驗。木華《海賦》「薈蔚雲霧」，正用《曹》詩語。張子厚解「朝隮」爲「登山伐木」，誤矣。至「薈蔚」正指「朝隮」，「婉孌」正指「季女」，文義相應也。朱子分「薈蔚」爲「草木」，「朝隮」爲「雲氣」，亦未當。

季，幼。女，弱。二字各一義。傳云然。小人柄國，病害生民，彊力者猶堪自存，幼弱者必至大困。詩言「斯饑」，所以獨及季女也。帝堯嘉孺子、哀婦人，見《南華·天道篇》。正此意矣。

鳲鳩

援古刺今，《詩》之常體，不獨《鳲鳩》然也。晦翁以爲是美非刺，徒以詞而已。況末章曰「胡不萬年」，蓋思之而不得見，若曰「天何不假之年，使至今存也」，思古之意顯然。

慶讓之典不行，則諸侯無所畏忌。共公侵刻，下民失所，正以此，《下泉》詩所以「思明王賢霸」也。朱子譏《叙》，以爲此天下之大勢，非共公之罪。夫使曹有賢君，民各得所，何必遠思王霸之正己乎？

下泉

洌從水，清也。洌從仌，寒也。「洌彼下泉」，毛訓「洌」爲寒，則當從二點。吕《記》、嚴《緝》皆從三點，非是。孔疏亦云「字從冰」，冰即仌字。《説文》云：「仌，凍也，象水凝之形。冰，水堅也，魚陵切。臣鉉曰：今作筆陵切。以爲冰凍之冰。」案：魚陵切，今作「凝」，《説文》以爲俗字。

「浸彼苞稂。」鄭破「稂」爲「涼」，云：「涼草，蕭蓍之屬。」涼草不見《爾雅》，不知鄭氏何據。孔申其故，以爲「稂」，乃禾中别草。浸則俱浸，不應舍禾而言稂，此得之而未盡也。《下泉》浸物本喻虐政困民，蕭以祭，蓍以筮，皆草之可貴者，故恐其傷。稂爲害苗之草，鉏而去之惟恐不盡，何反以見傷爲慮乎？鄭意或出此。涼爲草名，無他典可證，康成當别有據耳。

稂、莠雖害苗之草，而皆有用於人。莠可入藥，其莖治目疾，名光明草。韋昭《國語注》云：「莠似稷而無實。」見《魯語》。又韋曜即昭。問答曰：「莠，今之狗尾草。」《爾雅翼》引此。今目驗此草，誠似稷而不實矣。稂有米，可以療飢，又名狼尾草。《爾雅》孟《玉篇》作「蒀」，云：「亡庚反。」狼尾及稂童粱，皆此草也。《本草》云：「生澤地，似茅，作穗。」又云：「莖葉穗粒並如粟，而穗色紫黄，有毛，荒年亦可采食。」《説文》以稂爲禾粟之不成者，《草木疏》亦以禾莠而不成爲稂，皆非是。羅願《爾雅翼》辯之，當矣。又稊稗亦能亂苗而皆可食，一斗可得米三升。稗黄白色，莖葉穗粒並如黍稷，有水陸二種。稊苗似稗而穗如粟，紫黑色，陶隱居謂之烏禾，云：「荒年可代糧而殺蟲。」《爾雅》云「蕛苵」音提迭。是也。

皇清經解卷六十六終

嘉應楊懋建舊校
南海潘繼李新校

毛詩稽古編　卷八

吴江陳處士啓源著

豳變風

七月

《豳風·七月》所紀人事物候較遲於《月令》。毛傳以豳土晚寒釋之，後儒推明其說，各有不同。孫毓以爲豳土寒多，雖晚猶寒。陸德明《釋文》以爲晚節而氣寒，陸義較優矣。至鄭《答張逸》以爲晚温亦晚寒，孔疏取其説以述毛，因指「舉趾」、「藏冰」之類爲温晚之驗，「隕擇」、「入室」之類爲寒晚之驗。宋嚴粲駁之，謂温晚寒當蚤，鄭言寒晚非是。此最得之，而猶未盡也。源謂地氣温寒之異，分南北不分東西。南方近日則温，北方遠日則寒。若南北相同，則雖東西懸絶，總爲日道所必經，温寒無異也。故層冰飛雪多在極北之地，至西域諸國如于闐、身毒、大秦，皆和煦饒物産，此可證矣。豳乃漢栒邑，詳《公劉》篇。在中國西，不在北也，不應温寒頓殊。況《月令》作於秦相不韋，當據秦風土著書，秦、豳皆雍地也。藉田、較閱二事亦見於《周禮》及《周語》，周亦雍地也。咸陽、豳、鎬總在二三百里内耳，温寒尤不應相異。今案：傳、箋所指晚寒有三條：「于耜舉趾」在正二月，與《月令》「季冬修耒耜」、「孟春耕帝藉」異期，一也。「七月鳴鵙」與《月令》「五月鵙始鳴」不同，二也。「纘武」即大閱之禮，不以仲冬而以二之日，三也。孔疏所指「晚寒」有六條。《月令》「仲春倉庚鳴」，此在蠶月，夏三月。一也。《月令》「季秋草木黄落」，此云「十月隕蘀」，二也。《月令》「季秋令民入室」，此以「改歲」，仲冬。三也。《月令》「季秋嘗稻」，此云「十月穫稻」，四也。《月令》「仲秋嘗麻」，此云「九月叔苴」，五也。《月令》「季冬取冰」，此云「三之日納于滕陰」，六也。九者非人事即物候耳。論人事則一在夏商之間，一在周秦之際，相去千四五百年。制度之變更，土俗之沿革，難以一律論矣。論物候則鳥之鳴、木之落，非一鳴而遽止，一落而輒盡者也。紀其始則早，咏其繼則遲，何必悉同？至五穀之種類各有早晚，天子嘗新薦廟當在物初之時，豈得與民間收穫同期？季秋入室，季冬修耒耜，言出令之始耳。逾月而民畢從令，理或然也。孟春始耕，仲春則無不耕。「舉趾」言其耕耳，非必原其始也。季冬取冰，即是二之日鑿冰。藏之或遲一月，不足異也。大閱纘武，子、丑兩月皆可行。周家既有天下，或稍更先公之制，未可知也。總之，《豳風》、《月令》二書，所主各不同。《月令》所主在布政教，必舉其初而言。《豳風》所主在紀風俗，多舉其盛而言。自不無先後之異，非地氣使然也。毛公晚寒之説，不必過泥。

《周禮·籥章》仲春擊土鼓，歈豳詩以迎暑。仲秋迎寒氣亦如之。凡國祈年於田祖，歈豳雅，擊土鼓以樂田畯。國祭蜡，歈豳頌以息老物。鄭氏箋《詩》，三分《七月》篇以當之。與《籥章》注小異。「女心傷悲」乃民風，故指爲「豳風」。作酒養老，人君之美政，故指「穫稻」、「春酒」爲「豳雅」。置酒稱慶，功成之事，故指「朋酒斯饗，萬壽無疆」爲「豳頌」。雖屬臆度之見，然於義無礙也。朱子非之，以爲風中不得有雅、頌，是壞六義之體。不知《節南山》云「家父作誦」，誦、頌字本通用。《崧高》亦云「吉甫作誦」，又云「其風肆好」。彼皆雅也，而得蒙風、頌之名，則豳風何害爲雅、頌哉？至朱子所取三說以爲皆通者，吾未見其可也。一說謂《楚薺》諸篇爲豳雅，《噫嘻》諸篇爲豳頌。夫《楚薺》諸篇乃豳王刺詩，《噫嘻》諸篇乃祈年報社稷等樂章，此古叙之說。張、程、蘇、吕諸儒皆遵用之，竝無異解。至朱子廢《叙》，始易以他說耳。不得據己之臆見以爲故實，遂取雅、頌諸篇彊別之以豳也。一說取王安石謂豳自有雅、頌，今皆亡逸。夫豳，侯國耳，方自奮戎狄間，安得有雅、頌？假令有之，則《詩》有三雅、四頌矣。季札觀樂時，《詩》未删也，亦未火也，魯人何不併歌之？一說謂《七月》全篇隨事而變，其音節可爲風，可爲雅，可爲頌。夫風、雅、頌，詩篇之名，非樂調之名也，豈因音節而變哉？如因音節而變，則孰風孰雅孰頌，必待奏樂而後分，國史編《詩》，不應預額以四詩之目矣。況風也而歈之可雅可頌，獨不爲壞六義乎？是又自戾其初說也。然則兹三說者殆無一通也。黄東發又述王雪山之說，謂「邠詩者，籥章以鼓、鐘、琴、瑟四器之聲合籥也。郃雅者，笙師龡竽、笙、塤、籥、簫、篪、篴音笛。、管、舂、牘、應、雅十二器，以雅器之聲合籥也。郃頌者，眡瞭播鼗，擊頌、磬、笙、磬凡四器，皆全用《七月》詩。特以器和聲不同耳」。案：此説尤爲謬妄。考之《周禮》，全不相合。豳詩、豳雅、豳頌皆籥章所掌，不應與笙師、眡瞭分龡之也。《籥章》之文止言「擊土鼓、龡豳籥」耳，無鐘、鼓、琴、瑟四器，王豈因《甫田》詩「琴瑟擊鼓」而傅會之與？《甫田》御田祖，乃始耕之祭。龡豳詩以迎寒暑，非始耕也。且《甫田》亦不言鐘也。又此四器何以但可歌風不可歌雅頌也？況樂器亦安得有風、雅、頌之别哉？彼徒見《笙師》有雅，《眡瞭》有頌、磬，故妄生此説耳。不知《笙師》之雅即《樂記》所謂「訊疾以雅」，而注云「狀如漆桶，中有椎」者也。與風雅之雅名偶相同，義不相涉。又笙師所掌十一器，非十二器也。竽、笙等八者則龡之，牘、應、雅三者則舂之。舂者，築之於地以爲聲，乃奏樂之名，豈樂器之名耶？又此三器以奏祴，夏經有明文，與豳雅無與也。至頌乃磬名，音容，字亦作鏞，非三頌之頌。又鼗及頌、笙兩磬止三器，非四器也。眡瞭之職亦不云奏豳頌也。且笙師十一器，眡瞭三器，止各一器蒙雅、頌之名，安得概彼諸器悉與雅、頌哉？謬妄如此，不知黄氏何以取之。

觱，本作「𧤼」，從角𧯞聲。𧯞，古文「誖」字。或曰：籀文。今𧤼省作觱，《説文》：「羌人所吹角屠𧤼，以驚馬也。」《説文》引此詩作「一之日滭冹」，冹，分勿反。其引《采菽》詩作「滭沷濫泉」。

《下泉》、《大車》兩詩，孔疏皆引《七月》「二之日栗冽」，以證「冽」字當從「仌」不當從「水」。則此詩古本元作「栗冽」，唐初猶然矣。今本「烈」字豈衛包所改乎？烈從火，與傳「氣寒」義反。「冽」字得之。

「同我婦子，饁彼南畮。」同謂婦子同來也。《集傳》曰：「老者率婦子而餉之」，迂矣。經文竝不言「老者」，何得彊安蛇足乎？況《孟子》云：「頒白不負戴。」《王制》云：「斑白不提挈。」此先王之禮也，則饁餉之勞不應及老者。觀《甫田》、《大田》、《載芟》諸詩亦止言「婦子」。言「婦」，士可見矣。又《漢書・食貨志》引此詩，師古注云「其婦子同以食來饋之」，正與古注同。朱子甚愛顏説，而此復別爲之解，何也？

《詩》之「田畯」，田官也。《周禮》之「田畯」，田神也，即后稷也。鄭氏《籥章》注以「饁彼南畮」爲豳雅，豈合「田畯至喜」與「樂田畯」爲一事耶？康成注《禮》在未箋《詩》之前，此時殆未明《詩》義。

「女心傷悲，殆及公子同歸。」《集傳》以爲公子娶於國中，其許嫁之女預以將及公子同歸而遠其父母爲悲。然以「歸」爲「於歸」，則歸者止是女，何云「及公子同歸」乎？文義不順矣。況古國君不臣其妻之父，往往娶於鄰邦。宋三世內娶，《春秋傳》以爲譏僖二十五年《公羊》。可證也。

即以周事言之：大姜，有逢音龐。氏女也。或云：有邰氏女。有辯見《生民》詩。大任，摯國女也。大姒，莘國女也。其先可例推，安得豳國大家連姻公室乎？傳云：「春女思，秋士悲，感其物化也。豳公子躬率其民，同時出、同時歸也。」此解爲正矣。

鵙雖惡聲之鳥，然能應候而鳴，故少皞氏以名官。《夏小正》、《月令》、《周書》皆用以紀時，而《詩》、《爾雅》亦載其名。但《本草》不著形狀，後人無從別識，說者紛紛，不能定爲今之何鳥。近世李時珍《本草》據《爾雅》郭注「鵙似鶡胡達切。鶷午鎋切。鶡鶷，服虔以爲白脰鳥，李時珍以爲反舌。而大」之語，合之《爾雅》「鶅鵙醜其飛也翪」音宗。郭云：「竦翅上下。」《說文》作「㚇」，注云：「斂足也。」之文，以爲今世有苦鳥者當是。其說云：「苦鳥大如鳩，黑色，以四月鳴，其鳴曰苦。苦，又名姑惡，人多惡之，俗稱婦被姑虐死所化，此與尹伯奇化鵙之說相類。」故以爲一鳥，不知信否也。又案：鵙亦作「鴂」，其異名曰伯勞，曰伯趙，曰百鷯，曰博勞。以夏至鳴，冬至止。好單棲，血昏金鳴則蛇結其聲。鵙鵙飛則竦翅上下合。此數者是乃鵙矣。然物產之古有而今無者固不少，正難求之於目驗也。

「四月秀葽。」鄭箋疑「葽」爲王萯，房九切。孔疏已不以爲然。宋曹粹中《詩說》據《爾雅》「葽繞棘蒬」語，又參以劉向「苦葽」之說，以爲即今藥中小草。《名物疏》非之，謂不榮而實曰秀，小草有華，不得云秀。如秀是吐華，則葽繞華以三月，開不以四月。其說如此。源謂曹說得之。

「秀」字原象禾實下垂，吐華非本訓也。況此章以成物之始，紀將寒之漸，其言「秀」者，專取成實之義。小草以三月華，正當以四月成實，又何疑乎？不榮而實曰秀，榮而實者亦可通名曰秀。如黍稷言方華，亦言實秀。荼有華如野菊，而《月令》言「苦菜秀」，皆是也。《爾雅》「華榮秀英」四字分別異名，所謂對文則別，散文則通者耳，可過執哉？案：《説文》：「葽，草也。《詩》曰：四月秀葽。劉向説：此味苦，苦葽也。」劉、許皆漢人，已訓此詩之「葽」爲「苦葽」，其來古矣。今藥中小草味極苦濇，醫家以甘草煮之方可用，又有「葽繞」之稱，曹説信爲有本。

「貉」本作「貈」，「左豸右舟」，今經傳皆作「貉」，惟《爾雅》作「貈」。貉本莫白切，北方豸種也。今以「貊」代「貉」，而「貉」則以代「貈」，不可復正矣。貈，又作「貦」、「狢」、「𧳜」。

貈、狐、貍，是三種獸名，見《爾雅》。《説文》諸書「一之日于貈，取彼狐貍，爲公子裘」，謂取此三獸皮爲裘耳。《集傳》乃云：「貈，狐貍也。于貈，猶言于耜，謂往取狐貍也。」竟以「貈」爲狐貍之總名，而合二句所指爲一事，誤矣。推其故，殆因讀毛傳而失其句讀也。毛傳云：「于貈，謂取。狐貍，皮也。」傳語簡貴，讀者多誤。傳「于貈」二字當讀，音豆。「謂取」二字當句。于，往也。經言「往」不言「取」，故傳補言「取」。傳「狐貍」二字當讀，音豆。「皮也」二字當句。經言「狐貍」不言「皮」，故傳補言「皮」，皆以補爲釋也。且狐貍言皮則貈之爲皮可知，義又互相備也。康成善會毛意，故不更解，但分別用裘之不同。箋云「于貈，往搏貈以自爲裘，狐貍以共尊者」，是也。仲達誤讀，謂「取狐貍皮」爲一句，故其申毛，詞多牽合，幸不失經意耳。朱子誤讀傳併誤釋經矣。不獨《集傳》也，吕《記》解「貈」爲「狐貍之居」，因彊合北狄貉字爲一義。陸氏《埤雅》以「于貈」爲《周禮》祭表貈之事，皆讀毛傳而誤者也。夫傳，釋經者也，猶誤讀之，況經乎？

「言私其豵，獻豜于公。」毛云：「豕一歲曰豵，三歲曰豜。」鄭云：「豕生三曰豵。」《爾雅》文。豜字無訓。疏申箋意，謂豵既易傳，則豜亦非三歲之稱。《爾雅》「鹿與麢絶有力麉」，《說文》作「麗」，古賢切。鄭當以「麉」爲鹿麢之有力者。案：經別公私，正以一物而分大小，見豳民愛君之誼，且與《周禮》「大獸公之，小禽私之」語相合。意周公既咏其事於《詩》，即仿此義以定仲冬大閱之法耳。故毛傳以彼文爲證，而先鄭之注《大司馬》職亦引此詩，義不可易也。先鄭惟「四歲肩」小異於詩傳，然非大義所關也。康成注《禮》箋《詩》，俱易其解，左矣。又《小爾雅》云：「豕之大者謂之豜，小者謂之豵。」《說文》云：「豵，生六月豚。一曰：一歲豵，尚叢聚也。」「豜，三歲豕，肩相及者。」皆與毛義同。

莎雞非樗雞也。莎雞生草間，樗雞生樗樹上。《爾雅》「螒天雞」，此莎雞也。郭注以爲又曰「樗雞」，誤矣。崔豹《古今注》又以莎雞與斯螽、蟋蟀爲一物而異名，亦誤。朱《傳》用崔說。

傳云：「鬱，棣屬。薁，蘡薁也。」蘡薁亦名燕薁。《本草》云：「俗名野葡萄。」唐本注謂之山葡萄。」云：「蔓生，與葡萄相似而小，亦有莖大如椀者。冬月惟凋葉，藤汁甘，子味甘酸。宋

《圖經》云：薁薁子生江東，實似葡萄，細而味酸。」案：孔疏引劉楨《毛詩義問》，言鬱樹高五六尺，實大如李，薁是鬱類而小別。又言晉華林園有車下李三百十四株，薁李一株。車下李即鬱，《史記·相如傳》「隱夫鬱棣」，徐廣注引郭璞曰：「鬱，車下李也。棣實似櫻桃。」薁李即薁。《草木疏》釋鬱與薁李，皆以爲實大如李。張揖亦謂薁爲山李，大似李而以株計，則薁乃木生。而《本草》以爲蔓生，子又有大小之異。《本草》恐誤。《常棣》詩別有辯。又案：郭璞言葡萄似燕薁，可作酒。見《文選·上林賦》李善注。陶隱居言葡萄即是此間蘡薁。唐宋《本草》蓋本此爲説，而蘇頌《圖經》以爲木高五六尺則小異，惟言子小則同。

《草本疏》以唐棣爲薁李，誠誤矣。然以薁李爲實大如李，不誤也。其釋《豳風》之「鬱薁」，則釋「鬱」而不釋「薁」，良以薁即唐棣，不必再釋也。其釋《葛藟》，以爲藟似燕薁延蔓生意。陸所謂燕薁非即薁李也。不然，唐棣木生，燕薁蔓生，不相類矣。《玉篇》以蘡薁爲草，而名木葉如梨者爲梢。《廣韻》以蘡薁爲藤，而名梢李爲梢。亦分燕薁、薁李爲二，與陸同也。郭、陶二家及唐宋《本草》以薁爲葡萄，皆因陸《疏》「藟似燕薁」語而誤，不知燕薁、薁李，陸分爲兩植也。案：「梢」即「薁」，字通作「奥」。「郁」又有作「榔」者，《廣韻》以爲俗字。

古有五菜：韭、䪥、薤俗。葵、蔥、藿是也，而葵爲之主。其見於《詩》者，《陳風》之莜、荆、葵也，今名錦葵。《小雅》之芹、楚、葵也，《魯頌》之茆、梟、葵也。然此特借葵爲名耳，惟《七月》詩亨葵及菽專名爲葵，乃正爲葵菜。但傳、箋、正義俱無訓釋。陸氏《埤雅》以紫莖、白莖當之，嚴《緝》宗其説，吕《記》以爲《爾雅》之終葵、繁露，所指各不同。今考之，《埤雅》之説當矣。案：紫莖、白莖葵，《本草》亦專名葵，入本經上品。古人種爲常食，有紫莖、白莖二種，以白莖爲勝。大葉小華，華紫黄色。其最小者名鴨脚葵，子輕虚如榆莢仁，四時皆可種，經年收采，有冬葵、春葵、秋葵之名。王楨《農書》曰：「葵，陽草也。其菜易生，備四時之饌。本豐而耐旱，味甘而無毒，蔬茹之要品也。今人不復食之，亦無種者。」已上見《本草綱目》。觀此，可見古人食葵，以此種爲正。豳民所烹，定指此菜。後世如宋玉賦、曹植《七啓》、王維詩所云「露葵」，皆是物也。《齊民要術》言種葵法云：「掐苦洽切，瓜刺也。必待露解，收必待霜降。」葵以露名，意在斯乎？又其性滑，故名滑菜。至終葵、繁露，亦名落葵，亦名承露，亦名天葵，亦名臙脂菜。隱居云：「子紫色，女人以漬粉傅面，謂之胡臙脂。」《蜀本草》云：「葉圜厚如杏葉，子如五味子，生青熟黑。」李氏《綱目》云：「葉肥厚軟滑，作蔬和肉者宜。八九月開細紫華，纍纍結實，熟則汁如臙脂，女人飾面點脣染布物皆用之。」觀此諸説，今俗所稱紫草，乃斯種也。特葵之一類，不得專葵菜之名。若夫荍之爲荆葵，《爾雅》之菺戎葵，今名蜀葵。《本草》之黄蜀葵，今名秋葵。皆庭除之玩也，不爲菜。又如《爾雅》之莃音希。兔葵、《本草》之防葵、《素問》之龍葵、《廣雅》以地膚爲地葵，與鳧葵、楚葵之類，或謂葵止一種，或假葵以爲名耳。其戎葵又名吳葵，見《别録》。鳧葵又名水葵，見《楚詞注》及《後漢書注》。兔葵又名天葵，見《圖經》。名稱雜亂，不可悉辯矣。

菽者，衆豆之總名也。《廣雅》云：「大豆菽也，小豆荅也。」然實通爲菽矣。其角曰莢，葉曰藿，今作藿。莖曰萁，《詩》所言「菽」，率皆大豆也。大豆有黑、白、黄、褐、青斑數種，今用作豉、醬、腐油者是，而黑者更可入藥，《神農經》列之上品，皆夏種秋收。其小豆則有赤豆、白豆、緑豆、豋力刀切，亦作蹽。豆、穭力與切。豆諸種。豋豆亦名鹿豆，《爾雅》「圈巨員切。鹿藿其實莥」女九切。是也，俗呼野緑豆。其胡豆則有豌豆、豌，於丸切。《玉篇》云：「豌豆，夏收。」蠶豆，而《廣雅》亦以䜺胡江切。䜼音雙。爲胡豆。《別録》中品有藊豆，今沿。籬豆又名蛾眉豆，《廣韻》作「䅾豆」。䅾，布元切，籬上豆也。又北典切。《酉陽襍俎》有挾劒豆，俗名刀豆。《本草拾遺》有黎豆。又名貍豆、虎豆。而黎豆者，實《爾雅》之「欇，音涉。虎櫐」云、《玉篇》曰「欇，豆，名虎櫐」是也。

米之疏者曰秔，黏者曰稬，奴亂切，俗作糯，又作穤，又誤讀奴播切。稻則其總名。今人皆以爲然，然非古也。《説文》云：「稻，稌也。稌，稻也。沛國謂稻曰稬。」又云：「秔，稻屬。」然則稻、稌、稬皆目黏者，而疏者直名秔也。觀《豳風》「十月穫稻」、「爲此春酒」，則益信矣。非直此也，《豐年》詩「爲酒爲醴」，獨言「黍稌」，《月令》「命大酋」，亦言「秫稻」。黍乃稷之黏者，秫乃粱之黏者，而與稌稻俱爲釀用，尤足爲明證。杜少陵詩「煙霜淒野日，秔稻熟天風」，秔稻與煙霜對，定是二物。可見謂「稬」爲「稻」，唐世猶然也。宋張舜民言《本草》專名「稬」爲「稻」，累朝釋略無言其可爲酒者。不知稻之爲秔不僅見《本草》也。至用爲酒，《詩》、《禮》已言之，《本草》偶弗及耳。凡穀之黏者皆可釀，北土多用黍秫，今世猶爾。釋《本草》者各據其方俗，故不及稻。後之釋者往往藍本舊注，未遑增入，非謂稻不可爲酒也。又何疑乎？

「九月叔苴。」傳云：「叔，拾也。」《説文》云：「从又，尗聲。南人謂收芋爲叔。」今借爲伯叔字，忘其本訓矣。《説文》又云：「尗，豆也。象尗豆生之形。」徐曰：「豆性引蔓，故从丨，有歧枝，非上下之上。故曰：象豆生形。小，象根也。今作菽，後人所加。」

「采荼薪樗。」「樗」字，本應作「𣞤」。𣞤，惡木，敕書切。樗，乎化切，亦木名。以皮裹松脂，可以爲燭，非惡木也。今諸書皆譌「𣞤」爲「樗」，又别作「樺」字以代「樗」。樺，亦作「檴」。華，《莊子》「華冠縰履」是也。沿習已久，不可復正。

「九月築場圃。」「圃」字，《釋文》有補、布二音。《集傳》博故切，以與「稼」協。案：「稼」字諧「家」聲。「家」字，古讀如「姑」，稼則轉爲去矣。然四聲之學始於元魏，古未之有。補、布二音皆可協「稼」。

「塞向墐户。」治都邑之屋也。「亟其乘屋。」治野廬之屋也。治都邑之屋在「入此室處」之前，治野廬之屋在「入執宫功」之後，皆豫爲之備也。

「朋酒斯饗。」毛傳以爲黨正飲酒之禮，鄭箋以爲國君大飲烝之禮。説雖不同，然總是國家大典，歲歲舉行，宜與「鑿冰」、「獻羔」之禮同咏於《詩》也。橫渠解爲「民饗君」，而諸儒從之，誤矣。古人飫燕食饗皆有常制，未聞庶人而用饗也。《禮》大夫無故不殺羊，則庶人雖有故亦不得殺羊也。公劉酌其群臣，執豕而已。豳民反用羊乎？非度也。兕觥罰爵，尤非民所以敬君也。況斯饗也，民自以意爲之乎？抑國家本有此制乎？如民自爲之，是草野之人無故攜壺挈榼就君而勸之飲。豳俗雖古樸，未必相狎至此。如本有此制，則是豳公歲歲索民之酒食也，亦非體矣。

鴟鴞

周公居東，即是東征。辟，即致辟。孔氏《書》傳本無誤也。毛公《詩》傳雖無明文，然訓「既取我子」三語，則云「寧亡二子，不可毀我周室」，蓋亦以《鴟鴞》詩爲作於誅管、蔡之後矣。鄭氏誤以《金縢》居東爲避居，故解《鴟鴞》詩種種害義。朱《傳》從毛，盡埽鄭謬，當矣。乃後之述朱者因其晚年與蔡仲默書，遂舍《集傳》而別爲之説，何其悖也！居東辯，詳見《尚書·金縢》。

鴟鴞、鸋鸋音寧。鴂，毛傳不言何鳥。觀三章傳云：「手病口病，故能免乎大鳥之難。」則不以鴟鴞爲惡鳥矣。《韓詩》謂鴟鴞之愛養其子，適以病之，不托於大樹茂枝而托於葦苕。此與《荀子》所言蒙鳩事相合。蒙鳩，亦名巧婦，即《小毖》篇桃蟲也。故趙岐注《孟子》，以鴟鴞爲小鳥。陸《疏》釋鴟鴞，亦以爲巧婦。説皆同。惟王叔師《楚詞注》云：「鴟鴞、鸋鴂，貪鳥也。」則與巧婦別鳥矣。《爾雅》「鴟鴞鸋鴂」，郭注云：「鴟類。」殆祖王説。而陸氏《埤雅》力證其是，今用之。

「予手拮据。」毛云：「拮据，撠《釋文》云：「京劇反，本作戟。」挶音匊。也。」「予口卒瘏。」毛云：「手病口病。」「卒瘏」兼手口，則拮据亦然。經二語互相備也。《韓詩》云：「口足爲事曰拮据。」意亦與毛同。《説文》云：「据，戟挶也。拮，手口共有所作也。」因引此詩，殆兼取毛、韓之義。

東山

傳云：「蠋，桑蟲也。」《説文》以「蠋」爲「葵中蟲」。羅願云：「蠋，葵中蟲，亦食於藿，似蠶而不食桑。詩云『桑野』者，葵藿之下亦桑野之地也。」案《爾雅》「蚅烏蠋」，注、疏皆不言桑蟲。又此詩疏申毛云「在桑野」，故知桑蟲是傳第順經解之，非確見此蟲之食桑也，則爲葵蟲信矣。又蠋，《説文》作「蜀」，云：「从蟲，上目象蜀頭形，中象其身蜎蜎。」今皆作「蠋」，殆以別於郡名乎？毛晃曰：「蜀，本从虫，而又加虫焉，俗也。」

《東山》詩兩言「烝在」，嚴《緝》辯之，以爲烝有進、衆、久三義。衆非所以喻獨宿。進可言蠋，不可言瓜。久義爲長。此得之矣。程子訓「烝」爲「升」，即進義也。朱《傳》以爲發語聲，不知何本。又案：黄氏《韻會》備引《詩》、《書》以釋「烝」字，獨不及久義。《詩》「烝在桑野」、「烝在栗薪」、「烝也無戎」、「烝然罩罩」，箋、疏皆訓爲「久」，何可遺也？其「烝之浮浮」爲火氣上行，乃烝之本義。「皇王烝哉」，烝訓君。「天生烝民」，烝訓衆。「烝烝皇皇」，烝訓厚。《韻會》皆及之。其升進之烝與冬祭之烝雖及之，然不引《詩》「烝衎烈祖」、「禴祠烝嘗」爲證。

《東山》次章是行者之思，三章是居者之望。古注如此，既合《叙》意，又兩章各一意，曲盡人情，不嫌重複。程、吕諸儒皆遵用斯義。今概指行者思家言，趣味短矣。「我征聿至」，言我之行者當遂至也。「瓜苦」在「栗薪」，喻君子留滯於外也。「自我不見，於今三年」，言久不見君子也。感陰雨而興歎，因灑埽以待其來，又指瓜苦爲喻，而自言不見之久，寫室家望歸之情，婉而至矣。今既以爲行者之語，遂謂「三年不見」是「不見瓜苦」。思致纖巧，恐非古人文義。

蠨蛸，《釋文》云：「蠨，《説文》作『蠨』，音夙。」今《説文》「蠨，穌音蘇。雕切。」蠨本以肅得聲，陸氏所云乃叔重之舊音矣。案《玉篇》作「蠨，先幺切」，則此字音形之改，其來已久。

《本草綱目》論螢有三種：「一種能飛，有光，乃茅根所化。吕氏《月令》『腐草爲螢』是也。一種長如蠶，尾後有光，無翼，乃竹根所化，亦名爲蠲，《明堂月令》『腐草爲蠲』是也。亦名宵行。一種水螢，居水中。」李氏此言殆未必然。螢之化也，先有光而後生翼。其如蠶者，是初化時爾。陶隱居言「初時如蛹，腹下有光，數日變而能飛」，此説得之。又螢從草化，亦得濕熱之氣而生。或草或水，隨近棲托，故是一種，安得分而三之？至「宵行」之名，是因朱《傳》而傅會。案：「宵行」非蟲名，楊用修辯之甚確。説載《通義》。

毛、韓兩家，師授各異。然毛傳之意有得韓而始明者，如《東山》詩「鸛鳴於垤」是也。毛云：「垤，蟻塚。將陰雨，則穴處先知之。鸛好水，長鳴而喜。」此但言蟻之知雨及鸛之好水，至鳴之必於垤，初不言其故。箋、疏亦無明解。朱《傳》求其説而不得，遂謂蟻知雨而出垤，鸛就食之，遂鳴於其上。誤矣。《草木疏》言「鸛食魚」，《埤雅》言「鸛甘帶」，蛇也。竝不云好食蟻。朱子此言，殆格物猶未至與？案：《韓詩》薛君《章句》曰：「鸛，水鳥，巢居知風，穴居知雨。天將雨而蟻出壅土，鸛鳥見之，長鳴而喜。」見《文選》張華《雜詩》注李善引之。蓋鸛鳥本不知將雨，見垤而知之，故喜而鳴也。傳意始曉然矣。

《説文》無「鸛」字，而「雚」字注引《詩》「雚鳴于垤」，故後儒皆以鸛、雚爲一字。毛氏《韻增》、黄氏《韻會》直謂「雚已从隹，而又加鳥，乃俗人之誤」。然《説文》云：「雚，小爵也。」陸氏《草木疏》云：「鸛似鴻而大。」合此二説，雚鸛大小異形，定非一鳥。以鸛旁之鳥爲俗所加，非篤論也。字兼鳥、隹二旁，如鷹、𩿧、鵻、鶴等皆是，詳見《總詁·正字類》。何獨疑於「鸛」乎？《東山》釋文云：「鸛，本又作『雚』。」不云「字又作『雚』」，蓋亦不以爲一字矣。

破斧

《豳風》七篇，《七月》、《鴟鴞》、《狼跋》三詩《叙》，朱子無譏焉。《東山》詩，《叙》以爲「周大夫作」，朱子以爲周公自作，此稍異矣。然於義俱通，無關得失也。《伐柯》、《九罭》二詩，《叙》

以爲刺朝廷不知公，言公不宜居東，王當早迎公歸。朱子則以爲東人喜得見公而欲留之。二説乃大相反。較而論之，《叙》義似勝也。公在朝則澤及四海，公在外則惠不能及一方，東人留公，於東何爲乎？況公之居東，因王疑未釋也。王疑一日未釋，則公之身一日不安，何足爲公喜？王疑釋而公西歸，王室之幸也，天下之幸也，亦東人之幸也。不以爲喜而顧欲留之，斯乃兒女子之見，非有識者之言矣。夫子豈録其詩乎？至《破斧》篇美周公而惡四國，《叙》説原無不通。傳以四國爲管、蔡、商、奄，有《尚書·多士》篇可證。朱子不從而改爲軍士所作以答前篇，不知何所考據，又訓「四國」爲四方之國，而譏《叙》爲無理。夫四國作亂而詩人惡之，何謂無理哉？

毛云：「隋駝、妥二音。銎曲容切，孔也。曰斧，方銎曰斨。」然則二者皆斧耳，豳人用以取桑，非兵器也。毛又云：「鑿屬曰錡，木屬曰銶。」孔氏未能審厥狀，而《釋文》以銶爲獨頭斧，則二者亦斧類而制稍別，非兵器也。《集傳》謂爲征伐所用，殆不然。此詩每章首二句，毛、鄭本以爲興。毛以斧斨切於民用，喻國家之有禮義。四國破之、缺之，是其罪也。鄭以喻成王、周公，不如毛義之正大。

朱子既以《破斧》詩爲軍士答周公矣，又從而爲之説曰：「當日披堅執鋭之人皆能以周公之心爲心，而不自爲一身一家之計，蓋亦莫非聖人之徒也。」夫創爲此説者，特出於己之臆見耳，乃遂據爲故實而發兹歎美之言，一周公唱於上，衆軍士和於下，殆若目見之。其自信亦篤矣哉！

伐柯　九罭

《伐柯》、《九罭》皆刺王不知周公，此毛説。鄭謂「刺群臣」，非也。王肅、孫毓皆是毛。而因告王以迎公之道，詞旨略相同。《伐柯》首章言迎公當得其人，次章言迎公當厚其禮。《九罭》篇首尾皆言衮衣，欲王以上公之位處公，即上篇以禮迎公之意也。中二章則以鴻不宜於陸渚喻東土下國非所以居公，亦見王之迎公當早也。毛、鄭、孫、王諸家説雖小殊，而大旨不外此。不獨見周公之德爲人所説服，亦見作詩者惟恐王之不用周公，又惟恐王之待公未盡其道。憂國之情，好賢之意，纏綿懇惻，具見於詩，故足爲訓也。《集傳》悉埽斯義，於《伐柯》不過曰首章比見公之難，次章比見公之易而已。於《九罭》不過曰喜得見公，惟恐其歸而已。夫東人以見公爲喜而欲留之，乃一人之私情，何關朝廷理亂之故哉？不但令讀者絶無觀感，且使古人作詩之苦心無由白於後世矣。

狼跋

詩以狼爲興，但取其「跋胡」、「疐尾」爲進退兩難之喻，初不計其物之善惡也。伊川以狼爲惡獸，非所以喻聖人，故變其説以爲狼以貪欲而陷於機穽，公以無欲而舒泰自如，意甚美矣。然以狼喻聖固爲儗非其倫，反狼之惡以見聖之美，是又以聖與狼較論善惡也。亦非所以尊聖。「公孫碩膚。」《集傳》以爲詩人之意，謂公之被毁非四國之所爲，乃公自讓其大美耳，不使讒邪得加忠聖也。或譏其傷巧，又自解曰：作詩之體當如此。如昭公爲季氏所逐，《春秋》却書「公孫於齊如其自出」。噫！過矣。《春秋》凡諸侯出奔皆以「自出」爲文，竝無書某人出其君某者。先儒釋其旨，謂譏其君之自取以示警也。見《春秋》襄十四年杜注。爲魯諱，惟書「孫」不書「奔」耳。周公之遭謗，豈亦自取乎？若如朱子之言，非敬公，乃譏公也。又案：公孫謂致政，非謂遭謗也。公攝政七年，致太平。一日復辟告老，故云「孫」，此大美耳。「赤舄几几」，則又言其留相成王之事。几几，傳云：「絇貌。」「絇」字亦作「鞙」，見《玉篇》。「絇」是舄頭飾，「几几」即其貌狀，初未及安重意。詩但舉公之服飾以見公之留相成王，而德稱其服，居位無慚之意自可想見。舉足安重，特其一端耳。執此以爲公之美意，反狹矣。王氏謂「几」乃人所憑以安，故「几几」當訓爲安。安石最多傅會，此尤鄙淺可笑。

皇清經解卷六十七終

嘉應楊懋建舊校
南海潘繼李新校

毛詩稽古編　卷九

吴江陳處士啓源著

小雅

鹿鳴之什正小雅

朱子以《鹿鳴》三篇爲上下通用之樂，劉瑾申之，以爲考《儀禮》上下通用止《小雅》、二《南》，不歌《大雅》，可見《大雅》獨爲天子之樂。斯言謬矣。鄭《譜》云：「用於樂，國君以《小雅》，天子以《大雅》。然而饗或上取，燕或下就。」所謂上取者，如《左傳》謂文王爲兩君相見之樂，《禮記》言賓入大門而奏《肆夏》，又言兩君相見升歌《清廟》，下管《象》。傳記既有明文，又經孔疏引證，瑾獨未見乎？《儀禮》闕逸甚多，所存諸侯之禮止《鄉飲》、《燕禮》、《鄉射》、《大射》諸篇，稍及奏樂之制，何可執以相概也。

鹿鳴

《鹿鳴叙》云："「燕群臣嘉賓也。」此言作詩之本意也。與《四牡》之「勞使臣」、《皇華》之「遣使」一例也。若夫升歌合樂之類，則就《詩》之用於樂而言，非作詩之本意也。朱子見《儀禮》、《學記》之文而改訓之曰："「此燕饗通用之樂歌。」乃言樂，非言詩矣。况升歌合樂必三詩連奏，朱子於《四牡》、《皇華》二詩何不併以燕饗通用釋之而仍從《叙》乎？近世鄒忠允辯之，以爲是燕非饗，說見《通義》。當矣。但作《鹿鳴》者專爲燕而歌《鹿鳴》者，則不僅燕，燕饗通用亦非誤。然非所以釋《詩》耳。

傳云："「苹，蓱也。」鄭以水草非鹿所食，故訓爲「藾蕭」。宋羅願謂鹿豕亦就水旁求食，食萍容有之，不必易傳。近儒趙宧光亦言嘗畜麋鹿，性嗜水草。然經明言「野苹」，箋義長矣。又孔氏申箋引《草木疏》云："「苹葉青白色，莖似箸而輕肥。」朱《傳》則曰："「青色，白莖如箸。」止倒置「白」、「色」兩字，而物色已不同。誤耶？抑他有據耶？

嘉賓，毛、鄭專指群臣，朱《傳》兼指本國之臣及諸侯之使，蓋本於《鄉飲酒》、《燕禮》注之說也。殊不知孔疏已有辯矣。又《四牡》、《皇華》等篇皆言己國群臣，《鹿鳴》不應獨異，畢竟古注爲優。

後儒釋經，所立新說往往是先儒吐棄之餘。即如《鹿鳴》篇「周行」訓爲「至道德音」，「孔昭」訓爲「嘉賓之明德」，康成注《禮》時已作此解。後箋《詩》方改訓「周行」爲「周之列位」、「德音」爲「先王德教」。當時舍彼而取此，必有見矣。

蒿之類甚多，惟青蒿得專蒿名。《爾雅》云「蒿菣」，去刃切。《詩》亦云「食野之蒿」，皆直云蒿耳，不若莪蘩蔞蔚之屬必以他名相别也。《本草綱目》云：「諸蒿皆白，此蒿獨青，殆此異與？」又云：「二月生苗，莖葉俱深青。七八月有黄華，甚細，結實如粟米。《本經》名草蒿，又名方潰，列於下品。」

四牡

《叙》云：「有功而見知則説矣。」朱子譏其語疏而義鄙。夫見知而説，人情自當如此，何云疏鄙哉？且《叙》言「見知則説」，不言必待知而後説也，視士芥寇讎之論尚爲藴藉矣。

「王事靡盬。」吕《記》引董氏曰：「《説文》：『煮海爲鹽，煮池爲盬。』盬苦而易敗，故傳以不堅訓之。」《大全》亦載董語，誤以爲吕氏曰。案：今《説文》「鹽」字注云：「鹹也。古者宿沙初作煮海鹽。」「盬」字注云：「河東鹽池，袤五十一里，廣七里，周一百一十六里。」竝無董氏所云。況池鹽乃風結成，不用煮。「煮池」語尤爲妄説。又案：毛傳釋「盬」字，《鴇羽》云「不攻緻」，《四牡》云「不堅固」。《鴇羽》疏以爲盬、蠱字異義同，引昭元年《左傳》文證蠱是蟲之害器敗穀者，故爲不攻牢不堅緻之義。此説近之。

傳訓「騑騑」爲「行不止貌」，「嘽嘽」爲「喘息貌」，「駸駸」爲「驟貌」，皆取疲苦之義。故又云：「馬勞則喘息。」蓋以馬之勞見使臣之勞也。朱子見《采芑》「嘽嘽」，毛云「衆也」，《常武》

「嘽嘽」，毛訓「盛貌」，遂合彼兩傳以訓此詩曰：「嘽嘽，衆盛之貌。」與勞使臣義不相蒙矣。此爲勞使，彼皆出軍，義各有當，訓解亦殊。始知古人釋經，用意精密也。又案：嘽字原從口旁，《説文》云：「嘽，喘息也。」則喘息乃本訓矣。

傳云：「鵻，夫不也。」《爾雅》云：「佳其鳺鴀」，郭注：「今䳕鳩。」蓋夫鳺䳕不鴀鳩各，音韻同而字形異也。吕《記》引郭注云：「今鵓鳩。」《集傳》亦云「今鵓鳩」。嚴華谷論鵻有十四名，而䳕鳩、鵓鳩兩名竝列。大抵䳕、鵓字形相似，始也誤䳕爲鵓，繼則䳕、鵓分爲兩稱。譌以仍譌，是可哂矣。案：《爾雅》注疏、《廣雅》、《方言》、陸氏《草木疏》諸書皆無「鵓鳩」之名，「鵓」字不見《説文》，而《玉篇》有之，云：「步忽切，鵓鵱音速。鳥。」不言是鳩名也。惟《埤雅》辨鵓鳩非鳴鳩，亦不言與祝鳩一鳥。則「鵓鳩」之名殆始於宋世。

皇皇者華

《詩》之次弟雖間有倒置者，然《鹿鳴》、《四牡》、《皇皇者華》三詩，所謂工歌《鹿鳴》之三也，見《儀禮》、《左傳》諸書，又見《六月小叙》，其先後不可易矣。李氏以爲先遣後勞，《皇華》當在《四牡》前，真謬説。

「每懷靡及。」傳云：「每，雖。懷，和也。」鄭、王各述毛意，而説不同。王云：「雖内懷中和之道，猶自以無所及。」郭所據毛傳無「每雖」二字，又據《春秋外傳》「懷私爲每懷」語，因破毛傳「和」字爲「私」，云：「每人懷其私相稽留，則於事將無所及。」孔疏竝載其説，而不辨其孰是。今案：《魯語》穆子曰：「懷和爲每懷。」韋昭注引鄭後司農云：「和，當作私。」則是《魯語》原文本作「和」，其作「私」者，亦即鄭説耳。惟《晉語》姜氏引此詩戒重耳順身縱欲，又引西方書及鄭詩之言，「懷」皆爲「私」義。要是斷章立説，未必此詩本訓也。懷私恐非毛旨。又末章毛傳云：「雖有中和，當自謂無所及。」此正首章「每雖懷和」之解。王肅即用以述毛，於義允當。孫毓《詩評》亦謂毛傳上下自相申成，得之矣。鄭既破「和」爲「私」，又彊解「中和」爲「忠信」以牽合周義，皆曲説也。

「周爰諮諏。」《釋文》：「諏，子須切。」《説文》及《玉篇》皆同。《示兒編》云：「今禮部十九侯諏字，將侯切。」然則《釋文》之音古矣。駒、濡、驅、諏，天然協韻。朱《傳》四字皆作二反，似不必。

《春秋》内外傳説《皇華》詩，有五善、六德之説。咨、諏、謀、度、詢爲五善，内傳本文自明，注亦無異義。至外傳之六德，韋昭注於五善之外取「周」以備數，與毛公《詩傳》不合。孔氏申之，言周者彼賢之質，不應數爲使臣之德。故傳云「自謂無所及於事」，則成六德。「無所及」是謙虚謹慎之義，當以之爲一也。源謂毛義誠勝，但孔疏之言猶未盡也。外傳之六德，本文亦自明矣。云懷和爲每懷，咨才爲諏，諮事爲謀，咨義爲度，咨親爲詢，忠信爲周。君况使臣以大禮，重之以六德。據此文義，則所謂六德即上六語是矣。忠信爲周，言咨於忠信之人，即内傳之訪問於善爲咨耳。「周咨」一義，韋分爲兩德，是其誤也。懷和爲每懷，在五善之外。雖有中和，自謂無及，傳以備六德之一，與外傳正相符，義不可易矣。且穆叔以懷和爲一德，而康成破和爲私，懷私可謂德乎？又謂傳中和是釋周義，而指爲六德之一，誤又與韋等。孔疏雖曲爲回護，不能掩其失也。

常棣　伐木

《常棣》之於兄弟，《伐木》之於朋友故舊，皆燕也。然《常棣》兼飫禮，《伐木》兼食禮。或曰：文王詩當殷世，不得以周家禮文律之，理或有然。

《常棣》、《伐木》兩詩所言朋友兄弟，名稱相溷，竊嘗辨之：《伐木》之父舅兄弟，即《常棣》之朋友。而《常棣》之兄弟，非《伐木》之兄弟也，當以九族内外爲斷。《常棣》之兄弟，九族以内也。《伐木》之諸父及同姓兄弟，九族以外也。九族在五服之中，止可稱兄弟，不可稱朋友。九族之外無服，《禮記大傳》所謂「六世親屬竭矣」者也，斯可謂之朋友矣。九族内歌《常棣》以燕之，九族外與異姓俱歌《伐木》以燕之，兩詩所用應爾。《常棣》六章，傳云「九族會曰和」，箋云「九族，從己上至高祖，下至玄孫之親也」，明謂《常棣》之兄弟在九族内矣。

兄弟相承，覆而榮顯。朋友相切，正而和平。二語實二倫要道。而《常棣》、《伐木》兩詩止寓其旨於興中，此先儒言興所以不厭深求也。朱《傳》釋興體往往用數助語衍之，使其句法相似，不復論其義趣。別有辯，詳《總詁》。於此兩詩將先儒「華萼相承」、「嚶鳴切直」諸語概芟削不用，後之學者何自窺詩人微旨乎？其釋《常棣》曰：「常棣之華，則其萼然而外見者，豈不韡韡乎？凡今之人，則豈有如兄弟者乎？」以爲兩「則」字、兩「豈」字、兩「乎」字相呼應，是乃興體矣。然經文本無此六字，朱子始增入耳。豈周公作詩時尚無當於六義，必待二千載後之《集傳》方成興體耶？誣矣！又六字中兩「則」字尤屬横入，不顧文義。今讀之不甚通，殆是點金成鐵也。至《伐木》篇則以伐木興鳥鳴，又以鳥鳴興求友，殊滋葛藤。

常棣

「常棣之華，萼不韡韡。」毛、鄭皆以興兄弟，而毛取衆多爲義，鄭取相承覆爲義，稍不同。鄭義勝矣。多而不睦，安用多乎？孔氏申之云：「華下有萼，萼下有柎，華萼相承覆而光明，猶兄弟相和順而榮顯。」如此説《詩》，方可以興。

《豳風》之「鬱」，車下李也。「薁」，薁李也。《小雅》之「常棣」，常華白棣樹也。三者各一木。孔疏謂「薁是鬱類而小别」，又引《晉官閣銘》證之，則鬱、薁各一木矣。陸《疏》謂「鬱實大如李而色赤，棣實如櫻桃而正白。」有赤、白二種。《史記・相如傳》注徐廣。引郭璞語，謂「鬱即車下李，棣實似櫻桃」，則鬱、棣各一木矣。陸《疏》又謂「郁李實大如李，常棣實如李而小」，則薁、棣各一木矣。後世説者多誤。掌禹錫修《嘉祐本草》，於「郁李」條下引陸氏《常棣疏》而妄益之曰：「一名薁李。」是合薁、棣爲一木也。李氏《綱目》既襲其誤，又以鬱李、車下李、常棣爲郁李之别名，是合三木爲一，其誤逾甚。陸元恪以「唐棣」爲「郁李」，固失之。至釋鬱、棣兩木，未嘗誤也。

鬱、薁、棣三木相類而結實異。鬱、薁大如李，棣小如櫻桃。薁、李是薁，非常棣，先儒釋常棣竝無言其名薁李者。《本草綱目》既以薁爲野葡萄，又以常棣爲薁李，誤矣。然則陶隱居所謂「子赤色，可啗」，韓保昇所謂「子如櫻桃，甘酸而少澁」，寇宗奭所謂「子如御李子，紅熟可啗」者，定是常棣，但不得謂之薁李耳。又《漢書》相如傳。師古注言：「棣，今之山櫻桃。」《急就篇》注言：「常棣，子熟時正赤色，可啗。俗呼小櫻桃，隴西人謂之棣子。」所言名狀，正與《本草》諸注合。

常棣，「常」本如字，俗間乃有讀「棠」者。《示兒編》辯其誤，當矣。今案：此誤大抵唐世已然。李商隱詩云：「棠棣黄華髮。」近世有草，俗呼棣棠，華色黄，春末開。李詩定指此。意當時「常」字已有「棠」音，故顛倒俗呼以合雅華稍目，併改「常」下從木耳。又《漢·杜鄴傳》引《詩》作「棠棣」，師古注亦同。李善注謝宣遠詩及曹子建《親親表》，兩引《詩》皆作「棠棣」，傳寫之誤，不知始自何年。要皆因音誤故字誤也。

「蕚不韡韡。」鄭讀「不」爲「柎」，訓「蕚足」，今皆從王肅讀入聲。案：《説文》「不」，甫久切。然箋云：「古聲不、柎同。」則「甫久切」其後矣。古詩《日出東南隅行》「不」與「敷」、「夫」協韻，亦作「柎」音也。又甫鳩切。陶靖節《酬劉柴桑》詩「不」與「周」、「秋」、「疇」、「游」協韻是也。孫愐《唐韻》始有「分勿切」，讀與「弗」同。内典「不」也作此音矣。近世竝讀「逋骨切」，蓋始於温公《指掌圖》，以「杯」字發聲。而孫奕《示兒編》、陳正敏《遁齋閑覽》皆祖其説，黄公紹《韻會》遂收入二沃韻。於是「不」字有甫鳩、甫久、分勿、逋骨四切，而「柎」音雖最古，反驚俗矣。鄭夾漈云：「不，本『蕚不』之『不』，音跌。因音借爲『可不』之『不』，音否。又因義借爲『不可』之『不』，音弗。」斯言良是。楊用修《丹鉛總録》論「蕚不」之義，引「華不注山」、「餘不谿」證之，尤爲詳確。説見《通義》。楊又辯「韡」字從雩不從蕚，此語亦當。案：雩音吁，《説文》云：「草木華也。从𠂹，亏聲。𠂹，象草木華下𠂹形。」俗借「邊垂」字，誤。隸無「雩」字，遂從「蕚」作「韡」。

「原隰裒矣，兄弟求矣。」鄭箋以「原隰相聚」喻「兄弟相求」，義甚迂緩。朱《傳》謂「積尸原野，惟兄弟相求」，解「裒」爲「積尸」，亦屬武斷。二説俱未安。伊川云：「此章叙兄弟相賴之事。當死生患難之可畏則思兄弟之助，方困窮離散群聚郊野時則求兄弟相依恃。」此説得之。

「況也永歎。」毛云：「況，兹也。」則此語正與《邶》詩「兹之永歎」同。朱《傳》以「況」爲發語詞，又欲破字爲「怳」，左矣。《出車》詩「況瘁」仍從毛訓「兹」。又案：況從水旁三點。《説文》

云：「寒水也。」有從仌旁二點者，《玉篇》、《廣韻》以爲俗字，得之。宋郭忠恕《佩觿集》始別况、從二。況、况爲三字。云：「况，發語之端。況，寒水也。况，形況。」此乃妄説。古止有一況字，訓寒水。餘義皆借。《正韻》襲《佩觿》之謬。

「外禦其務。」《釋文》云：「務如字。」《爾雅》云：「侮也。」讀者又音「侮」，此從《左傳》及《外傳》之文。據陸語，則「務」字不必改字，亦不必改音矣。朱《傳》則從《内》《外傳》。

「飲酒之飫。」毛云：「飫，私也。」《爾雅》義同。箋、疏申之，以爲飫禮在路寢内，不在公朝，故爲私。良是矣。《説文》引此云：「飫，燕食也。」飫立而燕坐，二禮本異。許以「飫」爲「燕」，殆因《詩》本燕兄弟而説飫，故通名之與？今作「厭飫」解，則始於蘇氏。案：厭飫，字本作「𠣍」，飽也。乙庶切。從勹，𣪘聲。俗因「飫」義與「燕」連，而燕、厭音相似，遂譌「燕飫」爲「厭飫」。《左傳》「飫賜」，杜解「飫」爲「饜」。《唐韻》亦云：「飫，飽也，厭也。」後儒相承，竟以「飫」代「𠣍」，而「飫」則亡其義，「𠣍」併亡其字矣。

「和樂且孺。」毛云：「孺，屬也。《爾雅》同。王與親戚燕則尚毛。」鄭云：「屬者，以昭穆相叙次。」三義不同，合之方盡屬意。後儒以孺子慕親牽合爲親慕之義，爲費力。

伐木

《叙》云：「自天子至於庶人，未有不須友以成者。」此泛論其理耳。若《詩》所言，則皆天子之事也。肥羜，天子之燕禮也。天子饗亨太牢，故知燕禮用羊。若諸侯燕牲以狗，不用羊豕。八簋，天子之食禮也。燕惟飲酒，無飯食。簋盛黍稷，故知是食公食。大夫禮六簋，故知天子八簋。諸父諸舅之稱，天子所施於同姓異姓之臣也。父舅兄弟而以爲朋友者，天子之下交不過百辟卿士。周之布在列位者，非王懿親即王姻黨，舍父舅兄弟而外無可爲友矣。至臣庶之取友，則不僅是。

《伐木》首章，一興而取義凡三：聞伐木而驚鳴，喻朋友相切直，一義也。既鳴而遷，喻友自勉厲得升高位，二義也。處高木者鳴求在深谷者，喻君子居高位不忘故友，三義也。毛傳取興本優，鄭易傳不爲興，止因二三章皆承伐木爲端耳。殊不知舉伐木可兼鳥鳴，古多省文也。李氏以《四牡》詩「將母」例之，良有見。

許許，傳云：「柹貌。」《說文》作「所所」，云：「伐木聲。」朱《傳》解爲「衆人并力之聲」，引《淮南子》「舉大木者呼邪許」證之，似矣。然以漢語證周詩，恐未足據信。況小毛公本漢人，何必舍毛而取《淮南子》。

「兄弟無遠。」箋云：「兄弟，父之黨、母之黨。」疏引《爾雅·釋親》之文，謂妻黨亦可言兄弟。箋、疏之意皆以兄弟兼同異姓也。朱《傳》曰：「先諸舅而後兄弟者，尊卑之等。」其意偏指異姓爲兄弟矣。上章言父舅，則同異姓之尊者皆可爲朋友，此章言兄弟，則朋友之同儕者何得獨遺同姓乎？

三伐木爲章首，故分爲三章，其説良然。然此不自劉氏始也。案：傳、箋下疏語統釋一章，例置每章之末。此詩若從毛當六句一疏，分爲六條。今乃總十二句爲一疏，作三次申述。又《小敘》下，疏指「伐木許許，釃酒有藇」爲二章上二句，「伐木于阪，釃酒有衍」爲卒章上二句。又指「諸父」、「諸舅」爲二章，「兄弟無遠」爲卒章，是此詩三章章十二句，孔疏已如此，不始於劉氏也。但孔疏釋《詩》專遵毛、鄭，何此詩分章忽有異同，又不明言其故？劉欲改毛章句，當援孔疏爲説，而竟以己意斷之。朱、吕亦止云從劉，俱若未見孔疏者，此皆不可解。

《伐木》篇，毛傳分爲六章，章六句。吕《記》、朱《傳》從劉氏説分爲三章，章十二句。劉氏以

天保

《説文》云：「上，高也。時掌切。下，底也。户雅切。」此上下皆指其位，當讀上聲。其訓爲上之下之者，則讀去聲。《玉篇》、《廣韻》「上」字訓「高」者音去聲，《韻會》以爲俗讀。訓「登升」者音上聲，與《説文》異。「下」字音義與《説文》同。《天保敘》「下報上也，君能下下以成其政」，此二「上」三「下」，惟中間「下」字當去聲耳。《釋文》云：「下下，俱户嫁反。」恐非是。

「何福不除。」傳云：「除，開也。」箋云：「開出以予之。」故《釋文》「治慮反」，讀去聲。其讀平聲者訓爲「去舊」，即除官之除也。《集傳》改「除」訓「而」，不改其音，疏矣。況福禄之來，但欲其增新，何取於去舊？新舊積累，不尤爲福之大乎？開出義較長。

戩穀，傳云：「戩，福也。」本《爾雅・釋詁》文。《集傳》取聞人滋之説，謂「戩」與「翦」同，而訓爲「盡」。呂《記》、嚴《緝》皆從此解。案：聞人氏之説，止因《説文》「戩」字引頌「實始翦商」爲證，故合戩、翦爲一耳。然《説文》「戩」字注云：「滅也。」轉「滅」義爲「盡」義，迂矣。況「福」義本可通，何必求新？

「于公先王。」毛訓「公」爲「事」，謂四時之祭往事先王也。案：周之追王雖止太王、王季，然后稷以下亦統稱先王，如《書・武成》稱后稷爲先王，《周禮・大宗伯》皆稱先王，《外傳》不窋稱先王，又數后稷至文爲十五王皆是。此詩言先王，足兼諸盩已上矣，傳義不必易。

「民之質矣，日用飲食。」質，成也，平也。民事盡平，則爲君上者惟有日用飲食相燕樂而已。《易・需卦》九五「需于酒食」，與此義同。虞之無爲，周之垂拱，所以爲至治也。程子訓「質」爲「實」，而《集傳》因之，以爲民皆質實無僞，日用飲食而已。夫百姓日用而不知，《易大傳》之所譏也，《詩》反以歸美於君上耶？

「群黎百姓。」箋云「黎，衆也」，本《釋詁》文。《集傳》改訓「黑」，而以秦言「黔首」證之。然訓「黑」者本作「黧」。「黎」訓「履黏」，或借爲黑義耳。況用秦言以解周詩，何如徑遵周公之《爾雅》哉？

「如月之恆。」毛、鄭訓爲「月上弦」，此古義也。《釋文》云：「恆，字亦作緪，同古鄧反。沈古桓反。」〔一〕則此「恆」元與訓「常」之「恆」音義各别。嚴《緝》謂恆無弦義，止有常久之義，解爲常盈而不虧。夫古無盈而不虧之月，乃以稱願其君乎？案：恆本作𠘨。〔二〕《説文》云：「常也，从心，从舟。在二之間，胡登切。」《天保》「恆」訓「弦」，古桓切。〔三〕《生民》「恆」訓「徧」，古鄧切。其皆借乎？然《説文》又云：「古文恆从月作𠀚。」因引《詩》「如月之恆」。則「恆」字元以月取義，上弦未必非本訓也。俗作「恒」，誤。

采薇

正《雅》篇次皆周公所定，其先後之叙自有取義，不以作詩時世爲斷也。如《小雅》文王詩九篇，《天保》以上治内，《采薇》以下治外，義各有當，非苟而已。《常棣》詩雖作於成王時，既在治内之列，則不得不先。又《詩譜》推其故，以爲周公閔管、蔡被誅，若在成王詩中則彰明其罪，故推而上之，托於文王親兄弟之義。王肅亦以爲然，於《魚麗叙》下傳特著其説。二子所見，良不妄也。朱子因《常棣》一篇是周公作，遂謂以後諸詩皆非文王事，左矣。《采薇》詩叙言文王之時，西有昆夷之患，北有獫狁之難，以天子之命命將帥、遣戍役，故歌《采薇》以遣之。晦翁力抵

〔一〕〔三〕「桓」，原作「恆」，據庫本改。
〔二〕「𠘨」，原作「恆」，據庫本改。

其說，以爲非文王詩。殊不知《叙》之「昆夷」即詩之「西戎」、《緜》詩之「混夷」、《孟子》之「昆夷」也。《史記》言「文王伐犬戎」，《書大傳》言「西伯伐犬戎」，顔師古注《漢書》以「犬夷」、「畎戎」、「昆夷」爲一，《帝王世紀》亦言文王時有「混夷」。此伐西戎爲文王事，歷歷有據者也。玁狁不見他典，獨見於《逸周書叙》。其言曰：「文王立，西距昆夷，北備玁狁，謀武以昭威懷，作《武稱》。」斯非伐玁狁之一證與？《逸周書》七十一篇，見劉歆《七略》及班固《蓺文志》。[一] 其《克殷》篇，《史記》亦采用之。且文字古質，非僞托之書也。然則謂《采薇》之爲文王詩，無可疑矣。

「歲亦陽止。」毛、鄭皆指夏十月，而解「陽」字不同。毛以爲曆盡有陽之月自十一月復至九月剥。方至十月。鄭引《爾雅》「十月爲陽」之文。是鄭以「歲陽」專據十月，而毛則否矣。鄭説長也。又「歲陽」即首章「歲莫」，周正建子也，足證小傳「《詩》無周正」爲謬説矣。

「小人所腓。」箋云：「腓，當作芘。」蓋破字也。《集傳》云：「腓，猶芘也。」竟用爲字訓，誤矣。案：「腓」字三見《詩》。此詩「腓」字及《生民》篇「牛羊腓字之」毛皆訓「辟」。《四月》篇「百卉具腓」，毛訓「病」，鄭於彼兩詩皆從毛，獨此詩破字。孔疏推其意，以爲君子所依，依戎車也。小人所腓，亦當腓戎車，不得有避患義，故易之。夫以「避」爲「避患」，王之述毛然耳，其實毛意

[一] 「志」，原作「目」，作者避父諱改字，今回改。下仿此。

未必如此。毛當謂此戎車者君子所依而乘，小人所避而弗敢乘，何嘗非避戎車乎？案：腓，亦作「萉」，音肥。又房未反，班固《幽通賦》「安慆慆而不萉」，《文選》注：「曹大家訓萉爲避。」《漢書》注鄧展亦訓「避」，義正與毛傳合。朱《傳》從鄭，不如從毛之當也。至引程子「隨動」之説，朱子已覺其誤，欲删之而未及。語見《大全》。然吕《記》、嚴《緝》皆用此解，不知「腓」乃「躁動」之物，非「隨動」之物也。《易·咸》、《艮》兩卦注疏及本義皆取「躁動」之義，程傳則於《咸》訓「躁動」，於《艮》訓「隨動」，在一經中已自相矛盾矣。

出車

《爾雅》：「邑外謂之郊，郊外謂之牧。」郊、牧異地，然統言之皆可名郊。《出車》詩首章言牧，次章言郊。鄭箋云：「牧地在遠郊。」是郊即牧也。疏引《司馬法》云：「王國百里爲遠郊。」又引《白虎通》云：「近郊五十里，遠郊百里。」可見遠郊者即牧地。《周禮·載師》職以牧田任遠郊之地，斯其證矣。然則近郊但可名郊，遠郊可名牧，又可名郊。箋、疏合兩章郊、牧爲一，非無據也。《集傳》曰：「郊在牧内。」又曰：「前軍已至牧，後軍猶在郊。」朱子不信《爾雅》，此却泥之太過。

「彼旟旐斯。」《集傳》引《曲禮》及楊氏之言，以爲「旟」即朱鳥，「旐」即玄武，因以下章之「旂」爲即青龍。此誤矣。《曲禮》曰：「前朱鳥而後玄武，左青龍而右白虎。」是軍陣之法，非旗幟之名也。與《周禮·司常》所言各一事。其前後左右又與《大司馬》文義不相通。《曲禮》言右以軍行之法，《大司馬》治兵亦寓出軍之制，宜相同也。大司馬職云：「諸侯載旂，軍吏載旗，百官載旟，郊野載旐。」今以《曲禮》之前後左右合之，則交龍爲旂，即左青龍矣。載之者，國君也。君若主兵，則當居中。若從王出征，則從者未必一國，亦應分列左右，不應專爲左翼也。熊虎爲旗，即右白虎矣。軍吏實載之。軍吏是諸軍帥所將，乃鄉遂之正卒，其偏爲右翼，於義何取。且鳥隼之旟爲在前之朱鳥，而百官者乃卿大夫。以其屬衛王，何以當爲前驅？龜蛇之旐爲在後之玄武，而郊野者乃州長以下所將羨卒，何以當爲後勁？此皆難彊爲之説矣。鄭氏注《禮》，以陣法言之，良有見也。至以爲旗名，本崔靈恩之説，已經孔氏《禮》疏駁正，楊豈未見耶？

南仲之名，見《出車》、《常武》二詩。《出車》詩傳云：「文王之屬。」未詳其譜系也。羅泌《路史》言禹後有南氏，二臣勢均争權而國分，南仲即其後。泌語本《周書史記解》，其以爲禹後，則見《史記·夏本紀》贊。贊云「禹後有男氏」，《索隱》云「《系本》男作南」是也。斯語信矣。泌子苹謂盤庚子生而手把南字，號南赤龍，孫仲爲紂將。據此，則仲乃殷後，非夏後。不知出何典，殆妄也。

毛傳云：「方，朔方，近獫狁之國。」又云：「朔方，〔二〕北方也。」疏申之以爲「北方大名皆言

〔二〕「朔方」，原作「方朔」，據庫本、張校本乙正。參見《毛詩注疏》。

朔方。《堯典》『宅朔方』，《爾雅》『朔，北方也』，皆其廣號。」傳與疏皆不指朔方是何地，朱《傳》始以靈、夏等州當之。宋靈、夏，今寧夏衛，在漢爲朔方郡，似矣。然漢自借詩語以名郡耳，豈可援漢郡以釋周詩哉？又靈、夏爲陜之極邊，去長安千餘里。商之末造，邠、岐近地皆淪於戎狄。南仲雖良將，豈能於一年中窮兵直至北垂，連平二寇乎？朔方之爲靈、夏，吾未敢信也。漢置朔方郡在武帝時，賈、鄭、孫、王諸儒豈不知其事？而不用以釋《詩》，良有見矣。

「昔我往矣」、「喓喓草蟲」兩章，箋義最婉曲詳盡。前章自朔方出平二寇、復還朔方，總叙往返始末。後章更述南仲在西方，諸侯歸附之情，令千載後讀此詩者如目睹當年用兵方略。此先儒釋經所以能論世也。今以首章爲既歸在塗之語，後章爲室家思望之情。夫「豈不懷歸，畏此簡書」，欲歸而未得歸之詞也。既身在歸塗，則還家有期，何必復作此語耶？至「赫赫南仲，薄伐西戎」，其詞奮張，非室家思望之言。則東萊辯之允矣。

「卉」字，《釋文》「許貴切」，則去聲，音諱。《説文》「許偉切」，則上聲，音虺。《玉篇》《廣韻》皆兼此兩讀。

杕杜

首章「日月陽止」即《采薇》之「歲亦陽止」，謂遣戍年之歲暮也。次章「卉木萋止」即《出車》之「卉木萋萋」，謂遣戍明年之春暮也。三詩一遣二勞，語意相應。出師之初，告以歲暮即歸，至期而望之，情也。此「陽止」之時，女心所以傷也。然連平二寇，未獲遽歸，逾期至春暮則卉木萋矣。勞還兩詩，皆實紀歸時之景色也。故首章云「征夫遑止」，僅言可以歸耳。次章云「征夫歸止」，則實欲歸矣。前雖望之，明知其未歸。後則知其將歸，而望之益切也。一傷一悲，情同而事異矣。次章傳云「室家逾時則思」，正謂逾曰歸之時耳。孔疏申之，以「萋止」爲時未黄落，在歲暮之前，此於文義未順，恐非毛意。

古人行役未有不念父母者，《汝墳》、《鴇羽》、《陟岵》、《北山》諸詩皆是。或自念之，或室家代念之。惟《四牡》、《杕杜》詩則上之人探其情而念之，所以爲正雅也。孔疏以爲婦目夫之稱，迂矣。

正《小雅》二十二篇，其爲文王詩者九，《鹿鳴》至《杕杜》。武王詩者四，《魚麗》、《南陔》、《白華》、《華黍》。周公、成王詩者九。《南有嘉魚》至《菁菁者莪》。正《大雅》十八篇，其爲文王詩者八，《文王》至《靈臺》。武王詩者二，《下武》、《文王有聲》。周公、成王詩者八。《生民》至《卷阿》。武王爲周家開創之主而詩篇獨少者，良以周之王業悉定於文王之世，惟留伐紂一事以待武王。又耄期受命，諸務日不暇給，故詳文而略武與？不獨詩然也。《書》述先德必文、武竝稱，至《康誥》、《酒誥》、《無逸》、《蔡仲之命》諸篇，則盛稱文德而不及武，可見周室開代首王斷應屬文。後之學者欲彰其事殷之小心，反諱其造周之大業，豈善於論世者哉？

王伯厚名應麟，宋末人。《困學紀聞》引葉氏語，謂漢世文章無引《詩叙》者。魏黄初四年詔云「《曹風》刺遠君子、近小人」，蓋《毛詩叙》至此始行。案：葉語非是。司馬相如《難蜀父老》云「王事未有不始於憂勤而終於逸樂」，此《魚麗叙》也。班固《東京賦》云「德廣所被」，此《漢廣叙》及《鼓鐘》毛傳也。一當武帝時，一當明帝時，皆用《叙》語，可謂非漢世耶？

魚麗

《魚麗》詩前三章，先儒於「旨」、「多」、「旨」三字絶句，下「且多」、「且旨」、「且有」各二字爲句。《釋文》云：「異此讀則非。」因上「旨」、「多」、「旨」三字言酒，下「多」、「旨」、「有」三字言物。下三章疊此三字，不得復言酒也。《集傳》於「酒」字斷句，句法較渾成。但「旨多」「多旨」「旨有」六字皆承酒言，下三章文義未順。陳櫟言「多」、「旨」、「有」三字上言酒而下言物者，見物與酒稱。語見《大全》。不知此篇言萬物盛多，酒成於人力，雖多有限。物僅與之稱，安在其盛多乎？源謂「有酒」斷句，「多」、「旨」、「有」三字仍可説魚。三章各末句結上三句耳。酒既旨多旨，魚又多旨有，中俱用「且」字關兩意。下三章遂承魚而言，句法與文義皆無礙也。

孟詵《食療本草》有黄顙魚，即《魚麗》詩之鱨也，亦名黄鱨魚，又名黄頰魚。無鱗而色黄，群游，作聲軋軋，音揠。故又名䱀䰳，音央鴨。又名黄䰳。毛傳云：「鱨，揚也。」孔疏釋之以爲魚有二名，豈非此魚有力解飛，取義於輕揚乎？《埤雅》之説。陸元恪以爲名黄揚，正以色黄而性揚也。

《本草》李注以陸爲譌，失之矣。

鯊魚有二：一吹沙小魚也，又名鮀。徒何切。大者長四五寸，居沙溝中，吹沙而游，啑音帀。沙而食，味美，俗呼阿浪魚。一鮫魚，背皮粗錯如真珠斑，有鹿沙、虎沙、鋸沙諸種，出東南近海郡，亦名沙魚。《魚麗》之鯊，吹沙也。《爾雅》云「鯊鮀」是也。毛傳亦云。

鱧魚，《本草》名蠡魚，亦名鮦音同，又音重。魚，入本經上品。而陶隱居言其有小毒，無益，不宜食。意物性古今不同也。《爾雅》「鱧」注以爲鮦，又云：「鰹，音堅。大鮦。小者鮵。」音奪。《埤雅》以爲即此魚矣。今俗呼黑魚，非珍品也。《魚麗》詩鱧與魴竝稱，豈亦視爲美味耶？

《爾雅》「鰋鮎」，孫炎以爲一魚。毛公《詩》傳亦以「鰋」爲「鮎」。《說文》「鮎」亦訓「鮼」，又云：「鮼，鮀也。鮀，鮎也。」而「鮼」即「鰋」之重文。皆以鰋、鮎爲一。惟郭璞分爲二，云：「鰋，今鰋額白魚。鮎，別名鯷。」《詩》釋文引郭注作「鮧」，音啼。又在私反。《魚麗》釋文引之，且云：「目驗毛解與世不協，恐古今名異。」意蓋右郭矣。《埤雅》既引郭注，又溷二注爲一，彊郭以从孫，而不明斷其是非，將焉適從乎？《詩詁》及《韻會》皆剿襲陸《疏》，且言「鮎腹平著地，宜得鰋名」，亦非郭氏「鰋額」本義。《本草綱目》列鮧魚之名，曰鯷魚，曰鰋魚，曰鮎魚。注云：「古曰鰋，今曰鮎，北人曰鰋，南人曰鮎。」是鰋、鮎直爲一魚矣。然則郭注《爾雅》分鯉、鱣、鱧、鯇爲四魚，說皆勝先儒。惟鰋、鮎之分爲二則非也。又案：《別録》有鱯胡化切。魚、鮠音危。魚、人魚，陶隱居以爲皆鮎之屬。

六笙

六笙詩，《集傳》以爲有聲無詞，説本劉原父。呂《記》、嚴《緝》俱不從，可稱卓識。後儒辯證最多，而近世郝仲輿敬之論尤爲詳確，具載長儒《通義》中矣。源又謂作詩者多取詩中一二字，或總括其大義以立篇名，若有聲無詞，則《南陔》、《由庚》等名何自來乎？魯鼓、薛鼓有譜而無詞，則僅冠之以國號，不能更立別名矣。朱子取以爲證，非其類也。況聲者樂也，詞者詩也。無詞則非詩矣，縱有譜當入樂經，或附見《禮記》，不當與雅篇竝列矣。乃毛公本置六詩於什外，朱又反收之於什中，又推《白華》爲次什之首，何自相矛盾也？夫什者篇之總也，無詞則無字句無篇章，何由數之爲什乎？

皇清經解卷六十八終

嘉應楊懋建舊校
南海潘繼李新校

毛詩稽古編　卷十

吴江陳處士啓源著

南有嘉魚之什上正小雅

《小雅》，次什之首，至宋儒而兩更，不數六亡詩而以《南有嘉魚》爲什首者，毛公之舊也。蘇子由嫌其非孔子之舊，仍數六詩於什中，而更以《南陔》爲什首。朱子又據《儀禮》奏樂之次，升《南陔》於《鹿鳴》什末，抑《魚麗》於《華黍》詩下，更以《白華》爲什首。夫子由之更什，祖《六月叙》及康成之説，於《詩》之篇第元無改也。至朱子之據《儀禮》，則不能無議焉。《鄉飲酒禮》笙入樂：《南陔》、《白華》、《華黍》乃間歌，《魚麗》笙；《由庚》歌，《南有嘉魚》笙；《崇丘》歌，《南山有臺》笙。由儀燕禮亦然，此《儀禮》奏樂之次也。夫先樂《南陔》三詩，所謂笙入三終也。次間歌《魚麗》，笙《由庚》等六詩，所謂間歌三終也。《南陔》在笙入之列，則不得不先，《魚麗》在間歌之列，則不得不後。各以類相從耳。此奏樂之度，豈編詩之次乎？若必據此以定詩之先後，則間歌之後尚有合樂三終，所奏者《關雎》之三、《鵲巢》之三也，亦當移置二《南》於《小雅》

後。又《鵲巢》之三越《草蟲》而取《采蘋》，今此二詩視之爲倒置矣，何不依合樂之叙正之乎？朱子既憑《儀禮》之文定詩篇之先後矣，又謂《六月》詩《叙》，《魚麗》句本在《華黍》下，而鄭氏移置於《南陔》之上。夫鄭未移之《詩叙》遠在千餘年前，朱子何自見之哉？嚴坦叔《詩緝》一依毛傳之舊，仍以《南有嘉魚》爲次什之首，良爲有見。

《魚麗》、《南有嘉魚》、《南山有臺》三詩，朱《傳》皆釋爲燕饗通用之樂。特見《儀禮》鄉飲及燕皆間歌此三詩，因據以立説耳。不知古人之用樂，與作詩之本意不必相謀。宋馬端臨《文獻通考》論之甚詳。《小叙》所謂「萬物盛多能備禮」者，作《魚麗》之本意也。樂與賢者，作《南有嘉魚》之本意也。樂得賢者，作《南山有臺》之本意也。既有此三詩，後乃取爲間歌之樂章，非專爲間歌而作此三詩也。《叙》自釋詩，不釋樂，有何誤哉？朱子專以燕饗釋三詩，故於《魚麗》、《嘉魚》皆謂以所薦之羞起興。《魚麗》傳云：「極道其美且多以見主人禮意之勤。」《嘉魚》傳云：「道達主人樂賓之意。」夫對客而自誇其饌，何鄙也？對客而自稱君子，是何禮也？至《南山有臺》篇玩其詞意，殊與燕飲不類。凡詩爲燕飲作者，必言酒肴樂舞之事，及爲勸侑之詞。如燕群臣，則云「鼓瑟吹笙」，云「我有旨酒」矣。燕兄弟，則云「儐爾籩豆」，云「飲酒之飫」矣。燕朋友，則云「釃酒有藇」，云「有肥牡有肥羜」，云「陳饋八簋」矣。燕諸侯，則云「厭厭夜飲」矣。今《有臺》篇所稱南山、北山之所有，既非饌客之需，而頌美君子，又絶無勸侑之意，若《鹿鳴》之「式燕以敖」、

《常棣》之「和樂且孺」與《伐木》、《湛露》之「飲此湑矣」、「不醉無歸」者也，安在其爲燕饗之詩也？

南有嘉魚

《小叙》云：「大平君子至誠，樂與賢者共之也。」「至誠」當斷句。惟至誠則能致賢之來，又能任賢之久。詩直言與賢，《叙》更推其與賢之心，非必於詩詞有專指也。康成釋「烝然」爲「久如」，以合《叙》「至誠」之意，固矣。且君子至誠與賢，其心始終如一，豈僅於賢之未來遲之而已哉？遲，直冀反。箋云：「久如，遲之也。遲之者，謂至誠也。」《集傳》以「烝然」爲發語聲，尤屬臆説。王肅述毛云：「烝，衆也。」得之。呂《記》祖王義。

《南有嘉魚》，「嘉」非魚名也，猶下章「樛木」之「樛」、「甘瓠」之「甘」云爾。黃氏宋黃震，字東發。《日抄》曰：「嘉魚，非指丙穴之魚。」丙穴魚飲乳泉而美，未必元名嘉魚。自《詩》傳引此以釋詩，世遂名其魚爲嘉魚。黃言嘉魚不指丙穴是也。言嘉魚因《集傳》得名，非也。以丙穴魚釋《詩》，《埤雅》之説，而《集傳》因之耳。嘉魚出於丙穴，見左太沖《蜀都賦》，其名之來已久，豈因《集傳》而得乎？蓋丙穴之嘉魚，直是後世好事者采《詩》語以名之耳。毛云「江漢之間，魚所產也」，箋、疏亦止云「南方水中有善魚」，皆不以嘉爲魚名也。孔仲達唐人，時丙穴已有嘉魚之名，而不引以爲證者，豈非以後世事不可證周詩乎？足見先儒釋經之慎矣。

「纍之綏之」兩「之」字，「來思又思」兩「思」字，皆助詞。故「纍」與「綏」協，「來」與「又」協，皆不用句尾爲韻式。「燕又思」，箋、疏以爲「燕而又燕」，得之矣。朱《傳》既從古注，復載或說，以「思」爲「思念」，祇贅耳。

少皡以祝鳩名司徒。祝鳩乃孝順謹慤之鳥，故掌教之官有取焉。「翩翩者鵻」兩見《小雅》。《四牡》以況使臣，《南有嘉魚》以喻賢者。彼勞使臣，義取於慤謹；此美賢者，意主於專壹：皆與設教之旨同。上以此立教，下即以此成德，無異趣也。《集傳》以《嘉魚》末章之興爲全不取義，《通義》駁之，良是。

《詩》以「又」字協韻，凡四見：《小雅・南有嘉魚》及《小宛》各有其一，《賓之初筵》有其二。「嘉賓式燕又」、「思天命不又」，《集傳》皆音亦。「室人入又」，則由、怡二音。「矧敢多又」，則亦、異二音。近世陳第《古音考》以爲俱無的據。且言「又」即「右」也，右手也。《詩》「右」字有以、意兩音，四「又」字皆當音意。「燕又」與「來」協，來音利。「不又」與「富」協，富音係。「入又」與「時」協，時音是。「多又」與「識」協，識，職吏切。其說似矣。然古人韻緩，凡與「右」、「又」同韻者，所協字多在支、紙、寘韻內，如仇協逵、母協杞止、裘協試之類，不勝屈指。又古不分四聲，支、紙、寘、質可通爲一讀，而職、物、緝亦與質通用。「多識」，古注元讀如字，不必音職吏切。「燕又」之「來」，「入又」之「時」，亦不必作去讀也。「來」字古陵之反，「時」用今音本自協耳。至

「富」字，古方二反。《我行其野》協「異」，《瞻卬》協「刺」，《召旻》協「時」，《閟宮》協「熾」，併《小宛》凡五見，所協皆同。

南山有臺

傳以臺爲夫須，《爾雅》亦然。郭注云：「可以爲禦雨笠。」《草木疏》云：「莎草可爲蓑笠。」郭、陸俱誤，別有辯，見《無羊》。故《都人士》稱「臺笠」矣。字或從草作「薹」，殆後人所益。《都人士》釋文云：「臺，《爾雅》作『薹』。」然今本《爾雅》仍作「臺」，與《詩》同也。《玉篇》及《唐韻》即《廣韻》。又有「籉」字，毛氏《韻增》、黃氏《韻會》皆載之，云「笠也」，皆承郭、陸之誤。而以當《詩》之「臺笠」字。於是臺、薹、籉一字而分爲三矣。又案：《爾雅》：「薃音浩。侯，莎，其實媞。音隄。」《夏小正》「緹縞」，傳云：「緹縞者，莎隨也。緹者其實也。」即此草。蓋與夫須一草。《爾雅翼》以爲其根即藥中之香附子，又名雀頭香。《江表傳》魏文帝遣使者於吳求雀頭香，即此。《本草綱目》云：「莎葉如老韭，五六月抽莖，三棱，中空，莖端復出數葉。開青華，成穗如黍，中有細子。其根有須，須下結子一二枚，轉相延生。此近時要藥也。而陶氏不識，諸注亦略，可見古今藥物興廢不同如此。」

萊，傳云：「草也。」陸《疏》以爲草名，其葉可食。而孔氏取之，當矣。案：萊，亦名藜。《本草綱目》云：「即灰藋音掉。之紅心者。灰藋葉心有白粉如灰，故名。藜心則紅粉。案：灰藋，今俗呼灰莧。

莖葉稍大，河朔人名落藜，南人名胭脂菜，亦曰鶴頂草。嫩時可食，老則莖可爲杖。原憲藜杖應門，即是物也。《韻府》以爲落帚者，誤。」

樂只，「只」字古訓「是」，今訓「哉」。《樛木》篇兩義俱通，前已辯之矣。至《南山有臺》之「樂只」，正《小叙》所謂「樂得賢」也。如以爲「樂哉君子」，則君子自指王者，樂即「邦家之基」「萬壽無期」云云耳，非樂得賢之樂也。以爲「樂是君子」，則君子正謂賢者，樂乃王者樂之。下文盛稱其效，正所謂立太平之基也，與《叙》義最合。則「只」字訓「是」爲長。

《易·姤卦》「以杞包瓜」，一杞也而釋者各異，張曰「大木」，馬曰「枸杞」，鄭曰「杞柳」，凡三焉。見《易》釋文。此三木皆載於《詩》，而《小雅》之《南山有杞》「在彼杞棘」，嚴坦叔以爲山木，王伯厚以爲杞梓，見《困學紀聞》。則所謂大木也。《左傳》楚聲子以杞、梓比卿才，襄二十二年。《孔叢子》載子思之言，以杞、梓比干城之將，又稱其連抱，是必木之高大而材者。《草木疏》云：「其樹如樗，理白而滑，可爲函。」樗非材木也，而謂杞如之，殆僅取其形似乎？

「南山有枸。」傳云：「枸，枳枸。」孔疏引宋玉賦「枳枸來巢」以證毛説。嚴《緝》譏之，以爲《風賦》「枳句來巢」，字作「句」，李善注：「橘逾淮爲枳。句，曲也。」音溝。非毛義也。案：嚴説非是。陸元恪《草木疏》已引此語證枸矣。云：「古語曰枳枸來巢，言其味甘，故飛鳥慕而巢之。」孔惟謂枸木多枝而曲，所以來巢，稍不同耳。要之枳枸之爲木，其枝則曲，其實則甘，二者俱足致鳥。陸、孔兩疏各取一義，俱可通也。句、枸古字本通用。李善注《文選》不知引毛傳及陸《疏》爲證訓枳句爲木名，而妄以「枳」爲橘變之枳、「句」爲詘曲之鉤，是李之謬也。況孔、李俱唐人，而孔先於李，安得據李而非孔哉？

枳枸雖南產，而咏於周詩。其在《禮》枸，《禮記》作「椇」。則婦人以爲摯，見《曲禮》。人君燕食以爲庶羞，見《內則》。是北土亦珍其味也，豈以其甘美如飴見陸《疏》。故遠致之耶？字又作「樍椒」，《本草》列其名曰蜜樍椒，曰蜜屈律，曰木蜜，曰木餳，曰木珊瑚，曰雞距子，曰雞爪子。其木名又曰白石木，曰金鉤木，曰枅栱，曰交加木。或言其味，或似其形也。雷公《炮炙論》云：「弊箄卑、俾、閉三音。淡鹵，如酒霑交。」注云：「交加即蜜樍椒也，蓋此木能薄酒矣。」又《山海經》有甘華，《海外北經》平丘、《東經》嗟丘、《大荒南經》蓋猶之山、《西經》有沃之國，皆有此木。郭注云：「赤枝幹，黃華。」楊慎《補注》以爲即枳枸。

梓椅楸榎，四木同類而小別，故《秦風》之「條」得兼楸、榎之名，《小雅》之「楰」得兼楸、梓之名。楰名鼠梓，《爾雅》、毛傳同。又名虎梓，見郭注。又名苦楸見陸《疏》。是也。郭以爲「楸屬」，陸又以爲「山楸之異者」。然則條爲山楸，楰又條之異者與？又案：此詩五章，而臺、萊、桑、楊、杞、李、栲、杻、枸、楰，取興於卉木者凡十焉，皆以爲賢者之喻也。《埤雅》縷而析之，每物各竪一義，持説甚優。然鄭箋云：「山有草木以成其廣大，喻人君有賢臣以自尊顯。」義亦平正。

蓼蕭

古人言四海，多專指荒裔之國。故《蓼蕭叙》「澤及四海」，鄭箋以爲國在九州之外，而引《爾雅》所言四海及《虞書》「外薄四海」釋之。然鄭箋之言又與《禮記·明堂位》、《周禮·職方氏》、《爾雅·釋地》之文互異。箋云：「九夷八狄七戎六蠻謂之四海。」案：「九夷八蠻六戎五狄」，此《禮記·明堂位》之文也。《爾雅》有二文：上文同鄭箋，下文今本無。同《明堂位》，而無「九夷」。邢昺述先儒云：「上文是殷制，下文是周制。」理或然與！「四夷八蠻七閩九貉五戎六狄」，《周禮·職方氏》之所掌也。《逸周書》同。注云：「周所服之國數也。」鄭《答趙商》以爲「四夷，總言四方夷狄。九貉即九夷，在東方。八蠻在南方，閩其別也。戎狄之數或五或六，兩文異。」此鄭據《爾雅》下文相較爲説也。《爾雅》下文惟李巡本有之，鄭與李同時人，當見此文矣。然鄭於《蓼蕭》箋則取上文，其注《職方》及《布憲》則取下文，蓋亦未有定見。《周禮》賈疏謂《詩叙》與《爾雅》及《禮》異，是傳寫之譌，豈未見上文與？

戎狄之數或五或六，康成兩存《禮》、《雅》之文，不辯其孰是。孔疏載其《答趙商》語，以爲無國數可明，故不敢定。然八蠻六戎五狄國名，李巡之注《爾雅》已備列之。李注今見《禮記·王制》疏。疏云：「九夷：一玄菟，二樂浪，三高驪，四蒲飾，五鳧臾，六索家，七東屠，八倭人，九天鄙。八蠻：一天竺，二咳首，三僬僥，四跂距支切。踵，五穿胸，六儋耳，七狗軹，八旁春。六戎：一僥夷，二戎夷，三老白，四耆羌，五鼻息，六天剛。五狄：一月支，二穢貊，三匈奴，四單于，五白屋。」惟九夷據《東夷傳》文，餘俱本李注。源案：淵博如鄭，又與李同時，李所知，鄭安有未悉？而云「無國數不敢定」者，豈以李所指諸國名不見經傳正文，無足據信耶？闕疑之道，當如是也。又案：《周書·王會解》記成周之會，四夷來獻者凡六十國，既與《明堂》、《職方》異，又載伊尹爲四方令，東夷十、南蠻六、西戎九、北狄十二，亦與《爾雅》上文不同。書史殘缺，傳聞異詞，戎狄五六之數信難以臆定也。又案：盧辯《大戴禮注》謂「《職方》所言周所服四海種落之數，《明堂位》所言朝明堂時來者國數，《爾雅》所言夏所服與殷之夷國，似矣。然以戎論之，朝明堂者六，而隸職方者五。是朝者之數浮於服也。」夫聲教所被皆可言服，朝則稱臣奉貢自比諸侯之列矣，豈猶未得謂之服乎？此説之難通者。盧又譏鄭引《爾雅》其數不同，終使學者疑其所聞，是未識康成闕疑之意矣。

周之王業雖成於文、武，然興禮樂、致大平，實在周公輔成王時。嘗讀《戴記·明堂位》《周書·王會解》二篇，想見當時華夷一統之盛。《蓼蕭》澤及四海，孔疏引「越裳來朝」事，以爲此詩之作當在周公攝政之六年，良有然也。合《明堂》、《王會》二文以讀此詩，覺成周一會，儼然未散。

《蓼蕭》首章「燕笑語兮」，三章「孔燕豈弟」，一詩兩「燕」，義當畫一。鄭氏於首章云：「與之燕而笑語」，孔氏申之爲「燕飲」。三章則訓「燕」爲「安」，前後異解矣。源謂以「孔燕」爲「甚」，「燕飲」則不詞。以「燕笑語」爲「安樂而笑語」，文義無礙也。則兩「燕」俱訓「安」爲當。嚴《緝》解「孔燕」爲「盛燕」。然「孔」本訓「甚」，轉「甚」爲「盛」，恐費力。

《雅》之《蓼蕭》、《采芑》、《韓奕》，《頌》之《載見》皆言鞗革。《蓼蕭》傳云：「鞗，轡也。革，轡首也。沖沖，垂飾貌。」案：鞗，革轡也。以絲曰轡，以革曰鞗。鞗之有餘而垂者曰革。《爾雅》「轡首謂之革」，郭云：「轡靶勒是也。」《説文》：「靶，必駕切，轡革也。」革末以金飾之，狀如烏蠋，名曰金厄。《韓奕》所言是也。此詩之「沖沖」，《載見》之「有鶬」，則金飾之貌狀。

「和鸞雝雝。」《集傳》云：「在鑣曰鸞。」劉瑾疑其與《駟驖》傳異，謂「鑣」字當作「衡」，此非也。《駟驖》箋云「置鸞於鑣，異於乘車」，此詩傳云「在鑣曰鸞」，彼取箋文，此仍傳語耳。況和鸞所在，先儒本無定解。《駟驖》疏云：鄭注《夏官·大馭》及經解《玉藻》，皆曰鸞在衡，和在軾。蓋依《韓詩内傳》及《大戴禮·保傅》篇文也。然《蓼蕭》傳「在軾曰和，在鑣曰鸞」，箋不易之。《烈祖》箋又云「鸞在鑣」，蓋和鸞所在，經無明文。且殷、周或異，故鄭爲兩解。據此，則「在衡」、「在鑣」俱通也。又《左傳》「錫鸞和鈴」，桓二年。杜注：「鸞在鑣，和在衡。」孔疏云：「《考工記》『輪崇、車廣、衡長，參如一』。」則衡所容惟兩服馬。《詩》每言八鸞，當謂馬有二鸞。鸞若在衡，衡惟兩馬，安得置八鸞？以此知鸞必在鑣。鸞在鑣則和必在衡。據此，則「在鑣」之説長也。宋羅願謂《詩》言四牡八鸞，鑣，馬銜也，馬口兩旁各置一鸞，四馬應八鸞矣。殆祖此疏。至杜謂「和在衡」，與毛、鄭異，孔亦不辯。意以經無明文，未可臆決乎？然羅氏又謂四牡八鸞見《采芑》、《烝民》、《韓奕》、《烈祖》諸詩，乃王臣及侯國之車。若天子車名鸞路，豈反置鸞於馬？定當在衡。斯語亦有理。《蓼蕭》之「鞗革」、「和鸞」，鄭以爲説天子車飾，是正指鸞路也。鸞當在衡矣。且言車飾不言馬飾，則非在鑣可知。疏謂其不易傳者，以《駟驖》已明，此從可知。鄭意或然。

湛露

「厭厭夜飲。」傳云：「厭厭，安也。」疏云「安閑之夜」，《爾雅》作「懕懕」，云：「安也。」郭注云：「安詳之容。」《説文》引此詩作「懕懕」，亦云：「安也。」然則詩字亦當以「懕懕」爲正，其義則一「安」足以蔽之。朱《傳》曰：「安也，久也，足也。」「久」訓出蘇氏，殆因安而附益。至「厭足」當作「猒」，《説文》云：「猒，飽也。从甘，从肰。」詩「厭」字本爲「懕」之借，不得又兼「猒」義。案：「厭」字，於輒切。《説文》：「笮，迫也，阻厄切。俗作壓。」厭已從厂，呼旱切。俗又加土，誤也。舍「厭」字不用而以「厭」當其義，再誤也。因詩之借「厭」而轉以「猒」義釋「懕」，是緣俗誤而又加誤也。小學不講，譌舛至此。又《韓詩》「厭厭」作「愔愔」。薛君云：「和説貌。」與安義殊，而亦相近。

《湛露》篇鄭分下三章，以豐草喻同姓，杞棘喻庶姓，桐椅喻二王之後，似屬穿鑿。然謂同姓則夜飲，異姓則否，以見古人一燕飲亦寓親疏厚薄之等，其說不可廢也。

「在宗載考。」傳云：「夜飲必於宗室。」「宗室」二字，箋、疏俱無申述。案：《采蘋》傳云：「宗室，大宗之廟也。」是即毛公之自注矣。又《禮記・昏義》「教於宗室」，注云：「宗子之家。」蓋亦指廟言。然此皆大夫士之禮，故有宗子。若《湛露》之「在宗」乃天子燕禮，則宗室者直謂宗廟之寢室耳。《爾雅》：「室有東西廂曰廟，無東西廂有室曰寢。」是廟寢俱可名室，燕則是寢非廟矣。《鳧鷖》詩「既燕于宗」，與此「在宗」義正同。但彼爲賓尸，在廟門外之西室；此爲燕同姓，在廟後之寢室。要之同在廟中，則可同謂之宗也。毛又釋「夜飲」爲「私燕」。私燕，即《楚茨》之「燕私」也。孔疏云然。備言燕私惟與諸父兄弟共之，異姓不得與。故箋疏皆以「在宗載者」爲燕同姓諸侯夜飲之禮，同姓則成之，異姓則止之矣。《楚茨》又云：「樂具，入奏。」謂由廟而入寢也。廟在前，寢在後，故言「入」。入寢，即「在宗」也。朱《傳》以「宗」爲路寢之屬，則是王之燕朝與小寢非廟中室矣，恐不得名之爲宗。

杞棘皆堅彊之木，故以興顯允君子。顯允，明信也。桐椅是柔韌之木，故以興豈弟君子。豈弟，樂易也。詩意較然，康成徒取同類、異類爲說，箋以杞與棘異類，喻異姓諸侯。桐與椅同類而異名，喻二王之後。惟同姓則一類，故廣舉豐草。遂無暇及此義。

彤弓

《彤弓》詩，經文明言「饗」，而《集傳》反言「燕」。雖饗畢之後容或繼以燕，然畢竟饗爲主，且釋經者不應故與經違也。又此詩專主賜弓，饗亦因賜而設耳，故《叙》云「錫有功」，不云「饗」也。今先言燕而後及賜，已失經意矣，況經不言燕乎？

「受言藏之。」謂諸侯受天子之賜而藏之於家也。《左傳》襄八年晉范宣子來聘，公享之，季武子賦《彤弓》。宣子曰：「城濮之役，我先君文公獻功於衡雍，受彤弓於襄王，以爲子孫藏。匄也，先君守官之嗣也，敢不承命。」宣子言「受」言「藏」，若爲此詩下注脚矣。毛傳、鄭箋及王肅述毛意，皆指諸侯言，無異説也。王安石以爲「王受弓獻而藏以待賜」，鑿矣，迂矣。東萊踵此以立論，謂「藏之王府，不妄與人。後世視府藏爲己私分，至有以武庫兵賜弄臣」，與此異矣。持論雖佳，恐非《詩》旨。朱《傳》從之。嚴《緝》仍用古注。

「右之」、「醻之」，毛、鄭異解。毛以「右」爲「勸有功」，「醻」爲「報功」，雖承上章「饗」字而言，然不指酒也。鄭以「右」爲「賓受獻爵奠於薦右」，「醻」爲「獻酢之後主復醻賓」，義亦可通，但不如毛之渾然。

朱子釋《子衿》、《菁菁者莪》二詩，皆不從《小叙》而自立新説。及作《白鹿洞賦》，中有曰「廣青衿之疑問」，又曰「樂菁莪之長育」。門人請其故，答曰：「舊説亦不可廢。」可見朱子傳《詩》之意，秖爲從來遵《叙》者株守太過，不能廣開心眼，玩索經文，領其微旨，故悉埽舊詁，别開生面，爲學詩者示一變通之法，以救後學之滯。俾與古注相輔而行，原不謂《集傳》一出便可盡廢諸家之義也。其中或矯枉過直，不無所偏，朱子固自知之，應不罪後儒之指摘耳。今人奉《集傳》爲繩尺，束注疏而不觀，此末學之陋也，非朱子之本懷也。

菁菁者莪

《菁莪》首章箋云：「既見君子，官爵之而得見也。」案：此語未盡。然官爵之者，在成材之後耳。此詩主君子長育人材，而天下喜樂之。至於成材而授官，乃其餘意，觀《叙》語可見。源謂前三章皆以莪之長喻材之育，則此三既見因教誨之而得見也。所見之君子，在鄉則鄉老、鄉大夫諸職，在國則大司成、大小樂正諸職。如遇視學養老，則併得見天子矣。末章以舟之載物喻君之用人，則此一既見因官爵之而得見也。所見之君子直應謂王者，而司馬有辯論之權，或當兼目之。

「既見君子，樂且有儀。」箋云：「心既喜樂，又以禮儀見接。」是樂主見者，言有儀主君子言也。歐陽氏《本義》全指君子，嚴華谷非之，謂以「樂且有儀」指君子，則「既見」二字無所歸。《詩》中「既見君子」二十有二，見於九詩。《汝墳》、《風雨》、《唐・揚之水》、《車鄰》、《出車》、《蓼蕭》、《菁菁者莪》、《頍弁》、《隰桑》。其接句皆述喜之情，謂見君子者喜，非所見者喜也。斯言得之矣。源謂「樂」字即下章「喜」字、「休」字。歐陽以屬君子，實爲無理。鄭以「有儀」指君子，元是見者自幸之詞，無妨文義。但一句分屬兩人，終未渾成。且以「儀」爲「相接之儀」，趣味亦短。嚴《緝》云「見善教之作成」，是「有儀」主賢才言，得之矣。惜語未明暢。東萊《詩記》載吕氏之説曰：「長育人材之道固多術矣，而莫先於禮儀。禮儀者内外兼養，非心過行無所從入，此人材所以成也。故曰：《菁菁者莪》廢則無禮儀。」旨哉斯言！嚴説應本此。案：古人言「儀」竝非僅容貌之謂，儀、義、宜三字本相通。如《鳴鳩》箋訓「儀」爲「義」，《烝民》釋文「儀」作「義」，傳訓「宜」，《文王》詩「宜鑒于殷」，《戴記》作「儀鑒」皆是。《説文》云：「儀，度也。度，謂法度。合於法度則謂之宜。」《詩》言「禮儀」，猶言「禮義」云耳。故育材者必以之此詩首章「有儀」與《六月敘》之「禮儀」語意本相應，可見《詩》言育材，以禮儀爲要術。吕氏得其旨矣。《詩記》録吕説於《小敘》下，而首章正解復用歐陽語，不知果以何説爲是。

「汎汎楊舟，載沈載浮。」箋云：「沈物亦載，浮物亦載。喻人君用人，文亦用，武亦用。」孔疏謂「載」字與「載飛載止」、「載震載夙」同類，當訓爲「則」。鄭以載解義，非經中之載。余謂疏語太拘。《詩》中「載」字取「任載」之義者多矣，「謂之載矣」、「受言載之」、「載是常服」之類。何必專訓爲「則」耶？至《集傳》以爲舟之則沈則浮，喻人之未見君子而心無所定，於義尤疏。未見而思見，繫念最篤，何云無定？況經文初無「未見君子」語也。又舟之浮者常也，沈則不復浮矣，如以爲無定，則是浮而又沈，沈而又浮也。舟之在水豈有是乎？

皇清經解卷六十九終

嘉應楊懋建舊校
南海潘繼李新校

毛詩稽古編　卷十一

吴江陳處士啓源著

南有嘉魚之什下變小雅

六月

《六月》北伐，鄭箋以爲遣吉甫，信矣。至毛傳以爲親征，竝無明文也。王肅、孔晁述毛旨，始有親征之説，徒據首二章傳文爲詞耳。首章傳云「日月爲常」，二章傳云「出征以佐其爲天子。」「大常，王所建，而出行、征伐、成己爲天子之大功。此王、孔二家所據爲親征之證也。不知毛傳元不言「佐己」，其云「佐其爲天子」，指吉甫言更爲明順。至王建大常，雖《周官》有明文，見《司常》及《大司馬》。然玩傳語，未嘗謂建此以行也。傳云：「棲棲，簡閲貌。飭，正也。日月爲常。服，戎服也。」夫簡閲者，將出師先選擇其士衆車馬，如《周禮・大司馬》「四時蒐田教民坐作進退之法」是也。平時簡閲，王猶親莅之，況命將出征乎？大常之建，應在此時耳。二章傳又云：「必先教戰然後用師」，可見首二章毛皆指簡閲言，章末兩出征，則明簡閲之故，何嘗以爲親出哉？故末章傳云：「使文武之臣征伐，與孝友之臣處内。」傳義顯然矣。肅見此傳與己矛盾，復爲之説曰：「王出鎬京而還，使吉甫迫，遂乃至大原。」則尤可笑。躬率六師業已就道，乃未見敵而先歸，中興賢主何舉動輕率如此乎？又案：簡閲近在京師，自當躬親其事。征伐在千里之外，擇人而任之，乘輿可以無出。此事勢之常，無足怪也。孔疏欲證成王説，以爲得毛旨，乃云：「不得載常簡閲，遣將獨行。」此吾所未解。

「六月棲棲。」劉執中彝以《六月》爲建巳之月，吕《記》從之。朱《傳》以爲建未之月，此本不足置辯。但周世民間紀物候或用夏正，至朝廷大政令必以周正紀月。出師征伐，國家大事，焉有舍周正而用夏正者哉？《詩小傳》宋梅堯臣著。謂《詩》無周正，非也。必如《豳風》之《七月》、《小雅》之《四月》方可定其爲夏正耳。《小明》之二月未嘗建卯，《十月之交》之十月未嘗建亥也。各有辯，見本詩。

「于」字有三訓：於也，往也，曰也。《詩》具有之，今莫識「曰」義。然《六月》詩兩「王于出征」，若不訓「于」爲「曰」，文義終不可通。鄭箋得其解矣。孔疏謂《詩》中「于」字，傳止有「於」、「往」兩訓，故不用「曰」義。述毛不知傳文質略，安知非偶遺之耶？案：「於」、「曰」二義皆見《爾雅·釋詁》。其「曰」義，郭注引此詩證之。又《説文》「亏」字注云：「於也，象氣之舒。从丂，从一。」夫于象氣之舒曰從口從乙，亦象口氣之出。見《説文》。古人製此二字，意元相同矣。

又案：「于」、「於」同義，《詩》多用「于」，而「於」字亦間出。「於」本古文「烏」字也。古文「烏」作「[illegible]」，又省作「[illegible]」，隸變作「於」，借爲「於乎」字，轉其義而不改其音也。又爲「于」義，則音義俱轉矣。「於」字見《詩》者，《静女》、《著》、《權輿》、《蜉蝣》、《九罭》、《白駒》、《下武》、《板》、《清廟》九詩，凡十七字，皆「于」義，央居切。至《伐木》、《靈臺》與《雝》、《賚》二頌，則《釋文》有兩音，要音「烏」之義長也。餘皆歎詞矣。又「於」爲歎詞，元象烏鳥之鳴，斯假借而不離本義者，故他典作「烏」，亦作「嗚」。

「共武之服。」《釋文》云：「共，鄭如字。王、徐音恭。」王、徐之音，述毛者也。孔疏用鄭説述毛，亦讀如字。恭音之義無聞焉。朱《傳》云：「共，與供同。」未知王、徐亦此義否也。觀《巧言》之「匪其止共」、《小明》之「靖共爾位」、《召旻》之「昏椓靡共」，皆訓爲供具之供，則意當同矣。嚴《緝》既音共爲恭，又引鄭箋云：「共，典也。」箋本謂嚴者與翼者共典兵事，「共典」猶「同典」耳，非以典釋共也。裁割先儒之言而不顧其文義，將誰欺乎？又案：箋分嚴、翼爲兩人，云：「群帥之中有威嚴者，有恭敬者，共典兵事，言文武之人備。」此義亦勝。嚴者能率厲士氣，敬者能撫緝衆心。或以武節著，或以文德優。人各有能，在用才者兼收之耳。吉甫文武俱長，所以爲元帥也。孔以鄭述毛，不爲無見。

《六月》詩所言地名凡五：焦穫也，鎬也，方也，涇陽也，大原也。毛、鄭概無注釋，惟焦穫則疏引《爾雅》耳。鄭訓涇陽爲涇水之北，涇水北非一地，初不以秦漢之涇陽縣當之也。鎬方無可考，直以爲北方地名而已。惟大原之名見《禹貢》及《左傳》，彰彰有據，而注疏皆無一語及之，良以《六月》之大原非《禹貢》、《左傳》之大原也。朱《傳》始以今大原府陽曲縣釋之。案：《出車》詩南仲既平玁狁，即伐西戎，則二寇定相接壤。玁狁自是西北之狄，其遁亦應向西北而去。吉甫安得反東行逐之，至今山西之陽曲哉？《通義》駁其誤，允矣。或又謂大原即唐原州，今平涼府固原州及涇州地。後魏始置，其命名或取《詩》大原。源謂此近之矣，而亦無確據。後魏去周宣千餘載，即使因《詩》取名，亦屬臆說，況未必然也。毛、鄭去古不遠，大原果屬高平，漢高平即後魏原州。後魏猶有傳聞，漢世豈反不知而不取以證詩乎？案：雍州之地多以原得名，見於《詩》、《書》者，《禹貢》曰「原隰厎績」，《皇矣》曰「度其鮮原」，《公劉》曰「度其隰原」，又曰「于胥斯原」，又曰「復降在原」，又曰「瞻彼溥原」，《綿》曰「周原膴膴」，《吉日》曰「瞻彼中原」，皆雍地也。《六月》之「大原」其諸原之類，與定在雍州北境。但必欲確指爲何地，則穿鑿之見耳。

毛傳云：「焦穫，周地接於玁狁者。」斯言殆未然也。焦穫又名瓠口，在今涇陽縣北。今涇陽縣，即漢池陽縣也，在西安府城北七十里，而咸陽縣亦在府城西北五十里。縣城東二十五里爲古鎬京，焦穫去之僅數十里耳，何得便與玁狁爲鄰？西周畿內方八百里，而玁狁乃在都城數十里外，直是肘腋之際。周世戎狄雖多錯處中國，亦不應密邇如此。況吉甫逐之尚行千里，而玁狁巢穴反近在百里内，尤不可信。

《爾雅·釋地》「周有焦護」，與穫同。郭注：「今扶風池陽縣瓠中是也。」然則郭所謂瓠中乃釋焦護，非偏釋護也。《爾雅》以焦護爲十藪之一，則焦穫乃一地，非兩地也。《集傳》釋「焦護」忽分而爲二，云：「焦未詳所在。穫，郭璞以爲瓠中。」知引《爾雅注》矣。又不玩其文義，何耶？

《出車》傳謂「方即朔方」，觀《六月》詩，則益知《詩》之朔方非漢朔方郡矣。《詩》云：「侵鎬及方，至于涇陽。」言玁狁之來，由鎬而方而涇陽也，是朔方之地在涇陽與鎬之間矣。方之去周京，當比鎬爲近。劉向云：「千里之鎬，猶以爲遠。」鎬去京師千里，方復較近焉，則不及千里矣。豈可以漢之朔方郡當之哉？

以《詩》之文勢合之今之地理，涇陽其即焦穫乎？焦穫最近京邑，玁狁犯周，當至是而止。《詩》數玁狁之惡，故先言焦穫，見其縱兵深入迫處内地，繼又追本其始自遠而來，故言鎬與方，紀其外侵所經也。言涇陽，紀其内侵所極也。以其初至，故曰至。以其久居而不去，故曰整。居初至則泛言涇水之陽，久居則實指其地名，立詞之常也。涇水經流千六百里，水北非一地，焦穫亦在其北耳。總之，焦穫、涇陽皆舉近而言，鎬與方皆舉遠而言，箋云：「鎬也，方也，皆北方地名。」玁狁之來由遠而近，詩人據目前所見，自應先舉其近，後舉其由遠而近之路也。孔疏云：「鎬、方雖在焦穫之下，不必先焦穫乃侵鎬、方。」蓋亦同。

「薄伐獫狁，至于大原。」傳云：「言逐出之而已。」疏申其意，以爲宣王德盛兵彊，不必與戰。此語固然，然猶未盡也。大抵東、西、南三夷皆有城郭室廬，知慕德義，易馴伏，故可招致而臣屬之。北狄逐水草，轉徙無常居，性桀驁好殺，不可德綏威攝。楊子雲所謂中國之堅敵也。善謀國者但固其疆圉，令不我犯足矣。故《采芑》詩曰「蠻荊來威」，《江漢》詩曰「于疆于里，至于南海」，《常武》詩曰「徐方既來」、「徐方既同」。或致其朝貢，或正其封域，如臂使指。且彼三詩不言諸國之來侵也，意所云背叛者，止是不修貢職，自稱雄於一方，又甚則旁犯鄰境耳。而宣王輒舉兵入其地，彼亦惶懼引罪，稽首闕廷焉。若《六月》詩則異是，述獫狁入寇情形，縱兵蹂躪，彌直千餘里，京畿重地半爲戎馬之場，彼三詩寧有是乎？至吉甫出征，僅僅驅之遠遁，不若蠻荊淮徐諸國望風懷附也。彼三詩多稱詡國威，此一詩反張皇敵勢，豈勇於彼而怯於此哉？當年事勢，實應爾爾。後世東南荒服漸内屬爲郡縣，惟北狄倔彊沙漠，長與中國抗衡。古今事略相同，讀宣王征伐四詩，可得其概矣。

「飲御諸友。」疏云：「進其宿，在家諸同心之友與之飲，以盡其歡。」然則諸友乃吉甫之友，非王之友也。呂《記》引范氏之言曰：「王以群臣爲友。」東萊又申之曰：「《酒誥》大史友内史友君，固以臣爲友也。」持論雖美，然非詩意矣。《集傳》以爲吉甫私燕，尤失之。詩正以王燕吉甫，必進其好友與之共飲，使得盡歡。又於常牲之外《燕禮》牲用狗。加以珍膳，見寵異功臣之特厚耳。至若吉甫召會親友燕飲於私家，乃其常事，且何關於國政而著之《雅》篇哉？

采芑

宣王能新美天下之士然後用之，傳語。故詩人以采芑新田爲喻，田之肥美由於耕治之方新，士之勇武由於教養之有素也。《集傳》以爲因賦起興，是采菜民田乃實事矣。豈三代節制之師乎？《通義》已有辯。《集傳》又曰：「芑，苦菜。」此襲用《草木疏》語而誤也。《疏》云：「芑似苦菜。」今脱去「似」字，豈欲溷荼、芑爲一物乎？又金路有鉤，革路無之。經云「鉤膺」，則此路車是金路，非戎車。又鐃與鐲直角切。皆名鉦，而鐲以節鼓，非静之義。傳云「鉦以静之」，則此鉦是鐃非鐲。正義辯之，皆歷有明據，而《集傳》不從，未解其何故。

芑菜，陸《疏》以爲似苦菜。案：宋《嘉祐本草》謂之白苣，王禎《農書》謂之石苣，《食療本草》云：「白苣似萵苣，葉有白毛。」李氏《綱目》云：「葉色白，折之有白汁。正二月下種，三四月開華，黄色如苦蕒，結子亦同。八月十月可再種，故諺曰：生菜不離園。蓋白苣、苦苣、萵苣俱宜生食，不宜烹，通可曰生菜。而白苣稍美，得專其稱也。」然則荼是苦苣，辨見《邶谷風》。芑是白苣，同類而小别耳。元窓今作恪。以爲相似，信矣。《集傳》不察，溷爲一菜。

王國六軍，用車千乘。《采芑》「其車三千」，則十八軍矣，非出師之常，故鄭以爲「羨卒盡起」。孔疏以爲出六遂及公邑，後世王氏以爲用侯國之兵。蓋古者天子用兵先取於六鄉，鄉不足取六遂，遂不足取公卿采邑及諸侯邦國，皆本有此制，非臆説也。朱子譏其文害詞、詞害意，故《集傳》云：「此極其盛而言，未必實有此數。」夫詩人誇詡之談容或過甚，然此詩「其車三千」一語而三及之，不憚重複，殆是紀實之詞，非虚張之説也。況萬乘之國，出車三千，何足爲異？晉霸國耳，昭十三年治兵邾南，甲車四千乘，見《左傳》。而薳啓彊所言長轂九百見昭五年《左傳》。尚不在其中，合而計之，幾及五千乘矣。宣王，成周盛天子，三千之車詎足爲多，而過疑之？

《説文》以「隼」爲「鵻」之或體，云：「鵻，祝鳩也。从鳥，隹聲。或从隹一。」徐云：「思允切。」《爾雅翼》據其説，以爲《詩》之「翩翩者鵻」皆隼也。案：鵻乃謹愨孝順之鳥，故《詩》言「將父將母」，以之爲興，而《嘉魚》篇以喻賢人。《左傳》謂之祝鳩，少皞氏以名司徒，主教民，亦取其孝也。隼爲鷙屬，鷙鳥也。《易·解卦》「公用射隼」以象誖逆之人，九家《易》言其性疾害。詎可合爲一哉？況《説文》鵻諧隹聲，明與隼異讀。又訓爲祝鳩，則定非鷙鳥。以隼爲或體，當必有誤。徐氏思允切，殆横以隼音加之耳。又案：鵻、隼皆見《爾雅》。曰「隹其鳺鴀」，注：「今鵓鳩。」此鵻也。曰「鷹，隼醜，其飛也翬」，注：「鼓翅翬翬然疾。」此隼也。陸璣之釋《詩》也，翩鵻、鴥隼亦各爲之疏，皆以爲兩禽矣。

隼，一鳥也。《説文》以爲祝鳩，陸氏《詩疏》云「即春化布穀者」，則又以爲鳲鳩。羅願《爾雅翼》疑爲鵧鳩符悲切，音皮。鷑，音及。云：「今俗名鵄鴡。」則又是鷑鳩。《爾雅》云：「鷑鳩，鵧鷑。」一鳥而兼三鳩，果安所折衷乎？吾則以《詩》、《易》、《爾雅》之言斷之而已。《詩·秦風》「鴥彼晨風」、《小雅·采芑》《沔水》兩言「鴥彼飛隼」，咏鸇晨風。咏隼，皆言「鴥鴥者迅疾貌」，正《爾雅》「其飛也翬」之謂，可見鷹鸇與隼同是鷙鳥。《易》以比小人，亦以其貪殘善搏擊也。其與鳩殊類，明矣。

《爾雅·釋詁》：「蠢，作也，動也。」《釋訓》：「蠢，不遜也。」《說文》：「蠢，蟲動也。」《玉篇》云：「動也，作也。」《廣韻》云：「出也，動也。」然則「動」其本義，而借爲不遜與？《書》「蠢茲有苗」、「越茲蠢」、「今蠢」、「允蠢」，《詩》「蠢爾蠻荆」，《禮記》「春之爲言蠢也」，先儒釋之皆不離「動」義。字又溷惷。惷，亂也。《左傳》「今王室實蠢蠢焉」，昭二十四年。今本「惷」作「蠢」是也。惷、蠢音同，義亦相近，無妨通用耳。《采芑》，《集傳》曰：「蠢，動而無知貌。」無知義，古未之有。語本伊川，而蔡氏亦祖此以釋《書》，是誤以惷愚義爲蠢義矣，惷，書容、丑江二切。因惷蠢隸文相似致斯謬也。詒誤至今，輒以「蠢」爲無知之稱目，反忘其動義矣。

元老壯，猶《易》所以稱「丈人吉」也。後世趙營平、馬伏波皆以老將立功，非其證與？朱《傳》曰「方叔雖老，而謀則壯。」一似壯猶非老將所能，短於義矣。況傳引《曲禮》云：「五官之長謂三公之爲二伯者。出於諸侯，曰天子之老。」則元老之稱自以方叔官爵言，不言其齒也。

車攻

宗廟齊豪，《爾雅》作「毫」。戎車齊力，田獵齊足，《爾雅》此文釋《吉日》詩也。毛公用之入《車攻》傳，而以「尚純」、「尚彊」、「尚疾」推明厥旨。蓋《吉日》云「既差我馬」，差，擇也。《車攻》云「我馬既同」，同，齊也。擇之使齊，二義相因矣。然兩詩皆紀田獵，宜專以齊足取義。而篇中言四牡、四黄，乃齊力齊豪之事，齊足反不及焉。不獨此兩詩也，凡《詩》曰四牡、乘牡，曰乘駒，皆齊力也。曰四黄、乘黄，黄騂色。曰駟驪，黑色。曰駟騵，赤馬白腹。曰四騏，青黑色。曰四駱，白馬黑鬛。曰乘鴇，驪白襍毛。曰乘騧，青驪色。皆齊豪也。獨齊足不言駟乘。又《周禮》校人職：「大祭祀，朝覲會同，毛馬而頒之。凡軍事，物馬而頒之。」毛馬，即齊豪也。物馬，即齊力也。亦無齊足之事。豈齊足非周制與？案：《詩》載馬名最多，類皆以毛色爲定。其以力舉者止有駒、牡兩稱，竝無以疾足得名者。《爾雅·釋畜》所列諸馬亦以毛色辯名，惟云「絶有力駥」，如融切。則以彊力得名耳。若夫騉音昆。蹄、騉、駼、音徒。盗驪、宜乘、褭奴了切。駗之屬，皆彊力疾足之馬名，然非常之駿，不在恒畜之列也。竊意古人之名馬止據毛色，而力與足不與焉。雖有齊者，亦無由別其名而配以駟乘之文矣，宜其不著於《詩》也。其師田之馬，力與足既齊，而色復齊，則詩人特表異之以見畜牧蕃息之美，如《六月》之四驪、《采芑》之四騏、《大明》之駟騵、《秦》之駟驖、《鄭》之乘黄、乘鴇及此詩之四黄皆是。要非天子諸侯不能具也。若夫《渭陽》之乘黄以贈人，

《裳裳者華》之四駱以保禄位，《駜》之乘黄、乘駽以在公，則齊豪而已，不必兼力與足矣。

《車攻》二三章言「行狩」，言「于苗」，猶未田獵也。孔疏以爲「先致其意」，吕《記》以爲「有司先爲戒具」是也。宣王適東都，以會諸侯爲主，會同之後因而田獵以娱賓客耳。二章《集傳》云：「至東都而選徒以獵。」五章又云：「既會同而田獵。」二似未會而先獵，〔一〕既會而復獵者，語意殊未明劃。

甫草，傳云：「甫，大也。」箋云：「甫田之草也。」鄭有圃田，故《釋文》云：「甫，鄭音補。」朱《傳》從鄭，吕《記》、嚴《緝》則否。嚴謂下章言獵於敖地，不應又言圃田也。然案圃田澤在今開封府中牟縣西北七里，敖山在今開封府鄭州河陰縣西北二十里，計二地相去僅百餘里，各舉一名以互見其所在，義亦可通也。又案：甫草，《韓詩》作「圃草」，見《後漢書·馬融傳》。融《廣成頌》曰：「詩咏圃草。」章懷注引《韓詩》「東有圃草」云云。康成先受《韓詩》，又馬之弟子，故直據此文解之，非破字也。又《周語》「藪有圃草」，注訓「圃」爲「大」，云：「茂大之草。」則圃、甫二字古本通用。又圃田，《水經注》作「甫田」，其水爲甫水，尤足爲證。

孔疏謂宣王時未有鄭國，圃田在東都畿内，故宣王得往田焉。此語非是。《王制》設封建之

〔一〕此句，庫本作「一似有兩次獵者」。

法，名山大澤不以盼。音班，賦也。《周禮》九州澤藪皆掌於職方，正使有鄭圃田，不得在其封內。且非直此也，諸侯境內天子自應得田。《春秋》僖二十八年，天王狩於河陽。河陽，晉地也。時文公方霸，而襄王以衰周弱主猶狩於其境內，況宣王正當全盛乎？又《左傳》文十年，楚子與諸侯田於宋之孟諸，宋不以爲嫌也。霸主尚爾，何況天子？孔氏之言不稽於典矣，然朱《傳》從之。

夏獵曰苗。《車攻》言夏獵也。行狩乃獵之總名，故毛傳行狩不言冬而于苗言夏。又云：艾草爲防，或舍其中，正仲夏教茇舍之法也。東萊《詩記》從之，《集傳》以苗爲狩獵之通名，殆不然毛說。

「赤芾金舄。」傳云：「金舄，達屨也。」案：《小爾雅》云：「屨尊者曰達屨，謂之金舄而金絇也。」宋咸注云：「《禮》：黑屨青絇、赤舄黑絇，詳注。」意則金舄當是赤舄之特異者。注言黑屨、赤舄皆與絇異色，正見金舄之爲達屨，以其色與絇同。絇者，舄頭飾也。古人重之，以爲成人之飾。《玉藻》：「童子不屨絇。」金舄之色直達於絇，所以殊其制而獨得達名也。傳文「達屨」，義亦應爾。孔疏申之，以爲金舄即赤舄。舄有三等，白舄、黑舄在赤舄之下。其尊未達，赤舄之尊莫過。屨之最上達者，故曰達屨。此殆臆說耳。孔子魚，名鮒，著《小爾雅》。先聖九代孫，其書最古，其說又甚優。而孔氏不用，未知何意。

《車攻》第五章，鄭以爲諸侯從王田罷，賜射餘獲之事。蓋田獵所獲禽，王擇取三十，其餘頒賜臣下。然必習射澤宫，令中者取之，賤勇力，貴禮讓也。事在田獵之後，而文在田獵之先者，疏謂承上章諸侯來會而言，令其事相次，故射夫即指諸侯。又謂田無射禮，惟既獵乃有班餘獲射。其説如此，蓋詩人叙事嘗有先後倒置者。如《駟驖》之二、三章，《定之方中》之首二章，《出車》之四、五章，皆取文便也。後儒釋此詩惟求事順，遂解「決拾」以下三章皆爲田獵之事，而班餘之射缺如矣。七章所謂「大庖」，乃是王所擇取之三十禽，與士大夫無與也。朱《傳》於七章方及澤宫習射之典，不已贅乎？況射中之後方可獲禽，《詩》「助我舉柴」在「舍矢如破」之前，就令兩章通指田獵，事之前後終未順也。案：第五章文義定是專言射禮。諸侯爲射而集，故直目爲「射夫」。「決拾」、「弓矢」，皆射具，故言之特詳。田獵雖不廢射，然所主不在此，竟以「射夫」目諸侯，非名也。「助我舉柴」亦因班餘時聚諸禽以待射，故有積禽。若方獵時，其所殺獲尚布散原野中，未可言積也。王者之田，殺不盡物，豈如後世所誇，風毛雨血，禽相鎮壓，獸相枕藉者哉？「舉柴」當在澤宫，明矣。

《爾雅·釋訓》云：「徒御不驚，輦者也。」舉全句而釋之，其專爲《車攻》詩可知。傳云：「徒，輦也。」義亦同矣。輦，載任器，見《周禮》。《詩》所咏正指此，但文義未顯，故子夏之徒特著之於《爾雅》，俾後之讀《詩》者不至誤解爲徒行耳。無如後人之誤自若也。

吉日

《吉日》篇「漆沮之從」，宋李樗引《尚書》孔疏「漆沮在涇水之東，一名洛水，即職方雍州之浸」以解之。呂《記》、朱《傳》皆祖其説。則此漆沮在馮翊，即《禹貢》之漆沮也。近世馮氏《名物疏》謂地近焦穫，其山多獸，水多魚，漁獵宜於此地。理或有然。馮又謂惟漆水又名洛不當，併以沮爲洛。今録其略曰：「洛水出今陝西慶陽府環縣，經延安府甘泉縣、鄜州宜君縣子午嶺，至中部縣入西安府界。經耀州及同官縣至富平縣，合沮。歷蒲城同州至朝邑縣東南入渭。此洛水即漆也。沮水出自延安府宜君縣，至子午谷合子午水。歷中部縣東南流入西安府界，至富平縣合漆水。此馮翊之漆沮也，去鎬京三百餘里。若出扶風漆縣者，與馮翊之漆爲涇汭所隔，豈能飛渡而合爲一水耶？其扶風漆水出自鳳翔府麟遊縣西普潤廢縣，故漢漆縣也。流經岐山北，大欒水自西北注之，與杜水合。《齊詩》所謂『自杜漆沮』者也。其沮之所在，孔仲達云未聞，近韓邦奇云：「出鞏昌府階州角弩谷，東南入渭。」此扶風之漆沮也。《綿》詩『漆沮』指此。」馮謂漆沮有二，而此詩漆沮是馮翊之水，信矣。至謂漆沮不得俱名洛，則猶未盡焉。《禹貢》「導水又東過漆沮」，孔傳云：「漆沮，二水名，亦曰洛水，出馮翊北。」疏引《水經注》云：「沮水出北地直路縣，東入洛水。」今《水經》同。又云：「鄭渠在太上皇陵東南，濯水入焉，俗謂之漆水，又謂之漆沮。其水東流注於洛水。」今此文見注而稍不同。又「濯」作「濁」，「漆」作「柒」。《漢書》引《禹貢》此文，顏師古注亦云：

「漆沮即馮翊之洛水。」此皆統名漆沮爲洛，而馮所譏也。以今考之，漆、沮、洛乃各一水名。漆、沮俱入洛，洛入渭，三水源異而委同耳。案《漢·地理志》北地郡歸德縣注：「洛水出北蠻夷中，漢歸德，今慶陽府合水縣。隋置洛源縣於其東北。」後併入合水。蓋指洛水之初入塞，爲源以名縣也。又《山海經》云：「白於之山，洛水出其陽，東流以注於渭。」宋樂史《寰宇記》以爲白於山一名女郎山，在合水縣北二十里。亦謂洛出合水縣，與隋洛源意同。此皆言洛之源也。又案：《地理志》馮翊懷德縣注：「《禹貢》北條荆山在南，下有彊梁原，洛水東南入渭。」《周禮·職方氏》注亦言洛出懷德，此與《禹貢》傳疏及師古注意同，皆言洛之委也。洛之委與漆沮合，則已兼有二水在其中。馮謂不得併名洛，過矣。《雍録》言洛水入塞後，經鄜、坊、同三州乃入渭。漆在沮東，洛又在漆沮東。漆至華原而西合沮，華原今省入耀州。《寰宇記》言漆沮合於此，俱入富平之石川河。漆沮又東南至同州白水縣乃合乎洛，而南流合渭。在朝邑縣西南三十二里，有漢懷德故城。三水雖分，至白水縣溷爲一流，故孔安國、班固皆指懷德入渭之水爲洛水，而曰洛即漆沮也。韓邦奇言：洛自洛，而漆沮二水入焉。説亦相合。韓，雍人，所見當得其真矣。又案：「瞻彼洛矣」，指此洛。宋王氏以爲東都水，非是。

雍州有二漆沮，在馮翊者入渭之下流，《禹貢》之「漆沮既從」，疏以爲扶風水，誤也。又「東過漆沮」是也。在扶風者入渭之上流，《綿》詩之「自土沮漆」、《潛》頌之「猗與漆沮」是也。《潛》傳云：「漆沮，岐周之二水矣。」惟《吉日》之「漆沮」，宋蘇子由、李迂仲皆指爲洛，則馮翊之水也。近世馮嗣宗祖其説，謂馮翊之漆沮地近焦穫，多産魚獸，宜爲漁獵之地。信矣。然扶風之漆沮正《潛》篇所云多魚者也，且其水經流岐下，而岐陽之地實周家較獵之場。楚椒舉言成王有岐陽之蒐，語見昭四年《左傳》。世傳石鼓文十篇紀宣王田獵之事，地亦在岐陽。其文次篇言「漁於汧水」，云：「汧也沔。」沔，王厚之云汧水名。末篇言「狩於吴岳」。云：「吴人憐亟。」鄭樵云：吴即吴岳。汧水出扶風汧縣，吴岳即汧水所自出，皆與扶風之漆沮相近。又文之體製頗與《車攻》、《吉日》相似，所述物産有麋豕麀鹿雉兔鰋鰋同。鯉鱄鄭樵云皁連反。鮊鄭樵云音白。鯊鱮之類，其多獸多魚，不下於焦穫矣。又其地即《周禮》之「弦蒲」，《爾雅》之「楊陓」。音絝。《周禮・職方氏》「雍州之澤藪曰弦蒲」，注云：「弦蒲，在汧。」疏云：「吴山在汧西，有弦蒲之藪，汧水出焉。」《爾雅》「秦有楊陓」，注以爲在扶風汧縣西。楊陓與焦穫各居十藪之一，《吉日》之漆沮安在？非扶風之漆沮乎？

「漆沮之從，天子之所。」毛傳云：「從漆沮驅禽而至天子之所。」孔疏云：「以獵有期處，故驅禽從之也。」蓋古者戰不出頃，田不出防，不逐奔走。此三語亦見《車攻》傳。故天子諸侯田獵之禮，必使虞人驅禽而至入於防中然後射之，未嘗登歷山險，蒐求狐菟。不輕萬乘之重，更見三驅之仁，其義良深矣。《騶虞》傳云「虞人翼五豝以待射」，《駟鐵》詩云「奉時辰牡」，《周禮・大司馬》職云「設驅逆之車」，皆是禮也。此禮廢而後世人主盤於遊畋，始有歷丘墳、涉蓬蒿，口敝於叱咤，手倦於鞭策者矣。下章「悉率左右，以燕天子」，即上章之意。傳云：「驅禽之左右以安待天子。」箋云：「順其左右之宜，以安待王之射。」射禽必自其左，故云「順其宜也」。《集傳》云：「視獸之所在而從之，惟漆沮之旁爲盛，宜爲天子田獵之所。」是徒以利獸爲樂，古制蔑如矣。又謂「悉率左右」是「從王者率同事之人」，夫在王左右者獨非從王之人乎？誰率之而誰所率者乎？文義殊不可通。

「悉率左右。」傳云「驅禽之左右」，箋申之曰：「率，循也。悉驅禽順其左右之宜。」箋語釋經文最順，而申傳義猶紆。傳「驅」字下更須補出「循」義，方可通耳。玩傳語，竟似訓「率」爲「驅」，而傳「之」字應解爲「往」，文義始明。然以釋經，不如箋之優也。箋殆易傳，孔以爲申傳，未必然矣。又案：《文選》注李善引此傳云：「驅禽於王之左右。」句法較完成。然玩孔疏，則「於王」二字乃李所益也。

皇清經解卷七十終

嘉應葉　軨舊校
南海潘繼李新校

毛詩稽古編　卷十二

吴江陳處士啓源著

鴻雁之什變小雅

鴻雁

二《雅》皆士大夫作也。朱《傳》謂鴻雁是流民作，訓「之子」爲流民自相謂。殆非是。「之子」，侯伯卿士爲王巡行勞來者也。歐陽以爲「使臣」，義亦同。「爰及矜人」，恩澤及此，可憐之人也。「哀此鰥寡」，哀此孤獨者而收恤之也。皆之子劬勞之事，古義本如此。漢蕭望之曰：「『爰及矜人，哀此鰥寡』，上惠下也。」望之治《齊》詩，解亦同毛、鄭矣。《集傳》曰：「劬勞者，皆鰥寡可哀憐之人。」則「爰及哀此」四字爲虛設矣。况此流民豈必皆偏喪者哉？

鴻與雁同類而異禽，毛傳云「大曰鴻，小曰雁」是已。《博物志》又有三同三異之説。三異者，色有蒼白，群有多寡，飛有高下也，則不止大小爲異矣。或謂凡雁類，其大小、陶隱居云。蒼白見《本草綱目》。亦各不同。案：《鄭風》「雁」與「鳧」竝言，《爾雅》亦以「鳧」爲「雁醜」，而《九罭》箋言「鴻，大鳥，不宜與鳧鷖之屬飛而遵渚」，《草木疏》亦云「鴻鵠羽毛光澤純白，似鶴而大」，則鴻之大非雁比矣。陸《疏》又云：「有小鴻，大小如鳧，白色，今人直謂鴻。」則鴻自有二種，雁之白者亦鴻也。陶隱居云：「又有野鵝大於雁，似人家蒼鵝，謂之駕鵝。」案：駕，音戈，《説文》作「鴚」，云：「鴚，鵝也。」合而論之，小而蒼者雁也，小而白者小鴻也，大而白者鴻也，大而蒼者鴚鵝也。《爾雅》云「鵱音六。鷜力于反。鵝」，注云：「今之野鵝。」則「鵱鷜」又「鴚鵝」之别名。

雁、鴈二字俱見《説文》。雁字入隹部，云：「鳥也。」鴈字入鳥部，云：「鵝也。」又云：「雁，讀若鴈。」竝非重文，則二字異禽亦異字矣。《玉篇》、《廣韻》皆以「鴈」爲「鴻鴈」字，而别出「鳫」字爲「鴈」之重文。其「雁」字則依《説文》訓「鳥」，未嘗合雁、鴈爲一也。徐鉉以「雁」爲「知時鳥，大夫以爲摯，昏禮用之，故從人」，而謂「鴈」字「從人從厂，義無所取，當從雁省聲」。則雁、鴈不同字明矣。《韻會》云：「雁，或作『鴈』。始以爲一字，後人習而不察，二字久通用，非古也。」又據徐説，鴻雁字當從隹作「雁」，與《玉篇》、《廣韻》異。今玩《説文》，則徐説爲長。雁雖與鵝相類，不應徑釋爲鵝。鳥乃統名，可以目雁矣。《詩》「雁」字皆當從隹，其從鳥者誤也。又案：《爾雅》及《禮記》俱號鵝爲舒鴈。《莊子·山木篇》記主人烹鴈事，是鴈乃畜禽，定指鵝也。意謂鵝爲鴈，古人本有此稱名，觀《説文》「雁」字注則益信矣。近世魏校《六書精藴》釋「鴈」字，謂鵝似雁而德不然，故以僞亂真之「贋」取其義。理或有然。

矜人，貧窮之人也。鰥寡，無告之人也。此流民中之最苦者，而無告又甚於貧窮。矜人則賑餼之爰及之謂也，鰥寡則收恤之哀此之謂也。此勞來安集之加厚者，而收恤尤厚於賑餼。下章「百堵皆作」，則凡流民俱及之，而矜人、鰥寡亦在其中。勞來安集，當有此三者之差矣。侯伯卿士爲王行撫綏之政，委曲周詳如此，故三章皆劬勞爲言。

《鴻雁》詩三言「劬勞」，皆謂侯伯卿士也。鄭箋獨以次章劬勞屬流民，言與首尾二劬勞異，誤矣。案：「雖則劬勞，其究安宅」，指使臣言，文義甚協。于垣作堵，皆使臣經理之，安得不勞？及民各得所，則爲上者亦身享太平之樂，豈不一勞永逸乎？《集傳》三「劬勞」皆指流民，義雖畫一，然以「之子」爲侯伯卿士，毛義斷不可易。

「百堵皆作。」傳云：「一丈爲板，五板爲堵。」鄭箋引《公羊傳》以破之云：「五板爲堵，五堵爲雉，雉長三丈，則板六尺。」案毛、鄭所云「五板」，絫五板也。鄭所云「五堵」，接五堵也。絫言其高，接言其長。板廣二尺，絫之則一堵之牆高一丈。其板之長，則毛以爲一丈，鄭以爲六尺，而堵雉之長亦從而異。《公羊》後於毛，未足深信。然「雉長三丈」語，鄭又據《左傳》「都城百雉」爲説，於義較優。詳見孔疏。

「維彼愚人，謂我宣驕。」箋云：「謂我役作衆人爲驕奢。」役作指上「于垣作堵」也，義似通而實迂。作堵本以安民，雖愚人決不謂之驕耳。呂《記》載王氏之説云：「謂我劬勞者，以我于征于垣爲劬勞也。謂我宣驕者，以我矜憐撫掩爲宣驕也。」此解得之。蓋此「驕」字與驕子之驕義同。矜憐撫掩有類於姑息，則疑爲驕。《巷伯》詩「驕人」，謂王聽信其言所驕縱之人也，故亦以「驕」與「勞」對言。《史記》田蚡曰「此吾驕灌夫罪」，用「驕」字亦同此二詩義。

庭燎

勤政，美德也。然精過用則不繼，氣太盛則易衰，故鋭始者或鮮終矣。《庭燎叙》云：「美宣王，因以箴之。」美其勤，箴其過於勤也。箋釋「箴」義，謂不正雞人之官而自問早晚爲宣王之過，恐非叙者之旨。又美而因箴，特善中小失耳。《齊》詩未明倒衣，則直以爲刺者。彼詩末章云「不夙則莫」，是早晚無常昧寢興之節，乃暗主所爲，與勤政者異矣。

庭燎問夜，是形容勤政之心如此，不必真有是問也。注疏以未央爲夜半，疏云：「未央是王問夜時，非對王之詞。」未艾爲雞鳴之前，鄉晨爲辨色時，亦是設爲漸次如此，非真有三度問也。假令未央時庭燎已設，諸侯已至，王直應起而視朝矣，何得未艾時又問，鄉晨時又問耶？

「夜未央。」毛訓「央」爲「旦」，鄭訓爲「未渠央」，原未見其確爲夜半也。夜半之説始於王肅之述毛，而孔氏申明之耳。然以事理論之，夜半而諸侯至，終屬太早。宋儒據《説文》訓「央」爲「中」，則是夜尚未中。文在夜半之前，其早彌甚。《釋文》引《説文》云：「央，久也，已也。」又引王逸《楚詞注》云：〔一〕「央，盡也。」「盡」與「已」義同。《廣雅》云：「央，盡也。」又云：「央，極已也。」諸解俱不相遠。源謂此詩「央」字當從「盡」義，夜未盡而朝者來，於情理爲近。且與傳、箋義不相違，宜可用也。又案：今《説文》云：「央，中央也。从大，在冂之内。冂，古熒切。古文作「冋」，或从土作坰。一曰：久也。」竝無「已也」二字，豈《韻譜》逸之與？嚴《緝》引《説文》則與今同。

「夜未艾。」毛訓「艾」爲「久」，取耆艾義。鄭云：「芟末曰艾，音乂。」孔右鄭，然毛義勝矣。王安石訓爲「盡」，李迂仲引《左傳》昭元年。「國未艾」注證之。然今杜注云：「艾，絶也。」竝不云「盡」。不知李所據何注。況「久」義已可通，何必更新。

《庭燎》二、三章，傳云：「晣晣，明也。煇，光也。」然則「晣晣」、「有煇」與首章之「光」本同義耳。王氏以意別之曰：「光者，燎盛也。晣晣，則其衰也。煇，則光散矣。」斯穿鑿之見也。《集傳》因其説，遂訓「晣晣」爲「小明」，「煇」爲「火氣，天欲明而煙光相雜」。又謂吴才老説「煇」字有功。此特見上文「夜鄉晨」，下文「言觀其旂」，故別爲「煇」字立解，又併「晣」義而易之。然字訓須有本，豈可臆斷乎？案：《説文》「晣」訓「明」，「煇」訓「光」，《玉篇》亦同。《廣韻》「晣」、

〔一〕「逸」，原作「翼」，據庫本、張校本改。參見《楚詞章句》。

「煇」並訓「光」，皆與毛傳合矣。

「未央」、「未艾」，義本不甚相遠也，而孔仲達過析之。「光」、「煇」、「晣晣」，字訓本未嘗有異也，而王介甫彊分之。彼謂作詩者立言當有漸耳，然亦不可過拘。

「煇」字以軍得聲，讀如薰。「旂」字以斤得聲，讀如芹。皆古音也。音則俱音，叶則俱叶可也。《集傳》一音一叶，何也？

《庭燎》詩，或引姜氏脱簪事爲證，而嚴坦叔非之，以爲此詩乃鋭意求治之初，脱簪乃末年怠政之事，非同時也。此誤矣。孔疏謂宣王美詩多是三十年前事，箴規之篇當在三十年後，王德漸衰，容美刺並作也。又謂《大雅》六篇、《小雅·六月》至《鴻雁》及《斯干》、《無羊》七篇，皆王德盛時作，其事多在初年。自《庭燎》盡《我行其野》，是王德衰時作，多在三十九年前後。況《庭燎叙》元謂「美而因箴」，則正王德將衰、美惡兼有之時也。脱簪之諫容或當此際，且安知不因姜后一言復勵精圖治，故有「未央」之問？詩人慮其不能持久，故寓箴於美乎？

沔水

《周語》：「三十二年，宣王伐魯，立孝公，諸侯從是而不睦。」不睦則朝宗之典缺矣。宣王廢長立少，仲山甫諫而不聽，終致魯人弑立。魯之亂，宣王爲之也，何以服諸侯乎？宜有不朝者矣。《沔水》之詩，其作於三十二年之後乎？

「載飛載揚」、「載起載行」，箋、疏皆指諸侯妄相侵伐。一喻一正也。吕《記》、嚴《緝》以起行指念亂之人，謂念之甚而起居不寧也。案：起行與飛揚詞氣相應，箋、疏爲長。

晉公子賦《河水》，韋昭注《國語》，以爲「河」當作「沔」，杜預注《左傳》，以爲是逸詩。僖二十三年。源謂杜注得之。河、沔字形雖相似，不應《内》《外傳》兩書同誤。

鶴鳴

《鶴鳴》詩純是托興。一章之中設喻者四焉，而不及正意，此與《秦》之《蒹葭》、《陳》之《衡門》體製相似，非古注則其旨茫無可測識矣。毛、鄭以爲誨宣王用賢，説必有本。朱子棄而不用，自立新解，分爲四意，而文義各不相蒙。夫古人作詩皆有爲而發，語意定有專指，安得一詩而分四意乎？其云「誠不可掩」、「理無定在」，乃平居談理之言，非因事納誨之語也。至首章「爲錯」既解爲「憎而知其善」，次章「攻玉」又引程子之言證明其義，則前後復自相背戾。程子之言謂君子受小人横逆之加，則可修省以成其德，如石之攻玉也。「憎而知其善」，謂不以私怨而蔽人之賢，如古之舉不棄讎者耳。兩義迥别矣。又程語雖爲篤論，然以斷章則可，非此詩正解也。詩以他山之石喻異國沈滯之賢，見王者取人當旁求遠攬，揚及側陋，取譬之意在「他山」，不在「石」也。嚴《緝》既遵古注，又附程語於後，獨不思詩以石喻賢者，程以石喻小人，義正相反。

愛其詞之美而忘其義之乖，疏矣。

《鶴鳴》誨宣王求賢，毛義允矣。但箋、疏述之，語多冗複。今約舉其説曰：賢者身隱而名著，與鶴鳴之遠聞無異也，可不求而列諸朝乎？但賢人不貪名利，性好隱居，猶良魚之在淵，不似小魚之在渚，此毛義，鄭稍異。故求之甚難也。誠置之高位而不使小人竝處其間，如彼園之上檀而下蘀，則人皆樂觀於其朝矣。然賢人不擇地而産，其生長他邦沈滯未舉者皆有治國之才，猶石之可以爲錯焉，俱當招致之爲我用也。求賢之道，不忽於側微，不間於遐遠，則無遺賢矣。

詩以他山喻異國，非以玉石相對爲一美一惡之喻也。如興意在玉石，則凡石皆可用，他山之文不爲虚設乎？又《説文》訓「錯」《説文》作「厝」。爲「厲石」，則「錯」之爲用博矣，治玉特其一端耳。首章傳謂錯可琢玉，蓋因下章獨言攻玉，故不更及他義也。若詩取爲錯之意，當不僅在此。《草木疏》謂榖皮可爲布爲紙，葉又可茹。《本草》亦用以入藥，其益於人多矣。傳以爲「惡木」，殆因上章之蘀而連及之與？要之詩人取興偶因一時寄托物之美惡，元無定也。又案：榖亦名楮，亦名構，亦名榖桑。種有雌雄，雄者皮班可爲冠。華成長穗如柳，可食，不結實。雌者皮白，結實如楊梅。

祈父

《祈父》詩，毛、鄭皆以姜戎之戰爲證，然未定此詩之作在戰敗之前與後也。嚴《緝》斷爲未敗時作，謂詩中「靡所止居」、「有毋尸饔」皆非敗後語。此信矣。至謂宣王料民大原，人不足用，乃令祈父出禁衛以從軍，作者呼祈父而責之，所以刺宣王，則誤甚。《國語》言「宣王既喪南國之師，韋昭注云：「敗於姜戎時所亡。」乃料民於大原。」是料民在千畝敗績之後，因喪師而料民，而料民以出師也。山甫諫云：「無故而料民，天之所惡。」若爲出軍而料民，豈得言無故哉？

《祈父》詩「王之爪牙」，凡爲王宿衛者皆可稱。呂《記》引董氏之言，取《夏官》屬司右虎賁旅賁所掌當之，良是。鄭箋釋爪牙專取司右所掌勇力之士，孔疏泥其說，又見司右勇力之士，《周禮》不言守衛，而守衛者乃是虎賁氏所掌虎士，遂曲爲之解，謂「司右、虎賁氏運官，俱率屬以衛王。故司士正朝儀路門之右，言虎士不言其官路門之左，言大右即司右。不言其屬，互文以相明也。」此以論《周禮》設官之意則甚善，以釋詩「爪牙」之義則稍拘矣。疏又謂此勇力之士，選右當於其中。若車右，出征是其常職。今見使從軍，則不爲車右，使之爲步卒，故恨也。此語殆不然。所謂選右者，持選爲王五路及屬車之右耳。若六軍之車右，則甸賦所出甲士三人，右已在其中，豈必取足於衛士哉？且此能力之士以備車右之選，非必人人皆右也，安得以趨走爲恨哉？總之，此輩職在衛王，不在從軍。衛王則爲右與趨走皆其本分，從軍則乘車與徒步俱非所甘心，疏語恐非詩旨。又衛士專主衛王，故稱王之爪牙。《集傳》泛指六軍之士，《大全》又録朱善語以申之，皆非是。善謂六軍以衛王室，不出征討，蓋襲《揚之水》集傳之說，已有辯，見《王風》。

「靡所止居」、「靡所底止」皆自道其苦，所謂「轉予于恤」也。有母不得奉養，使之自主饔飧，尤是憂恤之最甚者。三章末句語意本無異，嚴《緝》解「尸饔」句云：「我有母在，當爲主饔以養之，汝乃不知，是不聰也。」與上句文義未順。

酒食是議，婦人之事，故「尸饔」不言父而言母也。嚴《緝》曰：「言有母，則無父矣。」不已鑿乎？況詩之作不專主一二人而言，安得宣王爪牙之士皆無父也？朱善泥嚴説，遂謂「孤子從征，見《祈父》之不仁」，則尤可笑。幼而無父爲孤，謂三十以下者。三十有室，不名孤矣。見《曲禮》鄭注。詩詞中未有以見其幼也。且古有親老無昆弟不從征役之令矣，不聞以無父而免之也。

白駒

《鶴鳴》誨王求賢，《白駒》刺王不用賢。始不能求，繼不能留，王德之衰有漸矣。拒直諫，聽讒言，君子見幾，當有拂衣而去者。幽王之世，尹氏、虢石父及皇父等七子小人接迹於朝，雖幽王之暗，亦由宣王之棄賢有以致之。《伊訓》曰：「敷求哲人，俾輔於爾後嗣。」古聖主樹人，豈僅爲一世計哉？

《白駒》詩是賢人既去願望其來之詞，非來而欲留之也。「縶之維之，以永今朝」，設言其來則當如此也。「所謂伊人，于焉逍遥」，又言今此賢人於何遊息乎？箋云然。杳不知其所適，思之甚也。「焉」訓「何」，於虔反。後儒讀爲如字，語直而義短矣。《釋文》云：「焉，於虔反。又如字。」箋、疏俱不用後音。

《白駒》第三章兩句一韻，天然相協，但「思」字複見耳。然《詩》恒有之，無礙也。朱子隔句協韻，已屬多事，又讀「來」爲三俱反，與「駒」字協，尤不可解。首句韻，自有三五句協之，何必次句先協？次句韻應協四六句，何反舍之而協首句？是隔句協韻之法先自亂之。

賢人君子，人間之景星慶雲。身所遊歷，自光遠而有耀，如玉之輝山，珠之潤岸矣。白駒，賢人，徒爲丘園之賁，詩人惜之，故望其來思也。《集傳》載或説，音「賁」爲「奔」，訓爲「來之疾」。云：「本之於王氏。」案：《釋文》云：「賁，徐音奔。」此又王氏之所本也。元朗言「毛、鄭全用《易》爲釋」，豈欲以徐音破之乎？然隋曹憲注《廣雅》，謂「賁飾」義亦當音「奔」，則徐邈此音未必不與毛、鄭同解也。「疾來」義雖可通，不如「賁飾」優矣。

「爾公爾侯，逸豫無期。」傳、疏謂責其不來，言惟公侯得以逸豫耳。爾豈公耶？爾豈侯耶？何爲逸豫無反期也？此解甚平正。《詩緝》云：「爾若爲公侯，則將勤勞國事，無有逸豫之期。」蓋羡其退居之樂也。亦得之。楊用修集言宋人經義已作是解，華谷蓋有所本矣。《集傳》曰：「若肯來，則以爾爲公，以爾爲侯，而逸豫無期。」恐礙於義。作詩者何人，乃能以公侯爵人邪？果能之，何不留賢者使勿去也？《詩記》以此二句爲責在位之人，則一章四「爾」字不能盡一，文義亦未安。

末章言白駒一入空谷不復返矣，然我猶設生芻以待之，誠愛其人之德美如玉也。今其人固不可見，寧獨無音問之可傳乎？萬勿吝惜於此而有遠我之心也。望之至也。箋、疏解「生芻」二句頗迂拙。《集傳》近之矣。但語焉而未詳，故更爲述之。

黄鳥　我行其野

此二詩皆棄婦之詞也。室家相棄，由王失教而然，所以爲刺也。朱《傳》祖范氏、《黄鳥》。王氏《我行其野》。之説，俱以民適異國釋之，因篇中「此邦之人」、「復我邦家」，是身在他邦語耳。然古者士庶人得越國而娶，此二詩之婦人當是自異邦來嫁者，古注自通，不必易也。宣王末年雖多秕政，當不至如幽、厲之甚。《鴻雁》矜人，甫獲安堵，何不還踵，而流離失所乃爾？魏之民猶有樂郊可適，西京之世反不若乎？

黄鳥

孫奕《示兒篇》以此詩「黄鳥」爲今之「黄雀」，此妄説也。彼謂七八月間不應有倉庚耳，不知此鳥至冬始蟄。秋日鶯聲，山間嘗聞之，何得謂無？況季夏初秋，粱黍自可成熟，今北方皆然。《月令》「嘗黍」在仲夏，「嘗穀」在孟秋矣。穀，鄭注以爲黍稷，其仲夏所嘗。蔡氏以爲蟬鳴，黍以仲夏孰。黄雀，古通名雀，字亦作「爵」。《晉語》「雀入于海爲蛤」、《月令》「爵入大水爲蛤」，指斯禽也。竝無以黄鳥名之者。疏又以《秦風》「黄鳥」亦是黄雀，尤誤。案：《左傳》言三良殉葬在文六年之夏。詩人睹物起興，此時安得有黄雀乎？

《黄鳥》「無集于榖」，「榖」字從木，木名也。「莫我肯穀」，「穀」字從禾，百穀之總名也，又善也。皆以㱿得聲。㱿，苦角反。然則「穀善」之「穀」本借「百穀」之「穀」，不借「榖木」之「榖」也。榖、穀各一字。《埤雅》乃謂「惡木名榖，猶甘草名大苦」，謬矣。

我行其野

樗、蓫、葍，傳以爲托興，箋以爲記時。傳義是也。《集傳》釋爲賦體，而演其義曰：「我行野中，依惡木以自蔽，於是思昏姻之故而就爾居。」夫野中豈無嘉樹，何爲必依惡木？本爲昏姻而往托，何云因惡木而始思之？文義如此，誠令人難曉。吕《記》云：「惡木尚可芘，而爾不我畜，則樗之不如。」何等明順。嚴《緝》亦同此意。

「言采其蓫。」箋云：「蓫，牛蘈。」《釋文》徒雷反。疏云：「《釋草》無文。」案：《爾雅》有「蓫蒻，音湯。〔一〕馬尾」，又有「蕢，吐回反。牛蘈」，即益母草之紫華者。詳見《王風》。一同經字，一合箋文。然

〔一〕「湯」，原闕，據庫本、張校本補。

兩處郭注所説莖葉名狀俱與陸《疏》之「牛蘈」不符，則《詩・雅》所言定是別草，宜孔氏以爲《釋草》無文也。邢昺引此詩及箋語證《爾雅》之牛蘈，謬甚矣。又《詩》釋文「蓫，敕六反」，《爾雅》釋文「蓫，他六反」，字音亦不同。

蓫，《釋文》云：「本又作『蓄』。」陸《疏》云：「今人謂之羊蹄。」案：羊蹄，《本草》入本經下品，一名東方宿，一名連蟲陸，一名牛舌菜，一名鬼目，洪邁《續筆》以爲即《爾雅》之「苻鬼目」，然郭注所言莖葉及子皆與《本草》「羊蹄」異，非一草。一名蓄，一名禿菜，子名金喬麥，獨無牛蘈之稱。惟鄭箋及陸《疏》謂之牛蘈。陶隱居云：「今人呼禿菜，即蓄音之譌。」理或然與？又李氏《綱目》云：「羊蹄以根名，牛舌以葉形名，禿菜以治禿瘡名也。鄭樵指爲《爾雅》之菲及蕢者，誤矣。」李又説其名狀云：「近水濕地極多，葉長尺餘，似牛舌之形。入夏起臺，開華結子，華葉一色，夏至即枯。秋深復生莖葉，陵冬不死。根長近尺，赤黄色。」

蓫雖惡菜，然陸元恪言其可爲茹，滑而美。曹子建著之於《七啓》，亦以爲佳味。《七啓》云：「芳菰精稗，霜蓄露葵。」李善注引《詩》「采蓫」而云：「蓫與蓄同。」張銑注云：「蓄菜與葵宜於霜露之時，意蓄味本不佳，得霜而始美。」與《本草》言「其陵冬不死」，正霜蓄之義矣。又案：蓄，當作「堇」。蓫、堇字異而音義同，見《廣雅》，亦見《唐韻》。

《爾雅》有二葍：葉細而華赤者葍藑，渠營切。茅也。葉大而華白復香者葍蓄音富。也。此詩「采葍」，箋以爲葍，陸《疏》亦同。然陸又云：「其草有兩種，葉細而莖赤有臭氣則葍葍之葉。」復有細大之分矣。傳以「葍」爲「惡菜」，應指細葉者。

「成不以富，亦祇以異。」《論語》引此，朱子用毛、鄭義解之。及釋詩則更立新説，以爲「雖實不以彼之富而厭已之貧，亦祇以新之異於故耳，責人而不失忠厚之意也」。意甚美，然太巧矣。又詩本作「成」，《論語》引之作「誠」耳。《集傳》釋詩，「成」字仍用《論語》「誠」義，亦屬疏忽。

斯干

《斯干》之爲宣王詩，見劉子政《昌陵疏》，非《小叙》一家之説也。而朱子終以爲疑。「新宫」之名見《儀禮》、燕禮。《左傳》，昭二十五年。鄭、杜兩注及《詩》之箋疏見《由儀叙》下。皆以爲逸篇。而朱子引李氏之説，以爲即《斯干》詩。於先儒所信則疑之，於先儒所闕則實之，意在立異而已。

《斯干》「考室」，孫、王述毛，止言宫室，鄭氏兼寢廟言。後儒執《雜記》之文，謂廟成則釁，寢成則考。《叙》言考室不得兼廟，皆以鄭氏爲非。然孔疏已有辯矣。言「考之取義甚廣，國富民安，居室安樂皆是『考』義，猶《無羊》云『考牧』，非獨據一燕食而已。」故《無羊》疏云：「牛羊復先王之數，牧事有成，是爲考牧。」然則「考室」、「考牧」與《雜記》「考」義自别，竝非燕飲落成之説也。《經典》「考」字多訓成宫廟，既成謂之「考室」，牧事有成謂之「考牧」云爾。《曲禮》曰：「君子將營宫室，宗廟爲先。」詩人美宣王，豈反略其重者？後儒執《雜記》之義，却違《曲禮》之文矣。又劉向《昌陵疏》亦寢、廟竝言，與鄭説相符也。嚴《緝》泥「考」義爲落成，因謂《無羊》之「考牧」是作牧養之牢而落成之。夫落成者成室而飲酒於其中也，嚴將謂宣王君臣群聚於圈牢中而飲酒耶？又引陳氏語訓考牧牧字爲牧養之牢，尤屬謬説。「牧」字從攴普木切，小擊也。從牛，會意，養牛人也。通用爲守養義，而牧地亦可名牧。若借以名牢，則經傳無其文也。又解首章「爾羊來思」、「爾牛來思」爲來歸於牢，謂兩言來所以見牢之成，是於經外彊生枝節矣。作詩之意在牧人稱職、牛羊蕃息，以歸美於宣王耳，豈區區頌一牢乎？況「來思」果爲「歸牢」，則下章兩言「爾牧來思」矣，牧人亦牢居耶？下文即繼以「何蓑何笠」、「以薪以蒸」，豈亦牢中事耶？

《斯干》首章，傳、箋皆以爲興體。澗水毛云：「干，澗也。」喻王德流行，南山喻國用富足，竹苞松茂喻人民衆多而佼好，兄弟相好亦指民間骨肉相親愛，言如此故能立宗廟修宮寢也。今則釋爲賦體，徑指宮室言。源謂以詞則今説爲近，以義則古注爲優。宣王承亂，何得遽興土功？必先布德修政，使國富民安，然後及營繕之事，故詩人發此興爲全篇引端耳。況棟宇堂室之盛，四五章始極言之。首遽以竹苞松茂形容其美，非立言之次第。

「無相猶矣。」鄭改「猶」爲「瘉」，義勝於毛。毛訓「猶」爲「道」，言無相責以道也。「瘉」乃詬病之義，與「好」反。一勸一戒相對，取義較明劃矣。「猶」、「瘉」古音本同，觀《正月》詩「瘉」與後「口」字協可見。又「瘉」與婾、偷、鍮、愉皆以「俞」得聲，而諸字俱託侯反，渝、羭、揄、榆亦以「俞」

得聲而夷由反，益信「瘉」、「猶」同音。鄭雖改字，非無因也。《集傳》訓「猶」爲「謀」，謂相圖謀，義稍迂，與毛等或説改作「尤」，亦取義與「好」反，音與「猶」同耳。但古「尤」字音怡，不音猶。《載馳》詩「無我有尤」，「尤」與「思」、「之」協，《四月》詩「莫知其尤」，「尤」與「梅」協。梅，音迷也。《易》賁、剥、大畜、蹇、鼎、旅六小象皆有「尤」字，與「疑」、「喜」、「之」、「載」等字協。載，音菑也。尤竝不同猶韻，則破字均而鄭爲當矣。

《斯干》寢廟竝營，康成之説長矣。但取二、三、四、五章經文分配兩意，恐非詩旨。箋謂「似續妣祖」是立廟，「築室百堵」以下是成寢，「攸芋」章則總言之，而「攸躋」復言廟，「攸寧」復言寢也。然細玩詩語，何嘗有此乎？營建宫室乃繼述之事，則「似續」亦可指寢也。《鳧鷖》詩云「來燕來處」，《楚茨》詩云「笑語卒獲」，則居處笑語亦可指廟也。拾級登階，孰非躋乎？不必爲祭祀也。薦馨受福，獨非寧乎？不定是燕息也。安得一一分配哉？至破「似」爲「巳午」之「巳」，釋「西南其户」爲天子燕寢之户，比於大夫一房之室户則較偏於西，比於宗廟路寢之四户則獨有其南，尤爲穿鑿之見，不如傳義之平正矣。

「如跂斯翼。」翼指人之兩臂也。毛云「如人之企竦翼爾」，孔疏云「如人企足竦臂翼然」。嚴《緝》云：「翼如《論語》翼如之翼。」取喻本極明徑。歐陽訓「翼」爲「敬禮」，有以企足爲敬者乎？迂矣！然朱、吕皆從之。

「如矢斯棘，如鳥斯革。」毛、韓兩家字異而義同。毛云：「棘，棱廉也。」《韓詩》「棘」作「朸」，旅即反，云：「隅也。」見《釋文》。韓之「隅」即毛之「棱廉」。孔申毛云：「指矢鏃之角爲棘，蓋古有此名。」是矣。毛又云：「革，翼也。」《韓詩》「革」作「鞆」，《説文》云：古翮切。云：「翅也。」見《釋文》，《説文》注同。韓之「翅」即毛之「翼」，兩家之訓相同，可見其義有本也。鄭訓「棘」爲「戟」，謂如人之挾弓矢戟其肘。訓「革」爲毛希革露，謂此時必張其羽翼。固已！迂矣！歐陽又以臆爲解曰：「棘，急也。革，變也。」夫以急爲如矢行急而直，猶可通也。以變爲鳥驚變而竦顧，其迂不更甚乎？

翬雉五色成章，飛則尤爲絢爛。《斯干》以比宫室，固取其勢，亦取其文也。箋云：「此章四如，皆謂廉隅之正，形貌之顯。」又云：「翬，鳥之奇異者。」「顯」與「奇異」，定指翬之五色而言。疏申之云：「翼言其體，飛言其勢。」恐鄭意不盡於此。《集傳》以爲「華采而軒翔」，庶得之。

「噲噲其正，噦噦其冥。」毛以「正」爲「長」，「冥」爲「幼」。鄭以「正」爲「晝」，「冥」爲「夜」。詩備述室之寬明，無暇及人之長幼。疏申鄭易傳之意，允矣。但傳語簡質而王、崔二家述毛各異，正當擇善而從，不必舍毛從鄭。《釋文》云：「長，王丁丈反，崔直良反。幼，王如字，本或作窈。崔音杳。」案：正長，本《釋詁》文。冥幼，本《釋言》文。《釋言》「冥幼」或作「冥窈」，孫炎、某氏皆訓爲「深闇」之義。孔疏以「深闇」之義雖安而與正長不協，故據王注述毛。源謂正、長、冥、幼俱用崔音，爲毛義，亦可通也。孔必欲讀「長」爲上聲者，特泥於《爾雅》之文耳。《爾雅》「正長」與「孟伯耆艾」竝列，斷不得讀爲平聲。然毛傳字訓自有師傳，不皆本《爾雅》。《雅》自爲「長幼」之「長」，傳自爲「長短」之「長」，字形偶同，不妨音義各别也。「長」言其堂廡之彌亙，「窈」言其突奥之邃深，意正相當矣。

《爾雅》有二莞一藺。方寐切。「鼠莞」，郭注云：「亦莞屬，纖細似龍須，可以爲席。」二「莞苻蘺，其上蒚音翮。」。某氏曰：《本草》云：「白蒲一名苻蘺，楚謂之莞蒲。」郭氏曰：「西方人呼蒲爲莞蒲，今江東謂之苻蘺，西方亦名蒲。中莖爲蒚，用之爲席。」是二莞别草矣。《斯干》「上莞」，鄭云：「小蒲之席。」孔引《爾雅》「苻蘺」及郭注「莞蒲」語證之，言莞與蒲一草而有大小。《釋文》謂莞草「叢生水中，莖圓，江南以爲席，形似小蒲而實非。」意與鄭異。據箋、疏，此莞乃「苻蘺」，據《釋文》此莞乃「鼠莞」。箋、疏之説長矣。鼠莞是莞類，不得專莞名。苻蘺有莞蒲、白蒲之名，元與蒲一草，故鄭以爲小蒲。而《集傳》亦訓「莞」爲「蒲席」，善會鄭意矣。濮一之謂苻蘺，即燈心草，誤甚。彼特見《釋文》「叢生形圓」語耳，不知《釋文》所言是鼠莞，非苻蘺也。燈心草，宋開寶始載入《本草》，亦言其可織席及蓑，然非鼠莞也。鄭樵謂鼠莞是龍芻。但龍芻《神農經》本名龍須，郭注不應言似龍須矣。李時珍《綱目》以爲《别録》有龍常草，似龍須，即鼠莞。又

《山海中經》「賈超之山多龍修」，注云：「龍須也，似莞而細。」皆與《爾雅》注合。又案：莞有胡官、古完二反，字亦作「莀」，《廣韻》曰：「似藺而圓。」

「載衣之裳。」毛以爲「下之飾」，取習爲卑下之義。鄭以爲「晝日衣」，取當主外事。王肅申毛，云：「天下無生而貴者，欲爲君父，當先知爲臣子。」斯義勝矣。《集傳》曰：「裳，服之盛也。」以裳爲盛，豈目絺繡言與？然古人衣必與裳俱，雖燕私亦然，不獨冕服也。「之子無裳」，則以爲憂矣。惟童子不裳，以便趨事耳。有裳何遽爲服之盛乎？

裼，傳云「緥也」。《韓詩》作「褅」，見《釋文》。《説文》亦作「褅」。裼、褅皆他計切，音替。《古音考》以爲音啻，誤也。《説文》從衣，啻聲。諧聲取其同韻耳，非讀如啻也。啻，施智切，與翅同音。又案：褅，《廣雅》作「褅」，注：「天帝切。」

無羊

《無羊》傳云：「蓑所以禦雨，笠所以禦暑。」蓋簑專爲雨設，笠主於禦暑，而遇雨亦用之。故《良耜》傳云：「笠所以禦暑。」雨則兼言之矣。又《都人士》傳云：「臺所以禦雨，笠所以禦暑。」是臺指蓑言，與笠二物也。康成謂以臺皮爲笠，陸《疏》謂「臺皮堅細滑緻，可爲簦笠，南山多有」。孔疏亦言臺笠是一物，皆與毛異。恐未必然。羅願《爾雅翼》辯之當矣。其略云：「臺但可爲衣，不可爲笠，不應合臺笠爲一物也。《齊語》『首戴茅蒲，身衣襏襫』韋昭注云：『茅蒲，簦笠也。茅或作萌。竹萌之皮所以爲笠。』則笠不用臺可知。又云：『襏襫蓑薜，音避。衣也。』則襏襫以莎草爲之，今人作笠，亦多編筍皮及箬葉。其臺爲衣，編之若甲毿毿下垂，則莎但爲衣不爲笠。」案：羅說良是。臺是草名，而笠字從竹不從草，則古人爲笠用竹萌不用臺明矣。自鄭氏合臺、笠爲一物，後人因別作「籉」字而訓爲「笠」，誤以生誤也。惟傳義精確不可易。又案：蓑，《說文》作「衰」，從衣，象形。又作「[illegible]」，古文也。後借爲等。「衰」字用而蓑笠復加草作「蓑」，非古也。又案：「蓑」字，《玉篇》有素和、素回二切。《廣韻》云：「蓑，草名，可爲雨衣。」素回音與「衰」近，草可爲衣，則莎也。豈「蓑」字元讀如「衰」，因以莎草爲之，故後人轉讀如莎乎？蓑從草，俗有從竹者，誤。

「三十維物。」傳云：「異毛色者三十也。」疏申之云：「謂青赤黃白黑毛色別異者各三十也。」五色各三十，合之則百五十物。上文黃牛黑脣之犉，特黃色三十中之一物耳，而其數已及九十，牧事之盛可知。

「衆維魚矣。」衆，謂衆多，言魚之多也。鄭解「衆」爲「人衆」，云：「人衆相與捕魚。」迂矣。傳云「陰陽和則魚衆多」，竝不以爲人衆也。疏謂由魚多故捕者衆，彊通兩家之說耳。《魚麗》詩美萬物盛多，獨舉魚爲言。此亦以多魚爲豐年之夢，義正相符。《集傳》曰：「衆，謂人也。人不如魚之多，夢人乃是魚則爲豐年。」此尤不可解。人如魚，特人滿耳，於年何與乎？又「人乃是魚」一語，猶劉子云「微禹，吾其魚乎」云爾。見昭元年《左傳》。此當爲洪水之祥，何反爲豐年之兆？

旐、旟各是一物。箋云「夢旐與旟」，傳云「旐旟所以聚衆」是也。上專言魚，下竝言旐、旟，語意異而句法同。古人不妨有此。《吉日》之伯禱一事也而兩言，既《無羊》之旐、旟二物也而止一言，維各從文便耳。「衆維魚」猶云「衆哉魚」，「旐維旟」猶言「旐與旟」，兩「維」字不必過泥也。朱子必欲齊以一律，故人少魚多、旐少旟多之説出焉。

《無羊》，朱《傳》云：「旐，郊野所建。旟，州里所建。」此錯舉《周官・司常》《大司馬》二職之文而各取其一，不知何意。案：《周禮・春官・司常》《夏官・大司馬》所頒旗物各異。蓋司常所頒仲冬大閱之禮，大司馬所頒仲秋治兵之禮。彼注云：「秋辨旗物，冬簡軍實。以出軍之旗則如秋，以尊卑之常則如冬。大閱備軍禮，而旌旗不如出軍之時，空辟實也。」賈疏申其義，以爲「大閱是教戰，非實出軍之法，故謂之空。治兵是出軍法，故寄出軍之旗於彼，是冬之空當避秋實，出軍之法也」。二職旗物之互異，其故如此。今以旐旟二者言之，《司常》云：「州里建旟，縣鄙建旐。」注：「州里縣鄙鄉遂之官互約言之。」疏謂「鄉之下次州，又次黨，又次族，皆建旟。又次閭，又次比，皆建旐。遂之下次縣，又次鄙，又次酇，皆建旐。又次里，又次鄰，皆建旟也」。此賈公彦《周禮疏》之説也。孔氏《干旄》詩疏則云「族建旐，酇建旟」爲異。餘同。賈、孔皆申鄭互約之義。《大司馬》云：「郊野載旐，百官載旟。」注：「郊謂鄉遂之州長縣正以下也。野謂公邑大夫載旐者，以其將羨卒也。百官卿大夫也載旟者，以其屬衛王也。」疏謂「鄉遂之正卒屬軍吏，其羨卒使州長以下不爲軍吏者將之。公邑亦然。其天地四時之卿大夫屬各六十，有選當行者。」合此觀之，是司馬之郊已兼司常之州里縣鄙，而野與百官又在其外。二職文義本不相倫，豈得各取其一以相配乎？朱子之引《周禮》，誤矣。《集傳》又云：「旐統人少，旟統人多。」其説本於張子厚。然統人多少之故，非源所能知也。以司常所頒而言，則五職建旐。五職建旟所統，鄉遂之民數略相等也。以大司馬所頒而言，則六官之屬豈能多於六鄉六遂及四等公邑之羨卒乎？若就朱子所錯舉之文而較論之，則建旟之州里止當建旐之郊之半，而野猶未與焉。是旐統人甚多，而旟至少也。今乃反之，何其不稽於典乎？

皇清經解卷七十一終

嘉應葉　軨舊校

南海潘繼李新校

毛詩稽古編　卷十三

吴江陳處士啓源著

節南山之什變小雅

節南山

求車之家父非作誦之家父，正義辯之明且核矣。朱子猶疑其人之同異，祇欲證此詩之作非幽王時，意主於駁《小叙》耳。獨不思東遷後《雅》已降爲《風》哉？劉瑾附和其説，謂隱三年「尹氏卒」即此詩之師尹，求車之家父與之同時。此尤可笑。隱三年《左傳》本作「君氏卒」。君氏，隱公母聲子也。其言「尹氏」者，《公》、《穀》二傳之文耳。左氏親見國史，所書又魯事，必無誤。二傳之言得於傳聞，舛謬最多。其釋《春秋》此文，謂平王崩，隱公奔喪，尹氏爲主，故書其卒。夫隱公如周，不見《春秋經》。經但書「武氏子來求賻」耳。賻禮尚缺，致其來求，焉肯奔喪？二傳之不足信明矣，豈可執以爲據哉？況如瑾意，必謂西周時不得有尹氏，而凡言尹氏必是一人，然後可也。則《常武》詩云「王謂尹氏」，《常武》亦東遷後作耶？《春秋》昭二十三年書「尹氏立王子朝」，距隱三年二百二載矣，亦可合爲一人耶？何弗之思也。瑾又謂「喪亂」、「卒斬」、「鞠訩」、「大戾」等語皆亂亡以後之詞，殊不知古注本以「喪亂」爲疾疫，「卒斬」爲諸侯自相殘滅，「訩訟」、「乖戾」爲民俗之不善，未嘗謂王室亂亡也。後儒自誤解耳，反執此以疑經乎？且古人稍見亡徵即極口言之，如祖乙曰「天既訖我殷命」，微子曰「殷遂喪」，箕子曰「天毒降災荒殷邦」，此時紂未亡也。又況幽王時不僅政亂而已，饑饉、寇盜、癘疫、流亡、戎狄侵陵、諸侯背叛，蓋亦多有。觀《周語》言幽王九年王室始騷，與《大雅·瞻卬》《召旻》二詩所云及《小雅·漸漸之石》以下三詩《叙》可見。必以爲東遷後作，不已固乎？

節南山，近世趙凡夫以「節」字爲「𡴀」字之譌，𡴀，子結切。此有理也。「𡴀」省作卩，卩又譌作節耳。《説文》「𡴀」字注云：「陬隅高山之卩也。」與毛傳「高峻」義元不相背。《釋文》云：「節，在切反，又如字，又音截。」凡三音。其如字乃「𡴀」之音也。後儒專讀爲「截」音，《詩詁》遂以池陽巀嶭五葛反。山當之，誤矣。漢池陽縣爲今涇陽縣，在西安府北五十里，而巀嶭山又在縣北七十里。古鄗京在今咸陽縣西南，咸陽縣在今西安府西北五十里。詩言「南山」，明是鄗京之南，安得遠指池陽北之巀嶭耶？黄公紹信其説而録之於《韻會》，何弗考也？又《禮記》引此詩，朱子《章句》訓爲「巀然高大」，亦誤。巀，斷也，與高大何關？況節音巀，非訓巀也。

「憂心如惔。」《釋文》云：「惔，《説文》作『炎』，才廉切。」孔疏亦云。今案：《説文》引《詩》

作「憂心炎炎」，不作「如炎」。其「惔」字注引《詩》「憂心如惔」，與今《詩》正同。又注云：「惔，憂也。徒甘切。炎，小熱也。直廉切。」二字音義各異，「憂心炎炎」似别是一詩。但孔、陸二家所引同，不應俱誤。豈古本《説文》元作「如炎」，而「炎炎」乃《韻譜》之譌乎？

「有實其猗。」朱《傳》先述傳、箋，後載或説，以爲皆不甚通。或説出蘇氏，以「實」爲草木，「猗」爲長茂。吕《記》、嚴《緝》皆從之。劉瑾又以「我落其實」、《淇澳》詩「緑竹猗猗」爲「實」字、「猗」字之證。殊不知「猗」訓爲「長」，可言草木之枝葉，不可言草木之實。若竟以草木爲山之實，則文義又未安。《左傳》「我落其實而取其材」，「實」對「材」言，定是果實之義，杜注亦云：「吹落山木之實。」非泛指草木。劉所引非其證矣，宜朱子以爲不甚通也。案：「實」字，毛、鄭皆訓「滿」。「猗」字，毛訓「長」，鄭訓「旁」。毛謂南山高峻，而有滿之使平均者，因草木之長茂，與大師尊盛，而有益之使平均者，以用衆士之智能。鄭謂山既高峻，又有草木平滿其旁猗之畎谷，使之齊均，興尹氏既尊顯，亦當以政教養育民庶，使之齊均。與蘇説俱未明順。吾寧從古。

《節南山》詩兩言「不弔昊天」，傳訓「弔」爲「至」，箋又轉「至」爲「善」，言不善乎昊天也。後儒據成七年、襄十七年《左傳》引此詩，改爲「愍恤」之義。然玩左氏兩傳，「善」義自通。其訓爲「愍恤」者，杜注之説耳，未必丘明本意也。

「弗躬弗親」、「弗問弗仕」，古注目幽王得之，教王躬親機務，問察民情，欲其自爲政也。自爲政，則尹氏不得專恣矣。下章「不自爲政」，王肅以爲政不由王出，意正相應。蘇氏謂尹氏付政姻婭，誤矣。詩刺王委任尹氏，方嫉尹之擅權，反教以躬親問察哉。「勿罔君子。」箋破「勿」爲「末」，言不問察之則民將末略欺罔其上，比傳義爲徑捷。《小爾雅》勿、末二字同訓爲「無」，是「勿」與「末」義本相通也。

「昊天不傭。」「傭」訓「均」，毛傳與《爾雅》同。《釋文》云：「敕龍反。」《詩》、《雅》同。《説文》云：「傭，均直也，余封切。」案：《玉篇》：「傭，恥恭切，均也，直也。又音庸，賃也。」然則借爲「賃」義，故轉音「庸」耳。徐鉉以「庸」音施於「均直」，恐非是。宜以《釋文》爲正。

《爾雅》云：「訩，訟也。」《説文》「訩」作「詾」，云：「説也，省作訩。」毛傳訓「訟」，與《爾雅》同。《集傳》訓爲「亂」，不知何本。

「俾民心闋。」傳云：「闋，息也。」案：《説文》：「闋，事已閉門也。」事已閉門，其息之時乎？更借之爲止，爲盡，爲終，爲曲終，皆不離息義。《莊子》：「瞻彼闋者，虚室生白。」《釋文》引司馬彪云：「闋，空也。」蓋指室之牖，殆反借閉門義。

正月

傳云：「癙，痒病也。」《爾雅》同。舍人云：「癙、癵、力專切。瘇、痒，皆憂憊之病。」孫炎云：「癙者畏之病。」「癙」字不見《説文》，要之與「痒」俱諧聲，非取鼠羊爲義也。宋劉彝曰：

「鼠病而憂在於穴内，人所不知。」殆是臆説。

「民之無辜」四句，申言上無禄也。毛以爲「無罪而役於圜土，罰爲臣僕」，鄭以爲「王刑殺不辜，并及其家之賤者」，説雖不同，總是言王之濫刑，非言國亡而身爲臣虜也。「念我無禄」指己身言，「于何從禄」指天下言。「于何從禄」即無禄意，非言國亡之後從他人受禄也。「瞻烏爰止」方謂别歸賢君，然亦預計之詞耳。詩人語意本有層次。《集傳》曰：「無罪之民俱被囚虜，未知復從何人而受禄，如視烏飛不知止於誰之屋也。」六句一意，複甚矣。况謂「被虜」爲「受禄」，可乎？

中林宜有大木，而維見薪蒸，喻朝廷宜有賢者而但見小人。《韓詩外傳》亦云：「言朝廷皆小人也。」蓋毛、韓同解矣。朱《傳》以興分明可見之意，與刺時義何關？

「召彼故老，訊之占夢。」言侮慢元老，妄信徵祥也。「具曰予聖，誰知烏之雌雄。」言君臣皆自聖，賢愚無别也。意分兩層，此毛、鄭之説，後儒莫有易之者。惟《集傳》曰：「謂言如此，而王莫之止。及詢之故老，訊之占夢，又皆自以爲聖人，亦誰能别其言之是非乎？」不知自以爲聖者是何人。指王乎？指故老與占夢乎？故老本言「召」，何得改爲「詢」乎？既自謂聖人，正當自負知言，何以言之是非反不能别乎？文似順，義實乖矣。

「胡爲虺蜴。」《釋文》云：「蜴，星歷反。字又作蜥。」《詩緝》辯之，謂「蜥音析，蜴音亦。陸氏誤以蜴爲蜥也。」信矣。然《説文》引《詩》亦云「胡爲虺蜥」，是古本多有作「蜥」者，意《釋文》元本本云「蜥，星歷反，字又作蜴」。後人傳寫，據今本爲正，遂互易「蜥」、「蜴」兩字，以致音與字違。嚴氏反譏陸誤，殆未之思也。

箋疏以虺蜴見人而走喻民聞王命而逃。朱《傳》以虺蜴爲「肆毒害人」之喻，義相反而皆通。王氏以虺喻害人，以蜴喻畏人，一語而分兩意，鑿矣。

蠑螈、蜥蜴、蝘蜓、守宫，《爾雅》以爲一物。蠑螈，《説文》作「榮蚖」，云：「榮蚖，蛇醫以注鳴者。」又云：「在草曰蜥蜴，在壁曰蝘蜓。」《本草》又有石龍子，亦得守宫、蜥蜴之名。陶隱居辯之，以爲有四種：蛇醫一也，龍子二也，蜥蜴三也，蝘蜓四也。崔豹《古今注》謂蝘蜓、守宫、龍子爲一物。其長細者名蜥蜴，短大者名榮蚖。蛇醫，蘇恭唐本注以龍子、蜥蜴爲一物，蝘蜓、蠑螈爲一物。蘇頌《圖經》以在草澤者爲蠑螈、蜥蜴，在屋壁者爲蝘蜓、守宫。諸説紛紛，皆未得其真。今參以毛傳、陸《疏》之説，則蜥蜴即石龍子，其在水者名榮蚖，又名蛇醫。蝘蜓即守宫，在屋壁間，形皆相類而小異，故《爾雅》合四名爲一物也。分之則蝘蜓、守宫爲一物，蠑螈、蜥蜴爲一物，石龍子又名蜥蜴，守宫者又爲一物，其爲種凡三矣。《説文》之榮蚖，水蜥蜴也。《正月》詩「虺蜴」指此。在草者則兼乎水陸焉。

《説文》云：「坡者曰阪，一曰澤障，一曰山脅。」《正月》箋以阪田爲「崎嶇嶢角之處」，其山脅之謂乎？然《爾雅》十土可食者三，而阪與原、隰竝列焉。阪之不如原、隰者，止以陂陀不平耳。《詩》名爲田，則猶是可食之土也，故特苗得生之。

「執我仇仇，亦不我力。」《爾雅・釋訓》：「仇仇、敖敖，傲也。」注云：「皆傲慢賢者。」毛、鄭釋詩亦同。蓋古義相傳如此。《集傳》曰：「執我堅固如仇讎。」然夫詩言「仇仇」，何嘗言如仇乎？古人用重語多離其本訓，此篇之「京京」、「瘐瘐」、「蔌蔌」皆是，況執留之固亦是美意，何至以仇讎比之？

《集傳》載或說，疑《正月》詩是東遷後作，以「赫赫宗周，褒姒烕之」二語爲據。《通義》辯之，謂西周亡後不即東遷，引《左傳》「欈王奸命」見昭二十六年。語及《汲冢紀年》「虢公翰立王子余臣」事證之，而以此詩爲作於東西周之交。案：犬戎入周在幽王十一年庚午，至明年辛未，平王始徙都洛邑。則謂西周初亡未即東遷，信有然矣。但以此詩之作在西周既亡而未東遷之時，恐未必然也。夫「赫赫宗周，褒姒烕之」，何害爲西周未亡時語耶？《國語》幽王三年，三川震，伯陽父料周之亡不過十年。又鄭桓公爲周司徒，謀逃死之所，史伯引檿弧之謡、龍漦之讖決周之必弊，其期不及三稔。然則周之必亡，而亡周之必爲褒姒，當時有識之士固已明知之且明言之矣，安在褒姒烕周之語獨不可著之於詩乎？況篇中所云「具曰予聖」及「旨酒嘉有」、「有屋有穀」等語，顯是荒君亂臣奢縱淫泆燕雀處堂之態。若犬戎一亂，玉石俱焚，此輩已血化青燐，身膏白刀，尚得以富貴驕人哉？

九章三「載」字，惟「爾載」《釋文》「才再反」，因此「載」指車中所載之物，故異其音耳。「既載」之「載」不過與覆載字同義，朱《傳》亦音「才再反」，誤矣。下章「不輸爾載」與上「爾載」同，朱《傳》無音而有協，亦屬疏忽。

「輔」字雖從車旁，然製字之義與車無涉。《説文》云：「人頰車也。」《左傳》「輔車相依」，僖二年。注云：「輔，頰輔。車，牙車也。」其從車旁，殆取義乎？牙，車矣。故字亦從面作「酺」，見《易・咸卦》。《釋文》云：「輔，虞作『酺』。」然則「頰車」乃「輔」字本義。惟《正月》詩「乃棄爾輔」專以車言，毛、鄭皆無明辯。孔疏釋之云：「爲車不言作輔，則輔是可解脱之物，如今人縛杖於輻以防輔車。」蓋借近事揣度而爲此説也。《考工記》言作車之制甚詳，獨不及輔，《爾雅・釋器》亦無文，後人無由確指爲何物矣。《韻會》云：「車兩旁木曰輔。」此特據孔疏語爲故實也。《正韻》曰：「車輔，夾車兩旁木。又頰，頤也，形如車輔，故曰輔車。」反以車木爲本義而借爲頰車，誤矣。

「昏姻孔云。」傳訓「云」爲「旋」。案：云，即古「雲」字也。《説文》云：「雲，古文省雨作『云』。又作『[illegible]』，象雲回轉之形。」後人加「雨」作「雲」耳。其以「云」爲「言」義，乃借也。趙凡夫謂經典「云」字本皆「言」字，「言」字草書似「云」，因而致誤。此未必然。《埤雅》曰：「雲氣周旋盤薄，故曰旋。」此足暢毛旨矣。《左傳》鄭游吉引此詩而曰「晉不鄰矣，其誰云之」。襄二十九年。以「云」爲「歸附」，亦取旋義。

《説文》有「椓」字，無「㧻」字，《玉篇》二字竝收。《書》「劓刵椓黥」、《詩》「椓之丁丁」、「天夭是椓」、「昏椓靡共」，俱從木。《韻會》以《説文》「椓」字注訓「㧻」，又引《詩》「天夭是椓」，誤矣。

君子宜居人上，其高明廣大之氣象，雖貧賤仍自若也。小人宜在人下，其猥鄙瑣陋之情態，雖富貴亦不改也。《正月》末章「佌佌」、「蔌蔌」語，可謂善於體物。

十月之交

鄭氏謂《十月之交》、《雨無正》、《小旻》、《小宛》四篇皆刺厲王詩，篇第在《菁莪》後、《六月》前。毛公移置於《正月》篇下，併改詩《叙》「刺厲」爲「刺幽」，其説甚謬。蘇氏駁之，逸齋又據經文證其五妄，允矣。源亦謂厲、幽均無道，而其實有殊。厲乃暴君，幽惟昏主。暴君重斂煩刑而政由己出，臣民尚知悚懼，不敢自擅。故厲王之世，楚子熊渠畏伐，去其三子王號，則流彘以前威福尚未去也。昏主荒沈酒色，置政事於罔聞，致姦兇之輩弄權植黨，〔二〕蔽主虐民，甚且視君上如弁髦，《十月之交》之皇父是也。皇父就封於向，挈其百僚以行，朝廷爲之一空，目中不知有天

〔二〕「植」，原作「值」，據庫本改。

子。使在厲王時，其敢然乎？厲王之虐能懾遠裔之彊藩，反不能制畿内之卿士乎？況皇父作都，徹民牆、萊民田，肆惡無忌，真蠹國之渠、病民之首。流彘之役，民當共食其肉，不特皇父一身而已。大子靖尚幾不免，皇父之家豈能獨全？就令有存者，宣王中興，自當順民所欲，不復録用其後。乃征徐之舉，首命皇父爲卿士，以六師之重委之罪人之子弟，使與忠貞之召穆公同執兵柄，不幾拂民心、墮士氣乎？由是言之，則作都之皇父定是征徐者之後人，仕於幽王之世而不克紹其前烈，一如吉甫之後有師尹、申伯之後有申侯云爾。而「趣馬」之「蹶」爲《韓奕》「蹶父」之後可知矣。仲達爲鄭氏左袒，力證《十月之交》爲厲王詩，至引《中侯擿雒貳》之文以助其説。《中侯》曰：「昌受符，厲倡嬖，期十之世權在相。」又曰：「剡者配姬以放賢，山崩水潰納小人，家伯罔主異載震。」謂文至厲適十世，剡、豔古今字，豔妻、家伯與《詩》事同。「山崩水潰」，即此詩「川沸山崩」也。噫！緯書之言其可信哉？宣王元舅是申伯，則厲王后自應姜姓，何得姓剡？川沸山崩，即三川震、岐山崩之事，不必舍《周語》而信緯書也。又孫毓《詩評》疑褒姒生於龍妖，不應有七子之親。殊不知褒人育之，又進之於王，則褒人之族即其親黨矣，安知七子不因褒姒而進乎？

「十月之交，朔月辛卯，日有蝕之。」孔疏謂「漢世通儒未有以曆考此辛卯日蝕者」。吾友顧英白偉云：虞劆推十月辛卯朔在幽王六年乙丑歲，《大衍曆》以爲然。以《授時曆》推之，是歲十月辛卯朔泛交，十四日五千七百九分入蝕限。余案：《唐書・日蝕議》言漢世大儒「皆以日蝕非常，闕而不論。黄初以來始課日蝕疏密，至張子信而益詳。」宜乎辛卯日蝕漢世無考也。仲達生於唐初，不見《大衍曆議》，故不以虞劆之言爲然耳。要之曆家推算之法至後世而愈精，故漢以前日蝕之差以日計，唐以時計，宋元以刻計，今以分計。英白博極群書，尤精於天文曆象，而考據詳慎，悉本經史。觀所著《司天考》，可見其言信而有徵矣。又孔疏言「王基謂此交會在共和之前，而較之無其術」。以孔之右鄭，欲證此詩爲刺厲而不能以王基之説爲然，則在幽世無疑。

「朔月辛卯。」朔月，猶月朔也。今本《集傳》作「朔日」，當是傳寫之誤。案：《禮記·玉藻》凡月朔皆稱朔月，《論語》亦以月吉爲吉月。古人多倒語，無足異也。魏鶴山著《正朔考》。謂《十月之交》乃是夏之十一月，爲周正朔之月，故曰「朔日」，以證周之不改時月。此真無稽之論。況「交」乃日月之交，會非兩月之交也，併誤解「交」義矣。《補傳》又謂《詩》於夏正皆言月，於周正皆言日。此夏正，故言朔月。斯尤爲妄説。《詩》以日紀月，惟《豳風·七月》篇耳。以日陽月陰取義，非以夏正爲别也。夏之三月，於周爲夏而非春。如夏正必言月，則載陽之月乃夏之春，何以亦言日乎？又如《四月》篇之秋日，若以周正言，則午、未、申三月也。其冬日，則酉、戌、亥三月也。申月以前安得百卉具腓？〔一〕亥月以前安得飄風發發乎？

〔一〕「腓」，原作「痱」，據庫本改。

辛卯日蝕，曆推當在六年。川震山崩，據《國語》在三年，《史記》本紀在二年。震電未知在何年。要非必一年事也。詩因日蝕之異而作，併數從前災變言之耳。朱《傳》將震電、川沸、山崩俱指爲十月事，不知何據。原其意，特欲以非時而雷電證十月之建亥耳。然古太平之世雷不驚人，電不眩目。幽世之震電必有過常者，當時以爲異，而詩人以「爗爗」表之，異在過常，不在非時也。況川沸、山崩，豈必在十月方爲變哉？

「百川沸騰，山冢崒崩。」正《周語》幽王三年三川震岐山崩之事也。孔氏以爲「沸騰」者，沸出相乘陵，是水盛漫溢，與震異。又彼言三川震，是歲即竭，亦非沸騰。又百川與三川不同，詩所言自是厲王時事。斯膠滯之見已。地震則水溢，勢所必然，何得謂沸騰非震？震時則沸騰，震後則又竭，正在一歲中耳，何害爲一事？三川韋昭注云：「涇、渭、汭也。」專舉其大，百川兼目其小。大水泛溢，小水豈得安流？詩與《國語》文異而事同也。疏彊分之，固甚已。

《爾雅》「山頂冢崒者厜才規反，鄭箋作「崔」。㕒五規反，鄭箋作「嵬」。」，正釋《詩》「山冢崒崩」之文，言山頂之巉巖有崩落者也。鄭箋依此爲說，疏申之云：「徐邈以崒子恤反，則當訓爲盡。不應天下山頂盡崩，故鄭依《爾雅》訓崔嵬。」據此，則子恤反非《爾雅》義也。《爾雅》釋文云：「崒，子恤反。」《詩》釋文云：「崒，舊徂恤反，宜依《爾雅》子恤反。」是陸以「子恤反」當「崔嵬」之義，與孔異，而孔得之。

「蹶維趣馬。」《周禮》「趣馬下士」，鄭箋誤以爲「中士」，孔疏辯之甚明。顏師古《漢書注》、朱子《詩傳》皆襲鄭之誤。

《小雅》言「豔妻」，猶《大雅》言「哲婦」。色豔而性哲，各舉其一以目之耳。傳云「豔妻，褒姒，美色曰豔」是也。孔謂「天子之后不當以色名之」，而以鄭厲后姓剡之説爲是，迂矣。美色之稱既非所加於王后，獨可稱妻稱婦乎？

「抑此皇父。」鄭云「抑之言噫」，《釋文》云：「抑，徐音噫。」《瞻卬》篇「懿厥哲婦」，鄭云：「懿，有所傷痛之聲。」孔疏申之，以爲懿、噫音義同。又《楚語》「懿戒」，韋昭讀「懿」爲「抑」。蔡邕石經《論語》「意與之與」，孟蜀始改「意」爲「抑」。是抑、懿、噫、意四字古音本同，故往往通用。

「曰予不戕。」《釋文》云：「戕，王作臧。臧，善也。孫毓評以鄭爲改字。」案：此詩毛無傳，王述毛作「臧」，孫又以「戕」爲鄭改，則古經乃「臧」字矣。孔疏用鄭述毛而不存王説，殊爲疏漏。

黽勉、密勿、侔莫、文莫，皆自勉之意。「黽勉從事」，《韓詩》作「密勿」，語異而義同也。晉欒肇《論語駁》云：「燕齊謂勉彊爲文莫，今語猶然。」《方言》云：「侔莫，彊也。北燕之外郊凡言努力謂之侔莫。」蓋四者音相似，〔二〕義亦通矣。《方言》又有薄努、勔釗、勖茲之稱，亦爲勉義。

〔二〕「音」，原作「因」，據庫本改。

從王事而不敢告勞，臣子之分也，所惡者讒口耳。劉子政《封事》曰：「君子獨處守正，不撓衆枉，勉彊以從王事，則反見憎毒讒訴。」因引此詩，向引此詩作「密勿從事」，當是《韓詩》。意正與箋、疏同。朱《傳》訓「從事」爲「從皇父之役」，誤矣。皇父之徒，正劉向所謂「衆枉」耳，豈從其役哉？求媚於權門而不得，因爲此怨詞，成何品行，而夫子録其詩乎？下章「我獨居憂」，又云「皇父病之」，所見亦小矣。

「噂沓背憎。」傳云：「沓，猶沓沓。」案：《説文》云：「沓，語多沓沓。从水，从曰。」徐鉉云：「語多沓沓，若水之流，故从水。會意。」此足暢毛旨矣。又案：《板》詩「泄泄」，孟子以爲猶「沓沓」，亦取雜沓競進之意。小人争先獻媚，每有此醜態，與下文無禮無義非先王之道意正相合。若以爲怠緩悦從，則反其義矣。又《釋文》云：「噂，《説文》作『僔』。」云：「聚也。」今《説文》噂、僔二字皆引此詩。「噂」注云：「聚語也。」「僔」注如《釋文》所引。

雨無正

《詩》篇以意取名者，《雨無正》、《巷伯》、《常武》、《酌》、《賚》、《般》凡六，而《雨無正》之名尤難解。《叙》云：「雨無正，刺幽王也。雨自上下者也，衆多如雨，而非所以爲政也。」箋、疏發明其意，以爲王之教令甚多，而事皆苛虐，非所以爲政之道。意始曉然。《叙》語簡質，詞旨艱深，古文類多有此。朱子譏其尤無義理，不已過乎？又永叔謂此詩七章無衆多非政之義，與《叙》

絶異，所當闕疑。源謂叙此詩者解命題之意，原作詩之由，如是而已。所云「衆多非政」，乃謂詩由此而作，非必詩中語悉不離乎此也。首章言刑罰不當，蓋亦無政之義。下遂及人心之離，忠言之蔽，仕進之危，又極其敝而言之，何嘗非衆多無政意乎？且使《叙》果出漢儒手，何難依傍經文爲明白易曉之語，而故艱晦其詞，開後世以疑端乎？觀此《叙》，愈信其來之古。

《雨無正》首章，古注「謂天本浩浩廣大，王不能繼長其德，毛云：「駿，長也。」致天降此饑饉滅國之災，而旻天又疾王以刑罰威恐天下，其災更有甚者，將及王身。王不慮之圖之，舍毛云：「除也。」彼有罪而伏辜者不加刑戮，其無罪之人反牽連相引而偏得罪。」皆刺王之詞也。《集傳》用蘇氏之説，全以天變言，謂：「天不大其惠而降此災，如何不圖慮而爲此乎？彼有罪而饑饉，既伏辜矣；此無罪而死亡，則如之何？」源謂詩人刺亂，不得專爲怨天之語。刺詩之作，原以諷切當世，俾聞之者因之省悟耳。語語怨天，豈欲天之省悟乎？況使荒主亂臣得委其責矣。此章上五句箋疏稍爲煩碎，其解「弗慮弗圖」以下不可易也。嚴《緝》從古義，得之。

箋、疏「降喪饑饉，斬伐四國」爲三義。喪也，饑饉也，斬伐也。朱《傳》總之以「饑饉之後群臣離散，其不去者作詩以責去者」。又謂「正大夫離居」，是因饑饉而散。此必無之理也。離居者，自爲遠禍計耳。見幾高蹈，在下僚則可，非大臣所當爲，故詩人譏之。豈因饑饉而去乎？身爲王臣，家有采邑，尚不能餬其口，豈散去之後反能免其窮困乎？

首章《釋文》云：「旻天，本有作『昊天』者，非也。」疏云：「上有『昊天』，明此亦『昊天』。定本作『昊天』，俗本作『旻天』，非也。」孔、陸意異，而孔得之。作「旻天」者，因《小旻》首句而誤耳。《埤雅》云：「幽王時始曰『昊天疾威』，繼曰『旻天疾威』。」亦據孔立説。今注、疏、《集傳》經文皆作「旻」，惟石經作「昊」。

朱子因「周宗既滅」一語，疑《雨無正》爲東遷後詩。劉瑾又附和之，謂「正大夫離居」及「爾遷于王都」之語似是東遷之際，群臣懼禍離居，不隨王遷。若使幽王尚在，不應言「周宗既滅」。去而挽之，當曰「還」曰「歸」，不應言「遷于王都」。以證此詩是東遷後作。似矣而實非也。大康雖失位，夏未亡也，而五子曰「乃底滅亡」。紂雖無道，殷未亡也，而祖伊則曰「既訖殷命」。古雖昏暴之朝，其諱言亦不若後代之甚。即如伯陽父、史伯論周之亡，皆直言無隱。此亦幽王之時也，何嘗以不祥語而不出諸口乎？況「周宗」者，以周室爲天下所宗也。幽王昏亂，諸侯不朝，天下無復有宗周者，謂之「既滅」亦宜。至王肅述毛，以爲先王之法有可宗之道，幽王棄之，故曰「既滅」，取義亦優。是「既滅」語不必待東遷後方可言也。又「離居」、「出居」，正與《十月》末章「我友自逸」意相合。大抵幽王時見幾之士多有去國遠害者，鄭桓公王室懿親，官居司徒，尚寄孥虢鄶，爲逃死之計，其屬疏而在下者可知也。去而復來，固當曰「還」曰「歸」，而言「遷」亦無不可。因一字而疑之，不幾以文害乎？至謂東遷之際，群臣懼禍，不隨王遷，此尤必無之事。西京宮室爲禾黍矣，犬戎復出没其間，群臣不歸東都，將安歸乎？　群臣非王戚即世族也，從王有禍，從犬戎反無禍乎？《左傳》襄十一年周伯輿之大夫瑕禽曰：「昔平王東遷，吾七姓從王。」則從遷者亦不少矣。又曰：「若蓽門圭竇，其能來東底乎？」則當日人情但有欲從王而力不能達者，必無能從而不欲者也。晉、宋之南遷也，中朝舊臣類皆跋涉千里，求故主而事之，古今人情豈甚相遠乎？又篇中語有斷不可通于東遷後者，首章之「若此無罪，淪胥以鋪」、次章之「庶曰式臧，覆出爲惡」是也。平雖庸暗之君不至若幽之無道，況立國之初，人心未固，何敢淫刑以逞，且肆行惡政哉？

「周宗」、「宗周」，見於經傳者不一。在西周則指鎬宗，在東周則指王城，爲天下所宗，故曰周宗。宗，尊也。朱《傳》解「宗」爲族姓，而謂將有易姓之變，殆是臆説。

「聽言則答。」與《桑柔》篇「聽言則對」，其義一也。鄭箋以此爲「可聽用之言」，彼爲「道聽之言」。又以「答」爲距違，以「對」爲應答。語同而解異，鑿矣。當以傳爲正。

「聽言則答，譖言則退。」毛傳云：「以言進退人也。」疏申其意曰：「王好信淺近，受用讒佞，若有道聽非法之言，則應答而受之。若有譖毁之言，則用其言而罪退之。」蓋責王也。朱《傳》以爲責臣云：「王有問而欲聽其言，則答之而已，不敢盡言。譖言及己，則退而離居。」責其恝然於王也。如朱説，則「聽言」是己之言，「譖言」是人之言。兩「言」字不應異解，「答」字内亦無不盡言之意。王信讒言，雖欲不退亦不可得，何謂恝然？此於義皆難通也。呂《記》用其說，嚴《緝》稍易之，然不如古注之當。

五章。毛傳以「哀哉不能言」爲「哀賢人不得言」。以「哿矣能言」爲「可矣，世所謂能言」。夫曰「世所謂」，則僅見許于俗人，決非賢者。箋、疏申之，謂賢者之中有此巧、拙二種，恐失毛旨。古未有以「巧言」爲善者。《虞書》與「令色孔壬」竝稱，《周書》亦與「便僻側媚」類舉。《小雅·巧言》篇亦云「如簧厚顔」，而孔子尤惡之，屢見於詞，豈有反用爲美稱者哉？《表記》「詞欲巧」，未必是聖人語，七十子之徒得之於傳聞耳。仲達引以爲證，誤矣。至《左傳》昭八年晉叔向引「不能言」證小人之言僭而無徵，引「能言」證君子之言信而有徵。此特斷章耳。杜注謂叔向時《詩》義如此，亦未必然。蘇氏云：「言之忠者，世所謂不能言也。常可人意者，佞人之言也。此世之所謂能言也。」得之矣。

小旻

「潝潝訿訿。」朱《傳》用蘇説以「相和相詆」解之。蓋因「翕」是合義，「訿」是毀義，依傍而爲此說也。詩義殆不然。毛傳云：「潝潝然患其上，訿訿然思不稱其上。」《爾雅》云：「翕翕訿訿，不供職也。」夫人臣之職，當竭力以效用於上，而精白無私以當上心。今不惟不爲上用，而反爲上患。不惟不能稱上意，而又故與上違以思爲不稱，故謂之不供職也。《雅》與傳殆相發明。

孔疏以專權争勢爲患上，背公營私爲不稱，良然。

「國雖靡止」、「民雖靡膴」，毛訓「靡止」爲「小」，「靡膴」無訓。王肅述毛，訓爲「少」。鄭訓「止」爲「禮」，「膴」爲「法」。小與少，禮與法，兩家字訓義各相配。孔疏申毛，既以「靡止」爲「小」矣，及訓「靡膴」，又取箋義。朱《傳》以「民雖不多」訓「靡膴」，用王説矣。則以「靡止」爲「小」可也。乃以「國論不定」釋之，義互相參差矣。又案：《釋文》云：「靡膴，《韓詩》作『靡腜』，猶無幾何。」然則王以爲「少」，蓋本《韓詩》。

毛傳釋《小旻》卒章，用「不敬小人則亦危殆」之意，本於《荀子》「狎虎」語。華谷非之，謂此篇諸章止言不能聽謀，竝無畏小人之説。《荀子》引《詩》是斷章取義。毛乃荀之弟子，故祖其師説，非《詩》之正指也。斯言似之而實非。詳玩經文，前五章皆刺時之語，末一章獨爲自警之詞。蓋先言小人謀議不臧，譏王誤聽。因又自言當明哲保身，未可攖小人之怒。文義正相合，何必全篇皆言聽謀乎？荀、毛師弟同堂，其詩説應得之面受，非若異世徒據成書也。荀果斷章，毛豈不知，而用爲正解乎？

小宛

小宛刺幽王，解者紛紛。朱《傳》盡埽諸説，定爲兄弟相戒之詩。合之詩詞，甚爲相似。獨「天命不又」一語，終屬難通。朱《傳》曰：「各敬慎爾之威儀，天命已去，將不復來，不可不懼也。」惟天子受命於天耳，大夫戒其兄弟，可妄稱天命乎？下復云：「時王以酒敗德，臣下化之，故首以爲戒。」仍不能脱刺時義矣。

《氓》之「鳩」，《小宛》之「鳴鳩」，如《爾雅》之「鶌鳩鶻鵃」也。傳亦云「鶻鵰」，《釋文》云：「鵰，陟交反。《字林》作『鵃』。」是鵃、鵰形異而音同矣。亦作嘲鳥。朝鳴曰嘲，夜鳴曰啖。《禽經》「林鳥朝嘲，水鳥夜啖」是也。鳴鳩，好朝鳴矣。《月令》之「鳴鳩」、《莊子》之「鷽鳩」、《左傳》之「鶻鳩司事」，皆此鳥。陸元恪以爲「班鳩」，非是。《埤雅》及《爾雅疏》辯之甚明。呂《記》、朱《傳》皆誤。

以小鳥不能戾天，興小人之道不能成高明之功者，毛氏之説也。以小鳥尚思戾天，興王不能自彊，鳴鳩之不如者，歐陽氏之説也。二説雖相反，而取義實同。然案「鳴鳩」即《莊子》之「鷽鳩」，所謂「決起而飛，搶榆枋，時則不至，而控於地」者，乃斯鳥矣，焉能戾天乎？則毛傳之義爲允。又案：許叔重謂鳴鳩奮迅其羽，直刺上飛數千丈入雲中。許讀《詩》而未究其旨，故有此誤耳。《本草》言鳴鳩在深林間，飛翔不遠，當得其真。又與《莊子》及毛傳合，不謬矣。《名物疏》辯之，亦同鄙意。

《集傳》釋《小宛》三章，以庶民采菽興善道人皆可行，蜾蠃負子興不似者可教而似。因以「式穀」終采菽意，「似之」終負子意，此亦彊爲分配語耳。「采菽」之興何自獨别爲善道乎？況

「似之」者正似其善道，何得分爲兩義？

「式穀似之。」《詩詁》以「似」爲「似續」之「似」，言王不能治民，則將爲能治者繼而有之。案：《詩》中「似」字多與「嗣」通，此解良得之。又此章以上四句興，此二句文義各相承。「采」爲「采菽」，「負」爲「負螟蠕」，則「似之」亦當爲「似」。「爾子」謂嗣有女之萬民耳。鄭云「似蒲盧之得子」，殆未然。

螟蠕、尺蠖與蠋皆不能穴木，惟在樹上食葉。尺蠖似蠋而小，行則首尾相就，詘而復伸。螟蠕又似尺蠖而青小，至夏俱羽化爲蛾。

蜾蠃雖名土蜂，然《爾雅》云「蜾蠃，蒲盧」，又云「土蠭」，則二蟲也。蜾蠃又名細要蠭，又名蠮螉，入《神農經》下品。土蠭則見陶氏《别録》。郭景純曰「大蠭在地中作房者爲土蠭」，此也。其細要蠭則陶隱居言「其雖號土蜂，不就土中作窟，但摙土作房」者也。

《爾雅》：「蜾蠃，蒲盧。」注云：「即細要蠭也。俗呼爲蠮螉。」《詩》毛傳及《釋文》之説亦同。是一蟲而四名也。宋彭乘著《墨客揮犀》。謂其類有三：「銜泥營巢于屋壁間者爲蜾蠃，穴地爲巢者爲蠮螉，巢于書卷及筆管者名蒲盧。蜾蠃、蒲盧，捕桑蠖及小蜘蛛之類。蠮螉惟捕蠨蛸與蟋蟀。」彭蓋以地中之土蠭爲蠮螉也。至巢于書卷筆管及屋壁者，故是一蟲耳。蜾蠃、蒲盧，《爾雅》、毛傳、《説文》皆以爲一物，必無誤也。

「我日斯邁，而月斯征。」鄭云：「我，我王也。蓋戒王宜與群臣勤勞於政事，日有所往，月有所行，無止息也。」歐陽及王氏皆訓爲日月之行甚速，與《論語》「日月逝矣」同義，則「我」字爲贅矣。

「哀我填寡，宜犴宜獄。」言哀亂之世，政以賄成，窮盡寡財之人無辜被繫，在上反謂之宜，故可哀也。歐陽氏謂因窮寡而争訟，云「宜」者，言其勢不得不然。夫致民窮寡雖由上之失道，然君子樂道安貧，自應處之泰然，何至争訟哉？惟無知小民窮以致濫，容或有之耳。歐陽以此爲宜，恐非詩人之旨。

小弁

《小弁》詩，朱子注《孟子》純用《叙》義。及爲《辯説》，則又疑宜臼詩與傳作皆無據。豈因趙岐注及王充《論衡》皆指爲伯奇事，故裴回無定見耶？然二《雅》所咏，必有關于王朝得失。吉甫父子私家之事未必入《雅》。

弁、般、槃、盤，字異而音義同，皆借用爲樂意。「弁彼鸒斯」，以鳥之樂興己之憂也。《集傳》曰：「弁，飛拊翼貌。」未知何本。

《小弁》四章箋云：「柳木茂盛則多蟬，淵深而旁生萑葦。言大者之旁無所不容也。」《韓詩外傳》引此亦云：「言大者無所不容。」毛、韓異家而同義矣。夫以王者之大不能容一太子，使之如舟流之靡届，曾柳淵之不如。詩人以此托興，直是觸目傷心放子孤臣情事應爾。朱子論興體多主全不取義之説，故於此俱略而弗求，遂令讀《詩》者漠無觀感。

「析薪扡矣。」《説文》：「杝，从木也，聲音豸。」《玉篇》亦然。《釋文》「扡」從手也聲，音侈。音隨形異，其義則同。《集傳》字從《説文》，音從《釋文》，失之矣。黄氏《韻會》辯此甚明，而《正韻》仍襲朱《傳》之誤。近日俗下書有《字彙》者，辯《詩》「杝」字從木不從手，彼未見古注疏也。又案：「扡」字亦作「拸」，俗作「扯」。

巧言

《小雅》多呼天之語，如「昊天不傭」、「昊天不惠」、「昊天不平」、「浩浩昊天」、「如何昊天」、「昊天已威」、「昊天大憮」之類。天字皆稍斷，當云昊天乎，蓋呼而訴之也。古注本如此，今皆以爲歸罪於天，則非刺時也，乃刺天矣。恐無是理。

《巧言》首章兩「憮」字，上「憮」毛訓「大」，下「憮」無傳，鄭兩「憮」皆訓「傲」。兩「憮」必欲畫一，則鄭義勝矣。「昊天大憮」，疏申毛云「王甚虐大」，不成文義矣。朱《傳》從毛訓「大」。其釋「已威」、「大憮」云：「昊天之威已甚矣，昊天之威甚大矣。」二句意兩分，不應下句又蒙「威」字。

《爾雅》云：「慎，誠也。」《詩》「慎」字，毛、鄭多用此訓。宋儒以其不入俗，悉改之。案：「慎爾優游」、「考慎其相」猶可釋爲「謹慎」，至《巧言》兩「予慎」，非誠義莫通矣。朱《傳》改訓爲

「審」，可謂巧於諧俗。

「憮」、「僭」二字，呂《記》作「幠」、作「譖」，與諸本異。案：「幠」字本《爾雅注》，郭引此詩。「譖」字與「僭」同音，亦作不信解。則從心從巾，從人從言，皆可通也。但「譖」字不應讀側蔭切耳。又「昊天大憮」，注疏本作「大」，《釋文》云「大音泰，本或作『泰』」，今呂《記》、朱《傳》、嚴《緝》皆作「泰」。

「譖始既涵。」「僭」字本訓「數」，音朔。鄭訓「不信」。「涵」字毛訓「容」，鄭訓「同」。《釋文》云：僭，毛側蔭反，鄭子念反。涵，毛音含，鄭音咸。皆音隨訓異，不可溷也。近世「僭」字皆作「不信」解，而仍讀側蔭切。義從鄭而音從毛，恐誤。呂、朱皆有此失，惟嚴《緝》無音，得之。

「聖人莫之。」毛以「莫」爲「謀」。朱《傳》從王氏訓「定」。案：「莫」之訓「定」者當音「貊」。《大雅》「求民之莫」，莫與赫、獲協韻。「貊其德音」，《左傳》、昭二十八年。《樂記》引《詩》，「貊」皆作「莫」。兩《釋文》皆亡白反。又《爾雅·釋詁》「嗼」莫字。字亦與「貊」同訓爲定。則莫、貊同音可知。此詩「莫」字協「作」協「度」，豈同彼莫乎？《釋文》云：「莫，或作『漠』，或又作『謨』。」是毛之訓「謀」乃詩之本旨。漠、謨二字，《爾雅》皆訓謀矣。

「往來行言，心焉數之。」箋、疏義長矣。「心焉數之」與「出自口矣」正相反，君子之言必再三思惟，心知其善然後出之，故往來俱可通行。小人之言但取口給，不必由衷，故敢爲大言以欺世。知乎此，可以得聽言之準則矣。歐陽以「行言」爲「道路之言」，而宋儒皆從之。朱《傳》又以「碩言」爲「善言」，此於「心數」及「自口」二語俱少義趣，不如古注之優。又「碩」本訓「大」，轉爲「善」義，殊費力。

「既微且尰。」尰，《説文》作「瘇」，云：「从疒，童聲。籀文从尣作『𡰥』。」《玉篇》同。又云：「或作『尰』。」案：尣，《説文》云：「𡯁，布火切，蹇也。曲脛也。烏光切。从大象偏曲之形。」今監本從九作「尰」，非是。又案：尰，亦作「瘇」，《漢·賈誼傳》：「天下之勢方病大瘇。」

何人斯

蘇與暴，箋云：「皆畿内國名。」疏謂蘇即河内温縣，本於《左傳》杜注也。成十一年。而暴則未聞。今案：《春秋》文公八年公子遂會雒戎，盟于暴，杜注云：「鄭地。」范甯《穀梁注》亦同。幽王時鄭尚未遷，暴未爲鄭有。且與雒戎盟于此，則地必近洛。意暴亦東都畿内國與？又案：《世本》暴辛公作壎，蘇成公作篪。譙周《古史考》：「暴辛公善壎，蘇成公善篪。」孔疏皆斥其謬，當矣。然蘇、暴二公之謚因此得傳，於詩《叙》不爲無補。

「否難知也。」《釋文》云：「否，方九反。」一云：「鄭符鄙反。」案箋云：「反又不入見我，則我與女情不通。女與於譖我與否，復難知也。」方九切當譖否之義，符鄙切當情不通之義矣。細玩箋文，讀爲符鄙切者得之。《集傳》曰：「爾之心我不得而知。」則「否」字成贅。

「俾我祇也。」毛以「祇」祈支反。爲「病」，則上章盱病是蘇公自謂。鄭以「祇」止支反。爲「安」，則上章盱病指「何人」而言。鄭説優矣。盱、祇皆承見我，上言一來見我於女何病，下言一來見我於我得安也。又《卷耳》之「吁」、此詩及《都人士》之「盱」，毛皆訓「病」。朱《傳》「吁」訓「憂歎」，「盱」訓「望」，各隨文釋之。不知詩之義難盡以文拘也。又引《易》及《字林》、《三都賦》證「望」義。然《易》之「盱豫」，古注無訓「望」者。至呂忱、左思，二人皆後于毛，疑毛而信呂、左，可乎？

壎，《周禮》、《爾雅》皆作「塤」，孔疏以爲古今字異。案：《説文》：「壎，从土熏聲。」則「壎」字較古矣。又毛傳「土曰壎」，疏以爲《漢書·律曆志》文。此二人各述所聞耳。班書後出，毛不得襲其語。

「爲鬼爲蜮。」蜮，《釋文》或、域兩聲。音域者短狐也。《韻會》獨取或音，謂即顔師古所云「魅蜮。」案：《文選·東京賦》注李善引《漢舊儀》東漢人衛宏著。云：「魊，鬼也。魊與蜮古字通。昔顓頊三子，一居若水爲魍魎蜮鬼。師古所云魅蜮，正指此。」然《漢書》「人主之大蜮」，東方朔以比董偃。宋劉攽謂短狐淫氣所生，朔以指偃，正當不必遷就魅魊，洵爲篤論。源亦謂短狐潛居水中，人不得見，故詩人與鬼竝言。若是魅魊，則亦鬼耳。詩竝言之，不已複乎？黄説殆未然也。又案：《文選》魊鬼之蜮，亦音域。

「有靦面目。」傳曰：「靦，姡也。」活、括二音。《釋文》云：「姡，面醜也。」《說文》亦同。疏引《說文》云：「姡，面靦也。」與今本異，未知孰是。案：箋云「姡然有面目」，疏云「靦，姡」，皆面見人之貌。孫炎《爾雅注》云：「靦人面姡然。」又《越語》范蠡曰「余雖靦然而人面哉」，韋昭注云：「靦，面目之貌。」《說文》亦以「靦」爲「面見」。《廣雅》又訓「姡」爲「靦」，皆不及醜義。況經云「有靦面目，視人罔極」，但言其與人相見無窮極耳，竝無可醜之意也。今本《說文》必有誤，當以疏引爲正。

「有靦面目，視人罔極。」言有面目則非鬼蜮也。與人相視方無窮極，豈能終身不見我？蓋以收全篇之意也。案：此詩八章，言詞煩複，要其旨歸，不過責其來見而已。前四章「不入我門」、「不入唁我」、「不見其身」、「其爲飄風」，皆怪其不來見也。五、六章兩言「壹者之來」，望其來見也。此鄭說。七章要之以詛，亦欲與之相見，面釋其疑也。末章又言除是鬼蜮則不可見，女靦然而人面，終有相見之期。今之不來見，何爲乎？彼反側而抱愧於心，所極難者見面耳。必欲與之相見，彼將無地自容，正所以窮極其情也。而絕之之意，不言可知矣。

巷伯

《周禮》內小臣，奄人而稱上士，是奄官之長，故箋、疏以巷伯當之。伯，長也。寺人無爵，且屬於內。小臣則奄人之卑者，故不以當伯長之稱。宋之説詩者謂寺人即巷伯，已失據矣。朱《傳》又謂寺人即內小臣，則誤尤甚。夫「內小臣」與「寺人」竝列于《周禮・天官》屬下，明是二職，豈未之見乎？

《巷伯》詩是本爲寺人，又被讒譖而作。朱《傳》以爲遭讒被宫，故作此詩。徒見次章毛傳引顔叔子、魯男子事，《漢書・史遷贊》比之《小雅・巷伯》之倫，因有是説耳。今案：毛傳以經文「侈兮侈之」言是必有因而益大之義，必因小嫌構而成罪，作詩之人當自謂避嫌之不審，故引二人之事。顔叔子納鄰之嫠婦，雖執燭繼薪，然人不可户説，是避嫌之不審也。必若魯男子閉門不納，則避之審矣。疏以爲止證避嫌，寺人奄者所嫌不必因男女，是明以遭讒爲既宫之後也。又末章毛傳云：「寺人而曰孟子者，罪已定矣，而將踐刑，作此詩也。」設遭讒而後宫，則踐刑之時尚未爲閹，安得自稱寺人耶？以此傳之言合之前傳，則知毛公意中未必如朱子之説矣。至班掾比史遷於巷伯，止以同是閹者，又皆有傷悼之詞，故取以相方耳，非謂兩人皆遭讒而被宫也。況子長之腐刑出於帝意，竝非因譖而然，此兩者皆非所據矣。《集傳》於篇末引楊氏語，以爲説不同而亦有理，殆亦不安於前説乎？

首章「萋斐」，正言貝錦。次章「哆侈」，正言南箕。一是形容其文彩，一是形容其張大。《集傳》訓「萋斐」爲小文貌，「哆侈」爲微張貌。謂由小文而成貝錦之大文，由微張而成南箕之大張，以喻緣飾小過致成大罪。説雖巧，恐非詩意也。夫貝錦出於人工，其文固積小以成大。南箕縣象於天，有一定之形，何得云由小至大乎？案：朱子之爲此解者，殆因鄭箋「箕星踵狹舌廣」語，謂踵狹是微張，舌廣是大張而成箕也，遂并「萋」、「斐」二字亦依此立説耳。殊不知傳訓「哆」爲「大」，「侈」爲「有所因」，故鄭以箕星踵狹舌廣，是舌因踵而益大申明傳義。則「哆侈」句已兼踵舌義矣，安得分哆侈爲踵狹、成箕爲舌廣耶？至於萋、斐，傳訓爲「文章相錯」，明就已成之錦言，與有因益大之義絶不相蒙。小文之解，尤爲穿鑿。

「哆兮侈兮。」《詩記》載董氏逌語，謂崔《集注》作「侈兮哆兮」，《説文》作「鉹兮哆兮」。詳其文義，蓋謂「鉹」字聲音讀如「撦」。又謂如《詩》之「侈」，非謂《詩》作「鉹」也。董誤解《説文》義矣。

「緝緝翩翩。」《釋文》云：「緝，《説文》作『咠』。」案：今《説文》引《詩》云「咠咠幡幡」，不獨「咠」字異，而「幡幡」亦與下章相易。其以「咠」爲「聶」，語又與毛傳口舌聲義别。其三家詩乎？

皇清經解卷七十二終

嘉應葉　軨舊校

南海潘繼李新校

毛詩稽古編　卷十四

吴江陳處士啓源著

谷風之什變小雅

谷風

「維風及穨。」傳云：「穨，風之焚輪者。風薄相扶而上，喻朋友相須而成。」風薄，指穨風。相扶，指谷風也。穨風力薄不能上升，賴谷風扶之而上，以喻友之相成如此。孔疏解此甚明。嚴氏譏其以「猋」釋「穨」，誤矣。傳語簡貴，豈可以粗心讀之哉！

「猋從下而上，穨從上而下」，是李巡、孫炎之説，而郭璞因之耳。據《爾雅》正文，未見其必然也。扶摇謂之猋，即《南華》之扶摇，信從下而上矣。焚輪謂之穨，焚取象於火，火乃炎上之物，安得自上而下乎？注《爾雅》者止因穨是下墜之名，故爲此解。然以字義考之，穨從秃，貴聲，秃貌，又暴風也。隤，從阝，貴聲，下墜也，《説文》、《玉篇》諸書並同。俗通作「頹」。是二「頹」本各一字，不得援下墜之「隤」釋暴風之「穨」矣。毛傳「風薄相扶」，「薄」當爲「迫」義。谷風、穨風皆欲上升相迫，則其升愈速，喻朋友相規切則德業益進也。疏以「風薄」指積風，「相扶」指谷風，特通毛、郭兩家之説，毛意未必然也。陸農師曰：「風之鋭而上者爲猋，風之旋而上者爲積。《莊子》曰『摶扶摇羊角而上者九萬里』，扶摇即猋是也，羊角即積是也。今羊角旋轉而上，如燄焚輪之象也。」案：《莊子》釋文引司馬彪云：「風上行謂之扶摇，風曲上行若羊角然謂之羊角。」陸義應本此。合之《爾雅》，則上行如焚，旋轉如輪，名義允協，可正景純之誤。

蓼莪

莪、蒿、蔚，分之各一草，合之皆蒿類。辯詳《總詁》。《蓼莪》詩意主於分言，則各一草矣。在《爾雅》莪則莪蘿也，蒿則蒿菣去刃切。也，蔚則蔚牡菣也。《埤雅》「莪俄而蒿直，蔚粗而莪細」，形稍異矣，然初無美惡之分。朱《傳》云：「莪，美菜。蒿，賤草。」未知何據。嚴《緝》據《爾雅》「蘩之醜秋爲蒿」及彼注疏「蘩蕭莪，蔚之類。始生氣味各異，其名不同，至秋老成則皆蒿」之語，以爲莪始生香美可食，至秋高大則粗惡不可食，喻子初生猶是美材，至於長大乃是無用之惡子。其取義優矣。但次章「伊蔚」終屬難通，不如古注之當。

視莪爲蒿，猶云看朱成碧也。憂思之極，精神憒亂之所致也。箋、疏此解較爲平正。東萊謂莪蒿不能報天地之生育，猶人子不能報父母之劬勞。説本歐陽，亦可通。但「匪伊」二字爲虛設耳。

大東

毛以首章爲興，故述傳者言以待客之禮喻天子恩施之厚。歐、蘇釋此，謂先王之世侯國富足。吕《記》、嚴《緝》皆從之，此賦而非興矣。《集傳》亦云興，而絶無發明，惟直録詩語，而於上四句中間各加一「則」字，豈所謂全不取義者乎？然簋有飱、鼎有匕各一事，砥言平、矢言直各一義。今乃曰「有飱則有匕，如砥則如矢」，是何理哉？

飱匕，恩施之厚也。砥矢，貢賦賞罰之均直也。所履所視，當總目此而言。鄭箋分飱匕爲所履，砥矢爲所視，迂矣。首章爲全篇綱領，下章所譏皆反此爲義，而五章以下取譬不一，則專刺曠官。良以周之盛時布德行政雖出於王，亦由在位多賢，克舉厥職也。幽王之時，皇父七子、尹氏、虢石父輩接迹於朝，皆巧佞之徒、貪殘之子，殫民之財，竭民之力，所謂君子者如此，而在下之小人又何所視乎？詩人所以顧之而潸然也。

「小東大東。」箋云：「小大，言賦斂之多少也。小亦於東，大亦於東，言其政偏。」此解甚自然，蘇、吕皆從之。今以爲「東方大小之國」，失之矣。

「無浸穫新。」毛訓「穫」爲「艾」，則字宜從禾。鄭云「穫落，木名」，則字宜從木。穫落，《爾雅·釋木》文。陸氏《草木疏》云：「今椰榆也，其葉如榆。」從鄭説也。竊謂優於毛矣。

鄭箋破經字爲後儒所譏，然如「舟人之子，熊羆是裘」，改「舟」爲「周」、「裘」爲「求」，則非無見也。「舟」與「周」、「裘」與「求」不僅音同，形亦相似。況古衣裘字原作求，象形。其從衣，後人所加耳。此詩傳寫之時昧者一概加之，其致誤良有由也。箋云：「周人之子，周世臣之子孫，退在賤官，使搏熊羆，在冥氏穴氏之職。」疏引《裳華敘》「棄賢者之類，絶功臣之世」二語證之，正相合。

《爾雅・釋訓》：「皋皋，琄琄，鞙同。刺素食也。」夫以瑞玉爲佩，傳云：「璲，瑞也。」則居官者也而不以其才之長，故曰素食。箋、疏用《雅》意釋詩，本無誤。後儒易之，未見其勝也。

《大東》詩五、六、七章取興星漢，詞意反覆。鄭以喻王朝官司虛列而無實用，正與首章「君子所履」相首尾。古之君子法先王之道，賦役平均。今之在位者反之，故爲曠職也。《韓詩外傳》以南箕北斗喻有位而無其事，意正相同。今皆解爲望天恤己，不見恤而怨之之詞，其說始於歐陽，不如古義之正矣。

報章，傳云「報反成章」。疏申之云：「織之用緯，一來一去，是報反成章。織女有西無東，不見倒反，是無成也。」義儘通矣。《集傳》改爲「報我之章」，未見其勝。且人何德於星，而望其報我邪？

「服」雖從舟旁，然製字之義，會意在車。《説文》「服」字注云：「車右騎所以舟旋。」其以車得名者，亦有二：四馬外二爲驂，内二爲服，一也。《詩》「兩服上襄」、「兩服齊首」是也。兩較謂之牝服，二也。《詩》「不以服箱」是也。箱以容物，在兩較之内，故服箱相屬成文矣。丘氏謂服箱猶駕車，而朱《傳》從之，恐不如毛義之當。

「啓明」、「長庚」，毛傳、《韓詩》、《廣雅》皆以爲一星。毛傳云：「日旦出則明星爲啓明，日既入則明星爲長庚。」《韓詩》云：「大白晨出東方爲啓明，昏見西方爲長庚。」《史記索隱》引此語。《廣雅》云：「大白謂之長庚。」曹憲注：「謂晨見東方爲啓明，昏見西方爲長庚。」三家之説相符，不可易矣。自孔疏爲兩歧之解，而後儒異説紛紛。其最無理者，則鄭樵分爲金、水二星，而謂金在日西故東見、水在日東故西見之説也。夫金、水各有晨昏度，行晨度則在日西，行昏度則在日東耳。如鄭言，是金星有晨度無昏度，水星有昏度無晨度矣，豈不謬哉？《集傳》皆指爲金星，與毛傳合，最得之。又案《説文》：「启，从户从口，開也。啟，从攴启聲，教也。」明星義取于開，依字當作「启」。

畢有掩兔之畢，傳取焉。有祭器之畢，箋取焉。疏兼存二説，又引孫毓語，謂祭器之畢取象于畢星，而掩兔之畢又取象于祭器而施罔焉。蓋右鄭也。今世則專宗毛説。

「維北有斗。」朱《傳》兼南斗、北斗兩説。蓋因孔疏有「箕斗竝在南方，箕南而斗北」之語也。案：南斗與箕皆以初秋昏見於南方，直是箕西而斗東耳。其爲南、北之分雖有之，然亦微矣。況上章言「東」、「西」，原以在人之東西言。則此章「維南」、「維北」自當與之同意，何偏以二星相較而分南北？源謂以北斗當之爲允。

四月

《四月》篇，當亂而行役之詩也。《韓詩》止以爲歎行役，嚴《緝》譏其未盡詩意，當矣。毛傳質略不明，王肅述其意，以爲四月行役，六月未得歸，闕一時之祭，故云：我先祖獨非人乎？王何忍不恤我，使我不得修子道。孔疏非之，以爲《叙》不言征役，傳亦無此意，因引孫毓語謂「從征逾年乃怨，文王之師猶采薇而行，歲暮乃歸。又行役不親祭祀，攝主修之，亦未有闕，豈有數月之間而以爲刺？」孔又自言「首章始廢一祭，〔一〕已恨王之忍。復闕二祭，彌應多怨。何秋日、冬日之下，更無先祖之言？」源案：疏言《叙》、傳不及征役，則誠然矣。至謂一時未久而引文王《采薇》詩相較，則非也。文王之出師，所謂説以先民民忘其勞者，雖久何傷？至若幽王之無道，不恤下情，當時被役之人必有不能堪命者，豈論時之久暫乎？一時不祭，猶以爲怨，則秋冬兩祭俱廢，其爲當怨不言可知。詩語互文相備，往往有之矣。《叙》、傳雖不言征役，然詩人托興，恒據目睹爲言。六章「滔滔江漢」，定應身在南國，故有斯語，獨非征役之一證乎？又《左傳》文十三年公自晉還，鄭伯會公于棐，欲其如晉請平，季文子賦《四月》，見征役逾時，思歸祭

〔一〕「一」，原作「二」，據庫本、張校本改。參見《毛詩注疏》。

祀，不欲如詈。又《孔叢子》記孔子云：「吾於《四月》，見孝子之思祭。」則王氏之解，歷有明徵。仲達譏之，過矣。

「先祖匪人，胡寧忍予。」漢、唐、宋諸儒解此皆云：我先祖豈非人乎？忍使我遭此亂。夫以己身遇亂之故，至詈先祖爲匪人，雖村夫傭豎不忍出諸口，豈有詩人之温柔敦厚而作是語哉？解者何弗思也。孔仲達既指爲悖慢之言，而復曲爲之説，引《正月》詩怨父母爲比。不知「匪人」二字非僅怨也，直是詈矣。源謂古人文字簡質，須頓挫讀之方明暢。如《節南山》詩「昊天不傭」、「昊天不惠」，鄭云：「昊天乎！師尹爲政不平，又爲不和順之行。」又「昊天不平」，箋亦云：「昊天乎！師尹爲政不平。」《巧言》篇「昊天已威」、「昊天大憮」，箋亦云：「昊天乎！王甚可畏，王甚敖慢。」皆「昊天」二字讀斷，下二字自指師尹與王，蓋呼天而訴之也。此詩「先祖」亦是呼而訴之，當云：「先祖乎！我獨非人乎？何忍使我遭此亂。」呼天呼祖，總是怨極而無可控告之詞耳。宋儒釋經但求詞氣平正，其以「匪人」屬先祖宜也。鄭氏知解「昊天」爲呼天，不知解「先祖」爲呼祖，豈天不可詈而祖獨可詈乎？又此特依鄭義，爲遇亂自傷，當少易其説耳。若以爲行役思祭之詩，則王肅之解自安，不必更新也。

「腓」字三見《詩》。《采薇》、《生民》二詩，傳訓爲「避」。《四月》詩，傳訓爲「病」。今案：三詩之「腓」，義訓既殊，字形亦異。訓「避」之「腓」與「芘」通，前於《采薇》詳之矣。其訓「病」之

「腓」則本作「痱」。《文選》謝瞻《九日》詩。注李善云：「《韓詩》曰『百卉具腓』，薛君曰：『腓，變也。謂變而黄也。』毛萇曰：『痱，病也。』今本作『腓』字，非也。」據李言，則《毛詩》作「痱」不作「腓」，唐世寫《詩》者誤以《韓》字入《毛詩》，後遂相沿，莫知改正耳。又案：腓、萉、痱三字皆可訓爲「避」，但論其本義，則腓是足肚，萉是枲實，痱是病，《説文》云：「風病。」各不同。《詩》三「腓」皆借用也。

《爾雅·釋詁》：「廢，大也。」《四月》詩「廢爲殘賊」，毛傳云：「廢，忕音誓。也。」以「大」爲「忕」，當是後人傳寫增入心旁。《釋文》：「忕，本又作『大』。此是王肅義。」疏亦云：「定本廢訓爲大，與鄭不同。」則「忕」爲「大」之誤，信矣。又箋云：「言在位者貪殘爲民之害，無自知其行之過者，言大於惡。」案：「忕」訓「慣習」，箋語竝無慣習意。其「言大於惡」，則正是大爲殘賊也。是康成箋詩時原據傳中「大」字爲説耳。鄭、王之述毛本同，孔、陸皆以爲異，殊不可解。

北山

華谷辨《詩》有三「杞」，以《小雅》之《四牡》、《杕杜》、《四月》、《北山》此四詩之「杞」皆枸杞。然惟《四牡》、《四月》毛訓「枸檵」，《杕杜》、《北山》無傳。《杕杜》箋云「杞非常菜」，《北山》箋云「杞非可食之物」，則以此二杞爲枸杞，未必毛、鄭意。陸《疏》謂枸杞春生，可作羹茹，安得爲非常菜、不可食乎？

《北山》詩「旅力方剛」，毛、鄭「旅」訓「衆」。《書・秦誓》「旅力既愆」，孔傳亦訓「衆」。李氏疑此兩「旅力」但指作詩者及良士，是一人之力，不得云衆力，故改訓爲「陳」，引《左傳》「庭實旅百」杜注及《後漢・傅毅傳》注爲證。訓旅力爲陳力，於義亦通。嚴《緝》云：「《秦誓》夏氏解云：衆力，如目力耳。力，手足力也。或説：旅爲陳。然陳力方剛則不詞矣。」案：華谷斯言得之。《集傳》曰：「旅，與膂同。」蔡沈《書傳》宗其説，殆非是。膂乃脊骨，人之背脊非用力之處。以力屬膂，取義既疏，又古「膂」本作「吕」，象形。篆文始作「膂」，從月從旅。「旅」本五百人之名，從㫃，音偃。從从。从，俱也，故爲衆。膂、旅通用，古未之有。惟黄公紹謂「『膂』通作『旅』。人之一身以脊骨爲主，故曰膂力」。此特因朱、蔡而附會，非典也。

《北山》詩連用十二「或」字，各兩「或」意自相反。首二「或」，燕與瘁反也。次二「或」，息與行反也。又次二「或」，逸與勞反也。又次二「或」，舒遲與促遽反也。又次二「或」，湛樂與畏咎反也。終二「或」，閑暇與冗煩反也。其「叫」、「號」之義，毛訓「呼」、「召」。孔申之爲「徵發呼召」。故《釋文》「號」字讀去聲，協平聲。夫徵發呼召，正劬勞之事。不聞，之所以爲安逸也。今「號」字讀平聲，言深居安逸，不聞叫呼之聲，義亦可通。

鞅掌，毛云「失容」，鄭云「促遽」，語異而旨同也。其釋「鞅」爲「負荷」，「掌」爲「奉持」，正促遽之實。促遽必失容，鄭乃以申毛耳。孔云意異，殆未然。

議事易而任事難。議事者立身事外，任事者置身事内，此「出入風議」與「靡事不爲」所以一暇而一勤也。又箋云：「風，猶放也。」則應如字。而《釋文》：「風，音諷。」與鄭意異。而鄭音風乃風逸之風，與上「出入」爲類。如陸音風乃風刺之風，與下「議」爲類。風刺義較優矣。

無將大車

《無將大車》，《叙》以爲「大夫悔將小人」，此與《荀子·大略篇》引《詩》合。又《韓詩外傳》引此詩以證所樹非其人，亦同《叙》義。可見古義相傳如此，非一家之説也。《集傳》以爲行役勞苦之詞，恐非是。朱子説《詩》每執詩詞爲準，此篇詩詞何嘗有行役意乎？大車，牛車也。以任重非行役所乘也，況是興非賦也。

「不出于熲。」《集傳》曰：「熲，與耿同，小明也。在憂中耿耿然不能出也。」案：《説文》：「耿，耳著頰也。从耳，烓口迥切。省聲。熲，火光也。从火，頃聲。」《玉篇》：「熲，火光也。亦作『耿』。」竝無「小明」之訓。錢氏《詩詁》始創爲此解，朱子用以釋《柏舟》。彼「耿耿」重文，爲貌狀之詞，猶可通。施於此詩則當云「不出于小明」，成何語乎？鄭箋云：「使人蔽闇不得出于光明之道。」此與「冥冥」正相應。義本優，不必易也。

小明

詩名「小明」，鄭以爲「幽王日小其明」，而歐陽氏非之，謂《大雅》有「明明在下」，《小雅》有

「明明上天」，故名篇者加大小於明上以記別也。蘇氏亦謂《小旻》、《小明》所以別於《大雅》之《召旻》、《大明》，《小宛》、《小弁》亦然。其在《大雅》者必是孔子刪之，故無聞耳。案：此說非是。觀《書·金縢》言公爲詩，名之曰《鴟鴞》，《左傳》言許穆夫人賦《載馳》，秦人賦《黃鳥》，《國語》言衛武公作《懿戒》，可見作詩時篇名已定。康成云《關雎叙》箋。「二百十一篇竝是作者自爲名」，斯言信矣。《大雅》之《大明》作於周之初年，安得預知幽王之世有作《小明》者，而加「大」以記別哉？且詩篇重名，固甚多矣。《雅》之《杕杜》、《黃鳥》、《谷風》、《甫田》，名皆與《國風》同。而《白華》之名兩見於《小雅》，《國風》之《柏舟》、《無衣》則亦兩見，《羔裘》、《揚之水》則三見，何獨不爲記別也？然則「小」之爲義縱未必如箋、疏所云，至若歐、蘇二家以爲別於《大雅》，萬無此理矣。又案：《小旻》、《小明》，鄭皆有訓釋，以《小旻》所刺比於上二篇爲小，故取名於「小」。此與「日小其明」之説俱迂曲難從。《小宛》、《小弁》鄭無發明，疏推其旨，以爲鳴鳩、鷽斯皆小鳥，幽王才智卑小，似鳴鳩之不能高飛，鷽斯小鳥而甚樂，歎宜臼之不如意，較平正可用。

《小明》首二三章皆紀節候。首章云「二月初吉，載離寒暑」，次章云「日月方除」，三章云「日月方燠」。又此兩章皆云「歲聿云莫」，述毛者皆以二月爲始行之時，「昔我往矣」即指始行，「方除」、「方燠」即是二月。鄭以二月爲始行，與毛同。而釋「方除」、「方燠」爲四月，釋「昔我往矣」爲初到艽野，則與毛異也。今總兩家之義而較論之，毛訓「除」爲「除陳生新」，二月仲春，非新舊代禪之時。《唐風》「日月其除」自指歲莫，不指二月。又二月天氣方寒，不得言「燠」，述毛者未必得毛旨矣。不如鄭讀「除」爲「余」，引《爾雅》「四月爲余」。除、余字異音同，且與下章「方燠」相應也。孔疏曰：「《洪範》『曰燠曰寒』，寒爲冬，則燠爲夏。」得之矣。然鄭謂二月始行，四月到艽野則未當。凡《詩》中「昔我往矣」皆言始出時，〔一〕非既到時。訓「往」爲「到」，不太迂乎？源謂《詩》「二月」，周二月也，建丑之月也。《爾雅》「余月」，夏四月也，建巳之月也。《小明》大夫當是巳月始行，至丑月尚未得歸而作詩耳。「二月初吉」，正指未得歸而作詩之時也。「方除」、「方燠」，追憶其始行之時也。「載離寒暑」，總計其自始行至不得歸之時也。時已由暑迄寒矣。「暑」即「方除」、「方燠」，「寒」即「二月初吉」也。「歲聿云莫」與《蟋蟀》「歲聿其莫」同。彼疏以爲九月，聿訓遂。遂者，自始向末之詞。歲莫在十月，九月實未莫，故曰「遂莫」，言自此而向莫也。是已。九月暑退而寒來，亦追憶之詞也。二月爲建丑之月，故首句云「明明上天」。《爾雅》冬爲上天，而丑月於夏時爲冬，作詩者指所見之天以起興爾。既以上天起興，因述所至之地，紀所值之時，而總計其離家之日，以起下憂畏之意，首章次第如此。二三章又追數始行之期，見離家之久，不過即首章意曲暢之耳。然則首章「我征徂西，至于艽野」，自言西征而至艽野，不言始行也。「二月初吉，載

〔一〕「往」，原作「住」，據庫本、張校本改。

離寒暑」，是當二月朔而追計其已歷寒暑，不言二月始行也。鄭云「二月朔始行」，誤矣。二、三章「昔我往矣」是言始行，鄭又誤以爲往至艽野。後儒多取毛而舍鄭，然但知鄭訓「我往」之誤，不知其「二月始行」之誤，故皆以「方除」「方燠」爲二月，而不顧義之難通也。或執《詩》無周正語，謂二月是卯月。夫以夏正言之，必丑月。方歲莫、聿莫爲遂莫，月當建子。冰壯地坼之時，安得有蕭可采、菽可穫哉？

鼓鐘

毛、鄭釋《鼓鐘》篇，皆以爲幽王作樂於淮上。歐陽疑史無幽王東巡事。逸齋辯之，以爲史與經異，猶當舍史而信經。若史之所缺幸存於經，豈得反疑經而信史？《詩緝》亦言古事固有不見史而因經以見者，《詩》即史也。斯皆篤論。胡一桂謂成王時徐夷、淮夷已不爲周臣，宣王遣將征之，亦不自往，初無幽王至淮、徐之事，豈得作樂於淮上？吁，謬矣！幽王十一年中巡歷游幸之事，胡氏能一一數之，如後代實録、起居注乎？不然，何由保其不一至淮、徐也？又淮夷、徐夷之在周，特叛服不常，非終不爲臣也。成王時淮夷、徐戎竝興，伯禽伐而平之矣。見《書·費誓》及《史記·魯世家》。又《通鑑外紀》云：「成王二年，周公定奄及淮夷。」未嘗不臣周也。《常武》詩宣王親征，未嘗不自往也。召公征淮南，則疆理至于南海。王自征淮北，則徐方來庭。《詩》有明文，胡未見乎？

《鼓鐘》咏淮水，首言「湯湯」，繼言「湝湝」，又繼言「三洲」。毛傳云：「湝湝，猶湯湯。三洲，淮上地名。」初不分水之盛衰先後也。且此三章止刺奏樂之失所耳，非刺其流連忘返也。蘇氏曰：「湯湯，水盛也。湝湝，水流也。三洲，水落而洲見也。言幽王之久於淮上也。」與毛意異。《集傳》解「湝湝」與「三洲」皆祖毛説，又引蘇語以繼之，殊少畫一矣。又蘇説雖新巧可喜，然釋「三洲」則於義難通。《爾雅》云：「水中可居者曰洲。」可居之地必有人民室廬。若水落而後見，直是出没水中沮洳之場耳，非可居之地也，何得謂之洲乎？

「懷允不忘。」懷，至也。用禮樂得其宜，至信而不可忘。與次章「不回」、三章「不猶」，皆指淑人君子言，箋、疏本無誤也。《集傳》用王氏説，以爲「思古之君子不能忘」，則是作詩者自謂，與下二章文義不倫矣。況「思」者止是「懷」耳，經文「允」字不已贅乎？又案：「懷」之爲義最多：思也，和也，安止也，至也，來也，皆見於《詩》，傳、箋各隨文釋之。宋儒必欲概以「思」之一義，故往往不得詩旨。

鄭樵據《儀禮》作樂之次以解《鼓鐘》之卒章，謂凡奏樂有四節：首節升歌三終，比歌以瑟；次節笙入三終，輔笙以磬；三節間歌三終，歌笙相禪。所謂鼓瑟、鼓琴、笙磬，同音者也。已上皆奏《雅》。四節合樂三終，歌二《南》，所謂「以雅以南」者也。吁！鄭之傅會，一至此乎？真《詩》、《禮》中無文手矣。彼所據者，《鄉飲酒禮》、《燕禮》二篇文耳。升歌、笙入、間歌、合樂四節，惟此二篇爲詳。其見於《鄉射》、《大射》者則已略，此乃鄉國禮也，非王禮也。又《詩》三百篇皆可歌也，其見《儀禮》而入樂者，二《南》各三，《小雅》共十二，及《新宫》、《肆夏》、《陔勺》等數詩外，餘不概見。至《文王》、《清廟》、《振羽》、《九夏》、《湛露》、《彤弓》諸詩所用，稍見於《周禮》、《禮記》、《左傳》，而《儀禮》弗載焉。蓋具於亡篇，而今不可考矣。鄭欲執此二篇之文盡周家奏樂之制，可乎哉？《鼓鐘》所咏，天子作樂之事也。其爲朝聘燕饗雖未可知，要必非鄉飲酒與侯國之燕也。其所用之樂節與詩章，未必與鄉國同也。區區以二篇之文傅會而爲之説，陋矣。其言笙、磬、雅、南俱不合古義，辯見下條。

笙、磬同音，孔疏申毛，以笙磬爲一器；其申鄭，以笙與磬爲二器。案：傳訓笙磬爲「東方之樂」，明是阼階之笙磬。見《大射禮》。則笙乃磬名，信爲一器矣。至箋之分爲二器，未見其然也。箋不解「笙磬」，意必同毛。其釋「同音」云：「謂堂上堂下，八音克諧。」亦與傳「四縣皆同」語意相合。孔特見箋言「八音」，故分笙磬爲二，使與鐘及琴瑟備金石絲匏四音，以當八音之半耳。然未必是鄭意。

「以雅以南，以籥不僭。」雅者，先王之雅樂。南者，四方之南樂。籥者，羽舞之籥樂。傳義允矣。鄭以「雅」爲「《萬》舞」，與「籥」分文、武，異於毛，不可從。宋蘇氏復自立説，謂「雅」是二《雅》，「南」是二《南》，舛謬尤甚。大雅、小雅，《詩》六義之一也，非樂名也。樂以雅名，則《風》、

《雅》、《頌》皆得奏之，不僅二《雅》矣。至二《南》之「南」，猶十五國之國也，目其地而言也。當時所采詩，或得于南國，周、召不足以盡之，故不言「國」而言「南」耳。尚不得與二《雅》竝列于六義，況樂名乎？《文王世子》之「胥鼓南」，鄭氏釋爲南夷之樂。《左傳》之「南籥」，襄二十九年。杜氏以爲文王之樂。俱不云二《南》也。又案：雅、南之義，三家詩說皆與毛同。《文選》《東都賦》。注劉淵林引《韓詩内傳》云：「王者舞六代之樂，舞四夷之樂，大德廣之，所及六代皆雅樂也，四夷則南樂在其中也。」「德廣」語，毛傳亦云也。又《後漢·陳禪傳》引《詩》云「以雅以南，韎任朱離」，注引《韓詩》薛君云：「南夷之樂曰南。四夷之樂，惟南可以和於雅，以其人聲音及籥不僭差也。」又云：「《毛詩》無『韎任朱離』之文，蓋見《齊》《魯詩》。」即注語觀之，薛君「南」義既同毛，而齊、魯之詩復備列於四夷樂名。可見「南」爲南夷，古義皆然矣。又有辯，詳《總詁》。

《集傳》：「僭，協七心反。」案：《釋文》「僭」字有七念、子念、楚林三反。其楚林反，沈重音也。與琴、音二字韻本同，不必用協。

楚薺

《楚薺》、《信南山》、《甫田》、《大田》、《瞻彼洛矣》、《裳裳者華》、《桑扈》、《鴛鴦》、《魚藻》、《采菽》、《都人士》、《黍苗》、《瓠葉》凡十三篇，《叙》皆以爲思古詩。其可指名者，《楚薺》四篇思成王，《魚藻》思武王，《黍苗》思宣王也。此三王者，一開創，一守成，一中興，皆周家令辟，尤詩人所不能忘情者矣。其餘《叙》稱古王，不知何屬，要以三王而外有道之主僅有康王，詩人所指，當不外此。惟《黍苗》則兼思其臣，《都人士》、〔一〕《瓠葉》又思及其民。

《楚薺》以下十篇，朱子《辯説》謂其「和平、詳雅，無風刺之意，如出一手，當是正雅錯脱在此。《叙》以爲傷今思古，不應十篇相屬，無一語見衰世之意。」似矣。然詩人寓意深遠，固有不可泥其詞者。《采薇》、《出車》、《杕杜》多嗟怨之詞，《行露》、《摽梅》、《野有死麕》少和平之語，列於正風、正雅，可謂刺詩乎？安在《楚薺》十篇不可爲刺也？又人當衰亂之時，道大平之樂，必言之娓娓不休。班、張之賦喜述西京之盛時，元、白之詩多咏開元之勝事，皆此意也。《楚薺》諸篇所言祭典之肅、農政之詳、錫命之有章、禮文之必謹、報功恤賢之厚、仁民愛物之恩，詞煩而不殺，感歎無聊之情已躍然言外矣。當日思古非一人，作詩亦非一手，十詩者特一斑爾，乃訝其多乎？

朱子又云：「《楚薺》詩精深宏博，何得爲變雅？」斯言誤矣。《風》、《雅》之正變分於時之治亂，不分於詞之工拙也。《風》之《七月》，《雅》之《六月》、《斯干》諸詩，其精深宏博不減於《楚薺》，何以皆列於變詩？且三百篇皆經也，不論正變，爲經一也，安得粗淺儉陋之詩而以爲

〔一〕「士」，原作「臣」，據庫本、張校本改。參見《毛詩注疏》。

經哉？

《采齊》、《肆夏》，先鄭注《周禮》，劉德、文穎注《漢書》，皆以爲逸詩。惟《玉藻》「趨以采齊」，康成注云：「齊，當爲《楚薺》之薺。」蓋謂齊音當讀如薺耳。孔疏云：「音同耳，其義則異。」非謂《采齊》即《楚薺》詩也。《大全》載劉瑾語曰：「先儒以《楚薺》即《采齊》。」豈誤讀康成注乎？何闇於文義至此。

《詩緝》言：「《詩》有二『棘』。『吹彼棘心』、『園有棘』是酸棗，《楚薺》以棘配薺，《青蠅》以棘爲樊，必非酸棗，當是《爾雅》之茦刺。」案：「茦刺」注云：「《方言》云：『凡艸木刺人，北燕、朝鮮之間謂之茦，自關而西謂之刺，江湘之間謂之棘。』」合此二文，茦刺信有棘名矣。又《方言》注云：「《楚詞》曰『曾枝剡棘』，亦通語耳。」《橘頌》意本謂橘枝有刺若棘，而景純引之，正見凡艸木有刺者皆可名棘也。則二詩之「棘」，當泛指艸木刺人者。

「神保是饗。」毛云：「保，安也。」鄭云：「安而饗其祭祀。」未嘗合神保二字爲鬼神稱號也。朱《傳》既從毛訓保爲安，又云：「神保，蓋尸之嘉號。」則又非毛義。劉瑾申之曰：「祖考之神降而安於尸之身，故因以號尸。」夫尸以象神耳，神豈真降其身耶？朱《傳》又引《楚詞》「靈保」證之，謂是以巫降神之稱。朱子又曰：「靈保，神巫也。神降而托於巫身，則巫而心則神。今詩中不説巫當便是尸。」案：此誤尤甚。尸至尊，將祭始卜而得之。巫賤役，有常職，豈可合爲一乎？《周禮》有司巫，乃群巫之長也，其秩中士而已，不敢與祝史比肩，況尸乎？又案：《楚詞》「思靈保兮賢姱」，王逸注云：「靈，巫也。姱，好貌。思得賢好之巫與神相保樂也。」則「靈保」二字古人原不用爲巫號。

毛訓「肆」爲「陳」，「將」爲「齊」，音劑。謂既殺而縣肉於架，分齊其所當用。此未熟時也。鄭讀「肆」爲「鬄」，言鬄其骨體於俎，將則奉而進之。此既熟時也。義各有屬，不可互易。朱《傳》「肆」從毛，「將」從鄭，於事爲不次矣。

「爲俎孔碩。」鄭解爲「從獻之俎」。東萊非之，以爲是薦熟之俎，因燔肉炙肝不可言孔碩也。然鄭以碩爲肥碩，亦通。案：俎之爲用多端，有薦腥之俎，薦爓余廉切。之俎，薦熟之俎。又有肵其、靳二音。俎，所以載心舌而燔炙。皆從獻之物，故名從獻之俎。鄭解「肆」、「將」爲「肆骨體而進之」，則薦熟之俎已具上章，此章之俎謂之從獻，與燔炙合爲一事，亦有理也。

「我孔熯矣。」毛以「熯」爲「敬」，與《爾雅》同，此古義也。吕《記》從《説文》訓「乾」，此乃「熯」字常訓，與詩意遠矣。《集傳》訓「竭」，蓋欲彊通「乾」義於詩也。夫敬而不愆於禮，文義甚順，何必以筋力既竭見盡禮之難哉？嚴氏引《王風》「熯其乾矣」、《左傳》「外彊中乾」語以證「竭」義，尤費力。

「既匡」之「匡」，箋訓爲「筐」。蓋「筐」乃「匡」之或體，鄭非改字也。匡本訓飯器，從匚，音方，受物之器。㞷音皇聲。今作匡，隸省也。

《楚薺》所咏，皆天子祭禮也。《儀禮》殘缺，天子、諸侯祭禮無存焉，故箋、疏引《特牲》、《少牢》士大夫禮推類以明之，如燔炙、受嘏、利成之類是也。其天子祭禮載《周禮》、《戴記》而亦見於此詩者，則如剥烹、祭祊、鼓鐘、送尸之類是也。朱子據少牢嘏詞，遂判此詩爲公卿力農奉祭之詩，不知少牢禮乃侯國大夫所行，非天子公卿之禮也。又謂天子詩不應列於《小雅》諸篇何一非天子詩哉？

「鼓鐘送尸。」鼓與鐘二器也，疏云「鳴鐘鼓以送尸」是已。《周禮》：「鐘師掌金奏，以鐘鼓奏九夏。」《肆夏》其一也，尸出入奏之。雖鐘鼓偕作，仍以鐘爲主，故謂之金奏，而掌以鐘師。此王禮也。《集傳》以爲公卿奉祭，而復用《鐘師》文以釋「送尸」，自相違戾。《名物疏》駁之允當。

信南山

《信南山》、《甫田》、《大田》三詩皆咏曾孫，傳、箋指成王，因《信南山叙》有幽王「不能修成王之業」語也。東萊非之，謂曾孫之名，周之後王皆可稱。然周之後王可當詩人追思者，孰有如成王哉？文、武開創時，武功多於文治，禮樂制度尚有未遑。周公攝政之六年，制禮作樂，頒度量於天下，始號太平疆理之法。祭祀之典，大率皆成王時所定。康王以後坐享其成而已，故正《雅》及《周頌》，文、武而下止有成王詩，餘後王弗及焉。則「思古」者惟思成王，固其宜也。

「我疆我理。」傳云：「疆，畫經界也。理，分地理也。」正義申之云：「正經界之疆，分土地之宜。」又云：「分地理者，分別地所宜之理，若《孝經注》云『高田宜黍稷，下田宜稻麥』是也。」案：「理」字如此解，方與「疆」義有辨。《左傳》云：「先王疆理天下物土之宜而布其利。」〔一〕成二年。杜氏注云：「布殖之物各以土宜。」與此詩傳疏同義。《綿》詩「疆理」，孔疏之解亦相符。宋王氏以疆爲大界，理爲溝塗。劉氏以疆爲夫畛塗道路，理爲遂溝洫澮川。彼徒取與「南東其畝」文義相接耳，然非古義也。若論字訓，則《考工記》有「水屬理孫」之語。劉氏較勝焉。

漢軍樊　封舊校
南海潘繼李新校

皇清經解卷七十三終

〔一〕「土」，原作「士」，據庫本、張校本改。參見《春秋左傳正義》。

毛詩稽古編　卷十五

吴江陳處士啓源著

甫田之什變小雅

甫田

朱子譏《小叙》，謂《甫田叙》用自古有年生説，《大田叙》用寡婦之利生説，〔一〕《瞻彼洛矣叙》以命服爲賞善，六師爲罰惡。《裳裳者華叙》用「似之」二字生説，《桑扈叙》用彼交匪敖生説，總謂其傅會詩語以欺後世也。然《小叙》之文不與詩類者多矣，彼果欲傅會，何不每篇用一語以生説哉？且《叙》語不類詩者，朱子既以詩無此意置而弗用，其類於詩者又有生説之疑，亦太苛矣！

《楚薺》、《信南山》、《甫田》三詩，《叙》皆以爲思古，不獨《甫田》然也。《甫田叙》「思古」，

〔一〕兩「生説」，庫本作「立説」。下同。

「古」字偶與詩「自古有年」同耳。朱子譏之，以爲《敘》專以此立說，斯深文之論矣。案：《小敘》之「古」指成王時也，詩之「古」與「今適南畝」對，則指成王以前。疏以《信南山》推之，謂此「古」亦禹，理或然矣。《敘》之「古」乃詩之「今」，非詩之「古」，豈用以生說哉？

《甫田》詩毛、鄭異解，後儒又於毛、鄭外立說紛紛，雖亦短長互見，要不及古注之優。如「今適南畝」以爲王之觀稼、「攘其左右」以爲饋饁之物者，子由之說也。「烝我髦士」以爲進髦士而勞之，兩「農夫之慶」，以爲賴農夫之福而年豐者，紫陽之說也。文義俱可通。但詩人立言當有次第，首章言大古豐年之美、成王農政之詳。次章又備述報祈之禮，至三章始及省耕勸農之事耳。「今適南畝」即解爲王之親行，則「曾孫來止」一章不已複乎？適畝不指王，則烝髦亦非勸勞矣。賴農夫之福而有年，歸美於下，誠爲厚意。然一人有慶，兆民賴之，古有是言矣。不聞兆民有慶，一人賴之也。惟攘取見上下之相親，摹寫情事雖稍嫌其纖曲，而較之王、述毛。鄭易傳。之解差爲自然。源謂首章傳義不可易矣，餘三章則鄭近之。其「攘」、「嘗」二語，姑從近義可爾。

首章鄭易傳義，而孔疏是之。然鄭惟說「十千合一，成公田之數」，似勝耳。毛云：「十千，言多也。」王肅、孫毓皆從之。其以「甫」爲「丈夫」，以「取陳」爲「賒貰」，世、射二音。以「介」爲「舍」，皆彊立異也。甫、父雖同義，然以丈夫爲田名則太迂，不如傳謂天下田即大田之義也。《齊·甫田》、《雅·甫草》傳皆訓「大」，「大」實「甫」之恒訓矣。補助固有常典，但盛世家給人足，民或無藉於賒貰，不如傳言尊者食新、卑者食陳，別其老壯，示孝養之道也。《七月》詩「農夫」亦指少壯，言老者不任耕作之勞，故專目壯者爲農夫耳。至以「介」爲「廬舍」，字訓無本，尤屬臆説，不如王肅述毛，以「介」爲「大」，「止」爲「定」，言治道所大，功所定止。蓋太平年豐，治功所以美大而成定也。《生民》傳亦云：「介，大。止，定。」正義本此。

《韓詩外傳》及《漢書·食貨志》論井田之法，皆以爲八家各受私田百畝、公田十畝，是爲八百八十畝，餘二十畝爲廬舍。何休之注《公羊》、范甯之解《穀梁》、趙岐之注《孟子》、宋均之説《樂緯》皆以爲然。而《甫田》孔疏據《孟子》之言以規其失，謂「二十畝爲廬舍，則家別私有百二畝半，何得言八家皆私百畝？家取公田十畝各自治之，安得爲同養公田」？又謂「郊外用助法，是九之中税一。國中用貢法，是十一之中税一。内外通率爲什一，故謂之徹。班固取孟子爲説而失其本旨，諸儒皆襲其謬。鄭氏《匠人》注竝無此説，俗以鄭意同於諸儒，又失鄭旨」。源案：孔氏此言，非篤論也。公田百畝、私田百畝，《孟子》舉其大數耳。野外之廬以便田事，《七月》「亟其乘屋」、《信南山》「中田有廬」及此詩，鄭箋解「攸介」爲「廬舍」，皆指此也，非公田二十畝將焉給之？同養者，就公田百畝統言之耳。分治共治俱可言同，不必八家聚於一處也。況共治則推諉易生，分治斯勤惰可考。若論立法之無弊，則分治善矣。至於郊外國中通率爲什一，於義則尤疏。九而税一，十一而税一，多寡相縣。既非王者無偏之政，又國外百里爲郊，郊以内所謂國中而用貢者也，其地僅方百里者四耳。王畿千里，爲方百里者百，而什一而税一者才居百之四，其餘皆九而税一，通率之，安得爲什一乎？《禮記正義》亦孔氏所定也，其釋《王制》「公田藉而不税」，仍約《孟子》、《樂緯》之言，以爲八家共治八百八十畝，以外二十畝爲井竈廬舍，意與《漢志》同。蓋亦不能守其一説矣。

《甫田》次章所言祭典凡五：社也，方也。「農夫之慶」，則蜡與臘也。「御田祖」，則始耕之祭也。社祭土神，必與稷俱。方祭五官之神，蜡祭百物，臘祭先祖。五祀始耕祭田祖，社、方在仲秋。蜡、臘在孟冬，皆報祭。始耕之祭以孟春吉亥行之，則獨爲祈祭。此章先言報，後言祈，合兩年之事相爲首尾，其猶《信南山》之由雨雪而及霢霂與《生民》以興嗣歲之義乎？

「琴瑟擊鼓，以御田祖。」毛云：「田祖，先嗇也。」案：田祖一神，而名不同。《周禮·大司徒》謂之「田主」，《籥章》謂之「田祖」，《禮記·郊特牲》謂之「先嗇」，皆指神農也。《籥章》又有「田畯」，非此詩之「田畯」。即《郊特牲》之「司嗇」，皆指后稷也。則田祖、田畯乃二神矣。至《七月》、《甫田》諸詩之「田畯」，毛云：「田大夫，今之嗇夫。」《噫嘻》頌及《爾雅》謂之「農夫」。此田官也，非神也。王安石云：「生而爲田畯，死而爲田祖。」謬矣。古今來爲田官者多矣，安得死便祭之乎？且田祖是神農，於田神爲最尊，安得田大夫即其前身乎？

朱子疑《楚薺》四篇爲《豳》雅，因《甫田》次章「擊鼓以御田祖」語與《籥章》文合也。然此四詩言祭多矣，曰「先祖」、曰「皇祖」、曰「社」、曰「方」，何嘗專樂田祖哉？ 所述器名有鼓鐘琴瑟之類，不言土鼓也。 況與公卿之説又自相戾矣。

「以穀我士女。」毛以「穀」爲「善」，鄭以「穀」爲「養」，鄭義允矣。 「穀士女」文承「稷黍」下，「養」義較相屬焉。 又上章「烝我髦士」，善義已具，不必複出也。《集傳》兼二義而主於養，得之。

「曾孫來止。」鄭云「出觀農事」，其爲耕耘耨穫時未可定也。《集傳》以爲「來饁耘者」，則確指耘時矣。 豈據下文「禾易長畝」語耶？ 夫易而治理，長而竟畝，信爲耘所致。 然易長之下復言「善」、「有」，成而大有乃秀實義，不又似穫時乎？

「如茨如梁。」毛云：「梁，車梁也。」孔氏申之，引《孟子》之輿梁，謂梁能容車渡則必高廣，故以比禾積。 劉瑾釋朱《傳》，以爲即《小戎》之「梁輈」，豈別有據耶？ 然梁爲輈上句衡，其高廣能幾何？ 舍其容車者而取喻於車上之一物，非詩人夸美之旨矣。

大田

古人樹穀，必先相地之宜而擇其種，每歲命田官講求之以令於民，故隨土之高下肥瘠皆可以蓺殖，而地無遺利。《大田》詩首言「既種」，正其事也。 箋引《月令》「季冬民出五種」證之，疏又引《月令》「孟春之月善相土地所宜五穀所殖」及《周禮·司稼》「辨種稑草人物地相宜」之文，可見古人農政之詳密矣。 後世不講農政，稼穡之事任民自爲之。 彼老農雖精於其業，然見聞不越鄉曲，豈能遍歷天下訪求百穀之種而樹之乎？《周禮·職方氏》言荆、揚二州宜稻，要止約略其大概耳。其間地固有高阜者，自應雜樹他穀也。近日江南之民止恃稻爲食，一值旱暵，高鄉輒告饑，此宜有變通之法也。源謂今北土所謂小米黍子，即古之黍稷粱秫也。當多取其種，試其與南土相宜者，凡山原遠水之地則樹之以爲常。其下田仍以蓺稻，則墝埆可化爲菑畬，而水旱皆無患矣。是在士大夫及豪富有力者倡率之以爲民先耳。

「曾孫是若。」鄭云：「成王於是止力役，以順民事，不奪其時。」於義允矣。蘇氏改爲「順王所欲」，殊無意味。然諸家多從其説。

方、阜、堅、好，皆指穀實而言，不若《生民》詩歷道苗稼生成之次第。故彼連用十字，而此僅以四。蓋生長之條茂已具於前章「庭」、「碩」中矣。又「堅」、「好」即《生民》之「堅好」也。至《生民》之「方」，毛以爲「極畝」，鄭以爲「齊等」。此詩之「方」，毛無傳，鄭以爲「生房」，謂「孚甲而未合時也」。彼生時統言其苗，此成時專言其實，所以異乎？然則此詩之「方」、「阜」，正與彼詩「實發實秀」相當耳。發管而秀出，則先有孚甲而實猶未堅，所謂阜也。毛云：「實未堅者曰阜。」故兩詩皆以堅好繼之。

「田祖有神，秉畀炎火。」毛云：「炎火者，盛陽也。」孔氏申之，以爲四者「盛陽氣贏則生，消之則付於所生之本」。蓋明君出而爲政，蟲蝗不生，詩人歸功於田祖之神，言若爲我驅除之云爾。後人緣此乃立焚蝗之法，謂之善於斷章則可，若用爲正解，則秉畀者乃人也，非田祖之神也，與《詩》語戾矣。《集傳》以爲古之遺法如此，殆不其然。

《詩》中「祁祁」凡六見：《采蘩》訓「舒遲」，《七月》、《出車》、《玄鳥》皆訓「衆多」，《韓奕》訓「徐靚」，《大田》訓「徐」。諸訓惟「衆多」稍遠，餘皆不離「舒徐」之義。嚴《緝》辯之詳矣。案：「霢霂」言其「小」，「祁祁」言其「徐」。小雨必徐徐，則入土深而能生穀，董江都所謂太平之世雨不破塊者是也。然北方所蓺多黍稷粱秫，故宜此耳。若荆揚惟恃稻爲食，夏月插蒔，非翻盆大雨則農夫束手。信乎土俗各殊，難以一概論也。

「此有不斂穧。」疏云：「定本、《集注》『穧』作『積』。」董氏曰：「崔靈恩《集注》『不斂筥』，亦音『穧』。」是同一《集注》也，孔以爲「穧」作「種」，董以爲「穧」作「筥」矣。《集注》一書，唐尚存，宋已無之。董所見不如孔之真也。

「來方禋祀。」謂曾孫之來禋祀四方之神。此箋、疏之義，後儒莫有易之者。獨董氏自立説，謂隨所來之方而禋祀之，誤矣。案：《曲禮》謂「天子祭四方歲徧」，即《月令》四時迎氣之禮，此一時各祭一方也。《周禮·大司馬》「秋獮致禽以祀祊」，乃仲秋而報成萬物。注引《詩》「以社以方」證之，此一時俱祭也。若隨所致之方而祭之，則與二祭皆不合，恐無此禮。

田家饋饁乃其常事，非以夸示觀者。《集傳》云：「農夫相告曰：『曾孫來矣。』於是乃與其婦子饁彼穫者。」然則曾孫不來，農竟終日不食耶？ 且穫者即農夫也，相告者何獨不穫而饁也？ 皆所未解。 其以爲饁穫，豈因下文方祀乃仲秋事乎？ 較之《甫田》之饁耘，差有據矣。

《集傳》以《山有樞》爲答《蟋蟀》，以《破斧》爲答《東山》，以《大田》爲答《甫田》，以《裳裳者華》爲答《瞻彼洛矣》，以《鴛鴦》爲答《桑扈》，以《采菽》爲答《魚藻》，以《既醉》爲答《行葦》，以《假樂》爲答《鳧鷖》，何周室君臣上下唱酬之盛也？ 至《楚薺》等十篇，朱子以爲如出一手，則《甫田》已下六詩乃一人所作，又分爲一贈一答，是自相矛盾矣。

瞻彼洛矣

《周禮·職方氏》「雍州其浸渭洛」，注云：「洛出懷德。」詳見《吉日》。 此洛水即《禹貢》之「漆沮」，而亦《瞻彼洛矣》之「洛」也。 詩人托興多取目驗爲言，幽王變雅作於西京，當指雍州之浸以起興矣。 故毛傳云「宗周浸溉水」，鄭亦以爲水之灌溉爲明王恩澤之喻也。 王氏以爲東都之洛，非是。

韐，本作「韐」，左從市。音弗，韍乃其或體。 韍與韐，皆祭服而異制者。 大夫以上服韍，士則無韍而有韐。 制如榼而缺四角，其色韎，見《說文》。 謂之爲韎韐。 其非祭則通服韠。 然則韠也者，士及大夫以上所同。 韎韐也者，士之所獨也，以配爵弁，見於《士冠禮》。 故「韎韐有奭」，鄭訓爲「諸侯世子未爵命之服」。 王氏據《周禮》「兵事韋弁服」及《左傳》「韎韋跗」注之文而改訓爲戎服，恐不然也。案：《周禮・司服》「凡兵事韋弁服」，鄭云：「以韎韋爲弁，又以爲衣裳。」不言以韎韋爲韠也。《左傳》「跗」，注或作「否」，注「否」讀爲「幅」。注「訓」爲「屬」，謂幅有屬者。杜氏訓爲戎服。若袴而屬於跗，皆非韠也，安得以衣弁爲韎韋而牽合韎韐爲一事哉？又爵弁、韋弁，陳氏《禮書》疑爲一物，元無確據。況爵色微黑而韎色淺赤，兵事之韋弁必非韎韐所配之爵弁。《禮書》臆度之見，不足信也。然則韎韐之稱，惟士得專之耳，豈概爲戎服之名哉？

「鞞琫有珌。」毛云：「鞞，容刀鞞也。琫，上飾。珌，下飾。」《公劉》篇「鞞琫容刀」，毛云：「上曰鞞，下曰琫。」疏申毛，以爲鞞是刀鞘之名，琫是鞘之上飾，下不言飾，指鞞之體上則有飾可名。疏引《公劉》傳「琫上飾鞞下飾」與彼文異，當是偶誤。《名物疏》譏毛説自相矛盾，孔不得已而爲之詞。又引《釋名》「下末之飾曰琕」，琕即鞞字，鞞正是下飾。今案：之，殆不然也。《小爾雅》云：「刀之削謂之室，室謂之鞞。鞛、琫同。珌，鞞之飾也。」《説文》曰：「鞞，刀室也。」《廣雅》云：「鞞鞒，折、製二音。刀削也。」義皆同。疏竝無以鞞爲下飾者，況鞞爲下飾則珌又爲何物耶？《瞻彼洛矣》傳以琫、珌對言，故言上飾、下飾。《公劉》以鞞、琫對言，故傳言上下而不言飾。鞞非飾也，而琫在其上，則鞞爲下矣。古文簡質不達意，未嘗相矛盾也。孔氏申之，善達毛意，亦非彊爲之詞也。《釋名》「下末」之説，殆誤解《公劉》傳意耳。反據以規毛，可乎？又此詩《釋文》云：「鞞，字或作『琕』。」馮欲合鞞、琕爲一字，蓋據此也。然《説文》無「琕」字，《玉篇》則有之，則以爲即「玭」字。云：「蒲蠲、蒲賓二切，《書》作蠙。」是「琕」與「玭」同，不與「鞞」同也。又案：杜注《左傳》，以「鞞」爲上飾，「鞛」爲下飾。而《玉篇》同其誤，先儒已譏之矣。《小爾雅》宋咸注以「珌」爲上飾，「琫」爲下飾。《玉篇》《廣韻》亦以「珌」爲上飾，互有異同，俱不足信。當以此詩傳、疏爲正。

裳裳者華

觀《巧言》、《何人斯》、《巷伯》、《角弓》諸詩，幽王之世讒諂盈庭矣。勛賢之裔因此失其禄位，故有《裳裳者華》之刺焉。前三章皆援古以規今也。勛賢之家子孫相繼而榮顯，上之固有譽有慶，下之亦駟馬乘車，猶華之裳裳而光美焉，惟讒諂不行，故如此。今則不然，慶譽轉爲憂畏，乘駟降爲徒步矣。故末章盛稱先人之德左宜右有，子孫當世享其禄，不應見絶也。《叙》所云「讒諂」者，其號石父、暴辛公之流與？

《裳裳者華》，「裳」即「常」字，信矣。然董氏謂此華即常棣，則謬甚。詩云「芸其黄矣」，又云「或黄或白」，書傳竝無言常棣華黄者。《集傳》既從毛訓「裳裳」爲「堂堂」，復引董氏語，何弗深考與？嚴《緝》訓裳裳爲如衣裳之襛厚，亦牽合而無理。且引《説文》訓《何彼襛矣》爲衣厚以自證，又甚不倫。衣厚自訓「襛」，不訓「裳」也。且衣裳各有厚薄，何得偏爲厚哉？

《裳裳者華》之首章與《蓼蕭》相似，語同而情異矣。彼爲躬逢，此爲追憶也。説詩所以貴論世，不可以詞害也。《集傳》以《蓼蕭》爲天子燕諸侯之詩，以《裳裳者華》爲天子美諸侯之詩。殆徒以其詞也夫？

傳云：「似，嗣也。」言先人有是才德，子孫宜嗣其禄位。以「似」爲「嗣」，《詩》之恒訓耳。《集傳》曰：「有之於内，是以形之於外者無不似其所有。」夫「維其有之」，正承上「宜」與「有」耳。「左之右之」，可云「在内」乎？且形之於外者又何所指乎？

桑扈

禮文法度，王者所以辨名定分，範圍一世，不可一日無也。故君臣上下守此勿失，則尊卑得安其位，親疏得遂其情，長幼得明其叙，家邦鄉國内外大小皆得循其分而洽其歡。政令於是乎成，風俗於是乎美，中國以寧，四裔以服。天祐之，萬邦賴之，此非徒一人之樂，而天下之樂也，樂莫大焉，故曰「樂胥」。胥，皆也。毛云。不然，鶯然之桑扈猶有文章之可觀，人反不如乎？三章之「戢」、「難」，君上之有禮文者也。末章之「思柔」、「匪敖」，臣下之有禮文者也。幽王之朝動無禮文，則放恣驕僻無所不爲，將何以示軌物、保福禄乎？孫毓述毛「樂胥」之旨，見孔疏。足稱閎義。然猶未醒，故聊爲衍暢其説。至鄭以「胥」爲「有才智之名」，迂矣。近以爲語詞，尤無義趣。

「萬福求來。」猶云「自求多福」，古人固多倒語也。嚴《緝》得之。《集傳》曰「無事於求福福反求之」，纖甚矣。

鴛鴦

《鴛鴦》詩四章以實義爲興，此又一興體也。「交萬物有道」，不僅在鴛鴦之畢羅。「自奉養有節」，不止於乘馬之摧秣。舉一以概其餘，故傳以爲興，而箋復廣其義。要之祭魚、獸而後田，漁齊三舉而恒日減，亦僅以道其略耳。明王惠愛撙節之政，固未易更僕數矣。

「鴛鴦在梁，戢其左翼。」言以右翼掩之，舉其雄者而言耳。案：《爾雅》：「鳥翼右掩左雄，左掩右雌。」疏說本此。《集傳》引張子語曰：「禽鳥竝棲，一正一倒。戢其左翼以相依於内，舒其右翼以防患於外，左不用而右便故也。」果爾，則《爾雅》之言妄矣。張豈得於目驗乎？然目驗之事，正難以釋古經也。

「乘馬在廄。」「乘」字，毛無傳。王、徐繩證反，云：「四馬也。」鄭訓如字，云：「王所乘之馬。」疏申其意，以爲王所乘是天子之馬，而不常與粟。無事則摧。摧，芻也。有事則秣。秣，粟也。正見其節用。二說較論之，鄭義爲長。

頍弁

朱子《辯説》譏《頍弁叙》曰：「《叙》見詩言『死喪無日』，便謂『孤危將亡』，不知古人勸人燕樂，多爲此言，如『逝者其耋』、『他人是保』之類。且漢魏樂府猶如此，如『少壯幾何』、『人生幾何』是也。」斯言似矣。然執此語而欲斷《頍弁》爲燕樂，非刺時，終非確證也。案：《詩》中燕樂語有即其實而道之者，「飲酒之飫」、「飲此湑矣」、「不醉無歸」是也。有願其然而言之者，此詩之「既見君子，庶幾説懌」、「樂酒今夕，君子維宴」是也。美刺不嫌同詞，必論其世方知其意，此所以不可無《叙》也。

毛以皮弁在首，興王者之在上，而鄭不以爲興。蓋天子燕同姓則服皮弁，故舉以發端。言「王服是皮弁，維何爲乎」？宜以燕也而奚弗爲。鄭解優矣。夫皮弁，燕服也。酒肴，燕具也。兄弟，當與燕之人也。兄弟與王休戚相關，如蔦蘿之托於松柏，皆欲王之明，不欲王之暗。故未見則恐其危亡而憂，既見則冀其開悟而樂，其思與王燕飲而諫正之者，意在此爾。然則此章上六句，當各二句自爲偶，「豈伊異人」特起下句，於上無所承也。《集傳》之釋此，乃云：「有頍者弁，實維伊何乎？爾酒既旨，爾肴既嘉，則豈伊異人乎？乃兄弟而匪他也。」玩其文勢，以「實維伊何」承「頍弁」，「豈伊異人」承「酒肴」，各增一「乎」字，使其句法相應，同呼起「兄弟匪他」，斯舛於義矣。服弁者，王也。有酒有肴者，又王也。何得歸之兄弟乎？又《集傳》本以此三章爲賦而比，輔廣、劉瑾改爲賦而興又比。因「伊何」與「豈伊」兩相應，是興也。此未必朱意。然《集傳》二「乎」字實貽之誤。

「蔦」與「鳥」俱都了反。《説文》《玉篇》皆同。《正韻》泥了反，不知何義。今吴下土語尚存古音，而學子反失之。蔦，《廣雅》作「樢」。

《爾雅》以女蘿、兔絲爲一物，《頍弁》傳又以兔絲、松蘿爲一物。兔絲之别名又曰唐，曰蒙，曰王女，蓋一草而六名也。《艸木疏》辯松蘿非兔絲，後世《埤雅》、《爾雅翼》、《名物疏》諸書率宗之而爲説，其言甚明矣。然草木多有異物而同名者，況古今異語方俗殊稱可勝詰乎？女蘿、松蘿之名可施於兔絲，亦可施於别草，不必執此以概彼也。陸以目驗而疑之，過矣。李善注《古詩十九首》，於「兔絲附女蘿」，既引陸《疏》之言，又謂「古今方俗名草不同」，斯語得之。

「實維何期。」箋云：「何期，猶伊何也。期，詞也。」故《釋文》期音基。朱《傳》從鄭解而期無音反，殊爲疏忽。

車舝

古者娶婦之家三日不舉樂。朱《傳》以《車舝》爲燕樂，其新昏殆未講於斯禮乎？呂《記》遵傳，得之。

《左傳》叔孫昭子賦《車轄》，昭二十五年。以「舝」爲「轄」，意二字其通用乎？案：舝、轄竝見《説文》。舝入舛部，云：「車軸耑鍵也。兩穿相背，从舛，禼省聲。禼，古文偰字。」轄入車部，云：「車聲也。从車，害聲。」然則轄既爲車聲，又兼舝義，字亦作「轄」。見《節南山》箋。

今人以間關千里爲涉歷長塗之稱，「間關」字本此詩也。案毛傳：「間關，設舝也。」朱《傳》

以爲「設舝聲」。聲之義，其取於轄乎？要之車欲行必設舝，既行必有聲矣。宋董氏曰：「車鍵而行則有聲，故古人以間關爲聲。又爲驅馳，本諸此。」斯語良然。

《車舝》首章與三章詞旨略相同。「匪飢匪渴」，忘其飢渴也。「式飲」、「式食」，忘其酒肴之不美也。惟好友可以燕喜，而今之燕喜不必好友也。惟有德之人可以歌舞，而今之歌舞不必有德也。皆設爲得季女而喜極之詞。

《示兒編》論「景行行止」云：「鄭箋以『景行』爲『明行』，晦庵以『景行』爲『大路』。博考經傳，『景』訓『大』訓『明』，竝無訓『慕』者。自明皇《孝經敘》有『景行先哲』之語，〔一〕後人因之爲景慕之説。不知當以『景』訓『明』，『行』訓『踐』，謂明踐先聖之道也。」孫此語當矣。案：《孝經敘》疏亦訓「景」爲「明」，但謂法則此「明行」、「哲王」文義重複，又須補出法則之意，《敘》語未爲完善。疏之釋《敘》必欲與詩義合耳，不如孫氏隨文解之，較明暢也。又案《説文》：「景，光也。」《玉篇》：「景，光景也。」皆無慕意。《廣韻》云：「景，大也，明也，像也，光也，炤也。」「像」義與「倣傚」相近，或可轉爲慕。今之《廣韻》即唐韻也，《孝經注》成於天寶二年，孫愐《唐韻》成於天寶十年，二書之出同時，豈唐世「景」字有「倣傚」之訓耶？殆非也？源謂古人采用經文多

〔一〕「孝」，原作「考」，據庫本、張校本及下文改。

歇後語，如「友于」、「詒厥」之類皆是，《孝經敘》正暗用「行止」意耳。「行止」者，則而行之。箋云：謂則傚古先哲王也。又案毛傳云：「景，大也。」疏申爲遠大之行，與箋小異而大同。

「以慰我心。」《韓詩》作「以愠我心」，云：「愠，恚也。」孔疏言孫毓載毛傳作「慰，怨也」。王肅述毛亦云：「新昏指褒姒。大夫不遇賢女，徒見褒姒讒巧嫉妒，故其心怨恨。」《釋文》、毛傳亦作「慰，怨也」，而曰「本或作『慰』，安」者，是馬融義。馬昭、張融論之詳矣。案：今傳云：「慰，安也。」箋云：「慰，除我心之憂。」疏云：「憂除則心安，非異於傳。肅言非傳旨。」合孔、陸之言觀之，可見馬融以前述毛者皆主「慰怨」，鄭爲馬弟子，始以「安」義申毛。然孫、王及《釋文》皆作「慰怨」，是唐以前猶「安」、「怨」兩義竝行也。奉敕爲《詩》疏，原以毛、鄭爲主，不得不伸鄭而詘王。由是「安」義獨行，而「慰怨」之解後儒莫聞，聞亦莫信矣。源謂「慰」字，《説文》本有兩訓，一曰安也，一曰恚怒也。恚怒與怨近矣。《凱風》傳「慰」訓「安」，此傳訓「怨」，字同而義異。毛自得之師傳，豈拘於一律乎？況「怨」義與《韓詩》「愠」義相合，安知毛傳《詩》時經文不作「愠」乎？詩本因褒姒而思賢女，通篇極言賢女之可思，末仍以惡褒姒結之，篇法宜然。孫、王之説優矣。

青蠅

詩三章皆以蠅興讒人，初無兩體也。《集傳》分首章爲比，下二章爲興。劉瑾釋之，謂首章青蠅對君子，下章以對讒人，故比興不同。案：斯乃晦庵創立之論，詩人之比興元不如此。辯詳《總詁》。詩言「君子無聽」，則讒人之搆亂可知。言「讒人罔極」，則君子之不宜聽可知。興者，興其意乎？抑徒興其詞乎？

賓之初筵

此詩首二章，毛以爲燕射，鄭以爲大射。後儒説《詩》者或從毛，或從鄭，或首章從鄭，次章從毛，此崔《集注》之説，吕《記》從之。皆考據禮文爲言。獨朱《傳》則在不毛不鄭之間，雜取《大射》、《燕射》之禮，源不知其何所折衷也。其釋首章有不可解者六焉：次章依鄭解以爲言祭，則此章是將祭而擇士，宜爲大射矣，而《集傳》所引多《燕射禮》，此不可解者一也。大射射皮侯，燕射射獸侯。《集傳》引天子熊侯、諸侯麋侯、大夫士布侯，乃獸侯也。燕射之侯也。將射繫左綱，又鄉射禮而燕射如之者也。遷樂之事，亦燕射之同於鄉射者也。則宜以此章爲燕射矣，然引《大射》「宿縣」之文，此不可解者二也。「樂人宿縣」，《大射》之文也。厥明將射，遷樂於下，鄉射之事也。既禮文各異，宜分别下語爲鄉射矣。乃仍蒙大射之文，不顧後人指摘乎？此不可解者三也。劉瑾以爲參約二禮之文。夫參約之者，必其文雖異，其義原不相妨則可耳。大射之不改縣，孔疏論之甚明。乃彊益遷樂文於大射下，可乎？此不可解者四也。孔疏引《燕射》、《鄉射禮》，所以申毛意也。引《大射禮》，所以申鄭意也。然諸侯大射無改縣之事，故言天子宫縣階前妨射位，須改縣以避之。諸侯與臣行禮略不備軒縣，不足妨射，不須改。蓋《叙》以此詩爲刺幽王，則所言當爲天子之大射矣。朱《傳》既不遵《叙》，而以爲武公悔過詩，則此章乃諸侯之大射也。諸侯大射不改縣，禮文可考也。《集傳》顯與立異，又不自明其故，可乎？此不可解者五也。詩既爲悔過而非刺王，則所言皆諸侯禮矣。《集傳》之釋大侯，既歷陳天子、諸侯、大夫、士之異，復獨舉天子之侯，著其制度物色，而諸侯反不及焉，此不可解者六也。凡此六者，其能服先儒之心以塞後學之議乎？至其從《韓詩》而譏《小叙》，《通義》辯之允當，兹不復贅。

「各奏爾能」以下，鄭所指祭末之禮有三：「各奏爾能」，子孫獻尸之禮也。「手仇」、「入又」，賓長兄弟及佐食加爵之禮也。「酌彼康爵」，弟子舉觶之禮也。朱《傳》用獻尸、加爵二意，而「康爵」三語亦總於「加爵」中。

「賓載手仇。」鄭箋「仇」讀爲「𣂆」。案：𣂆，從斗，𥄎聲。把也。𥄎亦音拘，從䀠，從大目，衺也。䀠，九遇切，左右視也。從兩目。今俗本「𣂆」字左俱作「奭」。「奭」本召公名，又加一畫，誤矣。𣂆，又作「鄓」。

「酌彼康爵，以奏爾時。」毛訓「康」爲「安」，鄭訓「康」爲「虚」，而毛義爲允。朱《傳》既從毛矣，又引或説讀「康」爲「抗」，引《禮記·明堂位》「崇坫康圭」證之，以爲即坫上之爵。不知禮注謂「爲高坫，亢所受圭，奠之於上也」。是亢者猶言舉耳，《禮》疏云：「亢，舉也。」非圭之名也。彼上有「崇坫」語，故義可通。若移以釋此詩，則將云「酌彼舉爵」，成何語乎？又鄭氏注記讀「康」爲

「亢」，乃破字也。同一破字見於箋詩者輒痛譏之，見於他注者反遷就詩語以合之，誠不知何意。

「俾出童羖。」箋云：「羖羊之性，牝牡有角。」羖羊，黑羊也。吴羊白，夏羊黑。《爾雅》「夏羊牡羭牝羖」，是黑羊牝者名羖。《説文》「夏羊牡曰羖」，是黑羊牡者名羖。箋又以羖爲牝牡之通名，三説各異。案：郭璞《爾雅注》謂夏羊爲黑羖䍽。音歷。又云：「今人便以牂羖爲白黑羊名。」然則黑羊牝牡皆名羖也。觀箋語可見漢世已然，不始於晉。又案：吴羊之牂，猶夏羊之羖也。《爾雅》云：「羊牡羒音墳。牝牂。」《苕之華》傳亦云：「牂，牝羊也。」而《説文》、《玉篇》皆以牂爲牡羊，則吴羊之牝牡溷稱，信如郭所云矣。毛據漢初之稱釋牂，故與《爾雅》同。鄭據漢末之稱釋羖，故與《爾雅》異。

皇清經解卷七十四終

漢軍樊　封舊校
南海潘繼李新校

毛詩稽古編　卷十六

吴江陳處士啓源著

魚藻之什變小雅

魚藻

「有頒其首。」傳云：「頒，大首貌。」《釋文》云：「頒，扶云反。《説文》同。」案《説文》：「頒，大頭也。从頁，分聲。」則此詩「頒」字乃其本音本義。惟「寡」字從「頒」，「頒」訓「分賦」。要之訓分而讀布還切，自有「攽」字專之，他典特借用「頒」耳。徐氏《韻補》徑讀「頒」爲「布還切」而不存舊音，疏矣。《玉篇》：「符云切，又音班。」《廣韻》亦有二反。

采菽

首章之菽，牛俎之芼也。次章之芹，加豆之菹也。皆所以待諸侯之禮。以此爲興，乃興之不離正意者。

「玄衮及黼。」玄衮惟上公方可服，黼則自公以下，至於毳冕之子男、絺冕之孤卿皆得服之，故詩言及。則五等諸侯皆在其中矣。東萊祖子由之説，以爲專指上公，不如箋、疏之義爲允。

「觱沸檻泉。」《爾雅》、《説文》皆作「濫泉」。《詩》「檻」字乃借也。《説文》「濫」從水，監聲，引此詩。徐云：「盧瞰切。」《詩》釋文：「檻，銜覽、下斬二反。」從檻字本音。然則「檻泉」之「檻」但借濫義，不借濫音也。《爾雅》「濫泉」，《釋文》無音反。邢疏云：「濫、檻音義同。」兩字音本不同，不知邢欲從何讀。案：《玉篇》「濫」作「灠」，盧瞰切。云：「涌泉也。」張揖《廣雅》「濫泉」之「濫」與《詩》釋文「檻」字同音。殷敬順《列子》釋文「濫」字亦咸上聲。是「濫」字二音俱通，邢殆欲從「檻」讀也。又案：《爾雅・釋水》有四泉，其三見《詩》。一，「濫，泉正出。」正出，涌出也。注引《公羊傳》昭五年。「直出」釋之，此詩「濫泉」是也。一，「沃，泉縣也。」縣出，下出也。注云：「從上溜下。」《曹風》「冽彼下泉」是也。一，「氿，泉穴出。」穴出，仄出也。注云：「從旁出也。」《大東》「有冽氿泉」是也。惟「一見一否爲瀸」，音纖。《詩》所未及。

「柞」字五見，二《雅》釋文皆「子洛反」。惟《采菽》「維柞之枝」有兩音，云：「子洛反，又音昨。」《説文》用昨音，然當以子洛爲正矣。朱《傳・車舝》「才洛反」，《綿》篇「子洛反」，兩存其音。《韻會》止存昨音，未當。

「平平左右，亦是率從。」鄭以左右爲連屬之國。《集傳》以爲諸侯之臣。夫諸侯能辨治小國，使之循順，所以爲有功也。若朝於天子，其臣從之，乃其常事，何足稱美哉？又《左傳》晉魏絳引此詩以規悼公，襄十一年。亦取遠人服從之義。

「⿰彳憂游」之「⿰彳憂」本從彳，丑亦切。此詩「⿰彳憂哉游哉」及《白駒》「慎爾⿰彳憂游」是也。今惟監本注疏作「⿰彳憂」，餘本俱作「優」矣。二字義亦相通。《玉篇》云：「⿰彳憂，⿰彳憂游也。」《廣韻》同。又云：「通作『優』。」案：《佩觿集》辯此二字，以「⿰彳憂」爲「⿰彳憂游」，「優」爲「倡優」，誠是矣。然《説文》無「⿰彳憂」字，其優字則訓「饒」，又訓「倡」，已兼二義。「⿰彳憂游」與「饒」意近，併「⿰彳憂」於「優」，亦可也，今世文典不別用「⿰彳憂」字矣。又案《説文》：「優，从人，憂聲。憂，和之行也。从刃，𢝊聲。」引《詩》「布政憂憂」。「𢝊，愁也。从心，从頁。」徐鉉曰：「𢝊，見於顔面，故從頁。」⿰彳憂游義亦近和，豈後世以「憂」代「𢝊」用，因加彳旁於憂以相別。繼又因「⿰彳憂」、「優」形溷，遂并「⿰彳憂」於「優」與？其《信南山》之「優渥」，《説文》引《詩》作「瀀」。

角弓

「騂騂角弓。」《釋文》云：「騂，《説文》作『弲』，火全反。」案《説文》：「弲，角弓也。洛陽名弩曰弲。烏全反。」竝不引此詩。又案《説文》：「觲，用角低卬便也。从羊、牛、角。《詩》曰：『觲觲角弓。』息營切。」是騂自作「觲」，不作「弲」也。陸豈因《説文》名角弓爲弲而誤引與？不然，則唐本《説文》與今有異也。

孔疏謂：「角弓乃别是弓名，如今北狄所用，於古亦應有之。若弓人合六材以成弓角，僅居六材之一，不得以名弓。」斯言當矣。《集傳》曰：「角弓，以角飾弓也。」恐非是。飾者以爲美觀，在既有弓之後耳。六材缺一則不成弓，角乃弓之體，何云飾耶？《爾雅》云：「以金者謂之銑，以蜃者謂之珧，以玉者謂之珪。」注云：「用金蚌玉飾弓兩頭，因取其類以爲名。」然則弓之飾當以是三者，不聞用角也。又案《説文》：「弧，木弓也。弴，都昆切。畫弓也。弲，角弓也。」《爾雅》「無緣者謂之弭」，郭以爲今之角弓。則角弓之别是弓名，信矣。但角弓見《詩》、《雅》及《説文》，必古有此器。孔謂今北狄所用，豈唐世華人已不用乎？

「老馬反爲駒，不顧其後。」傳云：「已老矣，而孩童慢之。」箋義亦同，皆取侮老之意。言王侮慢老人，不念後日年老，人亦將侮己也。朱《傳》曰：「讒人貪取爵位而不知其不勝任。」於義亦通。案：杜少陵詩「老馬爲駒總不虚」，是自嘲其健啗，雖老年如少壯時，蓋亦有不量力之意焉。朱子之解，其因杜而引伸之與？然少陵用事特斷章耳，若詩之正解，則箋、疏義長。呂《記》從古，甚當。

「如食宜饇，如酌孔取。」教王以敬老之道也。箋云：「食老者宜令之飽，飲老者當度其所勝多少。」鄭以此語釋詩，雖驚俗，然善悉老人之情態矣。老人氣衰，不能飢，亦不能多醉。曲體其情，斯爲敬也。爲人子者尤不可不讀此箋。

猱，毛以爲猨屬。陸《疏》云：「獼猴也。」《説文》作「夒」，云：「貪獸也。一曰母猴。」又云：「猴，夒也。」《廣雅》云：「猱，狙，親去切。獼猴也。」《史記索隱》、《漢書》注引之，意皆與陸同。《樂記》注亦釋「獶」爲獼猴。案：猨性静，猴性躁。《樂記》「獶雜子女」，正言侏儒倡優戲弄之態，必不取喻於静者矣，以猱爲猴當是也。猨、猴二獸形狀相類，故毛以爲猨屬。孔申傳云：「猱乃猨之輩屬，非即猨。」得之矣。《爾雅》郭注云：「猱亦獼猴之類。」又云：「猱似獼猴而黄。」則猱與猴别獸，與陸意異。《漢書》《相如傳》。顔注云：「猱，乃高反，又音柔，即今之所謂戎。亦作狨。皮可爲鞍褥者。唐世以狨皮爲鞍褥，貴賤通用。宋太宗始禁士庶不得乘狨毛煖坐。見葉夢得《石林燕語》。即此獸也。戎音柔，聲之轉耳，今狨音戎。非獼猴也。」案：狨色黄赤，故名金線狨。顔語正與郭注合。《埤雅》因其説，遂以猱狨爲一獸，而與猴各釋，殆不然也。嚴《緝》云：「猱即王孫。」此與元恪《疏》同，當以爲正。王孫，猴之别名也，亦名胡孫。漢王延壽有《王孫賦》，唐杜甫有《覓胡孫》詩，皆指獼猴。又案：「猱」字，《樂記》作「獶」、《史記·相如傳》作「蝚」，當以《説文》「夒」字爲正。《説文》云：「从頁，巳、止、夊，其手足。」鉉等曰：「巳、止，皆象形。」

「雨雪瀌瀌，見晛曰消。」箋、疏以雪喻小人。日能消雪，喻王能誅小人。劉向《災異疏》引《詩》亦同此義。蘇氏訓爲消釋親族之怨，因《叙》有「九族相怨」語也。然讒邪擯黜則親睦自敦，怨恨之消釋，意足該之矣。吕《記》、嚴《緝》皆祖蘇説，不如《集傳》從古注之得也。

菀柳

古人釋經不輕信其所疑，故《左傳》引《詩》「我之懷矣，自詒伊戚」及「何以恤我」、「我其收之」，杜注皆以爲逸詩，而説《雄雉》、《小明》、《維天之命》三詩者亦不用以爲證。蓋詩語多有相同，見存者尚然，既逸者可知矣。朱子據《戰國策》「上天甚神，無自瘵也」之語，欲改《菀柳》詩「甚蹈」爲「甚神」，恐非闕疑之道。

「居以凶矜。」呂《記》、嚴《緝》皆解爲「幽王所以自居」，與「式居婁驕」之「居」同。而引《書》「惟厥攸居」語證之，以爲古人論治亂每言夫「居」，見君心之所關重也。意甚美矣。然此詩本旨正未必然。鄭云「王必罪我，居我於凶危之地」，意雖淺而實得之。解古人語正不必過求深也。

都人士

朱子《辯説》云：《都人士敘》「蓋用《緇衣》之誤」。是不然。《敘》縱非子夏作，然其來古矣。《緇衣》，公孫尼子作也。尼子者，七十子之徒，與大毛公俱六國時人。毛公傳《詩敘》，尼子作《緇衣》，孰先孰後，未可定也。何知非《緇衣》用《敘》而必爲《敘》用《緇衣》乎？古人文字互相仍襲者甚多，《易》、《詩》、《書》皆聖經，亦往往有之。《敘》所謂「古者長民，衣服不貳，從容有常，以齊其民，則民德歸壹」，當是先正遺言，敘詩者與尼子各述所聞，著之於書耳。又《敘》意是舉古之節儉駁今之奢淫，朱《傳》謂「亂離之後不復見昔日之盛美而歎惜之」，義稍異。若較論之，則《叙》義長也。觀詩篇所述，竝非紛華綺靡之事，「狐裘」、「充耳」、「垂帶」、「卷髮」，皆平常之服飾也。「臺笠緇撮」，尤儉之至也。春秋之世，亂離更有加矣，冕弁、裘服、瓊玉、笄珈之儀容載於《國風》及《左氏傳》者何燦然可觀，豈西京之世反不得見乎？況舉古之節儉以駁今之奢淫，方是立訓之意，所以爲經也。若如《集傳》之説，則直是蕭后之述煬帝、宫女之説玄宗耳，何關於世教而夫子録之哉？

古之所謂有德者必考其實，故稱人之美往往與容服言行爲言，四者俱有迹而可信也。《表記》曰：「君子耻服其服而無其容，耻有其容而無其詞，耻有其詞而無其德，耻有其德而無其行。」德藏於心，行見於事，故德必驗之於行也。《孝經》論先王之法，《孟子》論堯桀之異，亦以服言行爲言。雖不及容，而服足兼之矣。《都人士》首章「狐裘黄黄」，服也。「其容不改」，容也。「出言有章」，言也。「行歸於周」，行也。與《表記》正相合。然容服言可飾於外，行不可矯於一時也。行尤重焉。《集傳》「行」讀如字，「周」訓「鄗京」，誤矣。稱人之美，顧略其所重乎？《左傳》襄十四年君子引此詩以證楚子囊之忠，杜注：「忠信爲周。」意正與毛合。毛云：「周，忠信也。」況以「周」爲「忠信」乃《詩》、《書》之常訓，何足爲異而必欲易之？

「彼都人士。」箋、疏以士爲庶民。嚴《緝》辯其誤，而謂「士」與「女」對舉，是貴賤之通稱，當矣。源謂士之稱可通於貴賤，但此詩所謂「士」，大率主貴者言耳。民望之目充耳垂帶之飾，非士大夫不能當之。惟「臺笠緇撮」實爲賤服。然《郊特牲》言蜡祭，諸侯使者草笠而至注引此詩「臺笠」。貢於大羅氏，所以尊野服。諸侯使者，必士大夫。《玉藻》云：「始冠緇布冠，自諸侯下達冠而敝之。」是未敝之時，貴賤皆緇布也。然則「臺笠緇撮」一則因事而服之，一則初冠而服之，雖非貴者常服，要亦有時而服焉，何必定指爲庶民？況此詩中三章皆士女對舉。女稱「君子女」，則大家女也。女獨舉其貴，不應士偏指其賤。鄭以「士」爲「民」者，徒見《叙》「民德歸壹」之文耳，不知古人言民亦通上下稱之，不專指民也。且詩所述言行服飾之美，正《叙》所云「衣服不貳，從容有常」者。即以五章皆指長民者言，何不可哉？

「綢直如髮。」傳云「密直如髮也」，箋云「其情性密緻，操行正直，如髮之本末無隆殺也」。蓋內密而外正，又始終不渝，見女德之盛耳。後儒貪取「髮」字立說，故求巧而反拙。朱《傳》訓爲「髮之美」，既於「如」字難通。嚴《緝》用《解頤新語》說，謂此女之髻密而且直，如其本髮，不用假髢以爲高髻。此亦未然。案：此篇除首章而外，下四章皆以「女」對「士」言。若從毛義，則二三章皆言性行，四五章皆言容飾。若從鄭説，則綢直咏其性行，尹吉稱其氏族，卷髮美其儀容。三章之意各有指，末章承帶髮二意而咏歎之，不與上三章一例也。朱《傳》反謂以四章、五章推之當言髮之美。殊不知尹吉一章間於其中，何獨不倫耶？況四章、五章，士言垂帶，與女言卷髮同也。此章之士何不亦言垂帶而言「臺笠緇撮」耶？

「彼君子女，謂之尹吉。」毛訓「尹」爲「正」，孔疏申之，以爲正直而嘉善，蓋以性行言也。鄭以「謂之」二字是指成事而言，故易傳讀「吉」爲「姞」，其乙切。云：「尹氏、姞氏，周室昏姻之舊姓也。人見都人之家女，咸謂之尹氏、姞氏之女，言有禮法。」其説亦通。但尹是氏，姞是姓，兩家女子一稱其氏，一稱其姓，文義不倫。且古者稱婦人必稱其姓，未有獨舉其氏者。源意尹吉二字是專有指目之稱，古者以姓稱婦人，必有所繫以别之。或繫姓於謚，莊姜、定姒之類是也。或繫姓於國，韓姞、秦姬之類是也。或繫姓於字，孟姜、季姬之類是也。或繫姓於氏，則有舉其父母家之氏者，狐姬、孔姞之類是也。有舉其夫家之氏者，夏姬、欒祁之類是也。周之盛時必有姞姓之女嫁於尹氏，而以賢著，聞者當時舉婦人之賢輒云「尹姞」，故詩言謂之。明是本有是人而指目之詞，猶曰「彼大家女子有號爲某人者」云爾。尹乃少皞氏之後，己姓。若竝述兩姓之女，則當云「己吉」矣。

「謂之尹吉。」畢竟傳義爲長。二章「綢直」、三章「尹吉」，皆言性行之美也。士德之美詳於首章，女德之美詳於二、三章，美是人者固宜詳於德矣。康成之易傳祇因「謂之」二字未安耳。然「尹正」「吉善」是美德，「謂之」云者，言人稱其美德如此，於文義何礙？況幽王時尹爲大師，蹶惟趣馬，二氏正當盛時，其女子之都雅嫺麗豈必不如曩昔，而顧云不見哉？

「我心苑結。」「苑」本作「薀」，《説文》云：「从艸，温聲。於粉切。」引《左傳》「薀利生孽。」昭十年。積也，又滯也，詘也，俗作「蘊」。此詩「苑結」及《禮運》「大積焉而不苑」皆作「苑」。《詩》釋文：「於粉反，徐音鬱。又於阮反。」《禮》釋文「於粉反」，《鄶》「素冠蘊結」，《釋文》亦「紆粉反」，當以此反爲正矣。

「匪伊垂之，帶則有餘。匪伊卷之，髮則有旟。」箋云：「帶於禮自當有餘，髮於禮自當有旟。」可見一衣帶之微，一笄總之末，皆有禮法存焉。而古王制禮之嚴，都人守禮之恪，俱隱然於言外。詩人思古之意如此，所以有關於人心世教也。蘇氏曰：「古之爲容者從其自然而非彊之。」是惡知禮意，然猶有不致飾之義焉。朱《傳》曰：「自然閑美，不假修飾。」則直爲艷體之佳句矣。

采緑

《敘》云：「刺怨曠也。」蓋謂刺時之多怨曠耳。征役過時，王政之失，故復申言之。云「幽王之時多怨曠者也」，則刺怨曠者正刺幽王也。鄭氏不會《敘》意，釋之曰：「譏其不但憂思而已，欲從君子於外，非禮也。」此誤矣。「韔弓」、「綸繩」，特托爲此語以形容其必至之情，豈真謂欲從行哉？況刺詩之作必有關於王政之興衰、民風之美惡，故聖人録之以爲後世永鑑。乃區區與里巷婦人較論得失，何陋也？朱子《辯説》謂此詩「怨曠者自作，非人刺之」，駁《敘》與遵《敘》異，而誤解《敘》意則同。又謂非有刺於上，則害義尤甚。征役頻興，室家睽隔，民生愁困，誰實使然？上之失道，不言可知矣。猶云「非刺」，則是君之於民竟可秦越視也，而元后父母不反爲妄語乎？

藍，箋云「染艸也。」案：其種有五：菘藍堪染青，蓼藍堪染碧，惟馬藍可作澱。三者華實相同而葉稍異。蓼藍葉如蓼，菘藍葉如白菘，馬藍葉如苦蕒。蓼藍歲可三刈，故《月令》仲夏有「禁馬藍」，見《爾雅》，郭氏謂之「大葉冬藍」。《小雅》「采藍」，不知何藍也。又有「吴藍」、「木藍」，與諸藍不同，而皆堪作澱。

「五日爲期，六日不詹。」傳云「婦人五日一御」，疏申其意，以爲舉近以見遠。五日爲御之期，至六日而不至猶以爲恨，況日月長遠乎？此解優矣。鄭以五日一御是諸侯之制，庶人無此禮，故改訓爲「五月之日」、「六月之日」。殊不知作詩者借禮爲言端耳，豈實指采藍婦乎？朱《傳》曰：「五日爲期，去時之約也。」遠行而約以五日歸，恐未必然。

傳云：「詹，至也。」《爾雅·釋詁》同。案：「詹」訓「多」，言「至」乃借也。然義出《雅》，傳亦云，古矣，不誤也。朱《傳》曰：「詹，與瞻同。」吾未敢信。「瞻」借「詹」，雖《史記》有之，《周本紀》。然「至」義自通，不必改訓。況《詩》中「瞻」字甚多，何《采藍》、《閟宫》二篇獨去偏旁哉？

「韔弓綸繩。」箋、疏以爲婦人因夫不歸，悔當時不與之俱往。此必無之事，而或有之，情也，作詩者探其情而言之耳。後儒以妨於義，改訓爲追想君子在家之事，説可通而趣味較短。

黍苗

周家十臣，惟太公之後有桓公，召公之後有穆公，皆克紹先烈。周公雖元勛，其子孫不及也。然穆公之乃心王室，忠貞勞勩，尤非桓公所得比。驟諫厲王，又脱宣王於難而以子代之。及王立，復爲之平淮夷，城謝邑。上能宣布王德，下能慰安衆心。穆公先朝舊臣，年高望重，盡悴事國，不敢告勞，真無忝厥祖矣。故當時既咏其事，而奕世之後猶歌思不忘，有《黍苗》之篇也。皇父作都於向，萊民之田，徹民之屋，雖由幽王之闇，然使得大臣如穆公者董其役，則任車牛必有其制，告成歸處必有其期，何至大爲民患哉？此《黍苗》篇不徒刺王，又刺其大臣也。《叙》云：「王不能膏潤天下，卿士不能行召伯之職。」詩旨良然。

「我任我輦，我車我牛。」毛、鄭分爲四事。云有負任者，有輓輦者，有將車者，有牽傍去聲。牛者。駕車之牛在轅中，此將車者事也，所謂「我車」也。其在轅外者須人在前牽之，在旁傍之，所謂「我牛」也。《集傳》易「我牛」之訓曰：「牛，所以駕大車也。」豈以「我車」爲駕馬乎？案：鄭氏牽傍之説本於《周禮》「牛人」及「罪隸」之文，《詩》疏引之，有明徵矣。焉用更新乎？

「原隰既平。」疏言：「五土有十等，獨原隰最利於人。」案：《爾雅》有十土，其可食者三隰也。下濕。平也，大野。原也，廣平。陸也，高。阜也，大陸。陵也，大阜。阿也。大陵。七者非沮洳萊沛即險陗墝埆，非樹蓺之地。原也，（可食者。）阪也，（陂者。）隰也，（下者。）三者高下不同，皆可種而食。原隰之名凡再見，而可食不可食異焉。《公羊傳》何休注云：「原宜粟，隰宜麥。」此可食者也。孔謂原隰最利於人，亦指斯土。

原、隰、阪皆可食，而原、隰尤利人，先王疆理所獨詳也。故《周禮》夏官之屬設邍（古「原」字從辵，從备，從彔。自《爾雅》變爲原，而原泉字加水旁爲源。）師以辨其名，而詩人咏之尤多。然《爾雅》有兩原隰，其一可食，其一不可食。竝見於《詩》，異實而同名，不可不辨也。案：《詩》有兼言原隰者，曰「于彼原隰」、曰「原隰裒矣」、曰「畇畇原隰」、曰「原隰既平」、曰「度其隰原」。有獨言原者，曰「䳭鴒在原」、曰「至于太原」、曰「瞻彼中原」、曰「中原有菽」、曰「周原膴膴」、曰「度其鮮原」、曰「于胥斯原」、曰「復降在原」、曰「瞻彼溥原」。有獨言隰者，曰「隰有苓」、曰「隰則有泮」、曰「隰有荷華」、「隰有游龍」、曰「隰有榆」、「隰有杻」、「隰有栗」，又曰「隰有栗」、「隰有楊」、曰「隰有六駮」、「隰有樹檖」、曰「隰有杞桋」、曰「徂隰徂畛」、曰「隰有萇楚」、「隰桑有阿」者各三。今以《爾雅》兩「原」、「隰」合而論之：曾孫之所田，召伯之所平，公劉之所度，其爲可食之原隰無疑。至《皇華》喻使臣，《常棣》喻兄弟，則用以托興，不過廣平下濕之通名也。《小宛》之「中原」有菽可采，《綿》詩之「周原」堇荼如飴，文王之遷程，公劉之遷豳，將欲建國立都，墾田蓺穀，其所營度相視，必非墝瘠之場。《邶》、《唐》、《秦》三風及《小雅》二詩各著隰之所產，榆、杻、楊、駮及赤楝（山厄切，即楰中爲車輞。俱材木也。桑中飼蠶，大苦、苓。枸檵、杞。可入藥，樣、栗有實可啗，亦嘉植也。而《載芟》之「隰」、「畛」則千耦聚而耘焉。此六原十三隰定是可食之土。至於《常棣》之「原」，禽鳥所集。《六月》之「原」，戎馬所馳。《吉日》之「原」，射獵所向。必非稼穡之地。《衛》「隰」以有泮，鄭讀爲畔。稱中必瀦中。《鄭》之荷華、游龍，水草也。《鄶》之羊桃，即萇楚。蔓草也。而隰生焉，則亦沮洳澤障而已。

隰桑

《隰桑》之思君子，猶《丘中有麻》之思留子也。留子隱居而能廣農桑之利，君子在野而能著庇蔭之功，周尚多賢矣。惜幽、莊兩王皆棄而不用也，此西周之所以東，而東周之不復西也。雖然，《隰桑》詩音節略與《風雨》同，使編入《國風》，朱子定以爲淫詞矣。

《詩》中「遐」字，《集傳》多訓爲「何」，宗《表記》鄭注也。《表記》引《隰桑》「遐不謂矣」，「遐」作「瑕」。鄭曰：「瑕之言胡，謂猶告也。」此解明順，故朱子用以釋此《詩》併及他詩「遐」、「瑕」二字。然鄭先注《記》，後箋《詩》。箋《詩》時往往改其前說，所見必有進，不應徒執其舊解也。呂《記》釋此以爲「欲進忠告於君子」，此又用《左傳》杜注也。《左傳》鄭伯享趙孟，子產賦《隰桑》。趙孟曰：「武請受其卒章。」襄二十八年。杜注云：「武欲子產之見規誨。」東萊之說本於此矣。然玩詩語及鄭箋竝無規誨意，惟箋末引《論語》「愛之能勿勞乎，忠焉能勿誨乎」二語，疏申其意，謂彼以中心善之不能無誨，此則中心善之心不能忘，其義略同，故引以爲驗。杜見忠誨與謂相近，故有規誨之説。不知鄭本訓「謂」爲「勤」，決不以「誨」證「謂」也。元凱雖《左》癖，而疏於《詩》矣。鄭引《論語》既貽誤於杜，杜注《左傳》又貽誤於吕，千餘年未有能辯其故者。源又謂孔疏申箋亦未得箋意也。鄭訓「謂」爲「勤」，「勤」與「勞」同義，《釋詁》勞、謂皆訓勤。《論語》言愛之則必勞來之，孔安國《論語注》：「人有所愛，必欲勞來之。」鄭應用孔説。《詩》言愛之則必勤恩之，語意相符，故鄭引之以證不謂，非證不忘也。意在愛勞，不在忠誨也。

「中心藏之。」鄭玄、王肅皆謂訓「藏」爲「善」。鄭説見箋，王説見《表記疏》。然《詩》釋文云：「藏，王才郎反。」則肅不訓善，與《禮疏》異意。《詩》釋文所謂王，或非肅乎？蓋古者止有「臧」字，後人始加艸，故《漢書》「藏」皆作「臧」，當時《詩》字必作「臧」，故訓爲善也。然「臧」字本兼藏義，亦可訓匿。觀《孝經》引此詩注云：「愛君之念恒藏心中。」晉孫秀舉此詩以答潘岳，亦作「藏匿」解可知。故《表記》皇氏疏亦訓包藏。

白華

《叙》以此詩爲周人作，正如《小弁》詩是大子傅作耳。朱《傳》指爲申后自作，不知何據。後世《長門賦》、《明君詞》皆出文人手，何嘗自作乎？

「滮池北流。」傳云：「滮，流貌。」箋云：「豐、鎬之間，水北流。」《説文》作「淲」，云：「水流貌。」皆不以滮池爲水名。《水經注》云：「滮池水出鄗池西，而北流入於鄗。」則實有滮池之水矣。案：酆在西，鄗在東。滮池在鄗西，正酆、鄗之間也。後人因箋語遂取水之在酆、鄗間而北流者名之以「滮池」云爾。凡後世地名與經語合者率皆此類。《水經注》又云：「《毛詩》曰：『滮，流貌。』而世傳以爲水名。」蓋亦同鄙意。

鶖似鶴而清濁不同，所謂秃鶖也。亦名扶老，善與人鬬。脯脩食之，益人氣力，走及奔馬。近世《本草綱目》據景焕《閑談》及環氏《吴紀》，謂海鳥爰居即此禽，誤矣。秃鶖咏於《詩》，又人所常見，臧文仲聞人也，何至不識而祀之乎？

「鴛鴦戢翼。」取陰陽相下義，義本《爾雅》，又與《易》男下女意相合，此箋、疏之解信而有徵者也。朱子宗横渠之説，以「不失其常」釋之。

綿蠻

《辯説》譏《綿蠻叙》，近世郝仲輿敬。駁其誤，至詳確矣。説具《通義》。又謂《集傳》釋此詩皆爲鳥言，不成文義，尤爲篤論。案：詩之托爲鳥言者，必如《鴟鴞》篇則可。彼云「徹土」，云「捋荼」，云「予羽」，云「予尾」，以爲鳥自謂，宜也。此詩之「教誨車載」，豈鳥所望於人哉？

毛傳云：「綿蠻，小鳥貌。」《韓詩》薛君章句云：「綿蠻，文貌。」語雖小異，其爲貌而非聲則同。朱《傳》以爲鳥聲，本於劉執中，彝。殆臆説也。案：黄鳥、倉庚，一禽也。其見於《詩》，曰「睍睆」，曰「熠燿」，目其色也。曰「交交」，曰「綿蠻」，指其形也。其以聲音著者惟《葛覃》、《出車》兩詩，俱曰「喈喈」耳。《七月》云「有鳴」，不云如何鳴也。《凱風》云「好音」，不知如何好也。意「喈喈」而外更無可擬似矣。

未事而教之，事至而誨之。鄭因經教誨異文，故爲此分釋耳，其實教誨一義也。《叙》云「飲食教載」，則言教而誨在其中矣。

瓠葉

《瓠葉叙》言幽王棄禮，雖有牲牢饔餼而不肯用。華谷非之，以爲觀《賓之初筵》，幽王乃宴飲之過，故此詩極陳簡儉之意。似矣。然《頍弁》詩言王有旨酒嘉肴不以宴其親族，則與此《叙》意正相合也。況《賓之初筵》刺其沈湎淫泆，非刺其奢也，蓋幽王所與宴飲皆匪人狎客耳。至於嘉賓懿戚固其所疏而不欲近也，其宴飲之時惟有「載號載呶，亂我籩豆」而已。至於一獻百拜之儀，又其所畏而不欲行也。《賓筵》詩刺其越禮，《瓠葉》詩刺其廢禮，惟越禮則廢禮愈甚。牲牢饔餼所以行禮也，宜其不肯用矣。《叙》之言詎爲過乎？

瓠、壺同類而微别。瓠形長，壺體圜也。《豳風》「斷壺」，落其實也。《小雅》「瓠葉」，亨其葉也。一爲農夫之食，一爲庶人之菜，其用等耳。孔疏引《七月》以證瓠葉云：「彼雖壺體，與此爲類。」用亦農夫之菜。

《瓠葉》篇，言庶人飲酒事耳，然可以觀禮焉。爲酒本以燕賓，先與父兄室人酌而嘗之，親親也。用瓠菹，儉也。賓至加以免羞，備獻酢醻之儀物，儉而禮重也，敬賓也。箋謂「禮不下庶人，庶人依士禮立賓主爲酌名」，夫飲酒所以行禮，庶人能行酒禮，故稱君。子彼醉而伐德者，小人而已矣。案：古者教民，必以德行道藝，故庶人皆知禮，有士行。《詩》所言乃紀其實也。成周風俗之美，於此可見。

漸漸之石

《漸漸之石叙》云：「戎狄叛之，荊舒不至，乃命將帥東征。」《苕之華叙》云：「幽王之時，西戎、東夷交侵中國，師旅竝起，因之以饑饉。」《何草不黃叙》云：「四夷交侵，中國背叛，用兵不息。」三叙所言乃一時之事，而不見於史，此可補其闕矣。春秋之世，處處皆有戎狄。滅衛、伐邢、病燕，《公羊傳》謂中國不絕若綫，僖四年。賴齊、晉之霸，稍攘除之。幽王時正其蠢動之初與？然周之一代實與戎狄相終始，自古公避狄以來，王季伐西落鬼戎，又伐余無之戎、始呼之戎、翳徒之戎。文王伐翟、伐昆夷、伐獫狁，成王再伐淮夷，穆王伐犬戎、伐徐戎。懿王之世西戎侵鄗，翟人侵岐，又敗於犬戎。孝王伐西戎，夷王伐大原之戎。至厲王之末而獫狁、蠻荊、徐戎、淮夷皆叛。宣王中興，四出征伐，僅克底定。然其末年，竟有千畝之敗。繼以幽王之昏暗，逮驪山禍作，而周轍遂東矣。蓋三代以前戎狄錯處中華，故爲患最劇。孔安國《書傳》云：「秦始皇逐出之。」孔去秦未百年，傳聞應不謬。王肅謂自紂時戎夷始錯處中國，則未必然。案《禹貢》，淮夷、嵎夷、萊夷、島夷、西戎之類皆在九州境内。后稷子不窋竄徙戎翟，即豳地也。此皆虞夏之世。中華之有戎狄，其來遠矣。大抵開闢以來風氣古樸，深山險水，王者聲靈未能遍及，戎狄嘯處其間，如今楚粤箐峒中有蠻獠耳。乘諸夏之式微，時出爲寇，王者興則討平之，如《采薇》、《出車》及宣王諸詩所咏是也。無王者則狼噬豕突，無所顧忌，中國坐受其敝，而《漸漸之石》、《苕之華》、《何草不黄》之詩作矣。又案：周、秦皆興於雍，其被戎患亦略同。秦犬丘、大雒之族没於西戎，秦仲復爲戎所殺。子莊公破戎，孫世父伐戎被獲，襄公復伐之。自周轍東，而雍之戎患秦獨當之矣。三詩《叙》所指，其周、秦興滅之關紐乎？然同一戎也，周以之興，亦以之亡。而秦復以之興。興亡之故，不在戎已。

《漸漸之石》三章，毛傳本不言興。鄭、王、孫三家述毛皆以興釋之，將戎狄荆舒分配詩詞，説各不同。鄭以上二章上二句爲戎狄叛，上二章次二句卒章上四句爲荆舒不至，每章下二句爲東征。王、孫以每章上四句爲戎狄叛，下二句爲荆舒不至，東征總六句而言。多支離穿鑿，俱非毛旨。況經止言東征，《叙》本用兵之由，故竝舉戎狄與荆舒耳。必欲分裂經文配此二役，不太牽合乎？詩止言道塗之險艱、跋涉之勞苦，直是賦體，非興也。宋諸儒之説得之。

「有豕白蹢，烝涉波矣。」毛傳云：「將久雨，則豕進涉水波。」蓋以此爲將雨之兆也。横渠以此爲久雨之驗，而以離畢爲再雨之徵。謂豕性負塗，雖有白蹢而不見。因久雨多潦，濯其塗而見白。是雨止未久也。乃月離于畢，雨徵又見，此苦雨之甚也。嚴《緝》推論之，甚明暢。是張意本與毛殊。朱《傳》以豕月爲將雨之驗，既從毛矣，復載張語而不辨其異同，不已疏乎？又張説太巧，不若毛之平。豕雖負塗，然謂潦水濯之方見白蹢，則穿鑿之見也。

顧英白云：月入畢中則多雨。舊以陰陽爲説，非也。天街在畢之陰，七政中道也，焉得謂離其陰則水乎？畢宿在天街之陽，月入之即雨，焉得謂由其陽則旱乎？余驗之皆然。有若之不知，《家語》。則未敢信也。又嘗謂余言：月之離畢未有不在其陰者，但必相傅著方雨，遠之則否矣。此英白得之目驗。然則離陰離陽，必非孔子之言，乃後儒妄托也。《史記》列傳載有若事獨删去此語，子長世掌天官，當知其誤耳。

「月離于畢。」《大全》録朱子之言曰：「畢是漉魚底，漉音鹿，滲也。叉罔，〔二〕漉魚則其水淋漓而下若雨然。畢星名義取此。今畢星上有一柄，下開雨叉，形亦類畢，故月入之即雨。」噫！此決非朱子語，記之者妄耳。畢之爲器有二，見《小雅》、《月令》、《國語》諸書，而毛氏以爲所以掩兔者，此田獵之畢也，見《特牲饋食禮》。而鄭氏以爲助載鼎實者，此祭器之畢也，竝不云用以取

〔二〕「叉」，原作「又」，據庫本改。下仿此。

魚。且叉罔之名甚不典，其似畢不見書史。朱子居閩，豈言其土俗乎？宋季閩粵捕魚之器何可以證古經？其誤一也。畢星好雨，自是陰陽之氣相爲感召。《洪範》鄭注謂雨，木也，爲金妃。畢乃西宫之宿，從其妃之所好，理或有然。乃謂「叉罔水下淋漓若雨，故天星象之」，豈未有叉罔時天上無畢宿耶？即有之而不好雨耶？其誤二也。先王制器尚象，仰觀俯察。畢器本象星以爲形，亦因星而得名。孫毓之《詩評》，郭璞之《爾雅注》，其説皆然，不可易也。孫炎謂以罔名畢，郭璞謂以畢名罔。孔疏是郭。今反謂畢星名義取諸魚罔，其誤三也。三誤本易知，但後世學者見其説出於朱子，遂不敢置疑。故辯之如此。

苕之華

《詩》有《苕之華》，《爾雅》有「陵苕」，《神農》本經中品有「紫葳」。郭景純見《本草》「紫葳」亦名「陵苕」，故援以注《爾雅》。而毛傳以「苕華」爲「陵苕」，名又相合，故孔疏又援《爾雅》以釋《詩》。三書所云，當爲一草無疑矣。其貌狀則《爾雅》有黄華、白華之釋，鄭箋有紫赤而蕃之稱，陸《疏》有似王芻而華赤葉青之説。其别名曰蔈，曰茇，見《爾雅》。茇華、陵時、瞿陵，見《本草》。鼠尾，見陸《疏》。其以爲瞿麥者，則張揖與陶隱居之誤也。顯慶中蘇恭修《唐本草》，始以紫葳爲陵霄，後之注《本草》者率沿其説，然未有用以釋《詩》之「苕華」者。而朱《傳》始用之。今驗之，有不相類者三焉：孔疏通《爾雅》及鄭箋、陸《疏》之説，謂苕華有黄紫、白紫，今陵霄華面赤背黃，無紫白色者，不類一也。陸《疏》言陵苕可染皁，沐髮即黑。《本草經》所言亦同。今陵霄華葉俱無染皁之用，不類二也。陸《疏》言苕華好生下濕，《本草經》亦言生下濕水中，故《陳風》「旨苕」生於邛丘，則陸《疏》別釋爲苕饒。今陵霄偏生於燥土，不類三也。二物色性皆殊，明是別草矣。又陶氏《別録》注引《博物記》云：「郝晦行太行山北，得紫葳草，必當奇異。」今陵霄乃凡卉耳，何足爲奇異哉？案箋、疏言苕華紫赤，則芸黃爲衰落之色。若陵霄色黃，則芸黃乃言其盛，不可喻時之衰也。故朱《傳》別取附物而生雖榮不久爲説，夫華之榮謝各有常候，非因特生而久附物而速也。況詩人身當危亂，則已集於枯，何榮之有？而僅云不久乎？取喻殊失實矣。物名未覈，則經意亦殽，學《詩》所以重多識。

蘇頌《圖經》疑陵蒔爲鼠尾草，因《苕華》陸《疏》有鼠尾之名也。案：鼠尾亦名陵翹，亦名烏草，即《爾雅》之葝鼠尾也。郭注言其可以染皁，《別録》言其生平澤中，《蜀圖經》言下濕地有之，而陶隱居、陳藏器亦言其可染皁。此與陸《疏》之説苕華俱相合，而鼠尾名又同，當是也。惟韓保昇言有赤、白二種爲稍異，然較之陵霄猶爲近之。

「牂羊墳首」，言無是道也。「三星在罶」，言不可久也。「人可以食，鮮可以飽」，治日少而亂日多也。傳語明白簡當矣。後儒之説徒紛紛耳。

心之爲明堂，猶房之爲天駟，營室之爲天廟，取象於人事，爲星之別名耳。董氏逌曰：「心出在明堂者，正也。至將没而望於魚笱中，其能久乎？」語見呂《記》。〔一〕此謬矣。心即明堂，又出在明堂乎？且天星晝夜一周，其行疾速。罶微小，所容無幾，不能久留星光，故云「不久」，豈必謂將没時乎？

何艸不黄

「何艸不玄。」箋云：「玄，赤黑色。草牙蘖者將生必玄。」蓋謂明年之春猶未歸也。劉彝直以爲黑腐之色，與鄭異。朱《傳》云：「既黄而玄。」則從劉也。然草之朽腐，黑而已，豈復兼赤乎？案：玄與黑不同，《周禮·鍾氏》注以爲「緅緇之間」是也。燕名玄鳥，正以其羽色。夏以建寅之月爲正，故尚玄亦取草木牙蘖之色。以草玄爲初春，鄭説信而有徵矣。

皇清經解卷七十五終

漢軍樊　封舊校
南海潘繼李新校

〔一〕「記」，原作「語」，據庫本、張校本改。參見《呂氏家塾讀詩記》。

二〇二一—二〇三五年國家古籍工作規劃重點出版項目

國家古籍整理出版專項經費資助項目

教育部全國高等院校古籍整理研究工作委員會直接資助重大項目

中華經解叢書

清經解 詩經編

整理本

董恩林 主編

鳳凰出版社

詩本音 詩説

（清）顧炎武 著 劉真倫 岳珍 點校

（清）惠周惕 著 劉真倫 岳珍 點校

圖書在版編目（CIP）數據

詩本音 詩説 / 劉真倫，岳珍點校. -- 南京 : 鳳凰出版社，2024. 8. --（中華經解叢書 : 清經解 : 整理本 / 董恩林主編）. -- ISBN 978-7-5506-4123-5

Ⅰ. H11；I207.222

中國國家版本館CIP數據核字第2025FA0490號

書　　名	詩本音　詩説
著　　者	(清)顧炎武 著　劉真倫　岳　珍 點校
	(清)惠周惕 著　劉真倫　岳　珍 點校
責任編輯	汪允普
裝幀設計	姜　嵩
責任監製	程明嬌
出版發行	鳳凰出版社(原江蘇古籍出版社)
	發行部電話025-83223462
出版社地址	江蘇省南京市中央路165號,郵編:210009
照　　排	南京展望文化發展有限公司
印　　刷	蘇州市越洋印刷有限公司
	江蘇省蘇州市吴中區南官渡路20號,郵編:215104
開　　本	890毫米×1240毫米　1/32
印　　張	8.5
字　　數	163千字
版　　次	2024年8月第1版
印　　次	2024年8月第1次印刷
標準書號	ISBN 978-7-5506-4123-5
定　　價	98.00圓

(本書凡印裝錯誤可向承印廠調换,電話:0512-68180638)

《清經解》點校整理工作編委會

清經解(整理本)前言

《清經解》點校整理本，經過本所研究團隊十多年的努力，終於將要與讀者見面了。按照慣例，我作爲項目主編，有責任把相關整理情況寫出來，弁於卷首，以便讀者在閱讀和使用這個整理本時，對其「身世」有所瞭解與把握。

一

經學是中華優秀傳統文化的核心與主體部分，歷來處於古典學術與文獻分類之首。而清人集歷代經學大成，涌現出諸如顧炎武、毛奇齡、胡渭、萬斯大、閻若璩、江永、惠棟、秦蕙田、江聲、王鳴盛、戴震、錢大昕、段玉裁、邵晉涵、汪中、王念孫、孔廣森、孫星衍、凌廷堪、焦循、張惠言、阮元、胡承珙、陳立、王引之、胡培翬、郝懿行、劉文淇、劉寶楠、孫詒讓，等等，一大批著名經學家。他們秉持實事求是、無徵不信的理念，皓首窮經，前赴後繼，對十三經(《周易》《尚書》《詩經》《周禮》《儀禮》《禮記》《春秋左傳》《春秋公羊傳》《春秋穀梁傳》《論語》《孝經》《爾雅》《孟子》）進行了全方位的研究與整理，撰著了系統的新注新疏，〔二〕同時對《國語》《大戴禮記》等與十三經密切相關的先秦其他典籍也作了深入探討，取得了不朽的學術成就。據不完全統計，有清一代經學著作達五千多種，可謂經師輩出，碩果累累。

正因爲如此，晚清以來，便不斷有人對清代經學成就與經學家加以總結與表彰。其著於文者，從朱彝尊《經義考》、江藩《國朝漢學師承記》、桂文燦《經學博采録》、章太炎《訄書·清儒》、劉師培《清儒得失論》等，到梁啓超與錢穆的同名《中國近三百年學術史》、支偉成《清代樸學大師列傳》等，不一而足，均着眼於人物與學派的成就總結。另一方面，徐乾學、阮元、王先謙等清

〔二〕中華書局於一九八二年開始陸續出版《十三經清人注疏》點校本，包括李道平《周易集解纂疏》、孫星衍《尚書今古文注疏》、皮錫瑞《今文尚書考證》、王先謙《尚書孔傳參正》、馬瑞辰《毛詩傳箋通釋》、王先謙《詩三家義集疏》、孫詒讓《周禮正義》、朱彬《禮記訓纂》、孫希旦《禮記集解》、黄以周《禮書通故》、孔廣森《大戴禮記補注》、王聘珍《大戴禮記解詁》、洪亮吉《春秋左傳詁》、陳立《公羊義疏》、廖平《穀梁古義疏》、鍾文烝《春秋穀梁經傳補注》、劉寶楠《論語正義》、焦循《孟子正義》、皮錫瑞《孝經鄭注疏》、郝懿行《爾雅義疏》、邵晉涵《爾雅正義》。一九九八年又出版了《清人注疏十三經》影印本，包括惠棟《周易述》（附江藩、李林松《周易述補》）、孫星衍《尚書今古文注疏》、馬瑞辰《毛詩傳箋通釋》、孫詒讓《周禮正義》、胡培翬《儀禮正義》、朱彬《禮記訓纂》、洪亮吉《春秋左傳詁》、陳立《公羊義疏》、鍾文烝《春秋穀梁經傳補注》、劉寶楠《論語正義》、焦循《孟子正義》、皮錫瑞《孝經鄭注疏》、郝懿行《爾雅義疏》、王引之《經義述聞》等。

代學者，則專注於經解文獻即學者們對「十三經」的訓解成果的集成與彙纂。徐乾學編成《通志堂經解》，收唐宋元明經解著述一百四十餘種，將清以前的經解文獻精萃彙於一編。阮元編成《皇清經解》一千四百卷，收經解一百八十三種；王先謙編成《皇清經解續編》一千四百三十卷，收經解二百零九種，清中前期主要經解成果亦搜羅殆盡。其他中小型經解叢書，諸如陸奎勳輯《陸堂經學叢書》、吴志忠輯《璜川吴氏經學叢書》、鍾謙鈞輯《古經解彙函》、錢儀吉輯《經苑》、袁鈞輯《鄭氏佚書》、朱記榮輯《孫谿朱氏經學叢書》、孫堂輯《漢魏二十一家易注》、李輔耀輯《讀禮叢鈔》、上海珍藝書局輯《四書古注群義彙解》、王德瑛輯《今古文孝經彙刻》，等等，在在皆是，不勝枚舉。

二

《皇清經解》爲阮元主持編纂，其刊刻背景不可不知。阮元（一七六四—一八四九），字伯元，號芸臺、雷塘庵主、揅經老人、怡性老人，江蘇儀徵人。乾隆五十四年（一七八九）進士，歷官户、禮、兵、工等部侍郎，浙江、河南、江西、廣東巡撫，兩湖、兩廣、雲貴總督，太子少保、體仁閣大學士，卒謚文達，是清代既貴且壽，身兼封疆大吏、學問大家的傳奇人物。而他的學問之路，也極具個性：一是生平獎掖篤學之士不遺餘力，培育學子日日在心，每到一地主政，即建書院、立學舍，聘飽學之士教莘莘學子，如在杭州建詁經精舍、設寧海安瀾書院，在廣州建學海堂書院等，誠爲教育大家；二是始終孜孜於經學研究與經學成果的融會綜貫，先後編纂《經籍籑詁》一百零六卷、《十三經注疏校勘記》二百四十八卷、《十三經經郛》百餘卷、《皇清經解》一千四百卷等，這些都是大型類書、叢書，編纂曠日持久，耗費巨大，而嘉惠學林則如陽光雨露，滋潤萬物，不可言表。

具體到阮元編纂《皇清經解》的動機與前後經過等，學者多有揭櫫，尤以虞萬里先生《正續清經解編纂考》爲詳盡。〔一〕 嘉慶三年（一七九八），阮元責成臧在東等，鈔撮唐以前群經訓詁，按韻彙纂，成《經籍籑詁》一書，爲經學研讀者提供了一部非常實用的訓詁資料工具書。八年，阮元開始命門人陳壽祺等，利用修《經籍籑詁》的資料，於九經傳注之外，廣搜古説，輯《十三經經郛》。「經郛」之名，取意於揚雄《法言·問神》「天地之爲萬物郭，五經之爲衆説郛」，其宗旨在「薈萃經説，本末兼晐，源流具備，闡許、鄭之閎眇，補孔、賈之闕遺」，而搜輯範圍則「上自周秦，下訖隋唐，網羅衆家，理大物博，漢魏以前之籍，搜采尤勤，凡涉經義，不遺一字」。陳氏秉承師意，爲定《經郛條例》，其大端有十：一曰探原本，二曰鉤微言，三曰綜大義，四曰存古禮，五曰

〔一〕 虞著載其《榆枋齋學術論集》，江蘇古籍出版社，二〇〇一年。另可參閱陳東輝《〈皇清經解〉輯刻始末暨得失評騭》（《古籍整理研究學刊》一九九七年第五期）等。

存漢學，六曰證傳注，七曰通互詮，八曰辨剿説，九曰正謬解，十曰廣異文。〔一〕 經陳壽祺、凌曙等人搜輯，至十六年大致編成，百餘卷。但阮元感覺采擇未周，是以未刻，輯稿後來逐漸散失。《通志堂經解》彙編清以前歷代經解著作，《經籍纂詁》與《經郛》則將清以前經師微言、古學異文、字詞訓詁等資料萃而存之，由是阮元生出廣搜本朝經學著作，纂輯《清經解》的念頭，其序江藩《漢學師承記》云：「元又嘗思國朝諸儒説經之書甚多，以及文集説部，皆有可采，竊欲析縷分條，加以翦截，引繫於群經各章句之下。譬如休寧戴氏解《尚書》『光被四表』爲『横被』，則繫之《堯典》；寶應劉氏解《論語》『哀而不傷』即《詩》『惟以不永傷』之『傷』，則繫之《論語·八佾篇》而互見《周南》。如此勒成一書，名曰《大清經解》。徒以學力日荒，政事無暇，而能總此事，審是非，定去取者，海内學友惟江君與顧君千里二三人。他年各家所著之書，或不盡傳，奥義單辭，淪替可惜，若之何哉！」〔二〕可見阮氏意想中的《清經解》原本是想將經學專著、文集與筆記等所有文獻中的經解文字分繫於群經章句之下。道光五年（一八二五），阮元命其門生嚴杰在學海堂開始輯刻《皇清經解》，至九年九月全書輯刻完畢，凡一千四百卷，分裝三十函，是爲學海堂本。

〔一〕 陳壽祺《經郛條例》，《左海文集》卷一，《皇清經解》卷一千二百五十三。

〔二〕 江藩《國朝漢學師承記》卷首，中華書局，一九八三年，第一—二頁。

《皇清經解》的實際主持纂修者嚴杰(一七六四—一八四三),字厚民,號鷗盟,浙江餘杭人,因寄居錢塘,又稱錢塘人。嚴杰初爲諸生,阮元督學浙江,聘其助修《經籍籑詁》。阮氏升浙江巡撫,於杭州創辦詁經精舍,嚴杰入舍就讀,遂與阮元爲師生之誼。阮元輯《十三經注疏校勘記》時,嚴氏分任《左傳》《孝經》注疏校勘。嘉慶十五年(一八一〇),阮元離浙還朝,嚴杰於次年受聘赴京,課督阮元女阮安一年餘。後阮氏與江都張氏聯姻,嚴杰又成爲阮安未婚夫張熙之師。阮元《題嚴厚民杰書福樓圖》詩云:「嚴子精校讎,館我日最長。校經校《文選》,十目始一行。」首有小序「厚民湛深經籍,校勘精詳」云云。[一]嘉慶二十五年(一八二〇)春,學海堂初開,嚴杰也於此時陪伴張熙來粤完婚,遂留於粤中阮元督署。道光四年(一八二四)冬,學海堂新舍建成。翌年八月,嚴杰即受阮元之命,集阮氏藏書於堂中,别擇比勘,輯刻《皇清經解》。可見嚴杰既以校勘精審爲阮氏所器重,且兼有學生、門客之誼,故阮元委以重任。

作爲經學叢書,《皇清經解》的纂修體例既不同於《通志堂經解》,又有别於《四庫全書》,而是以作者爲綱,按年輩先後,依人著録,或選其專著,或輯其文集、筆記,上起清初,下訖阮元所處時代,依次彙集了顧炎武、閻若璩、胡渭、萬斯大、陳啓源、毛奇齡、惠周惕、姜宸英、臧琳、馮

[一] 詳見《揅經室續集》卷六,《國學基本叢書》本。

景、蔣廷錫、惠士奇、王懋竑、江永、吴廷華、秦蕙田、全祖望、杭世駿、齊召南、沈彤、惠棟、莊存與、盧文弨、江聲、王鳴盛、錢大昕、翟灝、盛百二、孫志祖、任大椿、邵晉涵、程瑶田、金榜、戴震、段玉裁、王念孫、孔廣森、錢塘、李惇、武億、孫星衍、胡匡衷、淩廷堪、劉台拱、汪中、阮元、張敦仁、焦循、江藩、臧庸、梁玉繩、王引之、張惠言、陳壽祺、許宗彦、郝懿行、馬宗璉、劉逢禄、胡培翬、趙坦、洪震煊、劉履恂、崔應榴、方觀旭、陳懋齡、宋翔鳳、李黼平、淩曙、阮福、朱彬、劉玉麐、王崧、嚴杰等七十三位學者的一百八十三種著作。其中，閻若璩《四書釋地》一卷、《四書釋地續》一卷、《四書釋地又續》一卷、《四書釋地三續》一卷算四種書，阮元《十三經注疏校勘記》算十三種書，錢大昕《十駕齋養新録》三卷、《十駕齋養新餘録》一卷算兩種書，孫志祖《讀書脞録》二卷、《讀書脞録續編》二卷算兩種書，嚴杰《經義叢鈔》三十卷算一人一書。這套叢書彙集了阮元所處時代之前清人主要經解著作，是對乾嘉經學的一次全面總結。

關於《皇清經解》作者、卷數、種數等統計歷來語焉不詳，説法不一。原因之一，《皇清經解》編者對作者著作的種數計算没有嚴格標準，如齊召南《尚書注疏考證》《禮記注疏考證》《春秋左傳注疏考證》《春秋公羊傳注疏考證》《春秋穀梁傳注疏考證》五種只算作《注疏考證》一種，而閻若璩、錢大昕、孫志祖等人的經著及續編則各算一書。原因之二，《經義叢鈔》三十卷，是嚴杰鈔輯多人多種著作組成的，過去統計《皇清經解》的子目和作者總數時，往往當作嚴杰一人作品對待,這實際上是很不嚴謹、很不準確的。《經義叢鈔》所收著作可分三種情況: 一是個人專著,如顧棟高《春秋大事表》十卷,洪頤煊《禮經宫室答問》二卷、《孔子三朝記》二卷、《讀書叢録》三卷,共四種; 二是單篇經義散論,共收入王昶等十三人的文章三十九篇,另有佚名經論《圜丘解》《禘祫考》《明堂解》三篇,共四十二篇; 三是兩種論文集,《詁經精舍文集》六卷,收入汪家禧等四十五人的單篇論文一百四十八篇,《學海堂文集》三卷,收入張杓等十人的單篇論文十四篇。

三

《皇清經解》成書後,書版庋藏於學海堂側邊的文瀾閣,阮元制訂了「藏版章程」九條,對書版的存放、印刷及保養修補等作了嚴格規定。逮至咸豐七年(一八五七)九月,英軍攻粤,文瀾閣遭炮擊,原存書版毁失過半。咸豐十年(一八六〇),兩廣總督勞崇光等人捐資,聘請鄭獻甫、譚瑩、陳澧、孔廣鏞四人爲總校,補刻數百卷,並增刻了馮登府著作七種八卷,即《國朝石經考異》《漢石經考異》《魏石經考異》《唐石經考異》《蜀石經考異》《北宋石經考異》各一卷,《三家詩異文疏證》二卷。總計收書一百九十種、一千四百零八卷,此即「咸豐庚申補刊本」,書口皆有

「庚申補刊」四字。同治九年（一八七〇），廣東巡撫李福泰刊其同里山東濟寧許鴻磐《尚書劄記》四卷，附諸《皇清經解》之後，爲卷千四百零九至千四百十二，卷千四百十二後有「粵東省城龍藏街萃文堂刊」刊記，書口有「庚午續刊」四字，但書前目録未補入許書，是爲「庚午續刊本」。

是後上海點石齋、上海書局於清光緒十一年（一八八五）、十三年（一八八七）、十七年（一八九一），先後出版庚申補刊《皇清經解》的石印本。〔一〕但其目録，按書編號，包括馮登府《石經考異》《三家詩異文疏》二種在内，列書一百八十種，反比學海堂本《皇清經解》收書一百八十三種之數爲少，致後人枉生疑異。這是由於石印本將閻若璩《四書釋地》《續》《又續》《三續》、錢大昕《十駕齋養新録》《餘録》、孫志祖《讀書脞録》《續編》各只算作一書所致。此後，續有船山書局本《皇清經解依經分訂》、袖海山房本《皇清經解分經彙纂》、鴻寶齋本《皇清經解分經彙編》、古香閣本《皇清經解》等翻刻、分類改編之作，足見《皇清經解》編成後的社會影響巨大。

一九八八年，上海書店據庚申補刊本影印出版，分七册，並補許鴻磐《尚書劄記》四卷。二〇〇五年鳳凰出版社又據上海書局光緒十三年《皇清經解》石印本，與蜚英館本《皇清經解續編》一起放大影印出版，名《清經解　清經解續編》。新世紀以來，山東大學劉曉東、杜澤遜二位

〔一〕關於《皇清經解》版本情況，虞萬里《正續清經解編纂考》述之甚詳，讀者可參考。

學者又先後編纂了《清經解三編》《清經解四編》，分別收經解六十五、五十種，齊魯書社遂於二〇一六年將之與《皇清經解》《皇清經解續編》合爲《清經解全編》，共收清人經解著作五百餘種，是爲目前最全的清代經解叢書。

基於《皇清經解》刊刻流傳的上述情況，本次整理采用咸豐十年「庚申補刊」本爲工作底本，各經解分別根據實際情況采用其最早或最善版本爲校本，作一次性校勘。曾有專家建議收入「庚午續刊」的許鴻磐《尚書劄記》四卷，但我們考慮到底本的一致性問題，最終没有收入該書。

四

關於《皇清經解》的價值，前賢時彦多有論述，特别是虞萬里先生從經義、語言學、名物考釋、天文地理、文集筆記等幾個方面，對《皇清經解》所收經解著作的價值作了深入細緻的分析。〔一〕陳祖武先生也宏觀地指出了《皇清經解》的三大意義：首先，《皇清經解》彙聚清代前期的主要經學成就，從古籍整理的角度，做了一次成功的總結；其次，《皇清經解》的纂修，爲一

〔一〕虞萬里《正續清經解編纂考》。

種實事求是的良好學風作了示範，對於一時知識界，潛移默化，影響深遠；最後，《皇清經解》集清儒經學精萃於一書，對於優秀學術文化成果的保存和傳播，用力勤而功勞巨。〔一〕

茲據整理過程所得認識與體會，對《皇清經解》的價值，謹補數語如下。第一，通過編纂《皇清經解》，首次對阮元之前的清代經解著作進行了全面清理，摸清了家底，爲以後的經學研究指明了方嚮。如桂文燦的《經學博采録》、王先謙的《續經解》正是受到阮元的啓發而作；又清代經學家相互間由於不通信息而重複研究者不少，如柳興恩曾著《穀梁春秋大義述》三十卷，陳澧也曾撰作《穀梁箋》及條例，久而未竟，見柳氏書，遂放棄所作；又如劉寶楠、梅植之、劉文淇、柳興恩、陳立等人相約「各治一經」分撰新疏的佳話，正是通過阮元組編《皇清經解》才發現《春秋》三傳與《論語》等經尚無新疏。第二，《皇清經解》所收清人經解著作有少數已成絶版，殊爲珍貴。如凌曙《禮説》、趙坦《春秋異文箋》《寶甓齋劄記》《寶甓齋文集》、劉玉麐《甓齋遺稿》、崔應榴《吾亦廬稿》、劉逢禄《發墨守評》《箴膏肓評》《穀梁癈疾申何》等，如今只有經解本傳世；另如李惇《群經識小》、方觀旭《論語偶記》、段玉裁《儀禮漢讀考》、汪中《經義知新記》、張敦仁《撫本禮記鄭注考異》、王崧《説緯》等經著藉助《皇清經解》彙編才得以首次版刻；再如嚴杰

〔一〕陳祖武《〈皇清經解〉與古籍整理》，載《傳統文化與現代化》一九九三年第六期。

《經義叢鈔》中相當一部分文章如今也别無他本可尋。第三,經過校勘,我們發現《皇清經解》的校勘精細,質量可靠,總體上比校本爲佳,本次整理校記不多,原因之一即由於此,如程瑶田《通藝録》被收入《皇清經解》的多種經解著作、盧文弨《鍾山劄記》《龍城劄記》等,底本與校本幾無差異,可見經解本校勘之精; 又如汪中《經義知新記》,經解本經過王念孫校勘,可以説是目前最佳版本。第四,阮元編纂《皇清經解》收入了部分筆記和文集中的經解文獻,初步揭示了經義筆記與文集在經學研究中的重要意義,爲後人揭示了重要的資料門徑。如本人目前作爲首席專家主持的國家社科基金重大招標項目「清人文集『經義』整理與研究」,正是從《皇清經解》和先師張舜徽《清人文集别録》《清人筆記條辨》中得到啓發而設計的。

對於《皇清經解》的不足,前賢也早有總結。如清末徐時棟曾指出《皇清經解》有十二個方面的缺陷,認爲其中最大的欠缺在於次序未當,因而建議重組,將各文分别繫於《易》、《書》、《詩》、《周禮》、《儀禮》、《禮記》、《大戴禮記》、三《禮》、《春秋》、《孝經》、《論語》、《孟子》、四書、《爾雅》、群經、筆記、文集、小學訓詁、小學字書、小學韻書、天文算法等二十一類之下。〔一〕 先師張舜

〔一〕 見徐氏《烟嶼樓文集》卷三十六《分類重編學海堂經解贊》二十一首并序。《清代詩文集彙編》,上海古籍出版社,二〇一〇年,第六五六册,第四五四頁。

徽稱徐氏此論得其癥結，實爲後來依經分訂者開示新徑，擁彗先驅。〔一〕勞崇光補刊時亦有微詞。〔二〕從後人角度審視前賢著述，肯定會産生這樣那樣的不滿意之處，這是自然規律。我們認爲，對於《皇清經解》，更重要的是，人們在研讀與利用這套叢書時應該注意一些什麽問題。我們應該知道，《皇清經解》的最大特點在於它不是一套嚴格意義上的叢書，而是兼有類書的一些成分，這是由阮元原本是想編纂一套《大清經解》類書的動機而在當時條件下又不可能實現的背景決定的。從阮元到嚴杰，大概當時所有參與者都清楚不可能按照阮元的初衷來編纂這部大書，但又必須體現阮元彙纂清人經義成果的設想。於是，一方面以彙編清代中前期經解專著爲主而成叢書形式，卻儘量删削其中大量無關直接解經的序跋與附録，儘量摒棄一切無關直接解經釋義的部分，涉卷則删卷，涉篇則删篇，涉條則删條，涉段落文字則删段落文字。如徐時棟所指責不收閻若璩《尚書古文疏證》、姜炳璋《讀左補義》、余蕭客《古經解鈎沈》、江永《古韻標準》等精博之書，可以説均不符阮元「經解」之義。閻氏之書乃考證《古文尚書》之僞；姜氏之書，《四庫全書總目》斥爲「殊非注經之體」；余氏之書輯古經解而非清人經解；江氏之書泛

〔一〕見張舜徽《清人文集别録》卷十八，華中師範大學出版社，二〇〇四年，第四五七頁。
〔二〕勞崇光《皇清經解補刻後序》，《皇清經解》庚申補刊本卷首。

論古韻而非如顧炎武《易音》《詩本音》專解《周易》《詩經》之音。另一方面又兼收清人文集與筆記中的重要經義文章，但文集與筆記中的經義文章，或一篇或數條，零金碎玉，顯然不能像最初所設想的那樣「引繫於群經各章句之下」，必須保留原文集與筆記書名以引繫其文章，這也是叢書體例所要求的。從而形成了書名仍舊而卷數與内容大爲縮水的問題。這種情況的文集與筆記有：顧炎武《日知録》原書三十二卷，經解本節爲二卷；閻若璩《潛邱劄記》原書六卷，經解本節爲二卷；毛奇齡《經問》十八卷《補》三卷，經解本《經問》節爲十四卷、《補》節爲一卷；姜宸英《湛園劄記》原書四卷，經解本節爲一卷；臧琳《經義雜記》原書三十卷，經解本節爲十卷；馮景《解舂集》原書十六卷，經解本節爲二卷；王懋竑《白田草堂存稿》原書八卷，經解本節爲一卷；全祖望《經史問答》原書十卷，經解本節其《經問》爲七卷；杭世駿《質疑》原書二卷，經解本節爲一卷；沈彤《果堂集》原書十二卷，經解本節爲一卷；盧文弨《鍾山劄記》原書四卷、《龍城劄記》原書三卷，經解本分别節爲一卷；錢大昕《十駕齋養新録》原書二十卷、《餘録》三卷，經解本分别節爲三卷、一卷；錢氏《潛研堂文集》原書五十卷，經解本節爲六卷；孫志祖《讀書脞録》原書七卷、《續編》四卷，經解本分别節爲二卷；戴震《東原集》原書十二卷，經解本節爲二卷；段玉裁《經韻樓集》原書十二卷，經解本節爲六卷；王念孫《讀書雜誌》原書八十卷、《餘編》二卷，經解本節爲二卷；孫星衍《問字堂集》原書六卷，經解本節爲一卷；劉台拱《劉氏遺書》原收書九種十卷，經解本收其《論語駢枝》一書一卷而名不變；凌廷堪《校禮堂文集》原書三十六卷，經解本節爲一卷；汪中《述學》原書六卷，經解本節爲二卷；阮元《疇人傳》原書四十六卷，經解本節爲九卷；阮元《揅經室集》原有六十四卷以上，經解本節爲七卷；臧庸《拜經日記》《拜經文集》原書分别有十二卷、五卷，經解本分别節爲八卷、一卷；梁玉繩《瞥記》原書七卷，經解本節爲一卷；王引之《經義述聞》原書三十二卷，經解本節爲二十八卷；陳壽祺《左海文集》原書十卷，經解本節爲二卷；許宗彦《鑑止水齋集》原書二十卷，經解本節爲二卷；胡培翬《研六室雜著》一卷乃摘自其《研六室文鈔》（十卷）中的經學部分，由經解本編纂者另起書名；趙坦《保甓齋文録》六卷，經解本易名爲《寶甓齋文集》一卷；阮元《詁經精舍文集》原有七集，經解本取其第一集十四卷中的六卷；洪頤煊《讀書叢録》原書二十四卷，經解本節爲三卷；阮元《學海堂文集》原有四集，經解本取其初集十六卷中的三卷；王崧《説緯》原書六卷，經解本節爲一卷；馮登府《三家詩異文疏證》原書六卷、《補遺》三卷，經解本僅録二卷。

不僅文集、筆記是這樣，經解專著中也偶有這種情況，如顧炎武《音論》原書三卷十五篇，經解本節爲一卷九篇；任大椿《弁服釋例》原書九卷，經解本删其《表》一卷；段玉裁《詩經小學》原書三十卷，經解本取臧庸删節本《詩經小學録》四卷；翟灝《四書考異》原書七十二卷，經解本删其《總考》

三十六卷；顧棟高《春秋大事表》原書五十卷，經解本删其表，僅録其叙及卷末考證議論散篇，節爲十卷；秦蕙田《觀象授時》原書二十卷，經解本節爲十四卷；惠棟《周易述》原書二十三卷，經解本删其末資料性質的兩卷而爲二十一卷；阮元《積古齋鐘鼎彝器款識》原書十卷，經解本節選二卷；等等，這裏不能盡舉。當然，大部分經解專著都保留了原貌，像上述删節情況只是少數。

還有一類經解，表面看經解本與原書卷數一致，但經解本内容有删節，或删條，或删篇，或删文字，如李惇《群經識小》、錢塘《溉亭述古録》、陳壽祺《左海經辨》、劉履恂《秋槎雜記》、萬斯大《學禮質疑》及程瑶田十幾種考證《小記》等等，上述抽取原書部分篇卷的經解專著、文集與筆記中，也有很多篇章條目被再加删除的情況。當然，也偶有經解本比原書卷數增多的，如惠周惕《詩説》原本三卷，經解本增入其《答薛孝穆書》一篇、《答吴超志書》兩篇文章，爲《詩説附録》一卷；沈彤《周官禄田考》卷三之末所附徐大椿序爲原本所無，書末所附沈彤《後記》三篇，而原本僅有其一。

還有表面看經解本與原書卷數不一，實則是因爲經解本作了合併或分析，如程瑶田《考工創物小記》原書八卷，經解本將其每兩卷併一卷，合爲四卷，僅抽删了兩篇無關經義的「記」體文字；陳懋齡《經書算學天文考》原書二卷，經解本合爲一卷；孫星衍《尚書今古文注疏》原書三十卷，其中《堯典》《洪範》《顧命》《吕刑》《書序》各分卷上下、《皋陶謨》《禹貢》各分卷上中下，經解本則將各篇卷上中下各析爲一卷，便多出了九卷；沈彤《儀禮小疏》原書七卷，經解本析其附録《左右異尚考》另爲一卷；洪頤煊《孔子三朝記》原書七卷，嚴杰《經義叢鈔》將之合爲二卷，内容並未減少；洪震煊《夏小正疏義》原書六卷，包括正文四卷、《釋音》一卷、《異字記》一卷，經解本則將《釋音》《異字記》統附於正文四卷之末。此外，《皇清經解》所收經解，删除了大多數序跋、識語、附録之類。其删除之徹底，可舉一例以證：程瑶田《儀禮喪服文足徵記》保留了阮元之敘，卻删除了卷前程氏所云「吾於《喪服》末章『長殤、中殤降一等』四句，知其確是經文，而鄭君誤以爲傳，故觸處難通，不得不改經文以從其説。今余拈出，則文從字順，全篇一貫」等百餘字提綱挈領的識語，這也是很可惜的。

在上述删減情況中，有兩類頗爲極端，值得注意。一是删減如同改編，與原書相差甚遠。如經解本中阮福的《孝經義疏》實際是阮福《孝經義疏補》十卷的節選本，僅一卷，不僅篇幅比原書大爲縮水，書名被改，且經解選輯者只是將《孝經義疏補》「補」的部分中有關解釋《孝經》各章經文大義的内容撑要摘出，組合成書，而删除了大多數訓釋字詞名物與校勘異同的文字，至於其所釋之「經」「注」「疏」原文及序文，也一字不留，致使疏義文字無所依附，上下文順序淆亂，讀之不知所指，如墜霧中，故經解本所謂阮福《孝經義疏》實無可用之處，宜以《孝經義疏補》原書爲準。二是經解本編輯者在删減中擅自改動原作者的考證與觀點，如李惇《群經識小》，經解本不僅删掉了道光六年本中王念孫《序》及阮元《孝臣李先生傳》、李培紫道光五年《群經識小凡例》等，内容較原刻本也有不少改動，如「澤中有火」條，道光六年本後半段作：「或謂日出海中，乃其象。案：海在地中，日行黄道，相距遼遠，其説不可據。」經解本改作：「陳沛舟曰『日出海中』，較諸説尤爲可據，自昏而明，亦與革義相近。」改動前後，看法明顯不同。當然，這兩類極端情況只是少數，瑕不掩瑜。

總之，《皇清經解》所收各書，一半以上經過了删除卷、篇、條、段落、序跋、附録與文字的加工，既未收全阮元之前清人所有經解專著或個人全部經解著作，所收經解多半也非原書原貌。雖然爲叢書之型，實則具類書之實，我們應該緊扣阮元彙輯「經解」「經義」的初衷來理解，切不可以純粹叢書規則論之，也不必求全責備。

五

二〇〇九年，承蒙教育部全國高等院校古籍整理研究工作委員會領導與專家評審組的信任，筆者領銜申報的「《皇清經解》點校整理」被立爲「重大項目」給予資助，到現在已過去了十四年。十四年來，我們華中師範大學歷史文獻學研究所全體研究人員，包括一部分碩博士研究生，參與了這個項目，同時還組織了華中科技大學文學院、湖北大學歷史系與古籍所及幾所省外高校老師協助整理。首先，爲發揮整理研究人員的專業所長和專班負責作用，也爲了便於讀者分類研讀，我們從一開始就確立了分類整理、分編出版的原則，將《皇清經解》按照原目編號，然後按照《周易》、《尚書》、《詩經》、三《禮》、《春秋》三傳、《四書》《孝經》、小學、群經總義分爲八大類，每類設專人負責。下一步是製定《點校條例》，包括「基本原則」「標點細則」「校勘細則」三個部分，達四十三條之多，並組織撰寫了「標點樣稿」「校勘樣稿」「點校説明樣稿」，製定了詳細的工作方案。做完這些步驟之後，再全面鋪開八大類的點校整理工作。設想不可謂不周全，規則不可謂不完整，組織不可謂不嚴密。但所有參與者，專業教師必須在完成教學、指導碩博士研究生、撰寫學術論文等各種繁瑣日常工作之後，碩博士生則要在完成各種課程及名目繁多的組織活動和諸多論文寫作之後，纔能在「業餘」時間來展開這項點校工作，「挑燈夜戰」，即使所内專職研究人員也没有任何教學任務與科研論文數的減免，這不能不給點校質量摻進水分，留下「傷疤」，大概這也是目前部分已出版的古籍整理點校成果不盡如人意的癥結所在。其次，《皇清經解》算上雙行小注，總字數在二千萬以上，標點一遍，校勘一遍，校對清樣一遍，等於至少有六千萬字的工作量，如此大型的古籍整理點校，所遇到的各種標點疑難、校勘困惑、做事敷衍、經費拮据等等，一言難盡。所以，作爲主編，我既無法苛求參與者盡心盡意，保證其點校稿完美無誤，也没有時間與精力對所有點校稿逐字審閲（只做到了每種抽審、部分詳審），更没有經費聘請項目外的專家審稿，質量把關全壓在各點校者肩上。故對於整理本在所難免的訛誤與缺憾,只能在此祈求讀者海涵、專家指正,以待日後修訂。

本項目啓動前後,得到了全國高等院校古籍整理研究工作委員會及其秘書處安平秋主任、楊忠秘書長、曹亦冰副秘書長、盧偉主任等領導的悉心指導與關懷,得到了本校社科處與歷史文化學院的大力支持; 也曾諮詢《皇清經解》研究專家虞萬里先生,得到他的指點; 鳳凰出版社原社長兼總編輯姜小青先生、鳳凰出版社原編輯室主任王華寶先生均給予了本項目諸多幫助; 以汪允普先生爲首的責任編校人員,不辭勞苦,認真編輯,極大地保證了書稿質量; 在此一并致以衷心感謝! 另外,本項目在點校過程中,參考了部分已出版的經解標點本,也要在此向所有標點整理者致以誠摯的謝意!

華中師範大學 董恩林

二〇二三年十月五稿

清經解（整理本）凡例

一、本次整理，以《皇清經解》咸豐十年（庚申）補刊本爲工作底本。

二、本次整理，將原《皇清經解》庚申補刊本所收一百九十種書分周易、尚書、詩經、三禮、春秋三傳、四書孝經、小學、群經總義八大類，分類點校。但書種的分別與庚申補刊本稍有不同，即將齊召南原算作一書的《尚書注疏考證》《禮記注疏考證》《春秋左傳注疏考證》《春秋公羊傳注疏考證》《春秋穀梁傳注疏考證》拆開，分作五種，各歸入相關五經，而將閻若璩《四書釋地》《續》《又續》《三續》、錢大昕《十駕齋養新録》《餘録》、孫志祖《讀書脞録》《續編》原分別作爲四種書、二種書的，各回歸爲一種書。又將嚴杰《經義叢鈔》三十卷中能够獨立成書的顧棟高《春秋大事表》十卷、洪頤煊《禮經宫室答問》二卷、《孔子三朝記》二卷、《讀書叢録》三卷、阮元《詁經精舍文集》六卷、《學海堂文集》三卷各自析出，歸入八大類相關部分，而將其四卷經論雜文，作爲一書，名之曰《經義散論》，歸入「群經總義」類。這樣合併拆分後恰好仍然是一百九十種書。

三、原《皇清經解》本多無目録，本次整理，爲方便讀者檢尋，除極少數無法編目外，儘量爲之編製目録。

四、清人經解著述，多不分段。本次整理，爲便於讀者理解，對長篇經解文字，儘量根據文意，適當分段。

五、本次整理，對底本古今字、異體字、通假字等，一般不作改動；如要改動，則要求一書前後統一。

六、本次整理，對常見避諱字，如「元」（玄）之類改字避諱、「丘」（丘）之類缺筆避諱，及清代新産生的避諱字，如「貞觀」寫成「正觀」、「弘治」寫成「宏治」等，均徑改不出校；稀見避諱字，則出校説明。

七、本次整理，對「己」「已」「巳」、「祇」「袛」、「戍」「戌」之類易混字，又如「劉知幾」寫成「劉知己」、「百衲」寫成「百納」等偶誤之類，均據上下文意，徑改不出校。

八、古人引文較爲隨意，掐頭去尾、斷章取義等情況不少，故本次整理，對引號使用僅作三點原則規定：一是總體上要求核對引文，謹慎施加引號；二是凡一段引文前後無他人語者不加引號；三是儘量避免使用三重引號。對引號具體用法不作硬性規定，一書前後統一即可。

九、清人常對估計讀者難以辨識的特殊句子，自加一小「句」字表示此處應當斷句爲讀。

本次整理對此類情況施加標點後，即將「句」字删去，亦不出校。

十、本次標點整理，遵循國家規定的標點符號用法及古籍整理標點通例，但不使用破折號、省略號、着重號、專名號、間隔號等。對特殊書名號作如下處理：（一）一書多篇名相連者，連用書名號，中間不用頓號斷開。如「禮記王制月令曾子問」，標點爲「《禮記·王制》《月令》《曾子問》」。（二）《春秋》及其三傳某公某年的標點，一律作「《春秋》某公某年」、「《左傳》某公某年」，餘類推；另如「左氏某公某年傳」，則標爲「《左氏》某公某年傳」，餘類推。（三）凡書籍簡稱加書名號，如《毛詩》《論》《孟》《説文》等；凡書名與作者相連者，如「班書」（指班固《漢書》）、「謝沈書」（指謝沈《後漢書》），則標「班《書》」「謝沈《書》」；凡書名與篇名相連者，如「漢表」（指《漢書》諸表）、「隋志」（指《隋書·經籍志》），則標爲《漢表》《隋志》。（四）凡泛稱的「經」「注」「疏」「傳」「箋」等，以及特指的「毛傳」「鄭注」「鄭箋」「孔疏」「釋文」「正義」「音義」等常見注疏名稱，一般不加書名號；但「釋文」「正義」「音義」單獨使用時原則上需加書名號，以免與同義語詞互生歧異。

十一、本次整理，以《皇清經解》所收各書之原書較早或較好的一種版本作爲校本，與底本進行版本對校，主要校勘文字詳略、異同兩方面，不作多版本參校與考辨。校勘遵循目前通行原則，即底本誤而校本不誤者，酌情改正或不改，均出校説明；底本不誤而校本誤者則不論。

十二、本次整理，對於《皇清經解》編者所删文字，尊重原意，一律不補，亦不出校説明，只在《點校説明》中略作交代。

十三、本次整理，每種經解撰寫一篇簡明扼要的《點校説明》，内容有三：一是作者簡介，二是該書主要内容及經解本對原書的删減情況，三是該書版本及校本源流情況。

十四、《皇清經解》所收各書，目前已有少量出版了標點本，本次整理擇要吸收了這些整理成果，也改正了其中一些錯誤，並在《點校説明》中作出交代。在此，向所有點校整理成果的作者敬致謝忱。

華中師範大學歷史文獻學研究所《清經解》點校整理編委會

二〇二一年二月在原《清經解點校條例》基礎上删訂而成

詩本音

（清）顧炎武 著
劉真倫 岳珍 點校

目録

卷十　頌……一六五

點校説明

《詩本音》十卷，顧炎武著。

顧炎武（一六一三—一六八二），本名繼坤，改名絳，字忠清，明南都陷落，因仰慕文天祥學生王炎午而改名炎武，字寧人，又因故居旁有亭林湖，故學者尊稱亭林先生，自署蔣山傭，江蘇崑山（今江蘇省崑山市）人。明末爲諸生，南明魯王起兵時，曾官兵部職方郎中。清康熙間詔舉博學鴻儒科，薦修《明史》，堅拒不就。處明清易代之際，倡經世致用之學，一生以「博學於文，行己有恥」自律，學問宏博，於國家典制、郡邑掌故、天文儀象、河運漕務、兵農之學以及經史百家、音韻訓詁，都有深入研究，爲人節操堅定，爲後世學者宗仰。《清史稿·儒林二》有傳。他著述甚多，畢生志業所萃，在《日知録》一書，另有《天下郡國利病書》《肇域志》《音學五書》《金石文字記》《左傳杜解補正》《亭林文集》《亭林詩集》等。上海古籍出版社於二〇一一年出版了《顧炎武全集》。

顧氏所撰《音學五書》，爲近代音韻學研究奠基之作。其中《音論》三卷爲全書總論，《詩本音》十卷，爲全書骨幹。其書主陳第《詩》無協韻之説，不用吴棫之例，但即本經之韻互考，且證以他書，明古音原作是讀，非由遷就，故曰「本音」。《易音》三卷，即《周易》以求古音，考證精確。又《唐韻正》二十卷、《古音表》二卷、《韻補正》一卷，皆能追復三代以來之音，分部正帙而知其變。

《詩本音》成書於明崇禎末年，清康熙六年（一六六七）始刻於張紹符山堂。此後又陸續修改，已登版而刊改者猶數四，至十九年始畢工。其後有同治十二年（一八七三）嚴氏成都賁園刻本、光緒十一年（一八八五）四明觀稼樓仿刻本、光緒十一年（一八八五）湘陰郭氏岵瞻堂刊刻本、光緒十六年（一八九〇）長沙思賢講舍刻本等多種刻本傳世。本次整理以觀稼樓仿刻本對校，少量顧氏引書確實有誤且直接影響文義者，酌情取原書訂正。

劉真倫

詩本音　卷一

崑山顧處士炎武著

國風

周南

關關雎鳩，十八尤。言十八尤者，此字在《唐韻》之十八尤部也。餘仿此。在河之洲。十八尤。窈窕淑女，君子好逑。十八尤。

參差荇菜，左右流十八尤。之。窈窕淑女，寤寐求十八尤。之。凡《詩》中語助之辭，皆以上文一字爲韻。如兮、也、之、只、矣、而、哉、止、思、焉、我、斯、且、忌、猗之類，皆不入韻。又有二字不入韻者，《著》之「乎而」是也。若特用其一，則遂以入韻。「其君也哉」、「誰昔然矣」、「人之爲言」、「胡得焉」是也。求之不得，二十五德。寤寐思服。古音蒲北反，與「匐」同。考「服」字《詩》凡一十七見，《易》三見，《儀禮》三見，《禮記》二見，《爾雅》一見，《楚辭》六見，並同。諸子先秦兩漢之書皆然。後人誤入一屋韻。詳見《唐韻正》，後凡言古音者仿此。悠哉悠哉，輾轉反側。二十四職。張弨曰：自唐明皇天寶間以隸寫六經，遂雜用俗改字。如「州」復加水、「輾」爲「報」譌之類。首舉見例，別詳《詩正字》。

參差荇菜，左右采十五海。之。窈窕淑女，琴瑟友古音以。考「友」字《詩》凡十見，《楚辭》一見，並同。後人混入四十四有韻。之。參差荇菜，左右芼三十七号。之。窈窕淑女，鐘鼓樂陸德明音五教反。三十六效。之。

《關雎》三章，一章四句，二章章八句。

葛之覃兮，施于中谷。一屋、三燭二韻。與「木」協。説見《兔罝》。維葉萋萋。十二齊。黄鳥于飛，八微。集于灌木，一屋。其鳴喈喈。十四皆。

葛之覃兮，施于中谷，見上。維葉莫莫。十一暮、十九鐸二韻。是刈是濩，十一暮、十九鐸二韻。爲絺爲綌，二十陌。服之無斁。二十二昔。按：谷，音欲，乃「臾」之入聲。莫，乃「模」之入聲。濩，乃「胡」之入聲。綌，乃「區」之入聲。斁，乃「余」之入聲。本同一韻，後人分屬三、四部而其條理遂不可尋矣。凡入聲字仿此。詳見《音論》「近代入聲之誤」條。

言告師氏，四紙。古無平、上、去、入，四聲通爲一音。後仿此。詳見《音論》「古人四聲一貫」條。言告言歸。八微。薄污我私，六脂。薄澣我衣。八微。害澣害否，五旨。考「否」字《詩》凡六見，《易》三見，《楚辭》一見，並房以反。後人誤於四十四有韻再出。歸寧父母。古音滿以反。考「母」字《詩》凡一十七見，其十六並同，惟《蝃蝀》二章與「雨」韻。又《易·繫辭》傳「如臨父母」與「度」、「懼」、「故」韻。要當以「滿以反」爲正。後人不知，但入四十五厚韻。此章以平、上通爲一韻。

《葛覃》三章，章六句。

采采卷耳，不盈頃筐。十陽。嗟我懷人，寘彼周行。十一唐。考「行」字《詩》凡三十二見，《書》三見，

《易》四十四見，《左傳》一見，《禮記》三見，《孟子》一見，《楚辭》十三見，並户郎反。其「行列」之「行」、「行止」之「行」、「五行」之「行」同是一音，後人誤於十二庚韻再出。

陟彼崔嵬，十五灰。我馬虺隤。十五灰。我姑酌彼金罍，十五灰。維以不永懷。十四皆。

陟彼高岡，十一唐。我馬玄黄。十一唐。我姑酌彼兕觥，古音光。考「觥」字《詩》凡二見，並同。後人混入十二庚韻。維以不永傷。十陽。

陟彼砠九魚。矣，我馬瘏十一模。矣，我僕痡十一模。矣。云何吁十虞。矣。

《卷耳》四章，章四句。

南有樛木，葛藟纍六脂。之。樂只君子，福履綏六脂。之。

南有樛木，葛藟荒十一唐。之。樂只君子，福履將十陽。之。

南有樛木，葛藟縈十四清。之。樂只君子，福履成十四清。之。

《樛木》三章，章四句。

螽斯羽，詵詵十九臻。兮。宜爾子孫，振振十七真。兮。

螽斯羽，薨薨十七登。兮。宜爾子孫，繩繩十六蒸。兮。

螽斯羽，揖揖二十六緝。兮。宜爾子孫，蟄蟄二十六緝。兮。

《螽斯》三章，章四句。

桃之夭夭，灼灼其華。古音敷。考「華」字《詩》凡八見，《易》一見，《楚辭》一見，並同。《爾雅》：「華，荂也。」後人誤入九麻韻。之子于歸，宜其室家。古音姑。考「家」字《詩》凡八見，《書》一見，《左傳》二見，《楚辭》一見，並同。後人誤入九麻韻。

桃之夭夭，有蕡其實。五質。之子于歸，宜其家室。五質。

桃之夭夭，其葉蓁蓁。十九臻。之子于歸，宜其家人。十七真。

《桃夭》三章，章四句。

肅肅兔罝，古音雎。後人誤入九麻韻。此詩上下各自爲韻，「罝」與「夫」協，「丁」與「城」協，謂之隔句韻。後仿此。椓之丁丁。十三耕。赳赳武夫，十虞。公侯干城。十四清。

肅肅兔罝，見上。施于中逵。六脂。赳赳武夫，見上。公侯好仇。此字有二音，此章音渠之反，《秦·無衣》首章音渠猶反。後人混入十八尤韻。疑古元有二音之字，如母、戎、興、難之類。然三百篇之中亦不過四五字而已。或以爲「逵」當作「馗」，音求，與仇字同音，甚協。而經文未可輒改，姑闕所疑。

肅肅兔罝，見上。施于中林。二十一侵。赳赳武夫，見上。公侯腹心。二十一侵。

《兔罝》三章，章四句。

采采芣苢，六止。薄言采十五海。之。采采芣苢，見上。薄言有古音以。考「有」字《詩》凡十二見，《書》一見，《楚辭》一見，並同。今四十四有與柳、丑等字混爲一韻。之。

采采芣苢，見上。與下「苢」協。薄言掇十三末。之。采采芣苢，見上。薄言捋十三末。之。此章亦可以上、入通爲一韻。下章同。

采采芣苢，見上。薄言袺十六屑。之。采采芣苢，見上。薄言襭十六屑。之。

《芣苢》三章，章四句。

南有喬木，不可休十八尤。思。今文作「不可休息」。陸德明云：「本或作『休思』。」《正義》曰：「《詩》之大體，韻在辭上。疑休、求爲韻，二字俱作『思』。」宋王應麟《詩考序》言：「《漢廣》『不可休息』，朱子從《韓詩》作『不可休思』。《小旻》『是用不集』，朱子從《韓詩》作『是用不就』。」今本「思」仍作「息」、「就」仍作「集」，而「集」下叶疾救反，則非王氏所見之本，疑是朱子未定之本也。漢有游女，不可求十八尤。思。漢之廣三十七蕩。矣，不可泳古音羊向反。後人混入四十三映韻。思。江之永古音于兩反。後人混入三十八梗韻。《説文》引此作「江之羕矣」。矣，不可方十陽。思。此章以平、上、去通爲一韻。「木」字轉上聲，音姥，則與「女」字爲韻。然如此則太巧矣。今此類一切不注，後倣此。但學者當知古人之詩無處無韻，不必兩句一韻，如後人五言之法也。

翹翹錯薪，言刈其楚。八語。之子于歸，言秣其馬。古音莫補反。與姥同。考「馬」字《詩》凡十四見，《書》一見，《易》一見，《左傳》二見，《楚辭》二見，並同。今三十五馬與踝、瓦等字混爲一韻。漢之廣見上。矣，不可泳見上。思。江之永見上。矣，不可方見上。思。

翹翹錯薪，言刈其蔞。十虞。之子于歸，言秣其駒。十虞。漢之廣見上。矣，不可泳見上。思。

江之永見上。矣，不可方見上。思。

《漢廣》三章，章八句。

遵彼汝墳，伐其條枚。十五灰。未見君子，惄如調飢。六脂。

遵彼汝墳，伐其條肄。六至。既見君子，不我遐棄。六至。

魴魚赬尾，七尾。王室如燬。四紙。雖則如燬，見上。父母孔邇。四紙。

《汝墳》三章，章四句。

麟之趾，六止。振振公子。六止。于嗟麟兮！古人之詩言盡而意長，歌止而音不絕也。故有句之餘，有章之餘。句之餘，若上篇所謂一字二字之語助是也。章之餘，如「于嗟麟兮」、「其樂只且」、「文王蒸哉」之類是也。《記》曰：「言之不足故長言之，長言之不足故嗟歎之。」凡章之餘皆嗟歎之辭，可以不入韻。然合三數章而歌之，則章之末句未嘗不自爲韻也。

麟之定，四十六徑。振振公姓。四十五勁。于嗟麟兮！

麟之角，古音祿。考「角」字《詩》凡三見，並同。今一屋韻有此字，誤於四覺韻再出。振振公族。一屋。于嗟麟兮！

《麟之趾》三章，章三句。

《周南》十一篇，三十四章，百五十九句。舊作「周南之國」。按：宋程大昌曰：「南者樂名，所謂『以雅以南』者也。不得云『周南之國』。」今但曰「周南」。

召南

維鵲有巢，維鳩居九魚。之。之子于歸，百兩御王肅讀魚據反。九御。漢儒相傳讀「御」爲「迓」，後人因之，以「御車」之「御」爲魚據反，音馭，「迎御」之「御」爲五駕反，音迓。不知古人「牙」字不入麻韻，其讀「迓」，即同「御」音。今以御、迓二字分爲兩音，而迓字别混入四十禡韻，誤。之。此章以平、去通爲一韻。

維鵲有巢，維鳩方十陽。之。之子于歸，百兩將十陽。之。

維鵲有巢，維鳩盈十四清。之。之子于歸，百兩成十四清。之。

《鵲巢》三章，章四句。

于以采蘩，于沼于沚。六止。于以用之，公侯之事。七志。此章以上、去通爲一韻。

于以采蘩，于澗之中。一東。于以用之，公侯之宫。一東。

被之僮僮，一東。夙夜在公。一東。被之祁祁，六脂。薄言還歸。八微。

《采蘩》三章，章四句。

喓喓草蟲，一東。趯趯阜螽。一東。未見君子，六止，與「止」協。憂心忡忡。一東。亦既見止，六止。亦既覯止，見上。我心則降。古音户工反。考「降」字《詩》凡四見，《禮記》一見，《楚辭》三見，並同。後人分四江韻。

陟彼南山，言采其蕨。十月。未見君子，見上。憂心惙惙。十七薛。亦既見止，見上。亦既覯止，見上。我心則説。十七薛。此章亦可以上、入通爲一韻。

陟彼南山，言采其薇。八微。未見君子，見上。我心傷悲。六脂。亦既見止，見上。亦既覯止，見上。〔一〕我心則夷。六脂。此章亦可以平、上通爲一韻。

《草蟲》三章，章七句。

于以采蘋，十七真。南澗之濱。十七真。于以采藻，三十二晧。于彼行潦。三十二晧。

于以盛之，維筐及筥。八語。于以湘之，維錡及釜。九麌。

于以奠之，宗室牖下。古音户。考「下」字《詩》凡一十七見，《易》一十六見，《書》一見，《禮記》六見，《孟子》一見，《楚辭》十四見，並同。後人混入三十五馬韻。誰其尸之，有齊季友。八語。

《采蘋》三章，章四句。

蔽芾甘棠，勿翦勿伐。十月。召伯所茇。十三末。

蔽芾甘棠，勿翦勿敗。十七夬。召伯所憩。十三祭。

蔽芾甘棠，勿翦勿拜。十六怪。召伯所説。十三祭。

《甘棠》三章，章三句。

厭浥行露，十一暮。豈不夙夜。古音豫。考「夜」字《詩》凡七見，《左傳》一見，《楚辭》二見，並同。後人混入四十

〔一〕「上」，原作「止」，據觀稼樓仿刻本改。

禡韻。謂行多露。見上。

誰謂雀無角，音禄。何以穿我屋？一屋。誰謂女無家，音姑。《集傳》「叶音谷」，非。此句本不入韻。然「角」、「屋」、「獄」、「足」皆可轉爲平聲，則「家」亦未嘗非韻也。何以速我獄？三燭。雖速我獄，見上。室家不足。三燭。

誰謂鼠無牙，古音吾。考「牙」字《詩》凡二見，並同。後人誤入九麻韻。與「家」協，隔句爲韻。何以穿我墉？三鍾。誰謂女無家，音姑。《集傳》「叶各空反」，非。或問：二章之「家」不入韻，三章之「家」入韻，可乎？曰：奚而不可？夫音與音之相從，如水之於水、火之於火也。其在詩之中，如風之入於竅穴，無微而不達。其發而爲歌，如四氣之必至，而無所逃於天地之間者也。故夫子之傳《易》曰「同聲相應」，而《記》之言樂也曰：「聲相應故生變，變成方謂之音。」蘇氏所謂「古人之文譬之風行水上，自然而成」者。豈若後世詞人之作，字櫛句比而不容有一言之離合者乎？且如《凱風》之「南」，首章入韻，而二章不入韻。《燕燕》之「及」，首章、三章不入韻，而二章入韻。於《詩》多有之矣。況此二章之「家」，平、入相通，固不得謂之非韻也。如《集傳》之説，必欲比而同之，則不得不以二章之「家」音「谷」，三章之「家」音「公」。一「家」也，忽而「谷」，忽而「公」，歌之者難爲音，聽之者難爲耳矣！此其病在乎以後代作詩之體求六經之文，而厚誣古人以謬悠忽恍不可知不可據之字音也。豈其然乎？朱子復生，其必以愚爲知言也夫。何以速我訟？三鍾、三用二音。雖速我訟，見上。亦不女從。三鍾。

《行露》三章，一章三句，二章章六句。

羔羊之皮，古音婆。考「皮」字《詩》凡三見，《左傳》二見，並同。後人誤入五支韻。素絲五紽。七歌。退食自公，委蛇委蛇。古音陀。考「蛇」字《詩》凡二見，《楚辭》四見，並同。後人以「委蛇」之「蛇」音弋支反。「虵蛇」之「蛇」音神遮反，分入五支、九麻二韻，非也。

羔羊之革，古音棘。考「革」字《詩》凡四見，《易》三見，並同。後人混入二十一麥韻。素絲五緎。二十四職。委蛇委蛇，自公退食。二十四職。

羔羊之縫，三鍾。素絲五總。一董。委蛇委蛇，退食自公。一東。此章以平、上通爲一韻。

《羔羊》三章，章四句。

殷其靁，十五灰。與「斯」、「子」、「哉」協。在南山之陽。十陽。何斯違斯，五支。莫敢或遑。十一唐。振振君子，六止。歸哉歸哉。十六咍。此章以平、上通爲一韻。

殷其靁，見上。在南山之側。二十四職。何斯違斯，見上。莫敢遑息。二十四職。振振君子，見上。歸哉歸哉。見上。此章亦可以平、上、入通爲一韻。朱子《詩》音大抵本之吴才老，或委之門人編注，而其中參錯不合者未之詳定也。且如《殷其靁》「側」叶莊力反，《匏有苦葉》「子」叶奬里反，《谷風》「死」叶想止反，《相鼠》「俟」叶羽已反。側與力、子與里、死與止、俟與已本一韻也，何以云叶？《頍弁》「柏」叶逋莫反，「奕」、「懌」並叶弋灼反，本文無灼韻中字，又何須叶？《節南山》「氏」音底，叶都黎反，氏本平聲，齊韻中字，何須音而又叶？「野」叶上與反，不注於《燕燕》而注於《葛生》。「南」叶尼心反，不注於《燕燕》、《凱風》而注於《株林》。「思」叶新齎反，「來」叶陵之反，不注於《終風》而注於《雄雉》。先後之間，亦爲失次。

殷其靁，見上。在南山之下。音户。何斯違斯，見上。莫或遑處。八語。振振君子，見上。歸哉歸哉。見上。　同首章。

《殷其靁》三章，章六句。

摽有梅，十五灰。與「士」協。其實七五質。兮。求我庶士，六止。迨其吉五質。兮。此章以平、上通爲一韻。

摽有梅，見上。其實三二十三談。兮。求我庶士，見上。迨其今二十一侵。兮。同上章。

摽有梅，見上。頃筐塈六至。之。求我庶士，見上。迨其謂八未。之。此章以平、上、去通爲一韻。

《摽有梅》三章，章四句。

嘒彼小星，十五青。與「征」協。三五在東。一東。肅肅宵征，十四清。夙夜在公。一東。寔命不同。一東。

嘒彼小星，見上。維參與昴。三十一巧。「昴」字從「寅卯」之「卯」。以爲力求反而從「卯」者，非。肅肅宵征，見上。抱衾與裯。六豪、十八尤二韻。寔命不猶。十八尤。此章以平、上通爲一韻。

《小星》二章，章五句。

江有汜，六止。之子歸，不我以。六止。不我以，見上。其後也悔。十四賄、十八隊二韻。

江有渚，八語。之子歸，不我與。八語。不我與，見上。其後也處。八語。

江有沱，七歌。之子歸，不我過。八戈。不我過，見上。其嘯也歌。七歌。

《江有汜》三章，章五句。

野有死麕，十七真。與「春」協。白茅包五肴。之。有女懷春，十八諄。吉士誘四十四有。之。此章以平、上通爲一韻。

林有樸樕，一屋。野有死鹿。一屋。白茅純束，三燭。有女如玉。三燭。

舒而脱脱十三末。兮，無感我帨十三祭。兮，無使尨也吠。二十廢。　此章以去、入通爲一韻。

《野有死麕》三章，二章章四句，一章三句。

何彼襛三鍾。與「雝」協。　今本有作「穠」者，唐石經作「襛」，《廣韻》：「襛，華。又，衣厚貌。」唐張參《五經文字》曰：「襛，如恭反。從禾者訛。」矣，唐棣之華。音敷。曷不肅雝，三鍾。王姬之車。古音居。考「車」字《詩》凡七見，《易》二見，《楚辭》一見，並同。後人誤於九麻韻再出。

何彼襛矣，六止。華如桃李。六止。平王之孫，齊侯之子。六止。　首章以「襛」字爲韻，二章以「矣」字爲韻。古人之文變化不拘如此。

其釣維何，維絲伊緡。十七真。齊侯之子，平王之孫。二十三魂。

《何彼襛矣》三章，章四句。

彼茁者葭，古音姑。後人誤入九麻韻。壹發五豝。古音伯吾反。後人誤入九麻韻。于嗟乎騶虞！十虞。

彼茁者蓬，一東。壹發五豵。一東。于嗟乎騶虞！見上。　首章以「葭」、「豝」、「虞」爲韻。二章以「蓬」、「豵」爲韻，而「虞」字則合前章。《集傳》不得其解，乃以首章之「虞」叶音牙，二章之「虞」叶五紅反。一詩之中而兩變其音。及至《秦》詩《權輿》之篇，則無説矣。首章以「渠」、「餘」、「輿」爲韻，二章以「簋」、「飽」爲韻，而「輿」字則合前章，正與此詩一律。

雖有善叶者，不能以「輿」而叶「簋」、「飽」也。故愚以爲此古人後章韻前章之法，不得此説而强求之上句，宜其迷謬而不合矣。或曰：如《騶虞》、《權輿》之詩，若斷其第二章歌之，則其韻何所承乎？曰：古人歌詩如宗廟朝會之樂，皆用全篇。春秋列國卿大夫賦詩，始有斷章。如《騶虞》、《權輿》之詩，必無去其首章但斷二章之理。且古人之詩有義同而必二章、三章者，非故爲是重疊之辭也，取其被之管弦，音長而節舒。若一章而止，則短促不成節奏，必合二、三章爲一闋。故可以後章韻前章也。陸深曰：「《詩》中有三章而辭義無大相遠者，如《樛木》、《螽斯》之類。蓋樂之三成，猶今之三闋、三疊是已。」

《騶虞》二章，章三句。

《召南》十四篇，四十章，百七十七句。

皇清經解卷八終

漢軍樊　封舊校

順德馮佐勛新校

詩本音　卷二

崑山顧處士炎武著

國風

邶

汎彼柏舟，十八尤。亦汎其流。十八尤。耿耿不寐，如有隱憂。十八尤。微我無酒，以敖以游。十八尤。　此章之「酒」、《緑衣》首章之「衣」、《燕燕》三章之「及」，通其四聲則皆入韻。恐學者以爲繁碎，故不注，而發其例於此。後之善歌者自能知之。

我心匪鑒，不可以茹。九御。亦有兄弟，不可以據。九御。薄言往愬，十一暮。逢彼之怒。十姥、十一暮二韻。

我心匪石，二十二昔。與「席」協。不可轉二十八獮。也。我心匪席，二十二昔。不可卷二十八獮。也。威儀棣棣，不可選二十八獮。也。

憂心悄悄，三十小。慍于群小。三十小。覯閔既多，受侮不少。三十小。静言思之，寤辟有摽。三十小。

日居月諸，胡迭而微？八微。心之憂矣，如匪澣衣。八微。靜言思之，七之。不能奮飛。八微。

「日居月諸」，一句之中而自爲韻，亦歌者所不得而遺也。

《柏舟》五章，章六句。

緑兮衣兮，緑衣黄裏。六止。心之憂矣，六止。曷維其已。六止。

緑兮衣兮，緑衣黄裳。十陽。心之憂矣，曷維其亡。十陽。

緑兮絲兮。七之。兮，女所治七之。兮。我思古人，俾無訧古音羽其反。後人混入十八尤韻。兮。

絺兮綌兮，淒其以風。古音方凡反。考「風」字《詩》凡六見，《楚辭》二見，並同。後人誤入一東韻。我思古人，實獲我心。二十一侵。

《緑兮》四章，章四句。

燕燕于飛，八微。與「歸」協。差池其羽。九麌。之子于歸，八微。遠送于野。古音神與反。考「野」字《詩》凡十三見，《書》一見，《左傳》一見，《楚辭》一見，並同。今八語韻有此字，誤於三十五馬韻再出。瞻望弗及，泣涕如雨。九麌。

燕燕于飛，見上。頡之頏十一唐。之。之子于歸，見上。遠于將十陽。之。瞻望弗及，二十六緝。佇立以泣。二十六緝。

燕燕于飛，見上。下上其音。二十一侵。之子于歸，見上。遠送于南。二十二覃。《正義》曰：「沈云：「協句宜乃林反。今謂古人韻緩，不煩改字。」瞻望弗及，實勞我心。二十一侵。

仲氏任只，其心塞淵。一先。終温且惠，淑慎其身。十七真。先君之思，以勖寡人。十七真。

《燕燕》四章，章六句。

日居月諸，照臨下土。十姥。乃如之人兮，逝不古處。八語。胡能有定，寧不我顧。十一暮。

日居月諸，下土是冒。三十七号。乃如之人兮，逝不相好。三十七号。胡能有定，寧不我報。三十七号。

此章以上、去通爲一韻。

日居月諸，出自東方。十陽。乃如之人兮，德音無良。十陽。胡能有定，俾也可忘。十陽。

日居月諸，東方自出。六術。父兮母兮，畜我不卒。六術。胡能有定，報我不述。六術。

《日月》四章，章六句。

終風且暴，三十七号。顧我則笑。三十五笑。謔浪笑敖，三十七号。中心是悼。三十七号。

終風且霾，十四皆。惠然肯來。十六咍。莫往莫來，見上。悠悠我思。七之。

終風且曀，十二霽。不日有曀。見上。寤言不寐，六至。願言則嚏。十二霽。

曀曀其陰，虺虺其靁。十五灰。寤言不寐，願言則懷。十四皆。

《終風》四章，章四句。

擊鼓其鏜，十一唐。踊躍用兵。古音必良反。考「兵」字《詩》凡三見，《左傳》一見，《禮記》一見，並同。後人混入十二庚韻。土國城漕，我獨南行。户郎反。

從孫子仲，一送。平陳與宋。二宋。不我以歸，憂心有忡。一東。此章以平、去通爲一韻。

爰居爰處，八語。爰喪其馬。音姥。于以求之，于林之下。音户。

死生契闊，十三末。與子成説。十七薛。執子之手，四十四有。與子偕老。三十二晧。

于嗟闊見上。兮，不我活十三末。兮。于嗟洵十八諄。兮，不我信毛音申。十七真。兮。

《擊鼓》五章，章四句。

凱風自南，二十二覃。吹彼棘心。二十一侵。棘心夭夭，四宵。母氏劬勞。六豪。

凱風自南，吹彼棘薪。十七真。母氏聖善，我無令人。十七真。

爰有寒泉，二仙。與「人」協。在浚之下。音户。有子七人，十七真。母氏勞苦。十姥。

睍睆黄鳥，載好其音。二十一侵。有子七人，莫慰母心。二十一侵。

《凱風》四章，章四句。

雄雉于飛，八微。與「懷」協。泄泄其羽。九麌。我之懷十四皆。矣，自詒伊阻。八語。

雄雉于飛，下上其音。二十一侵。展矣君子，實勞我心。二十一侵。

瞻彼日月，悠悠我思。七之。道之云遠，曷云能來。十六咍。

百爾君子，不知德行。户郎反。不忮不求，何用不臧。十一唐。

《雄雉》四章，章四句。

匏有苦葉，二十九葉。濟有深涉。二十九葉。深則厲，十三祭。淺則揭。十三祭。

有瀰濟盈，十四清。有鷕雉鳴。十二庚。濟盈不濡軌，古音九。後人誤入五旨韻。雉鳴求其牡。莫九反。後人誤入四十五厚韻。《説文》：「鷕，从鳥唯聲。」舊音以水反，傳寫訛爲「以小元」。戴侗曰：「此章上半句『瀰』與『鷕』協，下半句『盈』與『鳴』協。」亦一句而兩韻也。

雝雝鳴鴈，三十諫。旭日始旦。二十八翰。士如歸妻，迨冰未泮。二十九換。

招招舟子，六止。人涉卬否。房以反。人涉卬否，見上。卬須我友。音以。

《匏有苦葉》四章，章四句。

習習谷風，方凡反。與「心」協。以陰以雨。九麌。黽勉同心，二十一侵。不宜有怒。十姥、十一暮二韻。

采葑采菲，八微、七尾二韻。無以下體。十一薺。德音莫違，八微。及爾同死。五旨。此章以平、上通爲一韻。

行道遲遲，六脂。中心有違。八微。不遠伊邇，四紙。薄送我畿。八微。誰謂荼苦，其甘如薺。十一薺。宴爾新昏，如兄如弟。十一薺。此章以平、上通爲一韻。

涇以渭濁，湜湜其沚。六止。宴爾新昏，不我屑以。六止。毋逝我梁，毋發我笱。古音鉅。考「笱」字《詩》凡二見，並同。後人混入四十五厚韻。我躬不閲，遑恤我後。古音户。考「後」字《詩》凡八見，《禮記》二見，《公羊傳》一見，並同。後人混入四十五厚韻。

就其深矣，方之舟十八尤。之。就其淺矣，泳之游十八尤。之。何有何亡，十陽。與「喪」協。黽勉求十八尤。之。凡民有喪，十一唐。匍匐救四十九宥。之。此章以平、去通爲一韻。

不我能慉，一屋。轉音許求反。反以我爲讎。十八尤。既阻我德，賈用不售。四十九宥。昔育恐育鞫，一屋。轉音居求反。唐石經凡《詩》中「鞫」字，自《采芑》、《節南山》、《蓼莪》之外，並作「鞫」。今但《篤公劉》、《瞻卬》二詩從之。及爾顛覆。四十九宥、一屋二韻。轉音方浮反。既生既育，一屋。轉音余求反。比予于毒。二沃。轉音徒留反。此章以平、去、入通爲一韻。

我有旨蓄，亦以御冬。二冬。宴爾新昏，以我御窮。一東。有洸有潰，十八隊。既詒我肄。六至。不念昔者，伊余來塈。六至。

《谷風》六章，章八句。

式微，式微，八微。胡不歸？八微。微君之故，十一暮。胡爲乎中露？十一暮。

式微，式微，見上。胡不歸？見上。微君之躬，一東。胡爲乎泥中？一東。

《式微》二章，章四句。

旄丘之葛十二曷。兮，何誕之節十六屑。兮。叔兮伯兮，何多日五質。也。伯字不入韻。

何其處八語。也，必有與八語。也。何其久古音几。考「久」字《詩》凡三見，《左傳》一見，《考工記》一見，《孟子》一見，並同。惟《易》傳有几、韭二音，後人混入四十四有韻。也，必有以六止。也。

狐裘蒙戎，一東。匪車不東。一東。叔兮伯兮，靡所與同。一東。瑣兮尾七尾。兮，流離之子。六止。叔兮伯兮，褎如充耳。六止。

《旄丘》四章，章四句。

簡兮簡兮，方將《萬》舞。九麌。日之方中，在前上處。八語。碩人俣俣，九麌。公庭《萬》舞。見上。有力如虎，十姥。執轡如組。十姥。左手執籥，十八藥。右手秉翟。二十陌、二十三錫二韻。赫如渥赭，公言錫爵。十八藥。「赭」字不入韻。山有榛，十九臻。隰有苓。古音力珍反。考「苓」字《詩》凡二見，「令」字凡四見，「零」字凡一見，並同。惟《小宛》四章「脊令」之「令」下以「鳴」、「征」、「生」字爲韻，而首句自不入韻也。後人誤入十五青韻。云誰之思，西方美人。十七真。彼美人見上。兮，西方之人見上。兮。

《簡兮》四章，三章章四句，一章六句。

毖彼泉水，亦流于淇。七之。有懷于衛，靡日不思。七之。孌彼諸姬，七之。聊與之謀。古音媒。考「謀」字《詩》凡九見，《易》一見，《左傳》二見，《楚辭》一見，並同。後人混入十八尤韻。出宿于泲，十一薺。飲餞于禰。十一薺。女子有行，遠父母兄弟。十一薺。問我諸姑，遂及伯姊。五旨。出宿于干，二十五寒。飲餞于言。二十二元。載脂載舝，十五鎋。轉音害。還車言邁。十七夬。遄臻于衛，十三祭。不瑕有害。十四泰。此章以去、入通爲一韻。

我思肥泉，二仙。茲之永歎。二十五寒。思須與漕，六豪。我心悠悠。十八尤。駕言出遊，十八尤。以寫我憂。十八尤。

《泉水》四章，章六句。

出自北門，二十三魂。憂心殷殷。二十一殷。終窶且貧，十七真。莫知我艱。二十八山。已焉哉！十六咍。天實爲之，七之。謂之何哉！見上。按：哉、之，以語助爲韻。《詩》中亦或有之。李因篤曰：「當以『爲』、『何』二字爲韻。」爲，古音譌。見下《相鼠》。

王事適二十二昔。我，政事一埤益二十二昔。我。我入自外，室人交徧讁二十一麥。我。已焉哉！見上。天實爲之，見上。謂之何哉！見上。

王事敦鄭氏音都回反。我，政事一埤遺六脂。我。我入自外，室人交徧摧十五灰。我。已焉哉！見上。天實爲之，見上。謂之何哉！見上。此章之「哉」、「之」，《北風》三章之「虛」、「邪」、「且」，皆通上文爲一韻。

《北門》三章，章七句。

北風其涼，十陽。雨雪其雱。十一唐。惠而好我，攜手同行。戶郎反。其虛九魚。其邪，箋云「讀如徐」，《正義》曰《爾雅》作『其徐』」。考「邪」字《詩》凡二見，並同。後人誤入九麻韻。既亟只且！九魚。

北風其喈，十四皆。雨雪其霏。八微。惠而好我，攜手同歸。八微。其虛見上。其邪，見上。既亟只且！見上。

莫赤匪狐，十一模。莫黑匪烏。十一模。惠而好我，攜手同車。九魚。其虛見上。其邪，見上。既亟只且！見上。

《北風》三章，章六句。

靜女其姝，十虞。俟我於城隅。十虞。愛而不見，搔首踟躕。十虞。

靜女其孌，二十八獮。貽我彤管。二十四緩。彤管有煒，七尾。說懌女美。五旨。

自牧歸荑，十二齊。洵美且異。七志。匪女之爲美，見上。美人之貽。七之。此章以平、上、去通爲一韻。

《靜女》三章，章四句。

新臺有泚，四紙。河水瀰瀰。四紙。燕婉之求，籧篨不鮮。古音犀。《尚書大傳》曰：「西方者何？鮮方也。」西，本音先，今讀犀。鮮，本音犀，今讀仙。二字互誤。今「鮮」字入二仙、二十八獮二韻。此章以平、上通爲一韻。

新臺有洒，古音銑。後人誤入十一薺韻。河水浼浼。古音免。後人誤入十四賄韻。按：洒，《韓詩》作「漼」。浼，《韓詩》作「浘」。今字已改正而猶用《韓詩》之音，誤矣。燕婉之求，籧篨不殄。二十七銑。

魚網之設，鴻則離古音羅。考「離」字《詩》凡二見，《易》二見，《楚辭》三見，並同。後人誤入五支韻。之。燕婉之求，得此戚施。古音式何反。考「施」字《詩》凡二見，《楚辭》二見，並同。後人誤入五支韻。或問：四句二韻，而語助「之」字一有一無，在他詩亦有可證者乎？曰：非獨四句也。即三句、二句亦有之矣。《老子》曰：「上士聞道，勤而行之；中士聞道，若存若亡。」「行」與「亡」爲韻。《史記》朱虛侯章歌曰：「深耕溉種，立苗欲疏。非其種者，鋤而去之。」「疏」與「去」爲韻。此非四句二韻而獨用二「之」字者乎？《篤公劉》之詩曰：「何以舟之，維玉及瑤，鞞琫容刀。」「舟」與「瑤」、「刀」爲韻。此非三句三韻而獨用一「之」字者乎？《載見》之詩曰：「以介眉壽，永言保之。」「壽」與「保」爲韻。《桓》之詩曰：「於昭于天，皇以間之。」「天」與「間」爲韻。《禮記·坊記》：「相彼盍旦，尚猶患之。」「旦」與「患」爲韻。《莊子·則陽》篇：「不馮其子，靈公奪而里之。」「子」與「里」爲韻。此非二句二韻而獨用一「之」字者乎？古人之文變化不拘若此。以今人之見求之，猶膠柱而鼓瑟，必有所不諧者矣。

《新臺》三章，章四句。

二子乘舟，汎汎其景。古音於兩反。後人混入三十八梗韻。願言思子，中心養養。三十六養。

二子乘舟，汎汎其逝。十三祭。願言思子，不瑕有害。十四泰。

《二子乘舟》二章，章四句。

邶國十九篇，七十二章，三百六十三句。

鄘

汎彼柏舟，十八尤。與「髦」協。在彼中河。七歌。髧彼兩髦，六豪。實維我儀。古音俄。考「儀」字《詩》凡十見，《楚辭》一見，並同。後人誤入五支韻。之死矢靡他！七歌。母也天一先。只，不諒人十七真。只。

汎彼柏舟，見上。在彼河側。二十四職。髧彼兩髦，見上。實維我特。二十五德。之死矢靡慝！二十五德。母也天見上。只，不諒人見上。只。

《柏舟》二章，章七句。

墻有茨，不可埽三十二晧。也。中冓之言，不可道三十二晧。也。所可道見上。也，言之醜四十四有。也。

墻有茨，不可襄十陽。也。中冓之言，不可詳十陽。也。所可詳見上。也，言之長十陽。也。

墻有茨，不可束三燭。也。中冓之言，不可讀一屋。也。所可讀見上。也，言之辱三燭。也。

《墻有茨》三章，章六句。

君子偕老，副笄六珈。九麻。委委佗佗，七歌。如山如河，七歌。象服是宜。古音魚何反。考「宜」字《詩》凡九見，《易》一見，《儀禮》一見，《楚辭》一見，並同。後人誤入五支韻。子之不淑，云如之何！七歌。

玼四紙、十一薺二韻。兮玼見上。兮，其之翟二十陌、二十三錫二韻。按：《簡兮》「翟」與「籥」、「爵」爲韻，與此不同。當闕。也。鬒髮如雲，不屑髢十二霽。也。玉之瑱也，象之揥十三祭。也，揚且之皙二十三錫。《集傳》「叶征例反」，似因《易·大有》傳「明辨晢也」而誤。按：《易》傳之「晢」，从折从日，音制，明也。與《陳》詩「明星晢晢」之「晢」同，亦作「晣」。此章之「皙」，从析从白，音析，白也。與《論語》「曾皙」之「皙」、《左傳》「子皙」、「白皙」之「皙」同。今依石經正之。轉音爲息例反。也。胡然而天也，胡然而帝十二薺。也。此章以上、去、入通爲一韻。

瑳兮瑳兮，其之展二十八獮。也。蒙彼縐絺，是紲袢二十二元。也。子之清揚，揚且之顏二十七删。也。展如之人兮，邦之媛二十二元、三十三線二韻。也。此章以平、上通爲一韻。

《君子偕老》三章，一章七句，一章九句，一章八句。

爰采唐十一唐。矣，沬之鄉十陽。矣。云誰之思？美孟姜十陽。矣。期我乎桑中，一東。要我乎上宫，一東。送我乎淇之上四十一漾。與「唐」、「鄉」、「姜」協。矣。此章以平、去通爲一韻。

爰采麥古音莫北反。考「麥」字《詩》凡五見，並同。今二十一麥與「獲」、「索」等字混爲一韻。矣，沬之北二十五德。矣。云誰之思？美孟弋二十四職。矣。期我乎桑中，見上。要我乎上宫，見上。送我乎淇之上合前章。矣。

爰采葑三鍾。矣，沬之東一東。矣。云誰之思？美孟庸三鍾。矣。期我乎桑中，見上。要我乎上宫，見上。送我乎淇之上合前章。矣。首章「唐」、「鄉」、「姜」爲一韻，「中」、「宫」爲一韻，而「上」字仍協首句。二章「麥」、「北」、「弋」爲一韻，「中」、「宫」爲一韻。三章「葑」、「東」、「庸」、「中」、「宫」共爲一韻，而「上」字仍協首章。所謂後章韻前章者也。《集傳》：「中，叶諸良反。宫，叶居王反。」非。

《桑中》三章，章七句。

鶉之奔奔，鵲之彊彊。十陽。人之無良，十陽。我以爲兄。古音虛王反。考「兄」字《詩》凡五見，《楚辭》一見，並同。後人混入十二庚韻。

鵲之彊彊，見上。與「良」協。鶉之奔奔。二十三魂。人之無良，見上。我以爲君。二十文。

《鶉之奔奔》二章，章四句。

定之方中，一東。作于楚宮。一東。揆之以日，五質。作于楚室。五質。樹之榛栗，五質。椅桐梓漆。五質。爰伐琴瑟。七櫛。

升彼虛九魚。矣，以望楚八語。矣。望楚與堂，十一唐。景山與京，古音疆。考「京」字《詩》凡十一見，《左傳》一見，並同。後人混入十二庚韻。降觀于桑。十一唐。卜云其吉，終然今本作「終焉」，唐石經作「終然」。按：漢光和六年《白石神君碑》其銘曰：「卜云其吉，終然允臧。」今從之。張衡《東京賦》：「卜征考祥，終然允淑。」用此文法。允臧。十一唐。此章以平、上通爲一韻。

靈雨既零，古音力珍反。説見《簡兮》。命彼倌人。十七真。星言夙駕，説于桑田。一先。顔師古註《急就章》曰：「古者『田』、『陳』聲相近。」故陳敬仲奔齊，改爲田氏。《小雅》「信彼南山，維禹甸之」，《韓詩》作「敶」。真韻字古並通先，不必改音也。匪直也人，見上。秉心塞淵。一先。騋牝三千。一先。

《定之方中》三章，章七句。

蝃蝀在東，莫之敢指。五旨。女子有行，遠父母兄弟。十一薺。

朝隮于西，崇朝其雨。九麌。女子有行，遠兄弟父母。滿補反。説見《葛覃》。

乃如之人十七真。也，懷昏姻十七真。也。大無信二十一震。也，不知命古音彌吝反。考「命」字《詩》凡九見，並同。後人誤入四十三映韻。也。此章以平、去通爲一韻。

《蝃蝀》三章，章四句。

相鼠有皮，音婆。人而無儀。音俄。人而無儀，見上。不死何爲？古音譌。考「爲」字《詩》凡七見，《易》一見，《楚辭》八見，並同。後人誤入五支韻。

相鼠有齒，六止。人而無止。六止。人而無止，見上。不死何俟？六止。

相鼠有體，十一薺。人而無禮。十一薺。人而無禮，見上。胡不遄死？五旨。

《相鼠》三章，章四句。

孑孑干旄，五肴。在浚之郊。五肴。素絲紕五支。之，良馬四六至。之。彼姝者子，何以畀六至。之？此章以平、去通爲一韻。

孑孑干旟，九魚。在浚之都。十一模。素絲組十姥。之，良馬五十姥。之。彼姝者子，何以予九魚、八語二韻。之？此章以平、上通爲一韻。

孑孑干旌，十四清。在浚之城。十四清。素絲祝一屋。之，良馬六一屋。之。彼姝者子，何以告二沃。之？

《干旄》三章，章六句。

載馳載驅，十虞。歸唁衛侯。古音胡。考「侯」字《詩》凡二見，《左傳》一見，「餱」字、「鍭」字《詩》各一見，並同。後人誤分十九侯韻。按：此詩自「驅馬悠悠」以下別是一韻。驅馬悠悠，十八尤。言至于漕。六豪。大夫跋涉，我心則憂。十八尤。既不我嘉，不能旋反。二十阮。視爾不臧，我思不遠。二十阮。既不我嘉，不能旋濟。十二霽。視爾不臧，我思不閟。六至。

陟彼阿丘古音去其反。考「丘」字《詩》凡三見，《易》一見，《左傳》一見，《楚辭》一見，並同。後人混入十八尤韻。與「懷」、「之」協。言采其蝱。古音芒。後人混入十二庚韻。女子善懷，十四皆。亦各有行。户郎反。許人尤之，七之。李因篤曰：「當以尤爲韻。」尤，音羽其反。見下。衆穉且狂。十陽。

我行其野，芃芃其麥。莫北反。控于大邦，誰因誰極？二十四職。大夫君子，無我有尤。古音羽其反。考「尤」字《詩》凡二見，《易》六見，《楚辭》三見，並同。今十八尤，與憂、流等字混爲一韻。百爾所思，七之。不如我所之。七之。此章亦可以平、入通爲一韻。

《載馳》四章，二章章六句，二章章八句。

鄘國十篇，二十九章，百七十六句。

衛

瞻彼淇奧，緑竹猗猗。古音於戈反。考「猗」字《詩》凡四見，並同。後人誤入五支韻。有匪君子，如切如磋，七歌。如琢如磨。八戈。瑟兮僩二十五潸。兮，赫兮咺二十阮。兮。有匪君子，終不可諼二十二元。兮。此章以平、上通爲一韻。

瞻彼淇奧，緑竹青青。十五青。有匪君子，充耳琇瑩，十二庚。會弁如星。十五青。瑟兮僩見上。兮，赫兮咺見上。兮。有匪君子，終不可諼見上。兮。

瞻彼淇奧，緑竹如簀。二十一麥。有匪君子，如金如錫，二十三錫。如圭如璧。二十二昔。寬兮綽十八藥。兮，猗重較四覺。兮，善戲謔十八藥。兮，不爲虐十八藥。兮。

《淇奧》三章，章九句。

考槃在澗，三十諫。碩人之寬。二十六桓。獨寐寤言，二十二元。永矢弗諼。二十二元。此章以平、去通爲一韻。

考槃在阿，七歌。碩人之薖。八戈。獨寐寤歌，七歌。永矢弗過。八戈。

考槃在陸，一屋。碩人之軸。一屋。獨寐寤宿，一屋。永矢弗告。二沃。

《考槃》三章，章四句。

碩人其頎，八微。衣錦褧衣。八微。齊侯之子，六止。衛侯之妻，十二齊。東宫之妹，十八隊。邢侯之姨，六脂。譚公維私。六脂。此章以平、上、去通爲一韻。

手如柔荑，十二齊。膚如凝脂。六脂。領如蝤蠐，十二齊。齒如瓠犀。十二齊。螓首蛾眉。六脂。

巧笑倩三十二霰。兮，美目盼三十一襇。兮。

碩人敖敖，六豪。説于農郊。五肴。四牡有驕，四宵。朱幩鑣鑣。四宵。翟茀以朝。四宵。大夫夙退，無使君勞。六豪。

河水洋洋，北流活活。十三末。施罛濊濊，十三末。鱣鮪發發。《韓詩》作「鱍」。十三末。葭菼揭揭。十七薛。庶姜孽孽，十七薛。庶士有朅。十七薛。

《碩人》四章，章七句。

氓唐石經避廟諱作「甿」。今正。之蚩蚩，七之。抱布貿絲。七之。匪來貿絲，見上。來即我謀。音媒。送子涉淇，七之。至于頓丘。去其反。匪我愆期，七之。子無良媒。十五灰。將子無怒，秋以爲期。見上。

乘彼垝垣，二十二元。以望復關。二十七删。不見復關，見上。泣涕漣漣。二仙。既見復關，見上。載笑載言。二十二元。爾卜爾筮，體無咎言。見上。以爾車來，以我賄遷。二仙。

桑之未落，十九鐸。其葉沃若。十八藥。于嗟鳩兮，無食桑葚。四十七寑。于嗟女兮，無與士耽。二十二覃。士之耽見上。兮，猶可説十七薛。也。女之耽見上。兮，不可説見上。二「説」字自爲韻。也。此章以平、上通爲一韻。

桑之落矣，其黃而隕。十六軫。自我徂爾，三歲食貧。十七真。淇水湯湯，十陽。漸車帷裳。十陽。女也不爽，三十六養。士貳其行。户郎反。士也罔極，二十四職。二三其德。二十五德。此章兩以平、上通爲一韻。

三歲爲婦，古音房以反。考「婦」字《詩》凡三見，《易》一見，《禮記》一見，《楚辭》一見，並同。後人混入四十四有韻。與「寐」、「遂」、「知」、「之」協。靡室勞六豪、三十七号二韻。矣。夙興夜寐，六至。靡有朝四宵。矣。言既遂六至。矣，至于暴三十七号。矣。兄弟不知，五支。咥其笑三十五笑。矣。靜言思之，七之。躬自悼三十七号。矣。此章以平、上、去，以平、去通爲一韻。

及爾偕老，老使我怨。二十五願。淇則有岸，二十八翰。隰則有泮。二十九换。總角之宴，三十二霰。言笑晏晏。二十八翰、三十諫二韻。信誓旦旦，二十八翰。不思其反。二十阮。反是不思，七之。亦已焉哉！十六咍。此章以上、去通爲一韻。

《氓》六章，章十句。

籊籊竹竿，以釣于淇。七之。豈不爾思，七之。遠莫致之。七之。

泉源在左，淇水在右。古音以。考「右」字《詩》凡十見，《禮記》一見，《楚辭》一見，並同。後人混入四十四有韻。女子有行，遠父母兄弟。十一薺。

淇水在右，泉源在左。三十二哿。巧笑之瑳，七歌、三十二哿二韻。佩玉之儺。七歌。此章以平、上通爲一韻。

淇水滺滺，十八尤。檜楫松舟。十八尤。駕言出游，十八尤。以寫我憂。十八尤。

《竹竿》四章，章四句。

芄蘭之支，五支。童子佩觿。五支。雖則佩觿，見上。能不我知？五支。容兮遂六至。兮，垂帶悸六至。兮！此章亦可以平、去通爲一韻。古人音部雖寬而用之則密，故同一部而有親疏。如此章「支」、「觿」、「知」，平與平爲韻，「遂」、「悸」，去與去爲韻，而合之則通爲一也。《干旄》二章「旟」、「都」，平與平爲韻，「組」、「五」、「予」，上與上爲韻，而合之則通爲一也。《木瓜》二章「桃」、「瑶」，平與平爲韻，「報」、「好」，去與去爲韻，而合之則通爲一也。同一聲而有親疏。如《秦》詩《黄鳥》之首章「棘」、「息」、「特」爲韻，「穴」、「慄」爲韻，而合之則通爲一也。分之而不亂，合之而不乖，可以知其用音之密矣。

芄蘭之葉，二十九葉。童子佩韘。三十帖。雖則佩韘，見上。能不我甲？三十二狎。容兮遂見上。兮，垂帶悸見上。兮！

《芄蘭》二章，章六句。

誰謂河廣，一葦杭十一唐。之。誰謂宋遠，跂予望十陽。之。

誰謂河廣，曾不容刀。六豪。誰謂宋遠，曾不崇朝。四宵。

《河廣》二章，章四句。

伯兮朅十七薛。兮，邦之桀十七薛。兮。伯也執殳，十虞。爲王前驅。十虞。

自伯之東，一東。首如飛蓬。一東。豈無膏沐，誰適爲容。三鍾。

其雨其雨，杲杲出日。五質。願言思伯，甘心首疾。五質。
焉得諼草，言樹之背。十八隊。願言思伯，使我心痗。十八隊。
《伯兮》四章，章四句。
有狐綏綏，在彼淇梁。十陽。心之憂矣，之子無裳。十陽。
有狐綏綏，在彼淇厲。十三祭。心之憂矣，之子無帶。十四泰。
有狐綏綏，在彼淇側。二十四職。心之憂矣，之子無服。蒲北反。
《有狐》三章，章四句。
投我以木瓜，古音孤。考「瓜」字《詩》凡三見，《左傳》一見，並同。後人誤入九麻韻。報之以瓊琚。九魚。匪報三十七号。也，永以爲好三十七号。也。
投我以木桃，六豪。報之以瓊瑶。四宵。匪報見上。也，永以爲好見上。也。此章以平、去通爲一韻。
投我以木李，六止。報之以瓊玖。古音几。考「玖」字《詩》凡二見，並同。後人混入四十四有韻。匪報見上。也，永以爲好見上。也。
《木瓜》三章，章四句。
衛國十篇，三十四章，二百三句。

王

彼黍離離，音羅。與「靡」協。彼稷之苗。四宵。行邁靡靡，古音摩。考「靡」字《詩》一見，《易》一見，並同。後人誤入四紙韻。中心摇摇。四宵。知我者謂我心憂，十八尤。不知我者謂我何求。十八尤。悠悠蒼天，一先。此何人十七真。哉！

彼黍離離，見上。彼稷之穗。六至。行邁靡靡，見上。中心如醉。六至。知我者謂我心憂，見上。不知我者謂我何求。見上。悠悠蒼天，見上。此何人見上。哉！

彼黍離離，見上。彼稷之實。五質。行邁靡靡，見上。中心如噎。十六屑。知我者謂我心憂，見上。不知我者謂我何求。見上。悠悠蒼天，見上。此何人見上。哉！

《黍離》三章，章十句。

君子于役，不知其期。七之。曷至哉？十六咍。雞棲于塒。七之。日之夕矣，羊牛下來。十六咍。君子于役，如之何勿思！七之。

君子于役，不日不月。十月。曷其有佸？十三末。雞棲于桀。十七薛。日之夕矣，羊牛下括。十三末。今本或作「牛羊」，非。君子于役，苟無飢渴。十二曷。

《君子于役》二章，章八句。

君子陽陽，十陽。左執簧，十一唐。右招我由房。十一唐。其樂只且！末句說見《麟之趾》。

君子陶陶，六豪。左執翿，六豪。右招我由敖。六豪。其樂只且！

《君子陽陽》二章，章四句。

揚之水，五旨。與「子」協。不流束薪。十七真。彼其之子，六止。不與我戍申。十七真。懷十四皆。哉懷見上。哉，曷月予還歸八微。哉？

揚之水，見上。不流束楚。八語。彼其之子，見上。不與我戍甫。九麌。懷見上。哉懷見上。哉，曷月予還歸見上。哉？

揚之水，見上。不流束蒲。十一模。彼其之子，見上。不與我戍許。八語。懷見上。哉懷見上。哉，曷月予還歸見上。哉？此章以平、上通爲一韻。

《揚之水》三章，章六句。

中谷有蓷，暵其乾二十五寒。矣。有女仳離，慨其歎二十五寒。矣。慨其歎見上。矣，遇人之艱難二十五寒。矣。

中谷有蓷，暵其脩十八尤。矣。有女仳離，條其歗三十四嘯。轉音蕭。矣。條其歗見上。矣，遇人之不淑一屋。轉音殊聊反。矣。此章以平、去、入通爲一韻。

中谷有蓷，暵其濕二十六緝。矣。有女仳離，啜其泣二十六緝。矣。啜其泣見上。矣，何嗟及二十六緝。矣。

《中谷有蓷》三章，章六句。

有兔爰爰，雉離于羅。七歌。我生之初，尚無爲。音譌。我生之後，逢此百罹。古音羅。考「罹」字《詩》凡三見，並同。後人誤入五支韻。尚寐無吪！八戈。

有兔爰爰，雉離于罦。十八尤。我生之初，尚無造。三十二晧。我生之後，逢此百憂。十八尤。尚寐無覺！三十六效。此章以平、上、去通爲一韻。

有兔爰爰，雉離于罿。一東。我生之初，尚無庸。三鍾。我生之後，逢此百凶。三鍾。尚寐無聰！一東。

《兔爰》三章，章七句。

緜緜葛藟，五旨。與「弟」協。在河之滸。十姥。終遠兄弟，十一薺。謂他人父。九麌。謂他人父，見上。亦莫我顧。十一暮。此章以上、去通爲一韻。

緜緜葛藟，見上。在河之涘。六止。終遠兄弟，見上。謂他人母。滿以反。謂他人母，見上。亦莫我有。音以。此章通爲一韻。

緜緜葛藟，見上。在河之漘。十八諄。終遠兄弟，見上。謂他人昆。二十三魂。謂他人昆，見上。亦莫我聞。二十文。

《葛藟》三章，章六句。

彼采葛十二曷。兮，一日不見，如三月十月。兮。

彼采蕭三蕭。兮，一日不見，如三秋十八尤。兮。

彼采艾十四泰。兮，一日不見，如三歲十三祭。兮。

《采葛》三章，章三句。

大車檻檻，五十四檻。毳衣如菼。四十九敢。豈不爾思，畏子不敢。四十九敢。

大車哼哼，二十三魂。毳衣如璊。二十三魂。豈不爾思，畏子不奔。二十三魂。

穀則異室，五質。死則同穴。十六屑。謂予不信，有如皦日。五質。

《大車》三章，章四句。

丘中有麻，九麻。彼留子嗟。九麻。彼留子嗟，見上。將其來施施。式何反。

丘中有麥，莫北反。彼留子國。二十五德。彼留子國，見上。將其來食。二十四職。

丘中有李，六止。彼留之子。六止。彼留之子，見上。貽我佩玖。音几。

《丘中有麻》三章，章四句。

王國十篇，二十八章，百六十二句。

皇清經解卷九終

漢軍樊　封舊校

順德馮佐勛新校

詩本音　卷三

崑山顧處士炎武著

國風

鄭

緇衣之宜魚何反。兮，敝，予又改爲音譌。兮。適子之館二十九换。兮，還，予授子之粲二十八翰。兮。

緇衣之好三十二晧。兮，敝，予又改造三十二晧。兮。適子之館見上。兮，還，予授子之粲見上。兮。

緇衣之蓆二十二昔。兮，敝，予又改作十九鐸。兮。適子之館見上。兮，還，予授子之粲見上。兮。

《緇衣》三章，章六句。舊作「三章，章四句」。今詳「敝」字當作一句，「還」字當作一句，難屬下文。當作「三章，章六句」。

將仲子六止。兮，無逾我里，六止。無折我樹杞。六止。豈敢愛之，畏我父母。滿以反。仲可懷十四皆。也。父母之言，亦可畏八未。也。此章亦可以平、上、去通爲一韻。

將仲子兮，無逾我墻，十陽。無折我樹桑。十一唐。豈敢愛之，畏我諸兄。虚王反。仲可懷見上。也。諸兄之言，亦可畏見上。也。

將仲子兮，無逾我園，二十二元。無折我樹檀。二十五寒。豈敢愛之，畏人之多言。二十二元。仲可懷見上。也。人之多言，亦可畏見上。也。

《將仲子》三章，章八句。

叔于田，一先。巷無居人。十七真。豈無居人？見上。不如叔也，洵美且仁。十七真。

叔于狩，四十九宥。巷無飲酒。四十四有。豈無飲酒？見上。不如叔也，洵美且好。三十二晧。

叔適野，神與反。巷無服馬。音姥。豈無服馬？見上。不如叔也，洵美且武。九麌。

此章以上、去通爲一韻。

《叔于田》三章，章五句。

叔于田，乘乘馬。音姥。執轡如組，十姥。兩驂如舞。九麌。叔在藪，古音色主反。考「藪」字《詩》一見，《書》一見，並同。後人混入四十五厚韻。火烈具舉。八語。禮裼暴虎，十姥。獻于公所。八語。將叔無狃，戒其傷女。八語。

叔于田，乘乘黄。十一唐。兩服上襄，十陽。兩驂鴈行。户郎反。叔在藪，火烈具揚。十陽。叔善射古音樹。考「射」字《詩》凡三見，一音樹，二音豫。《禮記》二見，一音樹，一音豫。《孟子》一見，音樹。後人混入四十禡韻。忌，又良御九御。忌。抑磬控一送。忌，抑縱送一送。忌。

叔于田，乘乘鴇。三十二晧。《廣韻》：「鴇，今烏驄。」今本多誤作「鴇」。兩服齊首，四十四有。兩驂如手。四十四有。叔在藪，火烈具阜。四十四有。叔馬慢三十諫。忌，叔發花二十三旱。忌。抑釋掤十六蒸。忌，抑鬯弓古音肱。考「弓」字《詩》凡四見，《左傳》一見，《楚辭》一見，並同。後人誤入一東韻。忌。

《大叔于田》三章，章十句。

清人在彭，古音旁。考「彭」字《詩》凡八見，並同。後人混入十二庚韻。駟介旁旁。十一唐。二矛重英，古音央。考「英」字《詩》凡四見，《爾雅》一見，《楚辭》四見，並同。後人混入十二庚韻。河上乎翱翔。十陽。

清人在消，四宵。駟介麃麃。四宵。二矛重喬，四宵。河上乎逍遥。四宵。

清人在軸，一屋。轉音儔。駟介陶陶。六豪。左旋右抽，十八尤。中軍作好。三十二晧。此章以平、上、入通爲一韻。

《清人》三章，章四句。

羔裘如濡，十虞。洵直且侯。音胡。彼其之子，舍命不渝。十虞。

羔裘豹飾，二十四職。孔武有力。二十四職。彼其之子，邦之司直。二十四職。

羔裘晏二十八翰、三十諫二韻。兮，三英粲二十八翰。兮。彼其之子，邦之彦三十三線。兮。

《羔裘》三章，章四句。

遵大路十一暮。兮，摻執子之袪九魚。兮。無我惡十一暮。兮，不寁故十一暮。也。此章以平、去通爲一韻。

遵大路兮，摻執子之手四十四有。兮。無我魗十八尤。兮，不寁好三十二晧。也。此章以平、上通爲一韻。

《遵大路》二章，章四句。

女曰雞鳴，士曰昧旦。二十八翰。子興視夜，明星有爛。二十八翰。將翱將翔，弋鳧與雁。三十諫。弋言加九麻。之，與子宜魚何反。之。宜言飲酒，四十四有。與子偕老。三十二晧。琴瑟在御，莫不靜好。三十二晧。

知子之來十六咍。之，雜佩以贈四十八嶝。《集傳》皆叶入聲。按：「來」字或可讀入聲，「贈」字不可讀入聲。姑闕之。之。知子之順二十二稕。之，雜佩以問二十三問。之。知子之好三十七号。之，雜佩以報三十七号。之。

《女曰雞鳴》三章，章六句。

有女同車，九魚。顏如舜華。音敷。將翱將翔，十陽。與「姜」協。佩玉瓊琚。九魚。彼美孟姜，十陽。洵美且都。十一模。

有女同行，户郎反。顏如舜英。音央。將翱將翔，見上。佩玉將將。十陽。彼美孟姜，見上。德音不忘。十陽。此章通爲一韻。

《有女同車》二章，章六句。

山有扶蘇，十一模。隰有荷華。音敷。不見子都，十一模。乃見狂且。九魚。

山有橋松，三鍾。隰有游龍。三鍾。不見子充，一東。乃見狡童。一東。

《山有扶蘇》二章，章四句。

蘀十九鐸。與「伯」協。兮蘀見上。兮，風其吹古音昌戈反。後人誤入五支韻。女。叔兮伯二十陌。兮，倡子和八戈。女。

蘀見上。兮蘀見上。兮，風其漂四宵。女。叔兮伯見上。兮，倡予要四宵。女。

《蘀兮》二章，章四句。

彼狡童兮，不與我言二十二元。兮。維子之故，使我不能餐二十五寒。兮。

彼狡童兮，不與我食二十四職。兮。維子之故，使我不能息二十四職。兮。

《狡童》二章，章四句。

子惠思我，褰裳涉溱。十九臻。子不我思，豈無他人！十七真。狂童之狂也且！末句無韻。蓋以二章合而爲韻。

子惠思我，褰裳涉洧。五旨。子不我思，豈無他士！六止。狂童之狂也且！

《褰裳》二章，章五句。

子之丰三鍾。兮，俟我乎巷古音胡貢反。考「巷」字《詩》一見，《楚辭》一見，並同。後人分四絳韻。兮。悔予不送一送。兮。此章以平、去通爲一韻。

子之昌七陽。兮，俟我乎堂十一唐。兮。悔予不將十陽。兮。

衣錦褧衣，裳錦褧裳。十陽。叔兮伯兮，駕予與行。户郎反。

裳錦褧裳，衣錦褧衣。八微。叔兮伯兮，駕予與歸。八微。

《丰》四章，二章章三句，二章章四句。

東門之墠，二十八獮。茹藘在阪。二十阮。其室則邇，其人甚遠。二十阮。

東門之栗，五質。有踐家室。五質。豈不爾思，子不我即。古音子悉反。考「即」字《詩》凡三見，《易》一見，並同。後人別入二十四職韻。

《東門之墠》二章，章四句。

風雨淒淒，十二齊。雞鳴喈喈。十四皆。既見君子，云胡不夷。六脂。

風雨瀟瀟，三蕭。雞鳴膠膠。五肴。既見君子，云胡不瘳。十八尤。

風雨如晦，十八隊。雞鳴不已。六止。既見君子，六止。云胡不喜。六止。此章以上、去通爲一韻。

《風雨》三章，章四句。

青青子衿，二十一侵。悠悠我心。二十一侵。縱我不往，子寧不嗣音？二十一侵。

青青子佩，十八隊。悠悠我思。七之。縱我不往，子寧不來？十六咍。此章以平、去通爲一韻。

挑兮達十二曷。兮，在城闕十月。兮。一日不見，如三月十月。兮。

《子衿》三章，章四句。

揚之水，五旨。與「弟」協。不流束楚。八語。終鮮兄弟，十一薺。維予與女。八語。無信人之言，人實迂女。見上。

揚之水，見上。不流束薪。十七真。終鮮兄弟，見上。維予二人。十七真。無信人之言，二十二元。人實不信。二十一震。此章以平、去通爲一韻。

《揚之水》二章，章六句。

出其東門，二十三魂。有女如雲。二十文。雖則如雲，見上。匪我思存。二十三魂。縞衣綦巾，十七真。聊樂我員。二十文。

出其闉闍，十一模。有女如荼。十一模。雖則如荼，見上。匪我思且。九魚。縞衣茹藘，九魚。聊可與娛。十虞。

《出其東門》二章，章六句。

野有蔓草，零露漙二十五寒。顔師古《匡謬正俗》曰：「按呂氏《字林》作『䨄』，音上兗反。」兮。有美一人，清揚婉二十阮。兮。邂逅相遇，適我願二十五願。兮。此章以平、上、去通爲一韻。

野有蔓草，零露瀼瀼。十陽。有美一人，婉如清揚。十陽。邂逅相遇，與子偕臧。十一唐。

《野有蔓草》二章，章六句。

溱與洧，方渙渙二十九換。兮。士與女，方秉蕑二十八山。兮。女曰觀乎？十一模。士曰既且。十九魚。且往觀乎，見上。洧之外，洵訏且樂。十九鐸。維士與女，伊其相謔，十八藥。贈之以勺藥。十八藥。　此章以平、去通爲一韻。

溱與洧，瀏其清十四清。矣。士與女，殷其盈十四清。矣。女曰觀乎？見上。士曰既且。見上。且往觀乎，見上。洧之外，洵訏且樂。見上。維士與女，伊其將謔，見上。贈之以勺藥。見上。

《溱洧》二章，章十二句。

鄭國二十一篇，五十三章，二百八十九句。

齊

雞既鳴十二庚。矣，朝既盈十四清。矣。匪雞則鳴，見上。蒼蠅之聲。十四清。

東方明古音彌郎反。考「明」字《詩》凡十六見，《書》二見，《易》十七見，《禮記》五見，《爾雅》一見，《楚辭》十見，並同。後人混入十二庚韻。矣，朝既昌十陽。矣。匪東方則明，見上。月出之光。十一唐。　按：「鳴」、「明」二字今人混爲一音，不知「鳴，彌平反」、「明，彌郎反」，截然二音而不可互讀也。今若此詩用「鳴」字，則以「盈」、「聲」二字爲韻，而他詩之用「鳴」者，莫不以「平」、「生」、「成」、「征」諸字從之。用「明」字，則以「昌」、「光」二字爲韻，而他詩之用「明」者，莫不以「方」、「王」、「將」、「良」諸字從之。何其密也！謂三百五篇即古人之音書，豈不信夫？後之混爲一音者，其亦未嘗學《詩》耳矣。

蟲飛薨薨，十七登。甘與子同夢。古音莫滕反。考「夢」字《詩》凡四見，並同。後人誤入一東，又轉入一送韻。會且歸矣，無庶予子憎。十七登。

《雞鳴》三章，章四句。

子之還二十七删、二仙二韻。兮，遭我乎峱之閒二十八山。兮，並驅從兩肩一先。兮，揖我謂我儇二仙。兮。

子之茂古音耄。考「茂」字《詩》凡五見，《爾雅》一見，並同。後人誤入五十候韻。兮，遭我乎峱之道三十二晧。兮，並驅從兩牡莫九反。兮，揖我謂我好三十二晧。兮。此章以上、去通爲一韻。

子之昌十陽。兮，遭我乎峱之陽十陽。兮，並驅從兩狼十一唐。兮，揖我謂我臧十一唐。兮。

《還》三章，章四句。

俟我於著九御。乎而，充耳以素十一暮。乎而，尚之以瓊華音敷。乎而。此章以平、去通爲一韻。

俟我於庭十五青。乎而，充耳以青十五青。乎而，尚之以瓊瑩十二庚。乎而。

俟我於堂十一庚。乎而，充耳以黄十一唐。乎而，尚之以瓊英音央。乎而。

《著》三章，章三句。

東方之日五質。兮，彼姝者子，在我室五質。兮。在我室見上。兮，履我即子悉反。兮。

東方之月十月。兮，彼姝者子，在我闥十二曷。兮。在我闥見上。兮，履我發十月。兮。

《東方之日》二章，章五句。

東方未明，彌郎反。顛倒衣裳。十陽。顛之倒三十七号。之，自公召三十五笑。之。

東方未晞，八微。顛倒裳衣。八微。倒之顛一先。之，自公令力珍反。説見《簡兮》。之。

折柳樊圃，十姥。狂夫瞿瞿。十遇。不能辰夜，音豫。今本誤作「晨」，依唐石經及國子監註疏本改正。吕氏《讀詩記》、嚴氏《詩緝》並與石經文同，後不更注。傳曰：「辰，時也。」不夙則莫。十一暮。此章以上、去通爲一韻。

《東方未明》三章，章四句。

南山崔崔，十五灰。雄狐綏綏。六脂。魯道有蕩，齊子由歸。八微。既曰歸見上。止，曷又懷十四皆。止？

葛屨五兩，三十六養、四十一漾二韻。與「蕩」協。冠緌雙古音書容反。後人分四江韻。止。魯道有蕩，三十七蕩。齊子庸三鍾。止。既曰庸見上。止，曷又從三鍾。止？

蓺麻如之何？七歌。與下「何」協。衡從其畝。古音滿以反。考「畝」字《詩》凡十二見，並同。後人誤入四十五厚韻。取妻如之何？見上。必告父母。滿以反。既曰告二沃。止，曷又鞠一屋。止？

析薪如之何？七歌。與下「何」協。匪斧不克。二十五德。取妻如之何？見上。匪媒不得。二十五德。既曰得見上。止，曷又極二十四職。止？

《南山》四章，章六句。

無田甫田，一先。與「人」協。維莠驕驕。四宵。無思遠人，十七真。勞心忉忉。六豪。

無田甫田，見上。維莠桀桀。十七薛。無思遠人，見上。勞心怛怛。十二曷。

婉二十阮。兮孌二十八獮。兮，總角丱三十諫。兮。未幾見三十二霰。兮，突而弁三十三線。兮。此章以上、去通爲一韻。

《甫田》三章，章四句。

盧令令，力珍反。按：《説文》引此作「盧獜獜」。獜，力珍反。正與「令」同音。後人讀郎丁反，誤。其人美且仁。十七真。

盧重環，二十七删。其人美且鬈。二仙。

盧重鋂，十五灰。其人美且偲。十六咍。

《盧令》三章，章二句。

敝笱在梁，其魚魴鰥。二十八山。齊子歸止，其從如雲。二十文。

敝笱在梁，其魚魴鱮。八語。齊子歸止，其從如雨。九麌。

敝笱在梁，其魚唯唯。五旨。齊子歸止，六止。其從如水。五旨。

《敝笱》三章，章四句。

載驅薄薄，十九鐸。簟茀朱鞹。十九鐸。魯道有蕩，齊子發夕。二十二昔。四驪濟濟，十一薺。垂轡濔濔。四紙。魯道有蕩，齊子豈弟。十一薺。汶水湯湯，十陽。行人彭彭。音旁。魯道有蕩，三十七蕩。齊子翱翔。十陽。此章以平、上通爲一韻。汶水滔滔，六豪。行人儦儦。四宵。魯道有蕩，齊子游敖。六豪。

《載驅》四章，章四句。

猗嗟昌十陽。兮，頎而長十陽。兮，抑若揚十陽。兮。美目揚見上。兮，巧趨蹌十陽。兮，射則臧十一唐。兮。

猗嗟名十四清。兮，美目清十四清。兮，儀既成十四清。兮。終日射侯，不出正十四清。兮，展我甥十二庚。兮。

猗嗟孌二十八獮。兮，清揚婉二十阮。兮。舞則選二十八獮、三十三線二韻。兮，射則貫二十九換。兮，四矢反二十阮。兮，以禦亂二十九換。兮。此章以上、去通爲一韻。

《猗嗟》三章，章六句。

齊國十一篇，三十四章，百四十三句。

魏

糾糾葛屨，可以履霜。十陽。摻摻女手，可以縫裳。十陽。要之襋二十四職。之，好人服蒲北反。之。好人提提，五支。宛然左辟，五寘。佩其象揥。十三祭。維是褊心，是以爲刺。五寘。此章以平、去通爲一韻。

《葛屨》二章，一章六句，一章五句。

彼汾沮洳，九御。言采其莫。十一暮。彼其之子，美無度。十一暮。美無度，見上。殊異乎公路。十一暮。

彼汾一方，十陽。言采其桑。十一唐。彼其之子，美如英。音央。美如英，見上。殊異乎公行。户郎反。

彼汾一曲，三燭。言采其藚。三燭。彼其之子，美如玉。三燭。美如玉，見上。殊異乎公族。一屋。

《汾沮洳》三章，章六句。

園有桃，六豪。其實之殽。五肴。心之憂十八尤。矣，我歌且謠。四宵。不知我者，謂我士也驕。四宵。唐石經作「不我知」。下章同。彼人是哉，十六咍。子曰何其！七之。心之憂矣，其誰知之？七之。

其誰知之？見上。蓋亦勿思！七之。

園有棘，二十四職。其實之食。二十四職。心之憂矣，聊以行國。二十五德。不知我者，謂我士也罔極。二十四職。彼人是哉，見上。子曰何其！見上。心之憂矣，其誰知之？見上。蓋亦勿思！見上。

《園有桃》二章，章十二句。

陟彼岵十姥。兮，瞻望父九麌。兮。父曰嗟予子，六止。行役李因篤曰：「『父曰』、『母曰』、『兄曰』皆至『行役』爲句，而『子』、『季』、『弟』於句半爲韻，各協下音。猶之平句爲讀也。」《擊壤歌》「帝何力於我哉」、「力」字與上「息」、「食」爲韻。與此正同。夙夜無已。六止。上慎旃哉，猶來無止。六止。

陟彼屺六止。兮，瞻望母滿以反。兮。母曰嗟予季，六至。行役夙夜無寐。六至。上慎旃哉，猶來無棄。六至。　此章以上、去通爲一韻。

陟彼岡十一唐。兮，瞻望兄虛王反。兮。兄曰嗟予弟，十一薺。行役夙夜必偕。十四皆。上慎旃哉，猶來無死。五旨。　此章以平、上通爲一韻。

《陟岵》三章，章六句。

十畝之間二十八山。兮，桑者閑閑二十八山。兮。行與子還二十七刪、二仙二韻。兮。

十畝之外十四泰。兮，桑者泄泄十三祭。兮。行與子逝十三祭。兮。

《十畝之間》二章，章二句。

坎坎伐檀二十五寒。兮，寘之河之干二十五寒。兮。河水清且漣二仙。猗。不稼不穡，胡取禾三百廛二仙。兮？不狩不獵，胡瞻爾庭有縣貆二十二元。兮？彼君子兮，不素餐二十五寒。兮。

坎坎伐輻古音方墨反。考「輻」字《詩》凡二見，並同。後人誤入一屋韻。兮，寘之河之側二十四職。兮。河水清且直二十四職。猗。不稼不穡，二十四職。胡取禾三百億二十四職。兮？不狩不獵，胡瞻爾庭有縣特二十五德。兮？彼君子兮，不素食二十四職。兮。

坎坎伐輪十八諄。兮，寘之河之漘十八諄。兮。河水清且淪十八諄。猗。不稼不穡，胡取禾三百囷十七真。兮？不狩不獵，胡瞻爾庭有縣鶉十八諄。兮？彼君子兮，不素飧二十三魂。兮。

《伐檀》三章，章九句。

碩鼠碩鼠，八語。無食我黍。八語。三歲貫女，八語。莫我肯顧。十一暮。逝將去女，見上。適彼樂土。十姥。樂土樂土，見上。爰得我所，八語。 此章以上、去通爲一韻。

碩鼠碩鼠，見上。與二「女」協，下章同。無食我麥。莫北反。三歲貫女，見上。莫我肯德。二十五德。逝將去女，見上。適彼樂國。二十五德。樂國樂國，見上。爰得我直。二十四職。

碩鼠碩鼠，見上。無食我苗。四宵。三歲貫女，見上。莫我肯勞。六豪。逝將去女，見上。適彼樂郊。五肴。樂郊樂郊，見上。誰之永號？六豪。

《碩鼠》三章，章八句。

魏國七篇，十八章，百二十八句。

唐

蟋蟀在堂，十一唐。與「康」、「荒」協。歲聿其莫。十一暮。今我不樂，日月其除。九魚、九御二韻。無已大康，十一唐。職思其居。九魚。好樂無荒，十一唐。良士瞿瞿。十虞、十遇二韻。此章以平、去通爲一韻。

蟋蟀在堂，見上。歲聿其逝。十三祭。今我不樂，日月其邁。十七夬。無已大康，見上。職思其外。十四泰。好樂無荒，見上。良士蹶蹶。十三祭。

蟋蟀在堂，見上。役車其休。十八尤。今我不樂，日月其慆。六豪。無已大康，見上。職思其憂。十八尤。好樂無荒，見上。良士休休。見上。

《蟋蟀》三章，章八句。

山有樞，十虞。隰有榆。十虞。子有衣裳，弗曳弗婁。古音閭。《禮記》、《公羊傳》「邾婁」即此音。今十虞韻有此字，誤於十九侯韻再出。子有車馬，弗馳弗驅。十虞。宛其死矣，他人是愉。十虞。

山有栲，三十二晧。隰有杻。四十四有。子有廷內，弗洒弗埽。三十二晧。子有鍾鼓，弗鼓弗考。三十二晧。宛其死矣，他人是保。三十二晧。

山有漆，五質。隰有栗。五質。子有酒食，何不日鼓瑟？七櫛。且以喜樂，且以永日。五質。宛其死矣，他人入室。五質。

《山有樞》三章，章八句。

揚之水，白石鑿鑿。十九鐸。素衣朱襮，二沃、十九鐸二韻。從子于沃。二沃。既見君子，云何不樂？十九鐸。

揚之水，白石皓皓。三十二晧。素衣朱繡，四十九宥。《儀禮·士昏禮》註引《魯詩》作「綃」，《禮記·郊特牲》註同。從子于鵠。二沃。既見君子，云何其憂？十八尤。此章以平、上、去、入通爲一韻。

揚之水，白石粼粼。十七真。我聞有命，彌吝反。不敢以告人。十七真。此章以平、去通爲一韻。

《揚之水》三章，二章章六句，一章四句。

椒聊之實，蕃衍盈升。十六蒸。彼其之子，碩大無朋。十七登。椒聊三蕭。且，遠條三蕭。且。

椒聊之實，蕃衍盈匊。一屋。彼其之子，碩大且篤。二沃。椒聊見上。且，遠條見上。且。

《椒聊》二章，章六句。

綢繆束薪，十七真。三星在天。一先。今夕何夕，見此良人。十七真。子兮子兮，如此良人見上。何！

綢繆束芻，十虞。三星在隅。十虞。今夕何夕，見此邂逅。古音胡故反。後人混入五十候韻。子兮子兮，如此邂逅見上。何！此章以平、去通爲一韻。

綢繆束楚，八語。三星在户。十姥。今夕何夕，見此粲者。古音渚。考「者」字《詩》凡四見，《楚辭》一見，並同。後人混入三十五馬韻。子兮子兮，如此粲者見上。何！

《綢繆》三章，章六句。

有杕之杜，十姥。其葉湑湑。八語。獨行踽踽。九麌。豈無他人，不如我同父。九麌。嗟行之人，胡不比六至。焉？人無兄弟，胡不佽六至。焉？

有杕之杜，其葉菁菁。十四清。獨行睘睘。十四清。豈無他人，不如我同姓。四十五勁。嗟行之人，胡不比見上。焉？人無兄弟，胡不佽見上。焉？此章以平、去通爲一韻。

《杕杜》二章，章九句。

羔裘豹袪，九魚。自我人居居。九魚。豈無他人，維子之故。十一暮。此章以平、去通爲一韻。

羔裘豹褎，四十九宥。自我人究究。四十九宥。豈無他人，維子之好。三十七号。

《羔裘》二章，章四句。

肅肅鴇羽，九麌。集于苞栩。九麌。王事靡盬，十姥。不能蓺稷黍。八語。父母何怙？十姥。悠悠蒼天，曷其有所！八語。

肅肅鴇翼，二十四職。集于苞棘。二十四職。王事靡盬，不能蓺黍稷。二十四職。父母何食？二十四職。悠悠蒼天，曷其有極！二十四職。

肅肅鴇行，户郎反。集于苞桑。十一唐。王事靡盬，不能蓺稻粱。十陽。父母何嘗？十陽。悠悠蒼天，曷其有常！十陽。

《鴇羽》三章，章七句。

豈曰無衣？八微。七五質。兮。不如子之衣，見上。二「衣」字自爲韻。安且吉五質。兮。

豈曰無衣？見上。六一屋。兮。不如子之衣，見上。安且燠一屋。兮。

《無衣》二章，章四句。舊作「章三句」，今改正。

有杕之杜，生于道左。三十二哿。彼君子兮，噬肯適我。三十二哿。中心好之，曷飲食之。末二句無韻，或以二章合爲韻。

有杕之杜，生于道周。十八尤。彼君子兮，噬肯來游。十八尤。中心好之，曷飲食之。

《有杕之杜》二章，章六句。

葛生蒙楚，八語。蘝蔓于野。神與反。予美亡此，誰與獨處？八語。

葛生蒙棘，二十四職。蘝蔓于域。二十四職。予美亡此，誰與獨息？二十四職。

角枕粲二十八翰。兮，錦衾爛二十八翰。兮。予美亡此，誰與獨旦？二十八翰。

夏之日，冬之夜。音豫。百歲之後，音户。歸于其居。九魚。此章以平、上、去通爲一韻。

冬之夜，見上。與「後」協。夏之日。五質。百歲之後，見上。歸于其室。五質。

《葛生》五章，章四句。

采苓力珍反。采苓，見上。首陽之巔。一先。人之爲言，二十二元。苟亦無信。二十一震。舍旃二仙。舍旃，見上。苟亦無然。二仙。人之爲言，見上。胡得焉。二仙。此章以平、去通爲一韻。

采苦十姥。采苦，見上。首陽之下。音户。人之爲言，苟亦無與。八語。舍旃見上。舍旃，見上。苟亦無然。見上。人之爲言，見上。胡得焉。見上。

采葑三鍾。采葑，見上。首陽之東。一東。人之爲言，苟亦無從。三鍾。舍旃見上。舍旃，見上。苟亦無然。見上。人之爲言，見上。胡得焉。見上。

《采苓》三章，章八句。

唐國十二篇，三十三章，二百五句。

皇清經解卷十終

漢軍樊　封舊校

順德馮佐勛新校

詩本音　卷四

崑山顧處士炎武著

國風

秦

有車鄰鄰，十七真。有馬白顛。一先。未見君子，寺人之令。力珍反。

阪有漆，五質。隰有栗。五質。既見君子，並坐鼓瑟。七櫛。今者不樂，逝者其耋。十六屑。

阪有桑，十一唐。隰有楊。十陽。既見君子，並坐鼓簧。十一唐。今者不樂，逝者其亡。十陽。

《車鄰》三章，一章四句，二章章六句。

駟驖孔阜，四十四有。六轡在手。四十四有。公之媚子，從公于狩。四十九宥。此章以上、去通爲一韻。

奉時辰牡，辰牡孔碩。二十二昔。公曰左之，舍拔則獲。二十一麥。

游于北園，二十二元。四馬既閑。二十八山。輶車鸞鑣，四宵。載獫歇驕。四宵。

《駟驖》三章，章四句。

小戎俴收，十八尤。五楘梁輈，十八尤。游環脅驅。十虞。陰靷鋈續，三燭。徐邈音辭屨反。今當轉爲平聲。文茵暢轂，一屋。轉音姑。駕我騏馵。十遇。言念君子，温其如玉。三燭。轉音魚。在其板屋，一屋。轉音烏。亂我心曲。三燭。轉音祛。此章以平、去、入通爲一韻。

四牡孔阜，四十四有。六轡在手。四十四有。騏騮是中，騧驪是驂。二十二覃。龍盾之合，二十七合。轉音含。鋈以觼軜。二十七合。轉音南。言念君子，温其在邑。二十六緝。轉音烏含反。方何爲期，胡然我念五十六桥。轉音奴占反。之。此章以平、去、入通爲一韻。「中」字不入韻。《集解》「叶諸仍反」，非。古人之字必有定音，非盡音而可叶也。若「中」字止有竹冲、竹仲二反，或通爲「仲」字。自古及今，惟此三音而已。《集傳》於《桑中》之篇則曰「叶諸良反」，於《小戎》之篇則曰「叶諸仍反」。何「中」字之多音哉！

俴駟孔群，二十文。厹矛鋈錞，《釋文》「一音敦」。元戴侗《六書故》曰：「矛戟下平鐏也。」《記》曰：「進矛戟者前其鐓。」鄭氏曰：「鋭底曰鐏，平底曰鐓。」經、傳亦與『錞』通用。《詩》云『厹矛鋈錞』。」二十三魂。蒙伐有苑。二十阮。虎韔鏤膺，十六蒸。交韔二弓，音肱。竹閉緄縢。十七登。言念君子，載寢載興。十六蒸。厭厭良人，秩秩德音。二十一侵。古蒸、侵二韻不相通，此以「音」與「興」韻。《大明》七章以「林」、「心」與「興」韻。豈方音之不同邪？説見《音論》「古詩無叶音」條。此章以平、上通爲一韻。

《小戎》三章，章十句。

蒹葭蒼蒼，十一唐。白露爲霜。十陽。所謂伊人，在水一方。十陽。遡洄從之，七之。道阻且長。

十陽。遡游從之，見上。二「從之」自爲韻。宛在水中央。十陽。

蒹葭淒淒，十二齊。白露未晞。八微。所謂伊人，在水之湄。六脂。遡洄從之，見上。道阻且躋。八微。遡游從之，見上。宛在水中坻。六脂。此章通爲一韻。

蒹葭采采，十五海。白露未已。六止。所謂伊人，在水之涘。六止。遡洄從之，見上。道阻且右。音以。遡游從之，見上。宛在水中沚。六止。二「之」字亦可入韻。

《蒹葭》三章，章八句。

終南何有，音以。與「止」協。有條有梅。十五灰。君子至止，六止。錦衣狐裘。古音渠之反。考「裘」字《詩》凡三見，《左傳》一見，《禮記》一見，並同。後人混入十八尤韻。顔如渥丹，其君也哉。十六咍。此章亦可以平、上通爲一韻。

終南何有，見上。有紀有堂。十一唐。君子至止，見上。黻衣繡裳。十陽。佩玉將將，十陽。壽考不忘。十陽。

《終南》二章，章六句。

交交黄鳥，止于棘。二十四職。誰從穆公，子車奄息。二十四職。維此奄息，見上。百夫之特。二十五德。臨其穴，十六屑。惴惴其慄。五質。彼蒼者天，一先。殲我良人！十七真。如可贖兮，人百其身。十七真。

交交黃鳥，止于桑。十一唐。誰從穆公，子車仲行。户郎反。維此仲行，見上。百夫之防。十陽。臨其穴，見上。惴惴其慄。見上。彼蒼者天，見上。殲我良人！見上。如可贖兮，人百其身。見上。

交交黃鳥，止于楚。八語。誰從穆公，子車鍼虎。十姥。維此鍼虎，見上。百夫之禦。八語。臨其穴，見上。惴惴其慄。見上。彼蒼者天，見上。殲我良人！見上。如可贖兮，人百其身。見上。

《黃鳥》三章，章十二句。

鴥彼晨風，方凡反。鬱彼北林。二十一侵。未見君子，憂心欽欽。二十一侵。如何如何，七歌。忘我實多。七歌。

山有苞櫟，十九鐸、二十三錫二韻。隰有六駮。四覺。未見君子，憂心靡樂。十九鐸。如何如何，見上。忘我實多。見上。

山有苞棣，十二霽。隰有樹檖。六至。未見君子，憂心如醉。六至。如何如何，見上。忘我實多。見上。

《晨風》三章，章六句。

豈曰無衣，八微。與「師」協。與子同袍。六豪。王于興師，六脂。修我戈矛。十八尤。與子同仇。十八尤。説見《兔罝》。

豈曰無衣，見上。與子同澤。二十陌。王于興師，見上。修我矛戟。二十陌。與子偕作。十九鐸。

豈曰無衣，見上。與子同裳。十陽。王于興師，見上。修我甲兵。必良反。與子偕行。户郎反。

《無衣》三章，章五句。

我送舅氏，四紙。與「之」協。曰至渭陽。十陽。何以贈之？七之。路車乘黃。十一唐。此章以平、上通爲一韻。

我送舅氏，見上。悠悠我思。七之。何以贈之？見上。瓊瑰玉佩。十八隊。此章以平、上、去通爲一韻。

《渭陽》二章，章四句。

於我乎夏屋渠渠。九魚。今也每食無餘。九魚。于嗟乎不承權輿！九魚。

於我乎每食四簋。古音九。考「簋」字《詩》凡二見，《易》一見，並同。後人誤入五旨韻。今也每食不飽。三十一巧。于嗟乎不承權輿！合上章。説見《騶虞》。

《權輿》二章，章三句。舊作「二章，章五句」。今詳「於我乎」三字，文義未終，難以絶句。當作「二章，章三句」。

秦國十篇，二十七章，百七十七句。

陳

子之湯十一唐、四十二宕二韻。兮，宛丘之上四十一漾。兮。洵有情兮，而無望四十一漾。兮。

坎其擊鼓，十姥。宛丘之下。音户。無冬無夏，古音户。考「夏」字《詩》凡三見，《書》一見，《禮記》一見，並同。後人混入三十五馬、四十禡二韻。值其鷺羽。九麌。

坎其擊缶，四十四有。宛丘之道。三十二晧。無冬無夏，值其鷺翿。三十七号。此章以上、去通爲一韻。

《宛丘》三章，章四句。

東門之枌，宛丘之栩。九麌。子仲之子，婆娑其下。音户。

穀旦于差，古音磋。考「差」字《詩》一見，《楚辭》一見，並同。後人誤入五支、十三佳二韻。今以九麻韻爲正。南方之原。不績其麻，九麻。市也婆娑。七歌。

穀旦于逝，十三祭。越以鬷邁。十七夬。視爾如荍，四宵。貽我握椒。四宵。

《東門之枌》三章，章四句。

衡門之下，可以棲遲。六脂。泌之洋洋，可以樂毛公作「樂」，鄭氏作「𤻲，力召反」，《説文》云「𤻲，治也」，唐石經依鄭作「𤻲」。飢。六脂。

豈其食魚，必河之魴？十陽。豈其取妻，必齊之姜？十陽。

豈其食魚，必河之鯉？六止。豈其取妻，必宋之子？六止。

《衡門》三章，章四句。

東門之池，古音沱。考「池」字《詩》凡三見，《楚辭》一見，並同。後人誤入五支韻。可以漚麻。九麻。彼美淑姬，可與晤歌。七歌。

東門之池，可以漚紵。八語。彼美淑姬，可與晤語。八語。

東門之池，可以漚菅。二十七刪。彼美淑姬，可與晤言。二十二元。

《東門之池》三章，章四句。

東門之楊，十陽。其葉牂牂。十一唐。昏以爲期，明星煌煌。十一唐。

東門之楊，其葉肺肺。十四泰。昏以爲期，明星晢晢。十三祭。晢，音制，説見《君子偕老》「晢」字下。

《東門之楊》二章，章四句。

墓門有棘，斧以斯五支。之。夫也不良，國人知五支。之。知而不已，六止。誰昔然矣！六止。

此章亦可以平、上通爲一韻。

墓門有梅，有鴞萃止。六至。夫也不良，歌以訊《釋文》：「訊，又作『誶』，徐音息悴反。」《廣韻》六至部中有「誶」字，引此詩作「歌以誶止」。《楚辭章句》引此亦作「誶予不顧」。考《雨無正》四章，亦以「訊」與「退」、「遂」、「瘁」爲韻，明是「誶」字之誤。《皇矣》「執訊連連」，本又作「誶」。《禮記·樂記》「多其訊言」，本又作「誶」。古人以二字通用。《莊子》「虞人逐而誶之」註：「一作『訊』。」《文選》王僧達《和琅邪王依古》詩「聊誶興亡言」，李善本作「訊」。《後漢書·黨錮傳》「帝亦頗誶其占」，「誶」一作「訊」。《荀子》「行遠疾速而不可託訊」，與「偪」、「塞」、「忌」、「置」爲韻。張衡《思玄賦》「愼竈顯於言天兮，占水火而妄訊」，與「内」、「對」爲韻。左思《魏都賦》「翩翩黄鳥，銜書來訊」，與「匱」、「粹」、「溢」、「出」、「秩」、「器」、「室」、「蒞」、「日」、「位」爲韻。之。訊予不顧，十一暮。顛倒思予。九魚、八語二韻。顔師古《匡謬正俗》曰：「予，當讀如與，不當讀如余。《詩》、《楚辭》皆無余音。」陸德明《禮記音義》曰：「予一人，依字音羊汝反。」鄭云：「余、予，古今字。」則同音餘。按：予字如《楚辭·離騷》：「女嬃之嬋媛兮，申申其詈予。曰鮌婞直以亡身兮，終然殀乎羽之野。紛總總其離合兮，班陸離其上下。吾令帝閽開關兮，倚閶闔而望予。忽吾行此流沙兮，遵赤水而容與。麾蛟龍使梁津兮，詔西皇使涉予。」《九歌·湘夫人》：「帝子降兮北渚，目眇眇兮愁予。嫋嫋兮秋風，洞庭波兮木葉下。」《大司命》：「君迴翔兮以下，踰空桑兮從女。紛總總兮九州，何壽天兮在予。」《少司命》：「秋蘭兮麋蕪，羅生兮堂下。緑葉兮素華，芳菲菲兮襲予。」《河伯》：「子交手兮東行，送美人兮南浦。波滔滔兮來迎，魚鱗鱗兮媵予。」《山鬼》：「杳冥冥兮羌晝晦，東風飄兮神靈雨。留靈修兮憺忘歸，歲既晏兮孰華予。」皆讀如與。而《遠游》「命天閽其開關兮，排閶闔而望予。召豐隆使先導兮，問太微之所居。集重陽以入帝宮兮，造旬始而觀清都」則讀如余。顏氏之説亦爲未盡。　此章以平、去通爲一韻。

《墓門》二章，章六句。

防有鵲巢，五肴。邛有旨苕。三蕭。誰侜予美，心焉忉忉。六豪。

中唐有甓，二十三錫。邛有旨鷊。二十三錫。誰侜予美，心焉惕惕。二十三錫。

《防有鵲巢》二章，章四句。

月出皎二十九篠。兮，佼人僚三十小。兮，舒窈糾四十六黝。兮，勞心悄三十小。兮。

月出皓三十二晧。兮，佼人懰四十四有。兮，舒懮受四十四有。兮，勞心慅三十二晧。兮。

月出照三十五笑。兮，佼人燎三十五笑。兮，舒夭紹三十小。兮，勞心慘《五經文字》作「懆」。　三十二晧。　毛晃曰：「《詩·小雅·白華》篇『念子懆懆』，陸音七倒反。」又引《説文》「七感反」云：亦作「慘」。《北山》詩「或慘慘劬勞」，陸音七感反，字亦作「懆」。蓋俗書「懆」與「慘」更互訛舛，陸氏不加辯正而互音之。非也。《白華》詩「懆」字當作「草」、「慥」二音，不當作「七感反」，字作「慘」者亦非。《北山》詩「慘」字當作「七感反」，字不當作「懆」。又《陳風・月出》詩「勞心慘兮」，當作「懆」，誤作「慘」。　陳第曰：「按《説文》：『懆，愁不安也，从心喿聲。』孫愐以七早反音之。又：『慘，毒也，从心參聲。』孫愐以七感反音之。此其文形既異，音義不同，宜易辨也。迨後俗書既勝，音釋亦淆，『懆』之與『慘』彼此互錯，雖通人不能釐正矣。故《北山》之『慘慘劬勞』、『慘慘畏咎』，宜讀『慘』。《白華》之『念子懆懆』，宜讀『懆』。《月出》之『勞心慘兮』、《抑》之『我心慘慘』，皆宜改而從『懆』。因文求義，以義酌文，庶得之矣。」《大戴禮》、《家語》「慘怛以補不足」，今作「懆」。《風俗通》「刑罰慘剋」，今作「懆」。與毛晃所論《北山》之誤同。　按：漢人文多以「喿」字作「參」。《墨子》「一人奉水將灌之，一人摻火將益之」，「操」字作「摻」。「静夜聞鼓聲而謲」，「譟」字作「謲」。《大戴禮》「摻泥而就家人」、《晏子春秋》「擁札摻筆」，「操」字作「摻」。《漢書・王莽傳》「郭欽封剿胡子」，《西域傳》作「劋胡子」。《禮記・玉藻》註「幧頭」，《儀禮・士喪禮》註作「幓頭」。李翕《析里橋郙閣頌》「燥」字作「燦」。《荆州從事苑鎮碑》「藻」字作「蔘」。而《檀弓》「縿幕魯也」讀爲「綃」，蓋亦「繰」之異文矣。　漢蔡邕《述行賦》「心惻愴而懷慘」，與「感」、「坎」爲韻，今本誤作「懆」。　《唐珍州榮德縣丞梁師亮墓誌銘》「賓御懆而野雲愁」，亦是「慘」字。　兮。此章以上、去通爲一韻。

《月出》三章，章四句。

胡爲乎株林，二十一侵。從夏南。二十二覃。匪適株林，見上。從夏南。見上。

駕我乘馬，音姥。説于株野。神與反。乘我乘駒，十虞。朝食于株。十虞。　此章亦可以平、上通爲一韻。

《株林》二章，章四句。

彼澤之陂，古音波。後人誤入五支韻。有蒲與荷。七歌。有美一人，傷如之何？七歌。寤寐無爲，音譌。涕泗滂沱。七歌。

彼澤之陂，見上。與「爲」協。下章同。有蒲與蕳。二十八山。有美一人，碩大且卷。二仙。寤寐無爲，見上。中心悁悁。二仙。

彼澤之陂，見上。有蒲菡萏。四十八感。有美一人，碩大且儼。五十二儼。寤寐無爲，見上。輾轉伏枕。四十七寑。

《澤陂》三章，章六句。

陳國十篇，二十六章，百二十四句。

檜

羔裘逍遥，四宵。狐裘以朝。四宵。豈不爾思，勞心忉忉。六豪。

羔裘翱翔，十陽。狐裘在堂。十一唐。豈不爾思，我心憂傷。十陽。

羔裘如膏，三十七号。日出有曜。三十五笑。豈不爾思，中心是悼。三十七号。

《羔裘》三章，章四句。

庶見素冠二十六桓。兮，棘人欒欒二十六桓。兮，勞心慱慱二十六桓。兮。

庶見素衣八微。兮，我心傷悲六脂。兮，聊與子同歸八微。兮。

庶見素韠五質。兮，我心藴結十六屑。兮，聊與子如一五質。兮。

《素冠》三章，章三句。

隰有萇楚，猗儺其枝。五支。夭之沃沃，樂子之無知。五支。

隰有萇楚，猗儺其華。音敷。夭之沃沃，樂子之無家。音姑。

隰有萇楚，猗儺其實。五質。夭之沃沃，樂子之無室。五質。

《隰有萇楚》三章，章四句。

匪風發十月。兮，匪車偈十七薛。兮。顧瞻周道，中心怛十二曷。兮。

匪風飄四宵。兮，匪車嘌四宵。兮。顧瞻周道，三十二晧。中心弔三十四嘯。兮。此章以平、上、去通爲一韻。

誰能亨魚，溉之釜鬵。二十一侵。誰將西歸，懷之好音。二十一侵。

《匪風》三章，章四句。

檜國四篇，十二章，四十五句。

曹

蜉蝣之羽，九麌。衣裳楚楚。八語。心之憂矣，於我歸處。八語。蜉蝣之翼，二十四職。采采衣服。蒲北反。心之憂矣，於我歸息。二十四職。蜉蝣掘閲，十七薛。麻衣如雪。十七薛。心之憂矣，於我歸説。十七薛。

《蜉蝣》三章，章四句。

彼候人兮，何戈與祋。十四泰、十三末二韻。彼其之子，三百赤芾。八未、十四泰、八物三韻。維鵜在梁，不濡其翼。二十四職。彼其之子，不稱其服。蒲北反。維鵜在梁，不濡其咮。古音注。後人誤入四十九宥韻。彼其之子，不遂其媾。古音故。後人混入五十候韻。薈十四泰。兮蔚八未。兮，南山朝隮。十二齊。婉二十阮。兮孌二十八獮。兮，季女斯飢。六脂。《詩》有一句之中而兼用二韻，如「其虚其邪」是也。此章則「薈」、「蔚」自爲一韻，「婉」、「孌」自爲一韻，而「隮」、「飢」又自爲一韻。古人屬辭之工、比音之密如此，所謂天籟之鳴，自然應律而合節者也。

《候人》四章，章四句。

鳲鳩在桑，其子七五質。兮。淑人君子，其儀一五質。兮。其儀一見上。兮，心如結十六屑。兮。

鳲鳩在桑，其子在梅。十五灰。淑人君子，其帶伊絲。七之。其帶伊絲，見上。其弁伊騏。七之。

鳲鳩在桑，其子在棘。二十四職。淑人君子，其儀不忒。二十五德。其儀不忒，見上。正是四國。二十五德。

鳲鳩在桑，其子在榛。十九臻。淑人君子，正是國人。十七真。正是國人，見上。胡不萬年。一先。

《鳲鳩》四章，章六句。

洌彼下泉，二仙。與「歎」協。浸彼苞稂。十一唐。愾我寤歎，二十五寒。念彼周京。音疆。

洌彼下泉，見上。浸彼苞蕭。三蕭。愾我寤歎，見上。念彼京周。十八尤。

洌彼下泉，見上。浸彼苞蓍。六脂。愾我寤歎，見上。念彼京師。六脂。

芃芃黍苗，四宵。陰雨膏六豪、三十七号二韻。之。四國有王，郇伯勞六豪、二十七号二韻。之。

《下泉》四章，章四句。

曹國四篇，十五章，六十八句。

豳

七月流火，古音毁。考「火」字《詩》凡四見，《左傳》一見，並同。後人誤入三十四果韻。九月授衣。八微。一之日觱發，十月。二之日栗烈。十七薛。無衣無褐，十二曷。何以卒歲？十三祭。三之日于耜，六止。四之日舉趾。六止。同我婦子，六止。饁彼南畝。滿以反。田畯至喜。六止。此章以平、上，以去、入通爲一韻。亦可通一章爲一韻。

七月流火，見上。九月授衣。見上。春日載陽，十陽。有鳴倉庚。古音岡。考「庚」字《詩》凡二見，並同。今十二庚與平、生等字混爲一韻。女執懿筐，十陽。遵彼微行，户郎反。爰求柔桑。十一唐。春日遲遲，六脂。采蘩祁祁。六脂。女心傷悲，六脂。殆及公子同歸。八微。

七月流火，見上。八月萑葦。七尾。蠶月條桑，十一唐。取彼斧斨，十陽。以伐遠揚，十陽。猗彼女桑。見上。七月鳴鵙，二十三錫。八月載績。二十三錫。載玄載黄，十一唐。我朱孔陽，十陽。爲公子裳。十陽。

四月秀葽，四宵。五月鳴蜩。三蕭。八月其穫，十九鐸。十月隕蘀。十九鐸。一之日于貉，十九鐸。取彼狐狸，七之。爲公子裘。渠之反。二之日其同，一東。載纘武功。一東。言私其豵，一東。獻豜于公。一東。

五月斯螽動股，十姥。六月莎雞振羽。九麌。七月在野，神與反。八月在宇，九麌。九月在户，十姥。十月蟋蟀入我牀下。音户。穹窒熏鼠，八語。塞向墐户。見上。嗟我婦子，曰爲改歲，入此室處。八語。

六月食鬱及薁，一屋。七月亨葵及菽。一屋。　轉上聲，則薁音懊，菽音少，與下「棗」、「稻」、「酒」、「壽」爲一韻。八月剥棗，三十二晧。十月穫稻。三十二晧。爲此春酒，四十四有。以介眉壽。四十四有。七月食瓜，音孤。八月斷壺，十一模。九月叔苴。九魚。采荼薪樗，九魚。食我農夫。十虞。

九月築場圃，十姥。十月納禾稼。古音古。考「稼」字《詩》凡二見，並同。後人混入四十禡韻。黍稷重穋，禾麻菽麥。「穋」、「麥」二字非韻，李因篤曰：「二句不入韻。以下句『夫』字爲韻，與『圃』、『稼』協。」嗟我農夫，十一模。我稼既同，一東。上入執宫功。一東。晝爾于茅，宵爾索綯。六豪。亟其乘屋，一屋。其始播百穀。一屋。　此章以平、上通爲一韻。

二之日鑿冰沖沖，一東。三之日納于凌陰。二十一侵。　侵韻字與東同用者三見：此章之「陰」，《蕩》首章之「諶」，《雲漢》二章之「臨」。《易》四見：屯、比、恒象傳之「禽」、「深」，艮象傳之「心」。若此者，蓋出於方音耳。　宋吴棫《韻補》：「陰，於容切。」引《太玄經》：「日飛懸陰，萬物融融。」四之日其蚤，三十二晧。獻羔祭韭。四十四有。九月肅霜，十陽。十月滌場。十陽。朋酒斯饗，三十六養。曰殺羔羊。十陽。躋彼公堂，十一唐。稱彼兕觥，音光。萬壽無疆。十陽。　此章以平、上通爲一韻。

《七月》八章，章十一句。

鴟鴞鴟鴞，既取我子，六止。無毁我室。五質。恩二十四痕。斯勤二十一殷。斯，鬻子之閔十六軫。斯。此章以上、入，以平、上通爲一韻。

迨天之未陰雨，九麌。徹彼桑土，十姥。綢繆牖户。十姥。今女下民，或敢侮予。九魚、八語二韻。

予手拮据，九魚。予所捋荼，十一模。予所蓄租，十一模。予口卒瘏。十一模。曰予未有室家。音姑。

予羽譙譙，四宵。予尾翛翛。三蕭。予室翹翹，四宵。風雨所漂摇。四宵。予維音嘵嘵。三蕭。

《鴟鴞》四章，章五句。

我徂東山，慆慆不歸。八微。顧夢麟曰：「首章『歸』字隔二句與下『歸』、『悲』、『衣』、『枚』協。如《生民》三章之例。次章以下則因首章而以獨韻起調。古樂府及唐宋人詩餘長調亦有獨韻起者。」我來自東，一東。零雨其濛。一東。我東曰歸，見上。我心西悲。六脂。制彼裳衣，八微。勿士行枚。十五灰。蜎蜎者蠋，三燭。轉音主。烝在桑野。神與反。敦彼獨宿，亦在車下。音户。此章以上、入通爲一韻。

我徂東山，慆慆不歸。我來自東，見上。零雨其濛。見上。果臝之實，五質。與「室」協。亦施于宇。九麌。伊威在室，五質。蠨蛸在户。十姥。町畽鹿場，十陽。熠燿宵行。户郎反。不可畏八未。也，伊可懷十四皆。也。此章以平、去通爲一韻。

我徂東山，慆慆不歸。我來自東，見上。零雨其濛。見上。鸛鳴于垤，十六屑。婦歎于室。五質。洒埽穹窒，五質、十六屑二韻。我征聿至。六至。有敦瓜苦，烝在栗薪。十七真。自我不見，于今三年。一先。此章以去、入通爲一韻。

我徂東山，慆慆不歸。我來自東，見上。零雨其濛。見上。倉庚于飛，八微。與「歸」協。熠燿其羽。九麌。之子于歸，見上。皇駁其馬。音姥。親結其縭，古音羅。後人誤入五支韻。九十其儀。音俄。其新孔嘉，九麻。其舊如之何！七歌。李因篤曰：「二章以下，鱗士以爲獨韻起調。然二章之『實』、『室』，三章之『垤』、『室』、『窒』、『至』，四章之『飛』、『歸』，皆與上『歸』字相應，是未嘗無韻也。」

《東山》四章，章十二句。

既破我斧，又缺我斨。十陽。周公東征，四國是皇。十一唐。哀我人斯，亦孔之將。十陽。

既破我斧，又缺我錡。古音渠禾反。後人誤入五支韻。周公東征，四國是吪。八戈。哀我人斯，亦孔之嘉。九麻。

既破我斧，又缺我銶。十八尤。周公東征，四國是遒。十八尤。哀我人斯，亦孔之休。十八尤。

《破斧》三章，章六句。

伐柯如何，七歌。與下「何」協。匪斧不克。二十五德。取妻如何，見上。匪媒不得。二十五德。

伐柯伐柯，其則不遠。二十阮。我覯之子，籩豆有踐。二十八獮。

《伐柯》二章，章四句。

九罭之魚，鱒魴。十陽。我覯之子，衮衣繡裳。十陽。

鴻飛遵渚，八語。公歸無所，八語。於女信處。八語。

鴻飛遵陸，一屋。公歸不復，一屋。於女信宿。一屋。是以有袞衣八微。兮，無以我公歸八微。兮，無使我心悲六脂。兮。

《九罭》四章，一章四句，三章章三句。

狼跋其胡，十一模。與「膚」協。載疐其尾。七尾。公孫碩膚，十虞。赤舄几几。五旨。狼疐其尾，載跋其胡。見上。公孫碩膚，見上。德音不瑕。古音胡。考「瑕」字《詩》一見，《左傳》二見，並同。後人誤入九麻韻。

《狼跋》二章，章四句。

豳國七篇，二十七章，二百三句。

皇清經解卷十一終

漢軍樊　封舊校

南海鄧翔順德馮佐勛新校

詩本音　卷五

崑山顧處士炎武著

小雅

呦呦鹿鳴，十二庚。食野之苹。十二庚。我有嘉賓，鼓瑟吹笙。十二庚。吹笙鼓簧，十一唐。承筐是將。十陽。人之好我，示我周行。户郎反。　苹字從平，笙字從生，遍考三代、秦漢之書，凡鳴、平、生字，無入陽、唐韻者。知此章自「吹笙鼓簧」以下别爲一韻。《烈祖》之詩亦然，自「黄耇無疆」以下别爲一韻。《集傳》叶音皆非。

呦呦鹿鳴，食野之蒿。六豪。我有嘉賓，德音孔昭。四宵。視民不恌，三蕭。君子是則是傚。三十六效。我有旨酒，嘉賓式燕以敖。六豪。　此章以平、去通爲一韻。

呦呦鹿鳴，食野之芩。二十一侵。我有嘉賓，鼓瑟鼓琴。二十一侵。鼓瑟鼓琴，見上。和樂且湛。二十二覃。我有旨酒，以燕樂嘉賓之心。二十一侵。

《鹿鳴》三章，章八句。

四牡騑騑，八微。周道倭遲。六脂。豈不懷歸？八微。王事靡盬，我心傷悲。六脂。

四牡騑騑，見上。與「歸」協。嘽嘽駱馬。音姥。豈不懷歸？見上。王事靡盬，十姥。不遑啓處。八語。

翩翩者鵻，載飛載下，音户。集于苞栩。九麌。王事靡盬，見上。不遑將父。九麌。

翩翩者鵻，載飛載止，六止。集于苞杞。六止。王事靡盬，不遑將母。滿以反。

駕彼四駱，載驟駸駸。二十一侵。豈不懷歸？是用作歌，將母來諗。四十七寢。此章以平、上通爲一韻。

《四牡》五章，章五句。

皇皇者華，音敷。與「夫」協。于彼原隰。二十六緝。駪駪征夫，十虞。每懷靡及。二十六緝。

我馬維駒，十虞。六轡如濡。十虞。載馳載驅，十虞。周爰咨諏。十虞。

我馬維騏，七之。六轡如絲。七之。載馳載驅，周爰咨謀。音媒。

我馬維駱，十九鐸。六轡沃若。十八藥。載馳載驅，周爰咨度。十九鐸。

我馬維駰，十七真。六轡既均。十八諄。載馳載驅，周爰咨詢。十八諄。

《皇皇者華》五章，章四句。

常棣之華，鄂不韡韡。七尾。凡今之人，莫如兄弟。十一薺。

死喪之威，八微。兄弟孔懷。十四皆。原隰裒古音蒲牟反。後人混入十九侯韻。矣，兄弟求十八尤。矣。

脊令在原，二十二元。兄弟急難。二十五寒、二十八翰二韻。　按：此「患難」之「難」而讀爲平聲。後周庾信《哀江南賦》「本無情於急難」正用此，作平聲。每有良朋，况也永歎。二十五寒、二十八翰二韻。

兄弟鬩于墻，外禦其務。《春秋左氏傳》作「侮」。　九麌。每有良朋，烝也無戎。考「戎」字《詩》凡四見：《旄丘》三章與「東」同韻，《出車》五章與「蟲」、「螽」、「忡」韻，此章則與「務」韻，《常武》首章與「父」、「祖」韻。疑古「戎」字有「汝」音，故又訓爲汝。《民勞》、《崧高》、《烝民》、《韓奕》箋並云「戎猶女也」。　元熊朋來《五經説》曰：「此詩『外禦其務』，當以《左傳》『侮』字爲據。『烝也無戎』與《常武》『以修我戎』並當音汝。《崧高》『戎有良翰』即『汝有良翰』，《民勞》『戎雖小子』即『汝雖小子』。可見古者『戎』、『汝』同音。吴氏改務音蒙，而不顧《左傳》引《詩》之文，失之矣。」

喪亂既平，十二庚。既安且寧。十五青。雖有兄弟，不如友生。十二庚。

儐爾籩豆，古音田故反。考「豆」字《詩》凡二見，並同。後人誤入五十候韻。飲酒之飫。九御。兄弟既具，十遇。和樂且孺。十遇。

妻子好合，二十七合。如鼓瑟琴。二十一侵。兄弟既翕，二十六緝。和樂且湛。二十二覃。「合」與「翕」、「琴」與「湛」各以平、入相協，亦可通爲一韻。

宜爾室家，音姑。樂爾妻帑。十一模。是究是圖，十一模。亶其然乎！十一模。

《常棣》八章，章四句。

伐木丁丁，十三耕。鳥鳴嚶嚶。十三耕。出自幽谷，一屋。遷于喬木。一屋。嚶其鳴十二庚。矣，求其友聲。十四清。相彼鳥矣，猶求友聲。見上。矧伊人矣，不求友生。十二庚。神之聽十五青。之，終和且平。十二庚。

伐木許許，十姥。釃酒有藇。八語。既有肥羜，八語。以速諸父。九麌。寧適不來，微我弗顧。十一暮。於粲洒埽，三十二晧。陳饋八簋。音九。既有肥牡，莫九反。以速諸舅。四十四有。寧適不來，微我有咎。四十四有。此章以上、去通爲一韻。

伐木于阪，二十阮。釃酒有衍。二十八獮。籩豆有踐，二十八獮。兄弟無遠。二十阮。民之失德，乾餱以愆。二仙。有酒湑八語。我，無酒酤十一模。我。坎坎鼓十姥。我，蹲蹲舞九麌。我。迨我暇古音豫。考「暇」字《詩》凡三見，並同。後人混入四十禡韻。矣，飲此湑見上。矣。此章以平、上，以平、上、去通爲一韻。

《伐木》三章，章十二句。

天保定爾，亦孔之固。十一暮。俾爾單厚，古音戶。考「厚」字《詩》凡三見，《楚辭》一見，並同。後人誤分四十五厚韻。何福不除。九魚、九御二韻。俾爾多益，以莫不庶。九御。此章以上、去通爲一韻。

天保定爾，俾爾戩穀。一屋。罄無不宜，受天百祿。一屋。降爾遐福，維日不足。三燭。「福」字不入韻。

天保定爾，以莫不興。十六蒸。如山如阜，如岡如陵。十六蒸。如川之方至，以莫不增。十七登。吉蠲爲饎，是用孝享。三十六養。禴祠烝嘗，十陽。于公先王。十陽。君曰卜爾，萬壽無疆。十陽。此章以平、上通爲一韻。

神之弔矣，詒爾多福。古音方墨反。考「福」字《詩》凡十六見，《書》三見，《易》五見，《儀禮》二見，《考工記》一見，並同。後人誤入一屋韻。民之質矣，日用飲食。二十四職。群黎百姓，遍爲爾德。二十五德。如月之恒，十七登。如日之升。十六蒸。如南山之壽，四十四有、四十九宥二韻。與「茂」協。不騫不崩。十七登。如松柏之茂，音耄。無不爾或承。十六蒸。

《天保》六章，章六句。

采薇八微。與「歸」協。采薇，見上。薇亦作十一暮、十九鐸二韻。止。曰歸八微。曰歸，見上。歲亦莫十一暮、十九鐸二韻。按：「作」、「莫」與下文二「故」字爲韻，則並當從去聲。止。靡室靡家，音姑。與「居」協。玁狁之故。十一暮。不遑啓居，九魚。玁狁之故。見上。「家」、「居」二字自爲韻，亦可通上下爲一韻。

采薇見上。采薇，見上。薇亦柔十八尤。止。曰歸見上。曰歸，見上。心亦憂十八尤。止。憂心烈烈，十七薛。載飢載渴。十二曷。我戍未定，四十六徑。靡使歸聘。四十五勁。

采薇見上。采薇，見上。薇亦剛十一唐。止。曰歸見上。曰歸，見上。歲亦陽十陽。止。王事靡盬，十姥。不遑啓處。八語。憂心孔疚，古音几。考「疚」字《詩》凡五見，並同。後人混入四十九宥韻。我行不來。十六咍。此章以平、上通爲一韻。

彼爾維何，七歌。與下「何」協。維常之華。音敷。彼路斯何，見上。君子之車。九魚。戎車既駕，四牡業業。三十三業。豈敢定居，一月三捷。二十九葉。

駕彼四牡，四牡騤騤。六脂。君子所依，八微。小人所腓。八微。四牡翼翼，二十四職。象弭魚服。蒲北反。豈不日戒，十六怪。按：「戒」字古有八音。《常武》首章與「國」韻，《易》震象傳與「得」韻，並音紀力反。《楚辭・九章・惜往日》亦與「得」韻。玁狁孔棘。二十四職。○此章以去、入通爲一韻。

昔我往矣，楊柳依依。八微。今我來思，雨雪霏霏。八微。行道遲遲，六脂。載渴載飢。六脂。我心傷悲，六脂。莫知我哀。十六咍。

《采薇》六章，章八句。

我出我車，于彼牧古音墨。考「牧」字《詩》一見，《易》一見，《楚辭》一見，並同。後人誤入一屋韻，轉音枚。矣。自天子所，謂我來十六咍。矣。召彼僕夫，謂之載十九代。轉音哉。矣。王事多難，維其棘二十四職。轉音紀其反。矣。此章以平、去、入通爲一韻。

我出我車，于彼郊五肴。矣。設此旐三十小。矣，建彼旄六豪。矣。彼旟旐斯，胡不旆旆。十四泰。憂心悄悄，三十小。僕夫況瘁。六至。此章以平、上通爲一韻。

王命南仲，往城于方。十陽。出車彭彭，音旁。旂旐央央。十陽。天子命我，城彼朔方。見上。赫赫南仲，玁狁于襄。十陽。

昔我往矣，黍稷方華。音敷。今我來思，雨雪載塗。十一模。王事多難，不遑啓居。九魚。豈不懷歸，畏此簡書。九魚。

喓喓草蟲，一東。趯趯阜螽。一東。未見君子，六止。與下「子」協。憂心忡忡。一東。既見君子，見上。我心則降。戶工反。赫赫南仲，一送。薄伐西戎。一東。○此章以平、去通爲一韻。

春日遲遲，六脂。卉木萋萋。十二齊。倉庚喈喈，十四皆。采蘩祁祁。六脂。執訊獲醜，薄言還歸。八微。赫赫南仲，玁狁于夷。六脂。

《出車》六章，章八句。

有杕之杜，十姥。與「盬」協。有睆其實。五質。王事靡盬，十姥。繼嗣我日。五質。日月陽十陽。止，女心傷十陽。止，征夫遑十一唐。止。

有杕之杜，見上。其葉萋萋。十二齊。王事靡盬，見上。我心傷悲。六脂。卉木萋見上。止，女心悲見上。止，征夫歸八微。止。

陟彼北山，言采其杞。六止。王事靡盬，憂我父母。滿以反。檀車幝幝，二十八獮。四牡痯痯，二十四緩。征夫不遠。二十阮。

匪載匪來，十六咍。憂心孔疚。音几。期逝不至，六至。而多爲恤。六術。卜筮偕十四皆。止，會言近古音記。《崧高》箋曰：「近，辭也，聲如『彼記之子』之『記』。」古「近」字多與「幾」同，後人誤入十九隱、二十四焮韻。止，征夫邇四紙。止。此章以平、上、去、入通爲一韻。

《杕杜》四章，章七句。

《南陔》。

《鹿鳴之什》十篇，一篇無辭，凡四十六章，二百九十七句。

《白華》。

《華黍》。

魚麗于罶，四十四有。與「酒」協。鱨鯊。九麻。君子有酒，四十四有。旨且多。七歌。

魚麗于罶，見上。魴鱧。十一薺。君子有酒，見上。多且旨。五旨。

魚麗于罶，見上。鰋鯉。六止。君子有酒，見上。旨且有。音以。

物其多見上。矣，維其嘉九麻。矣。

物其旨見上。矣，維其偕十四皆。矣。此章以平、上通爲一韻。

物其有見上。矣，維其時七之。矣。此章以平、上通爲一韻。

《魚麗》六章，三章章四句，三章章二句。

《由庚》。

南有嘉魚，烝然罩罩。三十六效。君子有酒，嘉賓式燕以樂。三十六效。

南有嘉魚，烝然汕汕。三十諫。君子有酒，嘉賓式燕以衎。二十八翰。

南有樛木，甘瓠纍，六脂。之。君子有酒，嘉賓式燕綏六脂。之。

翩翩者鵻，六脂。烝然來十六咍。思。君子有酒，嘉賓式燕又古音肄。考「又」字《詩》凡四見，並同。後人混入四十九宥韻。思。此章以平、去通爲一韻。

《南有嘉魚》四章，章四句。

《崇丘》。

南山有臺，十六咍。北山有萊。十六咍。樂只君子，六止。與下「子」協。邦家之基。七之。樂只君子，見上。萬壽無期。七之。此章亦可以平、上通爲一韻。

南山有桑，十一唐。北山有楊。十陽。樂只君子，見上。邦家之光。十一唐。樂只君子，見上。萬壽無疆。十陽。

南山有杞，六止。北山有李。六止。樂只君子，見上。民之父母。滿以反。樂只君子，見上。德音不已。六止。

南山有栲，三十二晧。北山有杻。四十四有。樂只君子，見上。遐不眉壽。四十四有、四十九宥二韻。樂只君子，見上。德音是茂。音耄。

南山有枸，九麌。北山有楰。九麌。樂只君子，見上。遐不黄耇。古音矩。考「耇」字《詩》凡二見，並同。後人混入四十五厚韻。樂只君子，見上。保艾爾後。音户。

《南山有臺》五章，章六句。

《由儀》。

蓼彼蕭斯，零露湑八語。兮。既見君子，我心寫古音湑。考「寫」字《詩》凡三見，並同。後人混入三十五馬韻。兮。燕笑語八語。兮，是以有譽處八語。兮。

蓼彼蕭斯，零露瀼瀼。十陽、三十六養二韻。既見君子，爲龍爲光。十一唐。其德不爽，三十六養。壽考不忘。十陽。此章以平、上通爲一韻。

蓼彼蕭斯，零露泥泥。十一薺。既見君子，六止。孔燕豈弟。十一薺、十二霽二韻。宜兄宜弟，見上。令德壽豈。十五海。

蓼彼蕭斯，零露濃濃。三鍾。既見君子，鞗革沖沖。一東。和鸞雝雝，三鍾。萬福攸同。一東。

《蓼蕭》四章，章六句。

湛湛露斯，五支。匪陽不晞。八微。厭厭夜飲，不醉無歸。八微。

湛湛露斯，在彼豐草。三十二晧。厭厭夜飲，在宗載考。三十二晧。

湛湛露斯，在彼杞棘。二十四職。顯允君子，莫不令德。二十五德。

其桐其椅，古音於戈反。後人誤入五支韻。其實離離。音羅。豈弟君子，莫不令儀。音俄。

《湛露》四章，章四句。

《白華之什》十篇，五篇無辭，凡二十三章，百四句。

彤弓弨兮，受言藏十一唐。之。我有嘉賓，中心貺四十一漾。之。鍾鼓既設，一朝饗三十六養。之。此章以平、上、去通爲一韻。

彤弓弨兮，受言載十九代。之。我有嘉賓，中心喜六止。之。鍾鼓既設，一朝右音以。之。此章以上、去通爲一韻。

彤弓弨四宵。兮，受言櫜六豪。之。我有嘉賓，中心好三十七号。之。鍾鼓既設，一朝醻十八尤。之。此章以平、去通爲一韻。

《彤弓》三章，章六句。

菁菁者莪，七歌。在彼中阿。七歌。既見君子，樂且有儀。音俄。

菁菁者莪，在彼中沚。六止。既見君子，六止。我心則喜。六止。

菁菁者莪，在彼中陵。十六蒸。既見君子，錫我百朋。十七登。

汎汎楊舟，十八尤。載沈載浮。十八尤。既見君子，我心則休。十八尤。

《菁菁者莪》四章，章四句。

六月棲棲，十二齊。與「騤」協。戎車既飭。二十四職。四牡騤騤，六脂。載是常服。蒲北反。玁狁孔熾，我是用急。二十六緝。「急」字非韻。《鹽鐵論》引此作「我是用戒」，當從之。説見《采薇》。王于出征，以匡王國。二十五德。此章亦可通爲一韻。

比物四驪，閑之維則。二十五德。維此六月，既成我服。蒲北反。我服既成，十四清。與「征」協。于三十里。六止。王于出征，十四清。以佐天子。六止。此章亦可以上、入通爲一韻。

四牡修廣，其大有顒。三鍾。薄伐玁狁，以奏膚公。一東。有嚴有翼，二十四職。共武之服。蒲北反。共武之服，見上。以定王國。二十五德。

玁狁匪茹，八語。整居焦穫。十一暮。侵鎬及方，十陽。至于涇陽。十陽。織文鳥章，十陽。白旆央央。十陽。元戎十乘，以先啓行。户郎反。此章以上、去通爲一韻。

戎車既安，二十五寒。如輊如軒。二十二元。四牡既佶，既佶且閑。二十八山。薄伐玁狁，至于太原。二十二元。文武吉甫，萬邦爲憲。二十五願。此章以平、去通爲一韻。

吉甫燕喜，六止。既多受祉。六止。來歸自鎬，我行永久。音几。飲御諸友，音以。炰鼈膾鯉。六止。侯誰在矣，六止。張仲孝友。見上。

《六月》六章，章八句。

薄言采芑，六止。于彼新田，一先。與「千」協。于此菑畝。滿以反。方叔涖止，六止。其車三千，一先。師干之試。七志。方叔率止，見上。乘其四騏。四騏翼翼，二十四職。路車有奭。二十四職。簟茀魚服，蒲北反。鉤膺鞗革。音棘。此章以上、去通爲一韻。亦可通下文入聲爲一韻。

薄言采芑，見上。于彼新田，見上。于此中鄉。十陽。方叔涖止，見上。其車三千，見上。旂旐央央。十陽。方叔率止，見上。約軝錯衡。古音户郎反。考「衡」字《詩》凡五見，並同。後人誤入十二庚韻。八鸞瑲瑲，十陽。服其命服。朱芾斯皇，十一唐。有瑲葱珩。古音户郎反。後人混入十二庚韻。

鴥彼飛隼，古音之水反。考「隼」字《詩》凡二見，並同。與「止」協。後人誤入十七準韻。其飛戾天，一先。與「千」協。亦集爰止。六止。方叔涖止，見上。其車三千，見上。師干之試。見上。方叔率止，見上。鉦人伐鼓。十姥。陳師鞠旅，八語。顯允方叔。伐鼓淵淵，一先。振旅闐闐。一先。

蠢爾蠻荆，大邦爲讎。十八尤。方叔元老，三十二晧。克壯其猶。十八尤。方叔率止，執訊獲醜。四十四有。戎車嘽嘽，二十五寒。嘽嘽焞焞，二十三魂。《釋文》：「焞，吐雷反，又他屯反。本又作『啍』。」

按：《漢書·韋玄成傳》引此作「焞焞推推」，顔師古讀「吐雷反」，後人遂并「焞」字讀爲「吐雷反」。梁簡文帝《金錞賦》「揮秦箏之慷慨，伐晉鼓之嘽啍」，與「諧」、「才」、「徊」、「杯」、「來」爲韻，則从口作啍，亦音「吐雷反」。今按：「嘽」、「焞」自爲一韻，「靁」、「威」自爲一韻，未嘗不可。何必改經文以就史傳。況从火之「焞」見於《左傳》僖五年，从口之「啍」見於《大車》，並音「他屯反」，不當讀爲「吐雷反」也。 如霆如靁。十五灰。 顯允方叔，征伐玁狁，蠻荊來威。八微。 此章以平、上通爲一韻。

《采芑》四章，章十二句。

我車既攻，一東。 我馬既同。一東。 四牡龐龐，古音龍。後人分四江韻。 駕言徂東。一東。

田車既好，三十一晧。 四牡孔阜。四十四有。 東有甫草，三十二晧。 駕言行狩。四十九宥。 此章以上、去通爲一韻。

之子于苗，四宵。 選徒嚻嚻。四宵、六豪二韻。 建旐設旄，六豪。 搏獸于敖。六豪。

駕彼四牡，四牡奕奕。二十二昔。 赤芾金舄，二十二昔。 會同有繹。二十二昔。

决拾既佽，六至。與「柴」協。 弓矢既調。三蕭。 射夫既同，一東。 「調」字非韻。宋吴棫《韻補》讀調爲同，引《楚辭・離騷》「勉陞降以上下兮，求榘矱之所同。湯禹嚴而求合兮，摯咎繇而能調」爲證。朱子從之。 助我舉柴。《說文》作「㧘」。 漢張衡《西京賦》「收禽舉胔」，从肉，作「胔」。 五寘。 此章首尾爲一韻，中二句爲一韻，蓋《詩》之變體。《周頌》：「思文后稷，克配彼天。立我烝民，莫匪爾極。」「稷」與「極」爲韻，「天」與「民」爲韻。《儀禮・士昏禮》：「往迎爾相，承我宗事。勗帥以敬，先妣之嗣。若則有常。」「相」與「常」爲韻，「事」與「嗣」爲韻。《楚辭・天問》：「雄虺九首，儵忽焉在？何所不死，長人何守？」「首」與「守」爲韻，「在」與「死」爲韻。宋玉《風賦》：「被麗披離，衝孔動楗，眴渙粲爛，離散轉移。」「離」與「移」爲韻，「楗」與「爛」爲韻。漢《安世房中歌》：「安其所，樂終產。樂終產，世繼緒。」「所」與「緒」爲韻，二「產」爲韻。皆同此例。或疑中二句無韻，但以「佽」、「柴」爲韻。

四黄既駕，四十禡。兩驂不猗。於戈反。不失其馳，古音陀。考「馳」字《詩》凡二見，《楚辭》二見，並同。後人誤入五支韻。舍矢如破。三十九過。此章以平、去通爲一韻。

蕭蕭馬鳴，十二庚。悠悠旆旌。十四清。徒御不驚，十二庚。大庖不盈。十四清。

之子于征，十四清。有聞無聲。十四清。允矣君子，展也大成。十四清。

《車攻》八章，章四句。

吉日維戊，古音茂。後人誤入五十候韻。既伯既禱。三十二晧。[一] 田車既好，三十二晧。四牡孔阜。四十四有。升彼大阜，見上。從其群醜。四十四有。此章以上、去通爲一韻。

吉日庚午，十姥。既差我馬。音姥。獸之所同，一東。與「從」協。麀鹿麌麌。九麌。漆沮之從，三鍾。天子之所。八語。

瞻彼中原，其祁孔有。音以。儦儦俟俟，六止。或群或友。音以。悉率左右，音以。以燕天子。六止。

既張我弓，既挾我矢。五旨。發彼小豝，殪此大兕。五旨。以御賓客，且以酌醴。十一薺。

[一]「二」，原作「一」，據觀稼樓仿刻本改。

鴻鴈于飛，肅肅其羽。九麌。之子于征，劬勞于野。神與反。爰及矜人，哀此鰥寡。古音古。考「寡」字《詩》凡三見，《易》一見，並同。後人混入三十五馬韻。

鴻鴈于飛，集于中澤。二十陌。之子于垣，百堵皆作。十九鐸。雖則劬勞，其究安宅。二十陌。

鴻鴈于飛，哀鳴嗸嗸。六豪。維此哲人，十七真。與下「人」協。謂我劬勞，六豪。維彼愚人，見上。謂我宣驕。四宵。

《鴻鴈》三章，章六句。

夜如何其？夜未央。十陽。庭燎之光。十一唐。君子至止，鸞聲將將。十陽。

夜如何其？夜未艾。十四泰。庭燎晣晣。十二薺。君子至止，鸞聲噦噦。十四泰。

夜如何其？夜鄉晨。十七真。庭燎有煇。二十三魂。君子至止，言觀其旂。古音芹。考「旂」字《詩》凡三見，《左傳》一見，並同。後人誤入八微韻。

《庭燎》三章，章五句。

沔彼流水，五旨。朝宗于海。十五海。鴥彼飛隼，之水反。載飛載止。六止。嗟我兄弟，十一薺。邦人諸友。音以。莫肯念亂，誰無父母。滿以反。

沔彼流水，見上。與「隼」協。其流湯湯。十陽。鴥彼飛隼，見上。載飛載揚。十陽。念彼不蹟，載起載行。户郎反。心之憂矣，不可弭忘。十陽。
鴥彼飛隼，率彼中陵。十六蒸。民之訛言，寧莫之懲。十六蒸。我友敬矣，讒言其興。十六蒸。
《沔水》三章，二章章八句，一章六句。
鶴鳴于九皋，聲聞于野。神與反。魚潛在淵，或在于渚。八語。樂彼之園，二十二元。爰有樹檀，二十五寒。其下維擇。十九鐸。他山之石，二十二昔。可以爲錯。十九鐸。
鶴鳴于九皋，聲聞于天。一先。魚在于渚，或潛在淵。一先。樂彼之園，見上。爰有樹檀，見上。其下維穀。一屋。他山之石，可以攻玉。三燭。
《鶴鳴》二章，章九句。
《彤弓之什》十篇，四十章，二百五十九句。

皇清經解卷十二終

漢軍樊　封舊校
南海鄧翔順德馮佐勛新校

詩本音　卷六

崑山顧處士炎武著

小雅

祈父，九麌。予王之爪牙。音吾。胡轉予于恤，靡所止居？九魚。此章以平、上通爲一韻。

祈父，予王之爪士。六止。胡轉予于恤，靡所厎止？六止。嚴氏《詩緝》曰：「毛傳曰『厎，至也』。今本作『底』。」

祈父，亶不聰。一東。胡轉予于恤，有母之尸饔！三鍾。

《祈父》三章，章四句。

皎皎白駒，食我場苗。四宵。縶之維之，以永今朝。四宵。所謂伊人，於焉逍遥。四宵。

皎皎白駒，食我場藿。十九鐸。縶之維之，以永今夕。二十二昔。所謂伊人，於焉嘉客。二十陌。

皎皎白駒，十虞。與「侯」協。賁然來思。七之。爾公爾侯，音胡。逸豫無期。七之。慎爾優游，勉爾遁思。見上。

皎皎白駒，在彼空谷。一屋。生芻一束，三燭。其人如玉。三燭。毋金玉爾音，二十一侵。而有遐心。二十一侵。

《白駒》四章，章六句。

黃鳥黃鳥，無集于穀，一屋。無啄我粟。三燭。此邦之人，不我肯穀。一屋。上「穀」从木，下「穀」从禾。言旋言歸，復我邦族。一屋。

黃鳥黃鳥，無集于桑，十一唐。無啄我粱。十陽。此邦之人，不可與明。彌郎反。言旋言歸，復我諸兄。虛王反。

黃鳥黃鳥，無集于栩，九麌。無啄我黍。八語。此邦之人，不可與處。八語。言旋言歸，復我諸父。九麌。

《黃鳥》三章，章七句。

我行其野，神與反。蔽芾其樗。九魚。昏姻之故，十一暮。言就爾居。九魚。爾不我畜，復我邦家。音姑。此章以平、上、去通爲一韻。

我行其野，見上。與「故」協。言采其蓫。一屋。昏姻之故，見上。言就爾宿。一屋。爾不我畜，一屋。言歸思復。一屋。此章以上、去通爲一韻。

我行其野，言采其葍。古音方墨反。後人誤入一屋韻。不思舊姻，求爾新特。二十五德。今本誤作「求我」，依唐石經及國子監註疏本改正。成不以富，古音方二反。考「富」字《詩》凡五見，《易》三見，並同。後人混入四十九宥韻。

今本「成」作「誠」，依唐石經及國子監註疏本改正。箋曰「室家成事」。亦祇以異。七志。此章亦可以去、入通爲一韻。

《我行其野》三章，章六句。

秩秩斯干，二十五寒。幽幽南山。二十八山。如竹苞五肴。矣，如松茂音耄。矣。兄及弟矣，式相好三十二晧。矣，無相猶十八尤。矣。此章以平、上、去通爲一韻。

似續妣祖，十姥。築室百堵，十姥。西南其户。十姥。爰居爰處，八語。爰笑爰語。八語。

約之閣閣，十九鐸。椓之橐橐。十九鐸。風雨攸除，九魚、九御二韻。鳥鼠攸去，八語、九御二韻。君子攸芋。十虞、十遇二韻。此章亦可以平、去、入通爲一韻。

如跂斯翼，二十四職。如矢斯棘，二十四職。如鳥斯革。音棘。如翬斯飛，八微。君子攸躋。十二齊。此章亦可以平、入通爲一韻。

殖殖其庭，十五青。有覺其楹，十四清。噲噲其正。十四清。噦噦其冥，十五青。君子攸寧。十五青。

下莞上簟，五十一忝。乃安斯寢。四十七寑。乃寢乃興，十六蒸。乃占我夢。莫滕反。吉夢維何？七歌。維熊維羆，古音波。考「羆」字《詩》凡二見，並同。後人誤入五支韻。維虺維蛇。音陀。

大人占之，維熊維羆，見上。男子之祥。十陽。維虺維蛇，見上。女子之祥。見上。二「祥」字自爲韻。

乃生男子，載寢之牀，十陽。載衣之裳，十陽。載弄之璋。十陽。其泣喤喤，古音皇。考「喤」字《詩》凡二見，並同。後人混入十二庚韻。朱芾斯皇，十一唐。室家君王。十陽。

乃生女子，載寢之地，古音陀。考「地」字《詩》一見，《易》一見，《楚辭》二見，並同。後人誤入六至韻。載衣之裼，載弄之瓦。三十五馬。無非無儀，音俄。唯酒食是議，〔一〕古音魚賀反。考「議」字《詩》凡二見，並同。後人誤入五寘韻。無父母詒罹。音羅。「裼」字不入韻。此章以平、上、去通爲一韻。

《斯干》九章，四章章七句，五章章五句。

誰謂爾無羊？三百維群。二十文。誰謂爾無牛？九十其犉。十八諄。爾羊來思，七之。與下「思」協。其角濈濈。二十六緝。爾牛來思，見上。其耳濕濕。二十六緝。

或降于阿，七歌。或飲于池，音陀。或寢或訛。八戈。爾牧來思，何蓑何笠，或負其餱。古音胡。說見《載馳》。三十維物，爾牲則具。十遇。此章以平、去通爲一韻。

爾牧來思，以薪以蒸，十六蒸。以雌以雄。古音于陵反。考「雄」字《詩》凡二見，《左傳》一見，《楚辭》一見，並同。後人誤入一東韻。爾羊來思，矜矜兢兢，十六蒸。不騫不崩。十七登。麾之以肱，十七登。畢來既升。

〔一〕「酒」，原作「洒」，據觀稼樓仿刻本改。

十六蒸。

牧人乃夢，衆維魚九魚。矣，旐維旟九魚。矣。大人占之，衆維魚見上。矣，實維豐年。一先。旐維旟見上。矣，室家溱溱。十九臻。

《無羊》四章，章八句。

節彼南山，維石巖巖。二十七銜。赫赫師尹，民具爾瞻。二十四鹽。憂心如惔，二十三談。不敢戲談。二十三談。國既卒斬，二十三豏。何用不監？二十七銜。此章以平、上通爲一韻。

節彼南山，有實其猗。於戈反。赫赫師尹，不平謂何？七歌。天方薦瘥，七歌。喪亂弘多。七歌。民言無嘉，九麻。憯莫懲嗟。九麻。

尹氏大師，六脂。維周之氐。十二齊。秉國之均，四方是維，六脂。天子是毗，六脂。俾民不迷。十二齊。不弔昊天，不宜空我師。見上。

弗躬弗親，十七真。庶民弗信。二十一震。弗問弗仕，六止。勿罔君子。六止。式夷式已，六止。無小人殆。十五海。瑣瑣姻亞，則無膴仕。見上。此章以平、去通爲一韻。

昊天不傭，三鍾。降此鞠訩。三鍾。昊天不惠，十二霽。降此大戾。十二霽。君子如届，十六怪。俾民心闋。十六屑。君子如夷，六脂。惡怒是違。八微。此章以平、去、入通爲一韻。

不弔昊天，亂靡有定。四十六徑。式月斯生，十二庚。俾民不寧。十五青。憂心如酲，十四清。誰秉國成？十四清。不自爲政，四十五勁。卒勞百姓。四十五勁。此章以平、去通爲一韻。

駕彼四牡，四牡項領。四十静。我瞻四方，蹙蹙靡所騁。四十静。

方茂爾惡，十九鐸。與「懌」協。相爾矛十八尤。矣。既夷既懌，二十二昔。如相醻十八尤。矣。

昊天不平，十二庚。我王不寧。十五青。不懲其心，覆怨其正。十四清、四十五勁二韻。

家父作誦，三用。以究王訩。三鍾。式訛爾心，以畜萬邦。古音博工反。考「邦」字《詩》凡十見，《書》二見，《易》七見，《禮記》一見，並同。後人分四江韻。此章以平、去通爲一韻。

《節南山》十章，六章章八句，四章章四句。

正月繁霜，十陽。我心憂傷。十陽。民之訛言，亦孔之將。十陽。念我獨兮，憂心京京。音疆。哀我小心，癙憂以癢。十陽。

父母生我，胡俾我瘉。十虞、九麌二韻。不自我先，不自我後。音户。好言自口，古音苦。考「口」字《詩》凡二見，《左傳》一見，並同。後人混入四十五厚韻。莠言自口。見上。憂心愈愈，九麌。是以有侮。九麌。

憂心惸惸，念我無禄。一屋。民之無辜，并其臣僕。一屋。哀我人斯，于何從禄？見上。瞻烏爰止，于誰之屋？一屋。

瞻彼中林，侯薪侯蒸。十六蒸。民今方殆，視天夢夢。莫滕反。既克有定，靡人弗勝。十六蒸。有皇上帝，伊誰云憎？十七登。

謂山蓋卑，爲岡爲陵。十六蒸。民之訛言，寧莫之懲？十六蒸。召彼故老，訊之占夢。莫滕反。具曰予聖，誰知烏之雌雄？于陵反。

謂天蓋高，不敢不局。三燭。「局」不與「脊」爲韻，未詳。李因篤曰：「『局』轉去聲則音具，與下文『厚』字爲韻。厚，古音户。」謂地蓋厚，不敢不蹐。二十二昔。維號斯言，有倫有脊。二十二昔。哀今之人，胡爲虺蜴？二十二昔。

瞻彼阪田，有菀其特。二十五德。天之扤我，如不我克。二十五德。彼求我則，二十五德。如不我得。二十五德。執我仇仇，亦不我力。二十四職。

心之憂矣，如或結十六屑。之。今茲之正，胡然厲十二霽。矣？燎之方揚，寧或滅十七薛。之。赫赫宗周，褒姒滅十七薛。之。此章以去、入通爲一韻。

終其永懷，十四皆。與二「載」協。又窘陰雨。九麌。其車既載，十九代。乃棄爾輔。九麌。載輸爾載，見上。將伯助予。九魚、八語二韻。此章以平、去通爲一韻。

無棄爾輔，員于爾輻。方墨反。屢顧爾僕，不輸爾載。十九代。終逾絶險，曾是不意。七志。此章以去、入通爲一韻。

魚在于沼，三十小。亦匪克樂。三十六效、十九鐸二韻。潛雖伏矣，亦孔之炤。三十五笑。憂心慘慘，念國之爲虐。十八藥。此章以上、去、入通爲一韻。按：此「慘」字若作「懆」，則與上下俱協。說見《月出》。

彼有旨酒，四十四有。又有嘉殽。五肴。洽比其鄰，十七真。昏姻孔云。二十文。念我獨兮，憂心慇慇。二十一殷。此章以平、上通爲一韻。

佌佌彼有屋，一屋。蔌蔌方有穀。一屋。民今之無禄，一屋。天夭是椓。古音啄。後人混入四覺韻。哿矣富人，哀此惸獨。一屋。

《正月》十三章，八章章八句，五章章六句。

十月之交，五肴。朔日辛卯。三十一巧。日有食之，亦孔之醜。四十四有。彼月而微，八微。此日而微。見上。今此下民，亦孔之哀。十六咍。此章以平、上通爲一韻。

日月告凶，不用其行。户郎反。四國無政，不用其良。十陽。彼月而食，二十四職。與下「食」協。則維其常。十陽。此日而食，見上。于何不臧。十一唐。

爗爗震電，三十二霰。不寧不令。古音力震反。字有平、去二音。《車鄰》平聲，此章去聲。與「電」爲韻。《集傳》以叶下文「騰」、「崩」者，非。百川沸騰，十七登。山冢崒崩。十七登。高岸爲谷，深谷爲陵。十六蒸。哀今之人，胡憯莫懲。十六蒸。

皇父卿士，六止。與「宰」、「史」、「氏」協。番維司徒。十一模。家伯維宰，十五海。今本誤作「冢宰」，依唐石經及國子監註疏本改正。按：鄭康成《周禮》註引此亦作「維宰」，《宋史·趙師民傳》引之亦同。仲允膳夫。十虞。棸子内史，六止。蹶維趣馬。音姥。楀維師氏，四紙。豔妻煽方處。八語。此章以平、上通爲一韻。

抑此皇父，豈曰不時？七之。胡爲我作，不即我謀！音媒。徹我墻屋，田卒汙萊。十六咍。曰予不戕，禮則然矣。六止。　此章以平、上通爲一韻。

皇父孔聖，作都于向。四十一漾。擇三有事，亶侯多藏。十一唐、四十二宕二韻。不慭遺一老，俾守我王。十陽、四十一漾二韻。擇有車馬，以居徂向。見上。

黽勉從事，不敢告勞。六豪。無罪無辜，讒口囂囂。四宵、六豪二韻。下民之孽，匪降自天。一先。噂沓背憎，職競由人。十七真。

悠悠我里，六止。亦孔之痗。十八隊。四方有羨，我獨居憂。十八尤。民莫不逸，我獨不敢休。十八尤。天命不徹，十七薛。我不敢傚我友自逸。五質。　此章以上、去通爲一韻。

《十月之交》八章，章八句。

浩浩昊天，不駿其德。二十五德。降喪饑饉，斬伐四國。二十五德。昊天疾威，八微。與二「罪」協。今本作「旻天」，鄭氏箋作「昊天」。按：此章上文及下章並云「昊天」，則作「昊」爲是。其作「旻」者，因《大雅·召旻》之文而誤也。唐石經依鄭作「昊」。弗慮弗圖。十一模。舍彼有罪，十四賄。既伏其辜。十一模。若此無罪，見上。淪胥以鋪。十一模。　此章以平、上通爲一韻。

周宗既滅，十七薛。靡所止戾。十二霽。正大夫離居，莫知我勩。六至、十三祭二韻。三事大夫，莫肯夙夜。音豫。邦君諸侯，莫肯朝夕。二十二昔。庶曰式臧，覆出爲惡。十一暮、十九鐸二韻。　此章上下俱以去、入通爲一韻。

如何昊天，一先。辟言不信。二十一震。如彼行邁，則靡所臻。十九臻。凡百君子，各敬爾身。十七真。胡不相畏，不畏于天。見上。此章以平、去通爲一韻。

戎成不退，十八隊。饑成不遂。六至。曾我暬御，憯憯日瘁。六至。凡百君子，莫肯用訊。徐邈音息悴反。按：此當作「誶」，與《墓門》同。聽言則答，「答」字《新序》、《漢書》皆作「對」。「對」字入韻。譖言則退。見上。

哀哉不能言，二十二元。與下「言」協。匪舌是出，六至。維躬是瘁。六至。哿矣能言，見上。巧言如流，十八尤。俾躬處休。十八尤。

維曰于仕，六止。孔棘且殆。十五海。云不可使，六止。得罪于天子。六止。亦云可使，見上。怨及朋友。音以。

謂爾遷于王都，十一模。曰予未有室家。音姑。鼠思泣血，十六屑。無言不疾。四質。昔爾出居，誰從作爾室？四質。

《雨無正》七章，二章章十句，二章章八句，三章章六句。

《祈父之什》十篇，六十四章，四百二十六句。

旻天疾威，敷于下土。十姥。謀猶回遹，何日斯沮？八語。謀臧不從，三鍾。不臧覆用。三用。我視謀猶，亦孔之邛。三鍾。此章以平、去通爲一韻。

潝潝訿訿，四紙。亦孔之哀。十六咍。謀之其臧，十一唐。與下「臧」協。則具是違。八微。謀之不臧，見上。則具是依。八微。我視謀猶，伊于胡厎。五旨。今本作「底」，誤。箋曰：「厎，至也。」此章以平、上通爲一韻。

我龜既厭，不我告猶。十八尤。謀夫孔多，是用不集。二十六緝。「集」字非韻。宋王應麟《詩考序》言朱子從《韓詩》作「是用不就」。今本仍作「集」。元熊朋來《五經説》曰：「《詩》音舊有九家，陸德明《釋文》始以已見定爲一家之學。《詩》中『慘』皆作『懆』，『勞心懆兮』，協『照』、『燎』、『紹』爲韻。『我心懆懆』，協『耄』爲韻。『歌以訊之』當從『歌以誶止』，『是用不集』當從『是用不就』，皆以韻爲證。《釋文》猶或字具數音，及孫氏直音出，而挾《菟園册》者并《釋文》不復考矣。」發言盈庭，誰敢執其咎？四十四有。如匪行邁謀，是用不得于道。三十二晧。此章以平、上、去通爲一韻。

哀哉爲猶，匪先民是程，十四清。匪大猶是經。十五青。維邇言是聽，十五青。維邇言是争。十三耕。如彼築室于道謀，是用不潰于成。十四清。

國雖靡止，六止。或聖或否。五旨。民雖靡膴，或哲或謀，音媒。或肅或艾。二十廢。如彼泉流，今本誤作「流泉」。依唐石經及國子監註疏本改正。無淪胥以敗。十七夬。此章以平、上、去通爲一韻。

不敢暴虎，不敢馮河。七歌。人知其一，莫知其他。七歌。戰戰兢兢，十六蒸。如臨深淵，如履薄冰。十六蒸。

《小旻》六章，三章章八句，三章章七句。

宛彼鳴鳩，翰飛戾天。一先。我心憂傷，念昔先人。十七真。明發不寐，有懷二人。見上。人之齊聖，飲酒温克。二十五德。彼昏不知，五支。壹醉日富。方二反。各敬爾儀，天命不又。音肆。此章以平、去、入通爲一韻。

中原有菽，庶民采十五海。之。螟蛉有子，六止。蜾蠃負古音房以反。考「負」字《詩》凡二見，並同。後人混入四十四有韻。之。教誨爾子，見上。式穀似六止。之。

題彼脊令，載飛載鳴。十二庚。我日斯邁，十七夬。與「寐」協。而月斯征。十三耕。夙興夜寐，六至。無忝爾所生。十二庚。

交交桑扈，十姥。與「寡」協。率場啄粟。三燭。哀我填寡，音古。宜岸宜獄。三燭。握粟出卜，一屋。自何能穀？一屋。此章亦可以上、入通爲一韻。

温温恭人，如集于木。一屋。惴惴小心，如臨于谷。一屋、三燭二韻。戰戰兢兢，十六蒸。如履薄冰。十六蒸。

《小宛》六章，章六句。

弁彼鸒斯，五支。歸飛提提。五支。民莫不穀，我獨于罹。音羅。何辜于天？我罪伊何？七歌。心之憂矣，云如之何！見上。

踧踧周道，三十二晧。鞫爲茂草。三十二晧。我心憂傷，惄焉如擣。三十二晧。假寐永歎，維憂用老。三十二晧。心之憂矣，疢如疾首。四十四有。

維桑與梓，六止。必恭敬止。六止。靡瞻匪父，靡依匪母。滿以反。不屬于毛，不離于裏。六止。天之生我，我辰安在？十五海。

菀彼柳斯，鳴蜩嘒嘒。十二霽。有漼者淵，萑葦淠淠。十三祭。譬彼舟流，不知所届。十六怪。心之憂矣，不遑假寐。六止。

鹿斯之奔，維足伎伎。五支。雉之朝雊，尚求其雌。五支。譬彼壞木，疾用無枝。五支。心之憂矣，寧莫之知！五支。

相彼投兔，尚或先一先、三十二霰二韻。之。行有死人，尚或墐二十一震。之。君子秉心，惟其忍十六軫。之。心之憂矣，涕既隕十六軫。之！此章以上、去通爲一韻。

君子信讒，如或醻十八尤。之。君子不惠，不舒究四十九宥。之。伐木掎古音居我反。後人誤入四紙韻。矣，析薪扡古音徒可反。後人誤入四紙韻。矣。舍彼有罪，予之佗七歌。矣！此章以平、去，以平、上通爲一韻。

莫高匪山，二十八山。莫浚匪泉。二仙。君子無易由言，二十二元。耳屬于垣。二十二元。無逝我梁，無發我笱。音矩。我躬不閱，遑恤我後。音户。

《小弁》八章，章八句。

悠悠昊天，曰父母且。九魚。無罪無辜，十一模。亂如此憮。十一模。昊天已威，八微。予慎無罪。十四賄。昊天泰憮，見上。予慎無辜。見上。此章以平、上通爲一韻。

亂之初生，十二庚。與下「生」協。僭始既涵。二十二覃。亂之又生，見上。君子信讒。二十六咸。君子如怒，十姥、十一暮二韻。亂庶遄沮。八語。君子如祉，六止。亂庶遄已。六止。

君子屢盟，古音彌郎反。後人混入十二庚韻。亂是用長。十陽。君子信盜，三十七号。亂是用暴。三十七号。盜言孔甘，二十三談。亂是用餤。二十三談。匪其止共，三鍾。維王之邛。三鍾。

奕奕寢廟，君子作十九鐸。之。秩秩大猷，聖人莫十九鐸。之。他人有心，予忖度十九鐸。之。躍躍毚兔，遇犬獲二十一麥。之。

荏染柔木，君子樹十遇。之。往來行言，心焉數九麌、十遇二韻。之。蛇蛇碩言，出自口音苦。矣。巧言如簧，顔之厚音户。矣。此章以上、去通爲一韻。

彼何人斯，五支。居河之麋。六脂。無拳無勇，二腫。與「尰」協。職爲亂階。十四皆。既微且尰，二腫。爾勇伊何？七歌。爲猶將多，七歌。爾居徒幾何？見上。

《巧言》六章，章八句。

彼何人十七真。斯，其心孔艱。二十八山。胡逝我梁，不入我門。二十三魂。伊誰云從，維暴之云。二十文。

二人從行，誰爲此禍？三十四果。胡逝我梁，不入唁我。三十三哿。始者不如，今云不我可。三十三哿。

彼何人見上。斯，胡逝我陳。十七真。我聞其聲，不見其身。十七真。不愧于人，見上。不畏于天。一先。

彼何人斯，其爲飄風。方凡反。胡不自北？胡不自南？二十二覃。胡逝我梁？祇攪我心！二十一侵。

爾之安行，十二庚。與下「行」協。亦不遑舍。古有舒、署、恕三音。考「舍」字《詩》一見，《易》二見，《禮記》一見，《楚辭》一見，並同。後人混入三十五馬、四十禡二韻。爾之亟行，見上。遑脂爾車。九魚。壹者之來，云何其盱？十虞。

爾還而入，二十六緝。與下「入」協。我心易五寘。也。還而不入，見上。否難知五支。也。壹者之來，十六咍。俾我祇五支。也。此章以平、去通爲一韻。

伯氏吹壎，仲氏吹篪。五支。乃爾如貫，諒不我知。五支。出此三物，以詛爾斯。五支。

爲鬼爲蜮，二十四職。則不可得。二十五德。有靦面目，視人罔極。二十四職。作此好歌，以極反側。二十四職。

《何人斯》八章，章六句。

萋十二齊。兮斐七尾。兮，成是貝錦。四十七寑。彼譖人者，亦已大甚。四十七寑。此章以平、上通爲一韻。

哆古音昌果反。後人混入九麻、四紙、二十五馬三韻。兮侈古音昌果反。後人誤入四紙韻。兮，成是南箕。七之。彼譖人者，誰適與謀？音媒。

緝緝翩翩，二仙。謀欲譖人。十七真。愼爾言二十二元。也，謂爾不信。二十一震。此章以平、去通爲一韻。

捷捷幡幡，二十二元。謀欲譖言。二十二元。豈不爾受，既其女遷。二仙。

驕人好好，三十二晧。勞人草草。三十二晧。蒼天蒼天，一先。視彼驕人，十七真。矜此勞人。見上。

彼譖人者，音渚。誰適與謀？取彼譖人，投畀豺虎。十姥。豺虎不食，二十四職。投畀有北。二十五德。有北不受，四十四有。投畀有昊。三十二晧。「謀」字不入韻。

楊園之道，猗于畝丘。去其反。寺人孟子，六止。與下「子」協。作爲此詩。七之。凡百君子，見上。敬而聽之。七之。此章亦可通爲一韻。

《巷伯》七章，四章章四句，一章五句，一章八句，一章六句。

習習谷風，維風及雨。九麌。將恐將懼，十遇。維予與女。八語。將安將樂，女轉棄予。九魚、八語二韻。　此章以平、上、去通爲一韻。

習習谷風，維風及穨。十五灰。將恐將懼，寘予于懷。十四皆。將安將樂，棄予如遺。六脂。

習習谷風，維山崔嵬。十五灰。無草不死，五旨。無木不萎。五支。忘我大德，思我小怨。末二句無韻。未詳。　此章以平、上通爲一韻。

《谷風》三章，章六句。

蓼蓼者莪，匪莪伊蒿。六豪。哀哀父母，生我劬勞。六豪。

蓼蓼者莪，匪莪伊蔚。八未。哀哀父母，生我勞瘁。六至。

缾之罄矣，維罍之耻。六止。鮮民之生，不如死之久音几。矣。無父九麌。何怙，十姥。無母滿以反。何恃？六止。　一句而二韻。出則銜恤，六術。入則靡至。六至。　此章以上、去、入通爲一韻。

父兮生我，母兮鞠一屋。我。拊我畜一屋。我，長我育一屋。我。顧我復一屋。我，出入腹一屋。我。欲報之德，二十五德。昊天罔極！二十四職。

南山烈烈，十七薛。飄風發發。十月。民莫不穀，我獨何害？十四泰。　此章以去、入通爲一韻。

南山律律，六術。飄風弗弗。八物。民莫不穀，我獨不卒。六術。

《蓼莪》六章，四章章四句，二章章八句。

有饛簋飧，有捄棘匕。五旨。周道如砥，四紙、五旨二韻。其直如矢。五旨。君子所履，五旨。小人所視。五旨。睠言顧之，潸焉出涕。十一薺。

小東大東，一東。杼柚其空。一東。糾糾葛屨，可以履霜。十陽。佻佻公子，行彼周行。户郎反。既往既來，十六咍。使我心疚。音几。此章以平、上通爲一韻。

有洌氿泉，二仙。無浸穫薪。十七真。契契寤歎，二十五寒。哀我憚人。十七真。薪是穫薪，見上。尚可載十九代。也。哀我憚人，見上。亦可息二十四職。也。此章以去、入通爲一韻。

東人之子，六止。職勞不來。十六咍。西人之子，見上。粲粲衣服。蒲北反。舟人之子，見上。熊羆是裘。渠之反。私人之子，見上。百僚是試。七志。此章以平、上、去、入通爲一韻。

或以其酒，不以其漿。十陽。鞙鞙佩璲，不以其長。十陽。維天有漢，監亦有光。十一唐。跂彼織女，終日七襄。十陽。

雖則七襄，見上。不成報章。十陽。睆彼牽牛，不以服箱。十陽。東有啓明，彌郎反。西有長庚。音岡。有捄天畢，載施之行。户郎反。

維南有箕，不可以簸揚。十陽。維北有斗，不可以挹酒漿。十陽。維南有箕，載翕其舌。十七薛。維北有斗，西柄之揭。十七薛。

《大東》七章，章八句。

四月維夏，音户。六月徂暑。八語。先祖匪人，胡寧忍予。九魚、八語二韻。

秋日淒淒，十二齊。百卉具腓。八微。亂離瘼矣，爰今本作「奚」，古本並作「爰」，《左氏》宣十二年傳引此亦作「爰」。杜氏註：「爰，於也。言禍亂憂病於何所歸乎？」朱子依《家語》改作「奚」。其適歸。八微。

冬日烈烈，十七薛。飄風發發。十月。民莫不穀，我獨何害？十四泰。此章以去、入通爲一韻。

山有嘉卉，七尾。侯栗侯梅。十五灰。廢爲殘賊，莫知其尤。羽其反。此章以平、上通爲一韻。

相彼泉水，載清載濁。古音直谷反。考「濁」字《詩》一見，《孟子》一見，並同。後人混入四覺韻。我曰構禍，曷云能穀？一屋。

滔滔江漢，南國之紀。六止。盡瘁以仕，六止。寧莫我有？音以。

匪鶉《釋文》：「鶉，一作『鷻』。」當從之。匪鳶，二仙。翰飛戾天。一先。匪鱣匪鮪，潛逃于淵。一先。

山有蕨薇，八微。隰有杞桋。六脂。君子作歌，維以告哀。十六咍。

《四月》八章，章四句。

《小旻之什》十篇，六十五章，四百十四句。

皇清經解卷十三終

嘉應李恒春舊校
南海鄧翔順德馮佐勛新校

詩本音　卷七

崑山顧處士炎武著

小雅

陟彼北山，言采其杞。六止。偕偕士子，六止。朝夕從事。七志。王事靡盬，憂我父母。滿以反。

此章以上、去通爲一韻。

溥天之下，音户。莫非王土。十姥。率土之濱，十七真。莫非王臣。十七真。大夫不均，十八諄。我從事獨賢。一先。

四牡彭彭，音旁。王事傍傍。十一唐。嘉我未老，鮮我方將。十陽。旅力方剛，十一唐。經營四方。十陽。

或燕燕居息，二十四職。或盡瘁事國。二十五德。或息偃在牀，十陽。或不已于行。户郎反。

或不知叫號，六豪。或慘慘劬勞。六豪。或棲遲偃仰，三十六養。或王事鞅掌。三十六養。

或湛樂飲酒，四十四有。或慘慘畏咎。四十四有。或出入風議，魚賀反。或靡事不爲。音譌。此章以平、上通爲一韻。

《北山》六章，三章章六句，三章章四句。

無將大車，祇自塵十七真。兮。無思百憂，祇自疷宋劉彝曰：「疷，當作『痻』，病也，音民。」按：唐石經此字作「疷」，从氏。唐人避太宗諱，凡字从民者，皆省而爲「氏」。今人書「昬」爲「昏」，猶其遺法也。張參《五經文字》「愍」字下云：「緣廟諱，偏旁準式，省從氏，凡『泯』、『昏』之類皆從氏。」又「珉」字下云：「莫巾反。《禮記》作『瑉』，是其例也。後人不解，遂以爲《白華》『俾我疷兮』之『疷』，或乃於『氏』下又添一畫，而讀爲抵。則誤之甚矣！」按：《説文》亦本無「疷」字。元戴侗曰：「疷，武巾反，又上聲，亦作『痻』。《桑柔》『多我覯痻』即此字也。」按：唐人廟諱之式見於張參《五經文字》者灼然如此，而世儒多莫之見也。《書・康誥》「天惟與我民彝大泯亂」，唐石經作「泯」，而趙宧光讀之爲「直尼切」，曰：「泯，著止也。」此與《無將大車》之「疷」何異哉！ 又按：漢張衡《思玄賦》「思百憂以自疹」，未知衡所讀經爲「疹」乎，抑衡自以協韻而改之也？漢人所傳經本字多不同，且在蔡邕未正之先，恐或有之。兮。

無將大車，維塵冥冥。十五青。無思百憂，不出于熲。四十一迥。此章以平、上通爲一韻。

無將大車，維塵雝三鍾。兮。無思百憂，祇自重三鍾、二腫、三用三韻。兮。

《無將大車》三章，章四句。

明明上天，一先。與「西」協。照臨下土。十姥。我征徂西，古音先。後人誤入十二齊韻。至于艽野。神與反。二月初吉，載離寒暑。八語。心之憂矣，其毒大苦。十姥。念彼共人，涕零如雨。九麌。豈不懷歸，畏此罪罟。十姥。

昔我往矣，日月方除。九魚、九御二韻。曷云其還，歲聿云莫。十一暮。念我獨兮，我事孔庶。九御。心之憂矣，憚我不暇。音豫。念彼共人，睠睠懷顧。十一暮。豈不懷歸，畏此譴怒。十姥、十一暮二韻。

昔我往矣，日月方奧。三十七号。曷云其還，政事愈蹙。一屋。歲聿云莫，采蕭穫菽。一屋。心之憂矣，自詒伊戚。二十三錫。念彼共人，興言出宿。四十九宥、一屋二韻。豈不懷歸，畏此反覆。四十九宥、一屋二韻。此章以去、入通爲一韻。

嗟爾君子，無恒安處。八語。靖共爾位，正直是與。八語。神之聽之，式穀以女。八語。

嗟爾君子，無恒安息。二十四職。靖共爾位，好是正直。二十四職。神之聽之，介爾景福。方墨反。

《小明》五章，三章章十二句，二章章六句。

鼓鍾將將，十陽。淮水湯湯，十陽。憂心且傷。十陽。淑人君子，懷允不忘。十陽。

鼓鍾喈喈，十四皆。淮水湝湝，十四皆。憂心且悲。六脂。淑人君子，其德不回。十五灰。

鼓鍾伐鼛，六豪。淮有三洲，十八尤。憂心且妯。十八尤。淑人君子，其德不猶。十八尤。

鼓鍾欽欽，二十一侵。鼓瑟鼓琴，二十一侵。笙磬同音。二十一侵。以雅以南，二十二覃。以籥不僭。五十六㮇。此章以平、去通爲一韻。

《鼓鍾》四章，章五句。

楚楚者茨，六脂。言抽其棘。二十四職。自昔何爲？我蓺黍稷。二十四職。我黍與與，我稷翼翼。二十四職。我倉既盈，我庾維億。二十四職。以爲酒食，七志、二十四職二韻。以饗以祀，六止。以妥以侑，古音以。後人混入四十九宥韻。以介景福。方墨反。此章以平、上、入通爲一韻。

濟濟蹌蹌，十陽。絜爾牛羊，十陽。以往烝嘗。十陽。或剥或亨，古音普郎反。考「亨」字《詩》凡二見，《禮記》一見，並同。後人混入十二庚韻。或肆或將。十陽。祝祭于祊，古音方。後人混入十二庚韻。祀事孔明。彌郎反。先祖是皇，十一唐。神保是饗，三十六養。孝孫有慶。古音羌。考「慶」字《詩》凡七見，《書》一見，《易》十二見，《儀禮》二見，《禮記》一見，並同。顔師古曰：「古『慶』字多與『羌』同用。」後人混入四十三映韻。報以介福，萬壽無疆。十陽。此章以平、上通爲一韻。

執爨踖踖，二十二昔。爲俎孔碩，二十二昔。或燔或炙。四十禡、二十二昔二韻。君婦莫莫，十一暮、十九鐸二韻。爲豆孔庶，九御。爲賓爲客。二十陌。獻酬交錯，十一暮、十九鐸二韻。禮儀卒度，十一暮、十九鐸二韻。笑語卒獲。二十一麥。神保是格，二十陌。報以介福，萬壽攸酢！十九鐸。此章以去、入通爲一韻。

我孔熯二十八獮。矣，式禮莫愆。二仙。工祝致告，徂賚孝孫。二十三魂。苾芬孝祀，六止。神嗜飲食。七志、二十四職二韻。卜爾百福，方墨反。如幾如式。二十四職。既齊既稷，二十四職。既匡既敕。唐石經作「勑」。二十四職。永錫爾極，二十四職。時萬時億。二十四職。此章以平、上，以上、入通爲一韻。

禮儀既備，六至。鍾鼓既戒。十六戒。孝孫徂位，六至。工祝致告。神具醉止，六止。皇尸載起。六止。鼓鍾送尸，六脂。神保聿歸。八微。諸宰君婦，廢徹不遲。六脂。諸父兄弟，備言燕私。六脂。

此章亦可通爲一韻。「告」字不入韻。

樂具入奏，古音則故反。考「奏」字《詩》凡三見，並同。後人混入五十候韻。以綏後禄。一屋。爾殽既將，十陽。莫怨具慶。音羌。既醉既飽，三十一巧。小大稽首。四十四有。神嗜飲食，使君壽考。三十二晧。孔惠孔時，維其盡十六軫。之。子子孫孫，勿替引十六軫。之。此章以去、入通爲一韻。

《楚茨》六章，章十二句。

信彼南山，二十八山。維禹甸三十二霰。之。畇畇原隰，曾孫田一先。之。我疆我理，六止。南東其畝。滿以反。此章以平、去通爲一韻。

上天同雲，二十文。雨雪雰雰。二十文。益之以霢霂，一屋。既優既渥，古音屋。考「渥」字《詩》一見，《易》一見，並同。後人混入四覺韻。既霑既足，三燭。生我百穀。一屋。

疆埸翼翼，二十四職。黍稷彧彧。古音于逼反。後人誤入一屋韻。曾孫之穡，二十四職。以爲酒食。二十四職。畀我尸賓，十七真。壽考萬年。一先。

中田有廬，九魚。疆埸有瓜。音孤。是剝是菹，九魚。獻之皇祖。十姥。曾孫壽考，受天之祜。十姥。此章以平、上通爲一韻。

祭以清酒，四十四有。從以騂牡，莫九反。享于祖考。二十二晧。執其鸞刀，六豪。以啓其毛，六豪。取其血膋。三蕭。此章以平、上通爲一韻。

是烝是享，三十六養。苾苾芬芬。祀事孔明，彌郎反。先祖是皇。十一唐。報以介福，萬壽無疆。十陽。此章以平、上通爲一韻。

《信彼南山》六章，章六句。

倬彼甫田，一先。歲取十千。一先。我取其陳，十七真。食我農人，十七真。自古有年。一先。今適南畝，滿以反。或耘或耔，六止。黍稷薿薿。六止。攸介攸止，六止。烝我髦士。六止。

以我齊明，彌郎反。與我犧羊，十陽。以社以方。十陽。我田既臧，十一唐。農夫之慶。音羌。琴瑟擊鼓，十姥。以御田祖，十姥。以祈甘雨，九麌。以介我稷黍，八語。以穀我士女。八語。

曾孫來止，六止。以其婦子，六止。饁彼南畝。滿以反。田畯至喜，六止。攘其左右，音以。嘗其旨否。五旨。禾易長畝，見上。終善且有。音以。曾孫不怒，農夫克敏。古音每。考「敏」字《詩》凡二見，並同。後人誤入十六軫韻。

曾孫之稼，音古。與「庚」協。如茨如梁。十陽。曾孫之庾，九麌。如坻如京。音疆。乃求千斯倉，十一唐。乃求萬斯箱。十陽。黍稷稻粱，十陽。農夫之慶。音羌。報以介福，萬壽無疆！十陽。

《甫田》四章，章十句。

大田多稼，既種既戒，十六怪。既備乃事。七志。以我覃耜，六止。俶載南畝。滿以反。播厥百穀，一屋。既庭且碩。二十二昔。曾孫是若。十八藥。此章以上、去通爲一韻。

既方既皁，三十二晧。既堅既好，三十二晧。不稂不莠。四十四有。去其螟螣，二十五德。及其蟊賊。二十五德。無害我田穉。六至。田祖有神，秉畀炎火。音燬。此章以上、去、入通爲一韻。

有渰萋萋，十二齊。興雨祁祁。六脂。雨我公田，遂及我私。六脂。彼有不穫穉，六至。此有不斂穧。十二霽。彼有遺秉，此有滯穗。六至。伊寡婦之利。六至。此章以平、去通爲一韻。

曾孫來止，六止。以其婦子。六止。饁彼南畝，滿以反。田畯至喜。六止。來方禋祀，六止。以其騂黑，二十五德。與其黍稷。二十四職。以享以祀，見上。以介景福。方墨反。此章以上、入通爲一韻。

《大田》四章，二章章八句，二章章九句。

瞻彼洛矣，六止。維水泱泱。君子至止，六止。福禄如茨。六脂。韎韐有奭，以作六師。六脂。

此章以平、上通爲一韻。

瞻彼洛矣，見上。與「止」協。維水泱泱。君子至止，見上。鞞琫有珌。五質。君子萬年，保其家室。五質。此章亦可以上、入通爲一韻。

瞻彼洛矣，見上。維水泱泱。君子至止，見上。福禄既同。一東。君子萬年，保其家邦。博工反。

《瞻彼洛矣》三章，章六句。

裳裳者華，其葉湑八語。兮。我覯之子，我心寫音湑。兮。我心寫見上。兮，是以有譽處八語。兮。

裳裳者華，芸其黄十一唐。矣。我覯之子，維其有章見上。矣。維其有章見上。矣，是以有慶音羌。矣。

裳裳者華，或黄或白。二十陌。我覯之子，乘其四駱。十九鐸。乘其四駱，見上。六轡沃若。十八藥。

左之左二十三哿。之，君子宜魚何反。之。右之右音以。之，君子有音以。之。維其有見上。之，是以似六止。之。此章以平、上通爲一韻。

《裳裳者華》四章，章六句。

《北山之什》十篇，四十六章，三百三十四句。

交交桑扈，十姥。有鶯其羽。九麌。君子樂胥，九魚。受天之祜。十姥。此章以平、上通爲一韻。下章同。

交交桑扈，見上。與「胥」協。有鶯其領。四十静。君子樂胥，見上。萬邦之屏。四十静。

之屏之翰，二十五寒、二十八翰二韻。百辟爲憲。二十五願。不戢不難，此字有二音：《中谷有蓷》、《常棣》音「乃丹反」，《板》、《小毖》音「乃旦反」，平、去同爲一音。此章及《隰桑》音「乃多反」。《禮記·月令》「命國難」、「天子乃難，以達秋氣」、「命有司大難」，並音「乃多反」，與「儺」同。《左傳》襄十八年「劉難、士弱」，「難」音「乃多反」。是其證也。今韻書止收入二十五寒、二十八翰二韻。受福不那。七歌。《説文》引此作「受福不儺」，石經作「那」，古二音同也。

兕觥其觩，十八尤。旨酒思柔。十八尤。彼交匪敖，六豪、三十七号二韻。萬福來求。十八尤。

《桑扈》四章，章四句。

鴛鴦于飛，畢之羅七歌。之。君子萬年，福禄宜魚何反。之。

鴛鴦在梁，戢其左翼。二十四職。君子萬年，宜其遐福。方墨反。

乘馬在廄，摧之秣十三末。之。君子萬年，福禄艾十四泰。之。此章以去、入通爲一韻。

乘馬在廄，秣之摧十五灰。傳曰「摧，莝也」，但訓字義。陸氏遂以「摧」字音「采卧反」，則與「綏」不協。當從本音。之。君子萬年，福禄綏六脂。之。

《鴛鴦》四章，章四句。

有頍者弁，實維伊何？七歌。爾酒既旨，爾殽既嘉。九麻。豈伊異人，兄弟匪他。七歌。蔦與女蘿，七歌。施于松柏。二十陌。未見君子，六止。與下「子」協。憂心奕奕。二十二昔。既見君子，見上。庶幾説懌。二十二昔。

有頍者弁，實維何期？七之。爾酒既旨，爾殽既時。七之。豈伊異人，兄弟具來。十六咍。蔦與女蘿，施于松上。三十六養、四十一漾二韻。未見君子，六止。憂心怲怲。古音補往反。後人混入三十八梗、四十三映二韻。既見君子，見上。庶幾有臧。十一唐。此章以平、上通爲一韻。

有頍者弁，實維在首。四十四有。爾酒既旨，爾殽既阜。四十四有。豈伊異人，兄弟甥舅。四十四有。如彼雨雪，先集維霰。三十二霰。死喪無日，無幾相見。三十二霰。樂酒今夕，君子維宴。三十二霰。

《頍弁》三章，章十二句。

間關車之舝十五舝。兮，思孌季女逝十三祭。兮。匪飢匪渴，十三曷。德音來括。十三末。雖無好友，音以。式燕且喜。六止。此章以去、入通爲一韻。亦可通下二句爲一韻。

依彼平林，有集維鷮。四宵。辰彼碩女，令德來教。三十六效。式燕且譽，九魚、九御二韻。好爾無射。轉音豫。見《叔于田》。此章以平、去，以去、入通爲一韻。

雖無旨酒，四十四有。與「殽」協。式飲庶幾。八微。與下「幾」協。雖無嘉殽，五肴。式食庶幾。見上。雖無德與女，八語。式歌且舞。九麌。此章以平、上通爲一韻。

陟彼高岡，析其柞薪。十七真。析其柞薪，見上。二「薪」字自爲韻。其葉湑八語。兮。鮮我覯爾，我心寫音湑。兮。

高山仰三十六養。止，景行行户郎反。止。四牡騑騑，六轡如琴。二十一侵。覯爾新昏，以慰我心。二十一侵。　此章以平、上通爲一韻。

《車舝》五章，章六句。

營營青蠅，止于樊。二十二元。豈弟君子，無信讒言。二十二元。

營營青蠅，止于棘。二十四職。讒人罔極，二十四職。交亂四國。二十五德。

營營青蠅，止于榛。十九臻。讒人罔極，構我二人。十七真。

《青蠅》三章，章四句。

賓之初筵，左右秩秩。五質。籩豆有楚，八語。殽核維旅。八語。酒既和旨，五旨。飲酒孔偕。十四皆。鍾鼓既設，十七薛。舉醻逸逸。五質。大侯既抗，四十二宕。弓矢斯張。十陽。射夫既同，一東。獻爾發功。一東。發彼有的，古音都略反。後人誤入二十三錫韻。以祈爾爵。十八藥。　此章以平、上、入，以平、去通爲一韻。

籥舞笙鼓，十姥。樂既和奏。則故反。烝衎烈祖，十姥。以洽百禮。十一薺。百禮既至，六至。有壬有林。二十一侵。錫爾純嘏，子孫其湛。二十二覃。其湛曰樂，各奏爾能。十六咍、十九代、十七登三韻。《釋文》：「徐奴代反。又奴來反。」與下文「又」、「時」爲韻。《集傳》叶上「林」、「湛」，非。　考「能」字《詩》一見，《易》二見，《中庸》一見，《楚辭》二見，並同。後人誤入十七登韻。賓載手仇，毛如字，鄭音斢。從毛，則依《兔罝》音「渠之反」，可以入韻。從鄭，則不入韻。室人入又。音肆。酌彼康爵，以奏爾時。七之。　此章以上、去通爲一韻者二，以平、去通爲一韻者一。

賓之初筵，二仙。温温其恭。其未醉六至。與下「醉」協。止，威儀反反。二十二元、二十阮二韻。曰既醉見上。止，威儀幡幡。二十二元。舍其坐遷，二仙。屢舞僊僊。二仙。其未醉見上。與下「醉」協。止，威儀抑抑。古音於逸反。考「抑」字《詩》凡二見，並同。後人別入二十四職韻。曰既醉見上。止，威儀怭怭。五質。是曰既醉，見上。不知其秩。五質。

賓既醉止，載號載呶。古音奴。與「豆」協。後人誤入五肴韻。亂我籩豆，田故反。屢舞僛僛。七之。是曰既醉，不知其郵。古音羽其反。與「尤」同。後人混入十八尤韻。側弁之俄，七歌。屢舞傞傞。七歌。既醉而出，六術。與下「出」協。並受其福。方墨反。醉而不出，見上。二「出」字亦可通「福」、「德」爲一韻。是謂伐德。二十五德。飲酒孔嘉，九麻。維其令儀。音俄。此章以平、去通爲一韻。

凡此飲酒，或醉或否。五旨。既立之監，或佐之史。六止。彼醉不臧，不醉反耻。六止。式勿從謂，八未。無俾大怠。十五海。匪言勿言，二十二元。與下「言」協。匪由勿語。八語。由醉之言，見上。俾出童羖。十姥。三爵不識，七志、二十四職二韻。矧敢多又。音肄。此章以上、去通爲一韻。

《賓之初筵》五章，章十四句。

魚在在藻，三十二晧。有頒其首。四十四有。王在在鎬，三十二晧。豈樂飲酒。四十四有。

魚在在藻，見上。與「鎬」協。有莘其尾。七尾。王在在鎬，見上。飲酒樂豈。十五海。

魚在在藻，見上。依于其蒲。十一模。王在在鎬，見上。有那其居。九魚。

《魚藻》三章，章四句。

采菽采菽，筐之筥八語。之。君子來朝，何錫予八語。之？雖無予見上。之，路車乘馬。音姥。又何予見上。之？玄衮及黼。九麌。

觱沸檻泉，二仙。言采其芹。二十一殷。君子來朝，言觀其旂。音芹。其旂淠淠，十三祭。鸞聲嘒嘒。十三霽。載驂載駟，六至。君子所届。十六怪。

赤芾在股，十姥。邪幅在下。音户。彼交匪紓，九魚。天子所予。九魚、八語二韻。樂只君子，六止。與下「子」協。天子命彌吝反。之。樂只君子，見上。福禄申十七真。之。此章以平、去通爲一韻。

維柞之枝，其葉蓬蓬。一東。樂只君子，六止。與下「子」協。殿天子之邦。博工反。樂只君子，見上。萬福攸同。一東。平平左右，亦是率從。三鍾。

汎汎楊舟，紼纚維六脂。之。樂只君子，六止。天子葵六脂。之。樂只君子，見上。福禄膍六脂。之。優哉游哉，亦是戾十二霽。矣。此章以平、上、去通爲一韻。

《采菽》五章，章八句。

騂騂角弓，翩其反二十阮。矣。兄弟昏姻，無胥遠二十阮。矣。爾之遠見上。矣，民胥然二仙。矣。爾之教二十六效。矣，民胥效二十六效。矣。此章以平、上通爲一韻。

此令兄弟，十一薺。與下「弟」協。綽綽有裕。十遇。不令兄弟，見上。交相爲瘉。十虞、九麌二韻。此章以平、去通爲一韻。

民之無良，十陽。相怨一方。十陽。受爵不讓，四十一漾。至于已斯亡。十陽。此章以平、去通爲一韻。

老馬反爲駒，十虞。不顧其後。音户。如食宜饇，十遇。如酌孔取。八語。此章以平、上、去通爲一韻。

毋教猱升木，一屋。轉音暮。如塗塗附。十遇。君子有徽猷，小人與屬。三燭。轉音樹。此章以去、入通爲一韻。

雨雪瀌瀌，四宵。見晛曰消。四宵。莫肯下遺，式居婁驕。四宵。

雨雪浮浮，十八尤。見晛曰流。十八尤。如蠻如髦，六豪。即《書·牧誓》「庸蜀羌髳」之「髳」。我是用憂。十八尤。

《角弓》八章，章四句。

有菀者柳，不尚息二十四職。焉。上帝甚蹈，無自暱古音匿。後人别入五質韻。焉。俾予靖之，後予極二十四職。焉。

有菀者柳，不尚愒十三祭。焉。上帝甚蹈，無自瘵十六怪。焉。俾予靖之，後予邁十七夬。焉。

有鳥高飛，亦傅于天。一先。彼人之心，于何其臻？十九臻。曷予靖之，居以凶矜？古音居銀反。考「矜」字《詩》凡三見，《何草不黄》音鰥，此章與《桑柔》並居銀反。後人誤入十六蒸韻。

《菀柳》三章，章六句。

《桑扈之什》十篇，四十三章，二百八十二句。

彼都人士，狐裘黄黄。十一唐。其容不改，出言有章。十陽。行歸于周，萬民所望。十陽。

彼都人士，臺笠緇撮。十三末。彼君子女，綢直如髪。十月。我不見兮，我心不説。十七薛。

彼都人士，充耳琇實。五質。彼君子女，謂之尹吉。五質。我不見兮，我心苑結。十六屑。

彼都人士，垂帶而厲。十三祭。彼君子女，卷髪如蠆。十七夬。我不見兮，言從之邁。十七夬。

匪伊垂之，帶則有餘。九魚。匪伊卷之，髪則有旟。九魚。我不見兮，云何盱十虞。矣？

《都人士》五章，章六句。

終朝采緑，三燭。不盈一匊。一屋。疑當别爲「臼」字，〔一〕説見《唐韻正》二沃部「篤」字下。予髮曲局，三燭。薄言歸沐。一屋。

〔一〕「臼」，原作「白」，據觀稼樓仿刻本改。

終朝采藍，二十三談。不盈一襜。二十四鹽。五日爲期，六日不詹。二十四鹽。之子于狩，四十九宥。與「釣」協。言韔其弓。音肱。之子于釣，三十四嘯。言綸之繩。十六蒸。其釣維何，維魴及鱮。八語。維魴及鱮，見上。薄言觀者。音渚。

《采绿》四章，章四句。

芃芃黍苗，四宵。陰雨膏六豪、三十七号二韻。之。悠悠南行，召伯勞六豪、三十七号二韻。之。我任我輦，我車我牛。古音疑。考「牛」字《詩》凡三見，《易》一見，《左傳》一見，《楚辭》三見，並同。後人混入十八尤韻。我行既集，蓋云歸哉。十六咍。

我徒我御，九御。我師我旅。八語。我行既集，蓋云歸處。八語。此章以上、去通爲一韻。

肅肅謝功，召伯營十四清。之。烈烈征師，召伯成十四清。之。

原隰既平，十二庚。泉流既清。十四清。召伯有成，十四清。王心則寧。十五青。

《黍苗》五章，章四句。

隰桑有阿，七歌。其葉有難。乃多反。説見《桑扈》。既見君子，其樂如何。七歌。

隰桑有阿，其葉有沃。二沃。既見君子，云何不樂。十九鐸。

隰桑有阿，其葉有幽。二十幽。既見君子，德音孔膠。五肴。

心乎愛十九代。矣，遐不謂八未。矣。中心藏十一唐。之，何日忘十陽。之。

《隰桑》四章，章四句。

白華菅兮，白茅束三燭。兮。之子之遠，俾我獨一屋。兮。

英英白雲，露彼菅茅。五肴。天步艱難，之子不猶。十八尤。

滮池北流，浸彼稻田。二先。嘯歌傷懷，念彼碩人。十七真。

樵彼桑薪，十七真。與「人」協。卬烘于煁。二十一侵。維彼碩人，十七真。實勞我心。二十一侵。

鼓鍾于宮，聲聞于外。十四泰。念子懆懆，《韓詩》及《說文》並作「忡忡」，孚吠反，入韻。今作「懆懆」，不入韻。視我邁邁。十七夬。

有鶖在梁，有鶴在林。二十一侵。維彼碩人，實勞我心。二十一侵。

鴛鴦在梁，十陽。與「良」協。戢其左翼。二十四職。之子無良，十陽。二三其德。二十五德。

有扁斯石，履之卑五支。兮。之子之遠，俾我疧五支。《廣韻》：巨支反，病也。俗本有从氏者，韻書無此字。兮。

《白華》八章，章四句。

緜蠻黃鳥，止于丘阿。七歌。道之云遠，我勞如何。七歌。飲之食七志、二十四職二韻。之，教之誨十八隊。之。命彼後車，謂之載十九代。之。

緜蠻黃鳥，止于丘隅。十虞。豈敢憚行，畏不能趨。十虞。飲之食見上。之，教之誨見上。之。

命彼後車，謂之載見上。之。

緜蠻黃鳥，止于丘側。二十四職。豈敢憚行，畏不能極。二十四職。飲之食見上。之，教之誨見上。之。命彼後車，謂之載見上。之。此章亦可通爲一韻。

《緜蠻》三章，章八句。

幡幡瓠葉，采之亨普郎反。之。君子有酒，酌言嘗十陽。之。

有兔斯首，四十四有。與「酒」協。炮之燔二十二元。之。君子有酒，四十四有。酌言獻五願。之。此章以平、去通爲一韻。

有兔斯首，見上。燔之炙二十二昔。之。君子有酒，見上。酌言酢十九鐸。之。

有兔斯首，見上。燔之炮五肴。之。君子有酒，見上。酌言醻十八尤。之。

《瓠葉》四章，章四句。

漸漸之石，維其高六豪。矣。山川悠遠，維其勞六豪。矣。武人東征，不皇今本作「遑」。依唐石經及國子監註疏本改正。下章同。朝四宵。矣。

漸漸之石，維其卒十一没。矣。山川悠遠，曷其没十一没。矣。武人東征，不皇出六術。矣。

有豕白蹢，烝涉波八戈。矣。月離于畢，俾滂沱七歌。矣。武人東征，不皇他七歌。矣。

《漸漸之石》三章，章六句。

苕之華，芸其黄十一唐。矣。心之憂矣，維其傷十陽。矣。

苕之華，其葉青青。十五青。知我如此，不如無生。十二庚。

牂羊墳首，四十四有。三星在罶。四十四有。人可以食，鮮可以飽。三十一巧。

《苕之華》三章，章四句。

何草不黄，十一唐。何日不行。户郎反。何人不將，十陽。經營四方？十陽。

何草不玄，一先。何人不矜。本居銀反，今讀爲鰥，入二十八山韻。《禮記·王制》「老而無妻者謂之矜」，《禮運》「矜寡孤獨廢疾者」，並讀爲鰥。哀我征夫，獨爲匪民。十七真。

匪兕匪虎，十姥。率彼曠野。神與反。哀我征夫，朝夕不暇。音豫。此章以上、去通爲一韻。

有芃者狐，十一模。與「車」協。率彼幽草。三十二晧。有棧之車，九魚。行彼周道。三十二晧。

《何草不黄》四章，章四句。

《都人士之什》十篇，四十三章，二百句。

皇清經解卷十四終

嘉應李恒春舊校

南海鄧翔順德馮佐勛新校

詩本音　卷八

崑山顧處士炎武著

大雅

文王在上，於昭于天。一先。周雖舊邦，其命維新。十七真。有周不顯，帝命不時。七之。文王陟降，在帝左右。音以。此章以平、上通爲一韻。

亹亹文王，令聞不已。六止。陳錫哉周，侯文王孫子。六止。文王孫子，見上。本支百世。十三祭。凡周之士，六止。不顯亦世。見上。此章以上、去通爲一韻。

世之不顯，厥猶翼翼。二十四職。思皇多士，生此王國。二十五德。王國克生，十二庚。維周之楨。十四清。濟濟多士，文王以寧。十五青。

穆穆文王，於緝熙敬止。六止。假哉天命，有商孫子。六止。商之孫子，見上。其麗不億。二十四職。上帝既命，侯于周服。蒲北反。此章亦可通爲一韻。

侯服于周，天命靡常。十陽。殷士膚敏，祼將于京。音疆。厥作祼將，十陽。常服黼冔。九麌。

王之藎臣，無念爾祖。十姥。

無念爾祖，聿修厥德。二十五德。永言配命，自求多福。方墨反。殷之未喪師，六脂。克配上帝。十二霽。宜鑒于殷，駿命不易。五寘。此章以平、去通爲一韻，亦可通上文爲一韻。

命之不易，無遏爾躬。一東。「躬」不與「天」爲韻。陳第引《易》震上六，以「躬」韻「鄰」。《楚辭·大招》亦以「躬」韻「鶱」。終未敢信，闕之。宣昭義問，二十三問。有虞殷自天。一先。上天之載，無聲無臭。四十九宥。儀刑文王，萬邦作孚。古音浮。考「孚」字《詩》凡二見，並同。後人誤入十一模韻。此章上下俱以平、去通爲一韻。

《文王》七章，章八句。

明明在下，赫赫在上。三十六養、四十一漾二韻。天難忱斯，不易維王。十陽。天位殷適，使不挾四方。十陽。此章以平、去通爲一韻。

摯仲氏任，自彼殷商。十陽。來嫁于周，曰嬪于京。音疆。乃及王季，維德之行。户郎反。大任有身，生此文王。十陽。「身」字不入韻。

維此文王，小心翼翼。二十四職。昭事上帝，聿懷多福。方墨反。厥德不回，以受方國。二十五德。

天監在下，有命既集。二十六緝。文王初載，天作之合。二十七合。在洽之陽，在渭之涘。六止。

文王嘉止，六止。大邦有子。六止。

大邦有子，見上。俔天之妹。十八隊。文定厥祥，十陽。與「梁」、「光」協。親迎于渭。八未。造舟爲梁，十陽。不顯其光。十一唐。此章以上、去通爲一韻。

有命自天，一先。與「莘」協。命此文王。十陽。于周于京，音疆。纘女維莘。十九臻。長子維行，户郎反。篤生武王。見上。保右命爾，變伐大商。十陽。

殷商之旅，八語。與「野」、「女」協。其會如林。二十一侵。矢于牧野，神與反。維予侯興。十六蒸。説見《小戎》。上帝臨女，八語。無貳爾心。二十一侵。

牧野洋洋，十陽。檀車煌煌，十一唐。駟騵彭彭。音旁。維師尚父，時維鷹揚。十陽。涼彼武王，十陽。肆伐大商，十陽。會朝清明。彌郎反。

《大明》八章，四章章六句，四章章八句。

緜緜瓜瓞，十六屑。民之初生，自土沮漆。五質。古公亶父，陶復陶穴，十六屑。未有家室。五質。

古公亶父，九麌。來朝走馬。音姥。率西水滸，十姥。至于岐下。音户。爰及姜女，八語。聿來胥宇。九麌。

周原膴膴，《文選·魏都賦》註引《韓詩》作「腜」，莫來反，入韻。今作「膴」，不入韻。菫荼如飴。七之。爰始爰謀，音媒。爰契我龜。六脂。曰止曰時，七之。築室于兹。七之。廼慰廼止，六止。廼左廼右，音以。廼疆廼理，六止。廼宣廼畝。滿以反。自西徂東，周爰執事。七志。此章以上、去通爲一韻。「廼」字依唐石經並作「廼」。《篤公劉》篇同。

廼召司空，廼召司徒，十一模。俾立室家。音姑。其繩則直，二十四職。縮版以載，十九代。作廟翼翼。二十四職。此章以去、入通爲一韻。

捄之陾陾，《説文》引此作「捄之仍仍」。十六蒸。度之薨薨，十七登。築之登登，十七登。削屢馮馮。十六蒸。百堵皆興，十六蒸。鼛鼓弗勝。十六蒸。

廼立皋門，二十三魂。與下「門」協。皋門有伉。四十二宕。廼立應門，見上。應門將將。十陽。廼立冢土，戎醜攸行。户郎反。此章以平、去通爲一韻。

肆不殄厥愠，二十三問。亦不隕厥問。二十三問。柞棫拔十三末、十四黠三韻。矣，行道兑十四泰。矣。混夷駾十四泰。矣，維其喙二十廢。矣。此章以去、入通爲一韻。

虞芮質厥成，十四清。文王蹶厥生。十二庚。予曰有疏附，十遇。予曰有先後，音户。予曰有奔奏，與「走」字同，當音祖。予曰有禦侮。九麌。此章以上、去通爲一韻。

《緜》九章，章六句。

芃芃棫樸，薪之槱四十四有。之。濟濟辟王，左右趣倉九反。後人誤入四十五厚韻。之。

濟濟辟王，十陽。左右奉璋。十陽。奉璋峩峩，七歌。髦士攸宜。魚何反。

淠彼涇舟，烝徒楫二十九葉。之。周王于邁，六師及二十六緝。之。

倬彼雲漢，爲章于天。一先。周王壽考，遐不作人。十七真。

追琢其章，十陽。金玉其相。十陽。勉勉我王，十陽。綱紀四方。十陽。

《棫樸》五章，章四句。

瞻彼旱麓，榛楛濟濟。十一薺、十二霽二韻。豈弟君子，六止。干禄豈弟。十一薺、十二霽二韻。

瑟彼玉瓚，黄流在中。一東。豈弟君子，福禄攸降。户工反。

鳶飛戾天，一先。魚躍于淵。一先。豈弟君子，遐不作人。十七真。

清酒既載，十九代。騂牡既備。六至。以享以祀，六止。以介景福。方墨反。此章以上、去、入通爲一韻。

瑟彼柞棫，民所燎三十五笑。矣。豈弟君子，神所勞三十七号。矣。

莫莫葛藟，五旨。施于條枚。十五灰。豈弟君子，求福不回。十五灰。此章以平、上通爲一韻。

《旱麓》六章，章四句。

思齊大任，文王之母。滿以反。思媚周姜，京室之婦。房以反。大姒嗣徽音，二十一侵。則百斯男。二十二覃。

惠于宗公，一東。神罔時怨，神罔時恫。一東。刑于寡妻，十二齊。至于兄弟，十一薺、十二霽二韻。

「妻」、「弟」二字自爲韻，如《桑中》之例。以御于家邦。博工反。 此章以平、上通爲一韻。

雝雝在宫，肅肅在廟。三十五笑。不顯亦臨，無射亦保。三十二晧。 此章以上、去通爲一韻。

肆戎疾不殄，烈假不瑕。不聞亦式，不諫亦入。無韻。

肆成人有德，小子有造。古之人無斁，譽髦斯士。無韻。

《思齊》五章，二章章六句，三章章四句。

皇矣上帝，臨下有赫。二十陌。監觀四方，求民之莫。十九鐸。維此二國，二十五德。與下「國」協。其政毛傳作「政」，朱子從之，唐石經依鄭箋作「正」。不獲。二十一麥。維彼四國，見上。爰究爰度。十九鐸。上帝耆之，憎其式廓。十九鐸。乃眷西顧，此維與宅。二十陌。

作之屏十五青。與「平」協。之，其菑其翳。十二霽。修之平十二庚。之，其灌其栵。十三祭。啓之辟二十二昔。與「剔」協。之，其檉其椐。九魚。攘之剔二十三錫。之，其檿其柘。古音之恕反。後人混入四十禡韻。帝遷明德，二十五德。與「配」協。串夷載路。十一暮。天立厥配，十八隊。受命既固。十一暮。 此章以平、去，以去、入通爲一韻。

帝省其山，柞棫斯拔，十三末、十四黠二韻。松柏斯兑。十四泰。帝作邦作對，十八隊。自太伯王季。六至。維此王季，見上。因心則友，音以。則友其兄，虚王反。則篤其慶。音羌。載錫之光，十一唐。受禄無喪，十一唐、四十二宕二韻。奄有四方。十陽。 此章以上、去、入通爲一韻。

維此王季，帝度其心，二十一侵。貊其德音。二十一侵。其德克明，克明克類，六至。克長克君，王此大邦，克順克比。五旨、六至二韻。比于文王，其德靡悔。十四賄、十八隊二韻。既受帝祉，六止。施于孫子。六止。此章以上、去通爲一韻。

帝謂文王，無然畔援，二十二元、三十三線二韻。無然歆羨，三十三線。誕先登于岸。二十八翰。密人不共，三鍾。敢距大邦，博工反。侵阮徂共。三鍾。王赫斯怒，十姥。爰整其旅，八語。以按徂旅，見上。以篤于周祜，十姥。今本或無「于」字。今從唐石經及國子監註疏本添。以對于天下。音户。

依其在京，音疆。侵自阮疆，十陽。陟我高岡。十一唐。無矢我陵，我陵我阿。七歌。無飲我泉，我泉我池。音陀。度其鮮原，居岐之陽，十陽。在渭之將，十陽。萬邦之方，十陽。下民之王。十陽。

帝謂文王，予懷明德。二十五德。不大聲以色，二十四職。不長夏以革。音棘。不識不知，順帝之則。二十五德。帝謂文王，十陽。詢爾仇方，十陽。同爾兄弟。《後漢書·伏湛傳》引此作「同爾弟兄」，兄音虛王反，入韻。今作「兄弟」，不入韻。以爾鉤援，與爾臨衝，三鍾。以伐崇墉。三鍾。

臨衝閑閑，二十八山。崇墉言言，二十二元。執訊連連，二仙。攸馘安安。二十五寒。是類是禡，古音暮。今四十禡與「駕」、「溠」等字混爲一韻。是致是附，十遇。四方以無侮。九麌。臨衝茀茀，八物。崇墉仡仡。九迄。是伐是肆，六至。是絶是忽，十一没。四方以無拂。八物。此章以上、去，以去、入通爲一韻。

《皇矣》八章，章十二句。

經始靈臺，經之營十四清。之。庶民攻之，不日成十四清。之。

經始勿亟，七志、二十四職二韻。庶民子來。十六咍。王在靈囿，古音肄。後人混入四十九宥韻。麀鹿攸伏。古音蒲北反，與「服」同。考「伏」字《詩》一見，《易》一見，《禮記》一見，並同。後人誤入一屋韻。此章以平、去、入通爲一韻。

麀鹿濯濯，四覺。白鳥翯翯。四覺。王在靈沼，三十小。於牣魚躍。十八藥。此章以上、入通爲一韻。

虡業維樅，三鍾。賁鼓維鏞。三鍾。於論鼓鍾，三鍾。於樂辟廱。三鍾。

於論鼓鍾，見上。於樂辟廱。見上。鼉鼓逢逢，古音薄工反。後人分四江韻。矇瞍奏公。一東。

《靈臺》五章，章四句。仍依毛鄭章句，以每章一韻故也。

下武維周，世有哲王。十陽。三后在天，王配于京。音疆。

王配于京，世德作求。十八尤。永言配命，成王之孚。音浮。

成王之孚，下土之式。二十四職。永言孝思，孝思維則。二十五德。

媚茲一人，應侯順德。二十五德。永言孝思，昭哉嗣服。蒲北反。

昭茲來許，八語。繩其祖武。九麌。於萬斯年，受天之祜。十姥。

受天之祜，四方來賀。三十八箇。於萬斯年，不遐有佐。三十八箇。

《下武》六章，章四句。

文王有聲，十四清。遹駿有聲。見上。遹求厥寧，十五青。遹觀厥成。十四清。文王烝哉！八章末句合爲一韻，説見《麟之趾》。

文王受命，有此武功。一東。既伐于崇，一東。作邑于豐。一東。文王烝哉！

築城伊淢，二十四職。作豐伊匹。五質。匪棘其欲，《禮記》引此作「猶」。十八尤。遹追來孝，三十六效。王后烝哉！此章以平、去通爲一韻。元熊朋來曰：「此詩自有《禮記》『匪革其猶』可證。乃不改『欲』字作『猶』，而改『孝』字音許六反。此又失之。《詩》中此與《常棣》『務』字，二音必須改正。」

王公伊濯，維豐之垣。二十二元。四方攸同，王后維翰。二十五寒。王后烝哉！

豐水東注，維禹之績。二十三錫。四方攸同，皇王維辟。二十二昔。皇王烝哉！

鎬京辟廱，三鍾。自西自東，一東。自南自北，二十五德。無思不服。蒲北反。皇王烝哉！

考卜維王，十陽。宅是鎬京。音疆。維龜正十四清、四十五勁二韻。之，武王成十四清。之。武王烝哉！

豐水有芑，六止。武王豈不仕。六止。詒厥孫謀，音媒。以燕翼子。六止。武王烝哉！此章以平、上通爲一韻。

《文王有聲》八章，章五句。

《文王之什》十篇，六十七章，四百一十四句。

厥初生民，十七真。時維姜嫄。二十二元。生民如何？克禋克祀，六止。以弗無子。六止。履帝武敏，音每。按《爾雅·釋訓》以「履帝武敏」爲句，或以「歆」字屬上讀者，非。歆攸介攸止。六止。載震載夙，一屋。載生載育，一屋。「夙」、「育」不與「稷」爲韻，亦如《桑中》、《思齊》之例。而「稷」字仍協上文。時維后稷。二十四職。此章以上、入通爲一韻。

誕彌厥月，十月。先生如達。十二曷。不坼不副，古音方二反，與「富」同。後人混入四十九宥韻。無菑無害。十四泰。以赫厥靈，十五青。上帝不寧。十五青。不康禋祀，六止。居然生子。六止。此章以去、入通爲一韻。

誕寘之隘巷，牛羊腓字七志。與「翼」協。之。誕寘之平林，二十一侵。會伐平林。見上。二「林」字自爲韻。誕寘之寒冰，鳥覆翼二十四職。之。鳥乃去八語、九御二韻。矣，后稷呱十一模。矣。實覃實訏，十虞。厥聲載路。十一暮。此章以去、入，以平、去通爲一韻。

誕實匍匐，二十五德。克岐克嶷，二十四職。以就口食。七志、二十四職二韻。蓺之荏菽，荏菽旆旆，十四泰。禾役穟穟，六至。麻麥幪幪，一東。瓜瓞唪唪。一董。此章以去、入，以平、上通爲一韻。

誕后稷之穡，有相之道。三十二晧。茀厥豐草，三十二晧。種之黄茂。音耄。實方實苞，五肴。實種實褎，四十九宥。實發實秀，四十九宥。實堅實好，二十二晧。實穎實栗，五質。即有邰家室。五質。此章以平、上、去通爲一韻。

誕降嘉種，維秬維秠，五旨。維糜維芑。六止。恒之秬秠，見上。是穫是畝。滿以反。恒之糜芑，見上。是任是負，房以反。以歸肇祀。六止。

誕我祀如何？或舂或揄，十八尤。或簸或蹂。十八尤、四十四有二韻。釋之叟叟，蘇九反。後人誤入四十五厚韻。《爾雅》作「溞溞」，郭璞音騷。烝之浮浮。十八尤。載謀載惟，六脂。取蕭祭脂。六脂。取羝以軷，十三末。載燔載烈。十七薛。以興嗣歲。十三祭。此章以平、上，以平、去、入通爲一韻。

卬盛于豆，于豆于登，十七登。其香始升，十六蒸。上帝居歆。二十一侵。與「今」協。胡臭亶時？七之。后稷肇祀，六止。庶無罪悔，十四賄、十八隊二韻。以迄于今。二十一侵。此章以平、上通爲一韻。

《生民》八章，四章章十句，四章章八句。

敦彼行葦，七尾。牛羊勿踐履。五旨。方苞方體，十一薺。維葉泥泥。十一薺。戚戚兄弟，十一薺。莫遠具爾。四紙。或肆之筵，或授之几。五旨。

肆筵設席，二十二昔。授几有緝御。九御。或獻或酢，十九鐸。洗爵奠斝。古音古。後人混入三十五馬韻。醓醢以薦，或燔或炙。四十禡、二十二昔二韻。嘉殽脾臄，十八藥。或歌或咢。十九鐸。此章以上、去、入通爲一韻。

敦弓既堅，一先。四鍭既鈞，十八諄。舍矢既均，十八諄。序賓以賢。一先。敦弓既句，十九侯、十遇二韻。按：此字當讀平聲，音拘。既挾四鍭。古音胡。説見《載馳》。四鍭如樹，十遇。序賓以不侮。九麌。

此章以平、上、去通爲一韻。

曾孫維主，九麌。酒醴維醹。九麌。酌以大斗，古音滴主反。考「斗」字《詩》一見，《易》二見，並同。後人混入四十五厚韻。以祈黃耇。音矩。黃耇台背，十八隊。以引以翼。二十四職。〔一〕壽考維祺，七之。以介景福。方墨反。此章以平、去、入通爲一韻。

《行葦》四章，章八句。

既醉以酒，既飽以德。二十五德。君子萬年，介爾景福。方墨反。

既醉以酒，爾殽既將。十陽。君子萬年，介爾昭明。彌郎反。

昭明有融，一東。高朗令終。一東。令終有俶，一屋。公尸嘉告。二沃。

其告維何？七歌。籩豆静嘉。九麻。朋友攸攝，攝以威儀。音俄。

威儀孔時，七之。君子有孝子。六止。孝子不匱，六至。永錫爾類。六至。此章以平、上、去通爲一韻。

其類維何？室家之壼。二十一混。君子萬年，永錫祚胤。二十一震。此章以上、去通爲一韻。

其胤維何？天被爾禄。一屋。君子萬年，景命有僕。一屋。

其僕維何？釐爾女士。六止。釐爾女士，見上。從以孫子。六止。

〔一〕「二十四」，原作「十二四」，據觀稼樓仿刻本改。

《既醉》八章，章四句。

鳧鷖在涇，十五青。公尸來燕來寧。十五青。爾酒既清，十四清。爾殽既馨。十五青。公尸燕飲，福禄來成。十四清。

鳧鷖在沙，九麻。公尸來燕來宜。魚何反。爾酒既多，七歌。爾殽既嘉。九麻。公尸燕飲，福禄來爲。音譌。

鳧鷖在渚，八語。公尸來燕來處。八語。爾酒既湑，八語。爾殽伊脯。九麌。公尸燕飲，福禄來下。音户。

鳧鷖在潨，一東。公尸來燕來宗。三鍾。既燕于宗，見上。福禄攸降。户工反。公尸燕飲，福禄來崇。一東。

鳧鷖在亹，二十三魂。公尸來止熏熏。二十文。旨酒欣欣，二十一殷。燔炙芬芬。二十文。公尸燕飲，無有後艱。二十八山。

《鳧鷖》五章，章六句。

假樂君子，六止。顯顯令德。二十五德。宜民宜人，十七真。受禄于天。一先。保右命彌吝反。之，自天申十七真。之。此章以上、入，以平、去通爲一韻。

干禄百福，方墨反。子孫千億。二十四職。穆穆皇皇，十一唐。宜君宜王。十陽。不愆不忘，十陽。

率由舊章。十陽。威儀抑抑，於逸反。德音秩秩。五質。無怨無惡，率由群匹。五質。受福無疆，十陽。四方之綱。十一唐。之綱之紀，六止。燕及朋友。音以。百辟卿士，六止。媚于天子。六止。不解于位，六至。民之攸塈。六至。此章以上、去通爲一韻。

《假樂》四章，章六句。

篤公劉，匪居匪康。十一唐。迺埸迺疆，十陽。迺積迺倉，十一唐。迺裹餱糧，十陽。于橐于囊，十一唐。思輯用光。十一唐。弓矢斯張，十陽。干戈戚揚，十陽。爰方啓行。户郎反。

篤公劉，于胥斯原。二十二元。既庶既繁，二十二元。既順迺宣，二仙。而無永歎。二十五寒。陟則在巘，二十阮。復降在原。見上。何以舟十八尤。之？維玉及瑶，四宵。鞞琫容刀。六豪。此章以平、上通爲一韻。

篤公劉，逝彼百泉，二仙。瞻彼溥原。二十二元。迺陟南岡，十一唐。迺覯于京。音疆。京師之野，神與反。于時處處，八語。于時廬旅，八語。于時言言，于時語語。八語。

篤公劉，于京斯依。八微。蹌蹌濟濟，十一薺。俾筵俾几。五旨。既登迺依，見上。迺造其曹。六豪。執豕于牢，六豪。酌之用匏。五肴。食之飲之，君之宗之。末二句無韻。此章以平、上通爲一韻。

篤公劉，既溥既長，十陽。既景迺岡，十一唐。相其陰陽，十陽。觀其流泉。二仙。其軍三單，二十五寒。度其隰原，二十二元。徹田爲糧。十陽。度其夕陽，見上。豳居允荒。十一唐。

篤公劉，于豳斯館，二十九換。涉渭爲亂，二十九換。取厲取鍛。二十九換。止基迺理，六止。爰衆爰有。音以。夾其皇澗，三十諫。遡其過澗。見上。二「澗」字自爲韻。止旅迺密，五質。芮鞫之即。子悉反。

《篤公劉》六章，章十句。

洞酌彼行潦，挹彼注茲。七之。可以餴饎。七志。豈弟君子，六止。民之父母。滿以反。此章以平、上、去通爲一韻。

洞酌彼行潦，挹彼注茲。見上。可以濯罍。十五灰。豈弟君子，見上。民之攸歸。八微。此章以平、上通爲一韻。

洞酌彼行潦，挹彼注茲。見上。可以濯溉。十九代。豈弟君子，見上。民之攸塈。六至。此章以平、上、去通爲一韻。

《洞酌》三章，章五句。

有卷者阿，七歌。與「歌」協。飄風自南。二十二覃。豈弟君子，來游來歌，七歌。以矢其音。二十一侵。

伴奐爾游十八尤。矣，優游爾休十八尤。矣。豈弟君子，俾爾彌爾性，似先公酋十八尤。矣。

爾土宇昄章，亦孔之厚音户。矣。豈弟君子，俾爾彌爾性，百神爾主九麌。矣。

爾受命長十陽。矣，茀祿爾康十一唐。矣。豈弟君子，俾爾彌爾性，純嘏爾常十陽。矣。

有馮有翼，二十四職。有孝有德，二十五德。以引以翼。見上。豈弟君子，四方爲則。二十五德。

顒顒卬卬，十一唐。如圭如璋，十陽。令聞令望。十陽。豈弟君子，四方爲綱。十一唐。

鳳皇于飛，八微。翽翽其羽，亦集爰止。六止。藹藹王多吉士，六止。維君子使，六止。媚于天子。六止。　此章以平、上通爲一韻。

鳳皇于飛，翽翽其羽，亦傅于天。一先。藹藹王多吉人，十七真。維君子命，彌吝反。媚于庶人。見上。　此章以平、去通爲一韻。

鳳皇鳴十二庚。與「生」協。矣，于彼高岡。十一唐。梧桐生十二庚。矣，于彼朝陽。十陽。菶菶萋萋，十二齊。雝雝喈喈。十四皆。

君子之車，九魚。與「馬」協。既庶且多。七歌。君子之馬，音姥。既閑且馳。音陀。矢詩不多，見上。維以遂歌。七歌。　此章以平、上通爲一韻。

《卷阿》十章，六章章五句，四章章六句。

民亦勞止，汔可小康。十一唐。惠此中國，以綏四方。十陽。無縱詭隨，以謹無良。十陽。式遏寇虐，憯不畏明。彌郎反。柔遠能邇，以定我王。十陽。

民亦勞止，汔可小休。十八尤。惠此中國，以爲民逑。十八尤。無縱詭隨，以謹惛怓。五肴。式逷寇虐，無俾民憂。十八尤。無棄爾勞，六豪。以爲王休。見上。

民亦勞止，汔可小息。二十四職。惠此京師，以綏四國。二十五德。無縱詭隨，以謹罔極。二十四職。式遏寇虐，無俾作慝。二十五德。敬慎威儀，以近有德。二十五德。

民亦勞止，汔可小愒。十三祭。惠此中國，俾民憂泄。十三祭。無縱詭隨，以謹醜厲。十三祭。式遏寇虐，無俾正敗。十七夬。戎雖小子，而式弘大。十四泰。

民亦勞止，汔可小安。二十五寒。惠此中國，國無有殘。二十五寒。無縱詭隨，以謹繾綣。二十阮。式遏寇虐，無俾正反。二十阮。王欲玉女，是用大諫。三十諫。此章以平、上、去通爲一韻。

《民勞》五章，章十句。

上帝板板，二十五潸。下民卒癉。二十五寒。出話不然，二仙。爲猶不遠。二十阮。靡聖管管，二十四緩。不實于亶。二十三旱。猶之未遠，見上。是用大諫。三十諫。此章以平、上通爲一韻。

天之方難，二十八翰。無然憲憲。二十五願。天之方蹶，十三祭、十月二韻。無然泄泄。十三祭、十七薛二韻。辭之輯二十六緝。矣，民之洽三十一洽。矣。辭之懌二十二昔。矣，民之莫十九鐸。矣。

我雖異事，及爾同寮。三蕭。唐石經及《左傳》引此並作「寮」，今本作「僚」。我即爾謀，聽我囂囂。四宵、六豪二韻。我言維服，勿以爲笑。三十五笑。先民有言，詢于芻蕘。四宵。此章以平、去通爲一韻。

天之方虐，十八藥。無然謔謔。十八藥。老夫灌灌，小子蹻蹻。三十小、十八藥二韻。匪我言耄，三十七号。爾用憂謔。見上。多將熇熇，十九鐸。不可救藥。十八藥。此章以去、入通爲一韻。

天之方懠，十二霽。無爲夸毗。六脂。威儀卒迷，十二齊。善人載尸。六脂。民之方殿屎，六脂。則莫我敢葵。六脂。喪亂蔑資，六脂。曾莫惠我師。六脂。此章以平、去通爲一韻。

天之牖民，如壎如篪，五支。如璋如圭，十二齊。如取如攜。十二齊。攜無曰益，二十二昔。牖民孔易。五寘、二十二昔二韻。民之多辟，二十二昔。無自立辟。見上。此章亦可以平、入通爲一韻。

价人維藩，二十二元。大師維垣。二十二元。大邦維屏，十五青。與「寧」、「城」協。大宗維翰。二十五寒、二十八翰二韻。懷德維寧，十五青。宗子維城。十四清。無俾城壞，十六怪。無獨斯畏。八未。

敬天之怒，十姥、十一暮二韻。無敢戲豫。九御。敬天之渝，十虞。無敢馳驅。十虞。昊天曰明，彌郎反。及爾出王。十陽。昊天曰旦，二十八翰。及爾游衍。二十八獮、三十三線二韻。此章以平、去通爲一韻。

《板》八章，章八句。

《生民之什》十篇，六十一章，四百三十三句。

皇清經解卷十五終

嘉應李恒春舊校

南海鄧翔順德馮佐勛新校

詩本音　卷九

崑山顧處士炎武著

大雅

蕩蕩上帝，十二霽。下民之辟。二十二昔。疾威上帝，見上。其命多辟。見上。天生烝民，其命匪諶。二十一侵。靡不有初，鮮克有終。一東。說見《七月》。此章以去、入通爲一韻。

文王曰咨，咨女殷商。曾是彊禦，曾是掊克。二十五德。曾是在位，六至。曾是在服。蒲北反。天降滔德，二十五德。唐石經作「滔」，嚴氏《詩緝》引李氏曰「如『滔天』之『滔』」，今本作「慆」。女興是力。二十四職。此章以去、入通爲一韻。

文王曰咨，咨女殷商。而秉義類，六至。彊禦多懟。六至。流言以對，十八隊。寇攘式內。十八隊。侯作侯祝，四十九宥、一屋二韻。靡屆靡究。四十九宥。

文王曰咨，咨女殷商。女炰烋于中國，二十五德。斂怨以爲德。二十五德。不明爾德，見上。時無背無側。二十四職。爾德不明，彌郎反。以無陪無卿。古音羌。考「卿」字《詩》一見，《左傳》一見，《楚辭》一見，並同。後人混入十二庚韻。

文王曰咨，咨女殷商。天不湎爾以酒，不義從式。二十四職。既愆爾止，六止。靡明靡晦。十八隊。式號式呼，十一模、十一暮二韻。俾晝作夜。音豫。此章以上、去、入通爲一韻。

文王曰咨，咨女殷商。十陽。上、下章「商」字不入韻。獨此一章皆陽、唐二韻，則「商」字亦不期而自合矣。古人之學，所以取之左右逢其原而不容於執一也。如蜩如螗，十一唐。如沸如羹。音岡。小大近喪，十一唐、四十二宕二韻。人尚乎由行。户郎反。内奰于中國，覃及鬼方。十陽。

文王曰咨，咨女殷商。匪上帝不時，七之。殷不用舊。古音忌。考「舊」字《詩》凡二見，並同。後人混入四十九宥韻。雖無老成人，尚有典刑。十五青。曾是莫聽，十五青。大命以傾。十四清。此章以平、去通爲一韻。

文王曰咨，咨女殷商。人亦有言，顛沛之揭。十三祭、十月、十七薛三韻。枝葉未有害，十四泰。本實先撥。十三末。殷鑒不遠，在夏后之世。十三祭。此章以去、入通爲一韻。

《蕩》八章，章八句。

抑抑威儀，維德之隅。十虞。人亦有言，靡哲不愚。十虞。庶人之愚，見上。亦職維疾。五質。哲人之愚，見上。亦維斯戾。十二霽。此章以去、入通爲一韻。

無競維人，四方其訓二十三問。之。有覺德行，四國順二十二稕。之。訏謨定命，遠猶辰告。

敬慎威儀，維民之則。四句惟「命」字可韻，餘三句無韻。

其在于今，興迷亂于政。四十五勁。與「刑」協。顛覆厥德，荒湛于酒。四十四有。女雖湛樂從，弗念厥紹。三十小。罔敷求先王，克共明刑。十五青。如《車攻》五章之例。此章以平、去通爲一韻。

肆皇天弗尚，十陽、四十一漾二韻。如彼泉流，今本誤作「流泉」。依唐石經及國子監註疏本改正。無淪胥以亡。十陽。夙興夜寐，六至。洒埽廷内。十八隊。「寐」、「内」二字自爲韻。維民之章，十陽。修爾車馬，弓矢戎兵。必良反。用戒戎作，用逷蠻方。十陽。

質爾人民，謹爾侯度，十一暮。用戒不虞。十虞。慎爾出話，敬爾威儀，音俄。無不柔嘉。九麻。白圭之玷，五十一忝。〔一〕與下「玷」協。尚可磨八戈。也。斯言之玷，見上。不可爲音譌。也。此章以平、去通爲一韻。

無易由言，無曰苟矣，首二句無韻。莫捫朕舌。十七薛。言不可逝十三祭。矣。無言不讎，十八尤。無德不報。三十七号。惠于朋友，音以。庶民小子。六止。子孫繩繩，十六蒸。萬民靡不承。十六蒸。此章以去、入，以平、去通爲一韻。

視爾友君子，輯柔爾顔，二十七刪。不遐有愆。二仙。相在爾室，尚不愧于屋漏。古音路。考「漏」

〔一〕「忝」，原作「黍」，據觀稼樓仿刻本改。

字《詩》一見，《易》一見，並同。後人混入五十侯韻。無曰不顯，莫予云覯。古音故。後人混入五十侯韻。神之格二十陌。思，不可度十二暮、十九鐸二韻。思，矧可射轉音豫。見《叔于田》。思。此章以去、入通爲一韻。

辟爾爲德，二十五德。與「止」協。俾臧俾嘉。九麻。淑慎爾止，六止。不愆于儀。音俄。不僭不賊，二十五德。鮮不爲則。二十五德。投我以桃，報之以李。六止。彼童而角，實虹小子。六止。此章以上、入通爲一韻。

荏染柔木，言緡之絲。七之。温温恭人，維德之基。七之。其維哲人，十七真。告之話言，二十二元。順德之行。其維愚人，見上。覆謂我僭，五十六㮇〔一〕。民各有心。二十一侵。此章以平、去通爲一韻。

於乎小子，六止。未知臧否。五旨。匪手攜之，七之。言示之事。七志。匪面命之，見上。言提其耳。六止。借曰未知，五支。亦既抱子。見上。民之靡盈，十四清。誰夙知而莫成？十四清。此章以平、上、去通爲一韻。

昊天孔昭，四宵。我生靡樂。三十六效、十九鐸二韻。視爾夢夢，我心慘慘。當作「懆」。三十二晧。誨爾諄諄，聽我藐藐。三十小、四覺二韻。匪用爲教，三十六效。覆用爲虐。十八藥。借曰未知，亦聿既耄。三十七号。此章以平、上、去、入通爲一韻。

〔一〕「㮇」，原作「⿰木泰」，據觀稼樓仿刻本改。

於乎小子，六止。告爾舊止。六止。聽用我謀，音媒。庶無大悔。十四賄、十八隊二韻。天方艱難，曰喪厥國。二十五德。取譬不遠，昊天不忒。二十五德。回遹其德，二十五德。俾民大棘。二十四職。

此章亦以平、上、入通爲一韻。

《抑抑》十二章，三章章八句，九章章十句。

菀彼桑柔，十八尤。與「劉」、「憂」協。其下侯旬。十八諄。將采其劉，十八尤。瘼此下民。十七真。不殄心憂，十八尤。倉兄填一先。《釋文》音塵。兮。凡詩人之句，如意盡而文不足，則加一「兮」字，此章「倉兄填兮」之類是也。意盡而文有餘，則去一「兮」字，《葛生》「予美亡此，誰與獨旦」之類是也。其他語助之辭皆然。倬彼昊天，一先。寧不我矜？居銀反。

四牡騤騤，六脂。與「夷」、「黎」、「哀」協。旟旐有翩。二仙。亂生不夷，六脂。靡國不泯。十七真、十六軫二韻。民靡有黎，十二齊。具禍以燼。二十一震。於乎有哀，十六咍。國步斯頻。十七真。此章以平、去通爲一韻。

國步蔑資，六脂。與「疑」、「維」、「階」協。天不我將。十陽。靡所止疑，七之。云徂何往？三十六養。君子實維，六脂。秉心無競。古音其亮反。後人混入四十三映韻。誰生厲階，十四皆。至今爲梗。古音古盎反。今三十八梗與「眚」、「打」等字混爲一韻。此章以平、上、去通爲一韻。

憂心慇慇，二十一殷。與「辰」、「瘉」協。念我土宇。九麌。我生不辰，十七真。逢天僤怒。十姥、十一暮二韻。自西徂東，靡所定處。八語。多我覯痻，十七真。孔棘我圉。八語。上二章俱一句一韻，上下各協。獨此章「東」字不可韻。此見古人之文以意爲主而不屑屑於音節之疏密，小有出入，終不以韻而害意也。

爲謀爲毖，六至。與「恤」、「熱」協。亂況斯削。十八藥。轉音肖。告爾憂恤，六術。誨爾序爵。十八藥。轉音爝。誰能執熱，十七薛。逝不以濯。四覺。轉音直孝反。其何能淑，一屋。轉音殊料反。載胥及溺。十八藥、二十三錫二韻。轉音奴弔反。此章以去、入通爲一韻。

如彼遡風，方凡反。與「心」協。亦孔之僾。十九代。民有肅心，二十一侵。荓云不逮。十九代。好是稼穡，二十四職。力民代食。二十四職。稼穡維寶，三十二晧。代食維好。三十二晧。

天降喪亂，滅我立王。十陽。降此蟊賊，二十五德。與「國」、「力」協。稼穡卒痒。十陽。哀恫中國，二十五德。具贅卒荒。十一唐。靡有旅力，二十四職。以念穹蒼。十一唐。

維此惠君，民人所瞻。首二句無韻。宋吳棫《韻補》讀「瞻」爲諸良切，引《漢溧陽長潘乾校官碑》以「瞻」爲「彰」、崔駰《反都賦》以「瞻」爲「障」二證。愚未敢以爲然。考《潘乾碑》文末云「永世支百，民人所彰。子子孫孫，俾爾熾昌」，則固未嘗作「瞻」也。秉心宣猶，考慎其相。十陽、四十一漾二韻。維彼不順，自獨俾臧。十一唐。自有肺腸，十陽。俾民卒狂。十陽。

瞻彼中林，二十一侵。與「譖」協。甡甡其鹿。一屋。朋友已譖，五十二沁。不胥以穀。一屋。人亦有言，進退維谷。一屋、三燭二韻。此章以平、去通爲一韻。

維此聖人，十七真。與下「人」協。瞻言百里。六止。維彼愚人，見上。覆狂以喜。六止。匪言不能，胡斯畏忌？七志。　此章以上、去通爲一韻。

維此良人，弗求弗迪。二十三錫。　轉音徒弔反。維彼忍心，是顧是復。一屋。　轉音扶究反。民之貪亂，寧爲荼毒？二沃。　轉音徒到反。

大風有隧，有空大谷。一屋、三燭二韻。維此良人，作爲式穀。一屋。維彼不順，征以中垢。古音古。考「垢」字《詩》一見，《左傳》一見，並同。後人混入四十五厚韻。　此章以上、入通爲一韻。

大風有隧，六至。貪人敗類。六至。聽言則對，十八隊。誦言如醉。六至。匪用其良，覆俾我悖。十八隊。

嗟爾朋友，予豈不知而作？十九鐸。如彼飛蟲，時亦弋獲。二十一麥。既之陰女，反予來赫。二十陌。

民之罔極，二十四職。職涼善背。十八隊。爲民不利，如云不克。二十五德。民之回遹，職競用力。二十四職。　此章以去、入通爲一韻。

民之未戾，十二霽。與「詈」協。職盜爲寇，古音苦故反。與「予」協。後人混入五十侯韻。涼唐石經作「諒」，與上章異。曰不可。三十三哿。與「歌」協。覆背善詈，五寘。雖曰匪予，九魚、八語二韻。既作爾歌。七歌。此章以平、去，以平、上通爲一韻。

《桑柔》十六章，八章章八句，八章章六句。

倬彼雲漢，昭回于天。一先。王曰於乎，何辜今之人？十七真。天降喪亂，饑饉薦臻。十九臻。靡神不舉，靡愛斯牲。十二庚。圭璧既卒，寧莫我聽。十五青。

旱既大甚，蘊隆蟲蟲。一東。不殄禋祀，自郊徂宫。一東。上下奠瘞，靡神不宗。三鍾。后稷不克，上帝不臨。二十一侵。説見《七月》。宋吴棫《韻補》：「臨，良中切。」《皇矣》「臨衝」，《韓詩》作「隆衝」。漢司馬相如《長門賦》：「奉虚言而望誠兮，期城南之離宫。修薄具而自設兮，君曾不肯兮幸臨。」耗斁下土，寧丁我躬？一東。

旱既大甚，則不可推。十五灰。兢兢業業，如霆如雷。十五灰。周餘黎民，靡有孑遺。六脂。昊天上帝，則不我遺。見上。胡不相畏，先祖于摧。十五灰。

旱既大甚，則不可沮。八語。赫赫炎炎，云我無所。八語。大命近止，靡瞻靡顧。十遇。群公先正，則不我助。九御。父母先祖，十姥。胡寧忍予？九魚、八語二韻。此章以上、去通爲一韻。

旱既大甚，滌滌山川。二仙。旱魃爲虐，如惔如焚。二十文。我心憚暑，憂心如熏。二十文。群公先正，則不我聞。二十文。昊天上帝，寧俾我遯？二十六慁。此章以平、去通爲一韻。

旱既大甚，黽勉畏去。九御。胡寧瘨我以旱？憯不知其故。十一暮。祈年孔夙，方社不莫。十一暮。昊天上帝，則不我虞。十虞。敬恭明神，宜無悔怒。十姥、十一暮二韻。此章以平、去通爲一韻。

旱既大甚，散無友紀。六止。鞫哉庶正，疚哉冢宰。十五海。趣馬師氏，四紙。膳夫左右。音以。靡人不周，無不能止。六止。瞻卬昊天，云如何里？六止。

瞻卬昊天，有嘒其星。十五青。大夫君子，昭假無贏。十四清。大命近止，無棄爾成。十四清。何求爲我，以戾庶正。十四清、四十五勁二韻。瞻卬昊天，曷惠其寧？十五青。

《雲漢》八章，章十句。

崧高維嶽，駿極于天。一先。維嶽降神，十七真。生甫及申。十七真。維申及甫，維周之翰。二十五寒、二十八翰二韻。四國于蕃，二十二元。四方于宣。二仙。

亹亹申伯，王纘之事。七志。于邑于謝，南國是式。二十四職。王命召伯，二十陌。定申伯之宅。二十陌。登是南邦，博工反。世執其功。一東。此章以去、入通爲一韻。

王命申伯，式是南邦。見上。因是謝人，以作爾庸。三鍾。王命召伯，徹申伯土田。一先。王命傅御，遷其私人。十七真。

申伯之功，召伯是營。十四清。有俶其城，十四清。寢廟既成。十四清。既成藐藐，三十小、四覺二韻。王錫申伯。四牡蹻蹻，三十小、十八藥二韻。鉤膺濯濯。四覺。「伯」字不入韻。

王遣申伯，路車乘馬。音姥。我圖爾居，莫如南土。十姥。錫爾介圭，以作爾寶。三十二晧。往近王舅，四十四有。南土是保。三十二晧。

申伯信邁，王餞于郿。六脂。申伯還南，謝于誠歸。八微。王命召伯，徹申伯土疆。十陽。以峙其粻，十陽。式遄其行。户郎反。

申伯番番，二十二元、八戈二韻。既入于謝，徒御嘽嘽。二十五寒。周邦咸喜，戎有良翰。二十五寒、二十八翰二韻。不顯申伯，王之元舅，文武是憲。二十五願。此章以平、去通爲一韻。

申伯之德，二十五德。柔惠且直。二十四職。揉此萬邦，聞于四國。二十五德。吉甫作誦，其詩孔碩。二十二昔。其風肆好，以贈申伯。二十陌。

《崧高》八章，章八句。

天生烝民，有物有則。二十五德。民之秉彝，好是懿德。二十五德。天監有周，昭假于下。音户。保茲天子，生仲山甫。九麌。

仲山甫之德，二十五德。柔嘉維則。二十五德。令儀令色，二十四職。小心翼翼。二十四職。古訓是式，二十四職。威儀是力。二十四職。天子是若，十八藥。轉音如遇反。明命使賦。十遇。此章以去、入通爲一韻。

王命仲山甫，式是百辟，首二句無韻。纘戎祖考，三十二晧。王躬是保。三十二晧。出納王命，王之喉舌。十七薛。賦政于外，四方爰發。十月。

肅肅王命，仲山甫將十陽。之。邦國若否，仲山甫明彌郎反。之。既明且哲，以保其身。十七真。夙夜匪解，以事一人。十七真。

人亦有言，柔則茹八語、九御二韻。之，剛則吐十姥、十一暮二韻。之。維仲山甫，九麌。柔亦不茹，見上。剛亦不吐。見上。不侮矜寡，音古。不畏彊禦。八語。

人亦有言，德輶如毛，民鮮克舉八語。之。我儀圖十一模。之，維仲山甫舉見上。之，愛莫助九御。之。袞職有闕，維仲山甫補十姥。之。此章以平、上、去通爲一韻。

仲山甫出祖，四牡業業。三十三業。征夫捷捷，二十九葉。每懷靡及。二十六緝。四牡彭彭，音旁。八鸞鏘鏘。十陽。王命仲山甫，城彼東方。十陽。

四牡騤騤，六脂。八鸞喈喈。十四皆。仲山甫徂齊，十二齊。式遄其歸。八微。吉甫作誦，穆如清風。方凡反。仲山甫永懷，以慰其心。二十一侵。

《烝民》八章，章八句。

奕奕梁山，維禹甸三十二霰。之。有倬其道，三十二晧。與「考」協。韓侯受命。彌吝反。王親命見上。之，纘戎祖考，三十二晧。無廢朕命。見上。夙夜匪解，十五卦。虔共爾位。六至。朕命不易，五寘、二十二昔二韻。榦不庭方，以佐戎辟。二十二昔。〇此章以去、入通爲一韻。

四牡奕奕，孔修且張。十陽。韓侯入覲，以其介圭，入覲于王。十陽。王錫韓侯，淑旂綏章，十陽。簟茀錯衡，户郎反。玄袞赤舄，二十二昔。與「幭」、「厄」協。鉤膺鏤鍚，十陽。鞹鞃淺幭，二十三錫。鞗革金厄。二十一麥。

韓侯出祖，十姥。出宿于屠。十一模。顯父餞之，清酒百壺。十一模。其殽維何？七歌。與下二「何」協。炰鼈鮮魚。九魚。其蔌維何？見上。維筍及蒲。十一模。其贈維何？見上。乘馬路車。九魚。籩豆有且，九魚。侯氏燕胥。九魚。此章以平、上通爲一韻。

韓侯取妻，十二齊。汾王之甥，蹶父之子。六止。韓侯迎止，六止。于蹶之里。六止。百兩彭彭，音旁。八鸞鏘鏘，十陽。不顯其光。十一唐。諸娣從之，祁祁如雲。二十文。韓侯顧之，爛其盈門。二十三魂。此章以平、上通爲一韻。

蹶父孔武，靡國不到。三十七号。爲韓姞相攸，莫如韓樂。三十六效、十九鐸二韻。孔樂韓土，十姥。川澤訏訏，十虞。魴鱮甫甫，十姥。麀鹿噳噳。九麌。有熊有羆，有貓有虎。十姥。慶既令居，九魚。韓姞燕譽。九魚、九御二韻。此章以平、上通爲一韻。

溥彼韓城，燕師所完。二十五寒。以先祖受命，因時百蠻。二十七刪。王錫韓侯，其追其貊。二十陌。奄受北國，因以其伯。二十陌。實墉實壑，十九鐸。實畝實籍。二十二昔。獻其貔皮，音婆。赤豹黃羆。音波。

《韓奕》六章，章十二句。

江漢浮浮，十八尤。武夫滔滔。六豪。匪安匪游，十八尤。淮夷來求。十八尤。既出我車，九魚。

既設我旗。九魚。匪安匪舒，九魚。淮夷來鋪。十一模。

江漢湯湯，十陽。武夫洸洸。十一唐。經營四方，十陽。告成于王。十陽。四方既平，十二庚。王國庶定。四十六徑。時靡有争，十三耕。王心載寧。十五青。此章以平、去通爲一韻。

江漢之滸，十姥。王命召虎。十姥。式辟四方，徹我疆土。十姥。匪疚匪棘，二十四職。王國來極。二十四職。于疆于理，六止。至于南海。十五海。此章亦可以上、入通爲一韻。

王命召虎，來旬來宣。二仙。文武受命，召公維翰。二十五寒、二十八翰二韻。無曰予小子，六止。召公是似。六止。肇敏戎公，用錫爾祉。六止。

釐爾圭瓚，二十三旱。秬鬯一卣，告于文人。十七真。錫山土田，一先。于周受命，彌吝反。自召祖命。見上。虎拜稽首，天子萬年！一先。此章以平、上、去通爲一韻。

虎拜稽首，四十四有。對揚王休。十八尤。作召公考，三十二晧。天子萬壽。四十四有、四十九宥二韻。明明天子，六止。令聞不已。六止。矢其文德，二十五德。洽此四國。二十五德。此章以平、上通爲一韻，亦可以上、入通爲一韻。

《江漢》六章，章八句。

赫赫明明，王命卿士，六止。與「師」協。南仲大祖，十姥。大師皇父。九麌。整我六師，六脂。以修我戎。音汝。説見《常棣》。既敬既戒，十六怪。惠此南國。二十五德。此章以平、上，以去、入通爲一韻。

王謂尹氏，命程伯休父，九麌。左右陳行，戒我師旅。八語。率彼淮浦，十姥。省此徐土。十姥。不留不處，八語。三事就緒。八語。

赫赫業業，有嚴天子。首二句無韻。王舒保作，匪紹匪游。十八尤。徐方繹騷，六豪。震驚徐方。如雷如霆，十五青。徐方震驚。十二庚。

王奮厥武，九麌。如震如怒。十姥、十一暮二韻。進厥虎臣，十七真。與「濆」韻。闞如虓虎。十姥。鋪敦淮濆，二十文。仍執醜虜。十姥。截彼淮浦，十姥。王師之所。八語。

王旅嘽嘽，二十五寒。如飛如翰，二十五寒、二十八翰二韻。如江如漢，二十八翰。如山之苞，五肴。如川之流。十八尤。緜緜翼翼，二十四職。不測不克，二十五德。濯征徐國。二十五德。此章以平、去通爲一韻。

王猶允塞，十九代、二十五德二韻。徐方既來。十六咍。徐方既同，一東。天子之功。一東。四方既平，十二庚。徐方來庭。十五青。徐方不回，十五灰。王曰還歸。八微。此章以平、入通爲一韻。

《常武》六章，章八句。

瞻卬昊天，則不我惠。十二霽。孔填不寧，降此大厲。十三祭。邦靡有定，士民其瘵。十六怪。蟊賊蟊疾，靡有夷屆。十六怪。罪罟不收，十八尤。靡有夷瘳。十八尤。

人有土田，一先。女反有之。人有民人，十七真。女覆奪十三末。與「說」協。之。此宜無罪，十四賄。與下「罪」協。女反收之。彼宜有罪，見上。女覆説十三末。之。「有」、「收」二字不入韻。

哲夫成城，十四清。哲婦傾城。見上。二「城」字自爲韻。懿厥哲婦，房以反。爲梟爲鴟。六脂。婦有長舌，維厲之階。十四皆。亂匪降自天，一先。生自婦人。十七真。匪教匪誨，十八隊。時維婦寺。七志。此章以平、上通爲一韻。

鞫人忮忒，二十五德。譖始竟背。十八隊。豈曰不極，二十四職。伊胡爲慝？二十五德。如賈三倍，十五海。君子是識。二十四職。婦無公事，七志。休其蠶織。二十四職。此章以上、去、入通爲一韻。

天何以刺，五寘。何神不富？方二反。舍爾介狄，維予胥忌。七志。不弔不祥，十陽。與「亡」協。威儀不類。六至。人之云亡，十陽。邦國殄瘁。六至。

天之降罔，三十六養。與「亡」協。維其優十八尤。矣。人之云亡，十陽。心之憂十八尤。矣。天之降罔，見上。維其幾八微。矣。人之云亡，見上。心之悲六脂。矣。此章以平、上通爲一韻。

觱沸檻泉，維其深二十一侵。矣。心之憂矣，寧自今二十一侵。矣？不自我先，一先。與「天」協。不自我後。音户。藐藐昊天，一先。無不克鞏。無忝皇祖，十姥。式救爾後。見上。「鞏」字不入韻。

《瞻卬》七章，三章章十句，四章章八句。

旻天疾威，天篤降喪。十一唐、四十二宕二韻。瘨我饑饉，民卒流亡。十陽。我居圉卒荒。十一唐。

天降罪罟，蟊賊内訌。一東。昏椓靡共，三鍾。潰潰回遹，實靖夷我邦。博工反。

臯臯訿訿，曾不知其玷。五十一忝。兢兢業業，孔填不寧，我位孔貶。五十琰。

如彼歲旱，草不潰茂，如彼棲苴。我相此邦，無不潰止。無韻。

維昔之富方二反。不如時，七之。維今之疚音几。不如玆。七之。彼疏斯粺，十五卦。胡不自替？十二霽。職兄斯引。末句無韻。此章以平、上、去通爲一韻。

池之竭十月。與下「竭」、「害」協。矣，不云自頻。泉之竭見上。矣，不云自中。一東。溥斯害十四泰。矣，職兄斯弘，不災我躬。一東。此章以去、入通爲一韻。

昔先王受命，有如召公，日辟國百里。六止。今也日蹙國百里，見上。於乎哀哉！十六咍。維今之人，不尚有舊！音忌。此章以平、上、去通爲一韻。

《召旻》七章，四章章五句，三章章七句。

《蕩之什》十一篇，九十二章，七百六十九句。

皇清經解卷十六終

嘉應李恒春舊校

南海鄧翔順德馮佐勛新校

詩本音　卷十

崑山顧處士炎武著

頌

周頌

於穆清廟，肅雝顯相。濟濟多士，秉文之德，對越在天，駿奔走在廟。不顯不承，無射於人斯。無韻。

《清廟》一章，八句。

維天之命，於穆不已。於乎不顯，文王之德之純。假以溢我，我其收之。駿惠我文王，曾孫篤之。此章或可以「命」、「純」、「收」、「篤」爲韻。凡《周頌》之詩，多若韻若不韻者。意古人之歌必自有音節，而今不可考矣。

朱子曰：「《周頌》多不叶韻。」疑自有和聲相叶。「清廟之瑟，朱弦而疏越，一唱而三歎」，歎即和聲也。

《維天之命》一章，八句。

維清緝熙，文王之典，二十七銑。肇禋。十七真。迄用有成，十四清。維周之禎。十四清。此章以平、上通爲一韻。

《維清》一章，五句。

烈文辟公，一東。與「邦」、「崇」、「功」協。錫兹祉福，惠我無疆，十陽。子孫保之。無封靡于爾邦，博工反。維王其崇一東。之。念兹戎功，一東。繼序其皇十一唐。之。無競維人，四方其訓之。不顯維德，百辟其刑之。於乎前王不忘！十陽。「公」、「疆」各自爲韻。《集傳》並爲一韻者，非。

《烈文》一章，十三句。

天作高山，大王荒十一唐。之。彼作矣，文王康十一唐。之。彼徂矣岐，《後漢書·西南夷傳》作「彼徂者岐」，朱子謂「徂」當作「岨」。有夷之行。户郎反。子孫保之。末句無韻。

《天作》一章，七句。

昊天有成命，二后受之。成王不敢康，夙夜基命宥密。於緝熙，單厥心，肆其靖之。無韻。

《昊天有成命》一章，七句。

我將我享，三十六養。與「方」、「饗」協。維羊維牛。音疑。維天其右音以。之。《隋書·宇文愷傳》引作「維牛維羊」，則「羊」與「享」爲韻，而「右」字不入韻也。儀式刑文王之典，日靖四方。十陽。伊嘏文王，既右饗三十六養。今本或作「享」。今依唐石經及國子監註疏本改正。之。我其夙夜，畏天之威，于時保之。末三句無韻。此章上下俱以平、上通爲一韻。

《我將》一章，十句。

時邁其邦，昊天其子之。實右序有周。薄言震之，莫不震疊。懷柔百神，及河喬嶽。允王維后！明昭有周，式序在位。載戢干戈，載櫜弓矢。我求懿德，肆于時夏。允王保之。無韻。

《時邁》一章，十五句。

執競武王，十陽。無競維烈。不顯成康，十一唐。上帝是皇。十一唐。自彼成康，見上。奄有四方，十陽。斤斤其明。彌郎反。鍾鼓喤喤，音皇。磬筦將將。十陽。降福穰穰，十陽。降福簡簡，二十六產。威儀反反。二十阮。既醉既飽，福祿來反。見上。

《執競》一章，十四句。

思文后稷，二十四職。與「極」協。克配彼天。一先。立我烝民，十七真。莫匪爾極。二十四職。貽我來牟，帝命率育，無此疆爾界，陳常于時夏。四句無韻。

《思文》一章，八句。

《清廟之什》十篇，十章，九十五句。

嗟嗟臣工，一東。敬爾在公。一東。王釐爾成，來咨來茹。八語、九御二韻。《釋文》：「徐音如。」與「畬」

協。嗟嗟保介，維莫之春。亦又何求？十八尤。如何新畬？九魚、九麻二韻。於皇來牟，十八尤。將受厥明。明昭上帝，十二霽。與「艾」協。迄用康年。一先。命我衆人，十七真。庤乃錢鎛，奄觀銍艾。二十廢。

《臣工》一章，十五句。

噫嘻成王！既昭假爾，四紙。與「私」、「里」協。率時農夫，十一模。播厥百穀。一屋。駿發爾私，六脂。終三十里。六止。亦服爾耕，十千維耦。古音魚矩反。後人混入四十四有韻。此章以平、上，以平、上、入通爲一韻。

《噫嘻》一章，八句。

振鷺于飛，八微。與「止」協。于彼西雝。三鍾。我客戾止，六止。亦有斯容。三鍾。在彼無惡，十一暮、十九鐸二韻。在此無斁。二十二昔。《韓詩》作「射」，《中庸》引此亦作「射」。庶幾夙夜，音豫。以永終譽。九魚、九御二韻。此章以平、上，以去、入通爲一韻。

《振鷺》一章，八句。

豐年多黍多稌。亦有高廩，首二句無韻。萬億及秭。五旨。爲酒爲醴，十一薺。烝畀祖妣，五旨。以洽百禮，十一薺。降福孔皆。十四皆。此章以平、上通爲一韻。

《豐年》一章，七句。

有瞽有瞽，十姥。與「虡」、「羽」、「鼓」、「圉」、「奏」、「舉」協。在周之庭。十五青。與「聲」、「鳴」、「聽」、「成」協。設業設虡，八語。崇牙樹羽，九麌。應田縣鼓，十姥。鞉磬柷圉。八語。既備乃奏，則故反。簫管備舉。

八語。喤喤厥聲，十四清。肅雝和鳴，十二庚。先祖是聽。十五青。我客戾止，永觀厥成。十四清。此章以上、去通爲一韻。

《有瞽》一章，十三句。

猗與漆沮，九魚。潛有多魚。九魚。有鱣有鮪，五旨。鰷鱨鰋鯉。六止。以享以祀，六止。以介景福。方墨反。○此章以上、入通爲一韻。

《潛》一章，六句。

有來雝雝，三鍾。與「公」協。至止肅肅。一屋。相維辟公，一東。天子穆穆。一屋。於薦廣牡，莫九反。與「考」協。相予肆祀。六止。假哉皇考，三十二晧。〔一〕綏予孝子。六止。宣哲維人，十七真。與「天」協。文武維后。古音户，與「後」同。後人混入四十五厚韻。燕及皇天，一先。克昌厥後。音户。綏我眉壽，四十四有、四十九宥二韻。與「考」協。介以繁祉。六止。既右烈考，三十二晧。亦右文母。滿以反。

《雝》一章，十六句。

載見辟王，十陽。曰求厥章。十陽。龍旂陽陽，十陽。和鈴央央。十陽。鞗革有鶬，十陽。休有烈光。十一唐。率見昭考，以孝以享，三十六養。以介眉壽。四十四有、四十九宥二韻。永言保三十二晧。

〔一〕「三十二」，原作「三二」，據觀稼樓仿刻本及《廣韻》改。

之，思皇多祜。十姥。烈文辟公，綏以多福，俾緝熙于純嘏。古音古。考「嘏」字《詩》凡二見，並同。後人混入三十五馬韻。此章以平、上通爲一韻。

《載見》一章，十四句。

有客有客，亦白其馬。音姥。有萋有且，《釋文》：「七序反。」敦琢其旅。八語。有客宿宿，有客信信。言授之縶，以縶其馬。見上。薄言追六脂。之，左右綏六脂。之。既有淫威，八微。降福孔夷。六脂。

《有客》一章，十二句。

於皇武王，無競維烈。允文文王，克開厥後。嗣武受之，勝殷遏劉，耆定爾功。無韻。

《武》一章，七句。

《臣工之什》十篇，十章，一百六句。

閔予小子，六止。與「疚」協。遭家不造，三十二晧。嬛嬛在疚。音几。於乎皇考，三十二晧。永世克孝。三十六效。念兹皇祖，陟降庭十五青。止。維予小子，夙夜敬四十三映。止。於乎皇王，十陽。繼序思不忘。十陽。此章以上、去，以平、去通爲一韻。

《閔予小子》一章，十一句。

訪予落止，六止。率時昭考。於乎悠哉！十六咍。朕未有艾。十四泰。將予就之，繼猶判渙。二十九換。維予小子，未堪家多難。二十五寒、二十八翰二韻。紹庭上下，音户。陟降厥家。音姑。休矣皇考，以保明其身。末二句無韻。或以二「考」字、「就」字自爲韻，「身」字與「渙」、「難」韻。此章以平、上、去，以平、上通爲一韻。

《訪落》一章，十二句。

敬之敬之！七之。天維顯思，七之。命不易哉！十六咍。無曰高高在上，陟降厥士，六止。日監在兹。七之。維予小子，六止。不聰敬止。六止。日就月將，十陽。學有緝熙于光明。彌郎反。佛時仔肩，示我顯德行。户郎反。此章以平、上通爲一韻。

《敬之》一章，十二句。

予其懲而毖後患。莫予荓蜂，三鍾。自求辛螫。肇允彼桃蟲，一東。拚飛維鳥。二十九篠。未堪家多難，予又集于蓼。二十九篠。

《小毖》一章，七句。舊作「八句」。

載芟載柞，十九鐸。其耕澤澤。二十陌。千耦其耘，二十文。徂隰徂畛。十七真、十六軫二韻。侯主侯伯，二十陌。轉音補。侯亞侯旅。八語。侯彊侯以，六止。有嗿其饁，思媚其婦。房以反。有依其士，六止。有略其耜，六止。俶載南畝。滿以反。播厥百穀，實函斯活。十三末。「穀」字不入韻。驛驛其達，十二曷。有厭其傑。十七薛。厭厭其苗，四蕭。緜緜其麃。四蕭。載獲濟濟，十一薺、十二霽二韻。有實其積，五寘、二十二昔二韻。萬億及秭。五旨。爲酒爲醴，十一薺。烝畀祖妣，五旨。以洽百禮。十一薺。有飶其香，十陽。邦家之光。十一唐。有椒其馨，十五青。胡考之寧。十五青。匪且有且，匪今斯今，振古如茲。末三句無韻。此章以上、入，以上、去通爲一韻。

《載芟》一章，三十一句。

畟畟良耜，六止。俶載南畝。滿以反。播厥百穀，實函斯活。十三末。轉音話。或來瞻女，八語。載筐及筥。八語。其饟伊黍，八語。其笠伊糾。四十六黝。其鎛斯趙，三十小。以薅荼蓼。二十九篠。荼蓼朽四十四宥。止，黍稷茂音耄。止。穫之挃挃，五質。積之栗栗。五質。其崇一東。如墉，三鍾。其比五質。如櫛，七櫛。以開百室。五質。百室盈十四情。止，婦子寧十五青。止。殺時犉牡，有捄其角。音録。以似以續，三燭。續古之人。末句無韻。此章以上、入，以上、去通爲一韻。

《良耜》一章，二十三句。

絲衣其紑，古音匹之反。後人混入十八尤韻。載弁俅俅。古音渠之反，與「裘」同。後人混入十八尤韻。自堂徂基，七之。自羊徂牛，音疑。鼐鼎及鼒。七之。兕觥其觩，十八尤。旨酒思柔。十八尤。不吳不敖，六豪、三十七号二韻。胡考之休。十八尤。自「兕觥其觩」以下別爲一韻。

《絲衣》一章，九句。

於鑠王師，六脂。遵養時晦。十八隊。時純熙七之。矣，是用大介。十六怪。我龍受四十四有。

之，蹻蹻王之造。三十二晧。載用有嗣，七志。實惟爾公允師。見上。此章上下俱以平、去通爲一韻。

《酌》一章，八句。

綏萬邦，屢豐年，唐石經作「婁」。按：《漢書》「屢」字並作「婁」。天命匪解。首三句無韻。桓桓武王，十陽。保有厥士，于以四方，十陽。克定厥家。於昭于天，一先。皇以間二十八山。之。

《桓》一章，九句。

文王既勤止，我應受之，敷時繹思。我徂維求定，時周之命，於繹思！無韻。或以「止」、「之」、「思」爲韻，然《詩》無全用語助爲韻者。

《賚》一章，六句。

於皇時周，陟其高山，嶞山喬嶽，允猶翕河。敷天之下，裒時之對，時周之命。無韻。

《般》一章，七句。

《閔予小子之什》十一篇，十一章，一百三十五句。

魯頌

駉駉牡馬，音姥。在坰之野，神與反。薄言駉者。音渚。有驈有皇，十一唐。有驪有黃，十一唐。以車彭彭。音旁。思無疆，十陽。思馬斯臧。十一唐。

駉駉牡馬，見上。在坰之野，見上。薄言駉者。見上。有騅有駓，六脂。有騂有騏，七之。以車伾伾。六脂。思無期，七之。思馬斯才。十六咍。

駉駉牡馬，見上。在坰之野，見上。薄言駉者。見上。有驒有駱，十九鐸。有駵有雒，十九鐸。以車繹繹。二十二昔。思無斁，二十二昔。思馬斯作。十九鐸。

駉駉牡馬，見上。在坰之野，見上。薄言駉者。見上。有駰有騢，古音胡。後人誤入九麻韻。有驔有魚，九魚。以車祛祛。九魚。思無邪，音徐。思馬斯徂。十一模。此章亦可通爲一韻。

《駉》四章，章八句。

有駜有駜，駜彼乘黄。十一唐。夙夜在公，在公明明。彌郎反。振振鷺，十一暮。鷺于下。音户。鼓咽咽，醉言舞。九麌。于胥樂兮！末句説見《麟之趾》。此章以上、去通爲一韻。

有駜有駜，駜彼乘牡。莫九反。夙夜在公，在公飲酒。四十四有。振振鷺，鷺于飛。八微。鼓咽咽，醉言歸。八微。于胥樂兮！

有駜有駜，駜彼乘駽。一先、三十一霰二韻。夙夜在公，在公載燕。三十一霰。自今以始，六止。歲其有。音以。君子有穀，詒孫子。六止。于胥樂兮！

《有駜》三章，章九句。

思樂泮水，五旨。與「止」協。薄采其芹。二十一殷。魯侯戾止，六止。言觀其旂。音芹。其旂茷茷，十四泰。鸞聲噦噦。十四泰。無小無大，十四泰。從公于邁。十七夬。

思樂泮水，見上。薄采其藻。三十二晧。魯侯戾止，見上。其馬蹻蹻。三十小、十八藥二韻。其馬蹻蹻，見上。其音昭昭。四宵。載色載笑，三十五笑。匪怒伊教。三十六效。此章以平、上、去通爲一韻。

思樂泮水，見上。薄采其茆。三十一巧。魯侯戾止，見上。在泮飲酒。四十四有。既飲旨酒，見上。永錫難老。三十二晧。順彼長道，三十二晧。屈此群醜。四十四有。

穆穆魯侯，敬明其德。二十五德。敬慎威儀，維民之則。二十五德。允文允武，九麌。昭假烈祖。十姥。靡有不孝，自求伊祜。十姥。

明明魯侯，克明其德。見上。既作泮宮，淮夷攸服。蒲北反。矯矯虎臣，在泮獻馘。古音國。後人混入二十一麥韻。淑問如皋陶，四宵。在泮獻囚。十八尤。

濟濟多士，克廣德心。二十一侵。桓桓于征，狄彼東南。二十二覃。烝烝皇皇，十一唐。不吳不揚。十陽。不告于訩，三鍾。在泮獻功。一東。

角弓其觩，十八尤。束矢其搜。十八尤。戎車孔博，十九鐸。徒御無斁。二十二昔。既克淮夷，孔淑不逆。二十陌。式固爾猶，淮夷卒獲。二十一麥。

翩彼飛鴞，集于泮林。二十一侵。食我桑黮，四十七寑。懷我好音。二十一侵。憬彼淮夷，來獻其琛。二十一侵。元龜象齒，大賂南金。二十一侵。　此章以平、上通爲一韻。

《泮水》八章，章八句。

閟宮有侐，實實枚枚。十五灰。　赫赫姜嫄，其德不回。十五灰。　上帝是依，八微。　無災無害，彌月不遲。六脂。　是生后稷，二十四職。　降之百福。方墨反。　黍稷重穋，稙穉菽麥。莫北反。　奄有下國，二十五德。　俾民稼穡。二十四職。　有稷有黍，八語。　有稻有秬。八語。　奄有下土，十姥。　纘禹之緒。八語。　此章亦可以平、入通爲一韻。

后稷之孫，實維大王。十陽。　居岐之陽，十陽。　實始翦商。十陽。　至于文武，九麌。　纘大王之緒。八語。　致天之届，于牧之野。神與反。　無貳無虞，十虞。　上帝臨女。八語。　敦商之旅，八語。　克咸厥功。王曰叔父，九麌。　建爾元子，俾侯于魯。十姥。　大啓爾宇，九麌。　爲周室輔。九麌。　此章以平、上通爲一韻。

乃命魯公，一東。　俾侯于東，一東。　錫之山川，土田附庸。三鍾。　周公之孫，莊公之子，六止。　龍旂承祀，六止。　六轡耳耳。六止。　春秋匪解，十五卦。　享祀不忒。二十五德。　皇皇后帝，十二齊。　皇祖后稷。二十四職。　享以騂犧，古音許何反。　後人誤入五支韻。　是饗是宜，魚何反。　降福既多。七歌。　周公皇祖，十姥。　亦其福女。八語。　此章亦可以上、去、入通爲一韻。

秋而載嘗，十陽。　夏而楅衡。户郎反。　白牡騂剛，十一唐。　犧尊將將。十陽。　毛炰胾羹，音岡。　籩豆大房。十陽。　《萬》舞洋洋，十陽。　孝孫有慶。音羌。　俾爾熾而昌，十陽。　俾爾壽而臧。十一唐。　保彼東方，十陽。魯邦是常。十陽。不虧不崩，十七登。不震不騰。十七登。三壽作朋，十七登。如岡如陵。十六蒸。

公車千乘，十六蒸、四十七證二韻。朱英緑縢，十六蒸。二矛重弓。音肱。公徒三萬，貝冑朱綅，烝徒增增。十六蒸。戎狄是膺，十六蒸。荆舒是懲，十六蒸。則莫我敢承。十六蒸。俾爾昌而熾，七志。俾爾壽而富。方二反。黄髮台背，十八隊。壽胥與試。七志。俾爾昌而大，十四泰。俾爾耆而艾。十四泰。萬有千歲，十三祭。眉壽無有害。十四泰。

泰山巖巖，二十七咸。魯邦所詹。二十四鹽。奄有龜蒙，一東。遂荒大東，一東。至于海邦，博工反。淮夷來同。一東。莫不率從，三鍾。魯侯之功。一東。

保有鳧繹，二十二昔。遂荒徐宅。二十陌。至于海邦，見上。與「從」協。淮夷蠻貊。二十陌。及彼南夷，莫不率從。見上。莫敢不諾，十九鐸。魯侯是若。十八藥。

天錫公純嘏，音古。眉壽保魯。十姥。居常與許，八語。復周公之宇。九麌。魯侯燕喜，六止。令妻壽母。滿以反。宜大夫庶士，六止。邦國是有。音以。既多受祉，六止。黄髮兒齒。六止。

徂來之松，新甫之柏，二十陌。是斷是度，十九鐸。是尋是尺。二十二昔。松桷有舃，二十二昔。路寢孔碩。二十二昔。新廟奕奕，二十二昔。奚斯所作。十九鐸。孔曼且碩，見上。萬民是若。十八藥。

《閟宫》九章，五章章十七句，據《集傳》云，第四章脱一句。二章章八句，二章章十句。

《魯頌》四篇，二十四章，二百四十三句。

商頌

猗於戈反。與那八戈。與，置我鞉鼓。十姥。奏鼓簡簡，衎我烈祖。十姥。湯孫奏假，綏我思成。十四清。鞉鼓淵淵，嘒嘒管聲。十四清。既和且平，十二庚。依我磬聲。見上。於赫湯孫，穆穆厥聲。見上。庸鼓有斁，二十二昔。《萬》舞有奕。二十二昔。我有嘉客，二十陌。亦不夷懌。二十二昔。自古在昔，二十二昔。先民有作。十九鐸。温恭朝夕，二十二昔。執事有恪。十九鐸。顧予烝嘗，十陽。湯孫之將。十陽。

《那》一章，二十二句。

嗟嗟烈祖，十姥。有秩斯祜。十姥。申錫無疆，及爾斯所，八語。既載清酤。十姥。賚我思成，十四清。亦有和羹，既戒既平。十二庚。「羹」字不入韻。鬷假無言，時靡有爭。十三耕。綏我眉壽，黄耇無疆。十陽。約軝錯衡，户郎反。八鸞鶬鶬，十一唐。以假以享。三十六養。我受命溥將，十陽。自天降康，十一唐。豐年穰穰。十陽、三十六養二韻。來假來饗，今本作「享」，唐石經作「饗」。歐陽氏曰：「上云『以享』者，謂諸侯皆來助致享於神也。下云『來饗』者，謂神來至而歆饗也。」吕氏、嚴氏並載此説。「享」、「饗」二義不同。今從石經。三十六養。降福無疆。見上。顧予烝嘗，十陽。湯孫之將。見上。　此章以平、上通爲一韻。

《烈祖》一章，二十二句。

天命玄鳥，降而生商。十陽。宅殷土芒芒，十陽。古帝命武湯，十一唐。正域彼四方。十陽。方命厥后，音户。與下「后」協。奄有九有。音以。商之先后，見上。受命不殆，十五海。在武丁孫子。六止。武丁孫子，見上。武王靡不勝。十六蒸。龍旂十乘，十六蒸。大糦是承。十六蒸。邦畿千里，六止。維民所止。六止。肇域彼四海。十五海。四海來假，來假祁祁。八微。景員維河，七歌。殷受命咸宜，魚何反。百禄是何。七歌。此章以平、上通爲一韻。

《玄鳥》一章，二十二句。

濬哲維商，十陽。長發其祥。十陽。洪水芒芒，十陽。禹敷下土方。十陽。外大國是疆，十陽。幅隕既長。十陽。有娀方將，十陽。帝立子生商。見上。

玄王桓撥，十三末。受小國是達，十二曷。受大國是達。見上。率履不越，十月。遂視既發。十月。相土烈烈，十七薛。海外有截。十六屑。

帝命不違，八微。至于湯齊。十二齊。湯降不遲，六脂。聖敬日躋。十二齊。昭假遲遲，見上。上帝是祇。六脂。帝命式于九圍。八微。

受小球大球，十八尤。爲下國綴旒，十八尤。何天之休。十八尤。不競不絿，十八尤。不剛不柔。十八尤。敷政優優，十八尤。百禄是遒。十八尤。

受小共大共，三鍾。爲下國駿厖，古音莫工反。後人分四江韻。《荀子》引此作「駿蒙」，《大戴禮》引此作「恂蒙」。何天之龍。三鍾。敷奏其勇，二腫。不震不動，一董。不戁不竦。二腫。百禄是總。一董。此章以平、上通爲一韻。

武王載旆，十四泰。《荀子》引此作「載發」，《説文》引此作「載坺」。有虔秉鉞，十月。如火烈烈，十七薛。則莫我敢曷。十二曷。苞有三蘖，十七薛。莫遂莫達。十二曷。九有有截，十六屑。韋顧既伐，十月。昆吾夏桀。十七薛。此章以去、入通爲一韻。

昔在中葉，二十九葉。有震且業。三十三業。允也天子，六止。降予卿士。六止。今本或作「降于」，非。實維阿衡，户郎反。實左右商王。十陽。

《長發》七章，一章八句，四章章七句，一章九句，一章六句。

撻彼殷武，九麌。奮伐荆楚。八語。罙入其阻，八語。裒荆之旅。八語。有截其所，八語。湯孫之緒。八語。

維女荆楚，居國南鄉。十陽。昔有成湯，十一唐。自彼氐羌，十陽。莫敢不來享，三十六養。莫敢不來王。十陽。曰商是常。十陽。此章以平、上通爲一韻。

天命多辟，二十二昔。設都于禹之績。二十三錫。歲事來辟，見上。勿予禍適。二十二昔。稼穡匪解。十五卦。此章以去、入通爲一韻。

天命降監，二十七銜、五十九鑑二韻。下民有嚴。二十八嚴。不僭不濫，五十四勘。不敢怠遑。命于下國，二十五德。封建厥福。方墨反。此章以平、去通爲一韻。「遑」字不入韻。

商邑翼翼，二十四職。四方之極。二十四職。赫赫厥聲，十四清。濯濯厥靈。十五青。壽考且寧，十五青。以保我後生。十二庚。

陟彼景山，二十八山。松柏丸丸。二十六桓。是斷是遷，二仙。方斲是虔。二仙。松桷有梴，二仙。旅楹有閑。二十八山。寢成孔安。二十五寒。

《殷武》六章，三章章六句，二章章七句，一章五句。

《商頌》五篇，十六章，一百五十四句。

皇清經解卷十七終

工部都水司郎中臨川李秉綬刊

嘉應張嘉洪舊校

南海鄧翔順德馮佐勛新校

詩説

（清）惠周惕 著
劉真倫
岳　珍　點校

目録

點校説明

《詩説》三卷、附録一卷，惠周惕著。

惠周惕（？—一六九六），原名恕，字元龍，一字研溪，吴縣人。周惕少從徐枋游，汪琬引爲入室弟子。康熙三十年（一六九一）成進士，選翰林院庶吉士，改密雲縣知縣。邃於經學，爲文章有橥度。惠氏三世傳經，周惕爲創始者。有《易傳》《春秋三禮問》及《硯谿詩文集》等著述傳世。《清史稿·儒林二》有傳。

是書於毛傳、鄭箋、朱傳無所專主，多自以己意考證。其大旨謂大、小《雅》以音别，不以政别。謂正雅、變雅美刺錯陳，不必分《六月》以上爲正，《六月》以下爲變；《文王》以下爲正，《民勞》以下爲變。謂二《南》二十六篇皆擬爲房中之樂，不必泥其所指何人。謂《周》、《召》之分，鄭箋誤以爲文王。謂天子諸侯均得有頌，《魯頌》非僭。其言皆有依據。

是書另有康熙年間惠氏紅豆齋刻本、乾隆年間《四庫全書》本、嘉慶年間借月山房彙鈔本等多種版本傳世。附録一卷計《答薛孝穆書》一篇、《答吴超志書》兩篇，則爲經解本增入。本次整理以影《文淵閣四庫全書》本對校，少量惠氏引書確實有誤且直接影響文義者，酌情取原書訂正。

劉真倫

詩説　卷上

吴惠吉士周愓著

《風》、《雅》、《頌》，以音别也。《雅》有小、大，義不存乎小、大也。自《序》之言曰：「雅者，王政所由廢興。政有小、大，故《詩》有《小雅》、有《大雅》。」小、大《雅》之名立而辨難之端起矣。難之者曰：《常武》、《六月》，同一征伐也。《卷阿》、《鹿鳴》，同一求賢也。大、小何以分邪？解之者曰：《常武》，王自親征；《六月》，不過命將，軍容不同故也。《卷阿》爲成王，《鹿鳴》爲文王，天子、諸侯尊卑有等故也。難之者曰：然則《江漢》宜在《小雅》，成、宣宜在《大雅》，今何以或反之、或錯陳之也？其後朱晦翁則謂：《小雅》，燕饗之樂；《大雅》，朝會之樂、受釐陳戒之辭。嚴華谷則謂明白正大、直言其事者《雅》之體，純乎《雅》之體者爲《雅》之大，雜乎《風》之體者爲《雅》之小。章俊卿則謂《風》體語皆重複淺近，婦人女子能道之。《雅》則士君子爲之也。《小雅》非復《風》之體，然亦間有重複，未至渾厚大醇。《大雅》則渾厚大醇矣。三家之説，朱氏于理爲長，然猶未離乎《序》之所謂政也。《序》既以政爲言，則大、小必有所指。此辨難之所以紛紛也。按：《樂記》師乙曰：「廣大而靜、疏達而信者，宜歌《大雅》。恭儉而好禮者，宜歌《小雅》。」季札觀樂，爲之歌《小雅》，曰：「美哉！思而不貳，怨而不言。」爲之歌《大雅》，曰：「廣哉！熙熙乎曲而有直體。」據此，則大、小二《雅》當以音樂别之，不以政之大、小論也。如律有大、小吕，《詩》有《大》《小明》，義不存乎大、小也。

《公羊傳》曰：「什一而税，《頌》聲作。」《序》曰：「美盛德之形容，以其成功告于神明者也。」然《雅》詩「家父作頌，以救王訩」，《左傳》聽輿人之頌「原田每每，舍其舊而新是謀」，刺亦可言頌矣。《國語》「瞽獻典，史獻詩，師箴，瞍賦，矇誦諫」，亦可言頌矣。按：《禮》「學樂、誦詩、舞勺」。《文王世子》「春誦夏弦」。《孟子》「誦其詩，讀其書」。《左傳》「使太師歌《巧言》之卒章，太師辭。師曹請爲之，遂誦之」。漢武帝「定郊祀之禮，乃立樂府，采詩夜誦」，師古注曰：「夜誦者，其言或秘，不可宣露。」以是觀之，比音曰歌，舉其辭曰頌也。豈宗廟之詩既歌之而復誦之與？抑歌者工而誦者又有工與？既比其音，復誦其辭，俾在位者皆知其義，所以彰先王之盛德，故曰《頌》。至于所刺所諫，欲聞其人之耳，故亦曰頌也。《樂記》曰：「清廟之瑟，朱弦而疏越，一唱而三歎。」又曰：「君子于是語，于是道古。」豈即《頌》之義也與？

鄭氏《頌譜》，「頌」訓爲「容」，蓋漢讀然也。《漢書·儒林傳》「徐生善爲頌」，師古注「頌，讀與容同」是也。孔氏正義：「頌之言誦也。誦今之德，廣以美之。」是「誦」即「頌」也。

正、變之説出于《大序》，而文中子取以説《豳風》，其後諸儒皆從之。鄭漁仲始倡《風》、《雅》無正、變之論，而葉氏、見段氏、程氏《集説》。章氏因之。二者反覆，莫能相一。以余觀之，正、變猶美、刺也。《詩》有美，不能無刺。故有正，不能無變。以其略言之。始美衛武、美鄭武、美周公、美宣王，刺衛宣，刺鄭莊，刺時，刺亂，刺宣王，刺幽、厲，此顯言美刺者也。如莊姜傷己、閔無臣、思周道、大夫閔周、衛女思歸、思君子、南征、復古，此隱言美刺者也。美者可以爲勸，刺者可以爲懲，故正、變俱録之。編《詩》先後因乎時代，故正、變錯陳之。若謂《詩》無正、變，則作詩無美、刺之分，不可也。謂《周》、《召》爲正，十三《國風》爲變，《鹿鳴》以下爲變，則《序》所謂美與刺者俱無以處之，亦不可也。

胡氏《春秋集傳》曰：「《孟子》曰『王者之迹熄而《詩》亡，《詩》亡然後《春秋》作』。蓋自《黍離》降爲《國風》，天下無復有《雅》，而王者之詩亡矣。《春秋》作于隱公，適當《雅》亡之後。謂《詩》亡者，《雅》詩亡也。」夫詩必《雅》而後爲詩，則《周》、《召》、十三《國風》不得謂之詩與？《詩》有美刺，而《風》亦有美刺。《雅》有諷諭，而《風》亦有諷諭。安在《風》不如《雅》，無與于《詩》亡之數也？即曰十三《國風》朝會燕享不歌其詩，而二《南》則鄉飲用之、鄉射用之、房中用之，安在《風》不如《雅》，無與于《詩》亡之數也？苟《風》與《雅》同謂之《詩》，則《風》詩中多春秋時事，而《孟子》謂之《詩》亡然後《春秋》作，其合《雅》與《風》言之無疑矣。按：《小雅·六月序》曰「《小雅》盡廢則中國微」，則《雅》亡于幽、厲矣。列國之詩終于《株林》、《澤陂》，則《風》亡于陳靈矣。陳氏曰：「《檜》亡，東周之始也。《曹》亡，春秋之終也。于《檜》之卒章曰『思周道也』，傷天下之無王也。于《曹》之卒章曰『思治也』，傷天下之無霸也。」合而觀之，《雅》之亡，亡于無王。《風》之亡，亡于無霸。《雅》亡而《風》存，人猶知是非美刺也。迨《風》、《雅》俱亡，而《詩》遂掃地盡矣。此《春秋》所以不得不作也。《孟子》曰「其事則齊桓、晉文」，齊、晉者，《春秋》之始終也。宣公十一年冬，楚子入陳，明年六月，遂有邲之戰。是時楚莊始霸而晉始衰。未及十年，成公會楚公子嬰齊于蜀，又及楚盟。天下政枋自此盡失，不可復挽。故《風》所以終陳靈也。《詩》之所以亡，《孟子》固微言之，人特習而不察耳。

《周禮》：「大師教六詩：曰風、曰賦、曰比、曰興、曰雅、曰頌。」《大序》引以爲説。蓋風、雅、頌者，《詩》之名也；興、比、賦者，《詩》之體也。名不可亂，故雅、頌各有其所。體不可偏舉，故興、比、賦合而後成。《詩》自三百篇以至漢、唐，其體猶是也。毛公傳《詩》，獨言興，不言比、賦，以興兼比、賦也。人之心思必觸于物而後興，即所興以爲比而賦之，故言興而比、賦在其中。毛氏之意未始不然也。然三百篇惟《狡童》、《褰裳》、《株林》、《清廟》之類直指其事，不假比、興，其餘篇篇有之。傳獨于《詩》之山川、草木、鳥獸起句者始爲之興，則幾于偏矣。《詩》或先興而後賦，或先賦而後興，如《簡兮》至卒章始云「山有榛，隰有苓」之類是也。見其篇法錯綜變化之妙。

毛氏獨以首章發端者爲興，則又拘于法矣。文公傳《詩》，又以興、比、賦分而爲三，無乃失之愈遠乎？

《文心雕龍》曰：「毛公述傳，獨標興體，以比顯而興隱。」鶴林吴氏曰：「賦直而興微，比顯而興隱，故毛公不稱比、賦。朱氏又于其間增補十九篇，而摘其不合于興者四十八條。且曰：『《關雎》，興詩也，而兼于比。《緑衣》，比詩也，而兼于興。《頍弁》一詩，興、比、賦兼之。』則析義愈精。」恐未然也。

二《南》二十二篇，皆述太姒之事。然一太姒也，何以爲后妃？何以爲夫人？一文王也，何以爲王者？何以爲諸侯？或曰：文王于商爲諸侯，及受命追王，則爲王者，太姒亦然，時有先後故也。然追王後于諸侯，則《周南》宜後于《召南》矣。有是理乎？昔者歐陽公嘗疑之而不得其解，因取《魯詩》衰周之説，以爲近之。而朱子謂子孫無故播其先祖之失，于理未安。然于后妃、夫人，終仍舊説而未有所發明也。按：《小序》曰「《關雎》，后妃之德也」、「《葛覃》，后妃之本也」、「《卷耳》，后妃之志也」云云，未嘗指言后妃、夫人爲何如人。後之訓詁家推迹其自，始以爲太姒耳。《儀禮·鄉飲酒》《鄉射》皆合樂。《周南·關雎》《葛覃》《卷耳》、《召南·鵲巢》《采蘩》《采蘋》，《燕禮》「弦歌《周南》之詩」，則周公作《儀禮》時已有《周南》、《召南》。豈召公作之而被之管弦與？抑公采之而付之太師與？既爲房中之樂，則必歌之宴寢之間，鄭氏所謂后夫人所諷誦以事其君子者也。今讀其辭，有勸勉、教戒、諷諭之意。蓋欲爲后妃、夫人者如《詩》言云爾，不必言后妃、夫人何人也。《小雅·鹿鳴》燕群臣，《四牡》勞使臣，《常棣》燕兄弟，《伐木》燕朋友，何嘗謂如何群臣，如何兄弟、使臣、朋友邪？古之燕享皆有樂，樂必有詩，歌詩必類二《雅》。如此者極多，何《風》獨不然也？難者曰：然則《周南》、《召南》與文王、太姒無與邪？曰：不然也。作詩之意，或本于文王、太姒。而周公隸之爲房中樂，則又以是告後之爲后妃、夫人者矣。周自姜嫄兆祥，至太王有姜女，王季有太任，文王有太姒，累世婦德，至太姒而始大，而文王又有「刑于寡妻」之詩，故説者據是爲文王耳。其實不可考矣。若泥是求之，則歐陽所謂「《鄭譜》之説，左右皆不能合」者也。

或問曰：鄭謂「文王受命作邑于豐，乃分岐周地爲周公旦、召公奭之采邑」，是爲《周南》、《召南》。其説然與？曰：非也。二公之封在武王克殷之後，《樂記》所謂「三成而南，四成而南國是疆，五成而分周公左、召公右」是也。《史記·魯燕世家》載封國始末，不言文王。惟《江漢》四章有「文王受命，召公維翰」之語。鄭或據是以爲文王。然以《召南》言之，《甘棠》三章三詠召伯，當是時文王已爲西伯矣，而復命召奭，是一國而二伯也。且吾不知命之者爲商紂邪？爲文王邪？揆之二者俱未安。是以知鄭説之非也。然則二《南》何以言文王？曰：此追詠其事而歸美焉，兼取當時國人之所作而繫之。所謂善則歸君，臣子之義也。且微獨二《南》而已，《豳·七月》八章，舊謂詠后稷先公時事，未嘗以是爲后稷先公之詩。而二《南》獨謂之文王，何也？

魯之無《風》也，鄭曰「周尊魯，故巡狩述職，不陳其詩」。其果然者邪？幽、厲以後，王者之不巡狩久矣。十三《國風》，誰采而誰録之邪？天子賞罰，視其詩之貞淫。天子尊魯，何妨采其詩之貞者以示異于天下，乃并其美而掩蔽之，安在其尊魯邪？縱天子不采魯，亦不當自廢。何季札觀樂，遍及諸國，而魯乃寂無歌詩，又何邪？魯之有《頌》也，鄭曰「孔子録之，同于王者之後」，蓋言褒也。朱子曰「箸之于篇，所以見其僭」，蓋言貶也。是皆泥《風》爲諸侯之詩，《雅》、《頌》爲天子之詩，故致論説之紛紛也。余聞之師曰：《類藁·詩問》。十五《國》之中有二《南》，是天子之詩也。《雅》、《頌》之中，《小雅》有《賓之初筵》，《大雅》有《抑》，《頌》有《魯》，是皆諸侯之詩也。不得以《風》詩專屬之諸侯，《雅》、《頌》專屬之天子也。足以破衆説之紛紛矣。

皇清經解卷一百九十終

嘉應張嘉洪舊校
南海陳韶番禺黎永椿新校

詩説　卷中

吴惠吉士周愓著

「其風肆好」，風之義也。「風自火出，家人」，《關雎》之義也。觀《風》之所被，君子知及物之理焉。求《風》之所自，君子悟反身之學焉。

《葛覃》之詩曰「曷澣曷否，歸寧父母」，言女子之適人者有省父母之禮也。《泉水》、《蝃蝀》、《竹竿》之詩曰「女子有行，遠父母兄弟」，言女子之適人者不得復省其父母兄弟也。兩者牴牾如此。而《春秋左氏傳》曰：「凡諸侯之女歸寧曰來。」趙匡曰：「諸侯之女既嫁，父母存則歸寧，不然則否。」《穀梁傳》曰：「婦人既嫁，不逾竟。逾竟，非禮也。」又各自爲説如此。而毛氏傳《詩》，以爲后妃之父母在，故得歸。衛女之父母不在，故不得歸。其在與不在，無論荒遠，不可據，就令可據，則詩止言「遠兄弟」可已，何以并及父母而一再言之不已也？且《昏禮》、《昏義》亦當載歸寧一條，箸其儀節云何，如納采、問名、納吉、納徵、請期、親迎之類。不應詳于未昏之前而略于既昏之後，如此其疏脱也。愚嘗求之孔子之意，而知歸寧之説非也。于何知之？于

《春秋》知之。《春秋》莊二十七年冬書「杞伯姬來」，左氏曰「歸寧」也，杜氏曰「莊公女」也。莊公在而伯姬來，則正與歸寧之禮合。而《春秋》何以書而譏之？以此知歸寧之説非也。不寧惟是，《春秋》桓三年齊侯送姜氏于讙，莊二十七年公會杞伯姬于洮，皆譏也。齊僖于姜氏、魯莊于伯姬，父子也。父之于子猶不可送焉、會焉，況女之來歸于父母乎？以此知歸寧之説非也。然則后妃亦非禮乎？曰：此毛傳之誤，非《詩》意也。《序》曰「《葛覃》，后妃之本也。后妃在父母家，志在女功之事，躬儉節用，尊敬師傅。可以歸寧父母」云云。蓋以其爲女知其能爲婦，所謂無父母詒罹者也。《公羊傳》曰「婦人謂嫁曰歸」是也。《序》説自長，而毛傳因左氏誤焉，非《詩》之意然也。諸家之論，惟穀梁氏爲知禮也夫。

趙匡曰：「譏無父母而來也。」蓋謂伯姬，桓公女也。杜氏先于趙，必有所據矣。汪氏曰：「伯姬、叔姬若皆桓公女，則伯姬三十餘矣，未應二女皆失時若是。且伯姬以僖三十一年來求婦，則年逾七十而猶至魯，未可必其爲桓公女也。」

又，六國時左師觸讋曰：「媪之送燕后也，持其踵爲之泣。祭祀必祝之。祝曰：必勿使反。」六國時且然，況文、武之世乎？

桃之華後于梅，而《詩》以興男女之及時。梅之華先于桃，而《詩》以興昏姻之後時。何也？夫婦之道在生育，猶草木之美在果實也。桃後梅而華，反先梅而實，故曰「有蕡其實」，言桃有實則成樹，猶夫婦有子則成家也。若傾筐塈之，則過時而美盡，其育不繁矣。《易》曰：「枯楊生華，何可久也。老婦士夫，亦可醜也。」

人臣之于公也勞，則于私也必逸。蓋心思智力盡之乎君，而家無事焉。故曰「退食自公，委蛇委蛇」，言無私營、無私交也。不然，張湯之造請諸公，無間寒暑，有終日矻矻而不暇者矣，何委蛇之有？

《士昏禮》：「主人爵弁纁裳，從車二乘。婦車亦如之。」《昏義》：婿親迎之，後出御婦車，而婿授綏御輪三周。故曰「之子于歸，言秣其馬」，言得如是之女歸于我，則我將親迎而身御之。愛之深，不覺辭之昵也。不言御車而言秣馬，欲速其行，且微其辭也。又，《左傳》有「反馬」之文，《鄭》詩有「同車」之語，故《漢廣》以「秣馬」、「秣駒」爲言。若箋言，禮餼則納徵，無用馬者，詩人言此亦贅矣。

《詩疑問》曰：「《儀禮·鄉飲酒》、《射》、《燕禮》皆合樂。二《南》六詩，《召南》曰《鵲巢》、《采蘩》、《采蘋》，不及《草蟲》，何與？」朱氏發其端而未有解，請得而臆對之。《鵲巢》言夫人有均一之德，任君以造邦也。《采蘩》言奉祭祀不失職也。《采蘋》言循法度以承先供祭也。婦德之大，莫大于事宗廟、循法度、佐君子，故婦順備而内和理，而後家可長也。鄉、射、燕飲取三詩歌之，宜也。若《草蟲》，則言始見君子之事，《昏禮》所謂「主人揖婦以入，御衽席于奥」之時也。

始曰「我心降」，再曰「我心説」，又曰「我心夷」，其言近于褻矣。牀笫之言不逾閾，況可歌之君臣賓客之前乎？《坊記》曰：「子云：『禮，非祭，男女不交爵。』以此坊民，陽侯猶殺繆侯而竊其夫人。故大享廢夫人之禮。」《詩》之不歌《草蟲》，蓋坊民之微旨也。問者曰：然則《召南》有淫詩與？曰：不然。《序》言「能以禮自防」，則樂而不淫者也。

舊謂《草蟲》在《采蘋》後，此徒以篇什先後言，且未可考也。

《野有死麕序》謂「惡無禮也」，傳曰：「凶荒則禮殺，猶有物以將之。野有死麕，群田之，獲而分其肉。」疏曰：「禮雖殺，須有物以將之，故欲得用麕肉也。」如此，則詩人所言甚爲有禮，而《序》何言「惡無禮」乎？且吾未聞昏禮之用麕肉也。按：《史記》：「有司言：古者皮幣，諸侯以聘享。遠方用幣，煩費不省，乃以白鹿皮方尺，緣以藻繢，爲皮幣，直四十萬。朝覲聘享必以皮幣薦璧，然後得行。」則古之行禮有幣，必有皮也。故《士昏禮》「納徵，玄纁束帛，儷皮，如納吉禮」，注「謂執束帛以致命，兩皮爲庭實。皮，鹿皮」。則納吉、納徵皆有皮幣，皮以鹿皮也。又，《昏禮》「摯不用死，帛必可制」，今曰「死麕」，則不中《禮》之皮矣。曰「白茅包之」，則不中禮之皮，而又苟簡將之矣。非禮而求昏，有誘之道焉，故曰「吉士誘之」也。「林有樸樕，野有死鹿」，言死鹿之不成皮，猶樸樕之不成林也。女惡之而不從，故曰「白茅純束，有女如玉」，言束者不可解、白者不可玷也。

劉昫《唐書・志》曰：「平王東遷，諸侯侮法。男女失冠昏之節，《野麕》之刺興。」豈因下《何彼穠矣》之詩，亦疑此詩爲東遷時作邪？

《何彼穠矣》明言平王，而舊說以爲武王。安城劉氏引《棫樸》之「辟王」、《文王有聲》之稱「王后」、《江漢》之稱「文人」以實之。蓋昔人誤認二《南》爲文王時詩，故曲說羡言，先後承襲若此。不知二《南》之詩非一時所作，有自其前而追詠之者，有從其後而附益之者。如《甘棠》、《行露》爲思慕召伯，則非作于召伯在外之日矣。《何彼穠矣》安知非編詩者録入邪？周室既微，而王姬下嫁尚循婦道，則《關雎》、《鵲巢》之化及于後者遠，而被于人者深矣。于是美而附之《召南》，所以教天下之婦道也。《春秋》書王姬婦諸侯，一在莊元年，爲齊襄公，一在十一年，爲齊桓公。二者未知孰是。竊以「肅雝」之義求之，疑是歸桓公者。《春秋》莊十一年書「王姬歸于齊」，傳曰：「齊侯來逆共姬。」共固美謚，又與「肅雝」之意合也。

《儀禮》賈疏引鄭《箴膏肓》，言齊侯嫁女，以其母王姬始嫁之車遠送之。未知何據，恐是采《齊》、《魯》、《韓》三家說也。

單穆公曰：「《旱麓》之『榛楛』殖，故君子得以易樂干禄焉。若夫山林匱竭，林鹿散亡，藪澤肆既，君子將險，哀之不暇，而何易樂之有？」傳曰：「天地變化，草木蕃，天地閉，賢人隱。」故「彼茁者葭」，美王道之成也。「何草不黄」，知周室之衰也。一繫二《南》之終，一繫《小雅》之末，其旨微矣。

《邶》、《鄘》先《衛》，《魏》先《唐》。或曰：不與衛，晉之滅國也。然檜滅于鄭，何以不先于《鄭》？且晉之滅魏，左氏《傳》有之。衛之滅邶、鄘，吾不知其何所據也。今讀其詩，皆衛國之事，而山川土風亦無不同。《邶》詩曰「亦流于淇」，《鄘》曰「送我淇上」，《衛》亦曰「瞻彼淇澳」、「在彼淇梁」。《鄘》詩曰「在彼中河」，《邶》曰「河水瀰瀰」，《衛》亦曰「河水洋洋」、「誰謂河廣」，俱非鄰封異域也。季札觀樂，歌《邶》、《鄘》、《衛》，曰：「吾聞衛康叔、武公之德如是。」不更言《邶》、《鄘》，何如也？又，《鄘》詩所謂「沬鄉」，即《酒誥》所謂「沬邦」。沬正康叔始封之地。而《詩》言云然，則邶、鄘故商之諸侯，武王滅之以封康叔者也。邶、鄘既滅，衛之名邑尚仍其舊，故所以作詩繫之。夫子亦仍其舊而不改也。《漢書·地理志》：「周既滅殷，分其畿内爲三國。鄁以封紂子武庚。庸，管叔尹之。衛，蔡叔尹之。謂之三監。武王崩，三監叛，周公誅之，盡以其地封弟康叔。」此又謂周公滅邶、鄘。蓋據《書傳》以成王封康叔故也。然《書傳》之説，蔡氏于《康誥》辨之詳已。

張氏曰：《邶》、《鄘》、《衛》，其音類也。故季札觀樂，歌《邶》、《鄘》、《衛》，則合之；歌《魏》、歌《唐》，則別之；歌《鄭》、歌《檜》，則遠之。別之可也，遠之，義則鑿矣。

燕生子則委巢，爲戴嬀比也。《燕燕》。鳩知雨則逐婦，爲棄婦詠也。《氓》之三章。鸒聞音則鳴和，爲朋友言也。《伐木》。鸇性善飛，得風而逝，譬賢者之見幾決也。《晨風》。雎性專一，擇木而巢，教使臣之行止慎也。《四牡》三章。鳩無戾天之翼，言亂政之治難期也。《小宛》。隼無一定之棲，言訛言之息無時也。《沔水》。

風作而雨隨之，夫婦之象也。風生而雨益之，朋友之義也。然風甚者雨止，雨甚者風息。故夫婦有相棄，乖其和也。朋友不能終，過其節也。此《風》、《雅》所以皆取興于《谷風》也。

《邶風》「誰謂荼苦」，《大雅》「堇荼如飴」，一謂之苦，一謂之甘。物性土宜何以相異如是？按：堇有二種，《爾雅》曰「齧」，注謂「堇葵」，即《内則》「堇荁枌榆」之「堇」。曰「芨」，注謂「烏頭」，即《晉語》「驪姬寘鴆于酒、寘堇于肉」之「堇」。荼有三種，一苦菜，一茅秀，「有女如荼」是也。一陸草。「以薅荼蓼」是也。茅秀、陸草不可食。《風》、《雅》所謂「堇」、「荼」，明非烏頭、茅秀、陸草，而皆可食矣。《士虞禮》「夏用葵，冬用苦」，注「堇類也」。《爾雅》：「荼，苦菜。」注引《詩》「誰謂荼苦」。《本草》：「荼，一名選，一名游冬。」《易緯通卦驗玄圖》云：「苦菜生于寒秋。」則知荼與堇同時而生、同時而食，故時人以二物並舉也。然《爾雅》于堇、荼俱言苦，而《本草》獨言堇味甘。邢昺《爾雅疏》則謂古人語倒，堇之言苦，猶甘草謂之大苦，則堇之味甘可知。堇、荼同類，不應堇甘而荼獨苦也。竊嘗深求《邶風》詩人之意，荼本不苦而謂之苦，猶己本不惡而謂之惡，愛憎之情乖，美惡之形變也。昔人誤解《邶風》，郭璞因《邶風》誤注《爾雅》，幾疑《雅》詩所言乃是抵讕置辭，亦可一笑矣。孔疏謂周原土地之美，物之苦者亦甘，遂以「烏頭」釋「堇」。信如孔說，將使鴆生于周亦不殺人者邪？苦堇、堇草，《爾雅》分別言之，亦不容混也。

陸璣《詩疏》：「荼，苦菜，生山田及澤中，得霜甜脆而美。」亦一證。

「蝃蝀在東」，陰方之氣交于陽，爲女惑男而蟲；「朝隮于西」，陽方之氣交于陰，爲男先女而咸。故得雨則虹滅，陰陽和也；先女則不淫，男女正也。《序》曰「止奔」，此之謂也。

《詩》美王姬，則曰「平王之孫、齊侯之子」。美莊姜，則曰「齊侯之子、衛侯之妻」。美韓侯，則曰「汾王之孫、蹶父之子」。永嘉陳氏曰：「君子善善之意，不惟及其身，而又及其親也。」余謂詩人之意不止此，蓋有重婚姻、別姓氏之義焉。周幽王得褒姒而黜申后，衛宣公爲子娶于齊而自爲娶，則婚姻亂矣。聃叔娶于鄭，晉獻娶于賈，魯昭娶于吴，則姓氏不辨矣。惟爲明著其所自來，曰此某氏之男、某氏之女，則顯然有卑不得配尊、賤不得配貴、同姓不得通婚姻之義。此詩人之微旨，《春秋》之筆法也。故太史公作《外戚傳》，惟竇太后曰「良家子」，餘則曰「生微」、曰「故倡」、曰「母臧兒」，其亦詩人之意也夫。

《左傳》：「衛莊公娶于齊東宮得臣之妹，曰莊姜。美而無子，衛人所爲賦《碩人》也。」《序》亦謂「莊公惑于嬖妾，使驕上僭。莊姜賢而不答，終以無子」。則《碩人》之詩，所以憂無子而受制嬖妾，非徒詠其美而賢也。其三章曰「碩人敖敖，說于農郊」，所以弗無子也。《月令》「仲春祠高禖」，焦喬謂高禖祠在南郊。仲春往祠，值農事之興，故曰「農郊」也。孔子之生尚禱尼山，則諸侯之祠高禖，禮未必禁也。既祠而歸，諸大夫皆望莊姜之有子，故曰「大夫夙退，無使君勞」也。如是而無子，則嬖妾之寵固，州吁之禍成矣。其四章曰「河水洋洋，北流活活」，猶《白華》之刺幽王而言「滮池北流」也。曰「施罛濊濊，鱣鮪發發，葭菼揭揭」，言葭菼擢則鱣鮪依。有罛無所施，猶莊公嬖則賤妾張，有法不能制也。程子曰：「活活，激流皃。〔一〕葭菼，罛多皃。孽孽，不順皃。施罛不安，强大之魚不能制也。」蓋得詩人之微旨矣。

《左傳》「衛宣公烝于夷姜，生急子」，注謂「宣公庶母也」。先是，莊公娶于齊，曰莊姜矣。又娶于陳，曰厲嬀、戴嬀矣。吾不知夷姜爲莊姜之娣邪？抑更娶于齊者邪？傳何以不詳也？又曰「爲急子娶于齊而美，公取之」，是爲宣姜。今《新臺》之詩是也。生壽及朔。夷姜縊，宣姜與公子朔構急子，而使盜殺之莘。壽竊急子之旌以先，亦見殺。今《二子乘舟》之詩是也。衛莊之殁不見《春秋》，而州吁之亂宣公尚在邢也。州吁殺而宣公立，在魯隱公四年。其卒也，在桓公十二年。則宣公在位纔十九年耳。即位而烝夷姜，必逾年而後生子。及子之可娶也，計已十五六年矣。宣姜之生壽及朔，又必更歷二三年。至宣公之卒，朔猶在襁褓，而能與其母構急子

〔一〕「皃」，原作「兒」，形近而訛，據庫本改。下仿此。

邪？壽長于朔僅一二，而能載其旌以越竟邪？計急、壽之死當在公子朔即位之後。不然，急子之譖，獨宣姜爲之而惠公不知也？魯史記事，或得于赴告，或得于傳聞，隱公初年未與衛親，記事容有核者，未可知也。

《左傳》「惠公之即位也少」，杜言年十五六。蓋未詳考也。

次《王》于《衛》，傷周也。衛懿公滅于狄而廬漕，周幽王滅于戎而東遷。甚矣！周之似衛也。然衛有文公之賢而國家再造，周自此不復振焉。重傷平王也。

「彼黍離離，彼稷之苗」，初以離離者爲黍矣，而不知實稷也。憂思之深，黍、稷不能辨也。「蓼蓼者莪，匪莪伊蒿」，初以蓼蓼者爲莪矣，而不知實蒿也。哀痛之至，莪、蒿有時眩也。

平王東遷，申侯遷之也。何言乎申侯？申侯構西戎以入周，諸侯不與也。諸侯不與則申危，故遷王近申以自固也。何以知諸侯之不與也？《揚之水》曰「彼其之子，不與我成申」是也。董卓之將築郿隖也，遷帝于長安。曹操之將篡漢室也，遷帝于許下。申侯之意，其曹、董之知也與？

周之東遷，君臣銜膽棲冰之日也。乃有「執簧」、「執翿」以爲樂者，何哉？呼曰「君子」，箸其位以責之也。曰「陽陽」，本其心以刺之也。樂憂者憂必及之，翟難所以復作也。

葛蔓而善緣也，《采葛》。讒言之中人，善類之獲免者寡矣。苓甘而易食也，《采苓》。讒言之饞人，君子之不茹者鮮矣。故臭香亂，蘭艾不能保其馨焉。喜怒易，則甘苦有時失其味焉。

「彼畱子嗟」，傳謂「畱，大夫氏」。按：《説文》：「畱，從开。」户開爲丣，〔一〕丣爲春門。户闔爲丣，丣爲秋門。則畱自從丣，丣爲酉之省文。董逌據此謂畱不從丣。漢人言丣金刀者，緯書之附會也。許氏以劉爲鐂，其轉爲劉，以田易刀也。董氏又謂漢姓自當爲鐂，或爲畱。豈古文從省，畱與鐂通用邪？後世畱異，又謂系出畱侯，何邪？《左傳》：士會歸晉，其處者爲劉氏。然周大夫有食采于劉者，豈又其別系邪？周故有劉氏而《詩》言畱子，則許氏、董氏之説未爲據也。傳謂子嗟，畱子字。子國，畱子父。其言則近于鑿。嗟者，語助。國者，食邑也。〔二〕畱仕于周，故有采地也。

《小星》詩「維參與昴」，傳曰：「昴，畱也。」陸氏《音義》：「昴，一名劉。」蓋古讀「昴」爲「畱」，〔三〕故蕭、尤等韻通用也。

朱子釋《詩》，據夾漈之説，凡于《鄭風·小序》「刺時」、「刺忽」、「閔亂」之作，力詆其謬，改爲淫奔之詩。其言亦辨而正。然不知鄭國之亂在君臣，風俗之淫猶其小者也。三十年中，公子五

〔一〕「丣」，原作「开」，據庫本改。下仿此。
〔二〕「也」，原作「讀」，據庫本改。
〔三〕「讀」，原作「也」，據庫本改。

爭，弑奪數見。既立昭公，又立厲公。已而厲公見逐，昭公入，即弑昭公而立子亹。子亹殺于齊而子儀立，子儀立十四年，又弑之而納厲公。易君簒國等于兒戲，君臣之變未有甚于鄭者，豈區區淫亂之罪足以蔽其辜哉！朱子欲絶鄭而實寬其大惡，亦弗思矣。

衛俗之淫也，鄭聲之淫也，今以事迹之，衛宣之惡亘古未有，鄭則無是也。自朱子指斥鄭詩，其惡幾浮于衛，固已輕重失倫矣。至金華黄魯齋則又取衛黜鄭，削去《鄭》詩十一首，尤近于僭矣。彼見《雄雉》引于《論語》，《淇澳》引于《大學》，而《鄭》獨不然，是以取此黜彼。固哉，高叟之爲詩也！

《敝笱序》謂「魯桓微弱，不能防閑文姜」。朱子改桓爲莊，誤也。夫之能禁其妻，不猶愈于子之能禁其母乎？《春秋》桓十八年：「公會齊侯于濼，公與夫人姜氏遂如齊。」則姜氏之淫亂，桓公實導之。故曰「齊子歸止，其從如雲」，隱然桓公亦在從之之内矣。且《南山》刺齊襄，《猗嗟》刺魯莊，而桓公反無一辭及焉，豈理也哉！

《猗嗟》之詠魯莊也，先辨其長短，次審其眉目，終得其趨蹌步武、彎弓執矢之狀。非親見而環觀之，不能詳悉如是。是爲魯莊適齊時作可知也。按：莊九年，公及齊大夫盟于蔇，是時桓公尚未立也。十三年春，與齊侯會于北杏。冬，又盟于柯。十五年又會于鄄。皆未至齊也。二十一年，夫人姜氏薨。二十二年始如齊納幣。二十三年如齊觀社。莊公如齊惟此。以意求之，當在納幣之年，蓋文姜薨之明年也。公以嘉禮往齊，國人聚觀，固其恒情。而又親見文姜昔年淫亂，疑其類于襄公，于是注目諦觀，知其非是，而始恍然曰「展我甥兮」。則人言藉藉，從此衰止。其詩之有關于魯莊者大矣。

儉非惡德，而魏以之亡國，何哉？蓋儉之極者必貪，《伐檀》、《碩鼠》所以作也。國小民貧，掊克不已，安得不亡？

晉言唐，從乎封地也。《左傳》：子産曰：「當武王邑姜方娠太叔，夢帝謂己：『余命而子曰虞，將與之唐，屬之參，而繁育其子孫。』及成王滅唐而封太叔。故號太叔爲唐叔，而命以《唐誥》也。」《國語》叔向曰：「昔先君唐叔射兕于徒林，殪以爲大甲，以封于晉。」則晉之名晉，自唐叔時已然矣。《史記·晉世家》以子燮因晉水改唐爲晉，蓋史遷時《左傳》未行，故亦不見《外傳》，宜其言云爾。而後人至今仍之，何也？《詩總聞》曰：「子燮謚晉，非晉號也。自唐叔至靖侯五世，史不載年數，不知何時爲晉。當是以燮謚號爲晉美名也。唐侯謚晉，衛侯名晉，則晉者，其後創起之名。」王質説《詩》，穿鑿類如此，尤不足據也。

「敬爾威儀」，所以昭其文也；「弗曳弗婁」，則下民易之矣。修爾戎兵，所以詰其武也；「弗馳弗驅」，則四鄰侮之矣。「夙興夜寐」，洒埽庭内，所以無廢事也；「弗洒弗埽」，則門内無訾省矣。琴瑟酒食，燕樂嘉賓，所以無遺賢也；弗飲弗鼓，則在位皆解體矣。性嗇者愛及壺漿，好儉者不事邊幅。至于客坐生塵、宫縣不設，自謂減衣節口，生殖日繁矣。豈知死隨其後，而終身勞攘，卒爲他人地邪？

《揚之水序》爲「刺昭公也。昭公分國以封沃，沃盛强，昭公微弱，國人將畔而歸沃焉」。歐陽《詩本義》亦云：「揚之水，其力弱，以比昭公微弱不能制曲沃。而桓叔之强于晉國，如白石鑿鑿然見于水中，其民樂而從之。」余竊以爲不然。其詩雖刺昭公，實刺桓叔也。桓叔之傾晉，惟潘父、欒賓之黨從之，國人弗予也。其謀已泄，微聞于晉。晉之臣如師服者已知晉之不能久，特昭公弗知耳。故其時深識遠慮之人如師服者，作此詩以儆桓叔，蓋亦無謂秦無人意也。其曰「揚之水，白石鑿鑿」，言見之審也。水之渟蓄者能鑒物。激揚之水，似無所見，然水中之石鑿鑿然不能掩也。桓叔之謀，其可掩乎哉？故終之曰「我聞有命，不敢以告人」，則直指而明言之矣。「既見君子，云何不樂」，「云何其憂」。不直言「樂」，而言「何不樂」，不直言「不憂」，而言「何其憂」，皆抑揚其辭以見意也。人有異志，容止改常，見者必從而疑之。而彼又忌人之疑之也，故泄其謀者必不免，則假爲喜樂于桓叔之前，詩人之所以免禍也。然其情迫而其辭危矣。昭公卒不悟，所以見殺也。若云「民樂而從」，則將爲諱之不暇，而敢曰「我聞有命」乎？曲沃竄晉，晉人始終不予。及武公殺晉侯緡，盡以其寶器賂周僖王，王始命虢公命曲沃伯以一軍爲晉侯，晉人始不得已而從之。故《揚之水》、《椒聊》、《無衣》悉是刺詩，而《序》謂「國人叛而歸沃」，「君子見沃能修其政」，箋謂「國人欲從桓叔」，歐陽謂「其民樂而從之」，恐皆未有據也。

《風》之言「王」者五：衛之詩曰「王事敦我」，又曰「爲王前驅」。晉之詩曰「王事靡盬」。秦之詩曰「王于興師」。而終以曹之詩曰「四國有王」。皆編《詩》之微旨也。然以事求之，《衛·伯兮》箋言「宣公從王伐鄭」。于《邶》之《北門》則未有説。然《序》于《匏有苦葉》曰「刺宣公」，至《新臺》亦曰「刺宣公」，則自《匏有苦葉》以至《新臺》皆宣公時也。伐鄭之役，邶人或與焉，則《北門》與《伯兮》同是一時之詩，以其地異而分繫之也。《晉》之《鴇羽》在春秋前，其事無所考。然周桓公謂「我周之東遷，晉、鄭焉依」，則文侯以後、孝侯以前，或亦有事于王室也。《秦·無衣序》不言秦何君，而箋謂「此責康公」詩。鄭蓋見前《晨風》詩爲刺康公，故亦以此爲康公也。然考康公之即位，與晉戰者二，與楚滅庸者一，未嘗有事于王。而詩曰「王于興師」，曰「與子偕行」，則實有其事矣。按：僖二十四年，天王出居于鄭，使簡師父告于晉，左鄢父告于秦。二十五年春，秦伯師于河上，將納王。二十七年，又與晉侯及諸侯會于温，天王因是狩于河陽。此皆穆公時事。疑此是穆公詩，而不在《黄鳥》前，或是編次之誤，未可知也。至《下泉》，《序》謂「共公」。共公于魯僖九年即位。是時齊桓始霸，挾天子以令諸侯。凡齊桓會盟，共公幾于無歲不往。自晉文入曹之後，終共公世不與會盟，而曹遂自此不振。宜其思王與郇伯也。

「夏屋渠渠」，傳不詳注，但云「夏，大也」。箋曰：「屋，具也。言君始于我厚，設禮食大具以食我也。」王肅謂「屋則立于先君，食則受于今君」。朱子《集傳》頗用王説。然以上下文理求之，王説終未安也。逸齋《補傳》謂「《左氏》『有酒如澠』、『有肉如陵』、『有酒如淮』、『有肉如坻』，昔人尚以山川比飲食，則況以夏屋不爲過」。其言似是發明鄭意，然未有證也。按：《魯頌》「籩豆大房」傳曰：「大房，半體之俎也。」箋曰：「大房，玉飾俎也。其制足間有橫，下有柎，似乎堂後有房然。」《周語》「王公立飫則有房烝」，注引《頌》詩，謂「半解其體，升之于房」。則《風》之所謂「夏屋」即《頌》之所謂「大房」也。以形似而比之房，即可以形似而比之屋也。第大房則宗廟之祭，房烝則天子燕諸侯之禮，非公所以食大夫者。意秦國僻遠，曾僭用是禮以饗大夫與？立飫之禮，設几而不倚，爵盈而不飲，非體解節折可共飲食。或者其人始見之時，特設是禮以優異之，常食則否，故下章曰「每食四簋」。每食者，常食也。《儀禮·公食大夫》設六簋。彼言食于公，此言食于家也。《東門之楊序》謂昏姻失時，女不從男也。《易·大過》九二：「枯楊生稊，老夫得其女妻。」九五：「枯楊生華，老婦得其士夫。」二、五皆陽，以楊家之，則楊所以比男也。春氣之動，楊最先發，所以比男先于女也。然楊易生亦易老，始而牂，牂既而肺，肺終則至于枯落，故曰後時也。

衛懿公之滅也，王室不能救而齊救之。禮樂征伐不在天子，故《衛風》以《木瓜》終。《木瓜》即接《王·黍離》，此世道升降之會。陳靈公之弒也，中國不能討之，禮樂征伐自此不在中國。故風詩以

《澤陂》終。

《詩》始《周》、《召》，見造周者二公也。《風》終周公，《雅》終召公，見二公不作，周不可爲也。春秋之能爲周、召者，其惟孔子乎！

「同我婦子」，勤稼穡也。「爰求柔桑」，修女紅也。「女心傷悲」，重昏姻也。「載纘武功」，教戰事也。「塞向墐户」，居之安也。「采荼薪樗」，食之節也。「嗟我婦子」，幼有所長矣。「爲此春酒」，老有所養矣。「入執公功」，使民以時矣。「築場納稼」，萬寶告成矣。「獻羔祭韭」，癘疾不降矣。于是舉鄉飲而正齒位，入學校而賓賢能，彬彬乎王道之成矣。

皇清經解卷一百九十一終

嘉應張嘉洪舊校
南海陳韶番禺黎永椿新校

詩說　卷下

吴惠吉士周惕著

比常棣于兄弟，一本之榮，無偏萎也。興伐木于友朋，衆力之聚，無廢功也。故安樂而弃兄弟，是自蹶其本矣。富貴而弃友朋，是自翦其助矣。

文王之于混夷也，始命南仲伐之，既城朔方禦之，又遣戍役以守衛之。觀《采薇》、《出車》、《杕杜》三章，經畫之次第，防禦之精密，尚可想而知也。自是以後，一壞于穆王，再壞于宣王。穆王之北伐也，遷畎夷于太原，則朔方之險，吾與彼共之，而防禦不足恃矣。宣王之北伐也，僅至太原，不修城隍，不設戍兵，其計固已疏矣。而又東征西討，以自挫其威于千畝，則畎夷有不窺其隙而動其心者乎？幽王之禍，吾固于宣王時卜之矣。

敖在鄭州滎澤縣西十五里，《左傳》所謂「設七覆于敖前」是也。又《左傳》：「晉師在敖、鄗之間。」《郡縣志》：「敖、鄗，二山名。」《通鑑地理通釋》引《詩》爲證，〔一〕而《外傳》又有「杜伯射王于鄗」之文。《周春秋》亦言「宣王會諸侯，田于圃，杜伯從道左射王」。豈圃即圃田，鄗即敖鄗之鄗邪？鄭箋：甫草即圃田。第《周春秋》又云：「射王中心折脊而死。」考之《詩》辭，與此不類。以意度之：杜伯者，公子彭生之類也。襄公見彭生未嘗死，杜伯射王當亦未必死也。且《外傳》第言「射王」，不言「王死」。豈《周春秋》附會以言死與？韋昭注：「鄗，鄗京。」不知何據。姑存此以俟博雅者論定焉。

《鴻雁》「之子于征」，傳云：「侯伯卿士也。」《詩本義》云：「使臣也。」朱子《集傳》云：「流民自相謂也。」按：《周禮·地官》：「縣都之委積，以待凶荒。」《旅師》：「用粟，春頒而秋斂之。凡新甿之治皆聽之，使無征役。」《稟人》：「掌九穀以治年之凶荒，令邦移民就穀。」旅師、遺人皆士，稟人有下大夫二人。則賑貸存恤之事必有大夫士以主之，即《詩》所謂「之子」者也。「劬勞于野」，言之子拊循流民，身親勞勩之事，所以美之也。若流民相謂，豈特劬勞而已邪？

「維熊維羆」，兆幽王之禍。「維虺維蛇」，兆褒姒之亂。安在其爲祥哉？豈宣王末年好言符瑞，大人所以有是占與？此端一開，《無羊》遂有牧人之夢，《正月》亦有故老之占，紛紛藉藉，

〔一〕「理」，原作「里」，據庫本改。

相率而爲訛言矣。周室之亡，訛言亡之也。「民言無嘉」，訛言起于下矣。「具曰予聖」，訛言煽于上矣。「婦有長舌」，訛言及婦人矣。蓋訛言興則是非眩，是非眩則邪正淆，邪正淆則讒譖行，讒譖行則禍亂及，必至之勢也。齊之稷下，漢之月旦，晉之清談，南北之詩妖，皆訛言類也。《五行志》曰「君炕陽而暴虐，臣畏刑而箝口，怨謗之氣發于歌謡」是也。

《節南山》、《正月》、《雨無正》，《序》俱謂「刺幽王」。鄭謂《十月之交》以下當刺厲王，孔氏又謂「《雨無正》『斬四國』箋云『諸侯妄相侵伐』指厲王時，《沔水》箋云『諸侯妄相侵伐』指宣王時。而《論語》注以爲『平王東遷，諸侯始相侵伐』。幽、厲雖無道，尚能治諸侯，故《論語》注『征伐自諸侯出從平王爲始』」。三家之説已乖刺不相合矣，而《詩》言亦有可疑者四焉：幽、厲之將亡也，召公知之，芮良夫知之，伯陽父知之，然猶曰「其與幾何」、曰「周室將亡」，皆懼而誡其將然之辭。今曰「國既卒斬」、曰「周宗既滅」，直是已然之事矣。若未斬未滅而以斬滅期之，不幾病風喪心，作詛天子乎？里巷小民爲此言者，猶將隱其姓氏以免禍，不應直言「家父作頌」也，其可疑一也。檿弧箕服之謡雖聞于諸侯，然及褒姒之存，王室大夫亦何敢言？今曰「赫赫宗周，褒姒滅之」，其可疑二也。《春秋》桓八年天王使家父來聘，十五年使家父來求車，是家父歷幽、平、桓三王，不應若是之壽，其可疑三也。謂爾遷于王都，箋以爲王都爲彘，刺群臣之不從王者。厲王之流彘也，宣王在召公之宮，國人圍之，召公以子代，宣王乃得解。厲王之流，宣王尚不能從，而謂群臣能從之乎？且彘不聞有都之名，其可疑四也。今按：《節南山》爲家父刺尹氏，而《春秋》隱三年書「平王崩」，是年即書「尹氏卒」，則《詩》之「尹氏」即《春秋》之「尹氏」，其爲平王時無疑矣。《公羊》於「尹氏卒」爲譏世卿，其説與家父之詩合。家父之求車也在十年之後，其作詩也在十年之前，亦爲不甚懸隔矣。驪山之禍，振古未有，作詩示誡，正宜明言。曰「既斬」，曰「滅之」，亦殷鑒不遠之意也。且褒姒于平王爲讎，陳其惡而歸罪焉，亦平王意中之事，無慮其直而罹罪也。《雨無正》卒章，明刺群臣之不從遷者。《左傳》瑕禽曰：「昔平王東遷，吾七姓從王。」從王而止七姓，則不從者亦多，何必紛紛曲爲之解也？劉公瑾謂《節南山》、《正月》、《雨無正》皆東周之變雅，其後《雅》亡于上，而《國風》作于下，于是《春秋》託始于隱公之元年，實平王之四十九年。其言甚偉，因廣其意而詳辨之。

鄭氏謂《十月之交》是夏八月，蘇子由謂陽月是夏十月。孔氏及孫莘老是鄭説，朱文公及嚴華谷是蘇説。是蘇説者則以《左傳》二至二分日有食之不爲災，又漢曆無幽王八月朔日食之事，惟唐曆有之，出于後人附會。是鄭説者則以《春秋》昭七年四月甲辰朔日有食之，其年八月衛侯惡卒，十一月季孫宿卒，以此知雖在分至亦有災。又漢曆、古曆有差，古曆無推日蝕者，王基獨言周無八月辛卯，交會之事不足信。以此兩説牴牾，又有從而爲之辭者。王伯厚謂黄帝、顓頊、夏、殷、周、魯六曆皆無推日蝕法。《通鑑》、《皇極經世》，秦始皇八年，歲在壬戌。《呂氏春秋》

云：「維秦八年，歲在涒灘。」申。曆有三年之差。後之算曆者于夏之辰弗集于房，周之十月之交，皆欲以術推之，亦已疏矣。余謂《詩》志歲時皆是夏正，此無俟遠引，即觀下「爗爗震電」之句已知鄭説之誤，豈有八月震電而詩人詫爲災異者哉？

《月令》仲秋雖有「雷始收聲」之句，然歷考《春秋》、《史》、《漢》，記異未有書秋月震電者。知此時雷電不足爲災異也。

「皇父孔聖，作都于向。」孔氏曰：「《左傳》桓王與鄭十二邑，向在其中。」按：隱二年「莒人入向」杜注：「向，小國。譙南龍亢縣東南有向城。」《晉書·地理志》：「魏武分沛立譙郡，統縣七：譙、城父、酇山、桑、龍亢、蘄、銍。」是在晉豫州之域也。又十一年，「王與鄭人蘇忿生之田，温、原、絺、樊、隰郕、欑茅、向、盟、州、陘、隤、懷」。杜注：「向，軹縣西有地名向上。」《晉書·地理志》：「河内郡，漢置，〔一〕統縣九：野王、州、懷、平皋、河陽、沁水、軹、山陽、温。」軹小注：〔二〕「故周原邑。」是在晉司州之域，河内之地也。今據正義及諸説，則皇父之都是河内之向，非龍亢之向矣。河内于東都則近，于西周則遠。皇父若爲幽王卿士，何爲食采遠地？其爲

〔一〕「置」，原作「志」，據庫本改。
〔二〕「小」，當作「下」，參見《晉書·地理志》。

平王時無疑。或曰：周封卿士，安得盡以近地予之？如山甫在樊，蘇公在温，非皆河内之地乎？曰「王命仲山甫，式是百辟」，《書》曰「司寇蘇公以長我王國」，皆言諸侯也。諸侯之國，遠近惟命，非若卿士采邑必近王室也。且都之與國，固有間矣。曰樊，曰蘇，皆國名，未聞河内有向國也。若前所謂龍亢之向，又不在河内矣。

《書傳》「忿生」爲武王司寇，封蘇國。毛傳「仲山甫」，樊侯。

《十月之交》，刺皇父也。皇父世爲卿士，又握兵枋，曾與司徒、豔妻之輩惑亂幽王，以致亡國。及至平王，尤驕恣不臣。天子不敢問，下民不敢言。詩人特歷數其罪而切責之，「豔妻」以上數其前日之惡也，「抑此」以下數其今日之罪也。「胡憯莫懲」，所謂天變不足畏也。「不即我謀」，所謂人言不足恤也。曰「作」，言始自皇父也。曰「擇」，非命于天子也。「不遺一老」，有强劫諸臣之勢焉。「以居徂向」，有不奉朝請之心焉。平王乘亂東遷，依人立國，所以容此跋扈之臣。若幽、厲雖衰，威令尚行，未必如此不振也。

《常武》：〔一〕「王命卿士，南仲太祖，太師皇父。」此「卿士」或其子孫。疏曰：「或皇氏父字，傳世稱之，未可知也。」或皇父是一人，國危主弱，老將驕恣，亦自古有之也。

〔一〕「武」，原作「父」，據庫本改。

《外傳》：史伯謂虢石父讒諂巧從之人，立以爲卿士，史蘇亦謂褒姒與虢石父比，而逐太子宜臼，則幽王卿士乃虢石父，非皇父也。

或曰：子謂《節南山》以下俱是平王時詩，其下《小宛》、《小弁》一刺宣王，一刺幽王。安有平王之詩而在幽、宣之前邪？曰：詩體本是歌誦，口相傳授。遭秦滅學，失其倫次者多矣。鄭氏《小雅譜》固云：「《十月之交》、《雨無正》、《小旻》、《小宛》諸詩，漢初師移其第。」《十月》箋亦云「則簡帙錯亂」，非本來之舊明矣。《節南山》一篇安知不在移之之中邪？

或曰：節南山舊謂終南山，終南似宜在岐周地，不應在東都也。曰：《詩》言「南山」屢矣，五在《雅》，二在《風》。在《風》者，《召南》、《齊風》是也。以南山爲終南，則《齊風》亦言終南邪？且《秦風》「終南何有」，則「終南」自有名稱，何不直指而改言「南山」也？又《詩》曰「我徂東山」，曰「陟彼北山」，曰「北山有楊」，何以不言東山、北山爲何名也？意《詩》言「南山」，猶門言「東門」，國言「南國」之類，凡在南者皆可曰「南山」也，何必指爲終南乎？

「君子屢盟」，諸侯盟之漸也。「出此三物」，大夫盟之始也。《穀梁傳》曰：「誥誓不及五帝，盟詛不及三王。」盟詛興而政教號令始不行于天下，故《詩》以是刺，《春秋》以是貶也。

《外傳》「成王盟諸侯于岐陽」，是叔向附會之語。《左傳》「成有岐陽之蒐」是也。

《沔水》詩曰：「吾友敬矣，讒言其興。」《雨無正》曰：「凡百君子，各敬爾身。」《小宛》曰：

「各敬爾儀，天命不又。」《小弁》曰：「維桑與梓，必恭敬止。」《巷伯》曰：「凡百君子，敬而聽之。」《小雅》言「敬」，惟此五篇。所以示人處亂弭謗之道，可謂簡而盡矣。

「小東大東」，言東國之遠近也。《魯頌》「遂荒大東」，箋云：「極東也。」《周禮·大司徒》：「以土圭之灋測土深，正日景。日東則景夕多風。」注謂：「大東，近日也。」賈疏云：「鄭意以日出東方而西流，故言東表爲近日。」以極東爲大東，正與《魯頌》之辭合矣。遠言大則近言小，又可知矣。譚在濟南平陵縣，實是東國。因其國而及其鄰封，故言小東、大東也。

「舟人之子」，傳曰「舟楫之人」，鄭曰：「舟，當作『周』。」朱子《集傳》用毛說。按：《集古録·庚父敦銘》有「伯庶父作王姑舟尊敦」。或謂「舟」爲「丹」，又以爲「井」，董廣川以爲朱鮪集字「舟」爲古文「周」字。顧野王釋亦引《詩》爲證。又《史伯碩父鼎銘》亦有「王母舟母」四十二字，則「舟」即爲「周」，「舟人之子」即上文「西人之子」也。又按：《外傳》：「禿姓舟人，則周滅之。」韋昭注：「舟人，國名。」《韓詩外傳》：「文王舉太公于舟人。」「舟人」見經傳者惟此，姑存以備參考。

「熊羆是裘」承上「粲粲衣服」，似不必以裘爲求也。

《大東》五、六、七章刺當時君臣、后妃也。劉向曰：「天官列宿，在位之象。」則星辰無虛名者，此詩人不敢直指而託之星象也。曰「維天有漢，監亦有光」，譏臣失其度而君不明也。《爾雅》：「天漢，析木之津。」《天文志》：「天漢起東方，經箕尾間，分南北二道。」石氏曰：「天漢，天一所生，所以爲東南西北之限。」其行、其合、其起、其止，皆有常度，猶人臣之有常職。越度曠職，則人君爲虛位，猶天漢之徒明矣。織女，刺後宫也。《天文志》：「織女三星，在河北天紀東端，天女也。」《晉書》：杜皇后未崩之前，「三吴女子相與簪白花，傳言天公織女死，爲之箸服。至是后崩」。故知織女爲後宫也。此章前後詩俱刺幽王。《大東》所謂「織女」，豈即豔妻之類邪？「不成報章」，所謂婦無公事，休其蠶織也。「牽牛」，刺將帥也。注：「牽牛即河鼓。」《天文》注：「一曰三武，天子之三將軍。」《晉志》升平三年，「月犯牽牛中央大星。占曰：牽牛，天將也。犯中央大星，大將死。」故知牽牛爲將帥也。「不服箱」，言其驕悍不可制也。「啓明」，謂大臣。其號曰太上，所謂出早爲月食，晚爲天妖，東西俱不可也。畢八星，主邊兵。其大星曰天高，一曰邊將。晉穆帝永和七年，太白入畢口。升平三年，月犯畢，占爲邊兵，爲下犯上，餘亦同。君臣無紀，將帥失律，邊兵必興。驪山之禍，詩人其先知之矣。「維南有箕，維北有斗」，刺后與王也。重言之，刺之深也。《天文志》：「箕十一度亦謂之天津，後宫妃后之位。」北斗七星，魁四星爲璇璣，杓三星爲玉衡，又爲帝居。《天文志》曰：「斗爲人君，號令之主。」石氏曰：「第一曰正星，主陽，天子之象。」故知《詩》言「箕斗」，爲后與王也。《詩》曰：「哆兮侈兮，成是南箕。」疏云：「箕四星：二爲踵，二爲舌。」《天文志》：「箕主口舌，故曰載翕其舌。」猶言婦有長舌也。「西柄之揭」，猶言倒持太阿，授人以柄也。蓋此詩與《十月》四章相似，但彼則明刺，此則微言耳。歐陽公謂「維天有漢」以下，仰訴于天之辭。朱子仍用其説。果如歐言，則三垣列宿皆可控告，何獨及是乎？箋言「衆官廢職」，庶幾得之。惜未詳言也。

杵三星在箕南，糠一星在箕口前，故以「簸揚」言。外厨三星在紫微宫西南角，天厨六星在東北。又軒轅右角南三星曰酒官之旗，主饗宴，故以「酒漿」言。詩人不輕下一字如此。

「爲賓爲客」，賓自君命者也，客自外至者也。《詩》「我有嘉賓」，《外傳》「承王命以爲過賓」、《易》「利用賓于王賓」之義也。《詩》「我客戾止」，《左傳》「先代之後于周爲客」、《易》「有不速之客」客之義也。祭祀之賓舉自宗人，《儀禮》所謂「遣賓就主人，皆盥于洗長杫」是也。燕享之賓擇于大夫，《儀禮》所謂「命某爲賓」是也。入則降而揖，出則奏陔而送賓，禮訖然後與客宴，《儀禮》所謂「寡君有不腆之酒，以請吾子之與寡君須臾焉」是也。賓之與客禮固分言之，先賓而後客，《詩》與《禮》皆然，蓋周之禮也。《尚書》「虞賓在位」、《周禮》「八議之賓衍」，《左傳》、《外傳》或言賓，或言客，蓋偏舉與對舉之異文也。

「畀我尸賓。」何謂尸賓也？尸者，主也。孝子之祭不見親，立尸而事之。則意主于尸，猶主于親也。尸必筮于廟，求神意之所屬也。既筮宿尸以筮辭詔，承祖考之意以綏之也。尸必以昭穆，孫可爲王父尸，子不可爲父尸也。既葬而虞，男則男尸，女則女尸。《儀禮》所謂「女必使異姓，不使賤者」也。其合祭則男女共一尸。《儀禮》曰「孝孫某來日丁亥，用爲歲事皇祖伯某，爲某妃配。某氏以某之某爲尸」。某之某者，字尸父而名尸，則尸一人也。其一人何也？别嫌也。何嫌乎？爾禮器周旋酬六尸，尸有酬禮也。男女相酬求之，實則非稱之名則似也。《禮》：「君卷冕立于阼，夫人副褘立于東房。」夫婦相授受不相襲，處酢必易爵。夫婦且然，何有于尸也？然則虞祭不嫌乎？天子之葬七月，諸侯五月，大夫三月，士逾月，葬而後虞。則虞之祭爲男邪男尸，爲女邪女尸，何嫌乎二尸也？有尸矣，何爲乎復有賓？孝子以人道事神也。人之飲非主不行，非賓不歡，故祝以導尸，侑以貳尸，賓以酬尸，而尸安也，則賓爲尸立。立賓爲尸，立則賓尊矣。故尸入宿，賓宗人擯詔之，主人拜之，尊賓也，尊尸也。尊賓則疑厭尸之尊，故賓從主人位于門外。主人酳尸，主婦洗爵，獻尸已，而後賓獻。不敢以賓自居，所以尊尸也。其尊尸何也？賓爲尸立也。

「南東其畝。」南者從，東者横也。兩從兩横而井成，一從一横而畝分也。南其畝者，溝洫北也。東其畝者，溝澮西也。從必注于横，横必通于從。東西之畔即洫，南北之畔即澮也。鉤連曲折，可以通車徒，亦可以限戎馬。故曰：井田之中有兵法焉。

朱子《答吕子約》曰：阡之爲言千也，陌之爲言百也。遂人徑是百畝之界，涂是百夫之界。

而二者皆從，即所謂南北之陌。畛是千畝之界，道是千夫之界，而二者皆横，所謂東西之阡。

燕饗，小節也，而《禮》詳載之。飲食，細故也，而《詩》屢言之。何也？先王所以通上下之情，而教天下尊賢親親之意也。《鹿鳴》燕群臣，《常棣》燕兄弟，《伐木》燕友朋。群臣、兄弟、友朋得其所，而天下治矣。于是爲之賓主以盡其歡，爲之揖讓百拜以習其禮，爲之琴瑟鐘鼓以和其心，爲之酒監酒史以防其失，爲之司射誘射以分別其賢不肖。蓋明示以歡欣交愉之情，而隱折其驕悍不馴之氣。使之反情和志，怡然自化，而不知此聖人治天下之微權也。自宴享之禮廢，而上下之情不通。《賓之初筵》作，于是天子無嘉賓。《頍弁》之詩作，于是天子無兄弟。《瓠葉》之詩作，于是天子無友朋。懷疑抱隙，相怨一方，而天下遂自此多故矣。誰謂飲食乃細故哉！

司徒、司空，天子、諸侯皆有之，《左氏傳》曰「晉以僖侯廢司徒，宋以武公廢司空」是也。又「澤門之晳」，古本「澤門」作「皋門」，則諸侯亦有皋門也。

鳶能飛而上戾于天，風益之翼也。魚能躍而下躍于淵，水充其氣也。故曰：「豈弟君子，遐不作人。」

《生民》之詠姜嫄，猶《關雎》之詠后妃也。后妃之化遠被南國，則文王所以齊家者至矣。姜嫄之德下逮文、武，則帝嚳所以始基者厚矣。故傳于「履帝武」句釋爲姜嫄「從高辛帝見于天，將事齊敏」。言姜嫄之齊敏，則帝嚳之敬德亦可知。此詩人善于立言，毛公之善于逆志也。鄭氏則不然，以爲祀郊禖之時，有大人之迹，姜嫄履之，如有人道感己，此乃上帝之氣也。張融從而附會之，孔氏從而釋詁之。張融之言曰：「配合生子，人道之常。《詩》但歎其母，不美其父。」明知姜嫄感上帝之氣而生稷也。孔氏之言曰：「人不當共天交接，今乃與天生子，子雖生訖，其心不寧，故曰上帝不寧也。」其言穢褻不經，不必言。即如其說，稷非帝嚳之生，則直祀姜嫄、祀上帝足矣。乃更禘嚳，而以祖配，不亦多事乎？推其說之弊，必至楊、墨之無父無君，禄山之先母後父而後已，豈不悖于禮而背于教哉！鄭氏之意，不過藉是以文其感生帝說耳，乃附會紛紛，轉展加甚，儕姜嫄于房后，比上帝于丹朱，侮聖褻天，煽惑後世。而感生帝之說至宋不改，當時人臣無敢訟言其非是者，亦可慨也夫。

鄭玄之說本于史遷，遷亦附會漢高五帝之意，特未有感生帝之說耳。老泉《帝嚳妃》一論極正大，子由親老泉子，乃背父而從鄭。張子、朱子宋代大儒，亦左袒康成。邪說之惑人，賢者亦不免也。

太王之遷岐也，先營宗廟。宗廟立則思丘墓者有所憑，所謂「大享于先王，爾祖其從與享之」也。公劉之遷豳也，先相民居，民居定則懷妻子者有所歸，所謂「鞠人謀人之保居，敘欽」也。然太王因避狄之衆，公劉動安土之民，勢有難易，故事有先後也。

《天保》之言祭也，曰「吉蠲爲饎，是用孝享」。《六月》之言燕也，曰「飲御諸友，炰鼈膾鯉」。《楚茨》之獻皇祖也，曰「中田有廬，疆場有瓜」。《瓠葉》之酌君子也，曰「有兔斯首，炮之燔之」。至于《風》之《采蘩》、《采蘋》，《雅》之《行葦》、《泂》、《酌》，何其儉而易行與！先王之意，非不知備物之爲貴，多品之爲誠。而如是止者，以爲後將不可繼也。後不可繼，天下必有因此而廢禮者，則何如儉而屢行之爲愈也。先王于一歲中祀天二，迎氣五，祭地二，宗廟四，群祀宴享無算。其間隆殺不同，殺者大約如《詩》所謂，故屢行而不病其不足也。後世宴享已廢，獨有郊廟之禮，遲至三年一行，或議罷北郊，或議望祀苑中，或議遣官攝事，豈不以費而害禮哉？惜乎元祐諸臣紛紛于分祭、合祭之是非，而未有議及此者也。

出話不然，則邇言是聽矣。邇言者，諂諛之階也。爲猷不遠，則細娛是玩矣。細娛者，禍亂之伏也。何曾侍武帝宴，退而告其子曰：「國家應天受命，創業垂統，未聞經國遠圖，惟說平生常事。及身而已，後嗣其殆乎！」此子孫之憂也。

《抑》之四章曰「修爾車馬，弓矢戎兵，用戒戎作，用逷蠻方」。豈衛在河朔，密邇北翟，故舉以自儆與？抑厲王之世，武備不修，將有窺伺闌入之患與？內修德則彘之亂不作，外修武則戲之變不萌。所謂「遠猷辰告」，莫大于此。而奈何聽之藐藐也？

宣懲厲王之亂，欲立威以服衆，故討玁狁則有《六月》之詩，征荊蠻則有《采芑》之詩，平淮夷則有《江漢》之詩，伐徐方則有《常武》之詩，豈所謂不務德而勤遠略者邪？幽王狃于先世之威，以爲天下不足復慮，專事荒淫，遂以亡國，實宣王之好戰啓之。故王子晉曰：「昔我先王厲、宣、幽、平而貪天禍，至于今未弭也。」

鎬京之有戎，猶東都之有荆也。宣王封韓侯于方城，欲以制北翟。封申伯于南陽，欲以制荆蠻。其詩曰「于邑于謝，南國是式」，曰「其追其貊，奄受北國」，意可見矣。然其最失策者，莫如封申之役。蓋南陽者東都之咽喉，天下之形勝，四面以制諸侯者也。圃田之狩，其地猶在天子畿内。及申侯封，而宛之東南、滎陽之東北俱非周有。東都之險失，鎬京之形孤矣。畎戎入周，東南諸侯無一人來救者，以申侯據形勝而塞其路也。畎戎不得申侯之援則不敢深入，申侯不塞南陽之路則不得召戎。犄角之形成，幽王之亡必矣。韓侯雖强，豈能逾一二千里以相援哉？其後鎬滅于戎，申滅于荆，韓滅于晉，而東周遂不能國。則《崧高》、《韓奕》二詩，實周室興亡之所係也。故《召旻》卒章曰：「昔先王受命，有如召公日辟國百里。今也日蹙國百里。」詩人立言之旨、夫子終《雅》之意深矣哉。

《春秋外傳》：「宣王三十九年，戰于千畝，王師敗績于姜氏之戎。」《竹書》：「宣七年，錫申伯命。四十一年，王師敗于申。」按：富辰曰：「齊、許、申、呂由太姜。」王子晉曰：「胙四岳國，命爲侯伯。賜姓曰姜氏，曰有呂。」又曰：「申、呂雖衰，齊、許猶在。」則申固姜姓也。《左傳》「謂我諸戎是四岳之裔胄」，《外傳》「南有荊蠻、申、呂」，又曰「姜、嬴、荊芊，實與諸姬代相干」。〔一〕則申固諸戎也。《竹書》所謂「敗于申」，豈即《外傳》所謂「敗于姜氏之戎」邪？第年歲不同，千畝又在河西，未必越國犯闕。要亦申侯同姓之戎，戎敗王而申侯繼之也。即此亦可見中國之强，而宣王封之爲失策矣。

范宣子曰：「姜戎氏，昔秦人迫逐乃祖吾離于瓜州。」是東遷以後之姜戎，非宣王時之姜戎也。

禘祀之説，先儒紛紛未有定論。以禘、祫爲一，祖宗並陳，昭穆皆列者，王肅之説也。以后稷配嚳，不兼群廟之主者，趙匡之説也。朱文公、楊信齋皆是趙説而非王説。然細求之，二者皆不能無疑。王謂合群廟之主則嚳宜占東向之尊，稷退子孫之位。將以稷爲穆邪？爲昭邪？抑虚昭之位而不居邪？吾不得而知也。趙謂后稷配嚳，則雖爲禘祭樂章，歌文王而不歌后稷。不應歌其所不祭，祭其所不歌也。朱子不得其説，于是以《序》爲誤，改爲武王祭文王之詩。然則禘祀大典，周人竟無一詩及之邪？按：《祭法》：「周人禘嚳而郊稷，祖文王而宗武王。」此不易之大典也。《大傳》：「禮，不王不禘。」「王者禘其祖之所自出，以其祖配之。」此禮經之明

〔一〕「芊」，當作「芈」。「干」，原作「于」，據庫本改。

文也。合而觀之，可以得禘之説矣。曰「祖文王」，則文王即所謂其祖也。曰「禘譽」，即禘文王所自出之祖也。推文世系，上溯帝嚳，始爲受命發祥之祖。「厥初生民，時惟姜嫄」，詩人已明言之矣。趙氏改《大傳》「其祖」爲「始祖」，故致《詩》、《禮》互相謬刺。若直以文王爲祖，而配帝嚳所自出之祖，則《詩》辭《禮》文彼此發明，而昭穆之位亦不必疑其難處矣。禘嚳則姜嫄合食，文王、太姒配食，故曰「既右烈考，亦右文母」也。或曰：《雝》既禘，何以不詠嚳而詠文王？曰：此作詩者之旨也。戒時王則陳先世之功，示艱難之不可忘也。述祖德則道子孫之賢，頌貽謀之所及遠也。且揆之人情，安有美其子孫而祖宗不欣説者乎？是詩不及帝嚳，所以頌帝嚳者至矣。

禘以祖配，不及武王。「皇考」、「烈考」俱謂文王。而傳謂「烈考」爲武王，誤矣。武在昭位，不宜居右。且無文母反在武王之右之理。趙悳《詩疑問》又據《三禮辨》以《祭法》爲非是，誤之誤者也。

惟朱子《集傳》于《我將》「維天右」句謂神坐東向，在饌之右，而《雝》詩則仍如鄭説。今按：《我將》「維天其右之，既右享之」，《雝》「既右烈考，亦右文母」，鄭俱釋「右」爲「助」。《我將》祀文王于明堂，明堂之祭南向。則南者上帝，東者文王也。神道祀天，所以向明鬼道。事祖，所以受生氣。故曰「右文」，位上帝之右也。《雝》祀帝嚳于宗廟，宗廟之祭東向。東者嚳，北者文王也。穆本向北，文世次在穆，配祖宗則不敢越其序，故亦曰「右文」，位帝嚳之右也。

文位右，太姒從文之位而居右，陰陽之義也。《通典》注：「夫人之主處右。」賈頊《祭儀》亦云「夫人版皆設于府君之右」是也。韓魏公《祭圖》以妣位居考之東，故朱子疑有誤字也。

「振振鷺，鷺于飛。」《隋書・志》謂「古之君子悲周道之衰，頌音之息，飾鼓以鷺，存其風流」。蓋因漢鼓吹《朱鷺曲》而附會之也。《周禮》一變而致羽物，蓋樂音和則鷺之飛止適其常，猶君意渥則臣之宴飲盡其歡也。《記》曰：「鼓無當于五音，五聲弗得弗和。」鼓音和則樂之和可知，非專言鼓也。

《泮水》采芹、采藻、采茆，〔一〕陸佃謂「茆取有味，士之于學，攬其芳臭，則采芹之譬也。學文，則采藻之譬也。知道之味嗜而學焉，則采茆之譬也」。其言近穿鑿矣。此詩始終言魯侯在泮事，是克淮夷之後釋菜而儐賓也。釋奠、釋菜，祭之略者也。釋奠、釋菜不舞。《詩》言不及樂，故知爲釋菜也。《禮》：「釋菜，退儐于東序，一獻無介語。」《詩》言「永錫難老」，故知爲儐賓也。芹、藻之類，釋菜之用也。祭先聖先師貴誠不貴物，故曰「禮之略也」。三者出水，泥而不滓，取潔己以進，聽先聖先師之教也。故士服有藻，《風》詩有「采藻」，皆潔之義也。

《周頌》之文簡，《魯頌》之文繁。《周頌》之文質，《魯頌》之文夸。《周頌》多述祖宗之德，《魯

〔一〕「采茆」，「采」字原脱，據庫本補。

頌》則稱孫子之功。《周頌》因烈考而及文母，《魯頌》則後壽母而先令妻。《周頌》于武王之克殷僅一二言，《魯頌》于僖公之克淮夷則反覆道之。此世道之升降，亦詩體之升降也。

《記》曰：「成王以周公有勛勞于天下，命魯公世世祀周公以天子之禮樂。祀帝于郊，配以后稷。」又曰：「以禘禮祀周公于太廟，牲用白牡。」朱子謂魯之禘祭以文王爲所出之祖，而周公配之是也。今按之《詩》辭，直曰「姜嫄」，曰「后帝」，曰「后稷」。「后帝」者，嚳也。此禘之祭也。皇祖者，稷也。此郊之祭也。魯之禘、郊與周無異，而謂禘文王而周公配，可乎？且禘、郊一也。郊既祀稷，而禘則不祀嚳，此又何禮乎？若魯果用郊、禘，自當祀稷以配天，祀文以配嚳，如《詩》言云云。决非郊用周禮而禘用魯禮也。惟是郊、禘所祭不及周公，則周公更自有廟而祭之儀文一如禘禮，故曰「以禘禮祀周公于太廟也」。《通考》謂：「《明堂位》首言『命魯世祀周公以天子之禮樂』，又云『季夏六月以禘禮祀周公于太廟，牲用白牡犧象』云云。即此二言觀之，可見當時止許其用郊禘之禮樂，未嘗許其遂行郊禘之祀。後乃至于禘嚳、郊稷、祀天、配祖，一一僭用天子之制。」斯言得之矣。

皇清經解卷一百九十二終

嘉應張嘉洪舊校
南海陳韶番禺黎永椿新校

詩説 附録

吴惠吉士周愓著

答薛孝穆書

前致《詩説》三卷求正足下，足下閲未三日，已了大意。損惠手書，始有稱美，繼有辨正。蓋欲摘其瑕者必先指其瑜，此足下委曲開誘之盛心也。僕于足下之諛我敢自喜，足下之規我敢自是哉？然僕立説之旨，惟是以經解經。而反覆來書，似與經有相戾者，不敢舍我説而從足下也。足下謂僕之可删者，蓋蠱妻、鳶魚二條。其説無大關係，從足下删之可也。謂僕之可商者，其一則《桃夭》、《摽梅》二章，此僕論詩之取興也。桃之花後于梅，宜興男女之後時。梅之花先于桃，宜興男女之及時。而詩言反是，故知不取花而取實也。《詩》之比興猶《易》之取象，非如今人信口任臆，漫取一物而謂之比興也。且僕之言固有所本矣。足下乃謂古人以二至之前後，或純陽，或純陰，不宜于男女之會，會則恐傷陰陽之和，男女有不永年者。不知足下據何經文也？以僕所聞，〔一〕九月至正二月，月皆爲昏時。孫卿曰：「霜降逆女，冰泮殺止。」《家語》曰：「霜降婦功成，而嫁娶行焉。冰泮農事起，昏禮殺于此。」霜降者，九月也。冰泮者，正、二月也。故《詩》曰：「士如歸妻，迨冰未泮。」則九月至正、二月皆爲古人昏時。而足下謂冬至純陰，不可會男女，得無悖于禮乎？不知足下所據何書，而僕何未之前聞也？足下又謂適有此花，其色少好，其葉美盛而且有實，故詩人以爲言。夫桃之始花，未有葉與實也。花、實非一時事，足下比而合之，亦未之致思矣。其一則論《生民》之姜嫄，此僕闢鄭説之妄也。足下不然吾言，猶爲有據，不如前説之臆造矣。然足下所言，昔人已盡言之。僕向時不置辨者，以爲不足辨也。今不得不爲足下辨矣。足下謂姜嫄配合生子，人道之常，何以名之曰棄？何以寘之隘巷、平林、寒冰？僕則謂姜嫄之棄后稷，蓋以「不坼不副」之異，非以感上帝之異也。鄭莊寤生，姜氏惡之。芮司徒生女赤而毛，弃之堤下。若此類者，亦將謂之有感而生邪？而司徒之女，何以亦名之曰弃邪？子文之賢，虎且乳之，則烏之覆翼，牛羊之腓字，未足爲后稷怪也。烏得以鄭氏妄誕穢褻之論誣上帝以及姜嫄哉？足下謂疑而未決者，則僕論歸寧非禮一條。此係僕之創見，宜足下之駭而未肯信也。然僕據孔子《春秋》以駁左氏、趙氏，不爲無據。足下欲反吾説，亦

〔一〕「聞」，原作「問」，據《清儒學案》卷四三《研谿學案》改。

必證據于六經而後可與僕合要。今但引僕所駁左氏一語，則僕之所據者經，足下之所據者傳。以傳駁經，已爲輕重失類。而又無他事可援，則足下爲不能舉其契矣。且足下亦知左氏之《傳》有自相剌戾而不可從者乎？左氏曰：「諸侯之女歸寧曰來。」又曰：「夫人歸寧曰如某。」則文姜之如齊，得謂之歸寧。而文姜之如莒，亦得謂之歸寧邪？其言前後反覆剌謬如此，此僕所以據經以駁傳也。足下又謂春秋之杞伯姬或依列國之告文，如夏五傳疑之類，内女之來，何待于告？且諸侯之女行，惟王后書，傳固明言之矣。郭公、夏五之類不過數事，若以此盡疑《春秋》，則六經無全書可信。足下言此尤誤。僕聞古人立説，彼此不妨異同，然其要歸，必折衷于六藝。未聞率臆任心，無所證據如前者云云也。足下規僕，僕藉是以規足下，蓋友朋之道應爾，非僕之不能商論下氣也。幸思之。

答吴超士書

《詩説》昨送覽，附一短札，求足下指抉疏謬，規我不及。頃果辱書，甚善。但言顧寧人先生《日知録》有辨朔方非晉陽、韓城非同州極精當。不知足下何以云爾也。昨請正者僕之書，今稱説者顧之語，無乃所對非所問邪？揣足下意，或以僕論宣王一條與顧不相合邪？此間無《日知録》及廿一史可考，然僕書具在，試一一爲足下分別之。僕謂周家防禦之失，一壞于穆王，再壞于宣王。穆王之北伐也，遷戎于太原，則朔方之險不足恃矣。宣王之北伐也，僅至太原，不修城隍，不設戍兵，其計固已疏矣云云。此以《六月》、《采薇》二詩參互爲説也。《采薇》曰「天子命我，城彼朔方」，是文王之築城以御戎也。曰「我戍未定，靡使歸聘」，是文王之設戍兵以守朔方也。《六月》六章不聞有是，故曰「計之疏」。「侵鎬及方」，傳與箋俱不詳其地。然《采薇》言「往城于方」，下即有「城彼朔方」之文，則戎所侵之方即文所築之朔方可知矣。漢武帝元朔二年，衛青出雲中以西至隴西，擊白羊王于河南，遂取河南地，築朔方，因河以爲固。則知隴西形勢莫險于朔方，朔方既城，則河西北之戎不得不遠徙而他之。《大雅》所謂「行道兑矣」者，城朔方之效也。穆王不察，遷之内地，則朔方自此被兵，而險不足恃矣，故曰「一壞于穆王」。宣王之北伐也，不驅之遠去，僅至遷戎之地而還。我出則歸，我歸則出，遂至不可扞禦，故曰「再壞于宣王」。蓋僕之意如此。若太原非晉陽，僕固以史證之，所謂穆王遷戎于太原是也。又其詩言「焦穫」，言「朔方」，言「涇陽」。涇陽在平涼，焦穫在涇陽北，朔方在隴西之河南，三者相去不遠，其非晉陽之太原，不辨而知矣。僕作書時止于立論，不暇詳及地名。今覆意之，未嘗與顧説牴牾，不知足下何以云爾也。至《大雅》「韓城」云云，王肅、酈道元、王應麟輩考之辨之詳矣，豈足下俱未之見，而詫顧説爲新奇邪？抑《日知録》更有所考邪？僕不知足下何以云爾也。足下博學好古，又習聞前輩議論，必有以規我所不足者，幸詳示。不宣。

再與吳超士書

昨力疾作答，率其胸臆，語多失倫，且愧且懼，以爲足下必督過之。不謂又賜手書，反辱推重，是重僕之愧也。又云：「胸無寸書，舌本木强，安敢當兄旗鼓。」是足下之謙言也。僕求援于足下，非與足下爲敵，何旗鼓之有？且足下亦非不能軍者也。僕終望足下啓之導之，不願足下以虛文相羈縻也。故終竭其區區之疑，惟足下察焉。足下據顧寧人《日知録》論太原一條云：「太原者，平涼也。後魏所立原州是也。」其言固有所本。今俗所刻孫氏《毛詩》亦載之矣。然僕反覆思之，終不能無疑焉。《郡縣志》原州平涼縣本漢涇陽縣，若顧所謂太原，即漢所謂涇陽也。涇陽始見于《詩》，漢取以名縣，屬安定郡，以涇水得名，故涇陽、臨涇爲鄰邑。《地里志》：〔一〕「涇水出安定郡涇陽縣西笄頭山，東南至京兆陽陵縣入渭。」笄頭山在百泉，《大雅》所謂「逝彼百泉」者是也。據《雅》言，當在豳之竟內。周自豳遷岐，自岐遷豐，自豐遷鎬，相去不過百餘里，則涇陽固畿輔近地，似非戎所錯居。而史何以言穆王遷畎戎于太原也？戎既居太原矣，則闌入窺邊，當由涇陽而深入，《詩》何以言「侵鎬及方，至于涇陽」也？若謂穆王所遷之太原非宣王所伐之太原，則晉陽太原乃姜氏之戎，非畎戎也。《春秋外傳》：「宣王即位，不藉千

〔一〕「里」，當作「理」，參見王應麟《詩地理考》卷一。

畝。三十九年，戰于千畝，王師敗績于姜氏之戎。」《左傳》亦云：「其弟以千畝之戰生。」杜預注謂千畝在介休縣南，即此。其不得混畎戎于姜戎亦明矣。若謂戎本不處太原，則宣王北伐不應及是而止。若《詩》所謂「如鎬」、「如方」，聽其驛騷而已也。此僕之所以不能無疑也。竊嘗歷考諸説，惟《穀梁傳》中國爲大原之説近之。大如字。以其説合之《詩》辭，宜在焦穫之外，故曰「玁狁匪茹，整居焦穫」，言中國之地非戎所宜居也。朱子《集傳》引用其語，然以太原爲晉陽者，誤也。由焦穫而涇陽，綿歷道里，故曰「侵」，曰「及」，曰「至」，言自遠而近也。《寰宇記》謂「焦穫藪在涇陽縣北十數里」者，亦誤也。夫地不親歷而臆斷其遠近，昔人所以多誤。而僕復云然，是又蹈昔人之誤者也。然不敢畜其疑，願與足下共證之。慎無謂僕跳蕩好戰，而閉壘增壁，堅卧不出也。

刑部山西司郎中臨川李秉文刊
嘉應張嘉洪舊校
南海陳韶番禺黎永椿新校

皇清經解卷一百九十三終

《中華經解叢書·清經解（整理本）》書目

詩經編

詩本音　詩説　（清）顧炎武　著，（清）惠周惕　著，劉真倫、岳珍　點校

毛詩稽古編　（清）陳啓源　著，劉真倫、岳珍　點校

毛詩注疏校勘記　（清）阮元　著，劉真倫、岳珍　點校

毛詩故訓傳　（清）段玉裁　訂，岳珍　點校

詩經小學　毛詩補疏　（清）段玉裁　著，岳珍　點校；（清）焦循　著，劉真倫　點校

毛鄭詩考正　杲溪詩經補注　三家詩異文疏證　（清）戴震　著，（清）戴震　著，（清）馮登府　著，劉真倫、岳珍　點校

毛詩紬義　（清）李黼平　著，劉真倫、岳珍　點校